이화한국문화연구총서 13

18세기 여성생활사 자료집 ❹

강성숙 역주

보고사

이 역서는 2004년도 한국학술진흥재단의 지원에 의하여 연구되었음(KRF-2004-071-AS2018)

서문

　한국 사회에서 '여성'이라는 단어는 사회, 정치 같은 현실적 영역에서는 물론 학문 영역에서도 하나의 확고한 영역을 차지한 것처럼 보인다. 따라서 이제 여성과 관련한 주제는 일견 진부하거나 반복적인 것으로 여겨질 정도가 되었다. 그러나 정작 여성의 역사가 포함된 전체사는 여전히 부재하며, 각각의 학문 영역에서도 사정은 마찬가지이다. 근래 미시사에 대한 연구가 활발해지면서 일상사, 생활사 등 주변적인 영역에 대한 관심이 확대되었고, 여성사에 대한 관심도 증대되었다. 이러한 연구 경향은 그간 역사 서술에서 배제되어 왔던 여성, 소수자 등 주변적인 존재들의 일상과 경험에 대한 자료를 발굴하고, 이들의 목소리를 통한 새로운 역사 기술의 가능성을 보여주고 있다. 여성사는 과거를 전체적으로 파악할 수 있게 하는 시각을 제공해 주기 때문이다. 중심이 아닌 주변, 주류가 아닌 소수자의 문제를 역사적인 맥락에 놓는 시각은 오늘날 여성의 문제나 소수자 문제에 대한 새로운 시각을 열어줄 수 있을 뿐만 아니라 과거에 대한 전체적이고도 완전한 파악을 가능하게 해줄 것으로 생각된다.

　이런 생각에서 여성생활사 자료 번역팀이 여성 관련 자료를 읽기 시작한 지도 7년이 넘었다. 그간 17세기 여성생활사 자료집을 출간했고, 이제 18세기 여성생활사 자료집을 출간한다. 이 책에 이어 현재 진행 중인 19세기 및 개화기 여성생활사 자료집이 번역 출간되면 양반여성생활 중심이라는 한계는 있지만 조선시대 여성생활사 연구에 든든한 기반이 될 것으로 생각된다. 물론 역사 자료 역시 한 개인이나 사회, 그리고 국가의 이념이나 무의식이 배어 있다는 점에서 결코 객관적이지도 투명하지도 않다. 그러나 그렇기 때문에 이 자료를 통해 남성 문사들의 여성에 대한 의식과 무의식, 이데올로기를 더욱 구체적으로 다양하게 볼 수 있을 것이다. 이 점 또한 조선시대 젠더 인식을 이해하는 데 중요한 요소라고 생각한다.

이 책은 17세기 여성생활사 자료집에 이어 18세기에 생존했던 사대부들의 개인 문집에서 여성과 관련된 글을 뽑아 모아서 번역한 것이다. 이 책에 수록된 글의 작가는 140여명, 이들이 남긴 여성 관련 작품 수는 천 편이 넘는다.

이 책에 수록된 자료는 『한국문집총간』에 수록된 문집 가운데 1650년~1750년 사이에 태어나 18세기에 생존했던 남성 작가들의 문집 중에서, 여성을 대상으로 하거나 여성과 관련이 있는 산문 자료들이다. 여기에는 전(傳), 행장(行狀), 비문(碑文), 제문(祭文)·유사(遺事)·서발(序跋)·설(說)·잠(箴)·의(議)·애책문(哀冊文)·시책문(諡冊文)·혼서(婚書)·언행기(言行記)·부훈(婦訓) 등 다양한 장르의 글이 포함되어 있다. 이 자료집의 많은 비중을 차지하는 행장, 비문, 제문은 사람이 죽고 난 뒤에 쓰는 글로 글을 써주는 사람들도 친지들이거나 가족의 청탁을 받은 사람들이다. 따라서 죽은 이의 생애가 가감 없이 기록되었거나 정확한 평가가 이루어졌다고 기대하기는 어렵다. 죽은 이를 미화하고 칭송하기 위해 어느 정도의 선택과 배제의 과정이 있었을 것이기 때문이다. 이런 점에서 이 기록들은 일정한 한계를 갖는다. 그러나 동시에 이 기록들이 미화하거나 칭송한 부분들을 보면 당시 여성들을 어떤 규범이나 기준에 따라 평가했는지를 알 수 있다. 그런 점에서 이 자료들은 당시 여성의 일생에 대한 기록이면서 동시에 여성에게 요구했던 규범의 기록이기도 하다. 여성을 대상으로 한 시도 적지 않게 존재하고, 시도 여성 인식의 한 측면을 드러내고 있음에 틀림없지만 이 자료집에서는 일단 시는 제외하였다.

　이 자료들의 내용은 시문을 읽고 쓰는 문학과 관련된 활동뿐 아니라 일상의 언어생활과 의복, 음식, 주거상의 생활 전반을 파악하게 해 주는 다방면의 생활사 원천 자료를 포함하고 있다. 이 자료들의 작가군에는 이의현, 이덕수, 박지원, 이덕무 등 18세기를 대표하는 학자와 문인들의 작품이 모두 포함되어 있다. 숙종대부터 정조대에 이르는 18세기는 전환기적인 시대로 정치, 문화, 예술 방면에서 다채로운 면모를 보여주는 것으로 평가되는 시기이다. 이 시기 여성 관련 자료는 이러한 시대적 분위기를 반영하고 있다. 직접적인 이유는 더 따져보아야 하겠지만 이전 시기에 비해 현격하게 여성을 대상으로 한 글들이 많이 쓰여졌고 장르 또한 다양해진 것을 볼 수 있다. 또한 여성에 대한 인식도 달라지고, 가족 속에서의 여성의 위상, 부부관계, 친정과의 관계가 달라진 것을 볼 수 있다. 이러한 현상은 가족 제도의 변화와 같은 사회 구조적인 차원은 물론이고, 남성 사대부들의 여성 인식, 각 문학 장르에 대한 관점이 변화하던 것과 맞물려 있는 것으로 짐작된다.

　이 책은 18세기 여성생활사 자료집이라는 제목으로 출간되지만 이 책에 포함된 자료들은 각각 작품으로서 완결된 형태를 취하고 있다. 따라서 각 작품을 번역, 주석하고 해제를 붙였다. 특히 해제를 통해 각 작품에서 대상으로 한 여성을 18세기 조선 사회의 가문이나 당시의 여성에 대한 이해와 관련하여 파악하고자 하였다. 대상 여성을 개별적으로 이해하기보다는 조선 사회의 맥락 속에서 파악하기 위해서이다. 이 자료들은 여성의 어문 생활, 여성과 가족 관계, 여성 노동, 서모나 유모 등 가족 주변부 여성의 삶, 딸에 대한 태도 등 여성 문학과 일상생활에 대한 다양한 내용을 보여준다. 이 자료들 가운데는 뛰어난 문학성을 인정받은 작품들도 포함되어 있다. 그러나 이 자료집에서는 문학성보다는 생활사 자료로서의 가치에 보다 주목하였다. 이 번역 연구가 18세기 여성사 및 생활문화, 여성문학사로 심화, 확대되고 그 문학적 가치까지 제대로 평가될 때 자료적 가치가 더할 것으로 생각된다.

이 책은 18세기 여성생활사 자료집이라는 제목으로 나가지만 자료 전체를 시간 순서로 배열하지는 않았다. 번역 문체나 스타일에 어느 정도의 통일성을 주기 위해 각 번역자들이 맡아서 번역한 자료들을 중심으로 책을 엮었기 때문이다. 그러나 각 권 안에서는 작가별로 시간 순서에 따라 자료를 배열하였다. 번역은 직역보다는 원문을 가능한 쉽게 풀어쓰려고 했다. 자료를 함께 강독하고 각자가 번역을 다듬는 방식으로 작업을 진행하면서 번역의 통일성을 기하고자 했으나 문장에 배여 있는 각 번역자의 개성은 숨길 수 없었다. 번역 또한 개성의 발현이요, 창작의 한 과정임을 인정할 수밖에 없다. 여전히 오역과 어색한 문장이 곳곳에 숨어 있을 것을 생각하면 책으로 내는 것이 두렵기만 하다. 다만 이 번역 작업이 조선시대에 존재했던 여성 개인을 만나고, 여성의 일상과 문화를 이해하고, 나아가 여성사를 재구하는 데 작은 도움이나마 되기를 바랄 뿐이다.

많은 분량의 원고를 선뜻 출간해주겠다고 하신 보고사의 김흥국 사장님과 오랜 시간 고생하신 편집부에 감사드린다.

역자들을 대신하여 김경미 씀

차 례

서문 / 3
일러두기 / 13

어유봉

정경부인에 추증된 할머니 원씨 묘지 ··········· 17
유인 황씨 묘지명 ·············· 21
육촌 형수 유인 신씨 묘지명 ··········· 25
정경부인에 추증된 할머니 원씨 행장 ·········· 28
막내 고모 공인 어씨 제문 ············ 33
막내 여동생 공인 제문 아버지 대신 지음 ·········· 37
장모 유인 안동 김씨 제문 ············ 44
고모 정경부인 제문 ·············· 48
누님 제문 아버지 대신 지음 ·········· 53
이모 유인 유씨 제문 ············· 57
유인 김씨 애사 ··············· 60
숙인 윤씨 애사 서문과 함께 씀 ··········· 67
공인 박씨 애사 서문과 함께 씀 ··········· 72

신익황

절부 정씨 정려기 ·············· 79
아내 공인 순천 박씨 행실기 ··········· 81

8

이진망

며느리 풍양 조씨 묘지 ··· 89

아내에게 부치는 글 ··· 94

이덕수

현부인 강릉 최씨 71세 수연에 쓴 서문 ····················· 99

정명공주 글씨 어찬 발문 ·· 103

아내 해주 최씨 묘지명 ··· 106

숙인 홍씨 묘지명 ··· 111

딸 심씨의 아내 광지 ··· 115

심숙인 묘지명 ··· 117

종숙모 유유인 묘지 ··· 123

숙인 최씨 묘지명 ··· 128

권숙인 묘지명 ··· 133

숙부인에 추증된 전주 이씨 묘지명 ····························· 139

공인 김씨 묘지명 ··· 142

정경부인에 추증된 홍씨 묘지명 ································· 148

숙인 임씨 묘지명 ··· 155

공인 한씨 묘지명 ··· 161

정경부인 전씨 묘지명 ··· 165

고려 예의상서 신공의 부인 정씨 묘표 ······················· 170

어머니 행록 ··· 173

홍태유

할머니 숙안공주 가장 ··· 195

이광정

장모 전의 이씨 제문 ································· 205

김씨 집안의 열부 박씨 정려에 새긴 글 서문과 함께 씀 ················ 208

조씨 집안의 열부 이씨 묘갈명 서문과 함께 씀 ·············· 212

효열부 이공인 묘지명 서문과 함께 씀 ················ 215

숙인 박씨 유사 ································· 221

오촌 숙모 권씨 유사 ···························· 226

임씨 집안의 열부 향랑전 ························· 232

권구

서자 서부가 상을 주관하는 일에 대한 의의 ················· 241

아버지가 살아계시고 어머니가 돌아가셨을 때 치복을 벗는 문제에 대한

　의의 ······································· 246

아내 유인 제문 ································· 251

넷째 누이 묘지 무인년 ·························· 253

어머니 유사 ··································· 255

여동생 제문 무인년 ····························· 257

윤동수

유인 파평 윤씨 묘표 ···························· 263

여동생 유인 파평 윤씨 묘지 ······················ 266

조태억

숙인 남원 윤씨 묘지명 ··························· 275

정부인에 추증된 성주 이씨 묘지 ···················· 282

숙인 광주 김씨 묘지명 ··························· 289

정경부인에 추증된 어머니 남양 홍씨 묘지 ················· 300
정경부인에 추증된 어머니 남원 윤씨 묘지 ················· 303
손녀 제문 ··· 310
왕대비전 환후 회복 반교문 ···································· 314
중궁전의 홍진 회복 후 대전에 하례하는 전 ··············· 316
중궁전을 하례하는 전 ··· 318

이간

아내 안인 윤씨 행장 ·· 323

이하곤

유인 김씨 애사 ··· 337
김공의 어머니 남양 홍씨 묘표 ································· 344
딸 봉혜 광지 ·· 347
봉혜를 곡하는 글 ··· 350
정경부인 황씨 제문 ·· 360
정부인 이씨 애사 ··· 363
큰고모 정경부인 제문 ·· 369
막내 고모 제문 ··· 374
세자빈 교명문 대신 지음 ·· 376
여동생을 곡하는 글 ·· 379
정녀 상랑의 일을 씀 ··· 381
서매를 곡하는 글 ··· 385

이상

아내 진주 유씨 제문 계미년 ···································· 389

정경부인에 추증된 어머니 여흥 민씨 묘표 계묘년 ·················· 393

조문명

중궁전 홍진 회복을 축하하는 전문 관찰사 대신 지음 ·················· 397

이재

정명공주가 쓴 유합의 발문 ·················· 401
열부 이씨전 ·················· 403
어머니의 대상 하루 전에 고하는 글 ·················· 407
미루었던 어머니 대상일 하루 전에 고하는 글 ·················· 408
막내 숙모 윤부인께 올리는 제문 ·················· 409
유씨 집안에 시집간 딸 제문 ·················· 414
숙인 창원 황씨 신위단비 ·················· 420
생원 박공과 유인 유씨 묘갈 ·················· 422
유인 남양 홍씨 묘갈 ·················· 426
숙인 은진 송씨 묘갈 ·················· 430
유인 반남 박씨 묘갈 ·················· 435
정부인에 추증된 종조모 상산 김씨 묘표 ·················· 439
아버지 어머니 무덤에 하는 표 ·················· 441
외할머니 풍창부 부인 조씨 묘표 ·················· 446
유인 남양 홍씨 묘지 ·················· 450
숙인 여흥 민씨 묘지 ·················· 454
잠성 부부인 이씨 묘지 ·················· 459
둘째 외숙모 정경부인 파평 윤씨 묘지 ·················· 462
정부인에 추증된 반남 박씨 묘지 ·················· 466
정부인 광산 김씨 묘지 ·················· 468
정부인 완산 이씨 묘지 ·················· 471

유인 수원 최씨 묘지 ···································· 474

유인 여흥 민씨 묘지 ···································· 476

숙인 은진 송씨 묘지 ···································· 480

숙인 창녕 성씨 묘지 ···································· 484

원문 / 491

찾아보기 / 625

일러두기

1. 이 책은 민족문화추진회에서 2000년에 간행한 『한국문집총간』에 수록된 문집 가운데 1650~1750년 사이에 태어나 18세기에 생존했던 문인의 개인 문집에 수록되어 있는 여성 관련 산문자료를 망라하여 번역, 해제한 것이다.

2. 각 권은 문인의 출생 연도별로 자료를 배열하였다.

3. 각 번역문 뒤에는 해당 여성 인물 및 자료 전반에 관한 이해를 돕기 위해 간략한 해제를 달았다.

4. 일반 교양인들도 쉽게 읽을 수 있도록 원문을 가능한 한 쉽게 풀어서 번역하는 것을 원칙으로 하였다.

5. 본문에 사용된 전문용어는 현대인들이 알기 쉬운 말로 풀어쓰는 것을 원칙으로 하였으며, 처음 나오는 관직명이나 인명, 지명, 관용구 등은 ( ) 안에 한자를 병기하였다.

6. 인물, 사건 등 설명이 필요한 부분은 번역자 각주로 처리하였으며 참고한 서적은 각주에 명시하였다.

7. 맞춤법과 띄어쓰기는 한글 맞춤법 통일안을 원칙으로 하였다.

8. 부호는 다음과 같은 원칙으로 사용하였다.

   - ( ) : 음이 같은 한자를 묶는다.
   - [ ] : 음이 다르거나 한글풀이에 대한 한자를 묶는다.
       예) 측실을 경계하는 글[戒側室文]
   - 【 】 : 원문의 세주

- " " : 직접 인용, 대화, 긴 인용문
- ' ' : 간접 인용, 강조, 짧은 인용문
- 『 』 : 책 명
- 「 」 : 편 명
- □ : 원문의 결자(缺字)

어유봉(魚有鳳) : 1672(현종 13)~1744(영조 20). 조선 후기의 문
신. 본관은 함종(咸從 : 평안남도 강서지역). 자는 순서(舜瑞), 호는
기원(杞園). 한성부 우윤 어사형(魚史衡)의 아들. 어머니는 유거(柳
椐)의 딸. 경종의 장인 어유귀(魚有龜)의 형. 김창협(金昌協)의 문
인. 1706년 우의정 김창집(金昌集)의 천거를 받고 천안군수에 임
명, 1722년(경종 2) 신임사화로 스승 김창협이 화를 당하자 유생들
과 함께 그를 변호하다가 파직되었다. 영조가 즉위하자 관직에 다시
복귀해 집의 · 사복시정(司僕寺正)을 역임하고, 1734년(영조 10)
호조참의, 이듬해 승지가 되었다. 1738년 세자시강원찬선(世子侍
講院贊善)으로 사퇴하였다. 저서로는 『기원집(杞園集)』 · 『경설어
록(經說語錄)』, 편서로는 『오자수언(五子粹言)』 · 『논어상설(論語
詳說)』 · 『주자어류요략(朱子語類要略)』 · 『대월첩(大越帖)』 · 『풍
아규송(風雅閨誦)』 등이 있다. *참고문헌 : 肅宗實錄, 景宗實錄,
英祖實錄, 淸選考, 燃藜室記述, 淵泉集.

정경부인에 추증된 할머니 원씨 묘지
祖妣贈貞敬夫人元氏墓誌

　부인은 관찰사 어진익(魚震翼)[1] 공의 배필이었다. 원씨 부인의 본적은
원주(原州)이며, 고려 병부령(兵部令) 원극유(元克猷)의 후손이다. 증조부
원전(元㙉)은 고성(固城) 현령(縣令)이었다. 할아버지 원사립(元士立)은 진
주(晋州) 목사(牧使)였다. 아버지는 원빈(元玭)이었고, 어머니는 양천 허씨
로, 경상좌병사(慶尙左兵使)로 병조판서에 추증된 허완(許完)[2]의 딸이었다.
부인은 천계(天啓)[3] 을축년[1625]년 3월 6일에 태어났는데, 나이 17세에 관
찰사 어진익 공에게 시집왔다. 부덕이 잘 갖추어져서 효성스럽고 우애가
있었으며 어질고 공손했는데, 항상 변함이 없었다. 관찰공이 현달하자
그 분의 관직에 따라 정부인에 봉해졌다. 갑자년[1684]에 관찰공이 세상
을 떠나고, 그 후 32년이 지난 을미년[1715] 7월 15일에 죽었는데, 향년

---

1 어진익(魚震翼) : 1625(인조 3)~1684(숙종 10). 조선 후기의 문신. 본관은 함종(咸從).
　자는 익지(翼之). 호는 겸재(謙齋). 수운판관 어한명(魚漢明)의 아들. 어머니는 권숙지(權
　叔之)의 딸. 1662년(현종 3) 정시 문과에 을과로 급제, 1674년에는 보덕(輔德)이 되어 효
　종비 인선왕후(仁宣王后)의 복제 문제로 윤휴 등 남인을 공격하다 동래부사로 좌천,
　1678년(숙종 4) 왜관(倭館)을 옮기는 비용을 낭비했다 하여 파직, 고양에 유배되었다. 이
　듬해 여주목사, 1681년 충청도관찰사가 되었다. 1683년 강원도관찰사, 이듬해 승지를 역
　임하였다. 좌찬성에 추증되었다. *참고문헌 : 顯宗實錄, 肅宗實錄, 國朝人物考, 國朝榜目.
2 허완(許完) : 1569(선조 2)~1637(인조 15). 본관은 양천(陽川). 자는 자고(子固). 증 호조
　참판 허기(許芑)의 아들. 어머니는 경산이씨(京山李氏). 1593년(선조 26) 무과에 급제, 남
　평현감이 된 뒤 단천군수가 되었다. 정묘호란 때 중군이 되어 왕을 호종한 공으로 가선대
　부로 영남우도절도사 겸 진주목사를 거쳐, 회령도호부사를 지냈다. 1636년(인조 14) 병자
　호란이 일어나자 영남좌도절도사로 남한산성에 피난한 왕을 구하려 했는데, 광주(廣州)
　쌍령(雙嶺)에서 적을 만나 싸우다가 이듬해 전사하였다. 병조판서에 추증되었다. 시호는
　충장(忠莊)이다. *참고문헌 : 宣祖實錄, 仁祖實錄, 記言別集. 國朝人物考, 國朝人物志, 典
　故大方, 許氏世稿.
3 천계(天啓) : 1621년에서 1627년 사이 명(明)나라의 연호.

91세였다.

부인은 자질이 깔끔하고 총명하며 사려가 깊고 덕성스러웠으며 마음이 곧고 유순하며 신중하고 꼼꼼했다. 연세 100세에 이르러도 총명함이 줄어들지 않아서 오래 전의 일도 자세히 모두 다 기억했다. 접대에는 조금이라도 어긋남이 없었으며, 매일 일찍 일어나 세수하고 머리 빗고, 여공(女工)⁴에도 게으르지 않았다. 병이 위중했지만 정신은 평소와 같았는데, 옷을 갈아입고 바로 누워서 생을 마쳤다. 상자에서 유서 한 장을 얻었는데, '제수에 쓸 물건을 짐작하여 결정할 때, 한결같이 절약하여 낭비하지 않도록 하라.'라고 되어 있었다. 아들딸이 나이 많음을 근심하고 염려하여 (자식들이) 스스로를 지키도록 경계한 것이니, 그 식견과 사려가 이처럼 밝고 뛰어났다.

이 해 9월 임인에 관찰공 묘 왼쪽에 합장하니 풍덕(豊德)⁵ 망포(望浦)⁶의 서북쪽을 등진 묏자리다. 1남 2녀를 두었는데, 아들 어사형(魚史衡)⁷은 전 군기시(軍器寺) 부정(副正)이었다. 장녀는 영의정 이유(李濡)⁸에게 시집갔

---

4 여공(女工) : 베 짜기, 바느질, 자수 등의 일. *참고문헌 : 禮記, 內訓.

5 풍덕(豊德) : 경기도 개풍지역의 옛 지명. 1442년(세종 24)에는 덕수현(德水縣)과 합쳐 풍덕군으로 하였다. 1895년에 개성부 관할에 들어갔다가 다음해 경기도에 속하게 되었다. 1914년 행정구역개편 때 개성군에 편입되었고, 1931년 개성부가 독립되자 개성군의 나머지 지역과 풍덕군이 합쳐져 개풍군이 되어 대성면이 되었다. 대안(對岸)에 강화도가 있어 개성과 한강을 방위하는 데 큰 몫을 한 곳이다.

6 망포(望浦) : 현 개풍군 흥교면 조문리.

7 어사형(魚史衡) : 1647(인조 25)~1723(경종 3). 본관은 함종(咸從). 자는 자평(子平). 경기도관찰사 어진익(魚震翼)의 아들. 어머니는 통사랑 원빈(元玭)의 딸. 1698년 (숙종 24) 음보(蔭補)로 선공감감역(繕工監監役)이 되었다. 1700년 신계현령(新溪縣令)으로 나가 선정을 베풀어 송덕비가 세워졌다. 1702년 잠시 훈국랑(訓局郎)으로 재직하다가 곧 양근 군수(楊根郡守)가 되었고, 1705년 병으로 사직하였다. 1712년 군기시부정(軍器寺副正)이 되고, 이듬해 승지에 올랐다. 1716년 70세가 되어 통정대부에 가자(加資)되었고 첨지중추부사·오위장이 되었다. 이 해에 손녀가 세자빈(世子嬪 : 景宗妃 宣懿王后)으로 책봉되자 돈녕부도정(敦寧府都正)에 올랐고, 이어 가선대부 동지돈녕부사(同知敦寧府事)에 올랐다. 1722년 한성부우윤으로 죽었다. *참고문헌 : 肅宗實錄, 景宗實錄, 國朝人物考.

8 이유(李濡) : 1645(인조 23)~1721(경종1). 본관은 전주(全州). 자는 자우(子雨), 호는 녹

으며 차녀는 황해감사 이의현(李宜顯)⁹에게 시집갔으나 일찍 죽어 후사가
없다. 사형의 아들 유봉(有鳳)은 전 천안군수이며, 유귀(有龜)¹⁰는 홍문관

천(鹿川). 세종의 다섯째 아들인 광평대군(廣平大君) 이여(李璵)의 후손. 군수 이중휘
(李重輝)의 아들. 어머니는 김광찬(金光燦)의 딸. 1668년(현종 9) 별시 문과에 병과로 급
제, 1680년(숙종 6) 경신대출척으로 서인이 재집권하자 승지로 발탁되었다. 경상도관찰
사·대사헌을 역임했고, 1694년 갑술환국 후 평안도관찰사를 거쳐 호조판서가 되었다.
1702년 병조판서로 양역변통문제를 담당하였다. 1704년 우의정에 오르고, 뒤이어 좌의
정·영의정에까지 올랐다. 특히 도성 방어의 강화를 힘써 주장, 경리청이라는 재정 마
련의 특별기구까지 설치해 북한산성의 수축을 완료하였다. 1718년 영중추부사가 되고
기로소(耆老所)에 들어갔다. 송시열(宋時烈)의 문인. 김창집(金昌集)·이이명(李頥命)·
민진후(閔鎭厚) 등과 친하였다. 1726년(영조 2) 민진후와 함께 경종 묘정에 배향되었다.
시호는 혜정(惠定)이다. *참고문헌 : 顯宗實錄, 肅宗實錄, 景宗實錄, 英祖實錄, 國朝榜目.

❾ 이의현(李宜顯) : 1669(현종 10)∼1745(영조 21). 본관은 용인(龍仁). 자는 덕재(德哉), 호
는 도곡(陶谷). 좌의정 이세백(李世白)의 아들. 어머니는 정창징(鄭昌徵)의 딸. 김창협(金
昌協)의 문인. 1694년(숙종 20) 별시 문과에 병과로 급제해 1707년 이조정랑, 이어 동부승
지·이조참의·대사간을 역임하였다. 경종이 즉위하자, 동지정사(冬至正使)로 청나라에
다녀온 뒤 형조판서에 올랐다. 목호룡(睦虎龍)의 고변으로 신임옥사가 일어나 평안도 운
산에 유배되었다. 영조가 즉위해 노론이 득세하자 풀려 나와 1725년(영조 1) 형조판서로
서용되었다. 이조판서로 임명되어 수어사(守禦使)를 겸했고, 승문원제조(承文院提調)와
비변사유사당상(備邊司有司堂上)을 겸했다. 판의금부사(判義禁府事)에 임명되어, 소론
의 죄를 다스리는 임무를 맡았다. 1727년 우의정에 발탁되었다가 정미환국 때 파직되어
양주로 물러났다. 이듬해 무신란(戊申亂)이 발생하자 판중추부사(判中樞府事)로 기용되
었고, 이어 『경종실록』 편찬에 참여했으며, 1732년 사은정사(謝恩正使)로 청나라에 다녀
왔다. 1735년 특별히 영의정에 임명되었으나 노론 옹호로 삭직되었다. 민진원이 죽은 뒤
노론의 영수로 추대되었으며, 노론 4대신(김창집·이이명·이건명·조태채)의 신원과
신임옥사가 무옥(誣獄)임을 밝히는 데 진력하였다. 그 결과 1740년의 경신처분(庚申處分)
과 1741년의 신유대훈(辛酉大訓)으로 신임옥사 때의 충역시비(忠逆是非)를 노론측 주장
대로 판정하게 하였다. *참고문헌 : 肅宗實錄, 英祖實錄, 國朝榜目, 黨議通略, 陶谷集.

10 어유귀(魚有龜) : 1675(숙종 1)∼1740(영조 16). 본관은 함종(咸從). 자는 성칙(聖則),
호는 긍재(兢齋). 한성부우윤 어사형(魚史衡)의 아들. 어머니는 유거의 딸. 1707년 별시
문과에 병과로 급제, 1713년에는 홍문록(弘文錄) 편찬에 참여하였다. 1718년 수원부사
를 거쳐 병조참지로 있을 때, 딸이 세자빈(뒤의 宣懿王后)으로 들어갔으며, 그 해에 대
사간에 오르고 이어 승지가 되었다. 1720년 경종이 즉위하자 함원부원군(咸原府院君)에
봉해지고, 이듬해 어영대장이 되어 훈국(訓局)의 관장을 겸하였다. 노론 4대신(김창
집·이이명·이건명·조태채)의 무고를 밝히고 김일경 등의 상소를 물리쳤다. 1724년
영조가 즉위하자 영조는 국구(國舅: 왕의 장인)로서 예우하였다. 1728년(영조 4) 분무원
종공신(奮武原從功臣) 1등에 책록되었다. 영의정에 추증되었으며, 시호는 익헌(翼獻)이
다. 저서로 『긍재편록』·『농암사단칠정변(農巖四端七情辨)』이 있다. *참고문헌 : 肅宗

교리, 유붕(有鵬)**11**은 익릉(翼陵)**12** 참봉이다. 딸은 생원 김순행(金純行)에게 시집갔다. 이유의 아들은 현응(顯應), 현징(顯徵)이며, 딸은 봉사(奉事)인 명일(命一) 윤혜원(尹惠元)에게 시집갔다. 내외 증현손이 남녀 이십여 명이다. 부인은 장수했고 건강하였으며, 아들딸과 손자들이 입신양명하여 잘 봉양했다. 편안하고 즐겁게 천명을 다하였으니, 덕과 선의 보답이라, 이에 여한은 없겠다. 장사지내는 날, 불초 손자 유붕이 삼가 예에 따라 그 대략을 위와 같이 기록하고, 무덤 속에 넣어서 영원하도록 고한다.

해제　정경부인 원씨(1625~1715)는 원빈(元玭)의 딸로, 17세에 어진익(魚震翼)에게 시집갔다. 기원(杞園) 어유봉(魚有鳳: 1672~1744)의 할머니이다. 91세까지 살았는데, 깔끔하고 총명하였으며 기억력이 여전했고, 늘 일찍 일어나서 여공에 힘썼다. 1남 2녀를 두었는데, 아들 어사형(魚史衡)과 영의정 이유(李濡)에게 시집간 장녀, 황해감사 이의현(李宜顯)에게 시집간 차녀가 있다. 돌아가시기 전에 자식들이 나이가 많은 것을 염려하여 제수를 간소하게 준비하라는 유서를 남겼다.

─────────

實錄, 景宗實錄, 英祖實錄, 國朝榜目, 咸從魚氏大同譜.

11 어유붕(魚有鵬): 1678(숙종 4)~1752(영조 28). 조선 후기의 문신. 본관은 함종(咸從). 자는 지원(志遠). 우윤 어사형(魚史衡)의 아들. 어머니는 유거의 딸. 1714년(숙종 40) 36세로 생원시에 합격, 장악원정·익위사위수(翊衛司衛率), 부평부사·광주목사(光州牧使)를 거쳐 돈녕부도정(敦寧府都正)·장례원판결사에까지 올랐다. *참고문헌: 英祖實錄, 淵泉集.

12 익릉(翼陵): 조선(朝鮮) 때 서오릉(西五陵)의 하나. 경기도(京畿道) 고양군(高揚郡) 신도면(神道面) 용두리(龍頭里)에 있는 숙종비(肅宗妃)인 인경왕후(仁敬王后) 김씨(金氏)의 능. 관원(官員)으로는 영(令, [종오품(從五品)]) 1원(員), 참봉 1원과 수호군(守護軍) 70인이 있었음. *참고문헌: 肅宗實錄, 大典會通.

유인 황씨 묘지명
孺人黃氏墓誌銘

  내 조카 안동 김씨 김이진(金履晉)은 아내인 유인 황씨를 잃고 슬픔이
깊었는데, 아내가 남긴 행적 수십 가지 일을 손수 기록하여 나에게 부쳐
보여주며 이렇게 말했다.

  "제가 우둔하고 곤궁하여 이 사람을 잃었습니다. 장사지내며 한 마디
말이 없을 수가 없는데, 말씀이 믿을 만하기로는 우리 외숙만한 분이 안
계십니다. 슬피 여기시어 맡아주시기 바랍니다."

  나는 "알겠다."라고 했다.

  유인의 본적은 창원이다. 유학(幼學) 황석(黃晳)의 딸이고, 판돈녕부사
(判敦寧府事) 황흠(黃欽)¹³의 증손녀이다. 나이 17세에 김씨 가문으로 시집
왔다.

  김씨 가문은 충효로 이름난 명문가로 집안 다스리는 것이 엄격하고
법도가 있어서, 세상에서 '며느리노릇하기 어렵다.'라고 했다. 처음 시집
에 이르자 그 시아버지 보은공(報恩公)께서 기뻐하며 이렇게 말했다.

  "우리 며느리는 진솔하고 겉치레하지 않고 쓸 데 없는 말을 하지 않으
니 사랑스럽다."

  시아버지가 돌아가시자 시할아버지 청송공(青松公)을 가장 오래 섬겼

---

13 황흠(黃欽) : 1639(인조 17)~1730(영조 6). 조선 후기의 문신. 본관은 창원(昌原). 자는
경지(敬之). 황입중(黃立中)의 증손으로, 할아버지는 황형(黃泂)이고, 아버지는 황신구
(黃藎耉)이며, 어머니는 김취겸(金就兼)의 딸이다. 1680년(숙종 6) 별시문과에 을과로
급제한 이후 좌우참찬과 육조의 판서를 두루 역임하였다. 정사에 관여한 50여 년 동안
나름대로 소임을 다하여 3대(숙종·경종·영조)를 모셨다. 매사에 신중하였으며 청렴
검소하게 지냈으므로 헐뜯는 사람이 없었다. 마지막 벼슬은 보국판돈녕(輔國判敦寧) 이
조판서였다. *참고문헌 : 英祖實錄, 肅宗實錄, 國朝榜目.

다. 또 (청송공이) 예쁘게 보고 이렇게 말했다.

"이 며느리는 음식을 잘 하고 늙은이를 보살피는 데 충심을 다한다."

시할머니와 시어머니도 며느리가 일처리를 똑 부러지게 하게 하는 것을 칭찬했다. 남을 부림에도 뜻이 분명했다. 동서들을 대할 때에도 진심으로 하여, 혹시 맞지 않는 점이 있더라도 조금이라도 속에 담아두지 않았다. (동서들이) 다 감복하여

"우리 형님의 마음 씀씀이가 정결하고 고상하다."

라고 했다.

김이진이 그의 아우 김이태(金履泰)가 일찍 죽은 것을 슬퍼하여 그 아들 학순(學淳)을 주어 후사로 삼게 하고자 했더니, 유인도 한 마디로 결정하고 어려워하는 기색이 없었다. 보내고 나서 바로 잊어버리고 이렇게 말했다.

"그 어머니가 그 아이를 사랑해 주는 것이 나보다 나을 것이다. 그런데 또 거기 무슨 염려가 있겠는가?"

유인은 총명하고 슬기로웠으며 총기가 있었다. 분별하여 판단을 잘했으며 공평하고 용서를 잘했다. 그래서 그가 일처리에서 보여준 것은 결코 도량이 좁고 연약한 부녀자 같지 않았다. 아아! 어질도다.

4남 1녀를 낳았다. 장남은 김도순(金道淳)인데, 나이가 찼으나 아직 관례하고 장가가지 않았다. 차남은 김학순(金學淳)이고 나머지는 아직 이름 짓지 않았다. 막내가 막 태어났는데 산병(産病)이 심해져서 네 달 만에 죽었다. 임종 날 저녁에 유모에게 아기를 안고 와 달라고 하고는 또 이렇게 말했다.

"내 상자 안에 따로 넣어 둔 것은 없지만 그래도 패물이 좀 있어요. 며느리 맞고 딸 시집보내려 했는데, 지금 이미 이렇게 돼버렸네."

말이 너무나 슬펐지만 그래도 (죽는 것을) 매우 두려워하여 애통해 하는 뜻은 없었다.

이때는 갑인년[1734] 12월 6일 그가 태어난 계미년[1703]과의 거리가 겨우 서른두 해였다. 올해 모 월 모 지 모 방향의 자리에 장사지낸다. 청송공은 김시보(金時保)이며 보은공은 김순행(金純行)이니, 이들은 선원(仙源) 선생 문충공(文忠公) 김상용(金尙容)의 현손이자 5대손이다. 유인의 시어머니가 바로 나의 여동생인데, 종종 울면서 나에게 이렇게 말한 적이 있었다.

"제가 험한 일들을 당해 애통함이 쌓여서 죽어야하는데도 죽지 못했습니다. 남은 날은 이 며느리에게 맡기기를 바랐으나 이제 갑자기 저보다 먼저 가서 도리어 저를 슬프게 만들었습니다. 어찌 이리 가혹한지요?"

그리고는 울음을 터뜨리고 말을 하지 못했다. 아! 너와 나 같은 사이로 어찌 차마 명을 쓰지 않을 수 있겠느냐?

명에 이른다.

아! 유인이여,
아름다움을 쌓은 분이여.
지아비와 자식에게 마땅하게 하고,
어른들께 예쁘게 보였도다.
평생의 약속이여,
삼십 년만에 사라졌구나.
향기가 사라지게 했으니,
수명이 어찌 그리 짧았는가?
내가 명의 글을 지었으니,
혼이여 걱정하지 마소서.

해
제

유인 황씨(1734~1703)는 황석(黃晳)의 딸로, 17세에 어유봉의 조카인 김
이진(金履晉)의 아내가 되었다. 유인은 시아버지 김순행(金純行)이 죽은
후 시할아버지 김시보(金時保)를 잘 모시어 사랑받았는데, 아들을 낳은 지 석 달
만에 산병(産病)으로 죽었다. 갓난아기를 두고 떠나기 안타까워하며 지니고 있던
패물을 자식들을 혼인시킬 때 보태라고 하는 마음이 애달프게 표현되어 있다.

육촌 형수 유인 신씨 묘지명
再從嫂孺人申氏墓誌銘

　유인 평산 신씨는 함종 어씨 선보(善甫) 어유형(魚有珩)의 첫 번째 배필이었다. 고려 장랑공(壯郞公) 신숭겸(申崇謙)[14]의 후손이며, 그의 아버지는 처사(處士)로서 지평(持平)[15]에 추증된 신명정(申命鼎)으로, 자는 백응(伯凝), 호는 은파(隱坡)이다. 어머니는 성주 이씨로, 이중무(李重茂)[16]의 딸이다. 숭정(崇禎)[17] 후반기 정축년[1637] 6월 20일에 태어났다.

　유인은 어려서부터 유순하고 온화했으며 조용하고 진중했다. 자라서는 부모를 잘 섬기고 유순하며 어질고 남을 잘 이해했으며, 성품이 담박하고 욕심이 적어 구슬이나 옥, 화려한 것을 보아도 마치 없는 것처럼 여겼다.

　20세에 어선보에게 시집갔다. 내 당숙 용안공(龍安公) 어사경(魚史經)[18]이 그의 시아버지이다. 유인은 그 분을 섬김에 사랑과 공경을 다하여 한결같은 마음으로 흐트러짐이 없었으므로 용안공은 기뻐하며 그를 칭찬했다. 손아랫동서와 손윗동서가 모두 여덟 명이었는데, 유인의 처신은

---

14 신숭겸(申崇謙) : ?~927(태조 10). 고려 전기의 무장. 본관은 평산(平山). 초명은 능산(能山). *참고문헌: 三國史記, 高麗史, 高麗史節要.

15 지평(持平) : 조선(朝鮮) 사헌부(司憲府)의 정오품 벼슬.

16 이중무(李重茂) : 1568(선조 1)~1629(인조 7). 조선 중기의 학자. 본관은 벽진(碧珍). 자는 회부(晦敷), 호는 남계(灸溪). 장사랑 이진(李繡)의 아들. 어머니는 박양좌(朴良佐)의 딸. 광해군 때 살제폐모(殺弟廢母)의 변이 있자 분연히 소를 올려 이의 부당함을 간하였다. 1780년 (정조 4) 숭산 회산서원(會山書院)에 봉향되었다. 저서로는『남계문집』 4권이 있다. *참고문헌 : 灸溪文集.

17 숭정(崇禎) : 1628년에서 1644년 사이 명(明)나라의 연호.

18 어사경(魚史經) : 충렬왕(忠烈王) 16年(1290) 문과 장원을 했으며, 판서력시어사(判書歷侍御使), 경상안찰사(慶尙按察使)를 역임했다.

모두 그들의 마음을 얻었다. 남편을 섬김에는 더욱 유순하였으나 도리에
맞게 하여, 부부간의 사사로운 환담에서도 독서나 행실 권면에 대해 많
이 이야기하였고, 선보는 더욱 그를 공경하고 존중했다. 유인은 어려서
부터 여칙서(女則書) 읽기를 좋아하여 의리를 알았고 예법을 소중히 했으
며, 마음을 세우고 일을 행함에 정직했고 구차하게 하지 않았다. 이는 그
가 가정에서 배운 것이 그러해서였다.

용안공께서 돌아가시자 선보는 여러 형들을 따라 충협(忠峽) 덕은동(德
隱洞)에 여막을 지었다. 후에 또 원주(原州) 염치촌(廉峙村)으로 옮겨 가서
살았다. 유인은 논밭을 일구고 누에치고 실 뽑는 일에 힘썼다. 해어진 옷
입고 힘들게 일했지만 그것을 즐거움으로 여기고 싫어하지 않았다. 선보
또한 (유인을) 믿고 의지하여 그가 가난하다는 사실을 잊었다.

유인은 전에 여러 번 아이를 낳다가 위험하게 되어서 기르지 못했다.
이때에 이르러, 또 산달이 찼는데 병이 심하여 해산하지 못하고 죽게 되
었으니, 어찌 그리 혹독한가? 이때가 기유년[1669] 5월 26일이었고, 마침
시어머니의 기일이었는데, 갑자기 눈을 뜨고 선보를 보면서 말했다.

"빨리 가서 일을 보십시오!"

또 여종에게 오이를 따서 제수에 보태도록 했다. 그가 죽을 지경에 이
르러서도 효를 잊지 않았음이 이와 같았다. 나이 겨우 서른셋이었는데,
집 뒤 산기슭 서쪽으로 앉은 자리의 동쪽 방향 자리에 장사지냈다.

아아! 유인이 죽은 지 이제 거의 십 년이 된다. 선보는 그의 죽음을
슬퍼하여 계속 생각하여 오래 되어도 잊지 못했고 나에게 그 무덤에 묘
지를 써 달라고 부탁했다. 그 오빠인 신광언(申光彦)이 또 그를 위해 아주
간절히 청하였다.

처음에 내가 선보를 추천하여, 백응(伯凝)[19]씨의 사위가 되게 했는데,

_____

19 백응(伯凝) : 신명정(申命鼎)의 호.

백웅씨의 집에는 뛰어나지 않은 딸들이 없다는 것을 잘 알아서였다. 시집와서는 과연 기대를 저버리지 않았다. 나는 비록 그의 모습을 눈으로 보지는 못했지만 그의 행동에 대해서는 충분히 많이 들었다. 어진데도 불행함이 유인과 같다면 남이라도 슬퍼할 만한데, 하물며 백웅의 딸이며 선보의 아내 되는 사람이겠는가? 내 어찌 차마 한 마디 말이 없을 수 있겠는가?

명에 이른다.

아아, 유인이여!
자질이 아름답고 행함이 순수하여,
여자 중에 현자로다.
우리 가문에 시집와서,
온 친척이 어질다 했네.
일찍 죽어 후사 없으니,
하늘이 어진 이를 돌보지 않으심인가.
내 명을 써 죽은 이에게 고하니,
나중에 어쩌면 그가 어질었음을 알 것이다.
유인이 어질어서만 아니라,
그 아버지의 어짊을 이어받은 것이리라.

해제 유인 평산 신씨(1637~1669)는 신명정(申命鼎)의 딸로, 20세에 어유형(魚 有珩)의 아내가 되었다. 어유봉은 신명정의 훌륭한 됨됨이를 알아 유인 신씨를 어유형에게 중매했다. 부덕을 잘 갖추어 시아버지께 칭찬을 받았고, 동서들이 여덟 명이나 되었지만 잘 처신하여 잘 지냈으며, 남편과 환담할 때에도 독서나 행실 권면에 대해 이야기하여 남편도 공경하고 중시했다. 시골에 옮겨 살 때에는 손수 논밭을 일구고 누에를 치면서 힘들게 일하기까지 했다. 아이를 낳다가 죽었는데, 죽어가면서도 시어머니의 기일 제수를 챙겼다.

정경부인에 추증된 할머니 원씨 행장
祖妣贈貞敬夫人元氏行狀

    정경부인에 추증된 할머니 원씨는 원주 원씨로, 고려 병부령(兵部令) 원극유(元克猷)의 후손이고, 고성 현령 원전(元㙉)의 증손이며, 진주 목사 원사립(元士立)의 손녀이다. 부친은 통임(通任) 원빈(元玭)이었고, 모친은 양천 허씨로, 경상좌병사(慶尙左兵使)로 계시던 정축년[1637]에 의롭게 돌아가시어 낭원(郎苑)²⁰으로 병조판서에 추증된 허완(許完)²¹의 따님이다. 부인은 천계(天啓) 을축년[1625] 3월 6일에 태어났고, 나이 17세에 우리 할아버지 관찰공²²에게 시집왔다.

    타고난 자질이 깔끔하고 총명하며 사려가 깊고 덕성스러웠다. (행동이) 단정하고 엄격하였으며 (마음이) 곧으면서도 유순하였다. 시부모님을 극진히 섬기고 공경하였으며, 동서들과도 변함없이 서로 화목하게 지냈고,

---

20 낭원(郎員) : 각 관아(官衙)의 당하관(堂下官)의 총칭(總稱).

21 허완(許完) : 1569(선조 2)~1637(인조 15). 조선 중기의 무신. 본관은 양천(陽川). 자는 자고(子固). 1593년(선조 26) 무과에 급제, 훈련중군·호서수군절도사·호남수군절도사 등을 역임했다. 정묘호란 때 왕을 호종한 공으로 가선대부로 승자, 영남우도절도사 겸 진주목사를 거쳐, 회령도호부사를 지냈다. 1636년(인조 14) 병자호란이 일어나자 남한산성에 피난한 왕을 구하려 하다 전사했다. 병조판서에 추증되었고 시호는 충장(忠莊)이다. *참고문헌 : 宣祖實錄, 仁祖實錄, 記言別集. 國朝人物考, 國朝人物志, 典故大方, 許氏世稿.

22 관찰공 : 어진익(魚震翼). 1625(인조 3)~1684(숙종 10). 본관은 함종(咸從), 자는 익지(翼之), 호는 겸재(謙齋)이다. 어한명(魚漢溟)의 아들로 조선 중기의 문신. 현종 3년(1662) 정시 문과에 급제한 뒤, 병조 좌랑, 병조 정랑, 함경도 도사(都事), 성균관 직강(直講) 등을 역임하였다. 1674년 효종비 인선왕후(仁宣王后)가 죽자 복제(服制)문제로 예론(禮論)이 일어났을 때 남인을 공격하다가 동래 부사로 좌천되었다. 숙종 4년(1678) 파직되어 고양에 유배되었다가 곧 풀려나 1679년 여주 목사, 1681년 충청도 감사가 되고 호조(戶曹)·예조(禮曹)·병조 참의(兵曹參議)를 거쳐 1683년 강원도 감사가 되었다. 좌찬성에 추증되었다. *참고문헌 : 顯宗實錄, 肅宗實錄, 國朝人物考, 國朝榜目.

조카들을 제 자식처럼 어루만져 길러주었다.

관찰공은 성품이 베풀기를 좋아하여 자기 밥을 갖다 주고 자기 옷을 벗어다 가난한 이들을 구휼해주었는데, 부인은 한결같은 마음으로 그의 뜻을 따르되, 그의 뜻에 부응하지 못할까 안절부절 못하였다. 신해년 [1671]에 크게 흉년이 들었는데, 관찰공의 형제자매들은 가난하여 의탁할 곳이 없어서 한 집에 모두 모여 살았으므로, 한솥밥 먹는 어른과 아이들이 수십 명이었다. 부인은 자기가 배고픈 것을 잊고 먹여 살릴 방도를 찾아서 마침내 모두 무사하게 했으니, 참으로 어려운 일을 한 것이다. 자애와 용서가 몸에 배어 아랫사람들을 거느릴 땐 간략하고 정직하게 대했으며, 첩을 상대하고 종들을 부릴 때에는 은혜로우면서도 법도를 지켰으므로, 여자들의 관계가 늘 편안하였다.

평생토록 신중하고 꼼꼼했으며 스스로의 생각을 견지했는데, 말과 웃음은 때에 맞게 했고, 일이 마음에 맞건 맞지 않건간에 가볍게 기뻐하거나 성내지 않았다. 아픔과 슬픔이 극심하지 않으면 가볍게 얼굴빛과 말에 드러나는 것이 없었다. 비록 신분이 낮거나 어리거나 미천하다 하더라도 역시 가벼이 욕하며 꾸짖지 않고, 무언(無言)의 가르침을 보여줄 따름이었다. 다른 사람과 사귈 때에는 힘써 도리를 다하였고, 한 번도 정도에 벗어나게 하신 적이 없었다. 근거 없이 빌거나 허탄한 말에 미혹되지 않았고, 세속에 유행하는 습속을 좋아하지 않았는데, 맑고 순수하고 소박하여 일체의 허물이 없었다.

관찰공은 두 고을을 역임했고 만년에는 아들을 따라 네 고을을 다녔다. 그런데 조석으로 식사를 챙겨 드리는 것 외에는 자그마한 관아의 물품이라도, 그것이 비록 어른을 모시는 것과 관계되는 도구일지라도 지나치게 많으면 바로 편치 않은 기색을 보였다. 한번은 새로 관사에 이르러 앉는 자리가 화려하고 아름다운 것을 보고는 손수 그것을 뒤집은 다음에야 앉았다. 성품이 검소하고 예의에 맞는지를 경계하여 따지는 것이 이와 같았다.

　손자 세 사람이 있는데, 모두 과거에 급제했고 둘째[23]는 또 대과(大科)에 합격하니, 부인은 매우 기뻐하고 경사로 여겼다. 그러나 첫째 손자[24]는 과거의 변고[25]를 만나 과감하게 공직에 나아가지 않으려 하였다. 그러자

　"그 아이는 고집이 있으니 억지로 시킬 필요는 없다."

라고 하였다.

　부인은 100세를 누렸는데 총명함과 정신력은 젊은 사람들과 다름이 없어, 사람들과 이야기하고 듣고 받아들이는 것이 명료하였다. 손수 쪽글을 쓰셨는데, 한 글자도 틀리지 않았다. 집안 뜰에서는 지팡이를 짚거나 부축 받지 않았다. 일상생활에는 (불편함 없이) 하고자 하는 것을 다 하였다. 매일 일찍 일어나 세수하고 머리 빗고, 손수 베 짜고 바느질했으며 잠시라도 게으르지 않았다. 지독한 추위나 무더위라 할지라도 그랬다. 오래 전의 일을 기억해내었는데 어제 일처럼 또렷했다. 조상의 제삿날과 친척의 기일, 손자와 증손들의 생일을 한 번도 빠뜨리거나 잊지 않았고, 여쭤보면 메아리처럼 대답해주었다. 내외 친척들 중에 와서 문안하는 사람이 있으면 춥고 더움, 하례와 위로를 각각 적절하게 했으며 곡진하게 마음을 다했다. 장수를 축하하기 위해 모일 때면 백발 고운 얼굴에 표정과 거동은 단아하고 정숙했다. 밤새도록 모여 이야기해도 정신이 편안하고 여유가 있었으니, 당에 올라 절하는 이들이 놀라지 않는 이가 없었다. 모두 전하여 '지상신선 같다'라고들 했다.

---

23 둘째 : 어유귀(魚有龜). 1675(숙종 1)~1740(영조 16).

24 첫째 손자 : 어유봉(魚有鳳)을 이름.

25 과거의 변고 : 과변(科變). 어유봉은 1699년(숙종 25) 사마시에 합격해 진사가 되었는데, 이때 과거 시험의 부정을 보고 대과의 응시를 단념하였다. 이 사건을 두고 '과거의 변고'라 한 것이다.

을미년[1715]에 아흔한 살이 되었다. 3월 모일은 바로 부인의 아버지 통임공(通任公)의 기일이었다. 우리 종실의 예로는 돌아가면서 제사를 지내는데, 부인이 다음 차례였다. 실제로는 내년이었는데도 마침내 제수를 준비하고 종실 조카에게 편지를 써주며 이렇게 말씀하셨다.

"내년 이날을 사람 일이 알 수 없어서 지금 준비하여 보내니 너는 그렇게 알고 있거라."

꼼꼼하게 멀리 내다보고 깊이 일을 생각하심을 여기에서 더욱 볼 수 있다. 그리고 나서 마침내 올해 7월 15일에 세상을 떠났다.

아아, 애통하다! 아아, 애통하다! 병으로 자리에 누워 임종하기까지 겨우 엿새였다. 정신이 명료하여 조금도 잘못하는 것이 없었다. 내외 손자 손녀들이 모두 모여 환자의 시중을 들었는데, 묻고 답하는 것이 평소와 같았다. 맏딸을 돌아보며 이렇게 말씀하셨다.

"인생에 어찌 끝이 없겠느냐? 너는 상심하지 말거라!"

사위 이상공[26]에게는 이렇게 말씀하셨다.

"날마다 와서 문안하여 사람을 감동시키는구려."

당시에는 마침 대간에서 상소가 있어 북한산성을 막는 일을 논하였다. 이공이 관청에 있을 때의 일로 술잔을 나누면서 이야기했는데, 부인께서는 말하는 것이 무슨 일이냐고 물어, 옆에서 모시는 사람이 대간의 말을

---

26 이상공 : 이유(李濡). 1645(인조 23)~1721(경종1). 본관은 전주(全州). 자는 자우(子雨), 호는 녹천(鹿川). 세종의 다섯째 아들인 광평대군(廣平大君) 이여(李璵)의 후손. 군수 이중휘(李重輝)의 아들. 어머니는 김광찬(金光燦)의 딸. 1668년(현종 9) 별시 문과에 병과로 급제, 1680년(숙종 6) 경신대출척으로 서인이 재집권하자 승지로 발탁되었다. 경상도 관찰사·대사헌을 역임했고, 1694년 갑술환국 후 평안도관찰사를 거쳐 호조판서가 되었다. 1702년 병조판서로 양역변통문제를 담당하였다. 1704년 우의정에 오르고, 뒤이어 좌의정·영의정에까지 올랐다. 특히 도성 방어의 강화를 힘써 주장, 경리청이라는 재정 마련의 특별기구까지 설치해 북한산성의 수축을 완료하였다. 1718년 영중추부사가 되고 기로소(耆老所)에 들어갔다. 송시열(宋時烈)의 문인. 김창집(金昌集)·이이명(李頥命)·민진후(閔鎭厚) 등과 친하였다. 1726년(영조 2) 민진후와 함께 경종 묘정에 배향되었다. 시호는 혜정(惠定)이다. *참고문헌 : 顯宗實錄, 肅宗實錄, 景宗實錄, 英祖實錄, 國朝榜目.

가지고 아뢰었는데, 바로 이렇게 말씀하셨다.

"쌓아놓은 성을 어찌 허물 수 있겠는가?"

그러고 나서 조금 있다가 모시는 이를 시켜 웃옷을 갈아입고 잠방이를 빨게 했다. 또 물을 가져오라고 하여 얼굴을 깨끗이 씻고 닦고서는 바로 누워 돌아가셨다. 초상을 치르면서 빠진 이를 담아 놓은 주머니를 찾으러 나갔다가 유서 한 장을 얻었는데, '내 제사에는 떡 한 말과 과일 네 가지, 탕 세 가지, 전[27] 두 접시만 차려라. 비록 재물이 있다 하더라도 힘써 더 하지 마라. 유밀과는 쓰지 마라.' 또 '너희들은 다 일흔이 되었다. 자기 몸을 삼가고 지켜라. 꼭 이 소망을 지키도록 해라.' 또 '비록 아는 바가 없는 것을 차리더라도 귀신이 흠향하는지 알지 못하니, 손자들은 일체 상에 술 따르지 마라. 이렇게 쓴 것은 한결같이 내 소원을 따르거라.'라고 했다. 손수 자세하고 엄정하게 풀이하셨으니 말의 뜻이 간절했다. 받들고 읽으니 슬픔에 목이 멘다. 무슨 말을 더하리오.

9월 6일 관찰공의 묘 왼쪽에 합장했다.

해제　정경부인 원씨(1625~1715)는 원빈(元玭)의 딸로, 17세에 어진익(魚震翼)의 아내가 되었다. 어유봉에게는 할머니가 된다. 91세까지 장수하였지만 단정했으며, 가족, 친척의 제삿날과 생일 등을 모두 기억했다. 베풀기 좋아하는 남편의 뜻을 따르며 흉년에 수십 명의 가족이 한 집에 살 때에도 무사히 살림을 꾸려냈다. 평생 검소하고 법도에 맞는 태도를 지켜 아들의 임지에서 봉양을 받으면서 관아의 물품을 함부로 사용하는 것을 늘 경계했다. 자식들이 나이가 많은 것을 염려하여 제수를 간소하게 준비하라는 유서를 남겼다.

---

27 전 : 간남(干南). 간・처녑・생선 등으로 만드는 제사에 쓰이는 전. 간적(肝炙)의 남쪽에 놓이므로 붙여진 명칭이다. 간납(干納 또는 肝納)・간남(肝南)이라고도 한다.

막내 고모 공인 어씨 제문
祭季姑恭人魚氏文

아아, 고모님! 차마 어찌 할머니를 버리고 가셨습니까? 아아, 고모님! 차마 어찌 할머니를 버리고 가셨습니까? 할머니 연세 팔순에 가까워 노환이 점점 심해지는데도 오로지 밤낮으로 그리워하며 사랑하는 이가 바로 두 분 고모님뿐이었습니다. 서로 만나면 즐거워하고 헤어지면 걱정하여 하루라도 소식을 듣지 못하면 당신 몸에 기갈이 든 듯하시고, 소식을 들었는데 편치 못하다 하면 당신 몸에 병이 나 아픈 듯하셨습니다. 그러니, 지금 우리 할머니를 편히 모시는 방법은 두 고모가 편안한 것에 있을 뿐입니다. 하늘이 고모를 빨리 앗아가 할머니가 갑자기 살을 베어내는 듯한 고통을 당하리라고 누가 생각했겠습니까? 아아, 슬프다!

올 봄 초에 부친이 새로운 도성의 원으로 나가시게 되자, 조정의 명이 임박하여 먼저 관아로 떠나시게 되었습니다. 이월 보름이 되기에 이르러, 저희 형제들이 할머니를 모시고 가게 되었습니다. 마침 고모들과 손자들이 어른 아이 없이 다 모인 데서 할머니 행차와 이별하게 되었습니다. 유독 고모는 더더욱 비통해 마지않았습니다. 옷자락을 붙들고 손을 만지작거리며 눈물을 흘리면서 소리 내어 울었고, 머뭇머뭇 차마 놓지 못하니, 보는 사람들 중에 가슴 아프게 여기지 않는 이가 없었습니다. 출발하게 되자, 하루 이틀 아득하게 더 멀어질수록 할머니는 번번이 서쪽을 바라보고 한숨을 쉬셨고, 그때마다 서울이 날마다 멀어진다고 탄식하셨으니, 그 마음이 더욱 비통하셨을 것입니다.

저는 속으로 생각했습니다. '이별하는 때는 옛 사람들도 애석하게 생각한 것이니, 마음이 답답하고 넋이 나가는 것은 장부들도 오히려 그러했는데, 하물며 어린 딸과 자애로운 어머니의 정이겠는가? 떠나가거나 머무르거나 슬프고 답답한 마음이 정말 그렇구나! 그래도 아직 할머니는 만수무강하시고 우리 고모의 나이 한창이시니, 비록 잠시 떨어져 있는 근심을 안고 있더라도 훗날 부모님을 뵙는 기쁨과 자식을 사랑하는 즐거움 역시 끝없이 기약할 수 있을 것이다.' 누가 당시의 한 번 이별이 바로 영원한 결별이 되리라고 생각했겠습니까?

소자 삼월 그믐날 친가에서 돌아와 곧바로 여기서 고모께 인사를 드렸습니다. 저를 보시고는 아주 기뻐하시며, 담소로 한참 시간을 보냈는데, 할머니께서 어떤 음식을 드시는지, 잠자리는 어떠신지 자세하게 물으셨습니다. 연이어 관용물품이 넉넉한지 부족한지, 편지는 가끔씩 쓰시는지 자주 쓰시는지까지도 언급하셨는데, 말씀이 애틋하여 그칠 수 없었습니다. 약 열흘간이나 이렇게 보냈습니다. 그런데, 미세한 감기 기운이 있다고 듣고 며칠 지나지 않아서 또 증세가 점점 위중해지셨다고 들었습니다. 저는 그래서 빨리 나아가 안부를 여쭈었습니다. 가 보았더니, 침상에서 꼼짝 못하셨는데, 기운은 빠지고 정신은 혼미했습니다. 아마도 이미 고치기 어려운 상태에 이른 것 같았습니다. 그런데도 제가 왔다고 들으시고는 들어와 보게 하도록 재촉하셨습니다. 웅얼거리는 몇 마디 말은 거의 말이 제대로 되지 못하는데도 새 관아의 소식부터 물으셨습니다. 그리고는 제가 득남한 경사를 말씀하시고, 마지막에 또, 당신의 병을 알려 노모에게 근심을 끼치지 말도록 경계하셨습니다. 겨우 하룻밤이 지났는데, 갑자기 돌아가시게 되리라고 어찌 생각했겠습니까?

아! 저는 무슨 말로 할머니께 알려드려야 합니까? 처음에는 고모님의 병을 알려 할머님의 근심을 끼쳐 드리고자 하지 않았는데, 마침내 알려드리는 것이 차마 할 수 없는 소식이요, 끼쳐 드리는 것은 한없는 슬픔이 되었습니다. 하늘이시여, 하늘이시여. 세상에 어찌 이런 일이 있단 말입니까?

지난 달 13일에 할머니 편지가 왔는데, 바로 우리 고모가 갓 몸져누웠을 때였습니다. 16일에 또 편지가 있었는데, 고모의 병은 이미 위중해졌습니다. 18일에 편지가 또 이르렀는데, 그때는 이미 편지를 전할 곳이 없었습니다. 우리 고모의 그치지 못하는 어머니 생각과 우리 할머니의 노심초사하시는 자식 생각으로, 만나서 심정을 풀어놓는 것을 대신할 수 있는 수단은 오로지 편지 이것에 의지할 뿐이었습니다. 지금 편지가 왔지만 전할 수 있는 곳이 없습니다. 편지가 가더라도 답할 사람이 없습니다. 아름다운 소식은 영원히 사라졌으며 손때 묻은 편지는 보기 어려워졌습니다. 하늘이시여, 하늘이시여. 세상에 어찌 이런 일이 있습니까?

아! 우리 고모는 저보다 나이 겨우 일곱 살이 많습니다. 그러니 나이로 지나치게 서로 거리를 두지는 않았습니다. 그리고 또 항상 할머니 앞에서 함께 자라났으니, 그 어린 시절에 재미있게 장난치던 일들은 지금까지도 말하면서 웃습니다. 또 고모의 자녀가 제 아이와 그 태어난 것이 또 한두 살 차이라서 매번 더욱 서로 돌보고 사랑하며 차이 없이 대했습니다. 지금 어찌 차마 다시 할머니를 곁에서 모시면서 고모의 어린 아들 딸을 돌볼 수 있겠습니까?

아! 온화하고 유순하며 공경하고 근신하며, 효성스럽고 우애 있으며, 자애롭고 착함은 규방에서 덕이라고 일컫는 것인데, 고모는 애쓰지 않고도 행하셨습니다. 술 빚기, 장 담그기와 제사 준비, 베 짜기와 바느질에 주부는 이른 바 솜씨 있다 하지만, 고모는 여러 번 해 보지 않고서도 잘해내셨습니다. 부유하고 높은 지위를 누리게 되었지만 겸손하였고 교만하지 않았으며, 몸을 낮추고 태도를 부드럽게 하시어 스스로를 지키셨습니다. 번다한 집안일을 맡아서도 안팎을 다 주관하셨고, 작은 일이든 큰 일이든 미루어두지 않으셨습니다. 이렇게 할 수 있는 사람이라면 비록 학문을 열심히 배운, 통달하고 민첩한 선비라도 또 어떤 점이 그보다 낫겠습니까? 이러한 덕성과 아름다움을 가지고도 수명이 사십에 미치지 못했으니, 규문의 덕화를 크게 드러내어 복록의 성취를 영원히 누릴 수가 없게 되셨습니다. 이것은 진실로 상국(相國)²⁸에게 너무나도 애통한 일이요, 남편²⁹에게는 깊이 안타까운 일이며, 원근 일가친척에게는 다 탄식하며 슬퍼할 일입니다.

소자가 하늘을 부르고 귀신을 원망하며 시간이 지날수록 더욱 고통스러워하는 것 같은 처사는, 할머니의 마음은 위로하고 할머니의 여생을 편안하고 즐겁게 해드리는 데 정말 아무런 도움이 되지 않습니다. 영혼이 안다면 역시 이를 보고 가슴 속에 단단히 맺혀 끝없이 한을 품을 것이 분명합니다. 세월이 흘러가면 훗날 기약이 있을 것입니다. 한 잔 술과 하찮은 제물이 어떻게 제 마음을 나타내겠습니까? 지극한 슬픔만이 뼈를 뚫고 마음을 휘감습니다. 영혼께서 어둡지 않으시다면 살펴 임하소서. 아아! 슬프도다.

해제 │ 공인 어씨는 어진익의 둘째 딸이며 이의현의 아내이다. 어유봉에게는 고모가 된다. 공인 어씨는 팔순에 가까운 친정어머니와의 정이 애틋했는데, 아들의 임지로 떠나는 어머니와 이별한 후에도 자주 편지로 소식을 주고받았다. 어유봉은 고모와 나이 차이가 많이 나지 않아 어릴 때 함께 놀았고, 자식들 또한 비슷한 또래라 사이가 각별했다. 공인 어씨는 감기로 몸져누웠다가 열흘 만에 세상을 떠났는데, 어유봉은 병문안을 가서 본 고모의 모습을 자세히 서술하고 슬픔을 간절하게 표현했다.

---

28 상국(相國) : 공인 어씨의 시아버지 이세백(李世白)을 이른다. 1635(인조 13)~1703(숙종 29). 조선 후기의 문신. 본관은 용인(龍仁). 자는 중경(仲庚), 호는 우사(雩沙) 또는 북계(北溪). 목사 이정악(李挺岳)의 아들. 어머니는 김광린(金光燐)의 딸. 1675년(숙종 1) 증광문과에 을과로 급제, 공조참판·대사간 등을 거쳐 1689년 기사환국 때에 도승지로 있으면서 송시열(宋時烈)의 유배에 반대하다가 파직되었다. 1694년 갑술환국으로 서인이 집권하자 도승지로 복관되어 선혜청당상·한성부판윤을 거쳐 이듬 해 예조판서가 되었으며, 동지정사(冬至正使)로 청나라에 다녀왔다. 1698년 우의정에 올랐고, 1700년에는 좌의정이 되어 세자부(世子傅)를 겸했으며 인현왕후(仁顯王后)의 국상을 총괄하였다. 문집으로 『우사집』이 전한다. 시호는 충정(忠正)이다. *참고문헌 : 肅宗實錄, 國朝榜目, 司馬榜目, 燃藜室記述, 淸選考, 陶谷集.

29 남편 : 고모 공인 어씨의 남편. 이의현(李宜顯, 1669~1745)을 이른다.

막내 여동생 공인 제문 아버지 대신 지음
祭季妹恭人文 代家親作

아아, 슬프다! 내 너의 부고를 듣고부터 지금까지 두 달이 되었다. 누워 있다가도 놀라고 잠들어서도 의심한다. 멍하니 앉았다가 망연히 다닌다. 정말이지 내 누이가 죽었다고 차마 말 못하겠다. 장례 날짜를 듣고서야 서울로 가는데, 또 머뭇거리기도 하고 정신이 황망하기도 하니 혹시라도 다시 볼 수 있을 것만 같았다.

서울 들어가는 날, 상여가 벌써 떠났다는 말을 듣고 허겁지겁 동쪽으로 달려갔다. 무덤가에서 관을 만지면서 곡을 해도 너는 듣지 않고, 불러도 너는 대답하지 않으며, 우리 어머니 소식을 전하려 해도 너는 말을 못하는구나.

반혼(返魂)30 행렬을 따라 다시 상국(相國)31 댁으로 들어가서, 서쪽 곁채를 돌아보고 너의 일생을 더듬어 생각하니, 목소리와 모습은 이미 숨어버렸고 발자취는 벌써 휑하니 사라졌구나. 다만 백발의 시부모가 어진 며느리 잃은 것을 아파하고, 젊은 남편이 좋은 아내 잃은 것을 한하며, 첫째 놈은 외톨이가 되어, 천진한 것은 앙앙 울며 어미를 잃고서도 계속해서 의지하는 것만 보이는구나.

아아! 내 너와 이별한 지 지금 겨우 몇 달 안 되었는데, 사람의 일이 바뀌고 변하여 여기에 이르게 되었구나. 이는 비록 길 가다 들은 사람이라도 그 슬프고 목메는 것을 이길 수 없을 터인데, 하물며 내 동기간의 정에 있어서야 어찌 견디겠느냐? 아아, 슬프다! 우리 부모님께서 내 형

30 반혼(返魂) : 반우(返虞). 장사 지낸 뒤에 신주(神主)를 모셔 집으로 돌아오는 일.
31 상국(相國) : 막내 고모의 시아버지 이세백(李世白)을 이른다.

제 자매를 낳은 것이 많게는 십여 명에 이르렀다. 그러나 불행히도 어려서 일찍 죽고, 서로 연달아 운명하니, 다 커서도 슬하에 있게 된 이는 아들로는 나뿐이요, 딸로는 누님과 너뿐이다. 더구나 네가 막내로 태어난 데다가, 어릴 때부터 또 몸이 약하고 병치레를 잘 해서 부모님께서 정성을 다해 보살피고 사랑하셨으니, 또 어찌 다른 자식에 비하겠느냐? 나이가 차게 되자 고귀한 가문에 시집가니, 그 효성스럽고 공경하는 덕성과 우애 있고 화목한 품행, 예쁘고 부드러운 용모와 민첩한 재주가 다 갖추어진 것이 남보다 뛰어났다. 그리하여 시부모의 특별한 사랑을 듬뿍 얻었고, 남편은 즐거워하니, 부모님께서 가상히 여기시며 기뻐하는 마음이 이에 더욱 깊어졌다.

불행히 네가 시집간 지 겨우 1년이 지났는데 선친께서 세상을 떠나시자, 효를 다하지 못하는 슬픔이 온몸을 휘감았다. 영원히 끝없는 슬픔을 호소할 데가 없어지자, 자매가 서로 노모를 믿고 의지하는 것을 소명으로 삼은 것이 지금까지 17년이 되었다. 다행히 노모는 연세가 많아도 강녕하시고, 누님의 신분은 명부(命婦)[32]에 올라 영화롭고 귀한 지위가 절정에 다다랐다. 너도 남편이 과거에 급제하여 관직에 날아올라[33] 운수가 점차 형통하고 복록이 날로 일어났다. 나는 비록 재주 없고 운이 없어, 이름을 드날려 부모님을 드러나게 할 수는 없었지만, 그래도 다행히 선조의 음덕을 입고 국은을 받아, 종6품의 직책으로 한 지방을 다스리는 영예를 얻었으니, 역시 부모의 은혜를 갚는 효성을 조금이나마 펴기에는 충분했다. 이제 벼슬을 받들어 고을로 가면, 수령으로 봉양하는 문인(文茵)[34]과 열정(列鼎)[35]을 갖추어 누리시고, 돌아가 집에 있으면서는 대자리

---

32 명부(命婦) : 조선시대 국가로부터 작위를 받은 부인의 총칭. 여관(女官)으로서 품계를 지닌 자. 종친의 딸과 아내, 문·무관의 아내에게 벼슬을 주는데, 왕국과 세자궁에 딸린 내명부와 종실 및 문무관의 아내인 외명부의 구별이 있다.

33 남편이 …… 관직에 날아올라 : 공인이 죽은 1700년 당시 남편 이의현이 사간원의 정6품직인 정언(正言)으로 있었던 것을 말한다.

위의 어린 아이들이 영원히 효를 다하는 것을 받으시면서 기뻐하고 만족하면서 평생을 보내시게 될 것이니, 우리들이 그렇게 그 효를 끝까지 다하는 것도 역시 유감은 없을 것이라 생각했다. 누가 오늘 네가 여기 이르러 우리 어머니께 끝없는 슬픔을 영원히 안기게 하리라고 생각했겠느냐? 아아, 슬프다!

새로 부임한 고을은 서울과의 거리가 아주 멀지는 않지만 치우쳐 산골짜기 쪽에 위치해서 서신이 매우 드물게 온다. 노모께서 두 누이들을 돌아보고 생각하는 것이 밤낮으로 늘 간절하셨다. 편지가 두툼하면 주무시는 것이나 드시는 것도 기꺼워하지 않으셨다. 서신이 드물었다가 이르게 되면 넘어질 듯 급히 열어보셨고, 편지를 보고 편안하다는 것을 알게 되시면 기쁨이 퍼져 얼굴이 편안해지셨으니, 꼭 얼굴을 서로 대했을 때만 기뻐하신 것이 아니었다.

그렇지만, 누님은 이미 연로하시고 숙환이 오래 떨어지지 않아서 위태위태 조석을 보전하지 못할 것 같았다. 오직 그 병의 걱정이 마음을 놓지 못하는 근심이어서 늘 (걱정이) 여기에 있었다. 너처럼 젊고 건강한 사람은 한 번도 염두에 두지 않았었다. 네가 지난 달(4월) 13일에 병을 얻어 18일에 죽으니, 그 사이 병이 중해진 것이 겨우 며칠이었다. 그런데 너와 나 서로간의 거리가 거의 수백 리도 더 되니, 들어서 알게 되지 못한 것은 당연하다. 다만 사람의 마음이 신령스럽지 못하고 정성스런 마음 또한 얕아서 마음의 기미에 감응하거나 꿈을 꾸는 사이에 나타날 수도 없어, 나는 화락하고 편안한 것이 평소와 같을 뿐이었다.

21일에 갑자기 편지 한 통을 받았는데, 열어 보니 바로 네가 죽었다는 통지였다. 아득하고 멍하고 놀라고 의심되니, 꿈인 것 같기도 하고 진짜

---

34 문인(文茵) : 벼슬아치들이 수레 안에 까는 호피 무늬 요
35 열정(列鼎) : 음식 담을 솥을 늘어놓음. 작위에 따라 솥의 수가 달라진다.

인 것 같기도 했다. 부르짖으며 혼절하니 두들겨 맞은 듯하고 칼로 베이는 듯했다. 하늘이시여. 하늘이시여! 우리 어머니를 어찌 하리오? 알릴 것인가? 아니면 알리지 않을 것인가? 알려드리는 것도 차마 못하겠고, 알리지 않는 것도 차마 할 수 없었다. 들어가려다가 다시 멈추고, 말 하려다가 도로 입을 다물었다. 이렇게 하기를 또 하룻밤을 하고는 마침내, 그래도 그 차마 고할 수 없는 말을 차마 고하고야 말았다. 하늘이시여, 하늘이시여! 이 무슨 이유입니까? 이 무슨 경우입니까?

지금 내가 여기 올 때, 억지로 좋은 말을 하며, 편안한 얼굴로는 눈물을 참으면서 어머니께 말씀드리니, 노모는 통곡하며 나를 보내주시면서 이렇게 말씀하셨다.

"네가 돌아가도 네 누이를 볼 수 있느냐? 네가 돌아가도 네 누이를 볼 수 있느냐? 내 비록 네 누이에게 말을 전하고자 해도 네가 돌아가 어디에 고하겠느냐? 그렇다 하더라도 너는 네 누이의 관을 어루만져주고 내 말을 꼭 전해라. '너의 진실된 효성으로 나를 버리고 먼저 갈 수 있느냐? 나는 너를 사랑하는데 너를 잃고 혼자 살 수 있겠느냐? 하늘은 어찌 네 몇 년 수명을 늘여주거나 내 몇 년 기한을 재촉해주시지 않아, 네가 나를 곡하게 하지 않고 도리어 내가 너를 곡하게 하시는가?' 아아, 슬프다!"

이 말씀이 처연했다. 나는 눈물을 흘리면서 그것을 기록하여 네 관 앞에 고하려 했는데, 네 관은 이미 집안에 있지 않구나.

나는 너의 장례가 22일에 있다고 들었다. 그래서 19일에 나가리라고는 알지 못하고 16일에 행차를 출발했다. 게다가 또 도중에 비에 갇혀서 날짜에 맞춰서 올 수가 없었다. 너는 장사 지내는 날 저녁에 아마도 서럽고 슬프게 울면서 내가 오지 않은 것을 원망했을 것이다. 그래도 다행히 땅에 들어가기 전에 관에 한번 곡했으나, 그리고는 얼마 지나지 않아서 무덤의 문은 영영 닫혀버렸다. 무엇으로 이승과 저승이 갈린 슬픔을 덜어낼 수 있겠는가? 아아, 슬프다!

  내 주림을 채우는 데 쫓기고 부모를 봉양하는 데 급급하여 다섯 말의
곡식[36]을 위해 지방관으로 나갔다. 만일 삶과 죽음이 이처럼 정해진 이
치가 없다는 것을 알았더라면 비록 후한 녹[37]과 융숭한 봉양[38]이더라도,
내 어찌 차마 하루라도 너를 버리고 가서 우리 어머니께 하루라도 너와
이별하는 슬픔을 안겨 드렸겠느냐? 생각건대, 너는 마지막 숨이 다하기
전에, 생각이 혼미해지지 않았던 마지막 순간에도, 노모를 걱정하고 형
제를 생각하는 정이 아님이 없어서 마음에 응어리로 맺혀 한을 품고 죽
었을 것이다. 돌아보니, 나는 무심하여 듣지 못하고 둔하여서 깨닫지도
못했다. 병이 났어도 달려가 구완하지도 않았고, 죽어서도 내 손으로 염
하지 못했다. 열흘이 지나고 달을 넘겼는데도 와서 구하지 못하니, 살아
서 형제간이었는데 죽었을 때는 모르는 사람 같구나. 다만 우리 노모께
부르짖고 가슴을 치게 하고 영영 씻어내기 어려운 한을 품게만 하니 이
는 내 지극한 불효와 불우(不友)가 아님이 없다. 그러니 또 누구를 원망
하고 누구를 탓하리오? 비록 일이 그렇게 되도록 하기는 했으나 정말이
지 아무리 슬퍼하고 후회해도 어쩔 수가 없구나. 아득한 창천은 어찌 끝
이 있겠는가? 아아, 슬프다!
  노모께서 너를 곡한 이후로 슬픔으로 몸을 상하고 속이 녹아, 음식을
전혀 드시지 않아 숨만 겨우 이어 가셨다. 나도 놀라고 상심하고 고통스
러워서 마음이 쓸쓸하고, 슬픔과 고통을 갑자기 깨닫는 것이 날로 심해

---

36 다섯 말의 곡식 : 도연명의 귀거래사(歸去來辭)에 나오는 말로 '하찮고 구차한 녹봉'이
  라는 의미로 쓰였다. 도연명은 낙향하기 전까지는 지방의 현령이었다. 당시의 지방관찰
  관인 독우(督郵)가 내려오니 의관을 갖추고 맞이해야 한다는 하급관리의 말을 들은 도
  연명은 '내 어찌 닷 말의 곡식 때문에 시골의 어린놈에게 허리를 굽힐 수 있겠는가? (吾
  安能爲五豆米折腰 向鄕里小兒耶)'라고 탄식하고는 바로 그 날로 그는 인끈을 내던지고
  관직에서 물러나고 말았다.
37 후한 녹 : 만종(萬鍾). 많은 녹봉. 종(鍾)은 중국의 양으로 육곡사두(六斛四斗), 혹은 십
  곡(十斛).
38 융숭한 봉양 : 삼생(三牲), 즉 세 가지 희생(소, 양, 돼지)으로 차린 성찬.

졌다. 지금 비록 백성을 다스리는 직임을 힘써 곡식을 취하여 맛있는 음식을 드리고자 하나 나는 내 힘으로 할 수가 없고, 또 어머니를 위로하고 기쁘게 해드릴 방도도 없다. 가을 겨울이 되기를 조금 기다려 공무가 한가해지게 되면 나는 꼭 관직을 그만두고 어머니를 모시고 돌아가, 오직 누님과 끊임없이 왕래하며 슬하의 모임을 갖고 네 아들 딸을 보살펴서 너를 본 듯하기만 할 것이다. 이 밖에 또 무엇을 구하겠느냐? 그렇다고 해도 일 년이 지나 집으로 돌아가면 너만 오지 않을 것이고, 자손이 다 모여도 너만 없을 것이며, 우뚝하니 빼어난 아들과 단아하고 아름다운 딸은 그 모습을 꼭 닮았을 것이다. 백곡(柏谷)의 집이나 수동(壽洞) 집에는 그 뛰어다니던 발자국으로 빼곡할 것이다. 일마다 곳곳마다 다만 그 비통함과 슬픔만 더할 것이니, 또 무엇으로 우리 어머니의 슬픔을 위로할 수 있겠는가? 말과 생각이 여기에 미치니 속이 마치 불타는 듯하고 찢어지는 듯하다. 하늘이시여, 하늘이시여! 어찌 하리오?

시간이 머무르지 않아 우제(虞祭)[39]와 졸곡(卒哭)[40]이 지났다. 아! 이제 다 끝났다. 또 무엇을 기대하겠느냐? 더욱이 내 어머니와 헤어진 지 오래 되었고, 돌아가서 정무를 돌보는 것도 급해서, 내일 모레 수레를 돌려 서쪽으로 나아가려 한다. 너는 이미 떠났고, 또 누님과도 서로 헤어지니, 삶과 죽음, 남아 있음과 떠남에 슬픔을 더욱 감당하기 어렵구나. 그렇지만 산 사람은 그래도 다시 볼 수 있지만 죽은 사람은 언제 다시 오겠느냐? 이에 조촐한 제물을 갖추어 나의 슬픔을 고하니, 말도 역시 다할 수가 없고 눈물도 끝이 없구나. 네가 만약 안다면 내 슬픔을 슬피 여겨서

---

39 우제(虞祭) : 갓 돌아가신 영혼을 위로하는 뜻으로 지내는 제로 일종의 위령제. 우제는 세 번 지내는데, 세 차례 모두 다 그 집안의 기제사 방식(가문에 따라 다름)과 동일하게 지내고 곡을 하는 것이 보통이다.

40 졸곡(卒哭) : 졸곡제(卒哭祭). 삼우제를 지내고 3개월 이후 날을 잡아 지내는 제사. 졸곡제를 지내고 나서 상주는 아침저녁으로 조석을 올릴 때만 곡을 하고, 평시에는 빈소에서 곡을 하지 않는다.

와서 이 술 한 잔을 들 것이다. 아아, 슬프다!

해제 공인 어씨는 어진익의 막내딸이자 이의현의 아내이다. 어유봉이 아버지인 어사형(魚史衡)을 대신해서 여동생을 잃은 애틋한 마음을 표현했다. 공인 어씨의 형제자매는 본래 10여 명이나 되었지만 다 일찍 죽고, 오빠인 어사형과 이유에게 시집간 큰언니만 남아 있었다. 어려서부터 몸이 약했던 공인은 어머니의 사랑을 받으며 자랐고, 커서는 언니 정경부인 어씨와 함께 노모에게 극진히 대했다. 특히 어머니는 막내딸의 편지로 안부를 듣는 것을 낙으로 삼았는데, 공인 어씨가 76세인 어머니를 두고 34세로 죽으니 어사형은 노모의 건강을 염려했다. 남편 이의현의 『도곡집(陶谷集)』 24권에 어씨의 행장 <亡室贈貞敬夫人魚氏行狀>이 실려 있는데, 어씨가 단정하고 아름다웠으며 편지글과 침선이 정교하고 신속해 만년에 며느리를 본 시부모의 사랑을 듬뿍 받았다고 했다.

장모 유인 안동 김씨 제문
祭外姑孺人安東金氏文

아아! 소자가 데릴사위로 집안에 들어와 깊은 보살핌과 사랑을 받은 지 이십여 년이 되었습니다. 제가 생각하기로 총명하고 성실하며 사려 깊은 유인의 덕성과, 효성스럽고 우애 있으며 인자하고 유순한 유인의 행동은 어느 하나도 규문의 모범이 되지 않는 것이 없었습니다. 그 고매한 식견과 엄정한 지조는 우뚝하여 세속의 보통 인정으로는 미칠 바가 아니었습니다. 그리고 옳지 않은 도리와 간사한 말에 휘둘리거나 미혹되지 않았으니, 또 절로 현인(賢人)과 철사(哲士)의 풍모가 있었습니다. 이어찌 곡운선생(谷雲先生)[41]의 덕을 본받을 수 있었던 것이 아니며, 인보(仁甫)[42] 같은 어진 사람을 낳을 수 있었던 까닭이 아니었겠습니까?

그러나 이른 나이에 남편을 잃는 고통[43]을 당하였고, 연세 지긋해서는

---

41 곡운선생(谷雲先生) : 김수증(金壽增). 1624(인조 2)~1701(숙종 27). 조선시대 후기의 문신・성리학자. 본관은 안동. 자는 연지(延之), 호는 곡운(谷雲). 할아버지는 김상헌(金尙憲)이다. 1650년(효종 1)에 생원시에 합격하고, 1652년에는 세마(洗馬)가 되었다. 그뒤 형조정랑・공조정랑을 거쳐 각사(各司)의 정(正)을 두루 역임하였다. 1675년(숙종 1)에 성천부사로 있던 중, 동생 김수항(金壽恒)이 송시열(宋時烈)과 함께 유배되자 벼슬을 그만두고 농수정사로 돌아갔다. 이때 주자(朱子)의 행적을 모방하여 그곳을 곡운(谷雲)이라 하고, 곡운구곡(谷雲九曲)을 경영하면서 화가인 조세걸(曺世傑)을 시켜 <곡운구곡도>를 그리게 하는 등 글씨와 그림에 관심을 기울였다. 1689년 기사환국으로 송시열과 동생 수항 등이 죽자, 벼슬을 그만두고 화음동(華蔭洞)에 들어가 정사를 짓기 시작하였다. 그러나 1694년 갑술옥사 후 다시 관직에 임명되어 한성부좌윤・공조참판 등에 제수되었으나, 모두 사퇴한 뒤 세상을 피해 화악산(華嶽山) 골짜기로 들어가 은둔하였다. 저서로는 『곡운집』이 있다. *참고문헌 : 顯宗實錄, 國朝人物考, 國朝榜目.

42 인보(仁甫) : 안동 김씨의 아들 홍유인(洪有人)의 자(字).

43 남편을 잃는 고통 : 성붕지통(城崩之慟). 성이 무너지는 고통. 아버지 또는 남편을 사별한 슬픔. 여기서는 남편 홍문도의 죽음을 말함.

자식을 잃는 슬픔[44]을 당해 거듭 살아 있는 이가 겪을 수 있는 참혹하고 혹독한 일을 겪고 천지간에 외톨이가 되었으니, 삼종(三從)의 의리는 다 했으나 네 대의 제사는 끊어졌습니다. 이른 바 천도(天道) 복선(福善)이라는 것이 그 이치가 과연 어디에 있습니까? 가도(家道)는 다 없어지고 만사가 황폐하여 쓸쓸해졌습니다. 제수[45]는 세시(歲時)를 받들기에 모자라고 채소와 물은 아침저녁을 준비하기에도 부족했습니다. 비록 남으로서 보는 이도 슬픔과 탄식을 이겨내지 못했습니다. 그렇지만 유인은 맡은 직무에 편안히 분수를 지키고 기쁜 마음으로 안주하시어, 일찍이 그 분의 근심어린 기색이나 탄식하는 소리를 찾아볼 수 없었습니다. 소자 이에 유인이 곤궁한 상황에 잘 처신하시어 도를 배우는 군자에게 부끄러움이 없음을 더욱 감탄합니다.

아아! 갑술년[1694]의 화[46]를 당하고부터 유인께서 서로 의지하고 여생을 맡긴 것은 오직 제 아내가 있을 뿐이었습니다. 서로 가까운 곳에 집을 사 끊임없이 모일 계획을 세웠었습니다. 소자의 아들 아명(阿鳴)은 마음이 깨끗하고 밝으며 생김새는 아름답고 수려해 뜰의 지초와 난초 같을 뿐 아니라 또한 이미 훤칠한 성년이 되었습니다. 유인께서 가상히 여기시며 좋아하시고 의지하심이 바로 여기에 있으셨습니다.

기축년[1709]에 이르러, 하늘이 또 그 아이를 빼앗으셨으니,[47] 이는 소자의 기구한 재앙일 뿐 아니라 바로 유인의 곤궁함이 여기까지 이르게 되니 더더욱 여지가 없었습니다. 하늘이여, 하늘이여! 어찌 이리 심하십

---

44 자식을 잃는 슬픔 : 야곡지애(夜哭之哀). 밤중에 울어야 하는 슬픔. 자식이 먼저 죽은 슬픔. 여기서는 아들 홍유인의 죽음을 말함.

45 제수 : 어숙(魚菽). 어숙지제(魚菽之祭). 물고기와 콩을 차려놓고 지내는 제사. 제수가 변변치 못한 제사.

46 갑술년[1694]의 화 : 갑술옥사(甲戌獄事) : 1694년(숙종 20) 폐비민씨(廢妃閔氏) 복위운동을 반대하던 남인(南人)이 화를 입어 실권(失權)하고 소론과 노론이 재집권하게 된 사건.

47 하늘이 …… 빼앗으셨으니 : 1709년 4월 어유봉의 아들 어도웅(魚道凝)이 죽은 사건을 이른다.

니까? 그래도 다행히 유인은 건강히 무병하시고 타고난 성품이 굳세고 침착하시며 정신이 엄정하고 고매하시니 비유하자면 늘 푸른 소나무와 참대 같으셨습니다. 온갖 풍상을 무던히도 겪으셨지만 침울해하거나 약해지지 않으셨으니, 그분이 아주 오래 사셔서 남아 있는 자손들이 그 시종일관 길러주신 은혜를 입을 수 있게 하기를 바랐습니다. 인보의 양자와 소자의 어린 딸은 모두 막 성장하려 하고 있어서 이것이 혹 여생을 조금이라도 위로해드릴 수 있었을 것입니다. 어찌 사람의 일이 기필할 수 없어서 갑자기 오늘에 이르리라고 생각했겠습니까?

아아! 유인의 병은 처음 작년 겨울에 심해졌는데, 8개월이 지나도 차도가 없었습니다. 그런데, 소자 올 봄에 영성(寧城) 원으로 나가게 되니 아침저녁으로 곁에서 시중들 수가 없어서 의약으로 보살펴 드리는 것으로 마음을 다했습니다. 유인께서는 저를 자식처럼 돌보셨는데 저는 어머니처럼 모실 수가 없어서 부끄러움이 많으니 무슨 말을 하겠습니까? 입하(立夏) 이후로 모두 두 번 오고 가고 했는데, 비록 병세가 날마다 심해지셨지만 정신은 여전하시어 이별을 고할 때에 슬퍼하시고 돌아와서 뵙는 날에는 기뻐하며 위로해주셨으니 평소보다 더 심하셨습니다. 이제부터는 후덕한 모습은 영원히 사라지고 맑은 목소리는 들을 수가 없게 되었습니다. 상여수레는 문 앞에 있는데 당에 제사를 올리니, 제 마음의 슬픔을 어찌 그칠 수 있겠습니까?

아아! 소자는 인보와 이별한 지 이미 19년이 되었습니다. 제 아이를 못 본 지도 4년이 되었습니다. 친구의 도의를 지키자던 약속과 부모 자식 간의 사랑하는 기쁨이 다시 이 세상에는 없습니다. 불식간에 유인께서 돌아가시니, 다시 인보를 자식 삼고 제 아이를 손자 삼아, 좌우에 끼고 기뻐하며 즐기시어 살아생전의 고락처럼 같이 하실 것입니다. 땅을 굽어보고 하늘을 올려다보니 슬픔과 정한이 가슴을 메워 정회가 있어도 풀어놓지 못하겠고 할 말이 있어도 전할 수가 없습니다. 다만 샘을 뚫어

놓은 듯한 눈물만 관 앞에 슬픔을 뿌릴 뿐입니다. 존영께 엎드려 바라나니, 다만 그래도 제 슬픔을 아시어 그 작은 정성에 살펴 임하소서.

해제 유인 안동 김씨는 어유봉의 장모이다. 김수증(金壽增)의 딸로 홍문도(洪文度)와 혼인하였는데, 남편을 일찍 여의고 아들까지 잃게 되자 외손자인 어도응(魚道凝)을 의지했지만 손자마저 잃는 불운을 겪었다. 타고난 건강한 신체와 정신력으로 풍파를 잘 견뎌왔으나 병에 걸린 지 8개월 만에 죽었다. 어유봉은 지방관으로 나가 있는 동안 병든 장모를 위해 데릴사위로서 제대로 보살피지 못한 점을 슬퍼했다.

고모 정경부인 제문
祭姑母貞敬夫人文

삼가 우리 고모는 타고난 기질이 청명하고, 천성이 깊고 후덕하였으며, 풍채는 훤칠한 군자요, 덕성은 정숙한 숙녀였습니다. 효성과 우애는 나이들수록 더욱 돈독하였고, 화목한 덕48은 먼 친척에까지 미쳤으며, 그 은덕과 신의를 쌓아 천한 노복도 믿고 감복하는 바가 있었으며, 그 사랑과 연민을 미루어서는 하찮은 날짐승과 벌레에게도 행할 수 있었으니, 유순하고 연약하기가 몸을 이길 수 없는 듯했지만, 엄격한 일처리는 장부처럼 의연했습니다.

편안하고 부유하며 지체 높고 귀한 신분이 모두 갖추어지지 않은 것이 없었으나 몸을 돌보는 단속은 담박하여 빈한한 것 같았으니, 아마도 그 곧은 지조와 덕행은 규문의 밝은 법이 아님이 없으며, 원대한 뜻과 통달한 식견은 책을 읽어 옛일을 상고하는 군자에 부끄러움이 없을 것입니다. 오직 그 덕이 이와 같았으므로, 하늘이 보답으로 베풀어주는 것이 복 없는 것은 내려주지 않아서 나이 칠팔십이 되어도 부부가 해로하는 화목함이 있고, 신분이 귀해져 정경부인까지 되어서도 훌륭한 자제들이 서로 빛을 발하는 경사를 얻었으며, 집안이 평화롭고 일신이 편안하여, 기뻐하며 느긋하게 즐기면서 생을 다했으니, 그 역시 이른 바 '살아서는 순조롭고 죽어서는 편안하다'는 것입니다.

현숙하고 명철한 부덕(婦德)을 역사적으로 관찰해 보면 아름다움이 결

---

48 화목한 덕 : 목인(睦婣). <周禮·地官·大司徒> "二曰六行, 孝, 友, 睦, 婣, 任, 恤" '목(睦)'은 구족(九族)과 친한 것이고, '인(婣)'은 외친(外親)과 친한 것으로, 일가친척과 화목하고 외가와 친밀함을 이른다.

코 부족함이 없었지만, 그 일생을 보면 기쁨보다는 고난과 원망과 슬픔이 많았고, 부귀와 복록이 그렇듯 넉넉했지만 그 행위를 공정하게 살펴보면 교만과 사치가 지나쳐서 경계할 일이 많았고 칭찬할 일은 없었습니다. 복록도 덕망도 다 온전하고 처음과 나중이 다 온전하기로는 우리 고모만한 분이 거의 없을 것입니다. 시인이 옥찬(玉瓚)·황류(黃流)를 읊은 것[49]이 과연 허황되지 않았습니다.

하늘의 이치와 인간의 일이 이에 유감이 없으니 산 자의 마음도 혹 그 슬픔을 잊을 수 있겠습니까? 비록 그렇다 하더라도 예법과 도덕이 쇠잔한 지 오래되어 규방생활의 아름다운 예가 들리는 것이 없고 집안의 다스림은 더욱 황폐해지니, 오늘날 공경대부(公卿大夫)의 가문을 살펴보아도 티 없이 아름다운 덕과 환하게 좋은 평판이 자자하게 어진 부인으로 일컬어지는 사람이 우리 고모를 빼면 그 누구이겠습니까?

고모가 돌아가시자 상국[50]께서는 좋은 규범을 잃으셨고 여러 자손들

---

49 시인이 …… 읊은 것 : 문왕이 훌륭한 인물을 관직에 임용함을 읊은 부분이다. 옥찬(玉瓚)은 종묘에 쓰는 제기로, 손잡이가 옥으로 된 금 국자이다. 황류(黃流)는 제사에 쓰는 좋은 술이다. 보기(寶器)에는 하찮은 맛을 올리지 아니하고, 황류(黃流)는 질장군에 담지 않음을 밝힌 것이니, 덕 있는 이는 반드시 복록과 장수를 누린다는 내용을 담고 있다. "瞻彼旱麓, 榛楛濟濟. 豈弟君子, 干祿豈弟.(저 한산 기슭을 보니, 개암나무 싸리나무가 많고 많도다. 등제한 군자여, 녹을 구함이 군자답도다.) 瑟彼玉瓚, 黃流在中. 豈弟君子, 福祿攸降.(치밀한 저 옥찬에, 누런 술이 그 속에 있도다. 등제한 군자여, 복록이 내리는 바로다.)" 『시경(詩經)』 卷六, 「대아(大雅)」 '문왕편[文王之什·旱麓]'.

50 상국 : 이유(李濡). 1645(인조 23)〜1721(경종 1). 조선 후기의 문신. 본관은 전주(全州). 자는 자우(子雨), 호는 녹천(鹿川). 세종의 다섯째아들인 광평대군 여(廣平大君璵)의 후손이며, 군수 이중휘(李重輝)의 아들이다. 1668년(현종 9) 별시문과에 병과로 급제, 1680년(숙종 6) 경신대출척으로 서인이 재집권함에 승지로 발탁되었다. 이어 경상도관찰사·대사헌을 역임하였고, 1694년 갑술환국 후 평안도관찰사를 거쳐 호조판서가 되었다가, 1702년 양역(良役) 사무에 밝다 하여 특별히 병조판서로 임명되면서 이듬해 설치된 양역이정청의 구관당상을 겸임, 양역변통문제를 담당하여 양역사무를 크게 정비하게 하였다. 1704년 우의정에 오르고, 뒤이어 좌의정·영의정에까지 승진하였는데 상신(相臣)으로 있으면서 특히 도성방어의 강화를 힘써 주장, 경리청이라는 재정마련의 특별기구까지 설치하여가면서 일부관료의 반대를 무릅쓰고 북한산성의 수축을 완료하게 하였다. 송시열(宋時烈)의 문인으로 이단하(李端夏)·민정중(閔鼎重), 김창집(金昌集)·이이명(李頤

은 교훈과 가르침을 잃었으며 내외 가문의 친척들은 그 의례 규범을 취할 곳이 없어졌고, 원근의 고아와 가난한 자, 홀로 외로운 자들은 그 어진 은택을 우러를 곳이 없어졌습니다. 미미한 여자의 몸으로 그 살아있음과 죽음이 중요한 인륜과 풍속 교화와 관계가 있는 것이 이와 같으니, 그 누군들 길게 부르짖고 영원히 그리워하지 않으며 슬퍼해 마지않겠습니까? 슬퍼해 마지않는다면 그 유감은 없을 것이지만 그래도 또 한스러워하는 바는 있을 것입니다.

"수명은 어찌하여 상질(上耊)[51]에 오르지 못하고, 복은 어찌하여 백년을 누리지 못했는가? 눈 앞의 아들들은 어찌하여 그 영화롭게 드러남을 보지 못하며, 품속의 손자들은 어찌하여 그 성장함을 보지 못하는가?"라고 하니, 이런 것은 인정상 지나친 것이 아니며, 훌륭한 덕이 끝없음을 더욱 볼 수 있는 것입니다.

소자의 깊은 슬픔이 더욱 그칠 수 없는 것이 있습니다. 옛날 할머님이 살아계실 때 아흔이 되어도 건강하시고 바랜 머리카락이 흐트러짐 없었는데, 고모와 부모님 연세 모두 칠순이 되어 좌우에서 안절부절 다들 따르며 그때그때 가장 편안하게 해주었고, 흰 머리 창백한 얼굴로 슬하에 둘러 모여 모시니, 생신 잔치에 술과 음식이 아주 넉넉하여 푸짐하게 많아서 그 즐거움이 끝이 없었습니다. 당시 사람들이 부러워하고 칭찬하였으며, 성대한 일로 전해져 서하(西河)의 불로신선[52]이라 여겨졌으니, 노래자(老萊子)의 어린아이 짓[53]이 오늘날 다시 있었습니다. 그런데 어찌 하

命)·민진후(閔鎭厚) 등과 친하였다. 1726년(영조 2) 경종 묘정에 배향되었다. 시호는 혜정(惠定)이다. *참고문헌 : 顯宗實錄, 肅宗實錄, 景宗實錄, 英祖實錄, 國朝榜目.

51 상질(上耊) : 상질(上秩)과 같은 말. 높은 수준.

52 서하(西河)의 불로신선 : 서하선인(西河仙人). 당(唐) 은성식(殷成式), <유양잡조(酉陽雜俎)> 천지(天咫). 선도(仙道)를 배우다가 잘못을 하여 달로 귀양 가 계수나무를 베게 된 서하(西河) 사람 오강(吳剛)을 이름.

53 노래자의 어린아이 짓 : <예문유취(藝文類聚)> 권20. 노래자(老萊子)는 부모를 효성을

례할 만한 일생이 갑자기 세상을 다하는 아픔을 안아서 자손들에게 미치지 못하는 마음을 두게 하셨습니까? 오직 할머니를 섬기는 것으로써 우리 고모를 모셔야 하는데, 두 해가 지나기도 전에 사람의 일이 또 여기에 이르니, 성함과 쇠퇴함 슬픔과 즐거움의 변화를 사람이라면 누가 겪지 않겠습니까마는 어찌 다시 오늘 같은 슬프디 슬픈 일이 있겠습니까? 아버지는 너무도 연로하신 데다 상복도 아직 벗지 않았는데, 오른편에 있던 분이 사라지게 되니 홀로 세상에 남겨져 몸의 절반을 잃은 것 같았습니다. 비록 옆에서 두루 위로해드려 여생을 편안히 해드리고 싶었으나 그 말이 아무 소용없었습니다. 게다가 제 어머니는 병이 눈에 있으셨는데도 부부 간에도 숨기고 억누르신 지가 이미 여러 달이 되었습니다. 고모 병환이 위중해지자 더욱 슬픈 생각이 그치지 않았는데, 영지에서 돌아가시자 어머니에게는 부고가 제때에 이르지 않아 곡이 그 슬픔을 다하지 못하니, 삶과 죽음 남아있음과 떠남의 사이에 정리의 슬프고 답답함이 또 이와 같았습니다. 아아! 어찌 차마 말로 할 수 있겠습니까? 아아! 어찌 차마 말로 할 수 있겠습니까?

소자 어리석고 소견이 좁은데도 돌보아주시고 사랑해주셨습니다. 어릴 때 학업과 가르침과 이루어내는 일마다 반드시 오로지 소자의 일을 소명으로 삼으셨으며 질병과 재해, 슬픔과 곤궁한 때에도 오직 소자만을 가엾게 여기셨습니다. 스스로 불초소생을 돌아보아도 무엇으로 이를 얻겠습니까? 덕을 느끼고 은혜를 입어 만 분의 일이라도 보답하려고 해도 평소 병이 많아 온갖 일에 소홀하여 부모님께 문안드리고 잠자리를 돌보아드리는 모든 예절에 제 성의를 다하지 못한 점이 많았습니다. 내려다보고 올려다보아도 부끄럽고 송구하니 죄를 어찌 피할 수 있겠습니까? 또

다해 모셨다. 칠순의 나이로 색동옷을 입고 자신이 즐겁게 해드렸고, 한번은 부모님께 마실 것을 올리다가 넘어졌는데, 땅바닥에 드러누워 아이처럼 울었다. 또 부모 곁에서 까마귀, 새를 보고 장난하기도 했다.

기억하건대 초봄에 고모는 소자에게 이렇게 말씀하신 적이 있으셨지요.

"내 병이 이러니 올해 꽃 필 때를 보지 못할 것 같구나."

소자는 놀란 마음에 이렇게 대답하였습니다.

"고모는 어찌 이런 말씀을 하십니까? 날씨가 좀 따뜻해지고 건강이 회복되면 기약할 수 있는데, 고모는 어찌 이런 말씀을 하십니까?"

봄이 다 가기도 전에 이 말이 과연 그렇게 될 줄 누가 알았겠습니까? 생각해보니, 지금 온갖 꽃이 만발하고 만물이 무성한데 영혼은 머무르지 않는군요. 긴 밤이 다 새려는데 수동(壽洞) 집은 쓸쓸하고 광릉(廣陵) 길은 침통합니다. 옛일을 더듬어 생각하니 모든 일이 꿈 같습니다. 머뭇머뭇 불러보니 아픔이 골수에 사무칩니다. 술과 안주가 비록 보잘 것 없지만 마음이 참으로 여기 있으니, 바라건대 영혼이시여, 작은 정성을 굽어 감응하십시오. 아아, 슬프다! 상향(尙饗).

┌──┐
│해│ 정경부인 어씨는 어유봉의 고모로, 어진익의 딸이며 이유(李濡)의 아내
│제│ 이다. 부귀와 복록이 넉넉했으면서도 덕망이 뛰어나 규방의 훌륭한 규
└──┘
범이 될 만하다 했다. 칠순이 넘도록 아흔이 넘은 친정어머니를 극진히 모셨는데, 어머니가 돌아가신 지 2년도 안 되어 병이 들어 죽었다. 죽던 해 초봄에 조카인 어유봉에게 꽃 필 때를 못 볼 것 같다는 말을 했는데, 봄이 가기 전에 죽어 말처럼 되어버린 것을 어유봉은 슬퍼했다.

누님 제문 아버지 대신 지음

祭姊氏文 代家親作

아아! 누님께서 어찌 저를 차마 버리고 떠나셨습니까? 제 외로운 여생에 쓸쓸히 병에 걸린 채로, 갑자기 우리 누님을 잃었단 말입니까? 제 형제 자매를 헤아려보면, 모두 아무개 아무개가 있지만 불행히도 아주 어려서 죽기도 하고 조금 성장하여 죽기도 하였으며, 막내 여동생은 장성했지만, 또 서른 몇 살에 죽었으니, 오로지 누님과 저만 세상에 오래 남아 있었습니다. 갑자년[1684]에 하늘이 돕지 않으시어 선친께서 세상을 떠나시니 부모님께 효도를 다하지 못한 고통을 영원히 간직하게 되었지만, 다행히도 어머님께서는 장수하시고도 건강하고 편안하시어 연세 구십이 되어도 황발(黃髮)[54]이 흐트러짐이 없으셨습니다. 누님과 자형, 그리고 저희 내외는 나이 모두 일흔 안팎이 되어서 다들 백발을 하고 슬하에서 모시니 정말이지 인간 세상에서는 드물게 있는 일이었습니다.

누님께서는 일찍감치 신분이 높아지셨고 지위는 명부(命婦)[55]의 가장 높은 곳까지 이르렀으며, 저는 비록 재주 없지만 여러 번 고을을 맡아 녹봉으로 봉양하는 일 또한 할 수 있었습니다. 해마다 돌아오는 명절이나 생신 잔치가 있을 때마다 누님이 귀녕(歸寧)[56] 오실 때면 두 집안 자녀들이 (할머니 곁에) 모두 빙 둘러 모여 온 집안이 화목하게 며칠을 머물러

---

54 황발(黃髮) : 누래진 노인의 머리.

55 명부(命婦) : 조선시대 국가로부터 작위를 받은 부인의 총칭. 여관(女官)으로서 품계를 지닌 자. 종친의 딸과 아내, 문·무관의 아내에게 벼슬을 주는데, 왕국과 세자궁에 딸린 내명부와 종실 및 문무관의 아내인 외명부의 구별이 있었다.

56 귀녕(歸寧) : 시집간 딸이 친정에 돌아와 부모의 안부를 묻는 일. - <詩, 周南, 葛覃>, "害澣害否, 歸寧父母"

있었으니, '천하의 지극한 즐거움'이라 할 만했습니다. 이는 아마도 우리 어머니의 후덕함과 누님의 극진한 효성이 있어서 그렇게 된 것이므로 평생 이 즐거움을 보존할 수 있을 것으로 여겼습니다. 순식간에 사람의 일이 변하여, 우리 어머니가 자손들을 버리신 지 두 해가 지나기도 전에 누님이 또 여기에 이르실 줄 누가 생각했겠습니까? 아아, 애통하다! 아아, 애통하다!

누님은 연로하셨는데, 본래 숙환을 앓고 계셨던 데다가 모친상을 당하여 슬픔으로 기력을 소진하신 뒤로부터는 누운 자리에서 일어날 수가 없었습니다. 반우(返虞)[57] 뒤로는 다시 빈소에 와서 곡하지 못하여 평상시 지낼 때에도 애통한 마음을 품고 슬퍼하며 그리워 마지않았으며 맛있는 음식이나 새로운 물건을 얻을 때마다 꼭 먼저 제수로 보내어 살아 있을 때처럼 돌아가신 어머니를 섬겼습니다. 병이 심해지게 되었는데도 상세하게 입으로 되뇌어 하시는 말씀을 보면 여전히 제수용품 준비를 도울 걱정만 하시니, 곁에 있던 사람이 가만히 듣고 있다가 대신 보낸 것이 여러 번이었습니다. 저는 물건을 볼 때마다 슬퍼 울며 하늘이 낸 누님의 효성이 돌아가실 때까지 이처럼 사라지지 않음을 더욱 감탄했습니다. 하늘은 어찌하여 생명의 시간을 삼년상이 끝날 때까지 빌려주지 않으시어 끝내 저승에서도 한을 품게 하십니까?

그래도 누님의 평생은 복록이 모두 갖추어져, 높디높은 재상의 자리에 올라 남편은 무병하고 두 아들이 집안에 있으며 또 훌륭한 손자를 두어[58] 옥 반지와 옥 귀걸이로 장난하며 노는 모습이 온 집안에 가득하니 선을 쌓은 집안의 경사가 한창인데, 하늘의 이치와 사람의 일에 어찌 남

---

57 반우(返虞) : 묘지에서 장례가 끝나면 혼백을 모시고 본가로 반혼(返魂)하는 절차. 반곡(反哭)이라고도 한다.
58 훌륭한 손자를 두어 : 가포(佳抱). 첫 아들이나 첫 손자를 보다. 포자(抱子) 또는 포손(抱孫).

은 유감이 있겠습니까? 홀연히 돌아가시어[59] 친정 부모님을 모시고 좌우에서 받들며 기뻐하는 것이 생전과 같을 것이니, 저는 누님께서 죽음을 즐거움으로 여기시어 이 세상을 다시 돌아보며 그리워하지 않는다는 것을 압니다. 애통한 것은 죽기 전 얼마 남지 않은 목숨이 홀로 이 세상에 남아 뼈와 살은 다 없어지고 형체와 그림자는 하나만 남은 것이니, 장차 누구를 의지하고 누구를 우러르며 내 남은 생을 보낸단 말입니까? 아아, 애통하다! 아아, 애통하다!

누님께서는 타고난 기질과 물려받은 품성이 밝고 순수하시며, 덕성스럽고 온화하며 유순하시고, 자애롭고 어질며 인자하고 너그러워서, 다른 사람의 고통 보기를 내 몸이 상한 것처럼 염려하시어 가난한 이를 구제하고 급박한 처지에 놓인 사람을 구휼하시면서도 오히려 미치지 못할까 염려하셨습니다. 식견과 사려가 깊고 원대하여 일처리를 대충 하지 않으셨으니, 가정 안의 아름다운 규범일 뿐 아니라 실로 여자 가운데 군자였습니다. 그 분의 활달한 마음과 엄준한 의지는 선친의 덕보다 뛰어났으니 제가 생각해볼 때 이런 얕은 소견으로 장부가 된 것이 정말 부끄럽습니다. 의문 나는 일이 있을 때마다 오로지 누님께 이를 여쭈었고, 급한 어려움을 당할 때마다 오직 누님께 이를 의뢰했는데 이제는 끝나버렸습니다. 형제간은 지기(知己)를 잃었고 집안에서는 받들 사람을 잃었습니다. 제 긴 부르짖음과 영원한 아픔이 어찌 오직 형제간의 정 때문이겠습니까? 아아, 애통하다! 아아, 애통하다!

누님의 병환은 석 달이 지나면서 위독해졌는데, 저는 상복을 입은 몸으로 감히 자주 오가지 못하다가 매번 병이 더해진다는 소식을 듣고는 바로 와서 살펴보고 밤새도록 마주 대하자 답답하고 근심스런 마음이 조금 풀어져 얼굴을 펴고 담소하니 마치 숙환을 잊은 듯했습니다. 급히 모시는

---

59 돌아가시어 : 승화(乘化). 자연의 조화에 순응함. - 陶潛, <歸去來辭>, "聊乘化以歸盡, 樂夫天命復奚疑"

이에게 저녁상을 차려 내게 올리도록 시키셨는데, 제가 죽을 권하여 마시게 하니 싫은데도 꼭 억지로 드셨습니다. 그 몸이 다 여위고 숨은 실낱같이 쉬는 것을 볼 때마다 놀라고 기막히지 않은 적이 없었지만 믿는 것은 정신력이 그래도 정정하신 것뿐이었습니다. 건강이 회복되는 좋은 일이 꼭 일어나리라고는 감히 기대할 수 없었지만 그래도 몇 개월이라도 연장하여 침상 옆에서 자주 안색을 살필 수 있게 해주시기를 바랐습니다. 어찌 하루아침에 갑자기 구할 수 없을 것이라고 생각했겠습니까?

세월이 머무르지 않아서 아득한 기약이 닥쳐와 이 아름다운 집을 버리고 저 무덤 속으로 가게 되니 온화한 모습은 다시 만나볼 수 없고 낭랑한 목소리는 다시 들을 수 없습니다. 칠십 년을 사귄 즐거움이 여기서 다했습니다. 아득히 푸른 하늘은 어찌 끝이 있겠습니까? 공허하고 혼미하며 답답하여 말이 제대로 나오지 않아 관 앞에서 한번 통곡하니 눈물은 다 말라서 나오지 않고 술잔도 말랐습니다. 영혼께서 아신다면 굽어보시고 흠향하러 이르십시오!

| 해제 | 어유봉이 아버지 어사형(魚史衡)을 대신하여 정경부인 어씨의 제문을 쓴 것이다. 정경부인 어씨는 어진익의 딸로 이유(李濡)에게 시집갔다. |

어사형은 형제가 많았지만 모두 일찍 죽어 누님인 정경부인 어씨를 의지하며 어머니를 봉양했다. 누님은 숙환이 있었고 모친상을 당한 뒤로 자리에서 일어나지 못했는데, 병석에 있으면서도 맛있는 음식이나 새로운 것이 생기면 늘 제수로 쓰라고 보내주었다. 누님은 여중군자로 어려운 일이 생길 때마다 늘 의논하는 대상이었기에 남은 형제의 슬픔이 더 절절하다고 했다. 어머니와 누님을 차례로 잃고 의지할 곳이 사라진 허전함을 토로했다.

이모 유인 유씨 제문
祭姨母孺人柳氏文

유세차 경자년[1720] 10월 22일, 우리 이모 유인 유씨는 원주(原州) 주촌(舟村)에 있는 집에서 돌아가셨습니다. 조카 어유봉 등은 서울에 있다가 부고를 받았습니다. 어쩔 수 없이 어머니께 고하고는 동쪽을 향하여 통곡한 뒤 자리를 마련하고 상복을 입었으며, 이어서 또 이번 11월 21일에 원주 모처에 임시로 장사지내려 한다는 말을 들었습니다. 어머니께서는 곡하며 저희들에게 말씀하셨습니다.

"내 어찌 언니가 땅에 묻힌다는 기약을 차마 듣겠느냐? 누군들 형제가 없겠는가마는 우리만큼 다정한 형제간이 있을까? 동기간의 죽음이 누구에겐들 없겠는가마는 나만큼 지독하게 애통할까? 생각건대 나는 언니보다 13년 후에 태어났고, 언니는 나를 어루만져주고 안아주고 애써 보살피며 키워줘서 지금까지 성장했으니, 우애의 지극함이 머리가 희어지도록 한결같을 수밖에 …….

불행히도 언니 연로하신데 아들들은 가난하여 궁벽한 골짜기에 옮겨가 산 지 지금까지 15년이 되었다. 두 곳이 아득히 멀어 모습과 목소리를 접할 수 없으니, 평상시 지낼 때에도 슬퍼하며 그리워하여 답답함이 병이 되었다. 골똘히 한 가지 생각만 하니, 오직 죽기 전에 한번 만나 얼굴을 보고 싶은 것이었다. 내가 눈병이 나자 언니는 매번 내 편지를 보지 못하는 것을 안타까워했는데, 언니 편지가 오면 나 역시 받들어 즐길 수 없는 것을 한스러워했다.

그래도 다행히 언니 나이 아흔이 넘었지만 기력이 여전히 왕성하시고 주무시고 드시는 것도 줄지 않으셔서 편안하다는 소식을 들을 때마다 기뻐서 잠이 오지 않았다. 늘 100세까지 사시기를 기대했는데 어찌 오늘 영원히 유명을 달리하실 줄 알았겠느냐? 생전에 언니 얼굴을 보지 못하고 사후에 언니 관을 만질 수 없으니, 아득한 천지간에 이렇듯 가슴 아플까? 아아, 슬프다!

내 평소에 맛있는 음식이 생기면 꼭 '우리 언니!' 하고, 면포 한 자를 얻어도 '우리 언니!'라 했는데, 이제는 다 끝나 버렸구나! 비록 어른을 봉양하는 물품이 있어도 어디에 쓸까? 이제 쌀과 돈, 각종 좋은 과일과 여러 가지 물품들을 내 손으로 직접 싸서 멀리 영연(靈筵)에 보내니 살아있을 때처럼 죽은 이를 섬기는 것이다. 그렇지만 어둠 속에서 그 누가 이를 알리겠느냐? 너는 몇 줄 글로 내 지극한 슬픔을 써서 관 앞에서 손자에게 대신 읽히도록 하여라. 그러면 아마도 밝으신 혼령은 아마도 내 슬픔을 알아서 내 정성을 받을 것이다."

소자 명을 받들고 오열하며 눈물을 삼키느라 말을 할 수 없었습니다. 여기서 생각건대, 소자 이모님의 상을 듣고 마땅히 분상해야 하는데, 병이 몸을 붙들고 날이 춥고 길이 멀어 제 힘으로 어떻게 할 방도가 없습니다. 어머니의 깊은 슬픔과 심한 고통이 이와 같은데 끝내 제물을 직접 받들고 빈소에 곡하고 고할 수 없으니, 불효한 죄 피할 도리가 없습니다. 게다가 슬프고 답답하여 허둥지둥 말이 글로 되지도 않습니다. 이모님의 덕행과 아름다움은 또 그 한두 가지를 일컬어 서술할 겨를도 없었으니 이 또한 죄입니다. 그렇지만 우리 어머니의 마음을 소박한 제물에 의탁하고, 우리 어머니의 말을 이 글에 실으니, 엎드려 바라건대 영혼께서는 굽어보시고 이르십시오.

해제 유인 유씨(?~1720)는 유거(柳椐)의 딸로, 어유봉에게는 이모가 된다. 어유봉의 어머니 전주 유씨보다 13세가 많은데 90이 넘어서 죽었다. 이 글은 어유봉이 어머니가 이모의 부고를 받고 곡하면서 한 말을 옮겨 쓰고 있는데,

어머니는 어려서 자신을 보살펴 주었지만 떨어져 살며 보지 못한 그리움과 눈병에 걸려 언니의 편지를 읽지 못한 안타까움을 토로했다. 맛있는 음식이 생기거나 좋은 물건을 얻으면 언니 생각을 했는데 이제는 제수로밖에 보내지 못한다며 슬픈 마음을 전했다.

유인 김씨 애사 서문과 함께 씀
孺人金氏哀辭 並序

　나의 벗 오명중(吳明仲)[60]의 어진 아내는 '유인 김씨'이니, 바로 농암선생(農巖先生)[61]의 셋째 따님이다. 유인은 (심성이) 깨끗하고 밝았으며 단정하고 정결했고, 재주가 뛰어났고 식견이 탁월하여 꼭 여사(女士)의 풍모가 있었으니 선생께서 가장 깊이 사랑하셨고 명중은 더욱 좋게 여기고 존중했다. 나이 스물 둘에 아들 하나를 낳았는데, 얼마 안 있어 위독해져서는 결국 죽음에 이르게 되었다고 한다.

　내가 가만히 생각해보면, 아주 옛날 사람은 애초에 남녀의 차별이 없었다. 그래서 남자는 유의(幼儀)[62]를 익히고 여자는 내훈(內訓)을 암송하는 것으로부터 모두 다 문자를 배우게 되었다. 그리하여 부인으로서 경사(經

---

60 오명중(吳明仲) : 오진주(吳晉周). 명중(明仲)은 오진주의 자(字).

61 농암선생(農巖先生) : 김창협(金昌協). 1651(효종 2)~1708(숙종 34). 조선 후기의 학자. 본관은 안동(安東). 자는 중화(仲和), 호는 농암(農巖) 또는 삼주(三洲). 경기도 과천 출신. 좌의정 김상헌(金尙憲)의 증손자, 아버지는 영의정 김수항(金壽恒), 어머니는 안정 나씨(安定羅氏)로 해주목사 나성두(羅星斗)의 딸이다. 영의정을 지낸 김창집(金昌集)의 아우이다. 1682년(숙종 8) 증광문과에 전시장원으로 급제, 예조참의·대사간 등을 역임하고, 송시열(宋時烈)의 『주자대전차의(朱子大全箚疑)』를 명에 의해 교정하였다. 청풍 부사로 있을 때 기사환국으로 아버지가 진도에서 사사되자, 사직하고 영평(永平 : 경기도 포천군)에 은거하였다. 1694년 갑술옥사 후 아버지가 신원됨에 따라, 호조참의·예조참판·홍문관제학·이조참판·대제학·예조판서·세자우부빈객·지돈녕부사에 임명되었으나 모두 사직하고 학문에 전념하였다. 숙종의 묘정에 배향되었으며, 양주의 석실서원(石室書院), 영암의 녹동서원(鹿洞書院)에 제향되었다. 저서로는 『농암집』·『주자대전차의문목(朱子大全箚疑問目)』·『논어상설(論語詳說)』·『오자수언(五子粹言)』·『이가시선(二家詩選)』 등이 있고, 『강도충렬록(江都忠烈錄)』·『문곡연보(文谷年譜)』 등을 편집하였다. 시호는 문간(文簡)이다. *참고문헌 : 農巖集(金昌協), 朝鮮儒學史(玄相允, 民衆書館, 1954).

62 유의(幼儀) : 어린이가 어른을 섬기는 예. -『소학』 집주 권1.

史)를 다 익힌 사람이 세상에 정말 많이 있었다. 우리나라는 풍속이 일천하여 고인의 가르침이 또 세상에 행해지지 않고 규방의 도는 더욱 어렴풋해져서, 만약 총명하고 재치 있고 걸출하여 익히지 않고도 잘 할 수 있는 사람이 아니라면 어떻게 옛 일을 헤아려 도리를 밝힐 수 있겠는가?

애초 유인의 나이 겨우 열 한두 살 때 선생을 따라 백운산 속에서 가난하게 살았다. 선생이 당시 어린 아들 군산(君山)[63]에게 글을 가르쳤는데, 유인은 곁에 있다가 가만히 듣고서 깨닫고 이해할 수 있었던 것이 매우 재빨랐고 문리가 부쩍부쩍 늘어 마침내는 통달하여 『주자강목(朱子綱目)』, 『좌씨춘추전(左氏春秋傳)』을 읽었는데 단번에 모두 쉽게 이해했고 막히는 부분이 없었다. 종종 고금 인물을 평가했는데, 감식력이 특출하여 보통사람의 생각을 뛰어넘었으니, 어찌 이른바 '총명하고 재치 있고 걸출하여 익히지 않고도 잘할 수 있는 사람'이 (아니)겠는가?

유인의 아우 군산은 재주 있는 기질이 보통이 아니어서 문장이 우뚝하니 아주 일찍 이루어졌고 훌륭한 또래들 사이에서 사람들이 다 '선생에게 훌륭한 아들이 있다'라고 했다. 그렇지만 유인은 더욱 차분히 생각하고 깊이 집중하니 군산과 달랐고, 깨달아 알고 이해하는 것이 두루 통하였으며 또 군산보다 뛰어나기도 했다. 선생께서는 어려서부터 맛있는 음식을 좋아하는 것처럼 책을 즐기시어 책에서 의미를 찾을 때면 사물이 마음속에 들어오지 않아 오롯이 하루 종일 자는 것과 먹는 것을 잊었

63 군산(君山) : 김숭겸(金崇謙). 1682(숙종 8)~1700(숙종 26). 조선 후기의 시인. 본관은 안동. 자는 군산(君山), 호는 관복암(觀復庵). 할아버지는 영의정 김수항(金壽恒), 아버지는 성균관대사성을 지낸 김창협(金昌協)이며, 어머니는 연안이씨로 부제학 이단상(李端相)의 딸이다. 일찍이 아버지에게 학문을 배워서 깊이 통달하였고, 서법 또한 절묘하였다. 비록 19세로 요절했으나, 그 뜻이 높고 넓어 시격(詩格)이 호방하고 산수를 사랑하여 발길이 이르지 않은 곳이 없었다 하며 시 수백 편을 남겼다. 그의 아버지는 묘비에 "세상의 악착(齷齪)함을 보고 뜻에 맞지 않으므로 성색(聲色)에 머물지 않고 산수만을 좋아하여 풍악(楓岳)·천마(天摩)·화산(華山) 등을 다녔고, 시격이 기준창로(奇俊蒼老)하여 두보(杜甫)의 격을 터득하였다."고 평하고 있다. 저서에 『관복암유고』가 있다.
*참고문헌 : 農巖集, 觀復庵遺稿.

고, 깊이 이해하면 하나 되어 즐기니 이른바 '바랄 것이 없다'는 것이었
다고 들었는데, 유인이 실제로 그분과 같았다. 애석하다! 그는 불행히도
남자가 되지 못했구나. 유인이 학문에서 (능력을) 크게 펼쳤더라면 그 이
룩한 것이 군산보다 뛰어났을 것이니 선생의 도를 더욱 빛나고 크게 했
을 것이다.

그렇지만 선생이 유인을 볼 때에도 어찌 아들로 보지 않은 적이 있었
겠는가? 선생은 나가면 학생들과 토론하고 강의하는 것을 즐거움으로
여기시고 들어오면 군산과 유인을 좌우에 두고 즐거워하며 그 시름을
잊으니, 경전의 가르침과 역사가 전하는 것에서 옳고 그름과 선악의 의
미, 다스려지고 어지러워진 자취, 현명하고 간사함의 구별, 그리고 모든
아첨하는 소리와 자질구레한 말들, 즐길 만하고 깜짝 놀랄 만한 일들을
군산과 이야기할 만한 것들을 유인에게 말하지 않은 적이 없었다. 군산
은 또 친구들과 나가서 노는 것을 좋아하고 시문을 짓고 술 마시는 일을
즐겨 때때로 바깥에서 제멋대로 했지만 유인이 곁에 있으면 곁에 바로
역시 군산이 있는 것처럼 여겼다. 아! 선생 곁에는 이제 유인이 없구나.
나는 가만히 선생이 그 마음을 편히 둘 곳이 없음을 슬퍼한다.

유인은 타고난 자질과 물려받은 품성이 아름다운 데다가 행동과 태도
가 아주 순수했으며 여공의 자잘한 일에서까지도 정성스럽고 부지런히
하지 않은 적이 없었다. 그렇지만 뜻은 오히려 고상하고 원대하여 초연
하게 세상 밖에 있어서, 부녀자들이 모두 부러워하는 비단과 진귀한 노
리개, 세상 사람들이 다 사모하는 부귀와 공명 보기를 담담하게 없는 것
처럼 했다. 오로지 덕을 닦고 명예를 세워 아름다움이 후세에 드러나니
우리들에게는 지극한 경지가 되지만 역시 그 자신이 여자가 되어 끝내
가물가물 알려지지 않을 것을 스스로 한탄했다. 그러므로 명중이 비록
과거 급제를 직접 구했으나 유인은 급제에 뜻을 두지 말고 매번 자신을
닦아 뜻을 구하여 끝내 원대한 학업을 궁구하도록 권면하니, 초연히 녹

거(鹿車)와 베치마의 유풍[64]을 사모한 뜻이었다. 명중도 그 말에 의의를 두어 유인을 지기처럼 믿었다. 나도 명중이 좋은 내조자를 잃고 그의 덕을 도와 이루어줄 이 없음을 슬퍼한다. 아아!

유인은 평소 정성스럽고 빈틈없이 묵묵히 자신을 지켰으므로 겉보기엔 어리석은 부인 같았다. 비록 범씨 아내[65]처럼 의견을 내고 도리를 말한 적도 없고, 사희맹(謝希孟)[66]이 한 것처럼 시를 읊고 부(賦)를 짓지는 않았지만, 그의 재능을 말한다면 아마도 두 사람의 적수가 될 것이다. 그러나 저 두 여인의 이름이 다행하게도 지금까지 전해진 것은, 하남(河南)에서 취해지고 구양자(歐陽子)[67]에 그 이름이 올려진 덕분이 아니겠는가? 지금 선생의 도가 담긴 문장은 정말 이른바 '사람을 썩지 않게 할 수 있는' 것이니, 반드시 덕과 아름다움을 드러내어 알리고 후세에까지 모범을 보여줄 것이므로 백 년 뒤 사람들도 이를 믿어, 이간질하는 일이 없

---

64 녹거(鹿車)와 베치마의 유풍 : 녹거포군(鹿車布裙). 작은 수레를 타고 산림에 묻혀 가난하게 사는 옛사람의 풍속.

65 범씨 아내 : 범씨녀(范氏女). 춘추시대 진(晉)나라 범헌(范獻)의 아내. 덕을 귀하게 여기고 신의를 숭상한 인물로 평가됨. 그의 세 아들이 진나라 육경(六卿)의 한 사람인 조간자(趙簡子)에게 놀러 갔다가 막내아들이 조간자에게 백성을 부릴 수 있는 권모술수를 가르쳐주고 칭찬을 받았다고 어머니에게 자랑하자, 그 어머니는 탄식하며 '공로를 떠벌리면 인을 베풀기 힘들고 거짓으로 남을 속인 자는 오래 살지 못할 것이다. 범씨를 망하게 할 놈은 네가 틀림없다.'라고 했는데, 과연 그 후에 또 다른 육경(六卿)의 한 사람인 지백(智伯)에 의해 범씨 집안이 망했다. *참고문헌 : 列女傳(유향).

66 사희맹(謝希孟) : 송(宋)나라 문인 사백경(謝伯景)의 여동생으로, 오빠 사백경과 함께 시와 부(賦)로 이름을 날림. 진안국(陳安國)의 아내. 사희맹의 어머니도 시와 문장에 숙달하여 직접 자녀들을 가르쳐 사씨 형제는 모두 이름을 떨쳤다. 구양수의 칭찬을 받음.

67 구양자(歐陽子) : 구양수(歐陽修). 1007~1072. 중국 송(宋)나라의 정치가, 문인. 자는 영숙(永叔), 호는 취옹(醉翁), 시호는 문충(文忠). 송나라 초기의 미문조(美文調) 시문인 서곤체(西崑體)를 개혁하고, 당나라의 한유를 모범으로 하는 시문을 지었다. 시로는 매요신(梅堯臣)과 겨루었고, 문(文)으로는 당송8대가(唐宋八大家)의 한 사람이었으며, 후배들에게 많은 영향을 주었다. 특히 송대의 고문(古文)의 위치를 확고부동한 것으로 만들었으며, 전집으로『구양문충공집』153권이 있다.『신당서(新唐書)』,『오대사기(五代史記)』의 편자이기도 하며,『오대사령관전지서(五代史伶官傳之序)』를 비롯하여 많은 명문을 남겼다.

을 것이다. 이로써 유인의 이름이 영원히 오래 보존되어 역시 옛 사람과
더불어 그 다행함을 함께 하게 될 것이다. 이는 진실로 유인의 뜻이니
죽은 뒤에도 유감이 없으리라!

유인이 죽자 명중이 나와 친구들에게 제문을 청했고 선생 역시 내게
이렇게 명하셨다.

"자네는 인척의 의리가 있으니 아마 들은 바가 있을 걸세."

나는 감히 사양하지 못하고 삼가 애도하는 글 한 편을 지어 슬퍼하는
뜻을 바치니 또한 선생의 아픔과 명중의 슬픔을 풀어주고자 할 따름이
다. 그 글에 이른다.

아! 유인이여,
기질이 맑고 자질이 훌륭했네.
따스한 봄볕과 얼음 같은 옥구슬이여,
규방에서 뛰어났네.
서적에 조금 통달하여,
옛 흥망을 두루 보았네.
위로는 『춘추』[68]를 보고,
아래로는 한당까지 미쳤네.
천 년을 꿰뚫어,
상벌을 엄정히 베풀었네.
허나 내 일 아니라 여겨,
안으로 품어 드러내지 않았네.
내 제기를 받들고,

---

68 『춘추』 : 원문에는 '은애(隱哀)'라 되어 있다. 노(魯)나라 은공(隱公) 1년(BC722)에서
   애공(哀公) 14년(BC481)에 이르는 12공 242년 동안의 일들을 1800여 조(條) 1만 6500자
   로 기록한 중국 최초의 편년체 역사서인 『춘추(春秋)』를 가리킨다.

내 옷감을 바느질하며.
유순히 삼가서,
시부모를 섬겼네.
복록을 편히 여기니,
길몽이 상서를 알리네.
떠들썩한 침상에 있으니,
술과 고기가 이르려는데,
어찌 하루저녁에,
갑자기 당에 곡하는가?
난은 꺾이고 은덕은 사라졌으니,
가을도 되기 전에 매운 서리 내리네.
아! 유인이여,
운명은 선하지 않구나.
강물이 유유히 흐르는,
광릉(廣陵) 언덕에,
이 밝은 빛을 거두어,
아! 돌아가 묻히도다.
북으로는 미호(渼湖)를 가리키며,
강산은 울창하네.
누대에는 그윽하게 해가 비치니,
물가 한쪽이로다.
선생이 책을 읽으니,
종경 같이 낭랑하다.
고요한 함밤 중에,
주렴엔 달빛 비치고 평상엔 바람 이는데,
혼이여 돌아가지 않고,

거닐며 배회하네.

도도한 역사여,

길고 짧음이 어찌 일정하겠는가!

이름은 진실로 사라지지 않으니

어찌 장수와 단명을 논하겠는가?

우리 선생님이

훌륭한 문장을 지어,

돌에 새겨 묘를 세워 주시니,

남편에게도 기쁨이 되리라.

바라노니 영원토록,

아름다운 이름이 전해지기 바라노라.

아! 유인이여!

영원히 상하지 마십시오.

해제 농암(農巖) 김창협(金昌協)의 셋째 딸 김운(金雲, 1679~1700)의 애사(哀辭). 김창협은 『농암집』의 '딸 오씨의 아내 묘지명[亡女吳氏婦墓誌銘]', '딸 오씨의 아내 제문[祭亡女吳氏婦文]'에서 셋째 딸에 대한 애틋한 정을 표현하고 있다. 어유봉은 유인 김씨의 남편인 오진주(吳晉周)의 친구이자 김창협의 문인으로서 이들의 부탁으로 이 글을 지었다.

숙인 윤씨 애사 서문과 함께 씀

淑人尹氏哀辭 並序

옛 홍산(鴻山)[69] 사군(使君)[70]을 지낸 안동 김씨 김후(金侯)가 그의 아내
숙인 윤씨의 상에 곡하고, 장사지낼 곳을 정한 다음에 친지들에게 만사(輓
詞)를 써서 애도해 달라고 청했는데, 외람되게도 나에게 이르게 되었다.
그의 효성스런 아들 순행(純行)[71] 성중(誠仲)은 또 울면서 이렇게 말했다.
"규문의 덕은 제문이 아니면 드러나지 않으니, 형님께서 한 말씀 해
주시기를 바랍니다."
내가 부인의 행적과 가르침을 가만히 생각해보면, 살림을 주관하는
일에 국한되어 있고 집안의 교화에 감추어져 있어서 일가친척이 아니라
면 혹시라도 잘 알 수가 없으니 하물며 내가 어떻게 그 덕과 아름다움을
잘 말할 수 있겠는가? 비록 그렇다 하더라도 나는 다행히 김후 부자와
몇 년을 교유할 수 있었고, 내 여동생은 또 숙인의 며느리여서, 숙인에
대해서는 가정을 화목하게 하고 자손들을 가르친 것과 올바른 행동이
훌륭했던 것도 간혹 그 한 둘은 접할 수 있었으니 후와 성중이 내게 글
을 구한 것이 그 뜻이 어찌 구차하기만 하겠는가?
내가 후를 좇아 교유하면서, 풍계(楓溪)의 집에서 여러 달 동안 공부했
는데, 후가 종일 시냇가 정자에 조용히 앉아 있거나 손님과 벗을 맞고
문학과 역사를 익히고, 틈틈이 거문고를 타며 시를 읊거나 꽃과 대나무

---

69 홍산(鴻山) : 현재 충청남도 부여군 홍산면.
70 사군(使君) : 주(州)의 장관. 자사(刺史)의 존칭.
71 순행(純行) : 김순행(金純行). 자는 성중(誠仲), 호는 추암(摯庵). 숙종(肅宗) 40년(1701)
증광시에 합격.

를 완상하는 것을 볼 때면 초연하여 집안에 일이 있는지 다시는 모를 것 같았다. 그 안팎의 종들이 접대할 때면 꼭 삼가고 공경하였으며, 아침저녁으로 뜰과 집안을 청소할 때면 반드시 엄숙히 했고, 올리는 의복과 도구, 음식이나 술과 장을 그때그때 정갈히 하였으니, 후가 조금이라도 쓸데없는 일에 마음 쓰지 않도록 함으로써 한가로이 즐길 수 있도록 한 것은 모두 내치(內治)의 힘이었다. 그때 정말이지 숙인이 좋은 내자임을 이미 알고 있었다.

성중(誠仲)은 어려서부터 효성스럽고 신중하여 함부로 장난하지 않았고, 자라게 되자 더욱 학문을 좋아하는 데 뜻을 두었으나, 병약해서 사람들과 어울리며 지내는 것을 즐겨하지 않았는데, 다만 나를 좇아 부지런히 강론하고 토론하여 해가 다 질 때까지도 싫증내지 않았다. 그렇지만 매번 그가 출입하고 오고가는 것을 보면 반걸음도 감히 제멋대로 하지 않았는데, 시간 약속이 이르든지 늦든지 또한 감히 어기거나 넘기지 않았는데,

"부모님께서 그렇게 명하셨습니다."

라고 했다.

찬찬히 들어보면 분명 숙인의 가르침이었다. 성중의 의지와 행동이 구차하지 않았던 것은 진실로 가정교육에서 나왔고 어머니의 가르침이 매우 깊었음을 알 수 있으니, 여기서 또 숙인이 어진 어머니였음을 알겠다.

내 누이동생은 간간이 나에게 이렇게 말한 적이 있었다.

"제 시어머님의 인자함에 대해서는 말할 만한 것이 많습니다. 그렇지만 부모님께 효도하고 형제간에 우애 있고 동서들과 잘 지내고 가족간에 화목하며, 정성으로 돈독하게 사랑하고 절조 있게 충심으로 봉양함에 멀든 가깝든 간에 차이를 두지 않으시고, 즐거움과 고통을 함께 하며 있고 없음에 얽매이지 않고서 어려운 이들과 곤궁한 이들을 구휼하심에 시종일관 조금도 달라지지 않으시니, 이는 그중 제일 큰 것으로 말하는 것입니다."

후는 또 말했다.

"내 아내는 밝은 식견과 굳은 절개를 가져서 인물의 선악을 구별하고 의리의 거취를 판단함은 더욱 분명하고 명확하여, 비록 책을 많이 읽고 옛 일을 헤아려 통달한 선비일지라도 아마 많이 뛰어나지는 못할 것 같았으니, 내 우둔함으로 평소 깊이 그 사람에게 의지했는데, 끝났구나. 이제 누구와 선(善)을 행할꼬?"

이 말에서 또 숙인의 어질고 명철함이 옛날에 이른바 '여사(女士)'에 가까움을 알겠다.

숙인은 본래 숙환이 있었는데 나이 겨우 48세였다. 집안에 아버지가 살아 계셨는데 갑자기 한 달 먼저 죽어 끝내 내게 한없는 슬픔[慽] 한 글자를 안겨주었다.

성중 역시 병을 앓은 지 여러 해 되었다. 내 여동생이 임신하게 되자 너무나도 기뻐하며

"우리 아기도 아이를 가졌구나! 내가 이제야 손자를 안아보겠구나."
라고 했는데, 끝내 그 역시 볼 수 없게 되었다.

아! 유인께서는 수와 복을 누리셔야 하는데, 하늘이 보답해준 것이 또 어찌 그리 어그러졌는가? 이 때문에 후는 더욱 애통해 마지 않았다. 아! 죽은 이를 슬퍼함은 살아있는 이를 위로하기 위함이다. 내가 여기서 또 어찌 아무런 말이 없을 수 있겠는가?

애사에 이른다.

아아, 숙인이여!
자질은 순수했고 행동은 전일했네.
뛰어난 선비와 짝할 수 있었으니,
고귀한 가문이로다.
금(琴)이요 슬(瑟)이요,

또 손님처럼 공경했네.

엄숙하다! 예를 행하심이여,

온화하도다! 그 인자하심이여.

청풍의 집에는

우물과 절구가 쓸쓸하네.

백 년 동안 살며

이 마음을 함께 하기 바랐더니,

어찌 하루 저녁에

갑자기 먼저 가십니까?

복이 선에 걸맞지 않아

수는 중년일 뿐이네.

아, 정숙하고 현철하신 아내를,

어찌 그리 얻을 수 있겠습니까?

지아비의 슬픔은

끝이 없네.

홀로 남은 효자는

누구를 의지하고 누구를 믿을까?

영원히[72] 원망하면서도 사모하여,

피눈물만 흘리네.

양산 기슭

율촌 언덕이라네.

맑고 좋은 날

예로 장사지내네.

살아생전엔 아름다우셨고,

---

72 영원히 : 종천(終天). 이 세상의 끝. 곧 영원, 영구의 뜻. 또 비통이 무한히 오래 간다는
말로, 친상(親喪)을 이름.

돌아가셔서는 아직 남은 향기 있네.

참으로 아름답고도 영예로우니

혼이 어찌 마음아파 하겠는가?

삶과 죽음이 변하고 바뀌니

사람의 일이 슬프고 처량하다.

이 골육을 슬퍼하여

발자취를 더듬으며 배회하네.

유유히 흘러가는 절기는

문득 또 봄이 한창이네.

뜰 안은 고요하고

봄날의 만상은 화려하고 아름답다.

나는 김후의 마음을 풀어주려

이 애시를 짓노니.

망자를 애도하는 출환(出還)[73]은

옛날부터 있었네.

해제　숙인 윤씨는 김후(金侯)의 아내로 48세에 숙환으로 죽었다. 어유봉은 숙인의 남편 김후와 교유하면서 공부했는데, 김후가 한가로이 학문을 즐기는 것을 보고 윤씨가 집안을 잘 다스린다는 것을 알 수 있었다 했다. 어유봉의 여동생이 숙인 윤씨의 아들 김순행에게 시집갔으므로 어유봉에게는 사돈이기도 한데, 김순행의 행동거지가 바른 것을 보고 숙인 윤씨의 가르침이 훌륭하다는 것을 알 수 있었다고 했다.

---

73 출환(出還) : 당나라 시인 위응물(韋應物: 737~804)이 부인을 생각하며 쓴 19수(首)의 도망시(悼亡詩) 가운데 하나. "昔出喜還家 今還獨傷意" *참고문헌 : 韋江州集.

공인 박씨 애사 서문과 함께 씀

恭人朴氏哀辭 並序

　나의 벗 이중겸(李仲謙)[74]이 죽은 지 4년째 되는 경자년[1720] 5월 19일에 대부인 박씨께서 세상을 떠났다. 나는 몹시 애통하게 곡하노니 중겸이 그의 효를 다할 수 없음을 슬퍼함이다. 아! 돈과 비단으로 부의(賻儀)를 전하는 것이 예(禮)이지만 곤궁하여 전할 물건이 없고, 허겁지겁 달려가 수고로움을 다하는 것이 의리이지만 병이 들어 기력이 없네. 나는 중겸을 형제처럼 여겼는데, 이제 부인의 상을 당하여서는 태평하게 모르는 사람 같으니, 무엇으로 저 먼 곳에 있는 죽은 친구를 위로하겠는가? 다만 보잘 것 없는 글로 부인의 아름다움을 대략 써내려가는 것만이 바로 내 소임이겠으나, 규방이 덕은 드러나는 것이 아니라서 내가 일컬을 만한 것은 없다. 그래도 중겸의 덕행을 보면 부인의 유덕한 말씀과 현명한 가르침이 과연 옛 현철한 어머니에게 부끄럽지 않음을 알겠다. 옛 말에 '이러한 어머니가 아니면 이러한 아들이 나지 못한다.'라 하니, 아! 어찌 믿지 않겠는가? 마침내 글을 쓴다.

　옛날에 현명했던 부인은,
　아름다운 법도가 있었다네.

---

74 이중겸(李仲謙) : 이현익(李顯益). 1678~1717. '중겸(中謙)'은 이현익의 자(字)이고, 호(號)는 정암(正菴)이다. 세종대왕의 아들 광평대군(廣平大君) 여(璵)의 11대손이며 군수(郡守) 이홍(李弘)의 아들이다. 권상하(權尙夏), 김창협(金昌協)의 문인으로 1708년(숙종34) 생원시에 장원으로 합격하여 익위시(翊衛寺) 세마(洗馬)의 의망에 올랐다가 낙점받지 못하자 더욱 학문에 전심했다. 1710년 학행(學行)으로 천거를 받아 목릉(穆陵) 참봉이 되고, 왕자사부(王子師傅), 1716년 진안현감(鎭安縣監)을 역임했다. *참고문헌 : 正菴集.

선량하고 신중하며 온화하고 유순하니,

어찌 아름답지 않은가?

그중에서도 위대한 덕은,

그 아들을 보면 되네.

아들의 덕행은,

어머니께 달려 있으니.

뱃속에 있을 때부터[75],

열심히 가르치셨네.

부인의 아드님이 누구인가?

중겸씨라네!

지조와 덕행 있고,

학문도 심오하다.

미덥구나 준수한 선비여,

옥으로 된 홀이 아름답다.

숨어 있어도 그 재주 드러나서[76],

정초(旌招)[77]로 의망에 올랐다네.[78]

---

75 뱃속에 있을 때부터 : 배태지광(胚胎之光). 훌륭한 부덕을 갖춘 어머니의 태교를 이름.

76 숨어 있어도 …… 드러나서 : 구고지문(九皐之聞) : 심원한 연못에서의 소리. 어진 이가 은거해 있어도 이름이 드러나 사람들이 다 알게 된다는 것을 말함. ─ <詩, 小雅, 鶴鳴>, "鶴鳴于九皐, 聲聞于野"(학이 깊고 아득한 연못 속에서 울어도 그 소리가 들에까지 들린다.)

77 정초(旌招) : 학문이 풍부하고 행실이 고매한 선비들을 우대하여 기용하는 제도. 처음 제수하는 품위는 대개 6품직으로서, 때로는 왕이 특별히 사정전(思政殿)에 초치하여 치국(治國)의 도리와 학문의 방도를 하문하기도 하며, 주찬(酒饌)을 하사하고 또한 병으로 고생하면 내의(內醫)를 파견, 진찰하게 하고 약물(藥物)을 보내는 등, 그 우대함이 삼공(三公)에 비할만하였다. 우리나라에서 처음으로 정초제도를 시행한 것은 1552년(명종 7)으로, 명종은 각 도의 관찰사에게 명하여 유일(遺逸)의 선비를 천거하도록 하였다. 선조 초기에는 전례를 들어 각 도의 관찰사에게 선비를 천거하게 하였는데, 경기도관찰사 윤현(尹鉉)이 성혼(成渾)을 천거하였다. 인조반정 후에는 김장생(金長生)이 정초되어 장령이 되었고, 김집(金集)·장현광(張顯光)·박지계(朴知誡) 등은 국자사업(國子司

부인이 "좋지 않다"라시면,

내 기쁨이 아니네.

소문이 과장되면,

군자는 부끄럽게 여기었네.

너는 어떤 사람이기에,

감히 이렇게 할 수 있는가?

어질구나 부인이여,

식견은 나보다 뛰어나네.

무엇이 옛사람보다 못하겠는가?

여자이면서 선비로다!

"나를 독실히 지켜라" 하시니,

그 뜻을 받들었네.

분수를 편안히 여겨 곤궁했는데도,

두 마음을 품지 않기로 했네.

봉사(奉榭)의 궁색함을,

달게 여기었으나,

효는 아직 다하지 못하고 죽었으니,

하늘은 무슨 뜻인지

침상에서 뒤척이니,

병은 날로 위태롭고,

곁에 자식 없으니,

業)으로 원자보양관(元子輔養官)을 겸임시키는 등 특별한 우대를 베풀었다. *참고문헌
: 太學志.

78 의망에 올랐다네 : 이현익은 1710년 학행(學行)으로 천거되어 목릉참봉에 제수되었으
나 벼슬하려 하지 않았는데, 부친이 꾸짖어 나아가게 했다. 1711년 부친상을 당하여 3
년상을 치르고 나자 왕자사부에 제수되었는데, 왕자(후에 영조가 됨)가 공경하고 복응
(服膺)했다.

몸소 돌보셨네.

임종의 말을,

손수 기록하였는데,[79]

하늘에 소리쳐도 들리지 않으니,

저 귀신을 원망하네.

세월이 흘러가서

해가 네 번 지나니,

슬픔에 찬 어머니는

피눈물을 흘리시네.

아! 끝났구나,

이제는 영원히 가셨으니,

즐거운 저 황천에서,

어울리시며 좋아하실 것이네.

영혼이 어찌 유감이 있을까?

소원을 이루셨구나!

어찌 남은 자식이 없겠는가,

친손 외손이 있네.

장례를 잘 치렀으니,

후회는 마십시오.

애석하다. 중겸은 어진데,

여기 없구나.

---

79 손수 기록하였는데 : 이현익은 임종하기 한 달 전부터 갑자기 숙환이 심해졌는데, 다시 일어나지 못할 것을 알고 한밤중에 홀로 나가 배회하기도 했다. 당시에 큰 아들 강중(剛中)이 서울에 있어, "죽으려 할 때에 영결의 말이 있어야 하는데, 강중이 멀리 있으니 어떻게 하나?"라고 했다. 그리고는 어머니께 자식을 위한 권학의 글 몇 마디를 기록하게 하고, 슬퍼하지 말도록 당부했다. 또 직접 산을 그린 그림 여러 권을 주면서 "이곳에 장사지내 주십시오."라 하고는 죽었다. *참고문헌 : 杞園集(鎭安縣監李公行狀).

조상하는 이의 슬픔이
눈물이 되어 흐르는데,
장례일[80]이 임박해오니,
상엿줄을 풀려하네.
나는 이 글을 써
조도(祖道)에 걸어두지만,[81]
친구의 생각을
끝내 대신할 수 없구나.
어둡지 않은 혼령이 계시다면
위로되시기를 바랍니다.

해제 함양 박씨(?~1720)는 사도시(司䆃寺) 주부(主簿) 박선(朴銑)의 딸로 이
홍(李弘)에게 시집갔다. 어유봉은 죽은 친구 이현익(李顯益 : 1678~
1717)을 대신하여 그 어머니인 박씨의 애사를 썼다. 어유봉이 쓴 이현익의 행장
[鎭安縣監李公行狀]에 따르면 이현익은 효성이 지극하여 1711년 부친이 돌아가
신 뒤로 어머니를 극진히 모셨는데, 고서(古書)를 암송해드리면서 위로해드렸다
고 한다.

---

80 장례일 : 영진(靈辰). 길상(吉祥)의 시간. 정월 7일. 인일(人日). 여기서는 하관하는 장
　　례일을 말한다.
81 조도(祖道)에 걸어두지만 : 먼 길 떠날 때 도중의 무사함을 빌기 위해 노신(路神)에게
　　비는 일. 여행할 때 조상신을 제사지내는 일. 옛날 황제의 아들 수가 여행하기를 좋아하
　　여 행로에서 죽었으므로 후인이 행로신을 모셨음.

신익황(申益愰) : 1672(현종 13)~1722(경종 2). 조선 후기의 학자.
본관은 평산(平山). 자는 명중(明仲), 호는 극재(克齋). 박번(朴蕃)
에게 글을 배워 21세 되던 1692년 8월 향시에 합격하고 같은 해
12월 순천 박씨와 혼인했다. 이듬해 복시에 낙방하자 과거를 단념
하고 학문에만 전념하였다. 학덕으로 37세 때 경기전참봉(慶基殿參
奉)에 천거, 제수되었으나 병을 이유로 사퇴하였다. 46세 때에는
의영고주부(義盈庫主簿)로 천거, 제수되었으나 사은(謝恩)하고 돌
아왔다. 그의 학문은 이현일(李玄逸)에게서 크게 영향을 받았다. 권
두인(權斗寅)·권두경(權斗經)·이재(李栽)·정사신(丁思慎)·권
중도(權重道) 등 당시 영남의 대표적인 유학자들과 교유했다. 그가
죽은 뒤 43년이 지난 1765년(영조 41)에 아들 신염(申琰)으로 인해
사헌부 대사헌에 추증되었고, 1784년(정조 8)에 사림들이 모여 그
의 위패를 곤산서원(崑山書院)에 봉안하였다. 편저에는『극재집』·
『운곡도산휘음(雲谷陶山徽音)』·『경재집해(敬齋集解)』·『이기성
정통간도(理氣性情通看圖)』·『동국승경와유록(東國勝景臥遊錄)』
등이 있다. *참고문헌 : 克齋集, 葛庵集(李玄逸), 密庵集(李栽).

신익황 申益愰·1672~1722

절부 정씨 정려기
節婦鄭氏旌閭記

정씨의 선조는 해주(海州) 사람인데, 증조부인 진사(進士) 정대영(鄭大榮) 대에 와서 서울에서 진주로 옮겨 와서 살다가 마침내 진주(晉州) 사람이 되었다. 아버지는 정환(鄭桓)이며 어머니는 강(姜)씨이다.

숙종 임금 대 경진년[1700]에 본관이 순천인 박수원(朴壽遠)에게 시집 갔는데, 그때 나이 열아홉 살이었다. 다음해 시어머니 김씨가 죽었는데, 박수원의 동생들이 다 어렸다. 정씨는 시아버지를 공손히 섬기고, 시어머니 제사에는 예를 다했으며, 어린 시동생들과 시누이들을 자시 자식처럼 보살폈다. 시아버지 박성주(朴聖冑)는 매번 사람들에게 칭찬해 마지않았다.

갑신년[1704]에 박수원이 병으로 죽자, 정씨는 혼절했다가 다시 깨어나서는 스스로 목숨을 끊어 따라 죽으려는 마음을 가졌었는데, 시아버지는 누차 타일러서 이렇게 말했다.

"너는 다행히 아들 둘이 있다. 네가 죽으면 두 아들은 모두 (목숨을) 보전할 수가 없을 것이고, 그러면 네 남편의 제사가 끊어질 것인데, 그래도 괜찮겠느냐?"

정씨는 감동하고 깨달아 이로부터 억지로 물을 끌어다 마셨는데, 하루에 아주 조금씩만 먹었으며, 날씨가 추워지거나 더워지더라도 옷을 갈아입지 않았고, 밤에 누워도 베개를 베거나 자리를 펴지 않았으며, 머리는 빗질하지 않아 다 흘러 내렸다. 아침저녁으로 손만 씻고서 갖추어 식사를 올리고, 빈소에 나아가서 서럽게 우니, 그 소리를 차마 들을 수가 없었는데, 이렇게 한 것이 3년이었다.

복을 마치고 부모님을 뵈러 갔다. 그때까지도 정씨는 밥도 고기도 먹지 않았는데, 부모님께서 딸이 상하고 수척하여 죽게 된 것을 보고는, 밥과 고기를 가져다 매우 애절하게 권하니, 정씨는 차마 거스르지 못하고 밥을 먹었는데, 고기까지는 억지로 먹을 수가 없었다.

정해년[1707] 아버지 정환이 죽고, 또 아들 둘이 돌림병에 걸려 며칠 만에 모두 죽으니, 정씨는 더욱 엄청난 슬픔으로 인해 죽고자 결심했다. 무자년[1708] 1월 29일 새벽에 몰래 침실에 들어가 독약을 마시고는 목숨을 끊었다. 집안사람들이 알고서 놀라 황급히 가서 보았지만 이미 구할 길이 없었다. 이 날은 바로 박수원이 죽은 날이었다. 며칠 전에 직접 제수를 갖추어 집에 보내 놓고 죽음에 임해서 어머니께 작별하는 편지를 쓴 것이 시신 옆에서 발견되었다.

박수원은 성주(星州)에 살았는데, 진주와 성주 선비들이 다들

"이 사람이 절부(節婦)다."

라고 했다. 목사와 어사에게 그 일을 상세히 알렸는데, 사실이 알려지자 그 마을에 정표(旌表)를 내리라는 명이 있었다.

갑오년[1714] 11월 모일에 쓴다.

해제 절부 정씨(1682~1708)는 정환(鄭桓)의 딸로, 19세에 박수원(朴壽遠)게 시집갔다. 시집간 지 5년째 되는 해에 남편이 죽고, 따라죽으려 했으나 자식을 생각하라는 시아버지의 만류로 살아남게 되었다. 그렇지만 상을 치르는 3년 동안 물과 소량의 미음만 마시며 옷을 갈아입지도 씻지도 않았다. 3년상이 끝난 다음해 시아버지와 아들들이 차례로 죽자 남편의 기일에 맞춰 미리 제수를 다 마련해 둔 다음 독약을 마시고 자살했다. 시신 옆에는 친정어머니에게 작별하는 편지가 발견되었다고 한다. 당시 정씨가 살던 성주와 진주 지역의 선비들이 이 일을 알려 정려가 내렸다.

아내 공인 순천 박씨 행실기
亡室恭人順天朴氏行實記

　　아내 아무개의 성은 순천 박씨이다. 우리나라의 박씨는 모두 신라 혁거왕(赫居王)[1]을 시조로 하는데, 족보가 유실되어 언제 순천으로 옮겨졌는지는 모른다. 박영규(朴英規)[2]는 후백제(後百濟)의 왕 견훤(甄萱)[3]의 사위였고, 태조 왕건(王建)이 견훤의 아들 신검(神劍)[4]을 토벌하게 되자 내응하여 신검을 죽이고 좌승상의 직을 제수 받았는데, 이 분이 아내의 먼 조상이다. 박이장(朴而章)[5]은 문과에 급제하고 우리 소경왕(昭敬王)[6]을 만

1　혁거왕 : 박혁거세(朴赫居世). B.C. 69~A.D. 4. 신라의 건국시조. 신라 박씨(朴氏)의 시조이다. *참고문헌 : 三國遺事, 三國史記.

2　박영규(朴英規) : 생몰년 미상. 고려 전기의 장군. 본관은 순천(順天). 견훤(甄萱)의 사위이다. 견훤을 좇아 후백제 건설과 발전에 공훈을 세웠다. 935년(견훤 44) 3월 신검(神劍)이 아우 금강(金剛)을 죽이고 견훤을 금산사(金山寺)에 유폐하고 이어 6월에 견훤이 금산사를 탈출해 고려에 망명하는 사건이 일어나자, 936년 9월 아내와 비밀히 상의한 뒤 고려에 사자를 보내어 내응하여 고려군을 맞이하겠다는 뜻을 전하였다. 9월에 왕건이 마침내 후백제를 칠 때 내응하여 후삼국 통일을 완성하는데 공헌하였다. 왕건은 박영규의 공을 높이 치하하여 좌승(左丞)을 제수하고 밭 1,000경(頃)을 내려주었다. 이어서 역마 35필로 영규의 부인을 맞이하게 하고 그의 두 아들에게도 벼슬을 주었다. 뒤에 관직이 삼중대광(三重大匡)에 이르렀다. 그의 두 딸은 왕건의 부인인 동산원부인(東山院夫人)과 정종의 비인 문공왕후(文恭王后)가 되었다. *참고문헌 : 高麗史, 高麗史節要.

3　견훤(甄萱) : 867~936. 후백제의 시조. 재위 892~935.

4　신검(神劍) : 생몰년 미상. 후백제 제2대 왕. 재위 935~936.

5　박이장(朴而章) : 1540(중종 35)~1622(광해군 14). 본관은 순천(順天). 자는 숙필(叔弼), 호는 용담(龍潭)·도천(道川). 아버지는 승지 박양좌(朴良佐)이며, 어머니는 성산 배씨(星山裵氏) 별좌(別坐) 배은(裵垠)의 딸이다. 1586년 별시 문과에 갑과로 급제해 승문원정자(承文院正字), 홍문관수찬(弘文館修撰)·교리(校理) 등을 지내고 1591년 서장관(書狀官)으로 명나라를 다녀왔다. 1593년 10월 사헌부지평(司憲府持平)·지제교(知製敎)·사간원정언(司諫院正言)을 지내고 다음 해 이조좌랑, 이어서 세자시강원사서(世子侍講院司書)를 겸직하였다. 1595년 이조정랑·홍문관부응교(弘文館副應敎)를 거쳐 1599년 사간원사간·사헌부집의(司憲府執義) 등을 지냈다. 1609년 대사간이 되고, 이어 동지춘

나 청현직(淸顯職)에 두루 올랐고, 광해 조에는 관직이 병조참판(兵曹參判)에 이르렀으나 나아가려 하지 않았으며, 임종할 때에 '가선대부행홍문관부제학(嘉善大夫行弘文館副提學)'이라고 그 묘에 쓰도록 명했다. 스스로 '용담(龍潭)'이라는 호(號)를 썼는데, 세상에서 훌륭한 재상이라고 일컬었다. 이 분이 박공구(朴羾衢)[7]를 낳았는데, 조산대부(朝散大夫)[8] 왕자사부(王子師傅)로 문장과 행동이 사림에서 존숭되었다. 이 분이 박원영(朴元榮)을 낳았는데, 벼슬하지 않았고 백부 승훈랑 박충구(朴翀衢)의 후사를 이었다. 이 분이 박세주(朴世冑)를 낳았는데, 역시 벼슬하지 않았다. 이 분이 아내의 선친이다. 하산(夏山) 조씨(曺氏) 군수(郡守) 조정룡(曺挺龍)의 딸을 아내로 얻어, 현 임금[9]께서 즉위하신 해인 갑인년[1674] 12월 15일에 성주(星州) 연봉리(延鳳里)에서 아내를 낳았다.

아주 어릴 때에는 선친 처사공의 성품이 강직하고 의(義)를 좋아하여 올곧음과 고결함[10]으로 교육했고, 시집갈 때가 되자 평산 사람 신익황(申益愰)이 학문에 뜻을 두고 있다는 말을 듣고는 마침내 사위로 삼았다. 아내는 시집온 뒤로, 내가 다른 사람과 다름이 없는 것을 보고는 깊이 근

추관사·대사성을 거쳐 다시 대사간이 되었다. 1615년 폐모론이 일어나자 이를 반대하는 만언소(萬言疏)를 올렸다가 삭직되었다. 그 뒤 성주로 내려가 저술과 후진 양성에 힘썼다. 경상도 초계(草溪)에서 죽었다. 문장에 능했으며, 특히 시에 이름이 있었다. 저술로는 『용담집』·『정서절요(程書節要)』·『육경여해(六經起海)』가 있다. 성주의 청천서원(晴川書院)에 제향되었다. *참고문헌 : 宣祖實錄, 光海君日記, 國朝榜目, 龍潭集, 燃藜室記述.

6 소경왕(昭敬王) : 선조(宣祖)의 시호.

7 박공구(朴羾衢) : 1587~1658. 본관 순천. 자 자룡(子龍). 호 기옹(畸翁). 정구(鄭逑)의 문인. 광해군 때 벼슬을 버리고 성리학 연구에만 몰두하였으며, 인조반정 이후에 대군사부(大君師傅)를 지냈다. 병자호란이 일어나 인조가 항복하였다는 소식을 듣고 나서는 낙동강가에 은거하였다. 문집에는 『기옹집(畸翁集)』이 있다. *참고문헌 : 畸翁集.

8 조산대부(朝散大夫) : 종4품 문관의 가자.

9 현 임금 : 숙종을 이름.

10 올곧음과 고결함 : 정결(貞潔). 순수하고 바르며 고상하고 깨끗함. 부녀자들이 절조에 있어 오점이 없음을 가리키는 말.

심하여 매일 틈만 나면 이렇게 말했다.

"실제가 마땅한 이름에 부합하지 않는 것이 군자에게는 부끄러운 것
인데, 공께서는 이미 과거를 위한 공부는 하려고 하지 않았기에, 모르는
사람들은 다들 공이 다른 뜻이 있는 것 같다고 생각합니다. 제가 보니,
평상시 집안에 계실 때면 침상에서 일찍 일어나지도 않고, 용모는 예법
에 맞게 삼가지도 않으며, 말하고 행동하는 데 법도가 있음을 본 적이
없고, 독서와 강학(講學)을 애쓰며 열심히 하는 것을 본 적이 없으니, 보
통 사람과 다른 점이 어디 있습니까? 장부의 한 몸은 처자가 의지하는
대상인데, 우러러보고 기대하는 사람이 바로 지금 이렇습니다. 어찌하여
분발해서 구태를 버리고 자신을 새롭게 다잡아, 집안사람들에게는 다시
바라보게 하고 다른 사람들에게는 신임을 얻게끔 하지 못하십니까? 이
렇게 할 수 있다면, 공이 비록 가난하여 제가 술지게미나 겨도 충분히
먹지 못한다고 해도 그것도 충분히 즐거움으로 여기게 될 것입니다. 그
렇게 하지 않는다면, 저는 세월이 쉽게 흘러가고 나이와 기력이 쉽게 쇠
하여 과거 공부와 학문 둘 다 이루는 바가 없어서 장차 스스로에게는 낭
패가 되고 남들에게는 비웃음거리가 될 것 같아 두렵습니다."

아! 아내의 식견은 대체로 이와 같았다. 그가 스스로 행하던 것인즉,
항상 내외지간에는 삼가고, 상하지간은 엄하게 대하였으며, 가난하다고
해서 구차하게 청한 적도 없었고, 집안에서는 정성으로 부모님을 모셨으
며, 아우들이나 여동생과도 서로 우애가 깊었으니, 이는 그중 큰 것이다.
아내는 또 늘 부친의 뜻을 내게 말하였다.

"공의 거처는 시끄럽고 번잡스러워 학업을 익히기에 적당하지 않습니
다. 연봉리에서 몇 리 떨어지지 않은 가까운 곳에 '옥산(玉山)'이라고 하
는 작은 산이 있는데 앞에는 가천(伽川)이 있어 제법 아름다운 풍치가 있
습니다. 또 옛사람들이 남긴 발자취가 있어서[11] 학문 익히는 것[12]을 수십
년의 계책으로 삼을 만하여, 반드시 '거처의 도움'이 없지 않을 것이니

그곳으로 옮겨 지내시기를 바랍니다."

 나도 그 말을 기꺼이 듣고는 집을 사고 밭을 장만해 놓고서, 책을 싣고 떠나려는데, 일이 이루어지기도 전에 장인어른께서 한양에 과거 보러 갔다가 돌아오는 길에 천연두에 걸려 객사에서 돌아가셨다. 그 다음해인 경진년[1700] 1월에는 아내 역시 천연두에 걸렸지만 죽음은 면했는데, 아이를 낳다가 마침내 죽으니 24일이었고, 나이 겨우 27세였다. 그 해 8월에 아내를 장사지냈는데, 너무도 갑작스럽게 횡역(橫逆)을 만나 예를 갖추지도 못하고 얕은 땅에 7년 동안 두었는데, 올해[1706] 10월 비로소 인동부(仁同府) 기산리(岐山里) 증연(甑淵) 못가 남쪽 언덕에 다시 안장할 수 있었다.

 아아! 사람이 비록 엄한 스승과 나보다 나은 벗을 좇아 섬길 때, 날마다 밝은 곳에 있을 때에는 경계하고 훈계하는 소리를 듣다가도, 집안 은밀하게 보이지 않는 곳에서는 그 나태하고 제멋대로 하는 습관을 마음대로 할 수 있게 되니, 역시 그 소인됨을 구제할 수 없게 된다. 다행히도 정숙한 부인, 존경스런 아내가 있어 늘 은근히 경계하고 드러나지 않게 간해서 부끄러워하고 놀라 깨우치게 하여 감히 함부로 할 수 없도록 할 수 있었으니 그 돕는 바가 어찌 저들에 비해 오히려 월등함이 없겠는가? 그리고 서로 내 상대가 아니라고 여겨, 말이 귀에 거슬려서 달가운 마음으로 받아들일 수 있는 자는 드문데, 하물며 그 삼가고 조심하는 것으로

---

11 옛사람들이 …… 있어서 : 경상북도 선산읍 연봉리(현 경상북도 구미시 선산읍 완산리). 연봉리(延鳳里) 앞에 있는 시내인 '단계(丹溪)'는 하위지(1417~1456)가 어린시절 형제들과 함께 공부하던 곳이다. 그들이 독서하던 독서재(讀書齋)가 『선산읍지』 '누정(樓亭)'조에 실려 있다.

12 학문 익히는 것 : 장수(藏修). 학문을 익히는 데 전심한다는 말. 장수유식(藏修遊息)에서 나온 말이다. 장(藏)은 늘 학문에 대한 생각을 품고 있는 것이요, 수(修)는 방치하지 않고 늘 익히는 것, 식(息)은 피곤하여 쉬는 싯이요, 유(遊)는 한가하게 노니는 것인데, 이 모두가 학문에 필수불가결의 요소가 된다는 말이다. - "君子之於學也 藏焉修焉息焉遊焉" - 『예기(禮記)』 학기(學記).

시작하여 군자의 도에 나아가기를 바랄 수 있겠는가?

　내가 아내에 대해서는 아마도 이와 같을 것인데, 생각이 여기까지 미치자 부끄러움과 회한이 너무도 많다. 다만 내 가난하여 무덤 속에 넣을 글과 묘 앞에 세울 비석은 또 갖출 수가 없었지만, '훗날을 기다린다.'라고 핑계 댈 수 있을 것이다. 그래도 아내는 1남 1녀를 두어 이제 다행히 성장한 것을 바라보게 되었는데, 어머니의 모습이 어떠하셨는가를 묻는다면 역시 다시 다 이야기할 수 없을 것인데, 하물며 이보다 큰 것이겠는가? 이는 써서 그 대강이라도 알게 하지 않을 수 없는 고로, 이에 행장을 쓴다. 병술년[1706] 11월 모일에 쓴다.

해제　공인 순천 박씨(1674~1700)는 박세주(朴世冑)의 딸로 신익황의 아내이다. 결혼한 이후로 남편에게 학문에 정진하기를 조언했고, 직접 공부할 거처를 마련해주기도 했다. 27세의 나이에 아이를 낳다가 죽었는데, 당시 천연두가 유행하여 제대로 묻어주지 못하였다가 1706년에 장사를 지내면서 행실기를 썼다. 신익황은 늘 자신을 경계해주던 아내에 대해 여자의 말이라고 귀담아 듣지 않아서는 안 된다고 하며 아내를 잃은 회한을 토로하고 있다.

이진망(李眞望) : 1672(현종 13)~1737(영조 13). 조선 후기의 문
신. 본관은 전주(全州). 자는 구숙(久叔), 호는 도운(陶雲) 또는 퇴
운(退雲). 영의정 이경석(李景奭)의 증손으로, 할아버지는 이철영
(李哲英)이고, 아버지는 이우성(李羽成)이며, 어머니는 정이화(鄭
以和)의 딸이다. 1696년(숙종 22)에 생원이 되고, 1711년(숙종 37)
에 식년문과에 장원급제하여, 지평(持平)·정언(正言)을 거쳐 1725
년(영조 1) 대사성으로 소론(少論)인 이광좌(李光佐)의 신원을 상소
하였다. 1730년 형조판서가 되고, 1732년에는 동지사(冬至使)로
청나라에 다녀와 예조판서가 되어 대제학을 겸하였다. 1735년에 좌
참찬으로 빈객(賓客)을 겸하였으며, 지중추부사(知中樞府事)로 죽
었다. 영조의 잠저(潛邸 : 즉위하기 전의 그 임금이 살던 집이나
그때의 입장) 때에 사부(師傅)로서 왕의 예우를 받았다. 저서로는
『도운유집』이 있다. *참고문헌 : 肅宗實錄, 景宗實錄, 英祖實錄,
朝鮮名臣錄, 國朝榜目.

며느리 풍양 조씨 묘지

子婦豊壤趙氏墓誌

아아! 이곳은 우리 큰 아들 승문원(承文院) 정자(正字) 이광덕(李匡德)[1]의 아내 조유인의 무덤으로, (유인은) 좌승지(左承旨) 경명(景命) 조군석(趙君錫)[2]의 딸이다.

우리 며느리는 열여섯 살에 혼례를 하고 나와 만났는데, 그 모습이 맑고 예뻤고, 그 생각은 슬기롭고 올곧았으며, 일처리는 민첩하고 부지런했다. 우리 어머님과 우리 부부를 섬기는 것도 한결같이 정성되고 삼가서 조금도 예에 어긋남이 없었으니, 우리 부부가 마음이 흐뭇하여 속으로 기뻐했을 뿐 아니라 우리 어머님도 늘 거론하여 이렇게 말씀하셨다.

"이 며느리가 제일 어질다."

경인년[1710]에 아이를 낳았지만 죽었고, 신묘년[1711]에는 폐결핵에 걸

---

1 이광덕(李匡德) : 1690(숙종 16)~1748(영조 24). 조선 후기의 문신. 본관은 전주(全州). 자는 성뢰(聖賴), 호는 관양(冠陽). 아버지는 대제학 이진망(李眞望)이며, 어머니는 탕평론을 최초로 주창했던 박세채(朴世采)의 딸이다. 1722년(경종 2) 정시 문과에 을과로 급제, 영조가 즉위하자 수찬·교리에 임명되었다가 1727년(영조 3) 호남에 기근이 심해 별견어사(別遣御史)로 파견되었고, 돌아와 이조좌랑을 지냈다. 조태억(趙泰億)의 아들 조지빈(趙趾彬)과 심하게 다투다가 대사간 조지빈과 함께 파직되었다. 1728년 1월 전라감사로 부임해 이인좌의 난을 토벌하였다. 예문관제학·대사헌을 거쳐 1739년 동지 겸 사은부사(冬至兼謝恩副使)로 청나라에 다녀왔고 대제학·예조참판을 지냈다. 저서로는 『관양집』이 있다. *참고문헌 : 景宗實錄, 英祖實錄, 國朝榜目, 冠陽集, 黨議通略.

2 조군석(趙君錫) : 조경명(趙景命). 1674(현종 15)~1726(영조 2). 조선 후기의 문신. 본관은 풍양(豊壤). 자는 군석(君錫), 호는 귀락정(歸樂亭). 할아버지는 조상정(趙相鼎), 아버지는 도사 조인수(趙仁壽)이며, 어머니는 김만균(金萬均)의 딸이다. 좌의정 문명(文命), 영의정 현명(顯命)의 형이다. 1722년(경종 2) 49세에 정시문과에 장원으로 급제하였다. 이때 그의 사위도 함께 급제하였다. 통정대부의 품계를 받고 승지로 발탁되어 경종의 총애를 받았다. 1725년(영조 1) 대사간에 승진하여 활발한 언론활동을 전개하다가 이듬해 죽었다. *참고문헌 : 景宗實錄, 英祖實錄, 國朝榜目, 號譜.

리고 말아 8월 27일에 죽었으니, 태어난 해인 신미년[1691]³ 1월 7일과의 거리가 겨우 21년이다. 우리 어머님과 우리 부부, 그리고 우리 아이가 너무나도 애통해하고 가슴 아파했을 뿐만 아니라 안팎의 친척들 모두가 탄식하고 슬퍼하지 않은 이가 없었다. 또 들으니, 며느리가 예쁘고 지혜롭고 부지런하고 민첩했으며 어른을 잘 공경하고 섬긴다고 했는데, 어릴 때부터 이미 그러했다. 그리하여 그 할머니 김씨 부인께서 특별히 사랑했는데, 죽게 되자 그 부모보다도 많이 슬퍼했다고 한다. 아아! 이것으로 우리 며느리가 매우 어질었음을 알 수 있을 것이다.

작년[1722] 봄에 (유인의 아버지인) 조군석(趙君錫)이 대과에서 장원을 하고, 광덕군은 을과에 합격하여, 장인과 사위의 친척이 나란히 과거에 합격하였으니, 세상에 드문 기이한 일이었다. 우리 며느리가 있었을 것 같으면 어찌 더욱 영화롭고도 즐겁지 않았겠는가? 이를 보지도 못했으니, 이 사실이 더욱 나와 군석이가 깊이 애통해하고 슬퍼하는 것이다.

조씨는 풍양의 명망 있는 집안으로 시중(侍中) 조맹(趙孟)⁴의 후손이다. 조군석의 선친은 도사(都事) 조인수(趙仁壽)⁵이고, 할아버지는 진사(進士) 조상정(趙相鼎)인데, 이 분은 바로 판서(判書) 조형(趙珩)⁶의 아들이다. 어머

---

3 신미년[1691] : 원문에는 신묘(辛卯)년으로 표기되어 있는데, 오기(誤記)인 듯하다.

4 조맹(趙孟) : 고려 초기의 문신으로 풍양 조씨(豊壤 趙氏)의 시조이다. 왕건이 고려를 건국하자 관직에 나아가 맹(孟)이란 이름을 하사받았다. 여러 번 공을 세워 개국벽상공신(開國壁上功臣)이 되었고, 관직이 문하시중평장사(門下侍中平章事)에 이르렀다. *참고문헌 : 豊壤趙氏世錄.

5 조인수(趙仁壽) : 본관은 풍양(豊壤). 자는 백정(伯靜), 호는 백비당(白賁堂). 아버지는 진사 조상정(趙相鼎)이다. 1685년(숙종 11) 천거로 영소전참봉(永昭殿參奉)이 되었으며, 의금부도사를 지냈다. 숙종비 민씨(閔氏 : 仁顯王后)가 폐위되자 세상일에 뜻을 잃고 두문불출, 독서에 전념하였다. 해서에 뛰어났으며 만년에 이르러『주역』에 전념, 끝까지 통독하는 한편,『계몽정전(啓蒙正傳)』등의 책을 통달하여 운명변화의 이치를 철저히 구명하였다. *참고문헌 : 約軒集, 名世譜.

6 조형(趙珩) : 1606(선조 39)~1679(숙종5). 본관은 풍양(豊壤). 자는 군헌(君獻), 호는 취병(翠屏). 할아버지는 감찰 조기(趙磯)이고, 아버지는 승지 조희보(趙希輔)이다. 1630년 식년문과에 병과로 급제했다. 1636년 병자호란 때 임금을 따라 남한산성에 들어가 독전

니는 김씨로, 관찰사 김시걸(金時傑)[7]의 딸이며 우의정(右議政) 김상용(金尙容)[8]의 현손(玄孫)이다. 우리 이씨는 임금의 성으로, 정종(定宗)의 서자(庶子) 덕천군(德泉君) 이후생(李厚生)[9]의 후손이며, 돌아가신 아버지 이우성은 형조정랑(刑曹正郞)으로 이조참판(吏曹參判)에 추증되었고, 할아버지 이철영(李哲英)은 평시서((平市署)[10] 령(令)으로 좌승지(左承旨)에 추증되었으

어사(督戰御史)가 되고, 이듬해 환도하여 병조좌랑이 되었다. 1652년 충청감사를 거쳐 1655년 대사간이 되어 일본에 통신사로 다녀오고, 1657년 도승지·대사간이 되었다. 형조판서, 공조판서·대사헌·예조판서를 거쳐 1668년 좌참찬이 되었다. 1673년 예조판서가 되었는데, 1674년 인선왕후(仁宣王后)의 상에 대공설(大功說 : 9개월)을 주장하여 양주로 귀양 갔다가 이듬해 풀려나 기로소(耆老所)에 들었다. 시호는 충정(忠貞)이다. *참고문헌 : 宣祖實錄, 光海君日記, 仁祖實錄, 孝宗實錄, 顯宗實錄, 國朝榜目, 國朝人物考, 淸選考.

7 김시걸(金時傑) : 1653(효종 4)∼1701(숙종 27). 본관은 안동(安東). 자는 사흥(士興), 호는 난곡(蘭谷). 할아버지는 현감 김수인(金壽仁)이고, 아버지는 김성우(金盛遇)이며, 어머니는 윤형성(尹衡聖)의 딸이다. 1684년(숙종 10) 정시문과에 을과로 급제, 1688년 검열이 되었으나 이듬해 기사국으로 파직되었다가 1694년 갑술환국 후에 지평(持平)으로 다시 기용되었다. 1699년에 승지에 이어 전라도관찰사가 되었으며, 1701년 대사간을 역임하였다. 시호는 헌간(獻簡)이다. *참고문헌 : 肅宗實錄, 國朝人物考, 國朝榜目, 韓國系行譜(曺龍承, 1980).

8 김상용(金尙容) : 1561(명종 16)∼1637(인조 15). 본관은 안동(安東). 자는 경택(景擇), 호는 선원(仙源)·풍계(楓溪)·계옹(溪翁). 아버지는 돈녕부도정(敦寧府都正) 김극효(金克孝)이며, 어머니는 좌의정 정유길(鄭惟吉)의 딸이다. 좌의정 김상헌(金尙憲)의 형이다. 1590년 증광 문과에 병과로 급제했다. 임진왜란이 일어나자 왜군 토벌과 명나라 군사 접대로 공을 세워 1598년 승지에 발탁되었다. 1601년 대사간이 되었으나 북인의 배척을 받아 정주목사로 좌천되어 한직에 머물렀다. 1617년 폐모론(廢母論)에 반대해 벼슬을 버리고 원주에 은거했다. 인조반정 후 병조·예조·이조판서를 역임했으며, 정묘호란 때는 유도대장(留都大將)으로서 서울을 지켰다. 1636년 병자호란 때 빈궁·원손을 수행해 강화도에 피난했다가 이듬 해 성이 함락되자 성의 남문루(南門樓)에 있던 화약에 불을 지르고 순절하였다. 정치적으로 서인에 속하면서 인조 초에 서인이 노서(老西)·소서(少西)로 갈리자 노서의 영수가 되었다. 1758년(영조 34) 영의정에 추증되었다. 시호는 문충(文忠)이다. *참고문헌 : 宣祖實錄, 光海君日記, 仁祖實錄, 國朝榜目, 淸陰集, 樂全堂集, 海東名臣傳(金堉), 國朝人物考, 仙源遺稿.

9 이후생(李厚生) : 1397(태조 6)∼1465(세조 11). 시호는 적덕(積德). 정종대왕의 열 번째 아들이며, 어머니는 성빈 충주 지씨이다. 1872년(고종 9)에 광록대부 영종정경에 추증되었다.

10 평시서(平市署) : 조선시대 때 서울에 있는 시장(市場)과 물자에 대한 행정, 말(斗), 자

며, 증조부는 영의정(領議政) 백헌선생(白軒先生) 이경석(李景奭)[11]이다. 내
아내 박씨는 판관(判官) 박태여(朴泰輿)의 딸이며, 좌의정 현석선생(玄石先
生) 박세채(朴世采)[12]의 손녀이다. 광덕은 다시 장가 들어 아들 하나를 낳
았다.

우리 며느리의 무덤은 광주 판교촌 동북쪽 자리에 있었는데, 우리 아
버지의 무덤과 거리가 십 리 정도로 가까웠다. 나중에 지관이 다른 말을

(尺), 저울 등의 도량형기(度量衡器)를 맡아 관리하던 관청.

11 이경석(李景奭) : 1595(선조 28)~1671(현종 12). 본관은 전주(全州). 자는 상보(尙輔),
호는 백헌(白軒). 아버지는 동지중추부사 이유간(李惟侃)이며, 어머니는 대호군(大護軍)
고한량(高漢良)의 딸이다. 인조반정 이후 알성 문과(謁聖文科)에 병과로 급제, 1636년
병자호란 때 인조를 호종해 남한산성에 들어갔고, 이듬해 도승지에 발탁되어 예문관제
학을 겸임하며 <삼전도비문(三田渡碑文)>을 지어 올렸다. 이듬해 홍문관·예문관 양관
의 대제학이 되었고, 얼마 뒤 이조판서가 되었다. 1641년에는 청나라에 볼모로 가 있던
소현세자(昭顯世子)의 이사(貳師)가 되어 심양으로 갔다가 청나라 황제의 노여움을 사
서 3년 동안 벼슬에서 물러났다. 1644년에 복직, 이조판서를 거쳐 우의정·좌의정을 역
임한 뒤 이듬해 영의정에 올랐다. 1646년에 효종의 북벌 계획이 이언표(李彦標) 등의
밀고로 청나라 황제의 명에 의해 백마산성(白馬山城)에 위리안치 되었다. 1653년(효종
4) 영중추부사에 임명되었으며, 1668년(현종 9)에는 궤장(廓杖)을 하사받았다. 저서로는
『백헌집』 등 유집 50여 권이 간행되었다. 시호는 문충(文忠)이다. *참고문헌: 仁祖實錄,
孝宗實錄, 顯宗實錄, 白軒集, 國朝人物考, 燃藜室記述, 國朝榜目, 李景奭의 政治的 生涯
와 三田渡碑文是非(李銀順, 韓國史研究 60, 1988.3.)

12 박세채(朴世采) : 1631(인조 9)~1695(숙종 21). 본관은 반남(潘南). 자는 화숙(和叔),
호는 현석(玄石)·남계(南溪). 홍문관교리 박의(朴漪)의 아들이며, 어머니는 신흠(申欽)
의 딸이다. 할아버지는 박동량(朴東亮)이며, 박세당(朴世堂)·박태유(朴泰維)·박태보
(朴泰輔) 등은 당내간의 친족이다. 또한 송시열(宋時烈)의 손자 송순석(宋淳錫)은 그의
사위이다. 1659년 5월 효종이 죽자 자의대비(慈懿大妃)의 복상문제(服喪問題)가 크게
거론되게 되었다. 그는 송시열·송준길(宋浚吉)의 기년설(朞年說)을 지지해 서인 측에
섰다. 1674년 숙종이 즉위하고 남인이 집권하자 유배생활을 하였다. 1680년 경신대출척
으로, 다시 등용되어 사헌부집의로부터 승정원동부승지·공조참판·대사헌·이조판서
등을 거쳐 우참찬에 이르렀다. 1684년 회니(懷尼)의 분쟁을 계기로 양편의 파당적 대립
을 막으려 했으나, 끝내는 소론의 편에 서게 되었다. 노·소 분열 이후에는 윤증(尹拯)
을 두둔하고, 나아가 소론계 학자들과 학적 교류와 활동을 하였다. 1694년 갑술옥사 이
후에는 우의정·좌의정을 두루 거치며 소론의 영도자가 되었다. 시호는 문순(文純)이
며, 문묘(文廟)에 배향되었다. *참고문헌: 古鮮冊譜, 朝鮮儒學史(玄相允, 1949), 資料韓
國儒學史草稿(李丙燾, 1959), 韓國儒學史(裵宗鎬, 延世大學校出版部, 1974).

하니, 내가 좋은 자리 하나를 구하려고 했다. 우선 며느리 무덤부터 옮겨 마침내 우리 부자의 훗날 무덤 자리로 삼으려고 했는데, 아직도 겨를이 없었다.

슬프다! 우리 며느리가 비록 자식이 없지만 나와 광덕은 이 계획을 가지고 있으니, 어찌 끝끝내 서두르지 않겠는가? 옛글에 "사람의 일이란 알 수가 없다."라고 했는데, 그 아들이 크면 어찌 아버지와 할아버지의 뜻을 이루지 않겠는가? 그러나 군석은 끝없이 근심하다가 나에게 묘지 (墓誌)를 부탁하니, 또한 차마 어찌 하지 않을 수 있겠는가? 아이! 나와 군석은 함께 반백 년 동안 살면서 딸을 삼고 며느리를 삼았는데, 이 무슨 이치가 어그러졌단 말인가? 슬프다!

해제 며느리 풍양 조씨(1691~1711)는 조군석(趙君錫)의 딸로 16세에 이진망의 큰아들 이광덕(李匡德)에게 시집갔다. 21세의 젊은 나이에 폐결핵으로 죽었다. 남편 이광덕은 아내가 너무 일찍 자식도 남기지 못하고 죽은 것을 안타깝게 여겨 아버지인 이진망에게 묘지(墓誌)를 부탁했다.

아내에게 부치는 글
寄室文

부부의 도리는 오륜에서 비롯된 것입니다. 살아서는 같은 집에서 지내고 죽어서는 한 무덤에 묻히게 될 것입니다. 모르는 사람도 권면하는데, 하물며 나와 당신이겠습니까? 이에 내가 들은 것을 알려 드리니, 영원히 잊지 마십시오.

검루(黔婁)[13] 같은 가난한 선비도 아내가 어질어 가난함을 잊었고, 기결(冀缺)[14] 같은 농부도 아내가 손님처럼 공경하였으니, 밥상을 눈썹까지 들어 올려 바쳤고, 몸소 불 때어 밥했습니다. 당신이 비록 배우지 못했으나 귀로 들어 익숙할 것이니, 천 년에 이르기까지 전해온 것이 왜 그렇겠습니까? 저들과 같이 해서 이렇게 하면 족할 것이지, 빈부를 무엇 하러 근심하겠습니까? 불쌍한 사람들이 꾀하는 것이 따뜻하고 배부른 것입니다. 아! 몸을 가리려 옷을 짓고 배를 채우려 음식을 하면 되는데, 하필 기름지고 맛있는 음식이며 비단옷과 보석이겠습니까? 증조부 문충공께서는 청렴함과 검소함을 대대로 가문에 전하셨는데, 또 들으니, 당신 집안에서도 본래 화려하거나 사치하지 않았다고 하니, 공경하고 또 공경하여 삼가서 어기지 마십시오. 가난하고 현달함은 운명에 달린 것이니, 빈부를 누가 알겠습니까? 구차하게 부를 구하지 말고 구차하게 남을 이

---

13 검루(黔婁) : 춘추시대의 은사. 가난하게 살았으나 이를 즐거움으로 여겼다. 검루가 죽었을 때 증자가 조문했는데 시신을 덮는 이불이 작아 몸을 다 덮지 못하였다. 증자가 이를 지적하자 검루의 아내는 "이불을 비스듬히 하면 여유가 있다"라 대답하여 어진 덕을 지닌 부인으로 일컬어진다. *참고문헌 : 列女傳.

14 기결(冀缺) : 극결(郤缺)의 별칭. 춘추시대 진(晉) 나라 문공(文公)의 대부(大夫). 기주(冀州)에서 밭 갈고 살면서 부부가 서로 손님처럼 공경하였다.

기려 하지 말지니, 검소함을 편안히 여겨 함께 즐겁게 늙어가기를 바랍
니다. 이 글을 보관해서 후손들에게 보이도록 하십시오.

기묘년[1699] 모월 모일에 씀.

해제 이진망이 아내 나주 박씨에게 준 글이다. 가난한 선비의 아내로 청렴하
고 검소하게 살 것을 당부하고, 후손에게 길이 남겨주라고 전하고 있다.

이덕수(李德壽) : 1673(현종 14)~1744(영조 20). 조선 후기의 문신. 본관은 전의(全義). 자는 인로(仁老). 호는 벽계(蘗溪) 또는 서당(西堂). 이행건(李行健)의 증손으로, 할아버지는 이만웅(李萬雄)이다. 아버지는 참판 이징명(李徵明)이며, 어머니는 심약한(沈若漢)의 딸이다. 박세당(朴世堂)의 문인이다. 1713년(숙종 39) 증광문과에 병과로 급제하여 문의현감, 뒤에 홍문관의 수찬·부수찬·부교리·부응교와 이조좌랑 등을 역임하였다. 1732년 경종의 행장을 찬진하고, 『경종실록』을 완성시켰다. 1734년 왕명을 받아 당나라의 『여사서(女四書)』를 한글로 풀이해 민간에 반포했다. 1741년부터 유수원(柳壽垣)의 참여 하에 『국조오례의』 수정작업에 착수했다. 내직으로 대사성·대제학·제학·부제학·수찬·부수찬·교리·부교리·대사헌·동지의금부사·동지경연사·좌우부빈객·좌우참찬·이조참판·이조좌랑·공조참판·공조판서·형조판서·부총관 등을 지냈으며, 외직으로는 1733년 개성유수를 지냈다. 1735년 동지 겸 사은부사로 청나라에 다녀왔다. 문장이 출중해 홍문관과 예문관 관직에 여러 차례 올랐다. 성품이 조심스럽고 온후해 당론에 뛰어들지 않았다. 그의 이러한 성품으로 영조의 두터운 신임을 받았다. 저서로는 『서당집』·『서당사재(西堂私載)』 등이 있다. 시호는 문정(文貞)이다. *참고문헌 : 肅宗實錄, 景宗實錄, 英祖實錄, 國朝榜目, 西堂私載.

이 덕 수 李德壽 · 1673 ~ 1744

현부인 강릉 최씨 71세 수연에 쓴 서문
縣夫人江陵崔氏七十一歲壽序

임원군(林原君)의 부인 강릉 최씨는 임진년[1652]에 태어났으니, 올해 춘추가 일흔 하나이다. 그런데도 총명함은 줄어들지 않아 손수 진지를 잘 드시고, 가볍게 다니신다. 손자들이 가득히 앞에서 누워 있거나 기어다니며 기쁘게 해드리니, 세상 사람들이 다 그 분의 복록과 장수를 칭송했다. 이에 부인의 아들 이계화(李季和) 군이 올 동짓달 16일에 부인의 생신날 형제들이 모두 모여 헌수(獻壽)를 하려 하는데, 그 날에 앞서 내게 서문을 부탁했다.

내가 부인의 미덕은 외부 사람으로서는 잘 알 수 있는 것이 아니라고 생각하여, 그 덕행 가운데 한두 가지 참고할 만한 것을 달라고 청하였더니, 계화가 말했다.

"우리 어머니는 부유하고 신분 높은 집에서 자라셨고, 부유하고 귀한 집안에서 나이 드셨습니다. 그렇지만 그분의 성품은 부유하고 귀한 신분에 얽매여 있지 않으셨고, 오직 검소하고 근면함을 숭상하시어, 그 입으신 옷은 소박하여 가난한 선비의 아내와 다르지 않으셨습니다. 하루 종일 손에서 여공을 놓지 않으시며 매번 자식들에게 '어느 집안이든지 부모 된 사람으로서 자손들이 명성을 알리게 되는 것을 바라는 사람을 많이 보았지만 나는 그렇지 않다. 너희들이 진실로 학업에 힘쓰고 행실을 올바르게 가져서 어진 선비가 되는 것이 효이지, 이름 알리는 것은 내 뜻이 아니다.'라고 경계하셨으니, 우리 어머님의 가정에서 하시는 일이 이와 같으셨습니다."

나는 그 자리에서 감탄하며 이렇게 말했다.

"부인의 어진 덕행은 세상 부녀자들과는 한참 다르십니다. 그 분이 복록과 장수를 누리신 것은 당연하군요!"

보통 세상에서 장수한 사람을 이야기하는 것으로 이런 말이 있다.

"입을 것과 먹을 것이 넉넉해서 춥고 배고플 걱정이 없는 사람, 이런 사람이 장수한다. 육신이 편안하여 움직여 일하는 수고로움이 없는 사람, 이런 사람이 장수한다."

벼슬의 지위가 대단하게 높아지면 기운이 활짝 펴지고 얼굴도 번지르르해질 것이며, 신분과 명성이 꺾이게 되면 의지가 위축되고 기색이 초췌해질 것이니, 이는 또 병이 나거나 요절하게 되는 근본 원인이 된 할 것이다. 아! 그런 말은 깊이 생각하지 않고서 나온 것이다. 비단옷으로 몸을 감싸고 기름진 고기로 배를 채우는 것, 이것은 다만 복이 날마다 사라지고 재앙이 나날이 다가오게 할 뿐만 아니라, 혈기가 쉽게 막히고 피부는 튼튼하지 못해서 감기 등 온갖 병이 그 틈을 타 기승을 부리게 될 것이니, 이렇게 하면서 오래 살고자 한다면 장수는 이룰 수 없을 것이다. 도서(道書)[1]에 이런 말이 있다.

"흐르는 물은 썩지 않고, 문지도리는 좀먹지 않는다."

사람의 몸도 항상 움직여야 하고, 오래 내버려두어서는 안 된다. 화타(華陀)[2]의 오금희(五禽戲)[3] 같은 운동 역시 사람들에게 자주 몸을 움직이

---

1 도서(道書) : 도교(道敎)의 교의(敎義)나 도술(道術)의 방법에 관한 책.

2 화타(華陀) : 중국 한말(漢末)의 전설적인 명의(名醫). 본명은 부(敷), 자(字)는 원화(元化)이다. 지금의 안후이성[安徽省] 보셴[毫縣]에서 태어났으나, 생몰 연도는 알려져 있지 않다. 다만 기록으로 미루어 208년 이전에 위(魏) 조조(曹操)의 명에 의해 살해된 것으로 추정된다. 한말(漢末)의 전설적인 명의(名醫)로, 중국에서는 지금까지도 '외과의 비조(鼻祖)'로 통하며, 외과뿐 아니라 내과·부인과·소아과·침구 등 의료 전반에 두루 통하였고, 특히 치료법이 다양하면서도 처방이 간단한 것으로 유명하다. 화타는 마비산(痲沸散)을 사용해 환자를 전신 마취시킨 뒤 위장 절제수술을 해 4~5일 만에 완치시켰다고 한다. 각종 경전에도 두루 밝았고, 성격이 활달 강직하면서도 명리(名利)에 매이지 않아 주위에서 여러 번 천거를 하였지만, 한 번도 응하지 않았다. 심신수련법과 섭생에도 뛰어나 5가지 동물의 모습을 본떠 일종의 체조인 오금희(五禽戲)를 만들었다고

게 하여 혈맥을 잘 유통하게 한 것이니, 움직이는 것이 장수하게 되는 방법이고, 편하게 있는 것은 바로 병을 부르는 요인이 된다. 항상 보면, 부유한 집안에서 복을 차버리고 수(壽)가 막히며, 누더기 옷에 거친 밥을 먹는 사람이 도리어 오래 살고 잘 되는데, 그 까닭은 다 여기서 말미암은 것이다. 지위가 높고 기세등등한 사람들은 겉은 번드르르해 보이지만 신경을 많이 쓰고 안절부절 애태워서 그 정신이 생기를 잃어버리게 된다. 하물며 바깥의 득실에 초연할 수 있는 사람은 애초에 어찌 이것 때문에 수척해지거나 살찌겠는가? 이것으로 말미암아 말한다면, 낭비하고 몸을 편안히 두는 것이 장수할 조짐이며 검소하고 부지런한 것이 요절할 전단계라는 것은 그 말이 옳지 않다고 할 것이다.

지금 부인께서 사치나 방일에 빠지지 않으시고 외부의 유혹에서 벗어날 수 있는 것은 진실로 타고난 성품이니, 애초에 오래 살기를 바라지 않으셔도 저절로 장수하게 되실 것이며, 처음부터 복을 구하지 않아도 복이 절로 이를 것이다. 장수와 복은 저절로 이르고 저절로 온 것이 아니라, 검소하고 부지런함이 진실로 복과 수(壽)를 불러온 것이다. 검소하고 부지런한 행동이 복과 수를 불러올 수 있는 것이 아니라, 하늘의 보살핌이 진실로 늘 덕 있는 이에게 자리하는 것일 뿐이다. 아아! 어찌 부인께서 복과 수를 누리시는 것만 본받을 만한 것이겠는가? 그 분의 덕이 본받을 만한 것이다.

계화(季和)는 어려서부터 외부로부터 미혹됨이 없었고, 오직 마음을 다잡아 독실히 공부했다. 조정에서는 그의 뜻과 행동을 가상히 여겨 그에게 관직을 내렸지만, 계화는 나아가려 하지 않고 다만 부지런히 옛사

하는데, 지금은 전해지지 않는다. 저서도 『화타내사(華陀內事)』, 『화타방(華陀方)』, 『청낭서(青囊書)』 등이 있었다고 하지만, 전하지 않는다.

3 오금희(五禽戲) : 도가의 심신단련법의 하나. 후한 때 명의 화타가 만들었다. 호랑이, 사슴, 곰, 원숭이, 새의 특징적인 동작을 흉내 내어 온몸을 움직이게 하는 운동이다.

람들의 책을 읽었으며, 이러한 즐거움 때문에 근심을 잊었다. 이는 부인
의 가르침이 그렇게 만든 것이다. 부인의 아들과 손자들이 다 부인의 뜻
을 체득하고 부인의 가르침을 받들기를 계화가 한 것처럼 한다면, 복록
이 영원토록 이어질 것이라고 의심치 않는다. 나는 이 때문에, 사치와 안
일이 잃어버리게 되는 원인이며 검소와 근면이 얻게 되는 까닭임을 자
세하게 논의한 것이니, 다만 한 때 술 권하듯 제안하는 것일 뿐 아니라
세상의 풍속을 경계하고자 한다.

해제   이 글은 현부인 강릉 최씨(1652~?)가 71세 되는 1722년 음력 11월 16일
생신 축하 잔치에서 축수를 하는 글이다. 이덕수는 부인의 아들 이계화
의 부탁을 받고 이 글을 썼다. 귀한 집에 자라나고 평생을 부유하게 살았지만 검
소하고 근면한 생활태도를 기리면서 장수(長壽)에 대한 생각을 피력하고 있다.
이덕수는 부유하고 귀한 신분의 사람들이 오래 살 것이라는 선입견을 비판하며
검소하고 부지런히 살면서 외부의 조건에 연연해하지 않는 것이 장수의 지름길
이라고 주장했다.

정명공주 글씨 어찬 발문

御贊貞明公主墨跡跋

정명공주(貞明公主)[4]의 필법(筆法)은 기이하면서도 웅장하여 지분기(脂粉氣)[5]가 전혀 없다. 서궁(西宮)에 있을 때에 큰 글씨 여덟 폭을 써서 친손 외손에게 나누어 간직하게 한 적이 있었는데, 공주의 막내아들 풍덕공(豊德公)[6]이 주계부(朱溪府)[7]에서 간행하여 그 인쇄본이 세간에 널리 퍼졌다. 이것이 대궐로 흘러들어 와서 우리 대행대왕(大行大王)[8]께서 네 구로

---

4 정명공주(貞明公主) : 1603(선조 36)~1685(숙종 11). 조선 중기, 선조의 첫째 딸로, 어머니는 영돈녕부사 연흥부원군(領敦寧府事延興府院君) 김제남(金悌男)의 딸 인목왕비(仁穆王妃)이다. 광해군이 즉위하여 공주의 남동생인 영창대군을 역모죄로 사사하고 계비 인목대비를 폐출시켜 서궁(西宮)에 감금할 때 공주도 폐서인(廢庶人)되어 서궁에 감금되었다. 인조반정으로 인조가 즉위하면서 공주로 복권되고, 1623년(인조 1)에 동지중추부사 홍영(洪霙)의 아들인 홍주원(洪柱元)에게 시집을 갔다. 인조의 특명으로 사저(私邸)가 중수되었으며, 뒤에 연령군(延齡君)이 사용하였다. 어머니인 인목대비가 죽은 뒤 궁중에서 백서(帛書)가 나왔는데, 그 내용이 무도하다고 하여 공주도 효종의 의심을 받아 영안위(永安尉)의 궁인이 고문을 받아 많이 죽기도 하였으나, 숙종이 즉위하자 다시 종친으로서 후대를 받았다. 숙종 때의 이조참판 홍석보(洪錫輔)는 증손이며, 수찬 이인검(李仁儉)은 외증손이다. *참고문헌 : 宣祖實錄, 光海君日記, 仁祖實錄, 孝宗實錄, 肅宗實錄, 承政院日記, 宋子大全, 燃藜室記述, 大東野乘.

5 지분기(脂粉氣) : 원래 연지와 분의 냄새를 말하는데, 비유하여 아름답고 요염함을 꾸며내는 태도를 이른다.

6 풍덕공(豊德公) : 홍만회(洪萬恢). 1643(인조 21)~1709(숙종 35). 본관은 풍산(豊山). 아버지는 영안위(永安尉) 홍주원(洪柱元)이며, 어머니는 선조의 딸 정명공주(貞明公主)이다. 1675년(숙종 1) 음보로 장악원직장이 되었으며, 여러 벼슬을 거쳐 외직으로 나가 안악군수・풍덕부사를 역임하고, 1709년에는 장례원판결사에 보임되었다가, 그 해에 죽었다. 평소 성격이 곧고 직언(直言)을 잘 하였다고 하는데, 1692년(숙종 18) 본가에 있던 종려목(棕櫚木 : 卉木)을 숙종이 강제로 왕궁 후원에 옮겨 심었다가 그의 직언으로 되돌려주었다는 일화가 전해지고 있다. *참고문헌 : 肅宗實錄, 耳溪集.

7 주계부(朱溪府) : 전라북도 무주의 옛 이름.

8 대행대왕(大行大王) : 막 죽어 아직 묘호가 없는 선왕을 부르는 호칭. 여기서는 숙종을

된 찬(贊)을 지은 적이 있는데 밖에서는 이 사실을 알지 못한다. 금년 8월 궁 안에서 어제(御製) 시문(詩文)을 내려주시며 참고하여 글을 찬술(撰述)하도록 하셨는데, 찬(贊) 역시 그 가운데 있었다. 이에 공주의 친손 외손과 여러 조정 신하들이 비로소 환히 빛나는 천상의 글을 볼 수 있어서 모두가 다 기뻐했다.

조명종(曺命宗)은 공주의 외증손이다. 집에 소장하고 있던 진본(眞本)을 가지고 표구를 하여 가리개를 만들고는 그 위에 어찬을 표제로 하고 나에게 그 사실을 써 달라고 부탁했다.

세상의 부인들은 몰래 몰래 돈 모으는 일에만 신경을 썼지 문필(文筆)에 종사하는 이가 드물다. 지금 공주께서는 왕실의 자손으로서 깊은 수심으로 삼가고 조심하는 가운데에 이와 같이 문필에만 뜻을 두실 수 있었으니, 이는 참으로 기특한 일이다. 그런데 이제 또 임금께서 쓰신 글을 얻어 멀리 전해져 앞으로 종이에 쓴 글과 함께 사라지지 않을 것이니, 이는 또 더욱 기이한 일이다.

사람들은 선조가 남긴 자취에 대해서는 아무리 작은 것이라도 눈에 닿으면 다 기억하고 그리워하기에 충분한데, 하물며 마음으로 쓴 글씨에 깃든 것이겠는가? 돌아가신 임금께서 지으신 이 찬은 정묘한 글씨를 찬양(讚揚)하는 것만은 아니고 역시 후손을 아껴 편안하게 해 주려고 한 것이었다. 신하로서 감상할 때에는 조명종의 마음을 헤아려 어머니를 그리워하고 애도하는 마음을 저절로 그칠 수가 없을 것이다. 그렇게 한다면 이 글씨는 조명종에게 충성과 효성을 권면하는 밑거름이 되지 않겠는가? 신이 우연히 글씨를 보고 나서 몇 마디 말을 붙여 그 일을 기록하고 또 조명종에게 축하를 드린다.

경자년[1720] 8월 모일.

이름. 숙종은 이 글이 지어지기 두 달 전인 1720년 6월 8일에 죽었다.

해제

정명공주(1603~1685)는 선조의 계비 인목왕후의 딸로, 영창대군의 누나이다. 정명공주의 글씨는 공주의 막내아들 홍만회(洪萬恢)가 인쇄하여 널리 알려졌는데, 이를 본 숙종이 그 글씨에 찬한 글을 지은 적이 있었다. 1720년 숙종이 죽은 후 어제(御製) 시문(詩文)에 대한 글을 지으라는 명을 받고 숙종의 찬에 대한 발문을 쓴 것이다. 이덕수는 선조가 남긴 유품을 아끼는 후손의 마음을 가상히 여긴 임금의 진의를 헤아려 그 효심과 충성심을 본받아야 할 것이라고 하여, 남아 있는 유품의 가치를 따지는 것보다 더 중요한 것이 그것을 보관하고 정성스럽게 갈무리 해온 후손의 마음가짐이라고 평가하고 있다.

아내 해주 최씨 묘지명
亡妻海州崔氏墓誌銘

　　유인의 이름은 아무개이고, 성은 최씨이다. 최씨는 해주의 명망 있는
성씨이다. 고려에 문헌공 최충과 문청공 최자가 있었는데, 그들의 사적
은 역사책에 전한다. 우리 조선조에 들어와 최경창이라는 분이 있는데
문행으로 세상에 유명하여 사람들이 그의 호를 고죽(孤竹)이라고 불렀으
니 바로 유인의 5대조이다. 할아버지 모는 사도시정을 지냈고 아버지 모
(某)는 경릉참봉을 지냈다. 선비들 간에 명망이 있었는데 일찍 돌아가셨
다. 어머니는 순흥 안씨로 호조참판을 추증 받은 안수성(安壽星)의 따님
이며 문성공 안유(安裕)의 후손이다. 곧고 아름다웠으며 여사(女士)의 행
실이 있었다.

　　유인은 갑인년[1674] 4월 7일 문화(文化)의 관사에 태어났다. 영민하고
지혜롭고 조숙하여 조부모의 사랑을 받았다. 계해년[1683] 조부가 회양에
서 벼슬 하는 것을 따라갔을 때 참봉공의 상을 당했고 해를 넘겨 안유인
이 이어 돌아가셨다. 유인이 갖추어 장례를 치르며 슬퍼하는 것이 마치
어른 같았다.

　　15세에 나에게 시집왔다. 다음해 기사년[1689] 아버님[9]이 교리로 계실
때 섬으로 유배 가셨는데, 유인이 이씨 가문에 들어온 지 얼마 되지 않
았지만 부엌과 곳간 등의 살림살이를 맡아 집안일을 건사했다. 위로 제
사를 받들고 아래로 비복들을 어루만지는 데까지 모두 반듯하고 조리가

---

9 아버님 : 이덕수의 아버지 이징명(1648~1699)을 말함. 1689년 기사환국이 일어나자 많
　은 조신들이 죽거나 유배되었는데 그도 이때 남해로 유배되었다. 1694년 4월 적거(謫居) 6
　년만에 갑술옥사가 일어나고 희빈 장씨가 쫓겨나자 귀양에서 풀려 돌아왔다.

있었다.

　계유년[1693] 유인이 임신한 지 8개월이 되어 병이 났는데 해산하다가 아이가 죽었다. 이것 때문에 슬퍼하고 애도하고 탄식하여 병이 점점 위급해졌다가 그해 10월 8일 마침내 죽었으니 20세였다. 아아, 슬프다! 죽은 해 11월 양근 고동산 선조의 무덤이 있는 아래 남동쪽 자리에 장사를 지냈다.

　유인은 어려서 민첩하고 총명하였고 자라서는 단정하고 깨끗하였다. 예의로 스스로를 지키며 망령되이 말하거나 웃지 않았다. 내외의 친척들에게 잔치가 있을 때마다 다른 부인들은 환담을 나누며 즐겼지만 유인은 홀로 점잖게 하루를 보냈다. 성품 또한 강직하고 발라서 내가 잘못하는 것을 보면 반드시 옳은 것으로써 깨우쳐 주었다. 내가 간혹 화를 내도 조금도 동요하지 않고 다만

　"제가 말하지 않으면 누가 말하겠습니까? 당신은 또 제게 무엇을 취할 것인가요?"

라고 하였다. 내가 세상의 부인을 보니 모두 아첨하며 즐거움을 취하는 것을 일삼으며 남편이 하는 일이 이치에 맞지 않는 것이 있는 것을 보면 한 두 마디 했다가 고치지 않으면 좇아 그릇되지 않는 이가 거의 없다. 하지만 유인은 이런 것을 매우 부끄러워하였다.

　유인은 평소에 문자를 알았고 좋아했다. 비록 옛날의 대작도 몇 번 읽지 않고 암송하여 잊지 않을 수 있었다. 내가 독서를 하다가 의심스럽고 어려운 곳에 이르면 간혹 유인에게 묻곤 하면 유인이 분석하여 주었는데 모두 이치에 맞았다. 『춘추좌씨전』의 옹희의 일[10]에 이르러 유인이

---

10 옹희의 일 : 『춘추좌씨전』 환공(桓公) 15년에 있던 일이다. 옹희(雍姬)는 옹규(雍糾)의 부인을 말한다. 옹희의 아버지 제중(祭仲)이 나라 일을 제멋대로 하자 정나라 군주가 그의 사위인 옹규를 시켜 죽이게 하였다. 이에 옹희가 그의 어머니에게 "부친과 남편은 어느 쪽이 더 친한 것입니까?"라고 묻자 어머니가 남자라면 누구나 남편을 삼을 수 있지만 아버지야 세상에서 단 하나뿐이니 어찌 비할 수가 있느냐고 대답하였다. 이에 옹

"들으니 아버지가 죽도록 말하지 않고 남편이 죽도록 말했으니 차라리 자기가 죽고 아버지와 남편을 살린 것만 못합니다."

라고 하였다. 나는

"어찌하면 그럴 수 있소?"

라고 물었다. 유인이

"두 사람을 보내 한 사람은 아버지에게 그 남편의 계책을 말하게 하고, 다른 한 사람은 남편에게 자신이 이미 아버지에게 말한 것을 말하게 한 후에 마침내 자살하는 것입니다."

라고 하였으니 다른 사람이 판단하기 어려운 것을 판단하였고 그 이치가 통달하고 견식이 영민함이 대체로 이와 같았다. 병중에 있을 때도 오히려 내가 바둑을 둔다는 것을 들으면 탄식하여

"내가 비록 문자를 알지는 못하지만 당신이 책 읽는 소리를 들으면 문득 마음이 기뻤습니다. 지금 어찌하여 이러합니까?"

라고 하였다. 아아! 내가 어찌 다시 이 말을 들을 수 있으리오?

유인의 오빠 최이순이

"누이의 타고난 품성은 우아하고 깨끗하오. 한 터럭이라도 취하고 주는 데 있어 마음에 구차함이 없었음은 돌아가신 어머니에게 가르침을 받아서 그렇게 된 것이오. 마음에 생각한 후에 말을 하고 결코 제멋대로 하는 태도가 없는 것은 우리 돌아가신 아버지와 같소. 조용한 것을 좋아하고 번잡한 것을 싫어하며 다투고 시끄럽게 떠들어대는 것을 일삼지 않는 것은 나와 매우 비슷하오. 우리 누이가 평생 살면서 오직 깊이 간직하고 드러내지 않아서 이 때문에 비록 친척과 마을 사람들 가운데도 누이의 덕을 아는 이가 많지 않소."

라고 하였다.

의 아내는 남편이 아버지를 죽이려한다는 사실을 아버지에게 알려 주었다. 이 소식을 듣고 아버지 제중은 옹규를 죽이고 그의 시체를 못에다 내던졌다.

유인의 친척 가운데 유인을 아는 자는 유인의 오빠가 한 말을 당연하
게 여긴다. 예전에 참봉공이 돌아가실 때 안유인이 몸을 상하게 하며 자
결하려고 하였다. 그때에 유인의 나이 겨우 10세였는데 어머니의 뜻을
살피며 일찍이 곁을 떠나지 않았다. 하루는 안유인이 마치 물건을 가지
고 베개 밑에 숨기려는 듯하자 유인이 작은 칼을 찾아 몰래 감추었다.
깊은 밤이 되자 안유인이 과연 베개를 뒤집어 보았으나 그 감춘 곳을 찾
지 못했다. 유인은 더욱 걱정하고 두려워해 여러 밤을 침소에 가지 않았
다. 안유인이 병세가 위독하자 이에 유인을 쓰다듬으며 울면서

"네 나이 어리지만 나는 네가 크는 것을 보지 못하겠구나. 그렇지만
우리 시부모님이 너를 매우 사랑하니 나는 너에 대해서는 걱정하지 않
는다."

라고 하였다.

안유인이 죽자 유인은 통곡하며 그리워하여 스스로 이기지 못하였다.
어른들은 그가 어려 몸이 상할 것을 걱정하여 때때로 맛있는 것을 권하
였지만 유인은 울기만 하고 먹으려 하지 않았다. 어른 또한 차마 억지로
하지 못하였다. 그러한 독실한 효성은 아마도 타고난 성품이어서 그러했
던 것 같다. 그러나 병이 깊었을 때 그윽이 옆 사람에게

"나는 천지간에 의지할 데 없는 사람이다. 조실부모한 것이 마음에 지
극히 한탄스러워 장차 나의 효를 시부모에게 옮기려고 하였으나 5년 동
안 바다 밖에 계셔 받들고 모실 기약이 없었다. 그리고 지금 한 자식을
죽음에서 거두지 못해 장차 세상에 민멸하게 되었다. 또 누가 나를 불쌍
히 여기겠는가?"

라고 하였다. 이에 눈물이 옷깃을 적시며 눈이 부을 정도였다. 죽으려 할
때 눈을 떠 나를 바라보다가 눈을 감고 또 다시 뜨더니 마침내 감고 다
시는 뜨지 못하였다. 아아! 내 무슨 잘못을 하였기에 하늘이 잔인하게
이러한 일을 하였는가? 아아, 슬프다!

명에 이른다.

널리 지혜가 뚜렷하여
오래전부터 한결같이 넉넉했도다.
이덕수가
감히 와서 고한다.
이는 아내 최 유인의 무덤이니,
바라건대 그 무덤을 훼손하지 말지어다.

해제 이덕수의 아내 최씨(1674~1693)는 최익서(崔翼瑞)의 딸로, 15세에 이덕
수에게 시집갔다. 해산하다가 아이를 잃고 그것을 상심하다 병을 얻어
20세의 젊은 나이에 죽었다. 비록 이덕수와 함께 부부로 산 기간은 짧지만 이덕
수는 부인의 어린 시절 특별했던 점을 자세히 기록하고 특히 총명했던 점을 높이
사고 있다. 학식이 깊었던 작가가 아내에게 책을 읽다가 모르는 부분을 질문하고,
아내의 명쾌한 견해를 듣고 인정하는 부분이 인상적이다. 아내는 남편의 잘못된
점을 고치지 않고 환심만 사려고 하는 일반 부인들과 달리 자신의 의견을 적극적
으로 피력하고 남편의 잘못을 고치려고 했던 당당한 일면을 보이기도 하는데, 그
러한 점이 이덕수에게 존경할 만한 모습으로 비춰졌던 것 같다. 명(銘)에도 아내
의 이지적인 면모만 간략하게 기록하였다. 이 글은 일반적인 묘지명과 달리 묘주
와 공유했던 기억할 만한 일화와 대화가 생생하게 재현되어 있는 점이 특징적으
로 부각되며, 서술된 여성의 개성이 뚜렷하게 드러난다는 점에서 주목된다.

숙인 홍씨 묘지명
淑人洪氏墓誌銘

　　박질부(朴質夫) 군은 나와 교유한 지 오래된 사람이다. 내가 질부에게 해줄 만한 일이 있는데, 어찌 사양하겠는가? 이제 질부가 그 어머니 숙인의 묘지명을 내게 부탁했다. 가만히 생각해 보니, 금석에 새기는 명(銘)은 마땅히 당대의 글 잘하고 이름 있는 지위에 있는 사람에게 부탁해야 하는데, 그 일이 중요하기 때문이다. 나는 생각해보니 적당한 사람이 아닌지라, 이러한 말로 재삼 사양하였다. 그런데 질부는 이렇게 말했다.

　　"자네는 나와 친하게 지내는 터이라 다른 사람에게 부탁하지 않고 오직 자네에게 부탁했네. 자네도 이와 같이 거절하니, 나는 바랄 곳이 없네."

　　내가 할 수 없어서 허락하고는 곧 질부에게 숙인의 언행 가운데 한두 가지를 알려달라고 부탁했다. 질부는 이렇게 말했다.

　　"우리 어머니께서는 정유년[1597]에 출생하시어 열여덟 살에 아버님께 시집오셨네. 그리고 또 19년을 더 사시다가 임신년[1632] 11월 16일에 세상을 떠나셨다네. 나는 그때 나이가 어려 평소의 행동에 대해서는 자세히 알 수 없어 대강 기록했으니, 이것은 내 불효한 죄일세. 비록 그렇기는 하나 이런 말을 들은 적이 있다네. 우리 어머니께서 친정에서 자랄 때 영특하고 슬기로우며 단정하고 예뻤다네. 겨우 일곱, 여덟 살에 벌써 몸가짐에 법도가 있어서 할아버지 의정공(議政公)께서는 아주 기특하게 여기고 아끼시어 칭찬하기를 즐겨 하셨다고 하네. 의정공께서 세상을 떠나시자 눈물을 흘리면서 슬퍼하여 병이 나기까지 하셨다네.

　　시집와 며느리가 된 뒤에는 유순하게 뜻을 잘 받들어 시부모님의 마음에 꼭 드셨다네. 여러 번 상을 당했는데, 손수 제수를 올리고 제사를 지낼 때면 눈물을 흘려 자리를 적시니, 보는 이들이 감탄하였다고 하네. 몸가짐을 단속하고 집안을 다스리셨는데, 좋고 나쁜 것을 잘 살펴서 선택하시었고, 말이나 표정을 한 번도 급박하게 하신 적이 없었으며, 손님들에게 음식을 대접할 때에는 맛있는 것으로 정갈하게 하려고 애쓰셨고, 의복이나 그릇들은 깨끗하게 하여 완비해 두셨으며, 심지어 담장이나 건물을 간수하는 일에 있어서까지도 꼼꼼하고 야무지게 처리하셨다고 하네. 우리 아버지께서 살림에 관한 일로 걱정하시지 않을 수 있으셨던 것은 우리 어머니께 도움을 받은 것이라네. 이것은 우리 어머니께서 행하신 일의 대략적인 것이지만 내가 직접 듣고 본 것이라네. 자네는 이것으로 쓰면 충분할 걸세."

말을 마치고는 눈물을 흘리다가 또 이렇게 말했다.

"우리 어머님의 어진 행동은 내가 직접 말했지만, 사람들이 믿기로는 다른 사람이 말하는 것만 못할 것이네. 언젠가 우리 심씨 가문의 며느리이신 막내 고모님께서 매번 사람들에게 '내가 여러 부인들을 겪어 보았지만 어질고 착하고 화목하게 지내기로는 우리 올케만한 사람을 본 것이 없답니다.'라고 자자하게 이렇게 칭찬하시는 것을 들은 적이 있네. 종조부 원성공(原城公)께서는 항상 집안사람들에게 '우리 종가에서 제사를 지내는 날에는 안팎이 조용하여 행하는 일이 없는 것 같았는데, 제물을 차린 것을 보면 풍성하고 정갈하지 않은 것이 없더라. 우리 종가에서 현명한 며느리가 있다고 할 만하다.'라고 말씀 하셨다네. 이것들은 모두 우리 집안 안팎의 공론(公論)이고 사사로이 하는 말은 아니라네."

말을 마치고 또 울다가 이렇게 이야기했다.

"우리 어머니께서는 남양 홍씨인데, 선조 조에 광국공훈(光國功勳)으로 책봉된 판호부사(判戶部事) 홍성민(洪聖民) 어른이 5대조이고, 인조 조에 평안도 관찰사로 금화(金化) 전투에서 순절한 홍명구(洪命耉) 어른이 증조부가 되고, 효종 조에 우의정을 지낸 홍중보(洪重普) 어른이 할아버지가 된다네. 경주 김씨로 부제학을 지내신 김경여(金慶餘) 어른은 외할아버지라네. 우리 어머니를 딸로 두신 어른은 강원도 관찰사 홍득우(洪得禹)[11]이고, 우리 어머니를 며느리로 맞으신 어른은 군수로 재임하시는 어른 박빈(朴鑌)이시니, 이 분은 판서 구당공(久堂公) 박장원(朴長遠) 어른의 맏아드님이지. 내 아버지께서는 지금 옥천 군수로 계신다네. 내게는 동생 둘이 있는데, 박용수(朴龍秀), 박지수(朴芝秀)이고, 여동생이 둘인데, 송호손(宋好孫), 유계기(兪啓基)가 그 사위라네. 우리 어머니는 애초에 여주에 모시었다가 갑신년[1644] 홍주(洪州) 법공산(法公山) 아래 서북쪽 자리로 이장하였다네. 그러니 자네는 이 사실을 갖추어 쓰고 빠뜨리지 말게."

말을 마치고 또 울었다.

내가 생각하기에 숙인은 친정에서는 부모님께 효도하고 시집에서는 시부모님께 순종하고 선조의 제사를 모시며 그 정성을 다하고, 집안을 다스리면서는 그 법도를 잘 지켰으며, 치장하고 응대하는 데 이르기까지 하나라도 기록할 만하지 않은 것이 없으니, 어질다고 할 만하다. 다만 그 나이는 덕에 걸맞지 않아 옥천공(沃川公)의 영예를 함께 누리고, 질부 형제가 충분히 자립하는 것을 볼 때까지 사시지 못했으니, 이것이 슬프다 하겠다. 나는 질부의 효성에 감동하여 그의 말을 차례로 적고 이어서 명을 쓴다. 옥천공의 성함은 박성한(朴聖漢)이다. 질부의 이름은 박광수(朴光秀)로 신묘년[1711]에 과거에 합격했다.

명에 이른다.

---

11 홍득우(洪得禹) : 1641(인조 19)~1700(숙종 26). 조선 후기의 문신. 본관은 남양(南陽). 자는 숙범(叔範), 호는 수졸재(守拙齋). 아버지는 우의정 홍중보(洪重普)이며, 어머니는 이조판서 이현영(李顯英)의 딸이다. 송준길(宋浚吉)과 송시열(宋時烈)의 문인이다. 1674년 전설사별좌에 기용된 뒤 군자감주부·공조좌랑, 장악원과 사복시 주부, 호조좌랑 등을 거쳐 1683년 담양부사로 부임하여 심한 흉년으로 기근에 시달리는 백성을 잘 구휼하여 그 공로로 첨지중추부사에 올랐다. 순흥·밀양·삼척·안동 등의 부사를 역임한 뒤 1700년에 강원도관찰사에 임명되었으나 부임하기 전에 죽었다. *참고문헌 : 顯宗實錄, 肅宗實錄, 國朝人物考.

딸로는 효성스러웠고 며느리로 순종하여,

언제나 한결같이 덕스러웠네.

마름 뜯는 일[12]은 매우 아름다웠고,

옥 노리개는 잘 갖추어졌네.

한 몸을 닦아,

온 집안이 아름다워지네.

어여쁘고 아름다운 거동은,

옥과 같이 흠 하나 없네.

장수하고 복 누려야 하는데,

불행히도 세상을 떠나셨네.

덕을 쌓고도 누리지 못하시니,

후손이 분명 드러나리라.

질부가 글을 청하기에

나는 이 돌에 명을 써서,

효성과 그리움을 위로하고

규방의 법도를 기리노라.

해제   숙인 홍씨(1597~1632)는 홍득우의 딸로 18세에 박성한에게 시집갔는데 35세의 나이로 죽었다. 아들 박광수(朴光秀)는 어머니에 대한 이야기를 여러 사람들에게 듣고, 자신이 들은 바를 정리해서 이덕수에게 알려주며 묘지명을 부탁했다. 조용하면서도 집안의 모든 일을 완벽하게 해내던 숙인의 모습을 친척들은 기억하고 칭찬했다는 내용이었는데, 이덕수는 친구인 박광수가 이 이야기를 전해주면서 여러 번 눈물을 흘리느라 말을 잇지 못했던 점을 인상적으로 기억하여 진술하고 있다.

---

12 마름 뜯는 일 : 빈조(蘋藻). 네가래와 개구리밥. 문왕의 교화를 입어 대부의 아내가 제사를 잘 받들고 법도를 잘 따름을 읊은 시경의 구절. "于以采蘋, 南澗之濱" - 『시경(詩經)』, 「채빈(采蘋)」

딸 심씨의 아내 광지
亡女沈氏婦壙誌

   딸 아무개의 성은 이씨이고, 할아버지는 모(某)로 경기순찰사 겸 양도유수(兩都留守)이다. 증조부 모(某)는 황해도 관찰사로 이조참판에 추증되었다. 어머니 강씨는 강진상(姜晉相)의 딸이다. 숙종 병술년[1706]에 태어나 열다섯 살에 청송이 본관인 심용(沈鎔)의 아내가 되었는데 2년을 넘기고 죽었다. 아, 그 아이의 단명함이여!

   딸아이는 나면서부터 어여쁘고 온순하여 부모 곁에 있으면서 조금이라도 부모의 뜻에 거스르는 일이 없었고, 시집간 뒤에는 시부모가 좋은 며느리를 얻었다고 칭찬하였다. 타고난 성품이 물욕에는 담담하여, 남들이 화려한 의복과 반짝이는 패물장식을 한 것을 보아도 한 번도 부러워하는 마음을 가진 적이 없었다. 조그마한 것이라도 얻는 것이 있으면 반드시 형제들과 나누어 가지니, 이런 까닭에 부모와 형제들이 다 그 아이를 사랑했다. 하인들을 어루만져 대할 때에도 너그러운 마음을 가져서 하인들은 더욱 마음을 다했다. 그 아이의 사람됨이 이와 같았다.

   도리를 잘 지켰으며 또 일찍 죽을 상(相)도 없었는데 결국 일찍 죽었으니, 아마도 운명인가? 처음에 딸이 시댁에서 이질을 앓았는데, 밤에 일어나 뒷간에 갔다가 떨면서 돌아온 후로 병을 얻었다. 말하는 것이나 웃는 것이 보통 때와 사뭇 달랐는데, 의원의 치료도 효과가 없어서 피를 토하면서 죽었으니, 이것도 운명인가?

   딸아이는 손놀림이 날렵하여, 모든 여공의 일에 늘 몇 사람 몫을 해내니, 그 아이의 어머니는 그때마다 즐거워 웃으면서 재주가 있다고 여겼다. 아비는 수박씨를 즐겨 먹었는데, 딸아이는 꼭 힘껏 구해 모아 혼자 부엌에서 모아 씻어서 잘 말렸다가 아비가 오기를 기다려 꿇어앉아 올려주었다. 병이 오래 되어 다니지도 못하면서 그 어머니가 두풍(頭風)을 앓는 것을 보고는 기어서 나가 마루에서 그 언니를 불러 언니에게 어머니를 구하여 보살피도록 하고 눈물을 그치지 않으니, 이 때문에 어머니는 더욱 그 아이를 가엾어했다.

딸아이는 임인년[1722] 정월 15일에 죽어 양근(楊根) 심씨 선산 아오곡(阿吾谷) 서쪽 자리에 장사지냈다. 심용(沈鎔)의 아버지는 참봉(參奉) 심명철(沈命哲)이며, 할아버지는 학생(學生) 심경(沈璟)이고, 증조부는 이조참의 심수량(沈壽亮)이다.

딸아이가 죽었을 때, 어미의 병이 위독하여 집안사람들은 꺼려서 말하지 않았다. 아이의 아비와 시아버지만 빈소를 지키며 장례를 마쳤으니, 거듭 어찌 그리 가슴 아픈지.

그 아이의 아비는 아이가 슬기로웠는데도 일찍 죽은 것을 애도하며 자기를 구위 글을 묻으니, 천 년 뒤에 골짜기가 평지가 되고 자리가 바뀌어 이 글을 보게 되는 사람은 가엾게 생각하여 잘 묻어주기를 바란다. 아비 모가 기록한다.

해제 이덕수는 1남 3녀를 두었는데, 심용(沈鎔)의 아내가 된 이 사람은 둘째 딸이다. 이 딸은 1706년에 태어나 1722년에 죽었는데, 시집간 지 2년만 이었다. 어릴 때부터 예쁘고 욕심이 없었는데, 이질을 심하게 앓다가 죽었다. 아버지 이덕수는 자신의 기억 속에서 어린 딸이 자신이 좋아하던 것들은 정성스럽게 준비해 올리던 모습, 아프면서도 어머니를 걱정하던 모습들을 떠올리며 안타까운 마음을 대신하고 있다.

심숙인 묘지명
沈淑人墓誌銘

    숙인은 청송 심씨이니, 청성(靑城)[13] 수령이시던 분[14] 이후로 대대로 훈척(勳戚)을 맺어 우리나라 역사에 이름이 알려졌다. 아버지는 전라도 관찰사로 좌찬성에 추증된 심권(沈權)[15]이고 할아버지는 홍문관 교리로 이조 판서에 추증된 심희세(沈熙世)[16]이며, 증조부는 영의정으로 충정공(忠

---

13 청성(靑城) : 포천(抱川)의 옛 지명. 신라 경덕왕 때에 다시 청성(靑城)이라 불리다가 고려 초에 포주(抱州), 조선 태종 13년[1413]에 포천으로 바뀌었다.

14 청성(靑城) 수령이시던 분 : 심덕부(沈德符). 1328(충숙왕 15)~1401(태종 1). 고려 말 조선 초의 문신. 본관은 청송(靑松). 자는 득지(得之), 호는 노당(蘆堂)·허당(虛堂). 아버지는 전리정랑(典理正郎) 심용(沈龍)이다. 고려 충숙왕 복위년 말에 음직(蔭職)으로 출사한 이후, 요직을 거쳤다. 1378년(우왕 4) 왜구 토벌에 공을 세웠다. 1388년의 요동 출병 때는 서경도원수(西京都元帥)로서 이성계의 위화도회군(威化島回軍)을 도와주었다. 또한 공양왕을 세울 때, 이성계·정도전(鄭道傳)·정몽주(鄭夢周)와 더불어 주도적인 구실을 하여 이른바 9공신 중의 한 사람이 되었다. 조선의 개국을 맞아, 1393년(태조 2) 회군공신(回軍功臣) 1등에 추록되며, 청성백(靑城伯)에 봉해졌다. 72세 때인 1399년(정종 1)에 좌의정이 되었다가 이듬해 치사하였다. 처음 시호는 공정(恭靖)이며, 나중에 정안(定安)으로 고쳤다. *참고문헌 : 高麗史, 高麗史節要, 太祖實錄, 定宗實錄, 燃藜室記述, 大東奇聞, 東文選.

15 심권(沈權) : 1643(인조 21)~1697(숙종 23). 본관은 청송(靑松), 자는 성가(聖可)로 홍문관 교리 심희세(沈熙世)의 아들이다. 조선 후기의 문신으로 숙종 1년(1675) 사마시에 합격하고, 1682년 증광문과에 병과로 급제하여, 승문원에 등용되었다가 검열을 거쳐 정언·지평 등을 역임하였다. 1689년 기사환국 때 남인이 집권하게 되자, 서인인 조태구(趙泰耉)·이징명(李徵溟)·조형기(趙亨期) 등과 함께 남해에 유배되었다가 1694년 갑술옥사로 남인이 실각되자 풀려나왔다. 그 뒤 정언·이조좌랑·부교리·헌납·지제교·사인·부응교·보덕·집의 등을 거쳐 1696년 승지·병조참지·예조참의 등을 역임하고, 1697년 전라도 관찰사로 재임하다가 죽었다. 문장과 필법이 뛰어났고, 고사(故史)에도 밝았다. *참고문헌 : 肅宗實錄, 國朝人物考.

16 심희세(沈熙世) : 1601(선조 34)~? 조선중기 문신. 본관은 청송(靑松). 자는 덕휘(德輝). 호조판서(戶曹判書)를 지낸 숭정대부(崇政大夫) 심열(沈悅)의 7남. 1639년(인조17) 식년문과(式年文科)에 급제하여 홍문관 교리(弘文館校理)가 되었고, 승정원 도승지(承

靖公)의 시호를 추증 받은 심열(沈悅)[17]이다. 어머니는 전의 이씨인데, 황해도 관찰사로 이조 판서에 추증된 이만웅(李萬雄)[18]의 따님이다.

숙인은 태어나면서부터 어여쁘고 총명하였고, 부모에게는 또 외동딸이라 매우 사랑받았다. 나이 15세에 배필을 택해 첨정 조태수(趙泰壽)에게로 시집가서 아들 둘을 낳으니 조준명(趙駿命)[19], 조귀명(趙龜命)[20]이다. 정미년[1727] 윤3월 24일에 조준명의 청풍(淸風) 임소에서 세상을 떠났으니, 연세가 일흔이었다. 대체로 숙인은 친가나 외가가 모두 명문거족으

政院 都承旨), 이조 판서(吏曹判書)에 추증(追贈)되었다. *참고문헌 : 司馬榜目.

17 심열(沈悅) : 1569(선조 2)~1646(인조 24). 조선중기의 문신. 본관 청송(靑松). 자 학이(學而). 호 남파(南坡). 시호 충정(忠靖). 1593년(선조 26) 별시문과에 병과로 급제한 뒤, 검열(檢閱)·황해도관찰사 등을 지냈다. 1623년 인조반정 이후 호조판서에 오르고 1638년(인조 16) 우의정을 거쳐 1643년 좌의정이 되고, 이어서 영의정에 올랐다. 글씨와 문장에 뛰어났다. 저서에『방일주의(放逸奏議)』,『남파상국문집(南坡相國文集)』이 있다. *참고문헌 : 宣祖實錄, 光海君日記, 仁祖實錄, 國朝榜目.

18 이만웅(李萬雄) : 1620(광해군 12)~1661(현종 2). 조선 후기의 문신. 본관은 전의(全義). 자는 심보(心甫), 호는 몽탄(夢灘). 아버지는 동지중추부사 이행건(李行建)이며, 어머니는 심대후(沈大厚)의 딸이다. 1649년(효종 즉위년) 증광문과에 병과로 급제하여 동래부사,연안부사를 거쳐 충청도관찰사에 부임하였다. *참고문헌 : 仁祖實錄, 孝宗實錄, 顯宗實錄, 國朝榜目, 宋子大全, 國朝人物考, 號譜.

19 조준명(趙駿命) : 1677(숙종 3)~1732(영조 8). 조선 후기의 문신. 본관은 풍양(豊壤). 자는 신여(愼汝). 할아버지는 우의정 조상우(趙相愚)이며, 아버지는 첨정 조태수(趙泰壽)이다. 1728년(영조 4) 이인좌(李麟佐)의 난 이후 청주목사가 되어 흉년의 백성들을 구제하여 안정시킨 공으로 통정대부(通政大夫)에 올랐다. 저서로『계방일록(桂坊日錄)』이 있다. *참고문헌 : 英祖實錄, 東溪集, 歸庵集, 槿域書怜徵.

20 조귀명(趙龜命) : 1693(숙종 19)~1737(영조 13). 자는 석여(錫汝), 보여(寶汝), 호는 동계(東谿) 또는 건천자(乾川子). 본관은 풍양(豊壤). 조상우(趙相愚)의 손자, 조태수(趙泰壽)의 아들. 사서(史書)를 비롯하여 제자백가(諸子百家)의 서적에 이르기까지 두루 섭렵하였으며, 당송대가(唐宋大家)들의 문장을 두루 탐독하였으므로 그의 문장은 높은 경지에 이르렀다. 뿐만 아니라 노자(老子), 장자(莊子), 태현경(太玄經), 양자법언(楊子法言)과 각종 불서에도 상당한 조예를 갖고 있었다. 재종형 조현명(趙顯命)은 '온 세상 사람이 그르다고 하더라도 오직 석여(錫汝)의 가하다는 한마디면 만족한다.'고 말할 정도로 그를 신임했다. 저서『동계집(東谿集)』에는 영조가 친히 서문을 내렸다. *참고문헌 : 東谿集(小傳, 趙顯命 撰), 江漢集 권17(묘지명, 黃景源 撰), 西堂私載 권9·10(趙相愚墓誌銘·趙泰壽墓誌銘, 李德壽 撰), 歸鹿集 권15(李誠躋墓誌銘, 趙顯命 撰).

로 찬성공(贊成公)은 어질고 명망이 두터웠다. 시집가니 첨정공이 또 어질었고 효성스러웠으며 우애가 깊었고 훌륭한 행실이 있었다. 그리고 두 아들이 또 어질었는데, 조귀명은 더욱 문장으로 이름이 높았다. 시아버지 효헌공(孝憲公)[21]은 신하로서는 최고의 지위에 올라서 가문이 찬란하게 빛났다. 그러므로 세상에서 복과 아름다움을 온전히 갖춘 집안이라고 하였는데, 모두 그것을 숙인의 덕으로 돌렸다.

그러나 숙인이 시집간 초기에는 효헌공이 아직 현달하지 못하여 집안이 매우 가난한 데다, 첨정공이 어릴 때부터 심한 병을 앓아 수십 년 동안 낫지 않았다. 살림살이의 세세한 일과 약 시중드는 일에 마음을 써힘을 다해 하지 않은 적이 없었다. 의복이나 화장품 도구 같은 물건을 팔기까지 하여 살림을 충당해 나갔다. 고달프고 힘들게 일하면서도 하루도 다리를 뻗고 쉰 적이 없었다. 첨정공이 간신히 오십을 넘기고 세상을 떠나고 두 아들 모두 아들이 없었으니, 숙인의 어려운 삶은 이에 더욱 심하였다.

비록 그러했으나 숙인은 두 아들을 매우 정성들여 가르쳤는데, 매양 끌어다 옆에 앉히고 서산(書算)을 쥐고 책 읽는 것을 살폈다. 이제 두 아들이 역시 모두 장성하여 세상에서 이름을 떨치고 있으니 이것은 숙인의 교육이 두 아들에게 행하여졌기 때문이었다. 효헌공이 연로하여 홀로되자 그 옷 한 벌, 반찬 한 가지도 숙인이 손수 장만하지 않은 것이 없었

---

21 효헌공(孝憲公) : 조상우(趙相愚). 1640(인조 18)~1718(숙종 44). 본관은 풍양(豊壤). 자는 자직(子直), 호는 동강(東岡). 아버지는 예조판서 조형(趙珩)이다. 어머니는 목장흠(睦長欽)의 딸이다. 1682년 증광문과에 을과로 급제한 뒤 1684년 지평, 사도시정 · 서산군수 등을 역임하고, 1694년 강계부사가 되었다. 그 해 갑술환국으로 서인이 집권한 뒤 예조참의 · 대사간 · 동부승지 등을 지냈다. 형조와 예조의 참판을 거쳐 형조판서에 임명되었으며, 후궁 장씨(張氏)를 사사할 때 반대하는 소를 올렸다. 1708년까지 이조판서를 지냈으며, 1709년 기로소에 들어갔다. 1711년 예조판서를 거쳐 우의정이 되어 사대부에 대한 군포 징수를 반대하였다. 남구만 · 최석정 등과 함께 온건한 소론으로서 정치활동을 하였다. 남평의 용강사(龍岡祠)에 제향되었으며, 시호는 효헌(孝憲)이다. *참고문헌 : 顯宗實錄, 肅宗實錄, 國朝榜目, 國朝人物考, 燃藜室記述.

는데, 반드시 정결하고 좋아하시는 것으로 하게 하였으며, 패물이나 매일·매달 올리는 것들까지도 미리 준비하여 갖추어두지 않은 것이 없었다. 효헌공은 동기간의 우애가 돈독하고 또 손님 접대를 좋아하였으므로, 숙인이 곡진하게 그 뜻을 받들어 맛있는 음식을 양보하고 담배를 나누어 피우되 아까워한 적이 없었으며 올리는 술과 고기반찬을 한 번도 거른 적이 없었다. 언젠가 효헌공께서 이렇게 말씀하신 적이 있다.

"우리 집이 번성한 것은 모두 이 며느리 덕분이다."

이것은 숙인의 효성이 가정에서 빛이 난 것이었다. 시누이 다섯, 동서 둘이 모두 어머니의 범절로 숙인을 정성껏 섬기니 숙인 또한 사랑하여 이간하는 말이 없었다. 여종 하나를 보내 젖 못 얻어먹는 조카딸에게 젖을 먹게 해준 적도 있었다. 첨정공의 둘째 남동생 내외가 모두 세상을 떠나자 그 딸을 데려다 길러서 혼기를 놓치지 않고 혼인시켰다. 멀고 가까운 친척들에게 좋은 일이나 나쁜 일, 혼사나 초상이 있을 때에는 반드시 모두 숙인에게 의지했으니, 이는 숙인의 후덕하고 따뜻한 행실이 친척들에게 믿음을 주었기 때문이었다.

평생토록 여공을 손에서 놓지 않았고 몸소 솔선수범하였다. 새벽마다 일어나 앉아 문을 열고 할 일을 지시하면 종들은 일을 여쭈었다. 편지가 많이 모여들었지만 이리저리 응대하여 조금도 지체하거나 막히는 법이 없었다. 살림 비용은 부족했지만 그 고민과 근심을 드러내지 않았고, 규모가 큰 일들을 경영하면서도 수고로운 기색을 보이지 않았으며, 정신과 뜻이 항상 느긋하니 여유가 있었다. 숙인이 집안을 다스리는 범절은 일 처리 하는 데 드러난 것이 또한 이러하였다. 숙인의 뛰어난 덕은 마땅히 세상의 모범이 되고 풍속을 교화할 만하니 어찌 다만 한 집안에서만 전하여 사라지지 않게 할 뿐이겠는가? 그러니 숙인의 복과 아름다움이 온전하다고 말하는 것 또한 지나치지 않다. 이른 바 복이라는 것이 어찌 반드시 부유하고 귀하며 자손 많은 것뿐이겠는가? 아아, 기록할 만하다!

　세상을 떠난 뒤 5월 병인(丙寅)일에 충주(忠州) 성동(省洞)에 임시로 묻어 두었다가 기유년[1729] 5월 임술일에 수원(水原) 팔탄면(八呑面) 동북쪽 자리에 첨정공의 옛날 무덤을 옮기어 합장하였다. 효헌공은 조상우(趙相愚)이니 벼슬이 우의정에 이르렀고, 조준명의 후사를 이은 아들 조재복(趙載福)은 아직 관례 전이다. 숙인은 나의 내종 누이이다. 그러므로 두 사람이 명을 부탁하니 감히 사양할 수 없었다.

　명에 이른다.

　생각하면 우리 어머니는

　순수한 규방의 모범이셨네.

　함부로 다른 이를 인정하지 않으셨는데,

　꼭 비슷한 무리에서 견주시었고

　조카들 사이에서도 유독 숙인만을 칭찬하여,

　민첩하고 통달하며 또 지혜롭고 어질다 했네.

　숙인이 돌아가신 때는

　정미년 봄이었는데,

　우리 어머님은 곡하여 우시며

　시간이 흘러도 여전히 슬피 하셨네.

　가을철이 되어서는 재앙이 계속되어,

　나의 삶이 쓸쓸하더니,

　준명, 귀명이 모두

　덕이 갖추어져서 복을 불렀으니,

　아름다운 이름이 더욱 빛나는구나.

　원컨대 효자를 위로하여

　생명을 다치지 말기를 바라노라.

　지난달에 슬픔을 참고

선영 아래 글을 묻었는데,

이제 여기서 눈물을 적시며

또 누님의 명을 쓰노니,

몇 천 년 후에라도

나의 마음을 기억하기를.

해제   심숙인(1658~1727)은 심권(沈權)의 딸이며, 조태수(趙泰壽)의 아내이
다. 이덕수는 심숙인의 고종 사촌 동생인데, 숙인의 두 아들 조준명(趙駿
命), 조귀명(趙龜命)의 부탁으로 묘지명을 지었다. 명문가에서 자라 훌륭한 가문
으로 시집가 복록을 누리고 일흔의 나이에 죽었다. 시아버지 효헌공 조상우(趙相
愚)가 현달하기 전에는 시집이 가난했고 남편은 오래 병으로 앓아 숙인은 남편의
병수발을 하며 어려운 살림을 꾸리면서 시아버지 봉양과 자식 교육을 훌륭히 해
냈다.

종숙모 유유인 묘지

從叔母柳孺人墓誌

　유인은 문화 유씨로 고려조에서 태사 벼슬을 한 유차달(柳車達)[22]의 후손이다. 조선조에 들어와 좌의정 유관(柳寬)[23]은 호가 하정(夏亭)인데 세종 때의 이름난 신하였다. 8대 뒤에 사도시 첨정 유몽익(柳夢翼)[24]은 이조판서에 추증되었는데, 바로 유인의 증조부이다. 할아버지 유속(柳涑)[25]은 문과에 급제하여 해남 현감으로 좌찬성에 추증되었고, 아버지 유성오(柳誠吾)[26]는 형조 좌랑으로 영의정에 추증되었다. 어머니는 반남 박씨로 좌

---

22 유차달(柳車達) : 원래 이름은 해(海)이고, 자는 응통(應通), 호는 아사(鵝沙)이다. 신라 (新羅) 말기에 유주(儒州), 지금 황해도 신천군(信川郡) 문화면(文化面) 묵방동(墨坊洞)에서 태어났는데 가세(家勢)가 심히 부호(富豪)였다. 고려태조가 남쪽 지방을 정벌할 때, 수레와 군량을 공급함으로써 개국(開國)을 도와 관직이 대승(大丞)에 이르렀고, 시호는 삼한공신(三韓功臣)이었다. *참고문헌 : 高麗史, 東國輿地勝覽.

23 유관(柳寬) : 1346(충목왕 2)~1433(세종 15). 본관은 문화(文化). 초명은 관(觀), 자는 몽사(夢思)·경보(敬甫), 호는 하정(夏亭). 1371년(공민왕 20) 문과에 급제, 성균사예(成均司藝)·사헌중승(司憲中丞) 등을 역임하였다. 1392년 조선의 개국원종공신이 되었고, 1409년 예문관대제학으로 지춘추관사(知春秋館事)를 겸했으며, 1418년(세종 즉위년) 대제학으로 지경연사(知經筵事)를 겸했다. 81세가 된 이듬해 우의정으로 치사(致仕)하였다. 시호는 문정(文貞)이다. *참고문헌 : 高麗史, 太祖實錄, 定宗實錄, 太宗實錄, 世宗實錄, 海東名臣錄.

24 유몽익(柳夢翼) : 1522~1591. 자는 경남(景南), 본관은 문화(文化). 아버지 유용공(柳用恭)은 사헌부감찰(司憲府監察). 1556년 음서로 사포시(司圃署) 별좌(別坐), 장원(掌苑), 전생서(典牲署) 주부(主簿), 인동현(仁同縣) 현령, 종부시(宗簿寺) 주부(主簿), 형조정랑(刑曹正郎), 함안군(咸安郡) 군수, 군자감(軍資監) 판관(判官), 첨정(僉正), 영덕현(盈德縣) 현령으로 있다가 70세에 죽었다. *참고문헌 : 東江先生遺集(軍資監僉正柳公墓誌銘).

25 유속(柳涑) : 1568~?. 자는 호원(浩源), 본관은 문화(文化). 1618년(광해군10) 증광시 (增廣試)에 병과(丙科)5로 급제. 현감(縣監)을 거쳐 관직(官職)은 좌랑에 이르렀고, 이조 참판에 추증되었다. *참고문헌 : 南溪集, 潛谷遺稿.

26 유성오(柳誠吾) : 1608(선조 41)~1674(현종 15). 조선 후기의 문신. 본관은 문화(文化). 자는 여성(汝誠). 할아버지는 판관 유준(柳浚)이다. 1634년(인조 12) 경기전참봉(慶基殿

찬성 금계 부원군 박동량(朴東亮)[27]의 따님이다.

유인은 15세에 이씨에게로 시집와서 다음해 을미년[1655]에 남편이 세상을 떠나고, 또 7년이 지난 임인년[1662]에 박부인 죽었다. 또 7년이 지난 기유년[1669]에 시어머니 나유인이 죽었고, 또 5년이 지난 갑인년[1674]에는 시아버지 좌랑공이 죽었다. 또 19년이 지난 계유년[1693]에 양자로 들어온 덕소(德邵)가 세상을 떠나고, 다음해 갑술년[1694]에 막내 학생공이 죽었으며, 또 2년이 지난 병자년[1696]에 손자 둘이 연달아 죽고, 또 7년이 지난 임오년[1702]에는 며느리 박씨가 세상을 떠났다. 유인이 74년을 사는 동안에 사람이 태어나서 겪을 수 있는 가장 힘든 일을 혼자 모두 당하였다. 오빠 의정공 유상운(柳尙運)[28]이 매번 이렇게 말했다.

參奉), 1661년(현종 2) 회덕현감을 지냈다. *참고문헌 : 顯宗實錄, 司馬榜目, 南溪集(朴世采), 宋子大全.

27 박동량(朴東亮) : 1569(선조 2)~1635(인조 13). 조선 중기의 문신. 본관은 반남(潘南). 자는 자룡(子龍), 호는 기재(寄齋)·오창(梧窓)·봉주(鳳洲). 1590년(선조 23) 증광 문과에 병과로 급제하고 승문원부정자로 등용되어 검열, 호조·병조의 좌랑 등을 역임하였다. 1592년 임진왜란 때 병조좌랑으로 왕을 의주로 호종(扈從)했고, 1597년 정유재란 때는 왕비와 후궁 일행을 호위했다. 1604년 호성공신(扈聖功臣) 2등으로 금계군(錦溪君)에 책봉되고 호조판서에 임명되었다. 1623년 인조반정이 일어나자 인목대비를 곤경에 빠뜨린 죄로 부안에 유배되었다. 1632년(인조 10)에 석방되어 고향으로 돌아왔다. 뒤에 아들 미(㴐)와 의(憘)의 상언(上言)으로 복관되고, 좌의정에 추증되었다. 김상용(金尙容)·상헌(尙憲) 형제와 친교가 두터웠다. 저서로는 『기재사초』·『기재잡기 寄齋雜記』·『방일유고 放逸遺稿』 등이 있다. 시호는 충익(忠翼)이다. *참고문헌 : 光海君日記, 仁祖實錄, 宋子大全, 寄齋史草, 癸亥靖社錄, 國朝人物考, 谿谷集, 淸陰集, 樂全堂集.

28 유상운(柳尙運) : 1636(인조 14)~1707(숙종 33). 조선 후기의 문신. 본관은 문화(文化). 자는 유구(悠久), 호는 약재(約齋) 또는 누실(陋室). 1666년 별시 문과에 병과로 급제해 승정원주서로 기용되었고, 지평, 홍문관교리를 역임하고, 1680년 대사간으로 특진되었다. 같은 해 경신대출척 때 복성군(福城君)을 탄핵해 당쟁을 노론 측에 유리하도록 이끌었다. 평안도관찰사에 이어서 다시 대사간을 지내고 평안도관찰사로 내려갔다. 서인이 노론과 소론으로 나뉠 때, 소론인 윤증(尹拯)·박세채(朴世采) 등과 의기투합해 정사를 처리하던 그는 소론에 소속되었다. 1685년 호조판서·이조판서 등을 지내고 형조판서가 되었다. 1696년 영의정에 올랐다. 1701년 무고의 옥사로 투옥된 장희재의 종 업동(業同)을 죽이지 않고 유배 정도로 수습하고자 했으나 노론의 탄핵을 받아 남구만과 함께 파직되었다. 이듬해 충청도 직산에 부처(付處)되었다가 1704년 석방되어 돌아왔다. 1704년 판중추부사에 다시 복귀하였다. 나주의 죽봉사(竹峰祠)에 제향되었다. 시호

"내가 반안인(潘安仁)[29]의 「과부부(寡婦賦)」를 읽었는데, 결국 차마 두 번 읽지는 못 하겠더라."

듣는 사람들이 그 말을 슬프게 여겼다. 오빠 의정공(議政公)과 동생 대간공(大諫公) 유상재(柳尙載)와는 우애가 돈독하여서 이웃에서 살면서 아침저녁으로 서로 만나며 사이좋게 지내었다. 의정공이 충청도 지방으로 귀양 갔을 때에나 또 벼슬에서 물러나 광릉(廣陵)에 살 때에 유인은 언제나 따라가서 뒷바라지를 하였는데, 두 어른이 모두 유인보다 앞서 사상을 떠나니 유인이 더욱 쓸쓸해하였다.

계사년[1713] 8월 12일에 세상을 떠나니, 10월에 양근(楊根) 수남리(水南里) 남동쪽 자리에 합장했다. 유인은 총명하고 슬기롭기가 보통 사람에 비해 아주 뛰어났다. 태어난 지 몇 달 만에 말을 할 줄 알았고 여공에 관한 일은 보기만 해도 금방 이해하여 모교(姆教)[30]를 번거롭게 하지 않았다. 또 옛 사람들의 잘한 일, 잘못한 일과 당시 사대부의 친족의 계파를 특히 잘 기억하여 연로해서도 혹 묻는 사람이 있으면 바로

"아무개가 한 이러한 일은 잘한 일이고, 아무개가 한 이런 일은 잘못

는 충간(忠簡)이다. *참고문헌 : 顯宗實錄, 顯宗改修實錄, 肅宗實錄, 國朝榜目, 司馬榜目, 藥泉集, 明谷集.

29 반안인(潘安仁) : 중국 서진(西晉) 때의 시인·문인. 반악(潘岳). 247~300. 자가 안인(安仁). 허난성[河南省] 잉양[滎陽] 출생. 어릴 때부터 신동(神童)이라 불렸고, 또 미남이었다고 한다. 사공태위(司空太尉) 가충(賈充)의 서기관 등 여러 관직을 역임하였으나, 조왕(趙王) 사마 윤(司馬倫)이 정권을 장악하였을 때 아버지의 옛 부하 손수(孫秀)에게 모함당하여 일족과 함께 주살되었다. 문학적 재능이 뛰어나 당시의 권세가 가밀(賈謐)의 문객들 '24우(友)' 가운데 제1인자였으며, 육기(陸機 : 261~303)와 함께 서진문학의 대표적 작가로 병칭되었다. 육기가 논리적 표현에 탁월한 데 대하여 반악은 정서적 표현에 뛰어났으며, 철저한 기교주의자로서 감각적인 애상(哀傷)의 시와 산수시(山水詩)의 걸작을 남겨 놓았다. 애처의 죽음을 비통해하여 지은 『도망(悼亡)의 시』 3수는 진정이 넘쳐흘렀고 또한 방향을 모색하던 당시의 수사주의적 문학에 하나의 전기를 마련해 준 것이었다. 이 외에 『서정부(西征賦)』, 『금곡집시(金谷集詩)』, 『추흥부(秋興賦)』 등이 유명하다.

30 모교(姆教) : 친정에서 딸을 가르치는 사람. ─『예기』 「내칙(內則)」, "여자 아이는 열 살이 되면 규문 밖에 나가지 아니하며, 여자 교사로부터 상냥한 말씨와 유순한 태도와 어른의 말을 듣고 순종하는 법을 가르침 받는다.[女子十年不出 姆教婉娩聽從]"

한 일이다."

라고 했다. 또,

"아무개는 누구의 손자이고 아무개는 누구의 친척이며 그는 본래 누
구에게서 나왔다."

라고 했는데, 족보를 펴보지 않고서도 하나하나 따져 설명하였다.

선조의 제사를 받들 때에는 반드시 정성과 공경을 다했고, 집안 살림
이 어렵다고 해서 예를 줄이는 법이 없었다. 의정공께서 병이 위독해지
자 집안사람 중에 액막이를 일삼으려 하는 자가 있었는데, 유인께서 준
엄한 말로 하지 못하게 하며 이렇게 말하였다.

"우리 오라버님의 명예와 지위가 이미 드러나셨으니, 살아나고 돌아
가시는 것은 시운(時運)에 달렸음이 분명하다. 다만 하늘이 명하신 바에
따라야 할 뿐이거늘 어찌 이런 일을 하겠는가?"

그 식견이 흔들리지 않는 것이 대부분 이와 같았다.

유인은 만년에 덕소(德邵)의 넷째 아우 덕휘(德輝)를 다시 데려다 후사
로 정하였는데, 신묘년[1711]에 사마시에 합격하였다. (그는)애초에 순흥
이 본관인 안두장(安斗章)의 딸에게 장가들어 아들 하나, 딸 하나를 두었
다. 두 번째 부인은 광주가 본관인 김진응(金震膺)의 딸인데 역시 아들 하
나, 딸 하나를 두었다. 맏아들 동배(東培)는 여흥이 본관인 민정제(閔正濟)
의 딸에게 장가들어서 아들 딸 하나씩을 두었다. 맏딸은 선비 윤근(尹懃)
에게 시집갔고 나머지 아이들은 어리다. 종숙부는 이징선(李徵善)이니 청
강공의 5세손이다. 이에 묘지를 쓰노라.

해제

유인 유씨(1640~1713)는 유성오(柳誠吾)의 딸이다. 15세에 이징선(李徵
善)에게 시집갔는데, 1년만에 남편이 세상을 떠났다. 74세로 세상을 떠
날 때까지, 친정어머니와 시아버지, 양자로 들여온 아들, 막내 동생, 손자들, 그리
고 며느리 박씨의 죽음을 차례로 지켜보면서 많은 고통을 겪었다. 친정 오빠 유

상운(柳尙運)은 어린 나이에 과부가 되어 힘들게 사는 유인을 보며 늘 가슴 아프게 여겼다. 어릴 때부터 슬기롭고 기억력이 뛰어났으며, 절박한 상황에서도 미신을 믿어 빌거나 하지 않았던 사실, 이치를 거역하지 않은 모습을 칭송하고 있다.

숙인 최씨 묘지명
淑人崔氏墓誌銘

　숙인 완산(完山) 최씨는 고려조 신호위(神虎衛) 상장군(上將軍) 최순작(崔純爵)[31]이 그 먼 조상이다. 증조부 최기남(崔起南)[32]은 문과 급제하여 영흥(永興) 부사로 영의정(領議政) 완흥(完興) 부원군(府院君)에 추증되었으며, 할아버지 최내길(崔來吉)[33]은 정사(靖社) 공신으로 책봉되었는데, 벼슬은 공조 판서로 영의정 완천 부원군에 추증되었다. 아버지 최후윤(崔後胤)[34]

---

31 최순작(崔純爵) : 고려 문종 때 과거에 급제하여 중서시랑 평장사가 되었다. 병부상서 겸 신호위 상장군이 되었고 완주개국백(完州開國伯)이라는 작위를 받았다. 시호는 문열공이다. *참고문헌 : 全州崔氏上系譜.

32 최기남(崔起南) : 1559(명종 14)~1619(광해군 11). 본관은 전주(全州). 자는 흥숙(興叔). 호는 만곡(晚谷)·만옹(晚翁)·양암(養庵). 아버지는 증좌승지 최수준(崔秀俊)이며, 어머니는 증호조참의 남상질(南尙質)의 딸이다. 성혼(成渾)의 문인이다. 1602년 알성문과에 병과로 급제하여, 성균관전적·병조좌랑·지제교(知製敎)·시강원사서와 형조·예조·병조의 정랑을 두루 역임했다. 1612년(광해군 4) 통정대부(通政大夫)에 승계되어 영흥대도호부사에 임명되었을 때 인목대비(仁穆大妃)를 폐출하는 옥사에 연루되어 삭직되었다. 관직에서 물러난 뒤 가평에 은거하여 만곡정사(晚谷精舍)를 짓고 여생을 보냈다. 뒤에 아들 최명길(崔鳴吉)의 인조반정 공훈으로 영의정에 추증되었다. *참고문헌 : 宣祖實錄, 光海君日記, 國朝榜目, 谿谷集, 象村稿, 國朝人物考.

33 최내길(崔來吉) : 1583(선조16)~1649(인조27). 본관은 전주. 자는 자대(子大). 호는 이재(頤齋). 1611년(광해군 3) 별시문과(別試文科)에 급제, 승문원(承文院)에 등용, 1623년 아우 최명길(崔鳴吉) 등과 함께 인조반정(仁祖反正)에 공을 세워 정사공신(靖社功臣) 3등에 책록되고, 이듬해 이괄(李适)의 난 때 왕을 호종, 완천군(完川君)에 봉해졌다. 한성부 좌·우윤(漢城府左右尹), 장흥부사(長興府使) 등을 역임하며 선정을 베풀어 송덕비(頌德碑)가 세워졌다. 병자호란 때는 다시 왕을 남한산성으로 호종했고, 1648년 경기도 관찰사를 거쳐 1649년 공조판서가 되었으며, 영의정에 추증되었다. *참고문헌 : 光海君日記, 國朝榜目.

34 최후윤(崔後胤) : 1611(광해군 3)~1650(효종 1). 조선 중기의 문신. 본관은 전주(全州). 초닝은 후현(後賢). 사는 상경(象卿), 호는 녹촌(鹿村). 1633년(인조 11) 성균관에 입학하고, 1644년 별시문과에 갑과로 급제하였다. 사간원정언·사헌부지평을 역임하면서 성망(聲望)을 크게 나타내었으나, 1649년 친상을 당하여 이를 이겨내지 못하고 그 이듬해

은 시강원(侍講院) 문학(文學)으로 도승지(都承旨)에 추증되었다. 어머니 해평 윤씨는 첨정(僉正)으로 좌찬성에 추증된 윤면지(尹勉之)의 따님이다.

숙인이 태어나서 세 살이 되었을 때 승지공이 세상을 떠나고, 11세 때에 윤부인마저 연이어 돌아가시자 큰오빠에게서 길러졌다. 19세에 군수 김당(金鐺)[35] 공에게 시집갔는데, 당시 시아버지 장령공(掌令公)[36]은 돌아가신 지 이미 오래 되었고, 홀로 된 시어머니 홍숙인만 계시었다. 숙인은 가문에 들어가서 공경을 다하고 효성을 다해 종일 곁에 모시며, 물러가라 명하지 않으시면 감히 물러나오지 않았고, 얌전하게 받들어 따르니 그림자가 몸을 따라다니는 것 같았다.

함양공의 가문은 옛날부터 청빈하였으나 숙인의 집안은 대대로 훈신 귀족이어서 살림살이가 넉넉했다. 그렇지만 감히 함부로 자신이 부유하다고 하여 시댁에 보태지 않았고, 무엇이든 얻는 것이 있으면 모두 홍숙인이 쓰시는 상자 속에 보태어 드렸다. 그리하여 추호도 사사로이 모아두는 것이 없었다. 홍숙인은 처음 숙인을 보고서는 자태가 단아하고 깔끔하며 행동거지에는 예절이 있어 전부터 마음으로 흡족해한 지 벌써 오래 되었는데, 그가 하는 것을 살피고는 감탄하여 이렇게 말씀하셨다.

"내 며느리가 참 어질다! 세상에서 조실부모한 사람은 제대로 교육을

에 죽었다. *참고문헌 : 仁祖實錄, 國朝榜目, 國朝人物考.

35 김당(金鐺) : 1645(인조 23)~1714(숙종 40). 본관은 안동. 자는 성중(聲仲). 아버지는 사헌부 장령 김태기(金泰基)로 김당 생후 3개월에 죽었다. 1675년 진사. 1687년 건원릉(健元陵) 참봉. 1689년 인현왕후가 폐출되자 물러났다. 사섬(司贍) 직장, 주부를 거쳐 1694년에 형조좌랑, 정랑을 지냈다. 사복시(司僕) 판관, 함양 군수, 마전 군수를 거쳐 1706년 공조정랑, 세자익위시 익위로 있다가 병으로 죽었다. *참고문헌 : 圃嚴集.

36 김태기(金泰基) : 1602(선조 35)~1646(인조 24). 조선 후기의 문신. 본관은 안동(安東). 자는 형숙(亨叔), 호는 무위당(無爲堂). 할아버지는 김정남(金正男)이고, 아버지는 장흥부사 김희(金憙)이며, 어머니는 안봉(安鳳)의 딸이다. 1627년 식년문과에 병과로 급제하였다. 1642년 정언(正言)이 되고, 그 뒤 양사(兩司 : 사헌부와 사간원)를 거쳐, 1645년에 장령(掌令)을 역임하고 태인현감을 지냈으며, 영광군수로 재직중 죽었다. *참고문헌 : 仁祖實錄, 英祖實錄, 國朝榜目, 南岳集(趙宗著).

받지 못하여 제대로 된 행실이 없다고 하기에, 내가 예전에 그 말을 믿었더니 이제야 그것이 잘못되었음을 알겠구나. 역시 오직 하늘로부터 타고난 것에서 선악의 구별이 있을 뿐이구나."

홍숙인은 며느리의 상을 당한 뒤에, 숙인에게 이렇게 말씀하셨다.

"내가 죽으면 네게서 제삿밥을 먹을 것이다."

홍숙인께서 돌아가시자 숙인이 애통해하며 그리워하는 것이 예에 지나칠 정도였는데, 3년 동안 몸소 제사를 올리며 한결같이 게으르게 하지 않았고 기제사에도 역시 그렇게 하였다. 평상시에는 아침 일찍 일어나 세수하고 머리 빗고 종일 직접 여공을 하였는데, 연로하실 때까지 그만두지 않았다. 항상 이렇게 말씀하셨다.

"부인의 도리는 비록 유순함이 가장 중요하다 하지만, 강단을 가지고 해결하고 대의를 깨닫지 못한다면 역시 훌륭하다 하기에는 부족하다."

그리하여 그 집안 다스림은 너그러우면서도 엄숙하였다.

함양공께서는 준엄하고 청렴하게 자신을 단속했고, 숙인 또한 맑고 꼿꼿하여 덕에 부합되게 처신하였다. 함양공이 관직에 있을 때에는 집안의 일이든 밖의 일이든 숙인은 절대 사리를 추구하여 함양공에게 누가 되게 하지 않았다. 그 분이 형조에 계실 때, 관아에 송사가 있는 사람이 몰래 여종을 시키어 백금 수십 냥을 바쳤다. 숙인은 꾸짖어 물리쳤다. 뒤에 들으니 그 재물이 동료 낭관의 집에 들어갔다고 했다. 또 동네의 노파가 사사로이 참외를 보내 왔는데, 숙인이 이미 그 보낸 뜻을 짐작하고 역시 물리치고 받지 않았다. 함양공은 집에 있을 때에는 일처리에 신경을 쓰지 않아서 안팎의 일이나 작든 크든 해야만 하는 일은 오직 숙인에게 의뢰했다. 매양 국가에서 받는 녹봉으로는 봉양할 수 없는 것을 한탄했는데, 어쩌다 관아의 물건을 얻게 되면 오래도록 눈물을 뚝뚝 흘리었다.

자녀를 의(義)로 가르치되, 아들에게는 문행(文行)에 힘쓸 것을 가르치고, 딸에게는 시부모를 잘 섬길 것을 가르치며 절대로 남을 속이지 말라고 타일렀다. 어른이나 어린 아이들이 병이 나면 비록 거의 다 죽게 되었을 지라도 조용히 평상시의 태도를 바꾸지 않고 간호하면서 이렇게 말했다.

"병구완을 하는 사람은 걱정근심으로 마음을 어지럽혀서는 안 된다. 마음이 어지러워지면 구완하는 일이 그 도를 잃게 되고 마니 해로움이 크다."

명곡(明谷)[37]과 손와(損窩)[38] 두 분 상공은 숙인의 6촌 오빠인데, 매양 숙인에게는 여사(女士)의 풍도가 있다고 칭찬하였다.

함양공이 세상을 떠나고 성복(成服)[39]한 다음, 숙인이 이날부터 병이 나서 갑오년[1714] 2월 4일에 세상을 떠나니, 함양공이 돌아가신 지 10일 만이었고 나이는 68세였다. 돌아가기 이틀 전에 숨은 이미 다 떨어져가

---

37 명곡(明谷) : 최석정(崔錫鼎). 1646(인조 24)~1715(숙종 41). 본관은 전주(全州). 초명은 석만(錫萬). 자는 여시(汝時)・여화(汝和), 호는 존와(存窩)・명곡(明谷). 아버지는 한성좌윤 완릉군(完陵君) 최후량(崔後亮)이고 어머니는 안헌징(安獻徵)의 딸이다. 응교 후상(後尙)에게 입양되었다. 1671년 정시문과에 병과로 급제, 1680년 경신환국 이후 1689년 기사환국까지 승정원승지・성균관대사성・홍문관부제학과 제학을 역임하였다. 노소분당이 심각해지자 윤선거를 옹호한 나양좌(羅良佐)의 견해를 지지함으로써 노론 세력의 지탄을 받기도 하였다. 1694년 갑술환국 이후 한성판윤・사헌부대사헌, 1697년 우의정에 올랐다. 1699년 좌의정을 거쳐 1701년 영의정이 되었다. 장희빈을 사사(賜死)해서는 안 된다고 반대하다 파직, 이듬해 다시 영의정이 되었다. 저서로『예기유편』과 『명곡집 明谷集』36권이 현재 전한다. 시호는 문정(文貞)이다. *참고문헌 : 顯宗實錄, 肅宗實錄, 國朝榜目, 明谷集, 昆崙集, 燃藜室記述, 淸選考, 黨議通略.

38 손와(損窩) : 최석항(崔錫恒). 1654(효종 5)~1724(경종 4). 자는 여구(汝久). 호는 손와(損窩). 아버지는 최후량(崔後亮)이며, 어머니는 안헌징(安獻徵)의 딸이다. 후원(後遠)에게 입양되었다. 영의정 석정(錫鼎)의 아우이다. 1680년 별시문과에 병과로 급제, 예문관 검열이 되었다. 1721년(경종 1)부터 2년에 걸친 이른바 신임사화에서 소론이 승리하는데에 큰 구실을 하였다. 이조판서를 거쳐 좌의정에 이르렀고, 나이 70이 되어 기로소(耆老所)에 들어갔다. 당시 소론 4대신 가운데 한 사람으로 꼽혔는데, 이러한 당색 때문에, 영조가 즉위한 뒤 관작이 추탈되었다가 복관되기도 하였다. 저서로는『손와유고』13권이 있다. *참고문헌 : 肅宗實錄, 景宗實錄, 國朝榜目, 朝鮮名臣錄, 相臣錄.

39 성복(成服) : 상례(喪禮)에서 대렴(大殮)을 한 다음날 상제들이 복제(服制)에 따라 상복(喪服)을 입는 절차.

는데도 정신은 또렷하여 어그러지지 않았다. 조카 창서를 불러 유서를 쓰게 하는데, 제식(祭式)을 정하되 간소하고 검약하게 하도록 하며, 재산은 자녀에게 균등하게 나누어 주고, 의복이나 염습하는 절차에 이르기까지 세세히 모두 남김이 없도록 하였다. 그 해 4월 임신(壬申)일에 앞 상여와 함께 발인(發靷)하여 10일 신사(辛巳)일에 여주(驪州) 사동(蛇洞) 북서쪽 자리에 합장하였다. 자녀와 내외 여러 손자에 대한 일은 함양공의 묘지에 이미 기록하였기에 여기에서는 다시 기록하지 않는다.

　명에 이른다.

　어버이를 효성으로 받들고
　자식을 의리로 가르쳤네.
　부지런함으로 집안을 다스렸고
　장중함으로 스스로를 다스렸네.
　뛰어난 점을 모두 갖추어
　남편을 도왔네.
　그렇게 도와주시더니
　따라서 세상을 떠났네.
　아아, 숙인이여!
　여사(女士)라고 하기에 부끄럽지 않도다.

　숙인 최씨(1647~1714)는 최후윤의 딸로 어릴 때 부모님이 돌아가시어 오빠 밑에서 컸다. 19세에 김당에게 시집가 홀시어머니를 정성껏 봉양했고, 부유하게 자랐으나 가난한 시댁에서 처신을 잘하여 시어머니의 인정을 받았다. 그러나 부인의 도리가 유순함만은 아니라고 하여 스스로의 결단력을 중요하게 여긴 점은 주목할 만하다. 관직에 있는 남편을 위해 집 안팎의 일을 훌륭하게 처리해낸 점이 부각되고 있다. 사위 윤봉조(尹鳳朝)가 쓴 행장 <外姑淑人崔氏行狀>이 『포암집(圃巖集)』에 실려 있다.

권숙인 묘지명
權淑人墓誌銘

숙인 권씨는 본관이 안동이며 고려조 태사 권행(權幸)[40]의 후손이다. 할아버지 권확(權鑊)[41]은 승정원(承政院) 우승지(右承旨)였고, 아버지는 권우(權堣)[42]는 예조 참판이었다. 어머니 정부인 서씨는 선조(宣祖) 대 부마 달성위(達城尉) 서경주(徐景霌)[43]의 따님이다.

---

40 권행(權幸) : 생몰년 미상. 고려 전기의 공신. 안동 권씨의 시조『고려사』태조세가에는 '행(行)'이라 하였다. 본성은 김(金)이라고 한다. 930년(태조 13) 후백제의 견훤(甄萱)이 고창군(古昌郡 : 지금의 경상북도 안동)을 포위했을 때 공격을 하여 대승을 거두었다. 이 전공으로 태조는 안동을 본관으로 삼게 하고, 대상(大相)이라는 관계를 내려주었다. *참고문헌 : 高麗史, 新增東國輿地勝覽, 增補文獻備考, 西厓集, 古昌戰鬪考(李炯佑, 上智專門大學論文集 4, 1981).

41 권확(權鑊) : 1568(선조 1)~1638(인조 16). 조선 중기의 문신. 본관은 안동(安東). 자는 사중(士重), 호는 석계(石溪). 아버지는 권결(權潔)이며, 어머니는 김사근(金思謹)의 딸이다. 1611년(광해군 3) 별시문과에 을과로 급제했다. 1623년 인조반정으로 정언, 1625년(인조 3) 사간이 되고 이듬해 집의를 거쳐 길주목사가 되었다. 1629년에 승지·호조참의 및 해주·여주의 목사를 지냈다. 1632년에 좌부승지를 거쳐 이듬해 동부승지가 되었다. *참고문헌 : 光海君日記, 仁祖實錄, 國朝人物考, 燃藜室記述, 國朝榜目.

42 권우(權堣) : 1610(광해군 2)~1685(숙종 11). 조선 후기의 문신. 본관은 안동(安東). 자는 자명(子明), 호는 동곡(東谷). 아버지는 권확(權鑊)이며, 어머니는 안사흠(安士欽)의 딸이다. 1629년(인조 7) 별시문과에 병과로 급제하였다. 1654년 경상도관찰사, 다음 해 충청도관찰사, 1657년부터 1659년까지 대사간·전라도관찰사·함경도병마절도사·함경도관찰사를 지냈다. 1662년(현종 3) 예조참판, 1665년에 장악원정(掌樂院正)이 되었다. 1668년에 부호군(副護軍), 1671년에 판결사(判決事), 이듬해 한성부좌윤을 거쳐 1674년 사은사 김수항(金壽恒)의 부사로 청나라에 다녀왔다. 1685년(숙종 11) 정제선(鄭濟先)이 봉명살인(奉命殺人)한 것에 관련되어 강진에 유배되었다가 그곳에서 죽었다. *참고문헌 : 仁祖實錄, 孝宗實錄, 顯宗實錄, 肅宗實錄, 國朝榜目, 燃藜室記述.

43 서경주(徐景霌) : 1579(선조 12)~1643(인조 21). 조선 후기의 문신. 본관은 달성(達城). 자는 자순(子順), 호는 송강(松岡). 아버지는 판중추부사 서성(徐渻)이며, 어머니는 여산 송씨(礪山宋氏)로 송영(宋寧)의 딸이다. 1592년 선조의 딸 정신옹주(貞愼翁主)와 혼약하였으나 임진왜란이 일어나 혼례를 올리지 못하고 선조를 호종하였다. 이듬해 환도한

숙인은 어려서부터 타고난 성품이 효성스럽고 우애가 있어서, 참판공
이 매번 여러 자녀 중에서 따라 올 사람이 드물 것이라 칭찬하셨다. 열
대여섯 살이 되자 성천(成川) 부사 김필진(金必振)[44] 공에게 시집갔다. 공
의 호(號)는 풍애(楓崖)이다. 예조 판서 경천군(慶川君)으로 좌찬성에 추증
되고 시호가 정효공(貞孝公)인 김남중(金南重)[45]의 아들이다. 재주와 덕이
있어서 현달하여야 하는데도 곤궁하게 지냈다. (그래서) 근세 인물을 논
하는 사람들이면 탄식하고 안타까워하지 않는 이가 없었다.

공은 욕심 없이 지내며 세상일에 마음을 쓰지 않았다. 그런데도 숙인

뒤 혼례를 올려 달성위(達城尉)에 봉해졌다. 정유재란 때는 선조의 총애를 받아 총관
겸 상방제조(摠管兼尙方提調)로서 항상 측근에서 시종하였다. 광해군 때, 선조의 계비
인목왕후(仁穆王后)에 대한 폐모론에 반대하다가 아버지는 영해(寧海)로 유배되었고
그 역시 크게 서용되지 못하였다. 1623년 인조반정으로 아버지가 복직되고, 이듬해 이
괄(李适)의 난이 일어났을 때, 인조를 호종한 공이 인정되어 숭덕대부로 품계가 오르면
서 금화내자제조(禁火內資提調)를 겸하였다. *참고문헌 : 宣祖實錄, 光海君日記, 仁祖實
錄, 竹陰集, 大東野乘, 國朝人物考.

44 김필진(金必振) : 1635(인조 13)~1691(숙종 17). 조선 후기의 문신. 본관은 경주(慶州).
자는 대옥(大玉), 호는 평옹(萍翁)·풍애(楓崖)·야당(野塘). 아버지는 예조판서 김남중
(金南重)이며, 어머니는 전주이씨(全州李氏)로 이세헌(李世憲)의 딸이다. 1669년(현종
10) 음사(蔭仕)로 빙고별검(氷庫別檢)이 되었고, 1691년에 평시서령(平市署令)이 되었으
나 병으로 퇴직하였다. 저서로는『풍애유고』,『인감(人鑑)』이 있다. *참고문헌 : 司馬榜目,
朝鮮圖書解題, 西溪集.

45 김남중(金南重) : 1596(선조 29)~1663(현종 4). 본관은 경주(慶州). 자는 자진(自珍),
호는 야당(野塘). 아버지는 첨지중추부사 김수렴(金守廉)이며, 어머니는 창녕 성씨(昌寧
成氏)로 성순(成恂)의 딸이다. 1618년(광해군 10) 증광 문과에 병과로 급제, 1637년 대
사간이 되자 강화도 함락에 대한 수장(守將)의 책임을 물어 처형할 것과, 척화신(斥和
臣)을 문책하지 말 것을 주장하였다. 그 해에 경기도관찰사가 되었는데, 생일에 여러 읍
으로부터 선물을 받고 전주에 내려가 가족과 어울려 가무연락(歌舞宴樂)한 것이 문제
가 되어 파직 당하였다. 1641년에 대사간으로 기용되었고, 1644년에 다시 경기도관찰사
가 되었다. 이듬 해 대사헌이 된 뒤 1649년(효종 즉위년)까지 대사성·대사간·대사헌
을 번갈아 지냈다. 1650년 이조참판이 되고 경천군(慶川君)에 봉해졌으며, 1656년 공조
참판·대사헌이 되었고, 이듬 해 예조참판·도승지가 되었다. 1658년 공조판서에 오른
뒤 형조판서를 지냈고, 1660년 겸지춘추관으로『효종실록』의 편찬에 참여하였다. 이듬
해 공조판서가 된 뒤 형조판서·예조판서·개성유수를 역임하였다. 저서로『역대인감
(歷代人鑑)』이 있다. 시호는 정효(貞孝)이다. *참고문헌 : 光海君日記, 仁祖實錄, 孝宗實
錄, 國朝榜目, 西溪集.

은 그의 뜻을 헤아리어 비록 하루 걸러 끼니를 이어도 한 번도 힘든 기색을 보이지 않았다. 공이 외직에서 벼슬을 끝내고 돌아왔을 때, 마침 딸을 시집보내게 되었다. 숙인이 이자를 물어야 하는 돈을 빌려 사위의 말안장을 사 주자, 공이 이렇게 말했다.

"왜 (내가) 임지에 있을 때 말하지 않았소?"

숙인은

"한창 공무(公務)에 바쁠 때인데 어떻게 집안의 자잘한 일로 귀찮게 하겠습니까?"

라고 하였다. 공은 관직에 있을 때 정말 욕심이 없고 덕이 있었으며, 숙인은 내조의 아름다움이 또 이와 같았다.

공이 세상을 떠난 후에 숙인이 집안 살림을 주관했는데, 안팎일이 정연히 법도가 있었으므로 사람들은 그 집이 과부의 집이라는 것을 알지 못했다. 경은부원군(慶恩府院君)으로 시호가 효간공(孝簡公)인 김주신(金柱臣)[46]은 풍애공(楓崖公)의 조카이다. 어려서 부모를 여의고 풍애공을 아버지처럼 섬기었는데, 숙인이 효간공을 사랑으로 대하고 효간공은 숙인에게 정성을 다하니, 모든 것을 친자식과 똑같이 했다. 효간공은 전에 부인의 범절을 갖추어 기록하여 훗날 사람들에게 남기려고 했는데, 결국 이

---

46 김주신(金柱臣) : 1661(현종 2)~1721(경종 1). 본관은 경주(慶州). 자는 하경(廈卿), 호는 수곡(壽谷)·세심재(洗心齋). 할아버지는 예조판서 김남중(金南重)이고, 아버지는 생원 김일진(金一振)이다. 숙종의 장인이며, 박세당(朴世堂)의 문인이다. 1686년(숙종 12) 생원시에 장원으로 합격하였고, 이듬해 장원서별검(掌苑署別檢), 1699년 귀후서별제(歸厚署別提)에 이어 사헌부감찰·호조좌랑을 역임하였다. 1700년 순안현령(順安縣令)으로서 명관으로 이름이 높았다. 1720년 그의 딸이 숙종의 계비(繼妃 : 仁元王后)가 되자 돈녕부도정(敦寧府都正)이 되고, 이어 영돈녕부사(領敦寧府事)로 경은부원군(慶恩府院君)에 봉해졌으며, 오위도총부도총관(五衛都總府都總管)으로서 상의원(尙衣院)·장악원(掌樂院)의 제조(提調) 및 호위대장(扈衛大將)을 겸임하였다. 당대의 문사 최석정(崔錫鼎)·김창협(金昌協)·서종태(徐宗泰) 등과 교유하였다. 저서로는 『거가기문(居家紀聞)』·『수사차록(隨事箚錄)』·『산언(散言)』·『수곡집(壽谷集)』 등이 있다. 시호는 효간(孝簡)이다. *참고문헌 : 肅宗實錄, 景宗實錄, 承政院日記, 謙齋集, 西堂集.

루지 못했다. 이제 숙인이 세상을 떠난 지 20년이 되었다. 그 분의 훌륭한 말씀과 아름다운 행동은 찾아볼 길이 없다.

전에 효간공이 이렇게 말하는 것을 들은 적이 있었다.

"숙인의 너그럽고 어진 덕은 고금의 훌륭한 부인보다 훨씬 뛰어난 점이 많았다."

또, 숙인은 학식과 견문이 매우 밝아서 혜순왕대비[47] 전하께서 어렸을 때에 매번 기특하게 보시고

"이 아이는 보통 사람은 아니다."

라 하였다. 효간공은 평소에 말수가 적어서 비록 집안의 일일지라도 한 번도 사사로이 칭찬한 적이 없었으니, 이 몇 마디 말만으로도 어찌 듣고 믿기에 충분하지 않겠는가?

숙인은 경인년[1710] 12월 5일에 돌아가시었는데 향년 77세였다. 아들 김개신(金介臣)은 뛰어난 재주가 있었으나 일찍 죽었다. 완산 이씨 충훈부 도사 이주(李週)의 딸에게 장가들었는데, 자식을 낳아 기르지 못해 효간공의 둘째 아들 김구연(金九衍)을 후사로 삼았다. 벼슬은 첨정이었다. 맏딸은 도정(都正) 조도보(趙道輔)에게 시집가서 3남 1녀를 두었는데, 아들 조상경(趙尙絅)은 감사(監司)이고, 상강(尙綱)은 현감, 상기(尙紀)는 직장

---

47 혜순왕대비 : 인원왕후(仁元王后). 1687(숙종 13)~1757(영조 33). 조선 제19대 왕 숙종의 계비(繼妃). 본관은 경주(慶州). 이조판서 김남중(金南重)의 3대손이며, 경은부원군(慶恩府院君) 김주신(金柱臣)의 딸이다. 1701년(숙종 27) 인현왕후(仁顯王后) 민씨가 죽자, 간택되어 궁중에 들어가 다음해에 왕비로 책봉되었다. 1711년 천연두를 앓았으나 소생했고, 2년 뒤에 혜순(惠順)이라는 호를 받았다. 숙종이 죽은 뒤 왕대비로 있으면서 1722년(경종 2) 자경(慈敬), 1726년(영조 2) 헌열(獻烈), 1740년 광선현익(光宣顯翼), 1747년 강성(康聖), 1751년 정덕(貞德), 1752년 수창(壽昌), 1753년 영복(永福), 1756년 융화(隆化) 등의 존호(尊號)가 올려졌다. 사후에 휘호(徽號) 정의장목(定懿章穆)이 올려졌다. 소생은 없다. 시호는 혜순자경헌렬광선현익강성정덕수창영복융화정의장목인원왕후(惠順慈敬獻烈光宣顯翼康聖貞德壽昌永福隆化定懿章穆仁元王后)이고, 능호는 명릉(明陵)으로 경기도 고양시 신도읍 용두리의 서오릉(西五陵) 묘역 내에 있다. *참고문헌 : 肅宗實錄, 英祖實錄, 璿源系譜, 國朝人物考, 燃藜室記述.

이다. 큰딸은 윤천기(尹天紀)의 아내가 되었고, 둘째딸은 이규저(李奎著)에게 시집갔고 다음은 임해(林瀣)에게 시집가서 1남 2녀를 낳았는데, 아들은 ■[48]이고, 큰딸은 아무개의 아내가 되었으며, 다음은 목사 이형곤(李衡坤)에게 시집가서 1남 4녀를 낳았는데 아들은 석면(錫勉)이고 딸은 김광연(金廣淵)·한덕일(韓德一)·최아무개·유아무개의 아내가 되었으며, 다섯째 딸은 군수로 참판에 추증된 임세겸(林世謙)에게 시집갔다.

숙인은 나의 아버지와 이종 형제간이니 나에게 종고모가 된다. 이제 첨정군의 부탁에 감히 사양할 수가 없는 부분이 있으니, 이에 간략히 서문을 쓰노라.

이어 명에 이른다.

아! 숙인이시여,

여사(女士)의 기풍이 있어라.

군자와 짝할 수 있어

그 곤궁함을 편안히 여겼네.

한나라 말년에

양홍(梁鴻)[49]이 있어

덕요(德曜)[50]가 짝이 되니

아름다움을 나란히 했네.

공에게 있어 숙인도

덕요와 비교해도 부끄러울 것이 없네.

그 어질고 넉넉함은

---

48 ■ : 원문에 빈 칸으로 되어 있다.

49 양홍(梁鴻) : 동한(東漢)의 은사. 가난했으나 학문을 좋아했다. 아내 맹광(孟光)과 패릉(霸陵) 산중에서 밭 갈고 베 짜며 살았는데, 서로 손님처럼 대하며 지냈다. 훗날 '양홍'은 '장부', '어진 아비'로 일컬어진다.

50 덕요(德曜) : 한(漢) 양홍의 아내 맹광의 자(字).

마땅히 그 복을 받아야 하는데,

어찌하여 아름다운 후사를 일찍 데려가

어찌 그 삶을 외롭게 했는지.

하늘의 도리가 공허하니

호소할 데 없이 막막하네.

아름다운 이름 알리어

천 년 동안 전하기 바라네.

자세히 알고자 한다면

이 명을 보시기를.

해제 권숙인(1634~1710)은 이덕수의 부친인 이징명(李徵明)의 이종사촌 누이이니, 이덕수에게는 5촌 고모가 된다. 권우(權堣)의 딸로 김필진에게 시집갔다. 남편이 세상을 떠난 후 남편의 조카 김주신(金柱臣)을 자식처럼 키우고 집안일을 법도에 맞게 처리하여 칭송을 받았다. 이 글은 권숙인이 죽은 지 20년만에 지어졌다.

숙부인에 추증된 전주 이씨 묘지명

贈淑夫人全州李氏墓誌銘

　부인은 전주 이씨이다. 세종대왕의 다섯째 아들 광평대군 이여(李璵)의 7세손 이후원(李厚源)은 정사(靖社) 공신으로 완남부원군(完南府院君)에 책봉되었고 우의정(右議政)으로 관직을 마쳤으며, 시호(諡號)는 충정(忠貞)이다. 이 분이 이주(李週)를 낳았는데, 충훈부 도사로 사헌부 집의에 추증되었고, 연안 이씨 호조 판서 연성군(延城君)으로 영의정에 추증된 이시방(李時昉)[51]의 딸을 아내로 맞았는데, 이들이 부인의 아버지와 어머니이다.

　부인은 열여섯 살에 이조 참의에 추증된 김개신(金介臣)공에게 시집갔다. 시집간 지 1년 남짓 되어 김공이 세상을 떠나고 또 1년이 지나 어린 아들이 죽었다. 그 슬프고 절박함은 거의 사람된 도리로 견딜 수 있는 것이 아니었다. 그러나 부모 곁에서는 온화한 표정을 지으면서 절대 슬픈 내색을 하지 않았다. 세상 부인들은 대부분 시댁의 잘잘못을 친정에 돌아가 친척들에게 이야기하지만, 부인은 비록 조그만 것이라도 절대 입

---

51 이시방(李時昉) : 1594(선조 27)~1660(현종 1). 조선 후기의 문신. 본관은 연안(延安). 자는 계명(季明), 호는 서봉(西峯)이다. 아버지는 연평부원군(延平府院君) 이귀(李貴)이며, 영의정 이시백(李時白)의 아우이다. 1623년 유생으로 인조반정에 가담해 정사공신(靖社功臣) 2등으로 연성군(延城君)에 봉해졌다. 1625년(인조 3)에 서산군수, 1636년 나주목사, 전라도관찰사를 역임했다. 병자호란 때, 즉시 군사를 동원해 남한산성의 위급을 구원하지 않았다는 죄로 정산(定山)에 유배되었는데, 1640년에 사면되어 제주목사로 나갔다. 이듬해 그곳에 안치되어 있던 광해군이 죽자 손수 염습하였다. 1644년 다시 광주수어사가 되었으나 심기원(沈器遠)의 역변(逆變)으로 피해를 입었다. 1647년에는 병조참판이 되고, 가선대부에 승계(陞階)되었다. 이듬해 공조판서에 올랐다. 1649년 효종이 즉위하고 한성부판윤에 임명되었다. 현종이 즉위하자 공조판서로서 판의금부사를 겸하여 재차 호남지방에 대동법을 실시할 것을 역설하였다. 저서로는 『서봉일기』가 있다. 영의정에 추증되었다. 시호는 충정(忠靖)이다. *참고문헌 : 光海君日記, 仁祖實錄, 孝宗實錄, 顯宗實錄, 肅宗實錄, 承政院日記, 宋子大全, 國朝人物考, 燃藜室記述.

밖에 내지 않았다.

어머니 이숙인은 숙환이 있었는데 부인이 정성을 다하여 간호하기를 10년을 하루같이 하니, 이숙인이 매번 그 효성을 칭찬하였다. 효성을 미루어 시어머니 권숙인 섬기기를 이숙인을 섬기듯 하여 살아 계실 때에는 정성껏 봉양하고 돌아가시자 염습에서 장사 지내는 것까지 한결같이 모든 일을 자기 힘으로 치렀고, 다른 사람에게 맡기지 않았으니, 온 집안 사람들이 모두 그 효성을 칭찬하였다.

집안이 비록 가난했으나 조상의 제사는 반드시 정성을 다했고 정갈하게 차리었다. 나이가 비록 아주 많이 드셨지만 직접 요리를 챙기며 설거지하고 음식 살피는 것을 조금도 게을리 하지 않았다. 김공의 여러 자매와 우애가 매우 두터웠다. 이씨 가문에 시집간 시누이는 부인이 시집온 뒤에 태어났는데, 부인은 매우 열심히 가르치고 길러주어 그 자녀들도 자기 자식처럼 생각하였다. 병이 나면 걱정으로 심지어 자지도 먹지도 않을 정도였다. 누군가 이런 말을 했다.

"아이에게 부모가 있는데, 어찌 이렇게까지 고생스럽게 하십니까?"

그러자 부인은 이렇게 말했다.

"어려서부터 어루만져 사랑하다 보니 정을 쏟아 부어 그렇게 안 하려고 하여도 그리할 수 있겠습니까?"

사람을 인자하고 너그럽게 대하여 천한 종이나 하인에게라도 한 번도 험한 말을 한 적이 없었다. 어려서 재앙을 당하여 쓸쓸히 홀로 외로웠지만 다른 사람은 그분이 걱정하고 괴로워하는 모습을 보지 못하였다. 처신하는 것이 거의 글을 많이 읽어 사리를 통한 선비와 같았다. 이런 점에서 부인의 현명함이 다른 사람보다 뛰어남을 더욱 잘 알겠다.

지금 임금 2년 병오년[1726] 4월 5일에 작은 병으로 앓다가 집에서 돌아가시니 나이가 72세였다. 그해 5월 11일에 양주 동정리 김공의 묘 왼쪽 동남쪽 자리에 함께 묻었다. 무신년[1728]에 영조의 장인 경원 부원군 효간공 김주신의 둘째 아들 김구연(金九衍)이 후사를 이었으니 이것은 효간공의 유언을 따른 것이었다. 그 추증해 봉해진 것은 구연의 원종공신에 따른 것이었다. 김구연은 아무개의 딸에게 장가들었는데 벼슬은 사옹원 첨정이었다.

명에 이른다.

부모에게 효도하는 마음,
미루어 시부모에게 미쳤고,
형제들에게 우애하는 마음을,
미루어 시누이에게 행하니,
이것이야말로 모든 행동의 근원이며,
남자에게서도 보기 드문 일이네.
심지어 안분(安分)을 운명으로 여기고,
원망은 더욱 표정과 말로 내색하지 않으니,
현인, 철인도 행하기 어려운 일을,
부인은 잘 해내었네.
아아, 부인의 현명함이여!
의당 부녀자의 본보기가 되겠네.
명을 무덤에 묻어
오래도록 부서지지 않기를 바라노라.

해제　전주 이씨(1655~1726)는 이시방(李時昉)의 딸로 16세에 김개신(金介臣)의 아내가 되었다. 어릴 때부터 효성스러워 10년 동안 친정어머니의 병을 수발했고 시어머니 권숙인에게도 정성을 다했다. 시집간 지 1년만에 남편이 죽고 또 연이어 어린 아들이 죽었지만 내색하지 않으며 어린 시누이를 자식처럼 길렀다. 집안사람이나 하인들에게도 온화하고 너그럽게 대했으며 72세에 병으로 죽었다.

공인 김씨 묘지명
恭人金氏墓誌銘

공인 경주 김씨의 아버지 김주신(金柱臣)은 영돈령부사 경은부원군으로, 추증된 시호는 효간(孝簡)이다. 할아버지 김일진(金一振)은 영의정에 추증되었다. 증조부 김남중(金南重)은 예조판서 경천군(慶川君)으로 좌찬성에 추증되었고, 시호는 정효(貞孝)이다. 어머니는 가림부부인(嘉林府夫人) 조씨이니 영평(永平)52 현령(縣令) 조경창(趙景昌)의 따님이다.

공인은 나면서부터 모습이 단정하고 깨끗하더니 자라나면서 『소학』, 『삼강행실』 등을 보기를 좋아하여 손수 베껴서 입으로 외웠으며, 전기(傳奇) 같은 책들은 세속 부녀자들이 매우 좋아했지만 공인은 거들떠보지도 않았다. 말씨와 행동이 모교(姆敎)를 받지 않고도 행동이 법도에 맞았으므로 부모와 친척들이 다 유달리 사랑하였다.

17세에 윤면교(尹勉敎)53에게 시집가서 남편을 섬길 때에는 순종하며 공손하였고, 남편이 하려고 하는 것은 모두 있는 힘을 다하여 도와서 이루어 주었으며 우연히 실수가 있으면 반드시 정색하고 경계했다. 윤군이 여러 번 과거에 실패하고 걱정하자 공인은 이렇게 말했다.

"선비는 다만 자기 수양을 하는 데에 힘쓰면 명예는 그 가운데에 있을 것입니다. 어찌 과거에 급제하는 것만 귀하게 여깁니까? 하물며 세상이

---

52 영평(永平) : 경기도 포천 지역의 옛 지명.

53 윤면교(尹勉敎) : 1691(숙종 17)~?. 본관은 파평(坡平), 자는 자강(子强). 통훈대부를 지낸 윤부(尹扶)의 아들이자 윤동조(尹東朝)의 아우이다. 조선 후기의 문신으로 서울에 거주하였다. 그는 1721년 소과를 거쳐 여러 벼슬을 역임하였으며, 1756년에 청주 목사로 재직 중에 통정대부가 되었다. 1762년 한성부우윤을 지냈다. *참고문헌 : 英祖實錄, 司馬榜目, 서울六百年史 第2卷(서울特別市史編纂委員會, 1978)

어렵고 험난하니 이는 서두를 것이 아닙니다."

윤군은 매우 부끄러워하면서도 따랐다. 시아버지 군수공은 나이가 많았는데 공인은 모든 것을 갖추어 힘써 공양하고 반찬을 마련하여 양념을 섬세하게 잘 조리하였고, 그릇을 놓을 때에는 반드시 깨끗이 씻어서 정갈하게 하니 군수공이 매우 편안하게 생각했다. 시어머니가 온양의 관사에서 돌아가시자 공인은 매번 곁에서 힘껏 병구완 하지 못하고 돌아가실 때에도 정성을 다하지 못한 것을 지극한 한으로 여겨, 말을 할 때면 반드시 흐느꼈다. 동서들을 대할 때는 온화한 태도로 공경하였고 비복들을 다스릴 때에도 정성스레 은혜로운 마음을 다하였다. 그리하여 집안에 누구도 이간하는 말이 없었다.

공인은 본래 약한 체질인 데다가 또 여러 번 아이들을 잃어 이것이 쌓이고 쌓이어 병이 되었다. 정미년[1727] 봄에 병이 위독하게 되었다. 그날 밤에 윤군이 마침 졸고 있었는데, 곁에 있던 사람이 흔들어 깨워 알리고자 하니 공인이 말리며 이렇게 말했다.

"바깥어른이 나의 병 때문에 매일 밤잠을 설치시었으니 고단하실 것이다. 삼가고 알리지 말라."

부부인이 달려와서 병세를 물으니 공인은 이부자리에서 숨을 몰아쉬면서도 그 말하는 것과 표정은 보통 때와 다르지 않았다. 너무 걱정하시지 말라고 말씀드려 부부인께서 돌아가신 뒤에는 눈물을 흘리어 이부자리가 모두 젖었다. 마침내 2월 3일에 집에서 세상을 떠나니 나이가 37세였다.

6남 2녀를 두었으나 살아 있는 사람은 3인뿐이다. 맏아들 윤동욱은 이계의 딸에게 장가들었고 다음은 윤동철(尹東哲)[54]이고 그 다음은 두 살이

---

54 윤동철(尹東哲) : 1722(경종 2)~1789(정조 13). 본관은 파평(坡平), 자는 여숙(與叔), 호는 노운(老耘)이다. 한성부좌윤을 지낸 윤면교(尹勉敎)의 아들로 조선 후기의 문신이다. 1756년에 참봉이 되고 그 뒤 군자감 정·한성부좌윤·청주 목사·충청도 관찰사 등을

었는데 공인의 상을 치르는 중에 세상을 떠났다.

공인은 혜순 대왕대비[55]에게 친동생이 된다. 부고가 들리자 임금이 특별히 승정원에 교지를 내려 명성대비(明聖大妃)[56]의 친동생인 권익흥 아내의 전례에 따라 초상 장례에 드는 제수를 부조하고 또 중사(中使)를 보내 상주를 조문하고 상 치르는 것을 돕게 했다. 대왕대비 및 왕대비, 중전에 이르기까지 모두 후하게 부조를 보내주었다. 임금께서 또 윤군에게 직을 제수하였다. 열흘이 지난 뒤 공인의 동생 후연과 구연이 대왕대비 전[57]에 입시하였더니 대왕대비께서 하교하여 이렇게 말씀하셨다.

"내 동생의 유순하고 온화하던 모양이 눈 앞에 어른거려 잊으려고 해

거쳐 공조 판서와 한성부판윤을 역임하였다. 예서에 능하였고 저서로는 『삼관통(三官通)』이 있다. *참고문헌: 英祖實錄, 正祖實錄, 서울六百年史 第2卷(서울特別市史編纂委員會, 1978)

55 혜순 대왕대비 : 인원왕후(仁元王后). 1687(숙종 13)~1757(영조 33). 조선 숙종의 둘째 계비. 경주김씨(慶州金氏)로 경은부원군(慶恩府院君) 김주신(金柱臣)의 딸이다. 1701년 (숙종 27) 인현왕후(仁顯王后) 민씨가 죽자, 간택되어 궁중에 들어가 다음해에 왕비로 책봉되었다. 1711년 천연두를 앓았으나 소생했고, 2년 뒤에 혜순(惠順)이라는 호를 받았다. 숙종이 죽은 뒤 왕대비로 있으면서 1722년(경종 2) 자경(慈敬), 1726년(영조 2) 헌열(獻烈), 1740년 광선현익(光宣顯翼), 1747년 강성(康聖), 1751년 정덕(貞德), 1752년 수창(壽昌), 1753년 영복(永福), 1756년 융화(隆化) 등의 존호(尊號)가 올려졌다. 사후에 휘호(徽號) 정의장목(定懿章穆)이 올려졌다. 소생은 없고 능은 경기도 고양의 명릉(明陵)이다. *참고문헌 : 肅宗實錄, 英祖實錄, 璿源系譜, 國朝人物考, 燃藜室記述..

56 명성대비(明聖大妃) : 명성왕후(明聖王后). 1642(인조 20)~1683(숙종 9). 조선 중기 현종의 왕비. 본관은 청풍(淸風). 영돈녕부사 청풍부원군(淸風府院君) 김우명(金佑明)의 딸이다. 서울 중부 장통방(長通坊)에서 출생하였다. 1651년(효종 2) 세자빈(世子嬪)에 책봉되어 어의동 본궁(於義洞本宮: 인조가 왕위에 오르기 전에 살았던 사저)에서 가례(嘉禮)를 올렸다. 1659년(현종 즉위년) 왕비에 책립되고, 1683년 12월 5일 창경궁의 저승전(儲承殿)에서 42세로 죽었다. 지능이 비상하고 성격이 과격하여 궁중의 일을 다스림에 거친 처사가 많았고, 숙종 즉위초에는 조정의 정무에까지 간여하여 비판을 받기도 하였다. 특히 1675년 '홍수의 변(紅袖之變)' 때에는 대신들 앞에 나와 울부짖는 등 불미한 일이 많았다. 능은 숭릉(崇陵: 경기도 양주군 동구릉 경내 현종과의 합장릉)이다. 숙종과 명선(明善)·명혜(明惠)·명안(明安)공주를 낳았다. 명선·명혜공주는 일찍 죽고, 명안공주는 해창위(海昌尉) 오태주(吳泰周)에게 출가하였다. *참고문헌 : 顯宗實錄, 璿源系譜, 增補文獻備考, 燃藜室記述.

57 대왕대비전 : 동조(東朝). 정치에 관여하게 된 태후(太后)가 정사를 보던 곳.

도 잊혀지지 않는다."

또 이렇게 하교하셨다.

"임금께서 시신을 쌀 옷과 이불을 내려주셨는데, 대부분 비단이었다. 진실로 이것이 아니고서는 내 마음을 펼 길이 없다. 그런데, 그 아이의 평소 검소하고 단정했던 뜻을 생각해보면, 찌푸리며 편안해하지는 않을 것이다."

이 해 4월 갑인일에 용인현 금발(金拔) 마을 동남쪽 자리에 장사지냈다.

공인은 천성이 온화하고 순수하며 깔끔하고 차분하여 조금도 겉으로 꾸미는 것이 없었다. 부모의 곁에 있을 때에는 조심조심 공경하고 삼갔는데, 가르침이 있으면 어기는 일이 없었고, 물어보시는 것이 있을 때에는 감추는 것이 없었다. 이런 태도를 미루어 시부모 섬기었는데, 역시 친정에 있으면서 부모 섬기듯 하였다. 보통 때에는 무늬 있는 비단옷을 입지 않았고, 금과 은으로 장식한 비녀나 귀걸이를 하지 않았다. 벌레 같은 미물도 차마 직접 밟지 못했고, 집에서 기르던 닭이나 개도 잡지 않았으며, 남에게 베풀어 주기를 좋아하여 자기 정성을 다하면서도 남이 보답하기를 바라지 않았다. 남의 잘못에 대해서는 더욱 절대 입에 올려 말하지 않았고 아들이 혹시 그런 말을 하면 손사래를 치면서 이렇게 말했다.

"남의 잘못을 보았으면 다만 네 자신을 반성하여 이런 일 같은 것이 없는지 살피면 될 뿐이다."

이웃에 부유한 사람이 있었는데 여종을 보내 와서 궁중에 편지를 넣어달라고 하고, 성사가 되면 백금으로 사례하겠다고 청했다. 공인이 엄하게 거절하면서 다시는 왕래하지 말라고 경계하였다. 또 윤군에게 살아 있는 생선을 선물로 보낸 사람이 요청하는 것이 있었는데, 공인이 역시 받지 않았다. 윤군이 밖에서 돌아와서 농담 삼아 이렇게 말했다.

"유독 밥 생각이 없구려. 고기 없소?"

공인은 이렇게 말했다.

"의로운 것이 아닌 물건을 어찌 밥상에 올려놓을 수 있겠습니까?"

그 자신을 청렴하고 엄격하게 지키는 것이 또 이와 같았다. 효간공께서 집에 계실 때 대범하면서도 엄격하였는데, 비록 자식들이 잘하는 일이 있어도 칭찬한 적이 없었으나 유독 공인에 대해서는 이렇게 말씀하셨다.

"내 딸은 천진한 성질 그대로를 한 점도 잃은 일이 없다."

남편 윤군의 말은 이랬다.

"고귀한 신분을 믿고 함부로 하기가 인정상 쉬운 법이고, 시가에서 잘 처신하는 것이 부인네들이 어렵게 여기는 것입니다. 제 아내는 부귀한 집안에서 자랐고 왕비가 그 친언니인데도 몸가짐이 더욱 겸손하고 신중했습니다. 부모님께서도 '이 아이가 나를 잘 섬긴다.'라고 하셨고, 나의 형제자매 역시 한 마디도 만족해하지 않는 말이 없었습니다. 그 사람의 타고난 자질의 아름다움이 대부분 힘써 수양한 것이고, 시집에 와서의 행동이 친정에서의 평소 행동에 근원한 것이었습니다. 이 어찌 세속 부녀자들이 미칠 수 있는 경지이겠습니까?"

아아! 공인과 같이 훌륭한 사람은 명에 새길 만하겠구나. 군수공의 이름은 윤부(尹扶)이고 파평 윤씨이다.

명에 이른다.

옛날에 당 나라 권덕여(權德興)[58]는 독고씨(獨孤氏)[59]에게 시집간 딸[60]의

---

58 권덕여(權德興) : 759(숙종 건원2)~818(헌종 원화13) 당나라 중기의 재상. 자(字)는 재지(載之). 현재 시부(詩賦) 400수 가운데 40수, 문(文) 422편 가운데 147편만 전한다.

59 독고씨(獨孤氏) : 독고욱(獨孤郁). 775~815. 자(字)는 고풍(古風). 하남(河南) 사람. 798년 권덕여가 시관일 때 진사시험을 치렀는데, 권덕여는 그의 비범함을 보고 독고욱을 사위로 삼았다.

60 독고씨에게 시집간 딸 : 권덕여의 딸은 815년 독고욱이 41세로 죽은 지 10달이 못 되어, 10월에 병으로 죽었다. 정확한 나이는 알 수 없으나 37세의 나이로 죽은 공인 김씨와 비슷한 나이였을 것으로 보인다.

묘지명에,

'온화하고 차근차근하며, 효성스럽고도 어질다' 하였는데,

나도 그 말을 가져다 공인의 행적을 기리려 한다.

그 명에 이르길,

햇빛이 퍼지기도 전에 가리어지고,

식물이 꽃이 피자마자 시들었네.

덕이 있는데 수(壽)를 하지 못하니,

(하늘이) 어찌 그리 서로 같은가?

그 찬란했던 효성만이 어둠에서 아직도 빛나네.

만약 남긴 복이 있다면,

산자와 죽은 이에게 위로가 되리라.

옛 글을 가져다 글을 쓰니,

후세에 드러나는 것이 있을 것이다.

[해제] 공인 김씨(1691∼1727)는 김주신의 막내딸로 17세에 윤면교(尹勉敎)에게 시집갔다. 어릴 때부터 『소학』과 『삼강행실』 등의 책을 직접 베껴 외우는 열성과 총명함을 보였다. 원래 체질이 약했는데 여러 번 유산하여 병이 생겨 1727년에 37세의 나이로 죽었다. 공인의 언니가 숙종비 인원왕후였기에 청탁하는 사람이 많았으나 일체 거절했다. 공인 김씨가 죽자 당시 임금인 영조, 혜순대왕대비, 왕비인 정성왕후(貞聖王后) 등이 모두 후하게 부조했는데, 공인의 검소하고 단정한 성품을 아는 혜순대왕대비(인원왕후)는 동생이 편안해하지는 않을 것이라 걱정하기도 했다. 남편 윤면교는 공인이 귀한 집안 출신인데도 겸손했음을 칭찬했다. 이덕수는 일찍 죽은 명문가의 딸에 대한 묘지명을 쓰면서 당나라의 재상이었던 권덕여가 지은 딸 묘지명을 참고로 하고 있다. 권덕여는 독고욱에게 시집간 자신의 딸을 위해 <독고씨망녀묘지명(獨孤氏亡女墓誌銘)>을 썼다.

정경부인에 추증된 홍씨 묘지명
贈貞敬夫人洪氏墓誌銘

부인의 성은 홍씨로, 안동의 풍산이 본관이다. 선조 조에 홍이상(洪履
祥)[61]이라는 분이 계셨는데, 호가 모당(慕堂)이며 사헌부 대사헌으로 재
임 중 돌아가셨으며 영의정에 추증되었다. 홍영(洪霙)[62]을 낳았는데, 벼
슬이 예조 참판으로 영의정에 추증되었다. 홍주국(洪柱國)[63]을 낳았으니
호는 범옹(泛翁)이고, 벼슬은 예조 참의였는데, 덕수가 본관인 이조 판서
이경증(李景曾)[64]의 딸을 아내로 맞았다. 이 분들이 부인의 아버지와 어

---

61 홍이상(洪履祥) : 1549(명종 4)~1615(광해군 7). 본관은 풍산(豊山). 초명은 인상(麟
祥). 자는 군서(君瑞) · 원례(元禮), 호는 모당(慕堂). 철종(哲宗)의 증손. 아버지는 부사
직 홍수(洪修)이며, 어머니는 백승수(白承秀)의 딸이다. 1579년 식년문과에 갑과로 장원
급제하였다. 1591년 직제학을 거쳐 동부승지가 된 뒤, 다시 이조참의가 되었다. 1592년
임진왜란 때는 예조참의로 옮겨 왕을 호가하였다. 1593년 대사간, 1596년 형조참판을
거쳐 대사성이 되었다. 1609년(광해군 1)에는 대사헌이 되었다. 저서로는 『모당유고』가
있다. 시호는 문경(文敬)이다. *참고문헌 : 宣祖實錄, 光海君日記, 國朝榜目, 月沙集, 蒼
石集, 宋子大全, 星湖文集, 海東名臣錄, 國朝人物考, 國朝人物志.

62 홍영(洪霙) : 1584(선조 17)~1645(인조 23). 본관은 풍산(豊山). 자는 택방(澤芳), 호는
추만(楸巒). 아버지는 대사헌 홍이상(洪履祥)이며, 어머니는 선무랑 김고언(金顧言)의
딸이다. 1621년(광해군 13) 정시문과에 병과로 급제, 1626년 서산군수, 형조참의 · 첨지
중추원사 · 공조참의를 지냈다. 1637년 병자호란으로 왕을 남한산성에 호종한 공으로
가선대부에 올랐다. *참고문헌 : 光海君日記, 國朝榜目, 澤堂集, 國朝人物考.

63 홍주국(洪柱國) : 1623(인조 1)~1680(숙종 6). 본관은 풍산(豊山). 자는 국경(國卿), 호
는 범옹(泛翁) · 죽리(竹里). 아버지는 예조참판 홍영(洪霙)이며, 어머니는 좌의정 이정
귀(李廷龜)의 딸이다. 1662년(현종 3) 증광문과에 병과로 급제하여, 주서 · 지평을 거쳐,
1671년 부응교가 되고, 이에 세자시강원의 벼슬을 지냈다. 1674년(숙종 즉위년) 예조참
의가 되었으나 제2차복상문제가 일어나자 대공제(大功制 : 9개월)를 주장하여 남인들의
탄핵으로 파직되었다가 1680년 경신대출척으로 남인이 실각하자 다시 기용되어 안악현
감이 되었다. 저서로는 『범옹집』 9권이 있다. *참고문헌 : 顯宗實錄, 肅宗實錄, 國朝榜
目, 宋子大全, 國朝人物考.

64 이경증(李景曾) : 1595(선조 28)~1648(인조 26). 본관은 덕수(德水). 자는 여성(汝省),

머니이다.

부인은 타고난 성품이 온화하고 얌전했으며 효성과 우애가 깊었다. 범옹공이 한번은 밤에 책을 읽다가 지루하여 술 생각이 나는데 안주거리가 없었다. 부인은 재빨리 전복을 가져다 드리면서 이렇게 말했다.

"갈무리해 두었다가 별안간 필요한 때를 대비해 두었습니다."

외사촌 가운데 동갑으로 어머니를 잃은 아이가 있었는데 새 옷을 입고 있었다. 옆에 있던 사람이 부인에게

"저 아이 옷은 고운데 네 옷은 다 떨어졌으니 부럽지 않니?"

라고 하자, 부인은 웃으며 이렇게 이야기했다.

"저 옷이 곱다고 해도 어머니가 손수 지어 준 것이 아니니, 제 옷이 해졌다고는 하나 어찌 저 옷을 부러워하겠습니까?"

외사촌 아이가 그 말을 듣고 눈물을 하염없이 흘렸다. 부인은 그때 7세였다.

외삼촌 정랑공의 초상에, 부인이 제수를 차리려 하니 언니들이

"제수도 마련하기 매우 어려운데, 12세 아이가 또 어떻게 제사지내는 예법을 알겠니?"

라고 하자, 부인은

"전에 외삼촌의 사랑을 받았는데 인정상 하지 않을 수 없습니다."

라고 하고는 마침내 다른 사람들 위해 옷을 지어주고 그 삯을 받아 결국 제수를 갖추어 올렸다.

18세에 수효공(粹孝公) 김유(金濡)에게 시집갔는데, 시부모를 섬기는 것

호는 미강(眉江) 또는 송음(松陰). 아버지는 군수 이통(李通)이며, 어머니는 영의정 유전(柳㙉)의 딸이다. 인조반정 후 알성 문과에 장원 급제하였다. 양사의 지평(持平)·헌납(獻納)·사간, 세자시강원에서 사서·보덕, 홍문관에서는 수찬(修撰)·응교(應敎) 등을 여러 차례 거쳤다. 병자호란 때 호종해 도승지로 승격하였다. 이어 병조판서 겸 비변사유사 및 군공청당상(軍功廳堂上)에 이어 대사간이 되었다. 1644년에 이조판서가 되어 인정을 받았다. *참고문헌 : 仁祖實錄, 孝宗實錄, 國朝榜目, 國朝人物考.

이 효성스럽다고 소문이 났다. 시할머니 이 부인은 충정공 이귀(李貴)[65]의 딸로, 높은 식견이 있었는데 어진 며느리라고 매우 칭찬하였다. 시어머니 임부인은 만년에 눈병을 앓아 사물을 잘 보지 못했는데, 부인은 미리 헤아리고 받들어 모시며 자잘한 일에서 큰일까지 빠짐없이 하여 임부인이 매우 편안히 여겼으며 거의 자신의 병을 잊을 정도였다. 동서들을 대할 때에는 애초에 거리가 없어서, 일이 생길 때마다 반드시 필요한 것을 도와주며 몸소 그 수고로움을 대신하고 일일이 잘 가르쳐 주었는데, 지극한 정성에서 나온 것이어서 고맙게 받들고 기쁘게 따르지 않는 이가 없었다.

기미년[1679]에 (시어머니) 임부인이 죽고, 신미년[1691]에 (시아버지) 정목공이 세상을 떠났으며, 계유년[1693]에는 수효공이 연이어 담제(禫祭)[66]를 치르던 중에 임종하니, 시신을 싸는 이불에서 제수에 이르기까지 손수 정갈하고 가지런히 차리지 않은 것이 없었으며, 선조를 받들고 자식들을 가르침에 모두 법도가 있었는데, 항상 이렇게 말했다.

"제사를 지내면서 공경하지 않으면 신령이 흠향하려 하지 않아 복이 내려지지 않을 것이니 소홀히 할 수 있겠는가?"

날마다 반드시 새벽에 일어나 머리 빗고 안채에 앉아 마당 안팎을 물

---

65 이귀(李貴) : 1557(명종 12)~1633(인조 11). 본관은 연안(延安). 자는 옥여(玉汝), 호는 묵재(默齋). 세조조의 문신 이석형(李石亨)의 5대손으로, 아버지는 영의정에 추증된 이정화(李廷華)이며, 어머니는 청송부사 권용(權鎔)의 딸이다. 이이(李珥)·성혼(成渾)의 문하에서 수학했다. 1603년 정시 문과에 병과로 급제해 형조좌랑 등을 차례로 지냈다. 인조반정에 성공해 김류, 이서(李曙), 심기원(沈器遠), 김자점, 신경진, 최명길, 이흥립(李興立), 심명세(沈命世), 구굉(具宏) 등과 함께 정사공신(靖社功臣) 1등에 책록되었다. 그 뒤 이조참판 겸 동지의금부사, 우참찬, 대사헌, 좌찬성 등을 역임하고, 연평부원군(延平府院君)에 봉해졌다. 1626년(인조 4) 병조판서, 이조판서를 지냈다. 김장생(金長生)과 함께 인헌왕후(仁獻王后 : 元宗妃)의 상기를 만 2년으로 할 것을 주장하다가 대간의 탄핵으로 사직하였다. 저서로는 『묵재일기』 3권이 있다. 영의정에 추증되었으며, 인조 묘정에 배향되있다. 시호는 충정(忠定)이다. ★참고문헌 : 直祖實錄, 光海君日記, 仁祖實錄, 國朝榜目, 遲川集, 浦渚集, 國朝人物考, 默齋日記, 癸亥靖社錄.

66 담제(禫祭) : 대상을 지낸 그 다음 달에 지내는 탈상의 제사.

뿌려 청소하도록 하고, 종들 가운데 일을 맡은 사람에게는 오직 삼가도
록 약속을 받으니, 감히 게으르게 하는 일이 없었다. 의복, 음식에서 부
엌과 담장에 이르기까지 놓여 있는 자리가 모두 가지런히 순서가 있어
서 평소 한 번도 구차하게 처리하는 일이 없었다. 그리고 일을 도모하고
말을 하는 데에도 치밀하고 상세하여 행동이 의리에 맞으니, 세상에서
'규방의 모범'이라 말하는 것은 다 부인에게 해당되는 것이었다.

기축년[1709] 5월 25일에 갑자기 중풍에 걸려 집에서 임종을 맞으니 나
이 58세였다. 그 해 8월 11일에 장단(長湍) 송서면(松西面) 수효공 묘의 왼
쪽 북동쪽 자리에 합장했다.

애초부터 수효공은 순수한 덕성과 지극한 성품을 지녀 두 동생 판서
공과 목사공을 돌보고 사랑한 것이 매우 깊었는데, 두 사람이 수효공을
섬긴 것 역시 아버지처럼 했다. 수효공이 돌아가신 후에도 부인이 두 시
동생을 대하는 것을 한결같이 수효공처럼 하니, 두 분이 부인을 섬기는
것 역시 수효공을 섬기는 것처럼 했다.

부인은 (친정어머니) 이부인께 문안드리러 간 적이 있었는데, 형제와 조
카들이 간혹 부인에게 두 시동생이 부인을 잘 모신다는 말을 하면, 부인
은 기쁨을 표정에 드러내면서 이렇게 말했다.

"효자가 자기 부모님을 잘 섬긴다 하더라도 우리 두 시동생보다 잘 하
지는 못할 것이다."

조카들이

"바로 고모님의 행동이 평소에 가정에서 미더우셨기 때문에 이렇게
될 수 있는 것이지요."

라고 응대하면, 부인은 얼굴을 찡그리며 이렇게 말했다.

"너는 무슨 말을 이렇게 하느냐? 내가 평소에 한 것은 다른 사람들보
다 나은 것이 없는데, 시동생들이 섬기는 것은 지극한 정성에서 나온 것
이다."

부인은 2남 1녀를 두었는데, 맏아들 김동익(金東翼)은 진사에 급제하고 좌랑이 되어 군수 이홍(李泓)의 딸을 아내로 맞았다. 차남 김동필(金東弼)[67]은 문과에 합격하고 판서가 되어 임원군 이표(李杓)의 딸에게 장가들었다. 딸은 이성지(李性之)에게 시집갔다. 김동익은 2남 2녀를 두었는데, 아들 광세(光世)는 진사시에 합격하고 정랑이 되어 목사 이의저(李宜著)의 딸을 아내로 맞았고, 둘째 광계(光啓)는 진사 이의복(李宜復)의 딸에게 장가들었으며, 딸은 윤태동(尹泰東), 조재건(趙載健)에게 시집갔다. 김동필은 3남 1녀를 두었는데, 맏아들 광우(光遇)는 참봉으로 처음에 권익관(權益寬)의 딸을 아내로 맞았고 나중에 이계(李棨)의 딸을 아내로 맞았다. 그리고 둘째 광수(光遂)는 진사로 부사 이기항(李箕恒)의 딸에게 장가들었으며, 셋째 광진(光進)은 현감 오수욱(吳遂郁)의 딸에게 장가들었다. 딸은 왕자 연령군(延齡君)[68]의 부인이 되었다.

---

67 김동필(金東弼) : 1678(숙종 4)~1737(영조 13). 본관은 상산(商山). 자는 자직(子直), 호는 낙건정(樂健亭). 아버지는 진사 김유(金濡)이며, 어머니는 홍주국(洪柱國)의 딸이다. 1704년(숙종 30) 춘당대 문과(春塘臺文科)에 을과로 급제한 뒤, 1707년부터 사서·정언·지평·문학·부수찬·필선·수찬을 역임하였다. 1722년부터 수찬·응교·수원부사·대사간·승지를 역임하면서 소론 온건파의 입장에 서서 강경파인 김일경(金一鏡)의 가혹한 신임사화 처리를 탄핵하다가 광주목사(廣州牧使)로 좌천되었다. 1725년 영조 즉위 후에 노론이 집권하자 다시 좌천당할 뻔했으나, 왕의 각별한 비호를 받아 무사하였다. 1727년 도승지와 한성판윤을 역임하면서 영조의 탕평책에 협조하였다. 1728년 이인좌(李麟佐)의 난이 일어나자 남한순무 겸 동로경략사(南漢巡撫兼東路經略使)로 출전해 공을 세우고, 난이 평정된 뒤에 이조판서·공조판서를 지냈다. 병조판서·호조판서·지의금부사·동지경연사를 거쳐, 1732년부터는 다시 한성판윤·좌참찬·판돈녕부사·형조판서·판의금부사·예조판서 등의 요직을 두루 지냈다. 죽은 뒤 찬성에 추증되었다. 시호는 충혜(忠惠)이다. 저서로는『인접설화(引接說話)』가 있다. *참고문헌 : 肅宗實錄, 景宗實錄, 英祖實錄, 國朝榜目.

68 연령군(延齡君) : 1699(숙종 25)~1719(숙종 45). 이름은 훤(昍). 자는 문숙(文叔). 숙종의 여섯째 아들이며, 어머니는 명빈(榠嬪) 박씨(朴氏)이다. 1703년(숙종 29) 5세에 연령군으로 봉하여졌다. 1707년 혼인하였으며, 1711년 천연두를 앓은 바 있다. 1719년에는 형인 연잉군(延礽君 : 뒤의 영조)과 함께 왕의 기로소 입소를 적극 권유하는 소를 올렸다. 성품이 효성스럽고 근면하여 왕의 간병에 조금도 게으름이 없었으며, 또한 사제(私第)에 거처하였으나 민간에는 폐를 끼치지 않았다고 한다. 숙종이 특별히 사랑하여 제문과 묘지문을 직접 지었다. 도승지 김연(金演)이 초상(初喪)을 주관하였는데, 연령군의

수효(粹孝)는 사사로이 내린 시호[69]이다. 뒤에 영의정으로 추증되었는데, 아들 김동필이 귀하게 되어 은혜가 미친 것이다. 정목공의 이름은 김우석(金禹錫)으로, 벼슬이 형조 판서이며 수효공의 아버지이다. 수효공의 두 동생 판서공의 이름은 김연(金演)이고, 목사공의 이름은 김완(金浣)이다.

명에 이른다.

수효공의 행적은,
오직 효성스럽고 순수하셨네.
부인이 배필이 되시니,
그 덕이 남편과 꼭 같았네.
친정에서 수양한 것을 미루어 행하니,
시부모님이 예뻐하셨고,
그 효성과 사랑을 미루어 사랑을 행하니,
이에 동서에게까지 미치었으며,
그 우애와 공경을 미루어 행하니,
교화가 일가와 이웃에게 행해졌네.
아아, 부인이시여!
덕이 갖추어지셨으니,
백 년 뒤까지,
나의 명은 부끄럽지 않으리.

부인이 그의 종손녀였기 때문이다. 아들이 없어서 숙종이 밀풍군 탄(密豊君坦)의 둘째 아들인 상대(尙大)를 그 후사로 삼도록 하고 유(㓙)라는 이름을 내려주었다. 연잉군과 우애가 두터워 연잉군이 즉위한 뒤에는 왕으로서 연령군의 묘에 자주 치제하였으며, 은신군 진(恩信君所 : 思悼世子의 4남)으로 다시 후사를 삼아주었다. *참고문헌 : 肅宗實錄, 英祖實錄, 璿源系譜.

69 사사로이 내린 시호 : 사시(私諡). 문장(文章)과 도덕(道德)이 뛰어난 선비이긴 하나 지위가 없어서 나라에서 시호(諡號)를 내리지 않을 때, 일가나 친척, 고향 사람 또는 제자들이 올리던 시호(諡號).

해
제

　정경부인 홍씨(1652~1709)는 홍주국(洪柱國)의 딸로, 18세에 김유(金濡)
에게 시집갔다. 시부모와 남편이 일찍 죽자 어린 시동생들을 잘 보살폈
고, 부지런하고 치밀하게 집안일을 처리하여 규방의 모범이 되었다. 58세에 중풍
으로 세상을 떠났다.

숙인 임씨 묘지명
淑人林氏墓誌銘

　숙인의 성은 임씨이다. (임씨는) 나주의 명망 있는 가문으로, 고려의 대장군 임비(林庇)[70]의 후손이다. 아버지 임세온(林世溫)은 용양위 부호군이다. 할아버지 임종유(林宗儒)는 익위사 부솔(副率)이었다. (그는) 이조판서로 영의정에 추증된 충익공 임담(林墰)[71]의 아들인데, 승정원 우승지 임간(林堜)의 양자로 나갔다. 어머니 완산 이씨는 사헌부 장령으로 좌찬성에 추증된 이형(李逈)[72]의 따님이다.

---

70 임비(林庇) : 나주 임씨의 시조. 1281년(충렬왕 7) 왕과 함께 원(元)나라에 다녀온 공으로 시종보좌2등공신(侍從輔佐二等功臣)에 책록되고 대장군(大將軍), 충청도 도지휘사 판사재시사(判司宰寺事)를 지냈다. 임비의 9세손 탁(卓)이 해남 현무를 지내다가 이성계가 조선을 개국하자 관직을 버리고 회진(會津)으로 돌아가 살면서 본관을 회진으로 하였으나, 회진현(會津縣)이 나주에 속해짐에 따라 본관(本貫)을 나주로 바꾸었다. *참고문헌 : 高麗史, 高麗史節要.

71 임담(林墰) : 1596(선조 29)~1652(효종 3). 본관은 나주(羅州). 임붕(林鵬)의 증손으로, 할아버지는 임복(林復)이고, 아버지는 관찰사 임서(林㥠)이며, 어머니는 구성부사 임식(林植)의 딸이다. 1635년(인조 13) 증광문과에 병과로 급제했고, 1639년 좌승지로 사은부사(謝恩副使)가 되어 청나라에 다녀왔고, 1644년 경상도관찰사로 서원이 사당화하는 폐습을 상소하였다. 그 뒤 형조·예조·병조·이조의 참판과 대사간·도승지를 거쳐 이조판서가 되고, 1650년(효종 1) 다시 사은부사로 청나라에 다녀와서 지경연사(知經筵事)를 겸하였다. 1652년 청나라 사신의 반송사(伴送使)로 다녀오다가 가산에서 죽었다. 영의정에 추증되었으며, 시호는 충익(忠翼)이다. *참고문헌 : 仁祖實錄, 孝宗實錄, 藥泉集, 國朝榜目, 西溪集, 國朝人物考, 燃藜室記述.

72 이형(李逈) : 1603(선조 36)~1655(효종 6). 본관은 전주(全州). 자는 여근(汝近). 아버지는 첨지중추부사 이후재(李厚載)이며, 어머니는 조수륜(趙守倫)의 딸이다. 1623년 인조반정 때 유생으로 참여하여 공을 세우고 6품관에 오른 뒤, 1630년(인조 8) 사마시에 뽑혀 사옹원주부(司饔院主簿)·사헌부감찰·의금부도사 등을 역임하였다. 1650년(효종 1) 증광문과에 을과로 급제하여 성균관사예·정언(正言)을 거쳤다. 1652년 장령이 되어 김자점(金自點)의 옥사사건 뒷처리에 공헌하였고, 이듬해 헌납으로 있을 때 정언 황준구(黃儁耈) 등과 함께 대간 신상(申恦)을 탄핵하다가 물의를 일으킴으로써 왕의 노여움

숙인은 19세에 시집가서 호조정랑 윤부(尹扶)의 아내가 되었다. 또 40년이 지난 을미년[1715] 11월 29일에 온양읍(溫陽邑)에서 세상을 떠났는데, 처음에는 용인의 범한동(泛閑洞)에 장사 지내었다가 무신년[1728]에 같은 고을 금판향(金坂鄉)의 정랑공 묘 왼쪽에 합장하였다. 모두 4남 4녀를 두었는데, 아들은 태교(泰教), 현교(顯教), 언교(彦教), 면교(勉教)[73]이다. 태교는 어려서 먼저 세상을 떠났고, 현교, 언교는 다 진사가 되었지만 역시 일찍 세상을 떠났으며, 면교는 현재 의금부의 도사가 되어 있다. 딸은 군수 송요좌(宋堯佐), 판관 임적(任適)[74], 선비 이신(李藎)과 급제한 조명경(曹命敬)에게 시집갔다.

숙인이 시집갈 당시, 집안이 넉넉했으나 호군공께서 검소함을 주장했기 때문에 혼수로 보내는 옷이며 이부자리는 무늬 있는 비단을 쓰지 않고 무명을 썼으며, 폐백상자를 매는 장식은 삼끈을 엮어 큰 주머니로 만들었다. 시댁 부녀자들과 여종들이 손가락질하며 비웃었으나 숙인은 태연히 계면쩍은 기색이 없었다. 동서들이 모두 8인인데 다른 가문에서 한 집으로 시집온 터라 잘 하고 잘 못한다는 의견이 분분하였다. 숙인은 항

을 사서 경성판관으로 좌천되었다. 1년 만에 다시 내직에 돌아와 헌납(獻納)으로 있다가 얼마 뒤에 죽었다. *참고문헌 : 孝宗實錄, 燃藜室記述, 國朝榜目, 宋子大全.

73 면교(勉教) : 윤면교(尹勉教). 1691(숙종 17)~?. 본관은 파평(坡平), 자는 자강(子強). 통훈대부를 지낸 윤부(尹扶)의 아들이자 윤동조(尹東朝)의 아우이다. 조선 후기의 문신으로 서울에 거주하였다. 1721년 소과를 거쳐 여러 벼슬을 역임하였으며, 1756년에 청주 목사로 재직 중에 통정대부가 되었다. 1762년 한성부 우윤을 지냈다. *참고문헌 : 英祖實錄, 司馬榜目, 서울六百年史 第2卷(서울特別市史編纂委員會, 1978).

74 임적(任適) : 1685(숙종 11)~1728(영조 4). 본관은 풍천(豊川). 자는 도언(道彦), 호는 노은(老隱). 참판 임의백(任義伯)의 증손으로, 권상하(權尙夏)의 문인이다. 1710년(숙종 36) 사마시에 합격하여 진사가 되었고, 장녕전참봉(長寧殿參奉)·장원서별제(掌苑署別提)·양성현감 등을 거쳐, 1725년(영조 1) 함흥판관이 되어 2년간 재직하다가 실정을 탄핵받아 관직을 떠났다. 그 뒤 벼슬에 뜻을 버리고 오직 유가경전(儒家經傳)은 물론, 음양상률(陰陽象律)·의방복서(醫方卜筮)·전곡갑병(錢穀甲兵)·산천도리(山川道里) 등 다방면으로 서적을 섭렵, 이치를 궁구하여 이에 박통하였다. 몸가짐과 행실이 고결하고 재리(財利)를 멀리하여, 그가 죽었을 때는 장례를 치를 비용이 없어 남에게 빌려 쓸 정도였다. 시와 문장이 다 볼 만하였으며, 저서로 『노은집』이 있다. *참고문헌 : 肅宗實錄.

상 겸손하고 공손하였으며, 시부모의 사랑을 믿고 다른 사람에게 함부로 하지 않았고, 여종들을 잘 단속하여 감히 함부로 지껄이는 말이 없도록 하니, 가문에서 그 칭찬이 널리 퍼졌다. 시어머니 김부인은 만년에 자녀들이 많이 있었지만 항상 정랑공의 집을 편안히 여기셨는데, 정랑공과 숙인이 마음을 헤아려 봉양을 잘할 수 있었기 때문이었다. 김부인이 여름에 늘 낮잠이 와서 나른해하실 때면, 숙인은 한글 책을 가져다 앞에 펴 놓고 읽었는데, 소리가 맑고 시원했다. 아무리 찌는 더위일지라도 그만 두라고 명하시지 않으면 그치지 않았으니, 김부인은 상쾌하여 졸음을 잊었다. 돌아가신 분을 섬기는 것도 살아 계신 분을 섬기는 것처럼 하여 3년 동안 제사 음식을 정성스럽게 삼가서 올리며 이렇게 말했다.

"이 다음에 사당에 들어가신 뒤에는 다시 하고 싶어도 어떻게 할 수 있겠습니까?"

정랑공은 남에게 베풀어 주기를 좋아하여, 멀고 가까운 친족들이 많이 따랐다. 숙인은 한마음으로 받들고 순종하여 조금도 아까워하는 기색이 없었다. 시골에서 거두어들이는 것은 사람들이 달라는 대로 반으로 나누어 주었으며, 사람을 대하는 데에도 어질고 너그러웠다. 비록 종들에게 잘못이 있을지라도 안색을 바꾸며 책망하거나 욕을 하며 꾸짖는 일이 없었다. 자녀들이 너무 너그럽게 하신다고 여쭈면,

"너의 아버지께서 아랫사람을 부릴 때 엄격하게 하시는데 내가 만약 너그럽게 하지 않는다면 강함과 유함이 서로 조화되는 도리가 아니다."라고 했다. 아이들에게 『소학(小學)』을 주어 고인의 언행 가운데 특별히 뛰어난 대목은 꼭 되풀이하여 읽고 외우게 하며 이렇게 타일렀다.

"훌륭하구나! 우리 아들도 이렇게 할 수 있겠지?"

충청도 은진으로 갈 때에 외사촌 오빠 상국 이유(李濡)[75]가 전송하러

---

75 이유(李濡) : 1645(인조 23)~1721(경종 1). 본관은 전주(全州). 자는 자우(子雨), 호는 녹천(鹿川). 세종의 다섯째아들인 광평대군 이여(李璵)의 후손이며, 군수 이중휘(李重

왔다가 사랑하는 여동생이 푸른 무명으로 장옷을 삼고 치마도 없는 것을 보고 감탄하고 기특하게 여기며 이렇게 말했다.

"내 여동생은 요즘 사람이 아니다. 장부가 되어 나의 위치에 있었더라면 반드시 풍속을 단속하고 나라를 풍요롭게 했을 것이다."

숙인이 아내로서 어머니로서 행한 것이 이미 이와 같았는데, 집안에서는 어버이를 사랑하는 데 더욱 힘썼다. 8·9세 때에 어머니가 추위에 발이 시려 잠을 이루지 못하니, 숙인이 밤이면 반드시 발을 꺼안고 누워서

"발이 시리지 않으세요?"

라고 여러 번 여쭈어보았다. 호군공께서 조송설의 글씨를 얻은 적이 있었는데, 숙인의 솜씨가 뛰어나다고 하여 그대로 옮겨 보라고 했다. 숙인이 명을 받들어 글씨를 썼는데, 털끝만큼도 틀리지 않았다.

호군공의 병이 위독해졌을 당시는 추운 겨울이었는데, 숙인은 매번 목욕하고 집안 사당에 기도했고, 이른 새벽이나 저녁때면 해와 달에 절하며 자신이 대신하기를 바랐다. 그러하고서도 손가락을 찌르고 팔뚝을 베어 피를 내어서 드렸다. 점쟁이가 말을 잡아서 빌어야 한다고 하니, 숙인은

"나는 오직 내 힘닿는 데까지 하지 않는 일이 없을 것이다."

라 하고 허둥지둥 일이 도리에 어긋나는지 물어보고는, 바로 호군공이

輝)의 아들이다. 1668년(현종 9) 별시문과에 병과로 급제, 1680년(숙종 6) 경신대출척으로 서인이 재집권함에 승지로 발탁되었다. 이어 경상도관찰사·대사헌을 역임하였고, 1694년 갑술환국 후 평안도관찰사를 거쳐 호조판서가 되었다가, 1702년 양역(良役)사무에 밝다 하여 특별히 병조판서로 임명되면서 이듬해 설치된 양역이정청의 구관당상을 겸임, 양역변통문제를 담당하여 양역사무를 크게 정비하게 하였다. 1704년 우의정에 오르고, 뒤이어 좌의정·영의정에까지 승진하였는데 상신(相臣)으로 있으면서 특히 도성방어의 강화를 힘써 주장, 경리청이라는 재정마련의 특별기구까지 설치하여가면서 일부관료의 반대를 무릅쓰고 북한산성의 수축을 완료하게 하였다. 송시열(宋時烈)의 문인으로 이단하(李端夏)·민정중(閔鼎重), 김창집(金昌集)·이이명(李頤命)·민진후(閔鎭厚) 등과 친하였다. 1726년(영조 2) 경종 묘정에 배향되었다. 시호는 혜정(惠定)이다. * 참고문헌 : 顯宗實錄, 肅宗實錄, 景宗實錄, 英祖實錄, 國朝榜目.

타고 다니던 말을 씻어서 마당에 두게 하고 직접 당에서 내려와서 하늘에 빌었는데, 눈물이 말할 때마다 흘러내렸다. 호군공의 병은 곧바로 나았고 말은 병들어 죽었다. 듣는 사람이 모두 기이하다고 하였다.

호군공이 돌아가신 뒤에 이 부인께서 고령으로 멀리 떨어진 고을에 계셨는데, 숙인은 매번 그리워하며 눈물을 흘렸다. 정랑공이 온양군수로 나가게 되었는데, 숙인의 남동생 임상덕(林象德)은 편히 모시기 위하여 이조의 낭관에서 호남의 진산군수로 나갔다. 숙인이 매우 기뻐하여 곧 달려가 문안하였는데 얼마 안 되어 이 부인이 병으로 돌아가시니 숙인이 매우 깊이 슬퍼하며 그리워했다. 온양으로 돌아간 뒤에도 매번 삭망 때가 되면 위패를 모시고 최복을 입고 곡을 하였다.

기년이 되자 병이 점점 위독해졌는데, 자녀들에게 이렇게 가르침을 남겼다.

"내가 지니고 있는 소매 없는 옷과 속옷, 이것은 내 시어머님과 친정어머님께서 일찍이 내게 주신 것이다. 속옷으로는 내 머리를 덮고 소매 없는 옷은 몸 위에 얹어 두어라."

또 상자 하나를 열어 보이면서 이렇게 말씀하셨다.

"이것은 나의 부모님께서 손수 써 주신 것으로, 내 평소 잠시도 떼어 놓은 적이 없었다. 각각 몇 폭씩을 가져다 관속에 넣고 나머지는 무덤구덩이 옆에 함께 묻어다오. 내 뜻을 어기지 말아라."

그 분이 언제나 효성을 잊지 않은 것이 이와 같은 것이 있었다. 아아! 숙인과 같은 부인은 명을 지을 만하다.

명에 이른다.

아아, 숙인이시여!
효성이 지극하시다.
어려서부터 나이 들 때까지,

나이 들어 돌아가실 때까지,

한결같이 어버이를 사모했으니,

이를 잠시도 늦추지 않았네.

친정에 있었을 때를 미루어 행하니,

시부모가 이를 어여쁘게 여기셨네.

제수가 매우 훌륭하니,

형제들이 다 기뻐했네.

남편을 잘 도와

순종하며 공경했네.

아들들을 의리로 가르쳤으며,

집안은 바름으로 이끌었네.

그 덕을 살피니 많았는데,

수명은 어찌 길지 못했던가.

이에 명을 써서 아름다움을 드러내니,

이것도 후인에게 경계가 되리.

해제 숙인 임씨(1657~1715)는 임세온(林世溫)의 딸로, 19세에 윤부(尹扶)에게 시집갔고 59세의 나이로 죽었다. 어릴 때 아버지가 조맹부의 글씨를 얻어 주자 조금도 틀리지 않고 옮겨 쓸 만큼 재주가 뛰어났다. 또한 효성스러워 아버지가 병이 나자 상처를 내 피를 내어 드렸고, 병이 낫지 않자 안 하는 일 없이 다 해볼 것이라 하면서 점쟁이의 말대로 하여 병을 낫게 하기도 했다. 시집가서는 시어머니 김부인에게 한글책을 읽어드리며 무료함을 풀어드렸으며 아이들에게 『소학』의 중요 대목을 외게 하고 실천하도록 독려했다. 임종할 때 친정부모가 직접 써 준 글을 관과 무덤구덩이에 함께 묻어 달라고 부탁했다.

공인 한씨 묘지명

恭人韓氏墓誌銘

　　공인은 청주 한씨로, 태사(太師) 한란(韓蘭)[76]의 후예이고 현령 한정기
(韓挺箕)의 딸이며, 익찬(翊贊)[77] 윤원지(尹元之)의 외손녀이자 처사 정순양
(鄭純陽)의 아내이고 진천(鎭川) 현감 정수연(鄭壽淵)의 어머니이다. 공인
은 어려서 어머니를 여의고 외할머니 오 부인에게서 자랐다. 이 분이 만
취(晚翠) 오억령(吳億齡)[78]의 손녀이다. 오억령은 연로하여 병이 잦아서 움
직이거나 음식을 먹는 데에, 공인이 아니면 편안히 여기지 않았다. 매번
탄식하며 이렇게 말씀하셨다.

　　"내가 세상의 부녀자들을 많이 보았지만, 사리에 통달하고도 밝게 아
는 것이 내 손녀만한 사람을 보지 못하였다."

　　외삼촌 첨정 윤평(尹坪) 역시 그를 매우 존중하여, 일이 생기면 대부분

---

76 한란(韓蘭) : 853(문성왕15)~916(견훤25). 왕건(王建)이 견훤(甄萱)을 정벌하기 위해
　　청주를 지날 때 군량미를 도와 태위(太尉)에 봉해졌다고 한다. *참고문헌 : 文化財誌(忠
　　淸北道, 1982).

77 익찬(翊贊) : 조선시대 세자익위사(世子翊衛司)의 정6품 관직. 세자가 갑사(甲士) 중에
　　서 선발, 임명하거나 또는 공신자제(功臣子弟) 및 재상자제(宰相子弟)로서 마땅한 자를
　　임용하였다. 주임무는 왕세자를 호위하는 것으로, 궁시(弓矢)를 패용하였다. *참고문헌
　　: 太祖實錄, 太宗實錄, 世宗實錄, 增補文獻備考, 大典會通.

78 오억령(吳億齡) : 1552(명종 7)~1618(광해군 10). 본관은 동복(同福). 자는 대년(大年),
　　호는 만취(晚翠). 사옹원직장(司饔院直長) 오세현(吳世賢)의 아들이고, 어머니는 성근(成
　　近)의 딸이다. 이조참판 오백령(吳百齡)의 형. 1582년 식년 문과에 병과로 급제. 이조정
　　랑, 성균관사성을 역임했다. 임진왜란이 일어나 개성에서 선조를 호종(扈從)하였다. 의
　　주에서 직제학(直提學)에 임명, 그 뒤 이조참의 우부승지, 대사성을 거쳤다. 1601년에는
　　부제학으로 청백리에 뽑혔고, 병조참판·부관윤·대사헌·형조판서·우참찬·개성유수
　　를 역임하였다. 1615년(광해군 7) 인목대비의 폐출에 반대하다 탄핵 당하자 신병을 이유
　　로 사직하고 낙향하였다. 저서로는 『만취문집』이 있다. 시호는 문숙(文肅)이다. *참고문
　　헌 : 宣祖實錄, 光海君日記, 國朝榜目, 東溟集, 順菴文集, 谿谷集, 國朝人物考, 晚翠文集.

자문한 후에 실행하였다.

정씨 가문에 시집가게 되었는데, 시어머니 최 부인은 성품이 엄하여 자녀들도 그 분의 뜻에 맞게 하는 이가 드물었으나 공인만은 처음부터 끝까지 한 오라기만큼도 꾸지람을 받은 적이 없었다. 신해년[1671]에 최 부인이 죽었는데, 그 해에 큰 기근과 돌림병이 퍼져서 쌀 한 말에 백 냥이나 했다. 공인은 이리저리 애쓰며 주선하여 아침저녁 제사 올리는 일에 때를 놓치지 않았다. 동서들과 지낼 때도 부드럽게 하여 모두 다 좋아했고, 여공에도 부지런하여 집안의 다스림이 정연하게 질서를 갖추게 되었다.

처사공이 세상을 떠났을 때, 진천군의 나이가 겨우 6세이고 두 딸은 또 아직 시집가지 않아 조상의 제사는 한 올 실이 끊어지려 하는 것처럼 위태로웠다. 공인은 밤낮으로 어린 아이들을 안고 영전에서 곡을 했는데, 눈물이 다해 피가 흘러 눈자위가 죄다 짓물렀다. 사람들이 다 분명 살 리가 없다고 했는데, 공인은 돌연 마음을 돌이켜 고쳐 생각하고 억지로 스스로 버텨 마침내 가문을 일으켜 세우고 때를 맞추어 혼인을 시켰으니, 공인은 이런 점에서 보통 사람보다 뛰어난 것이다.

진천군은 몸이 약하여 멀리 나가 있지 못하였지만 공인은 안타까움을 무릅쓰고 외지에 있는 스승을 따르도록 했다. 매번 『소학(小學)』 속에 나오는 '과부의 아들'로 경계했다. 처사공의 무덤 아래에 집을 짓고 절기마다 거기 가서 머물렀다. 세상일이 헤아리기 어려우니 묘석을 세우려고 했는데, 사람들은 비용이 많이 든다고 곤란해했다. 공인은 밤낮으로 일하여 마침내 자신의 뜻대로 해냈다.

비복들을 거느리는 데에는 엄하면서도 따뜻하게 대하여, 천 리 밖 남쪽에 살던 사람까지도 모두 그 사나운 성질을 고치고 달려와서 명을 따랐다. 선조를 모시는 데 더욱 정성을 기울여 제수는 반드시 풍성하면서도 정갈하였다. 큰 병이 나지 않는 한 새벽과 저녁에 사당의 안팎을 돌며 살폈는데 연로하실 때까지도 그만 두지 않았다. 공인이 딸 노릇, 며느리 노릇, 어미 노릇한 것이 이와 같았으니, 아아! 어찌 어질다 하지 않겠는가?

언젠가 종가에 후사 없음을 가슴 아파하여 친척들에게 널리 구하여 후사를 맡게 하고 재산을 나눌 때에는 조금도 가진 것 없이 다 미루어 그에게 주었다. 현령공의 세 번째 부인 이 숙인은 그 나이가 공인의 아들 딸 뻘이었는데, 혼자서 가난하게 살았다. 공인은 집으로 불러와 극진히 공양하였다. 친척 가운데 가난하여 힘들게 고생하는 사람이 있으면 모아둔 것을 털어 베풀어 주면서 훗날 생각은 하지 않았다. 총명한 데다가 기억력이 뛰어나 고금의 일을 이야기할 때에는 유창하여 들을 만했다. 연로하실 때까지 집안일을 다스리는 데 게으름이 없었고 한 되, 한 말이 들고 나는 것도 하나도 빠뜨리거나 틀리는 법이 없었다. 이것이 또 공인의 행실 중에서 기록할 만한 것들이다.

신해년[1731] 8월에, 공인이 진천 관사에 계실 때, 이질을 앓았는데 나날이 더욱 심해졌다. 고요히 누워 꼭 손가락을 꼽아 열넷까지 세다가 그쳤는데, 물어 보아도 대답하지 않더니 마침내 14일에 돌아가셨는데, 나이가 89세였다. 고양(高陽)의 천청리(泉靑里) 북쪽 자리의 언덕에 임시로 장사지냈다가 그 다음해 계축년[1733]에 처사공의 묘에 부장하려고 한다.

진천공은 3남 1녀를 두었는데, 아들 정광은(鄭光殷)은 문과 급제하여 지평 벼슬에 있고, 다음은 광주(光周), 광한(光漢)이다. 딸은 김재상(金載尙)에게 시집갔으며, 세 사위는 군수 윤지익(尹志益), 직장 홍원도(洪遠度), 선비 이창언(李昌彦)이고, 그 자녀들은 모두 처사공 묘지에 보인다. 공인은 정씨 가문에서 이른바 계절존망(繼絶存亡)의 공과 덕이 있다 하겠다. 어찌 규범만 높다고 할 수 있을까? 법도로 보아서도 명을 지어야 마땅할 것이다.

명에 이른다.

젊고 어여쁜 이가 한 일이

수염 난 남자를 부끄럽게 하는구나.

규방의 열녀전을 엮는다면

감히 첫머리에 기록될 것일세.

다시 살아나셨다가 (이제) 영원히 가시니

나의 붓은 찬탄하기 모자라네.

해제 공인 한씨(1643~1731)는 한정기(韓挺箕)의 딸로, 정순양(鄭純陽)에게
시집갔다. 아들 진천공 정수연(鄭壽淵)이 6세 때 남편 정순양이 죽자 공
인은 아이들을 안고 밤낮으로 울어 사람들은 다 죽을 것으로 예상했다. 그러나
몸이 약한 아들을 멀리 보내 엄하게 교육시키고 비복들을 잘 다스려 집안을 일으
켰다. 89세 때 이질을 앓다가 죽었다. 이덕수는 공인 한씨가 남편을 따라 죽지
않고 마음을 다잡아 가문을 일으키고 자식을 잘 키운 점이 보통 사람보다 뛰어나
다고 높이 평가했다.

정경부인 전씨 묘지명

貞敬夫人田氏墓誌銘

전임 병조 판서 이삼(李森)[79] 공은 무신년[1728]에 분무공신(奮武功臣)[80]으로 책봉되어 함은군(咸恩君)에 봉해졌고, 그 아버지 이사길(李師吉)에게는 그에 따라 의정부 좌찬성 함평군(咸平君)의 작위가 내려졌으며 어머니 전씨는 남편의 직위에 따라 정경부인에 봉해졌다. 5년 후 임자년[1732]에 부인은 나이 80으로 윤 5월 29일에 병으로 세상을 떠나니, 8월에 이산(尼

---

[79] 이삼(李森) : 1677(숙종 3)~1735(영조 11). 조선 후기의 무신. 본관은 함평(咸平). 자는 원백(遠伯). 아버지는 감역 이사길(李師吉)이다. 윤증(尹拯)의 문하에서 공부하였다. 힘과 담략이 뛰어나 병조판서 김구(金搆)의 천거로 1705년(숙종 31) 무과에 급제하였다. 1713년 정주목사로 임명된 뒤 1717년 평안도병마절도사・함경남도병마절도사 등을 지내며 군제개혁에 관심을 기울였다. 경종의 신임을 받아 수원부사・우포도대장・충청도병마절도사 등을 거쳐 1721년(경종 1) 총융사・한성부우윤, 1724년 어영대장 등을 지냈다. 1727년(영조 3) 훈련대장이 되어 이듬해 이인좌(李麟佐)의 난이 일어났을 때 관문을 잘 지킨 공으로 분무공신(奮武功臣) 2등에 책록되고 함은군(咸恩君)에 봉하여졌다. 1729년 벼슬이 병조판서에 올랐다. 지리의 이용과 기계의 제조, 여러 무술에 두루 능통하였으며, 저서로는 『관서절요(關西節要)』가 있다. *참고문헌 : 景宗實錄, 英祖實錄, 歸鹿集.

[80] 분무공신(奮武功臣) : 1728년(영조 4) 이인좌(李麟佐)의 난을 평정하는 데 공을 세운 사람에게 내린 훈호(勳號) 또는 그 훈호를 받은 사람. 1등은 실제로 난의 진압을 총지휘한 병조판서 오명항(吳命恒)으로, 수충갈성결기효력분무공신(輸忠竭誠決機效力奮武功臣)이라 하였다. 2등은 직접 일선에서 적을 토벌하는 데 공을 세운 박찬신(朴纘新)・박문수(朴文秀)・이삼(李森)・조문명(趙文命)・박필건(朴弼健)・김중만(金重萬)・이만빈(李萬彬) 등 7인으로 수충갈성효력분무공신이라 하였다. 3등은 역시 토역(討逆)에 종사한 조현명(趙顯命)・이수량(李遂良)・이익필(李益馝)・김협(金浹)・이보혁(李普赫)・권희학(權喜學)・박동형(朴東亨) 등 7인으로 수충갈성분무공신이라 하였다. 이들 중 김중만은 뒤에 고변자를 2등으로 하는 것은 불가하다는 이유로 3등으로 강등되었으며, 조문명은 왕세자의 장인일 뿐 별다른 공이 없다고 하여 물의가 있었다. 공신책봉에 따르는 토지지급과 같은 은전은 없었으며, 단지 공신녹권을 지급하여 후손의 녹용(錄用)을 보장하고 당사자의 자품(資品)을 올려주는 데 그쳤다. 이 분무공신 책봉을 끝으로 이후의 조선시대의 공신책봉은 없었다. *참고문헌 : 英祖實錄, 黨議通略.

山) 주곡(酒谷)의 찬성공 묘 왼쪽 북서쪽으로 향한 자리에 합장하였다. 장
례 지내기 전에 나에게 명을 부탁했다.

삼가 살펴보니, 부인은 본관이 남양(南陽)으로, 선초에 직제학을 지낸
전주(田柱)[81]라는 분이 한성판윤으로 시호가 경호(敬胡)인 전득우(田得雨)
를 낳았고, 경호공이 판중추부사 전흥(田興)을 낳았으며, 이 분이 부제학
전가(田稼)를 낳았는데, 이 분이 부인의 9세조이다. 할아버지 전해(田瀣)
는 현감 벼슬을 했고, 아버지 전일성(田一成)은 통덕랑(通德郎)이다. 어머
니 파평 윤씨는 부사 윤성거(尹聖擧)의 따님이다.

부인은 성품이 인자하고 은혜로웠으며, 제사를 이어받아 살림을 주관
하였는데 행동이 법도에 어긋나지 않았다. 의복이나 음식은 화려하고 호
사스러운 것을 좋아하지 않았는데, 늘 젊은 시절 가난하고 힘들었던 일
을 들어 집안사람들에게 가르쳐 경계하고 두려워할 줄 알게 했다. 가난
한 이를 도와주고 어려운 이를 구제한 것이 지극한 정성에서 나와서, 상
자에는 남겨둔 것이 없을 정도였다. 친족을 대하거나 종들을 다스리는
데에도 다 은혜롭게 하니, 멀고 가까운 사람들이 어진 부인을 의지했다.
그 분이 판서공을 가르칠 때면 늘 관직에 있을 때에는 청렴결백하라고
간곡하게 말씀하셨고, 더욱이 남편을 섬기는 데 훌륭한 절조를 갖추어
의젓하니 위엄과 절도가 있었다. 무신년[1728]의 난리 당시에, 판서공은
훈련대장으로 여러 달을 궁성을 호위하고 있었는데, 집에 있던 부인의
병이 위독해졌다. 임금께서 판서공에게 이틀에 한 번씩 가서 살펴보게
하였는데, 부인은 바로 판서공에게 이렇게 말을 전했다.

---

81 전주(田柱) : 남양 전씨의 시조. 본래 성명은 왕강(王康). 고려 왕족 순흥군(順興君) 왕
승(王昇)의 아들. 조선시대에 들어 왕씨에 대한 탄압이 날로 심해지면서 공주목(公州
牧)의 관노가 되어 일신역(馹新驛)으로 유배되었다. 뒤에 그의 손자가 이방원을 도와
왕자의 난 때 공을 세움으로써 전흥(田興)이라 사성명되고 신분을 회복하여 벼슬이 판
중추원사에 이르렀다. 고려시대 강령부승(江寧府丞 : 江寧은 지금의 南陽)을 지냈던 것
을 연유로 남양을 관향으로 일컫기 시작했다. *참고문헌 : 甲午譜.

"지금이 어떤 때인데 감히 사사로운 정을 생각하겠느냐? 설령 네가 온다고 하여도 내가 너를 만나 보지 않을 것이다. 나를 염려하지 말고 오로지 군대의 일에만 마음을 쏟아라. 내가 너에게 바라는 것은 이것뿐이다."

판서공이 소를 올려 아뢰니, 임금께서

"경의 어머니가 아들을 가르치는 것이 법도가 있음을 가상히 여기노라."

고 유지(諭旨)를 내렸다.

몇 번의 국상을 당해서는 반드시 상복을 갖추어 입고 며느리들을 거느리고 집 후원에 올라가 망곡(望哭)[82]하면서 복을 입었다.

병이 오래 끌어 판서공이 곁을 떠나지 못하게 되자, 또 탄식하며 이렇게 말씀하셨다.

"내 병 때문에 네가 오래도록 조정에 나아가지 못하게 되니, 혹시라도 도리와 본분에 흠이 생기지 않겠느냐? 너는 바로 지금 대궐로 들어가 알현해야지, 내게만 오로지 마음 써서는 안 될 것이다."

판서공은 세상 사람들에게 헐뜯음을 당하여 여러 번 위기에 처하게 되었지만, 임금께서 그 충성을 깊이 알아주시어 끝내 보전할 수가 있었다. 부인이 세상을 떠나게 되자, 임금께서 또

"함은군이 여러 번 어려운 일을 겪느라 곁에서 살펴드리며 봉양할 기회가 많지 않았을 것이다. 이번에 커다란 슬픔을 당하게 되니, 나는 매우 마음이 아프고 비통하구나."

라 하교하고, 해당 관청에 후하게 마음을 써 도우라 명하였다. 아아! 여기서 군신간의 의리를 볼 수 있었다. 이렇게 된 까닭을 생각해 본다면 또 어찌 부인이 가르쳐서 그렇게 된 것이 아니겠는가? 자신을 다스린 사람만이 자식에게 행할 수 있었을 것이고, 자식에게 행하는 사람은 임금

---

82 망곡(望哭) : 먼 곳에서 임금·부모의 상을 당하여 멀리 바라보고 절하며 슬프게 욺.

께도 미덥게 보이는 법이라, 마침내 생전에 융숭한 포상을 받을 수 있었
고 돌아가신 뒤에도 남다른 운명을 지니게 되었으니, 아아! 본받을 만하
구나. 본받을 만하구나.

　부인은 1남 1녀를 두었다. 딸은 윤헌(尹憲)에게 시집갔는데 일찍 혼자
되어 후사가 없다. 아들이 바로 판서공으로, 아들 이희일(李希逸) 하나를
두었는데, 진사하여 상의원(尙衣院)[83] 직장(直長)[84]이다.

　명에 이른다.

　정에 쏠리고 애정이 앞을 가리는 것이
　부인들이라면 다 그러한데,
　아! 부인만은
　홀로 의로써 결단하셨네.
　하늘이 환히 포상하시어
　자식 가르친 것을 매우 칭찬하시고,
　관에 명하여 선물을 보내시니
　이것도 남다른 운명이네.
　장수하셨고 귀하게 되셨으니,
　신령이 두터운 복으로 보답한 것이리라.
　무덤에 명을 넣으니,
　훼손하지 말지어다.

---

83 상의원(尙衣院) : 조선시대 어의대(御衣帶)를 진공하고 대궐 안의 재물과 보물을 맡아
　관리하던 관아(官衙). 별칭 장복(掌服), 중상(中尙), 공조(供造), 상방(尙方).

84 직장(直長) : 상의원(尙衣院)의 종칠품(從七品) 벼슬. 정원은 1원(員). 의대색(衣襨色)
　을 관장(管掌)하였음.

정경부인 전씨(1653~1732)는 전일성(田一成)의 딸로, 이사길(李師吉)에
게 시집갔다. 1728년 당시 아들 이삼(李森)이 훈련대장으로 궁궐을 호위
하고 있었는데 전씨의 병이 위독해지자 임금은 이틀에 한 번 말미를 주었으나
전씨는 공무에만 전념하라며 아들을 만나지 않겠다고 했다. 절조 있는 태도로 남
편을 섬겼으며 절도 있는 행동으로 자식을 교육하여, 아들이 공무에 충실하도록
이끌었고, 이로 인해 영조의 유지를 받기도 했다.

고려 예의상서 신공의 부인 정씨 묘표
高麗禮儀尙書申公夫人鄭氏墓

　　고려조 예의판서(禮儀判書) 봉익대부(奉翊大夫) 보문각(寶文閣) 제학(提學)
신덕린(申德隣)[85] 공의 부인은 광주(光州) 정씨이다. 무덤은 광주(光州) 군
분리(軍盆里) 북서쪽을 등진 자리에 있는데, 증손 신중주(申仲舟)의 묘와
열 몇 걸음 떨어져 있다. 옛날에는 아무런 표지도 없었는데, 이에 전라도
병사(兵使)로 있던 조호신(趙虎臣)이 전라도 수령 중에 부인의 후손이 되
는 사람 및 여러 읍에 흩어져 살고 있는 일가들과 함께 힘을 합하여 돌
을 깎아 작은 묘표를 세워 그 곳을 표시하여 장차 나무꾼이나 목동들의
출입을 금하기로 의논하고, 나에게 글을 부탁했다.

　　부인이 세상을 떠난 지 거의 400년이 되었다. 그 분의 훌륭한 말씀이
나 아름다운 행실들은 가져와 증명할 만한 것이 없지만, 신공의 일만은
『고려사』에 대략 보인다. 『고려사』에,

　　"충정왕이 강화도로 피난 가 있을 때에 따라온 옛 신하는 오직 전교령
(典校令) 신덕린(申德隣) 등 몇 사람뿐이었다."

라고 했다. 신공은 위태로울 때에도 이처럼 신하로서의 절개를 잃지 않
았으니, 부인의 부덕(婦德)과 갖추어진 아름다움 역시 잘 알 수 있다. 부
인의 아들은 신포시(申包翅)[86]로, 고려조에 과거에 급제하였는데, 고려가

---

85 신덕린(申德隣) : 생몰년 미상. 고려말~조선초의 서화가. 본관은 고령(高靈). 자는 불
고(不孤), 호는 순은(醇隱). 검교군기감(檢校軍器監) 신성용(申成用)의 4대손으로 벼슬
은 예의판서(禮儀判書)를 거쳐 보문각제학(寶文閣提學)을 지냈다. 이색(李穡)·정몽주
(鄭夢周) 등과 친교가 있었고 고려가 망한 뒤에는 광주(光州)에서 은거하며 여생을 보
냈다. 두문동 72현의 한 사람으로 고령의 영연서원(靈淵書院)에 배향되었다. *참고문헌
: 高麗史, 大東奇聞(姜敦錫), 韓國書藝史(金基昇, 博英社, 1974).

망하자 남원의 호촌(壺村)에 내려와 살고 있었다. 조선에서 대사간의 벼슬을 주며 여러 번 불렀으나 응하지 않았고, 끝내 절개를 온전히 지키다가 죽었으니, 부인의 집안에서 가르친 것을 또 알 수 있다. 신포시에게는 세 아들이 있었는데, 맏아들 장(檣)[87]은 문과에 급제하여 참판(參判)을 지냈고, 둘째 제(梯)는 감찰(監察)이며, 다음 평(枰)은 문과 급제하여 정언(正言)을 지냈다. 손자 맹주(孟舟)는 서윤(庶尹)을 지냈고, 중주(仲舟)는 군사(郡事)를, 숙주(叔舟)[88]는 문과 급제하여 영의정이 되었으며 추증된 시호

---

86 신포시(申包翅) : 생몰년 미상. 고려 말 조선 초의 문신. 본관은 고령(高靈). 아버지는 전서 신덕린(申德隣)이다. 1383년(우왕 9)에 생원으로 식년문과에 급제하였다. 조선 개국 후 좌사간 등 언관의 직임을 수행하면서 불교배척, 양천의 분별에 관한 주장을 펼치는 등 개국 초창기에 있어서 문물제도의 설행에 유교 이념적 언론활동을 하였다. 뒤에 벼슬이 공조참의에 이르렀고, 죽은 뒤에는 찬성에 증직되었다. *참고문헌 : 世宗實錄, 國朝榜目, 二樂亭集.

87 장(檣) : 신장(申檣). 1382(우왕 8)~1433(세종 15). 본관은 고령(高靈). 자는 제부(濟夫), 호는 암헌(巖軒). 사경(思敬)의 증손으로, 할아버지는 고려 전의판서(典儀判書) 신덕린(申德隣)이고, 아버지는 고려 공조참의 신포시(申包翅)이며, 어머니는 김충한(金忠漢)의 딸이다. 아들에 숙주(叔舟)·말주(末舟)가 있다. 어머니는 함주지사(咸州知事) 정유(鄭有)의 딸이다. 1402년(태종 2) 식년문과에 동진사(同進士)로 급제하여 상서녹사(尙書錄事)가 되었다. 다음 예조정랑 겸 춘추관기사관을 거쳐, 춘추관동지사로서『정종실록』의 편찬에 참여하였다. 뒤에 중군도총부총제(中軍都總府總制)·세자우부빈객(世子右副賓客)을 거쳐 공조좌참판에 이르렀다. 그리고 오래 대제학을 맡아 당시 유학에 통달한 권위 있는 학자로 추앙을 받았다. 뒤에 영의정에 추증되었다. *참고문헌 : 定宗實錄, 世宗實錄, 定齋集, 二樂亭集, 於干集, 國朝人物考, 國朝榜目.

88 숙주(叔舟) : 신숙주(申叔舟). 1417(태종 17)~1475(성종 6). 본관은 고령(高靈). 자는 범옹(泛翁), 호는 희현당(希賢堂) 또는 보한재(保閑齋). 아버지는 공조참판 신장(申檣)이며, 어머니는 지성주사(知成州事) 정유(鄭有)의 딸이다. 1438년(세종 20) 사마양시에 합격하여 동시에 생원·진사가 되었다. 이듬해 친시문과에 을과로 급제하여 전농시직장(典農寺直長)이 되고, 1441년에는 집현전부수찬을 역임하였다. 1447년 중시문과에 을과로 급제하여 집현전응교가 되고, 1451년(문종 1)에는 명나라 사신 예겸(倪謙) 등이 당도하자 왕명으로 성삼문과 함께 시짓기에 나서 동방거벽(東方巨擘)이라는 찬사를 받았다. 1452년(문종 2) 수양대군이 사은사(謝恩使)로 명나라에 갈 때 서장관으로 추천되어 수양대군과의 유대가 이때부터 특별하게 맺어졌다. 1453년 승정원동부승지에 오른 뒤 우부승지·좌부승지를 거쳤다. 같은 해 수양대군이 이른바 계유정란을 일으켰을 때 외직에 나가 있었으며, 수충협책정난공신 2등에 책훈되고, 곧 도승지에 올랐다. 1455년 수양대군이 즉위한 뒤에는 동덕좌익공신(同德佐翼功臣)의 호를 받고 예문관대제학에 초배(超拜)되

는 문충(文忠)이다. 송주(松舟)는 문과 급제하여 부사(府使)를 지냈고, 말주
(末舟)[89]는 문과 급제 후 대사간(大司諫)이 되었다. 친손과 외손이 셀 수
없을 정도로 많으니, 부인께서 남긴 경사가 미친 것이 또 이와 같다.

　아아! 번성하기도 하다. 부인의 아버지는 정신호(鄭臣扈)로, 전직(殿直)
을 지냈다. 신공의 자(字)는 불고(不孤)이고, 호(號)는 순은(醇隱)으로, 본관
이 고령(高靈)이다. 묘는 옥과(玉果)의 개사동(介寺洞)에 있는데, 부인과는
따로 장사를 지냈다고 한다.

> | 해제 | 정씨는 정신호(鄭臣扈)의 딸이자 신덕린(申德隣)의 아내이며, 신포시(申
> 包翅)의 어머니이다. 정씨가 죽은 지 400년 후 부인의 후손들이 무덤을
> 정비하면서 묘표 세울 것을 논의해 전라도 병사 조호신이 이덕수에게 이 글을
> 부탁했다.

어 고령군(高靈君)에 봉하여졌다. 1457년 좌찬성을 거쳐 우의정에 오르고 1459년에는 좌
의정에 이르렀다. 1468년 예종이 즉위함에 승정원에 들어가 원상(院相 : 어린 임금을 보
좌하던 원로대신)이 되었고, 같은 해 이른바 남이(南怡) 옥사를 처리하여 수충보사병기
정난익대공신(輸忠保社炳幾定難翊戴功臣)의 호를 받았다. 성종이 즉위함에 순성명량경
제홍화좌리공신(純誠明亮經濟弘化佐理功臣)의 호를 받고, 영의정에 다시 임명되었다.
시호는 문충(文忠)이다. *참고문헌 : 世宗實錄, 端宗實錄, 世祖實錄, 睿宗實錄, 成宗實錄,
三灘集, 保閑齋集, 國朝人物考, 國朝榜目, 燃藜室記述, 大東奇聞, 海東雜錄.

89 말주(末舟) : 신말주(申末舟). 1439(세종 21)~1503(연산군 9). 본관은 고령(高靈). 자는
자집(子楫), 호는 귀래정(歸來亭). 1454년(단종 2) 생원시에 합격하고, 같은 해 식년문과
에 정과로 급제하여 벼슬이 대사간에 이르렀다. 성격이 조용하고 담담하여 벼슬하기를
즐기지 않았다. 단종이 왕위에서 물러난 이후로 벼슬을 사임하고 물러나 순창에 살면서,
귀래정을 지어 산수를 즐겼다. 1476년 전주부윤, 1483년 창원도호부사, 1487년 경상우도
병마절도사와 대사간, 이듬해 첨지중추부사·전라수군절도사를 지낸 기록이 있다. *참고
문헌 : 文宗實錄, 端宗實錄, 世祖實錄, 睿宗實錄, 成宗實錄, 大東韻府群玉, 國朝榜目, 海東
雜錄, 於于集.

어머니 행록

先妣行錄

    처음 어머니께서 돌아가셨을 때, 아이[90]가 어머님의 유사를 기록한 것이 아주 자세하였다. 나 역시도 묘지(墓誌)를 지었는데, 실로 나의 글은 소략하여 산배가 지은 것보다 훨씬 못하다. 이제 이 글을 보니 옛일을 추억하게 되고 지금의 현실이 마음 아파 피눈물이 흐른다. 마침내 내 글에 기록하여 두고 자손들이 돌아가신 어머니의 덕행을 알고자 하는 데에 참고로 삼고자 <어머니 행록(先妣行錄)>이라고 제목을 붙여서 내 문집에 실은 것이다. 본문에 '돌아가신 할머니'라고 한 것은 아이의 본문(本文)을 따른 것이다.

    할머니는 나면서부터 몸이 약하고 병치레를 잘 하여, 친정어머니 이부인[91]께서 매우 걱정하고 사랑하며 품에서 떼어놓지 않으셨다. 조금 자라자 고종사촌 여동생인 조부인[92], 이종사촌 언니 정부인[93]과 함께 사이좋게 놀았다. 조부인과 정부인 두 분이 간혹 바느질, 베 짜기 같은 일을 할 때, 할머니도 그분들과 함께 배우고 싶어하면 이부인께서는 그때마다 그만두도록 하고 이렇게 말씀하셨다.

    "너는 몸이 많이 약하니 스스로 보호하여 병이 나지 않도록 해야 한다.

---

90 아이 : 덕수의 아들 이산배(李山培). 계미년[1703] 출생. 자(字)는 사인(士寅). 본관은 전의(全義). 아버지는 이덕수(李德壽)이며 할아버지는 이징명(李徵明)이고, 외할아버지는 강진상(姜晉相)이다. 영조(英祖) 6년 (경술, 1730년) 정시(庭試)에 을과(乙科)1로 급제했다. 임자년[1732] 2월에 병으로 세상을 떠났다.

91 이부인 : 판서 이기조(李基祚)와 고령 신씨의 둘째 딸, 심약한(沈若漢)의 아내.

92 조부인 : 심억(沈檍)의 딸인 청송 심씨와 조지형(趙持衡) 사이의 딸. 대간(臺諫) 이세면(李世勉)의 아내.

93 정부인 : 판서 이기조(李基祚)의 여섯째 딸과 정상징(鄭尙徵) 사이의 딸. 판서(判書) 민진주(閔鎭周)의 아내.

건강해지고 튼실해진다면 타고난 성품이 총명하고 슬기로워서 내가 너를 가르치지 않아도 너는 분명 스스로 깨우칠 것이다. 나는 네가 병약한 것이 걱정이지, 네가 여공(女工)을 배우지 못하는 것은 걱정하지 않는다."

　조부인은 대간(大諫) 이세면(李世勉)[94]의 부인이며, 정부인은 판서(判書) 민진주(閔鎭周)[95]의 부인이다.

　이부인께서는 총명하고 영특하셨으며 경서(經書)와 역사서를 잘 아시고 도리에 대해 통달하셨는데, 할머니를 깊이 사랑하셨지만 일일이 가르쳐 깨닫게 하셨고, 『소미통감(少微通鑑)』,[96] 『소학(小學)』 등의 책을 가져다 날마다 과제를 정해 읽히고 밤에는 읽은 글을 외우도록 했다. 또 천체의 형상을 가리켜 별들의 운행 경로를 알게 하기도 했다. 예부터 내려오는 현명한 부인과 어진 여인에 이르기까지 옳고 그름과 성공과 실패를 차근차근 지도하지 않은 것이 없었다. 할머니는 한번 듣고는 바로 기억하여 돌아가실 때까지 잊지 않으실 수 있었으니, 견해가 분명하고 박식하시어

---

94 이세면(李世勉) : 1651~?. 본관 용인(龍仁). 이정악(李挺岳)의 아들, 이세백(李世白)의 동생. 숙종(肅宗) 36년[1710] 춘당대시(春塘臺試) 갑과(甲科) 1. 1713년 승지, 1715년 충청감사(忠淸監司), 1716년 대사간를 지냈으나 『가례원류』 판본을 헐지 못한다고 간하여 파직되었다. ＊참고문헌 : 肅宗實錄, 魯西遺稿.

95 민진주(閔鎭周) : 1646~1700. 본관 여흥. 자 유문(孺文). 시호 정간(貞簡). 송시열(宋時烈)의 문인. 1673년(현종 14) 생원이 되고, 1684년(숙종 10) 정시문과에 병과로 급제하였다. 지평(持平)·이조좌랑·중학교수(中學敎授)를 지내고, 1689년 기사환국 때 삭직되었다. 1694년 갑술환국으로 경상도관찰사·강화유수·대사간·의금부동지사 등을 역임하였으며, 이어 평안도관찰사 때 윤지선(尹趾善)에 의하여 면직되었다. 1699년 한성부좌윤·병조판서·이조판서 등을 지내고, 비변사유사당상(備邊司有司堂上)·의금부판사 등을 지냈다. 영의정에 추증되었다. ＊참고문헌 : 肅宗實錄, 承政院日記, 國朝人物考, 國朝榜目.

96 소미통감(少微通鑑) : 북송(北宋) 휘종(徽宗) 때의 학자 강지(江贄)가 펴낸 『통감절요(通鑑節要)』를 이른다. 사마광(司馬光)의 『자치통감(資治通鑑)』 294권을 50권으로 절요한 것이다. 강지(江贄)는 숭안현(崇安縣) 사람으로 자는 숙규(叔圭)이다. 주역에 조예가 깊었다. 태사(太史)가 소미성(少微星)을 보고 은거한 이들에서 천거하게 하자, 그가 세 번 천거되었으나 끝내 나아가지 않아 소미선생(少微先生)이라는 호를 하사받았다.

온 집안사람들이 공경하고 탄복했다.

이부인께서는 젊은 나이에 홀로 되어 집안일을 감당하셨는데, 슬하에
는 다만 응교공(應敎公)97과 할머니만 계셨다. 응교공이 배우는 것은 할머
니도 다 어깨 너머로 배우셨다. 간혹 한집안 부녀자들이 집안에 모이게
되면 서로 실없는 농담이나 우스갯소리를 하기도 했는데, 할머니는 조용
히 혼자 앉아 계시기만 했고 사람들과 시비를 따지는 것을 즐기지 않으
셨다. 하루는 응교공이 밖에서 돌아와 종이 세 장을 가지고 각각 한 글
자씩 '명(明)', '현(賢)', '안(安)'이라고 쓰고는 조부인과 정부인, 그리고 할
머니께 각자 골라 가지라고 했다. 할머니는 '안(安)'자를 가지고는 웃으며
이렇게 말씀하셨다.

"나는 어질지도 총명하지도 않으니, 다만 편안하고 걱정 없는 사람이
되고 싶어요."

그 성품이 온화하고 겸손하신 것이 이와 같았다.

나이 열여섯에 이씨 가문으로 시집오셨는데, 당시 시어머니 서부인98
과 시할머니 심부인99께서 다 홀로 되셨기 때문에 집안 살림이 매우 어려
웠다. 조석 끼니 역시 때로 여러 번 걸렀는데, 할머니만은 신부라고 하여
특별히 아침저녁 밥상을 차려 주었다. 할머니께서는 먹지 않으면 안 될

---

97 응교공(應敎公): 심유(沈濡). 1640(인조 18)~1684(숙종 10). 조선 후기의 문신. 본관은
청송(靑松). 자는 성윤(聖潤). 심약한(沈若漢)의 아들이며, 어머니는 예조판서 이기조(李
基祚)의 딸이다. 1662년(현종 3) 진사가 되고 1669년 정시문과에 을과로 급제하여 승문
원에 보임되었다가 사관을 거쳐 세자시강원설서, 사서, 정언, 병조낭관 등을 역임하였
다. 1680년(숙종 6) 경신대출척 때 장령으로 있으면서 남인인 윤휴(尹鑴) 등의 유배와
민암(閔黯)의 삭탈관작 및 복창군(福昌君) 정(楨)과 복선군(福善君) 남(枏) 형제의 안치
(安置)를 주장하였다. 그뒤 정언, 수찬, 헌납, 집의 겸 지제교, 부교리, 교리, 사간, 부응
교 등의 언관을 두루 역임하였다. 경(經)·사(史)·시(詩)·율(律)에 능통하였다. *참고
문헌: 顯宗實錄, 肅宗實錄, 國朝人物考, 國朝榜目, 明谷集.
98 서부인: 할아버지 이만웅(李萬雄)의 아내. 달성 서씨. 서경주(徐景雨)와 선조의 딸인
정신옹주(貞愼翁主)의 딸.
99 심부인: 증조부 이행건(李行健)의 아내. 청송 심씨. 심대후(沈大厚)의 딸.

것이라고 생각은 하셨지만 혼자 먹게 되면 그때마다 마음이 불안하여 한 부인과 정부인 두 고모할머니께 그 밥을 나누어 드리겠다고 청하였다. 처음으로 직접 여공을 잡으시면서 매일 밤 꼭 등불을 켜고 홀로 앉아 새벽이 될 때까지 잠깐씩만 눈을 붙였는데, 감히 친정이 세도가에 부유하다고 하여 교만하고 태만히 혼자만 편히 지내려는 마음을 갖지 않으셨다.

할아버지께서 학당(學堂)에 가거나 성균관에 과거보러 가시기라도 하면 할머니께서는 닭이 울 때 일어나 비녀 따위를 가져다 쌀과 바꾸어서는 새벽밥을 지어드렸는데, 힘들고 고생스런 모습을 시어머니께 내보이지 않으셨다. 또한 시댁이 가난하다고 하여 친정에 부탁한 적도 없었다. 때때로 친정집에 뵈러 가면 외삼촌 통천공(通川公)께서 집안의 젊은 부녀자들에게 그 시댁에서 들은 이야기를 각자 해 보게 하셨는데, 부인들은 다투어 이야기하는 것이 있었다. 어떤 이는 근심어린 얼굴로, 어떤 이는 잘난 척하며 이야기하기도 했지만, 할머니는 맨 마지막에 이렇게만 말씀하셨다.

"제 시댁은 청빈(淸貧)할 따름입니다."

이 외에 다른 말씀은 없으셨다.

할아버지께서는 어릴 때 아버지를 여의고 지사공(知事公)과 함께 살았다. 할머니께서 가문에 들어왔을 때, 지사공의 나이가 아직도 어려 의복과 음식, 세수하고 머리 빗는 일까지도 다 할머니께 의지했는데, 할머니께서는 불쌍히 여겨 도와주시고 사랑하며 친동생과 다름없이 대하셨고, 또 나이가 어리다고 하여 만만히 본 적이 없으셨다. 지사공께서는 만년에 늘 이렇게 말씀하셨다.

"세상에 어찌 현숙한 부인이 없겠는가마는 누가 우리 형수님만큼 차분하고 온화하여 사람들을 저절로 마음속 깊이 감복케 하여 공경하게 만드는 이가 있겠는가? 나와 우리 형수님은 60년을 한집안에서 살았는데, 끝내 화내고 꾸짖는 소리를 들어본 적이 없었으며 게으르거나 거리낌 없이 함부로 하는 기색을 보인 적도 없었으며, 근심스러운 일이나 기쁘고 즐거운 일이 바로 앞에서 번갈아 일어나도 담담히 대처하시어 끝내 도에 넘치게 슬퍼하거나 기뻐하시는 모습을 보지 못했다. 우리 형수님과 같은 분을 어찌 세상 부인들이 따라올 수 있겠는가?”

을묘년[1675] 할아버지께서 서부인을 모시고 지평(砥平)의 가마못[釜淵]에 있는 시골집으로 가셨는데, 집안의 형편이 매우 어려웠다. 당시 아버지께서 태어난 지 겨우 3년이 되었고, 고모 역시 나이 겨우 열 살이었다. 할머니는 젖먹이 아이 둘을 데리고, 하루에 겨우 보리밥 한 그릇에 된장찌개 몇 숟갈만을 드셨지만 마음속으로 아주 편안히 여겨 앞으로도 계속 그렇게 사실 듯했다. 밖에서는 할아버지께서 손수 쟁기질을 하셨고, 안에서는 할머니께서 밤새도록 길쌈을 하셨다. 산골짜기에서 여러 해를 사는 동안 서부인께서 가난의 고통을 알게 하지 않으셨는데, 맛있는 음식을 장만하여 아침저녁에는 끼니를 거른 적이 없었으며, 서부인의 생신 때마다 꼭 술과 음식을 성대하게 차려 서울의 친척들과 시골에 사는 어른들은 초청하여 잔치를 며칠씩이나 하고서야 마쳤다. 지사공께서도 식구들을 데리고 한집안에서 사셨는데, 할머니께서는 마치 자기 자식처럼 조카들을 대하여 밥 한 그릇이라도 꼭 나누어서 주었다. 이 때문에 한집안이 오순도순 화목하였다. 세상 부녀자들이 대체로 남의 장단점을 논하기 좋아하여 원망하거나 헐뜯기도 하는데, 할머니께서는 한 마디 하시는 말씀마다 다 그 사람의 덕을 이야기하니, 인척들이나 인근 마을 사람들까지도 모두 ‘모부인은 실로 현인(賢人)과 성인(聖人)의 덕을 갖추었다.’라고 했다. 할머니의 타고난 품성과 자질이 온화하고 어질어 자연히 다른 사람의 마음을 감화시킬 수 있어서인데, 다른 사람들처럼 겉으로만 정성스럽게 인사치레하여 감격하게 만드는 것은 아니었다.

기사년[1689]에 할아버지께서 고모할머니의 남편인 관찰사(觀察使) 심공과 함께 심리(審理)를 받으셨는데, 화가 어디까지 미칠지 모르는 판국이라 고모할머니는 할머니의 손을 잡고 가슴을 치며 울려고 하니 할머니께서는 온화한 표정을 하고 따뜻한 말로 그치게 하셨다. 할아버지께서 만경(萬頃)의 군산도(群山島)로 유배를 가게 되자, 할머니께서는 따라가 6년 동안 귀양지에서 사셨다. 안개와 습기, 세찬 바닷바람은 사람이 견뎌 내기 어렵게 했는데도 할머니께서는 즐거워하며 편안히 여기셨고 미간(眉間)에 끝내 근심스런 기색을 내비치지 않으셨다. 『소학(小學)』과 『당시절구(唐詩絶句)』 한 권을 가져 와서는 몰래 재미삼아 보시면서 하루하루를 보내시었다. 서울에 사는 부녀자들이 때때로 편지를 써 안부를 물으면 역시 근심스럽거나 원망하는 마음을 편지에 내보이지 않아서, 지금까지 집안사람들 사이에서 칭찬이 끊이지 않는다.

　　관찰사 심공의 이름은 권(權)이다.

　갑술년[1694] 이후 할아버지께서 요직을 두루 거치면서 명성과 지위가 매우 높아졌지만 할머니께서는 한결같이 절약하고 검소한 생활을 지키시어 건물이나 살림 기물들을 다 소박하고 꾸밈없는 것으로 두셨으며, 바느질과 길쌈에 쓰는 광주리를 앞에서 치우지 않으며 진지 드시거나 주무실 때 외에는 손을 놓고 한가하게 앉아 계시는 것을 본 적이 없었다. 제사를 받드는 절차에는 더욱 온 정성을 기울여 선조의 기제사 때마다 반드시 새벽에 일어나 세수하고 머리 빗고는 여종들을 시켜 집 안팎을 물 뿌려 청소하게 하고 삶거나 굽고 깎거나 써는 음식 장만은 직접 감독하고 살피셨다. 내외 4대 선조의 기일까지 반드시 사흘 전부터 채식을 하셨고, 노쇠하셨다고 해서 혹시라도 제사를 거르는 일은 없었다. 아침 저녁으로 서 홉 밥만 드셨지만 그것도 다 드시지 않으셨으며, 제철 음식이 아니면 절대 입에 대지 않으셨으니, 이 때문에 온 집안 부녀자들이 다 감히 사사로이 음식을 마련할 수 없었다.

　할아버지께서는 성품이 남에게 베풀어주기를 좋아하셨던 데다가 집안에 가난하고 외로운 사람에게 마음을 다하여 도와주고자 하셨다. 그러므로 할머니께서는 같은 마음으로 뜻을 받들어 감히 함부로 하거나 소홀히 하는 일이 없으셨다. 할아버지께는 사촌 형님이 계셨는데, 일찍 돌아가시고 아들 딸 네다섯 명이 있었다. 할머니께서는 데려다 그 아이들을 길러주고 지극히 잘 돌보아주고 사랑해주셨는데 친자식과 다름이 없었으며, 손수 옷과 이불을 마련해주고 때를 놓치지 않고 혼인을 시켰다. 고씨 며느리가 처음 혼인할 때, 할머니는 보석으로 잘 차려 입히고는 기뻐하는 기색이 얼굴에 넘치셨는데, 사람들이

"오늘 비로소 모부인의 희색(喜色) 가득한 얼굴을 보게 되는구나."
라고 했다.

할아버지께서 황해도 관찰사가 되셨을 때, 곁눈질한 기생이 있었는데, 할아버지의 관직이 바뀌어 돌아오실 때까지 기생이 혼자 절개를 지키고 있었다. 병자년[1696] 가을에 아버지께서 사마시에 합격하셨을 때, 기생이 곧바로 스스로 노비와 말을 마련하여 힘들게 변경에서 왔다. 당시에 마침 온 집안사람들이 대청 위에 모여 있었는데, 고모할머니이신 관찰사 심씨 부인께서 황해도 기생이 뵈러 왔다는 말을 듣고 노비에게 쫓아 내보내라고 명하시고는 바로 할아버지를 불러 질책하셨다. 할머니께서는 천천히 나아가 이렇게 아뢰었다.

"저 사람이 좋은 뜻으로 멀리서 왔고 당연히 스스로 돌아갈 것인데, 꼭 이렇게 화내실 필요까지 있겠습니까?"

고모할머니께서는 그래도 화를 그치지 않고 자리를 떠나 바로 돌아가 버리셨다. 할머니께서는 여종들을 시켜 음식을 차려 잘 대접하게 했다. 기묘년[1699]에 할아버지가 돌아가신 뒤에는 그를 대접하는 도리를 예전에 비해 더욱 극진히 했다. 기생이 고향으로 돌아가 살았지만 할머니는 계속해서 편지로 안부를 물으셨고, 간혹 때때로 황해도에는 없는 것을 부쳐 보내주기도 하시어, 온 집안사람들이 그분의 덕에 감복했고, 기생

역시 마음속 깊이 새겨 은혜에 감사했다. 할머니께서 돌아가시게 되자 기생은 바로 부고를 듣고 서울로 올라와서 슬피 통곡하고 가슴아파하는 것이 우리 어머니가 슬퍼하시는 것과 다름이 없었다. 할머니의 어진 덕이 다른 사람의 마음 깊숙이 파고든 것이 이와 같았다.

첨사(僉使) 심약순(沈若淳)은 바로 할머니의 할아버지이신 첨추공(僉樞公)의 서출(庶出)이다. 어려서부터 의지할 곳을 잃고 굶을 정도로 가난한데 돌아갈 곳이 없었다. 할머니께서 거두어 길러주시며

"이 아이도 우리 할아버지의 혈육인데, 길거리에서 넘어져 있는 것을 어찌 차마 보겠는가?"

라고 하셨다. 할아버지께서 관서지방 안찰사(按察使)로 가실 때, 심약순이 그분을 따라갔는데, 바로 성천(成川) 별장(別將)으로 임명되니 할머니께서 불러다 이렇게 일러주셨다.

"너는 우리 친정의 식구이다. 먼저 중요한 임무를 맡았으니 모름지기 삼가고 조심하여 바깥에서 쓸 데 없이 비방하는 말을 하게 해서는 안 될 것이다. 혹시라도 잘못이 있다면 서로 용서하기는 어려울 것이니, 내가 어찌 사사로운 정을 이유로 바깥일에 누를 끼치겠느냐?"

약순은 이로부터 스스로 자신을 단속할 줄 알게 되어 자립하게 되었다. 할머니께서 돌아가시자 약순은 목이 메어 말을 잇지 못하며 이렇게 말했다.

"나를 낳아주신 분은 부모님이시지만, 내가 인간이 될 수 있게 해준 것은 돌아가신 부인의 큰 덕이 아닌 것이 없으니, 내 비록 분골쇄신한다고 해도 어찌 이 덕의 만 분의 일인들 갚을 수 있겠는가?"

기묘년[1699]에 할아버지께서 세상을 떠나시자 할머니께서는 3년 동안 곡읍(哭泣)하시며 한결같이 예법을 따르셨고, 조그마한 책자를 만들어 외부 고을에서 들어 온 부조와 위문 온 진시들을 손수 기록하시어 후에 참고가 되게 하셨다. 접시와 사발, 주발 등은 따로 간수하시어 벽 뒤 작은

감실에 넣어두셨는데, 아침저녁 상식과 제사 때마다 꼭 손수 깨끗이 씻으셨다. 3년 동안 한 번도 입을 벌리고 크게 웃으신 적이 없었고, 또 소리 내어서 울거나 땅을 치거나 구르거나 한 적도 없었는데, 보는 사람들이 자연히 슬퍼하고 공경하며 감복하는 마음이 들게 되었다. 지금까지도 칭찬하는 말이 그치지 않는다.

아버지께서 신묘년[1711]에 국제(菊製)¹⁰⁰에서 장원으로 뽑히고, 계사년 [1713]에는 비로소 합격자 명단에 오르게 되었다. 숙부께서도 이 해에 사마시(司馬試)에 장원급제하시니, 사람들이 다

"모부인의 인덕이 쌓여서 겹경사가 나는구나."

라고 했다. 관찰사 부인 심씨는 할머니의 손을 잡고 이렇게 말했다.

"부인의 어진 덕으로 위로는 제사를 받들어 가문의 도가 변하지 않게 하고, 아래로는 두 아이를 잘 길러 마침내 이런 크나큰 경사를 보게 되었으니, 부인의 어진 덕이 아니면 이렇게 할 수 있었겠습니까? 부인의 평소 후덕한 마음으로 보아 오늘의 복은 당연하지요!"

할머니께서는 겸손한 말로 사례하셨고, 끝내 거만한 모습이나 기뻐하는 기색을 얼굴에 드러내지 않으셨는데, 다만 때때로 옛일을 회상하며 슬픈 심정이 되시곤 할 따름이었다.

을미년[1715]에 작은아버지께서 세상을 떠나셨는데, 숙모께서는 임신하신 지 두어 달이 되었을 때였다. 할머니께서는 보살펴주려 하시어 끝내 가슴 아픈 말씀이나 슬퍼하는 표정으로 마음 쓰이지 않게 하셨고 번번이 온화한 표정과 따뜻한 말로 손수 미음을 권하셨다. 숙모님은 귀한 가문의 딸로 갑자기 엄청나게 큰일을 당하여 슬프게 소리치는 것이 지나

---

100 국제(菊製): 절일제(節日製)의 하나인 구일제(九日製)를 달리 이르는 말. 조정에서 매양 명절에 과거를 베풀어 선비를 취하고 이를 절제(節製)라고 일컬었는데, 음력 정월 초이렛날의 인일제(人日製), 삼월 삼짇날의 화제(花製), 칠월 칠석의 오제(梧製), 구월 구일의 국제(菊製) 등 네 종류가 있다. *참고문헌 : 海東竹枝, 名節風俗.

쳤으며 스스로 절제할 수도 없었는데, 죽을 권할 때마다 몹시 성을 내게 되는 일이 많았지만 할머니께서는 언제나 얼굴을 펴시고 억지로 웃으시어 마치 슬픈 마음이 벌써 사라진 것 같았다. 지금까지 온 집안사람들은

"모부인의 마음속에는 본래 성낼 노(怒) 자 한 글자는 없다."

라고 한다. 3년 동안 조석으로 곡하며 제수를 올릴 때, 할머니께서는 반드시 친히 직접 하셨는데 병이 났다고 하여 폐하는 법이 없으셨다. 당숙 수찬공께서는 이런 말을 하신 적이 있었다.

"우리 숙모의 마음은, 곡하는 소리를 들어보면 그 공경하여 복종함을 더욱 알 수 있다. 슬프게 부르짖는 소리는 대부분 급하고 빠르다가 오랫동안 하게 되면 서서히 지겨워지기 마련인데, 숙모의 경우에는 초상 때부터 3년 동안 한결같이 꼭 같으시니, 다른 사람에게도 눈물을 흘리고 싶게 만든다."

산배는 어렸을 때 할머니께 글을 배웠는데, 제멋대로 뛰어놀기만 했지 일과로 정해진 공부에는 전혀 관심이 없었다. 할머니께서는 끝내 회초리로 때리거나 하는 일이 없었고, 다만 밤중에 불러 앞으로 오라고 하시고는 옛날 어진 사람과 못난 사람들을 차례로 꼽으시며 이렇게 말씀하셨다.

"누구는 어릴 때 부지런히 책을 읽어 후세에 훌륭한 이름을 전했는데, 누구는 어릴 때 책을 읽지 않더니 끝내 무뢰한이 되었다. 너는 책을 읽어 이름을 알린 사람을 본받고 싶으냐? 아니면 책을 읽지 않아서 무뢰한이 된 사람을 본받고 싶으냐?"

거듭 잘 타일러 주시기를 매일 이렇게 하셨다. 그래서 산배는 이로 인하여 조심하고 잘 깨달아 방탕하거나 색에 빠지는 사람이 되는 데까지는 이르지 않을 수 있었다.

산배는 경자년[1720]에 당숙 수찬공과 함께 사마시 초시에 합격했는데, 그 다음해 시험장에 모였을 때는 수찬공께서는 좋은 성적으로 급제하시

고 산배만 떨어져서 마음이 몹시 섭섭해하자, 할머니께서는 꾸짖으시며 이렇게 말씀하셨다.

"네 숙부는 나이 오십이 다 되어 이제 소과에 급제했다. 가령 너는 합격해야 하는데도 떨어졌고 네 숙부는 합격해서는 안 되는데 합격한 것이라고 해도 다행이라고 해야 할 것이다. 하물며 너는 한 번 시도하여 요행으로 합격하였으니, 네 숙부가 너보다 먼저 된 것은 이치상 마땅하다. 모름지기 편협한 모습을 보이지 말고 온 집안 식구들과 다 함께 즐거워하도록 해라."

할머니께서는 생명을 아끼는 덕성이 보통 사람보다 남달리 특별했는데, 일찍이 이런 말씀을 하신 적이 있었다.

"내가 어릴 때 풀벌레 두 마리를 잡아 머리를 묶어 두고 놀다가 문지도리에 걸어두었는데, 우리 어머니의 꿈에 푸른 옷을 입은 두 사람이 와서 무릎을 꿇고는 '목숨이 경각에 달려 있으니 하찮은 목숨 살려 주시기를 감히 빕니다.'라고 하지 않았겠니. 깨닫게 되어 문에 걸려 있는 풀벌레를 보고는 바로 풀어서 숲 속에다 놓아 주었단다."

풀벌레 같은 미물에게도 생명을 구해주려는 마음을 베푸셨으니, 귀중한 사람의 목숨이겠는가? 이 때문에 종들이 잘못을 하더라도 절대 매를 지나치게 치지 않으셨다. 병신년[1716] 봄에 아버지께서 문의현(文義縣)의 현령으로 계셨는데, 아전 하나가 병든 채로 심한 곤장을 맞았다. 할머니께서 들으시고는 쌀이며 고기를 계속해서 보내주어 그를 간호하게 했는데, 죽게 되자 가엾어하며 마음 언짢아하시었다. 아버지를 만날 때마다 장형(杖刑)을 삼가라는 뜻을 간곡히 타이르셨다.

아버지께서는 집안 살림살이에는 관심이 없어서 시골에서 거두어들이는 것에서부터 온갖 들고나는 것에 이르기까지 일체 살펴보지 않으셨는데, 할머니께서 곡식 한 말, 한 되, 베 한 자, 한 치까지도 일일이 다 총괄하여 담당하셨다. 선조의 제사 때마다 잘 구하기 어려운 제수가 있더라도 할머니께서는 규모 있게 계획하고 처리하여 꼭 모두 준비하시었고, 자손들이 번거롭지 않도록 목소리나 표정에 드러내지 않으셨다. 그리하여 온 집안이 편안하고 안정되어 아버지께서 여유로이 신경 쓰지 않고서 경서(經書)에만 마음을 쏟으실 수 있었다.

할머니께서는 타고난 품성이 담박하여 평생 동안 부러워하거나 좋아서 갖고 싶어하는 폐단이 없었다. 떡과 과일, 생선이나 고기 맛까지도 역시 편식하는 것이 없었다. 한번은 이런 말씀을 하신 적이 있었다.

"구슬이나 옥 따위의 보석은, 추울 때 잘라서 옷을 만들 수도 없고 배고플 때 끓여서 먹을 수도 없다. 그런데도 다만 비싼 돈을 허비하여 한 때 잘 꾸미는데, 타고난 자질이 어찌 이것 때문에 더욱 아름다워지겠느냐?"

이로 말미암아 상자와 함 속에는 특별히 좋은 보석이 없었다. 단지 평소에 집안을 깨끗이 청소하는 것을 즐기셨고 새벽에 일어나 앉아서는 종일 여공(女工)을 잡고 혼자서 소일(消日)하실 뿐이었다.

할머니께서는 천성이 욕심 없이 담박하고 느긋하여, 우울하거나 아프거나 슬픈 일을 당하여도 절대 당황하거나 놀라는 모습이 없었고, 비록 마음속으로 걱정과 근심을 품고 계시더라도 역시 찡그리거나 근심하는 모습을 보이신 적이 없었다. 언제나 그리워했던 사람이더라도 한번 만나면 그저 안부를 물으실 따름이었고, 특별히 자지러지게 기뻐하는 기색이 없으셨다. 종들이 시끄럽게 떠들거나 서로 싸우면 바로 엄하게 금지시키니, 집 안팎이 화목하게 한결같이 예법을 따랐다. 용모와 행동거지가 온화하여 조금도 범접하기 어려운 기색은 없었지만 집안 부녀자들은 자연히 공경하고 두려워하여 감히 우스갯소리나 실없는 말을 앞에서 서로 하지 못하였다. 피부가 파리하여 실로 약하실까 걱정이 많았는데, 평생 큰 병이 없으셨다. 때때로 약간 몸이 편찮으신 때도 있었으나 그래도 이불을 덮고 누워계신 적은 없어서 옆에서 지내는 사람도 그 분이 병이 드셨다는 것을 깨닫지 못했다. 이러한 것은 순수한 내면의 덕이 밖으로 표출된 것이니 사람들은 자연히 마음으로 감복했다. 기뻐하고 성 내는 것이 원기(元氣)를 도와 저절로 장수를 누리게 된 적은 없는 것이다.

할머니께서는 몸을 씻는 것을 좋아하시어 며칠마다 꼭 목욕[101]하셨고 매일 맑은 첫새벽에 세수하고 양치하셨는데, 오래도록 아플 때라도 잠시라도 그만두지 않으셨다. 집안의 젊은 부녀자들이 혹시라도 근심스러운 일이 있다고 하여 더벅머리에 꾀죄죄한 얼굴을 하고 있으면, 할머니께서 재삼 타이르시어 반드시 얼굴을 씻고 머리를 빗고, 옷을 단정히 입도록 하시었다. 종조모이신 윤부인께서 이런 말을 하신 적이 있었다.

"나는 늘 병을 안고 살아서 세수도 하지 않고 머리도 빗지 않는데, 우리 형님을 대할 때마다 저절로 부끄러워 얼굴이 붉어진다."

할머니께는 오빠인 응교공(應教公)이 계셨는데, 일찍 세상을 떠나셨고, 그 아들 삼척공(三陟公)도 돌아가시니, 십여 년 사이에 집안 살림이 크게 기울었다. 할머니께서는 늘 탄식하며 이렇게 말씀하셨다.

"우리 집이 몰락하여 하나같이 이렇게 되었으니, 바로 부녀자들이 어린 여자아이들을 편애하여 겉치레만 너무 심하게 하여 안살림이 더욱 소홀해진 때문이다. 집안이 잘되고 못되는 것은 항상 부녀자들에게 달려 있으니, 현명한 아내를 얻는 것은 역시 어렵구나!"

계묘년[1723]에 아버지께서 간성(杆城) 군수가 되었다. 이 고장은 해산물이 풍부하여, 관아의 창고에 쌓아두었다가 서울로 가는 인편이 있을 때마다 아버지께서는 할머니께 이렇게 말씀하셨다.

"창고에 말린 고기가 아주 많으니, 집안사람들에게 보내고 싶으시면 가지고 오도록 하겠습니다."

할머니께서는

"이것은 관아의 물건인데, 어찌 함부로 쓸 수 있겠소? 아침저녁 식사

---

101 목욕 : 세경족(洗脛足). 정강이와 발을 씻는 것.

로 올릴 것만 가져오고 나머지는 잘 말려서 나누어 주시오."
라고 하셨다.

고을의 기생이나 여종들이 정이 들게 되면서 몰래 출입하게 되면, 할머니께서는 엄하게 금하고 제지하면서 이렇게 말씀하시었다.

"여기는 관인들이 있는 곳인데, 어찌 집안 여종들이 교제하게 하여 체통을 해치도록 하는가?"

이 때문에 안에서 하는 말이 밖으로 나가지 않았고, 밖의 말이 안으로 들어오지 않았는데, 부임한 지 1년이 지나자 안팎이 숙연해졌다.

갑진년[1724] 가을, 산배가 마을 뒤 작은 암자에서 책을 읽고 있었는데, 암자의 스님이 꿇어 앉아서 이렇게 이야기했다.

"소승이 이 아래 고을 사람들이 전하는 말을 들으니, 도련님의 할머니께서는 신령스레 밝은 덕이 있으시어 문 밖 100리 안의 일을 모르는 것이 없으시다고 하니, 과연 여자 가운데 보살이십니다."

대체로 이런 소문은 할머니께서 평소 앞을 내다보는 기이한 방술이 있어서가 아니라 성품이 정숙하시어 바깥일에 대하여 관계한 적은 없으셨지만 다만 그 타고난 덕이 멀리 있는 사람까지도 자연스레 깊이 감화시켰기 때문에 그런 것이리라.

을사년[1725]에 시국이 대단히 어지러워지자 아버지께서 조정 일이 불안하여 양근(楊根)의 선영 아래로 물러나 계셨는데, 할머니께서 따라 오시었다. 시골이라 모든 것이 스산하고 어렵고 군색한 것이 많았다. 아침저녁 끼니 때마다 나물 몇 그릇만 밥상에 올랐다. 산배가 이따금 눈살을 찌푸리며 수저를 대려 하지 않으면 할머니께서 꾸지람을 하시며 이렇게 말씀하셨다.

"네가 아직 어려서 내가 지평(砥平)에 살 때를 잘 모르는구나. 된장국 한 그릇만 있어도 모두 기뻐하며 진수성찬처럼 여겼다. 지금은 아침저녁으로 끼니를 거르는 때가 없고 하물며 몇 그릇 채소나마 상에 오르는데,

이것도 과분하지 않느냐?"

할머니께서는 산배에 대해서는 지극히 사랑해주셨는데, 산배가 무슨 볼 일이 있어서 외출하였을 때 고기나 과일 따위가 들어오면 반드시 찬합에 싸 두었다가 산배가 돌아오기를 기다리어 꺼내 주시곤 하셨다. 이런 까닭에, 산배는 조석 끼니 때마다 혼자 다른 데서 밥을 먹지 않고 꼭 할머니를 곁에서 모신 후에 밥상을 받았다. 할머니께서 돌아가시고 나서는 밥상을 대할 때마다 할머니 생각이 나서 목이 메어 먹던 밥이 잘 넘어가지 않았다.

산배는 말투가 과격해서 매번 조정 고관들의 이름을 부르거나, 또 간혹 집안 어른들의 성함을 낮추어 불렀는데, 할머니께서는 그때마다 꾸짖으며 이렇게 말씀하셨다.

"지금 재상들이 비록 존경받을 만하지는 못하다 할지라도 관직의 위치나 연세가 모두 높은 분들인데, 나이 어린 아이가 어찌 감히 그 분들의 성함을 하인 부르듯 한단 말이냐? 심지어 한 집안 어른들로 말하자면 더욱 그 성함을 부를 수가 없는 법인데, 네가 『소학(小學)』한 권도 읽지 못했더란 말이냐? 중국의 양씨 가문에서는 비록 먼 친척이라 하더라도 반드시 '모 아저씨', '모 할아버지'라고 부르고 감히 그 이름을 부르지 않았으므로, 주자께서 '예의를 아는 집안'이라 하였다. 아이들은 이런 일을 염두에 두고 처신해야 할 것이니라."

할머니께서는 항상 산배에게

"내 어머니께서 평소 문학을 몹시 사랑하시어 늘 '내 자손 가운데 정말로 글을 잘 하는 이가 있다면 내 비록 죽은 뒤라 할지라도 저승에서 위로가 되고 기뻐할 것이다.'라고 하셨는데, 지금 네 아버지가 문학으로 이름을 날리고, 삼척공이 비록 과거에는 급제하지 못했으나 그래도 이름 높은 선비이다. 내가 매번 돌아가신 어머니를 추모하면서 그때 어머니께서 하시던 말씀을 생각하면 슬프기도 하지만 한편으로는 기쁘기도 하단

다. 너 산배도 우리 어머니의 자손이니 모름지기 열심히 공부하여 훌륭
한 선비가 되어라."
라고 말씀해주셨다.

　　삼척공의 이름은 제현(齊賢)이다.

　할머니께서는 늘 이렇게 말씀하셨다.
　"세상의 부녀자들이 그 남편이 죽었을 때 슬프게 울면서 음식을 끊고
죽은 이를 따라 죽는 것을 어질다고 여기는데, 이것은 곧은 효성의 도리
가 아니다. 남편을 따라 죽으려고 할 때, 부모가 나를 가엾게 여기고, 시
부모가 나를 걱정하며 제사와 자식들이 내게 바라는 것이 어떠한가? 그
런데도 한 때의 슬픔만을 생각하여 친정 부모와 시부모를 생각지 않고
종묘의 제사나 자녀들도 돌아보지 않는 것은 열(烈)은 열(烈)이지만, '효
(孝)'라는 한 글자만은 생각하지 않는가? 평생의 기대가 도중에 무너진
것이니 사람으로서 누가 살고 싶은 마음이 생기겠는가? 그렇지만 위로
부모님이 계시고 아래로 자식들이 있으니, 다만 마음을 따라 하루아침에
목숨을 끊어서는 안 될 것이다. 지금 부녀자들이 젖먹이 아이가 있는데도
작은 슬픔으로 울부짖으며 좌절하여 자진하려고 하는 경우가 있는데, 이
는 실로 매우 깊이 생각하지 않은 것이다. 나라면 그렇게 하지는 않겠다."
　세상에 나이 든 사람들은 눈으로 보거나 귀로 듣는 힘이 젊을 때만
못하다. 할머니께서는 비록 연세가 많았는데도 총명함이 젊을 때와 다름
이 없었고, 등불 아래서 패설(稗說) 같은 것을 읽을 수도 있었으며, 어떤
때에는 손수 바느질 같은 일도 하시어 옷의 갈라지거나 터진 부분을 깁
기도 하셨다. 을사년[1725] 추석에 아버지께서 산배를 데리고 볼 일이 있
어서 서울로 올라가는 길에 때마침 장마가 져서 개울물이 넘쳐 서울과
시골의 길이 막히었다. 할머니께서는 친히 남여(藍輿)를 타고 비를 무릅

쓰고 산에 올라가 조상들의 계절 제사를 모시고는 해가 져서야 돌아오셨는데, 그래도 피곤한 기색을 내보이지 않으셨다. 장마가 개고 길이 트였는데, 시골 사람이 와서 그 사실을 전해주니, 서울의 친지들 사이에서는 놀라고 감탄하며 신기한 일이라고 하지 않는 이가 없었다.

할머니께서는 종들을 어루만지고 부리시는 데 엄격하면서도 은혜를 베푸시어 매를 때리거나 꾸짖는 일을 지나치게 하신 적이 없었지만, 온화한 가운데 위엄이 있어 자연히 두려워하고 복종하였다. 간성(杆城)에 있을 때, 늙은 종 하나가 읍에서 서울로 올라오다가 도중에 도적에게 살해당했다. 할머니께서 측은하게 생각하시어 사흘 동안 고기를 잡숫지 않으셨다. 을사년[1725] 겨울, 양산(楊山)에 사는 노비 한 사람이 몹시 가난하여 그 아내가 출산을 하고서도 굶고 밥을 먹지 못 하였다. 할머니께서 쌀과 미역을 계속해서 보내고 갓난아기의 옷을 한 벌 마련해 보내 주었는데, 지금까지 서울과 시골의 종들이 은혜에 감동하여 칭송한다.

할머니께서는 천성이 단정하고 방정하시어 말씀이나 웃음이 적었다. 문장이나 역사, 시문도 대부분 꿰뚫어 아셨지만 입을 다물고 조용히 계셔서 겉으로 마치 모르시는 것 같았다. 총명함이 뛰어났는데, 어릴 때 한 번 본 것은 다 암송하였지만 다른 사람과 마주하여 주거니 받거니 할 때에는 마치 아주 우둔한 것처럼 했다. 그리하여 한 집안 부녀자라고 해도 다만 그 분이 온화하여 조용한 덕에 감복할 따름이었고, 그 총명함이 빼어난 것은 알지 못하였다. 그렇지만 밤이 깊이 인기척이 잠잠해질 때마다 산배는 때로 여동생들과 당시(唐詩)의 삼대작(三大作)과 「등왕각(滕王閣)」, 「적벽부(赤壁賦)」 따위를 암송했는데, 더러 막히어 더듬거릴 때가 있으면 할머니께서 꼭 그 막히는 부분을 지적하시며 기억을 떠올리게 하실 뿐이었고, 그 전편을 다 암송하려 하지 않으셨다.

정미년[1727] 5월에 할머니께서 갑자기 이질(痢疾)에 걸려 전후 두 달 동안은 병세가 점점 위독하여져서 종일 눈을 감고 누워 계시면서 인사도

받지 않으셨다. 서울에서 온 편지들도 펴보지 않으시며 고모의 편지도 직접 열어 보지 않으셨다. 그러다가 지사공이 할머니께서 위독하시다는 말을 듣고 편지를 보내 안부를 물으시었는데, 할머니께서는 곧 일어나 앉으시어 재삼 펴 보시고 간신히 붓을 들고 답장을 써 사례하시었다.

할머니께서는 나무 심기를 좋아하시어 집안의 살림에 일이 없을 때마다 걸어서 동산에 올라가 나무를 둘러보며 좋아하셨다. 비록 정미년 [1727]에 병이 위독했을 때에도 때때로 창을 열고 어린 여종들로 하여금 뜰 앞에 국화를 심게 하셨다. 6월 그믐께 병세가 약간 나아지자 할머니께서는 직접 뜰 아래로 내려가 손으로 국화 사이에 난 잡초를 매셨으니, 그 정신과 기력이 비록 큰 병을 앓고 난 뒤였는데도 오히려 이와 같았다.

6월에 병이 조금 나아진 때에, 산배를 돌아보며 이렇게 말씀하셨다.

"내 이미 나이 팔순에 가까우니 죽는다 한들 진실로 무엇이 아깝겠느냐? 다만 내가 시골 구석에 와서 살아서 사당의 차례나 시사(時祀)에 한 번도 직접 참여하지 못했으니, 내 마음에 매우 불안하다. 올해 독한 이질에서 소생할 수만 있다면 내년 봄쯤에는 서울로 올라가서 일가 친척들과 시제를 지내고 이 양근 골짜기로 돌아와 죽는다면 내 한이 없을 것이다."

7월 초에, 이질이 처음보다 훨씬 심해져서 더욱 위중하게 되었다. 스스로 이제는 어찌 할 수 없는 지경에 이른 것을 아시고는 약마저도 절대 입에 대지 않으시고 따뜻한 물을 자주 가져와서 손발을 깨끗이 씻기게 했다. 그때 조정 형편이 갑자기 변하여 할머니의 조카 판서공이 안성(安城)에서 소명(召命)을 받들고 서울로 올라오셨다. 할머니께서는 비록 가물가물하신 중에도 아버지를 돌아보시며 이렇게 말씀하셨다.

"판서공이 올라온 것이 어찌 그리 빠른가?"

의원이

"원기가 다 빠져나갔으니 인삼차를 써야 합니다."

라고 했는데, 할머니께서는 끝내 소용없다고 하시고는 드시려 하지 않았다. 판서공께서 두어 냥쭘 되는 인삼을 보내어 오자 산배가 달여서는 이렇게 알려드렸다.

"이것은 판서공 숙부께서 보내신 것이니 한번 잡숴 보세요."

그러자 할머니께서는

"내 병은 이미 어떻게 할 수가 없는데, 약이 또 무슨 소용이 있겠느냐? 그렇지만 이것은 판서가 보낸 것이니 한번 마시는 게 뭐 어렵겠느냐?" 하시고는 고개를 들어 억지로 들고는 누우셨다.

판서공의 이름은 수현(壽賢)으로, 후에 재상이 되었다.

할머니께서는 병이 위독해지자 막내 여동생인 윤씨 부인에게 이렇게 말씀하셨다.

"내가 작은 상자를 벽장 속에 두었는데, 잘 간수하고 잃어버리지 말거라."

할머니께서 돌아가신 뒤에 어머니께서 여동생들과 함께 그것을 가져와서 열어보니, 그 속에 작은 종이 두 장이 있었다. 그 한 장은 집안일을 구분해서 처리한 것이고, 또 다른 한 장은 이부인의 유사(遺事) 서너 항목을 손수 써 두신 것이었다.

할머니께서 몇 년 전에 어머니께 이렇게 말씀하신 적이 있었다.

"내가 꿈을 꾸니 네 시아버님이 내게 '7월이면 당신과 서로 만나게 될 것이니 행여 잠시라도 몸조심하시오.'라고 하셨다. 내가 죽게 된다면 반드시 7월 중일 것이다."

과연 7월 13일에 세상을 떠나셨다.

성복(成服)이 지나고 어머니께서는 울면서 사람들에게 이렇게 말씀하셨다.

"제가 돌아가신 어머님을 모신 것이 30년인데, 매우 사랑해주시어 실로 세상 고부지간에 비할 바가 아니었습니다. 어머니께서 비록 분수에 넘치는 사랑이나 기대하지 않았던 은혜를 베풀어주지는 않으셨지만, 그 깊이 아끼고 존중하며 정중히 예우해 주신 것은 제게는 치우치게 후한 것이었습니다. 제가 몇 년 전부터 병으로 침상을 떠나지 못하니 어머니께서 꼭 아침저녁으로 오셔서 따뜻하게 위로해 주셨는데, 마음이 깊어서 사이에 가로막힌 것이 없었습니다. 제가 눈병이 심해서 사물 보는 것이 분명치 않자 어머니께서 슬퍼하고 걱정하며 안타까워하시고는 더욱 잘 보살펴 주셨습니다. 비록 일상적인 작은 편지라도 꼭 직접 열어서 읽어 보시고 제가 듣고 알게 해주셨습니다. 어머님께서는 걱정해주시고 아껴 주신 은혜를 제가 감사히 받들도록 허락하시어 수십 년간을 받들어 모시기를 늘 한결같이 했습니다. 세상에 누가 고부지간이 없겠습니까마는 또 누가 우리 고부지간 같은 사람이 있겠습니까?"

해제   이덕수의 어머니 심씨(1649~1727)는 심약한(沈若漢)의 딸로, 참판 이징 명(李徵明)의 아내이다. 79세를 일기로 죽었다. 이 행록은 이덕수의 아 들 이산배가 쓴 것인데, 이산배가 죽고 난 후 이덕수가 이를 가져다 썼다. 그래서 본문에서 심씨를 지칭하는 호칭이 '어머니', '할머니'로 혼용되고 있다. 심씨의 어 린 시절 일화에서부터 죽음에 이르기까지의 일을 아주 상세히 기록하고 있다.

홍태유(洪泰猷) : 1672(현종 13)~1715(숙종 41). 자는 백형(伯亨), 호는 내재(耐齋), 본관은 남양(南陽). 할아버지는 효종의 큰딸 숙안 공주와 혼인한 익평위(益平尉) 홍득기(洪得箕)이고, 아버지는 주부 (主簿) 홍치상(洪致祥)이다. 갑술환국 이후 홍치상의 관작이 회복되 었으나 이항(李杭)을 모함했다는 사실과 '장희빈의 연줄로 조사석 (趙師錫)이 우의정에 제수되었다'는 말을 했다는 김만중의 언급이 사실이 아니라는 혐의를 풀지 못하게 되자 여주(驪州)의 이호(梨湖) 에 '내재(耐齋)'를 짓고 은거했다. 이덕수(李德壽) 등과 교유했다. 1715년에 아들들이 시문을 정리하여 1730년(영조 6) 종숙부이자 당 시 영의정이었던 홍치중(洪致中)의 도움으로 『내재집(耐齋集)』을 간행했다. 1754년 이조참판에 추증된 후 문집이 다시 간행되었다. *참고문헌 : 耐齋集, 肅宗實錄.

할머니 숙안공주 가장

祖妣淑安公主家狀

공주[1]께서는 효종대왕의 첫째 따님으로 병자년[1636] 4월 28일에 태어났다.

태어나서는 병자호란을 만나 전쟁 내내 험난함을 겪고 겨우 목숨을 유지할 수 있었다. 효종께서 대군의 신분으로 심양(瀋陽)으로 가게 되어[2] 공주는 의지할 부모를 잃게 되자 인조께서 가엾게 여기고 궁중에서 거두어 기르셨다. 공수께서는 어려서부터 아주 총녕하여 주상과 왕비 사이에서 잘 처신하였고 받들어 섬기는 데 어긋남이 없어서 인조와 자의전(慈懿殿)[3] 두 분 모두 매우 사랑해주셨다. 그리하여 효종께서 우리나라로 돌아오신 지 오래되었어도 공주께서는 여전히 궁중에 머물렀다. 성장하여 효종께서 태자의 자리에 오르게 되자 숙안군주(淑安郡主)에 봉해졌으며, 뒤에 효종께서 왕위에 오르게 되자 공주(公主)로 올려 봉해졌다.

공주께서는 경인년[1650]에 우리 증조부 익평부군(益平府君)[4]께 시집오

---

1 공주 : 숙안공주(淑安公主). 1636(인조 14)~1697(숙종 23). 조선조(朝鮮朝) 제17대 효종(孝宗)의 장녀. 어릴 때부터 총명하여, 효경(孝經)·내훈(內訓)·소학(小學)에 능통했고, 어질고 효성스러워 부왕(父王)의 사랑을 받았다. 인조 27년(1649) 익평군 홍득기(洪得箕)와 결혼, 시부모와 남편을 잘 받들었다. 묘는 먼저 별세한 익평군(益平君)과 합장묘로서 궁촌 마을 부근에 있다. 숙종(肅宗) 24년(1698)에 묘비가 건립되었는데, 묘비명은 박세당(朴世堂)이 지었다. *참고문헌 : 宋子大全, 練藜室記述, 孝宗實錄, 肅宗實錄.

2 효종께서 …… 가게 되어 : 정축년(1637, 인조 15) 소현 세자(昭顯世子)를 따라 인질로 심양(瀋陽)에 들어간 사실을 말한다.

3 자의전(慈懿殿) : 인조의 계비(繼妃) 장렬왕후.

4 익평부군(益平府君) : 홍득기(洪得箕). 1635(인조 13)~1673(현종 10). 조선 중기의 부마(駙馬). 본관은 남양(南陽). 자는 자범(子範), 호는 월호(月湖). 아버지는 우의정 홍중보(洪重普)이며, 어머니는 이조판서 이현영(李顯英)의 딸이다. 1649년(인조 27) 당시 세

셨다. 부군 득기(得箕)는 품계가 성록대부(成祿大夫) 습훈봉군(襲勳封君)에 이르셨다. 선친은 우의정 익흥군(益興君) 중보(重普)[5]이며, 조부는 평안도 관찰사 남녕군(南寧君)으로 영의정(領議政)에 추증되고 시호가 충렬공(忠烈公)[6]인 명구(命耈)이고, 증조부는 병조참의(兵曹參議)로 영의정에 추증된 당녕군(唐寧君) 서익(瑞翼)[7]이며, 고조부는 판중추부사(判中樞府事) 양관(兩館) 대제학(大提學)을 지낸 익성군(益城君)으로 영의정에 추증된 시호가 문정공(文貞公)인 성민(聖民)[8]이다. 어머니는 정경부인(貞敬夫人) 한산(韓山)

자이던 효종의 딸 숙안군주(淑安郡主)와 혼인하여 익평부위(益平副尉)에 봉해졌다. 같은 해 인조가 죽고 효종이 즉위하자 익평위(益平尉)로 진봉(進封)되었다. 1660년(현종 1) 사은사(謝恩使)로 청나라에 다녀왔다. 인품이 겸손하고 신중하며 또한 소박하여 인망이 높았다. 시호는 효간(孝簡)이다. *참고문헌 : 仁祖實錄, 孝宗實錄, 顯宗實錄, 璿源系譜, 西溪集, 國朝人物考.

5 중보(重普) : 홍중보(洪重普). 1612(광해군 4)~1671(현종 12). 조선 후기의 문신. 본관은 남양(南陽). 자는 원백(遠伯), 호는 이천(梨川). 아버지는 평안도관찰사 홍명구(洪明耈)이며, 어머니는 참판 신감(申鑑)의 딸이다. 1645년 별시문과에 병과로 급제. 춘추관·세자시강원·사헌부·사간원 등에서 관직을 지낸 뒤 성산현감(城山縣監)을 지냈다. 수원부사를 거쳐, 도승지, 대사헌, 대사간을 역임했다. 1664년(현종 5) 지경연사(知經筵事)가 되고 호조와 병조의 판서, 우참찬·판의금부사 등을 거쳐 1669년 우의정이 되었다. 시호는 충익(忠翼)이다. *참고문헌 : 仁祖實錄, 孝宗實錄, 顯宗實錄, 顯宗改修實錄, 國朝榜目, 陶谷集, 國朝人物考.

6 명구(命耈) : 홍명구(洪命耈). 1596(선조 29)~1637(인조 15). 조선 후기의 문신. 본관은 남양(南陽). 자는 원로(元老), 호는 나재(懶齋). 아버지는 병조참의 홍서익(洪瑞翼)이며, 어머니는 심종민(沈宗敏)의 딸이다. 1619년(광해군 11) 알성문과에 장원했으나 시골에 은거하다가 1623년 인조반정 후에 등용되었다. 1635년에 대사간·부제학을 거쳐 이듬해에는 평안도관찰사로 나아갔다. 그 해 병자호란이 일어나자 자모산성(慈母山城)을 지키다가 1637년 전사하였다. 뒤에 이조판서에 추증되었다. 시호는 충렬(忠烈)이다. *참고문헌 : 光海君日記, 仁祖實錄, 國朝榜目, 樂全堂集, 澤堂集, 淸陰集, 海東名臣錄, 燃藜室記述, 藥泉集, 淸陰先生集, 大東野乘.

7 서익(瑞翼) : 홍서익(洪瑞翼). 1572(선조 5)~1623(인조 1). 조선 중기의 문신. 본관은 남양(南陽). 자는 익지(翼之), 호는 화옹(禾翁). 아버지는 이조판서 홍성민(洪聖民)이며, 어머니는 윤희(尹曦)의 딸이다. 1609년(광해군 1) 증광문과에 급제. 옥천·선산, 가평 군수를 역임했다. 이조판서에 추증되었다. *참고문헌 : 光海君日記, 國朝榜目, 國朝人物考.

8 성민(聖民) : 홍성민(洪聖民). 1536(중종 31)~1594(선조 27). 조선 중기의 문신. 본관은 남양(南陽). 자는 시가(時可), 호는 졸옹(拙翁). 아버지는 관찰사 홍춘경(洪春卿)이며, 어머니는 고성군(固城君) 군수 이맹우(李孟友)의 딸이다. 1564년 식년문과에 병과로 급제.

이씨로, 목은(牧隱)의 후손이며, 이조판서(吏曹判書)로 영의정에 추증된 시호 충정공(忠貞公)이신 현영(顯英)[9]의 따님이다.

공주께서는 가문에 들어와 귀한 티나 교만한 기색 없이 부드러운 얼굴과 따뜻한 표정을 지었으며 온화한 용모는 예에 맞았다. 아무리 일반 가정의 부인 중에 예에 본래 익숙한 사람이라 하더라도 공주에 미치지 못했으니, 시부모가 기뻐하며 그 분을 칭찬했다. 당시 할머니 신씨 부인이 살아계셨는데, 철마다 공주께서 계절에 맞는 옷과 제철음식을 갖추어 올리니, 신부인께서 번번이 칭찬하며 말씀하셨다.

"공주의 어진 성품은 나를 기쁘게 하여 병을 잊게 합니다."

이로부터 '어진 며느리'라고 칭찬하는 시댁 사람들이 다 "공주는 모범이 될 만하다."라고 했다. 그러나 공주는 이 때문에 스스로를 뛰어나다고 여기지 않았으며 예는 더욱 공손히 했고 마음가짐은 더욱 낮추었으며, 시부모를 섬길 때는 효를 다해 더욱 공경했고 남편을 섬길 때는 순종하여 더욱 삼갔다. 손님이나 친척들을 접대할 때는 다 그때그때의 형편에

대사간을 거쳐 1575년(선조 8) 호조참판에 이르러 사은사로 명나라에 다녀온 후 부제학·예조판서·대사헌·경상감사 등을 역임하였다. 1591년 판중추부사가 되었다가 건저문제(建儲問題)로 정철(鄭澈)이 실각하자 유배되었다가 1592년 임진왜란이 일어나자 복관되어 대제학을 거쳐, 호조판서에 이르렀다. 저서로는 『졸옹집』이 있다. 시호는 문정(文貞)이다. *참고문헌 : 明宗實錄, 宣祖實錄, 國朝榜目, 樂全堂集, 拙翁集, 象村集, 海東名臣錄, 燃藜室記述, 國朝人物考.

9 현영(顯英) : 이현영(李顯英). 1573(선조 6)~1642(인조 20). 조선 중기의 문신. 본관은 한산(韓山). 자는 중경(重卿), 호는 창곡(蒼谷)·쌍산(雙山). 이귀지(李貴枝)의 증손으로, 아버지는 군수 이대수(李大秀)이며, 어머니는 홍질(洪礩)의 딸이다. 1595년(선조 28) 별시 문과에 병과로 급제. 1623년 인조반정으로 대사간에 등용, 1624년 경기도관찰사, 1625년 예조와 형조의 참판 및 대사헌, 1626년 이조참판, 1627년 동지중추부사, 1629년 강원도관찰사를 거쳐 부제학·도승지·참찬관 등을 역임했다. 1636년 병자호란이 일어나자, 양근(楊根)에서 의병을 일으켜 후금의 군사와 싸웠다. 이조판서를 거쳐 대사헌이 되었는데, 1642년 청나라에서 소현세자(昭顯世子)를 억류하고 사신의 입국을 요구하자, 김상헌(金尙憲)과 함께 심양에 가서 한 달 동안 감금되었다가 돌아오던 중 평양에서 죽었다. 영의정에 추증되었고, 시호는 충정(忠貞)이다. *참고문헌 : 宣祖實錄, 光海君日記, 仁祖實錄, 國朝人物考, 國朝榜目, 樂全堂集, 淸選考.

맞게 했고 아무리 천한 종들을 대하는 것도 가혹한 다스림으로 임하지 않았으니, 일가친척들이 또 이렇게 칭찬했다.

"공주의 어진 마음씨와 후덕함은 더욱 공경할 만하다."

효종은 공주에게 『효경(孝經)』, 『내훈(內訓)』, 『소학(小學)』 등의 책을 가르친 적이 있었는데, 공주가 당시에 아주 어렸지만 대강의 뜻을 이해할 수가 있어서 실천에 옮기는 것이 있었으며, 또 하늘에서 낸 효성을 지녀 종일토록 두 두 전하를 모시며 그 곁을 떨어지지 않았는데, 두 전하께서 아픈 곳이 있으면 근심이 얼굴에 드러났으며 며칠이 지나도록 약을 올리며 게으름을 피우지 않으니, 효종께서 칭찬하여 이렇게 말씀하신 적이 있었다.

"이 딸은 마음이 어질고 효성스러우니 반드시 시부모를 잘 모실 수 있을 것이다."

공주께서 예에 어긋남이 없이 시부모를 모시게 되자 그 후에 효종께서는 또 매우 기뻐하시며 말씀하셨다.

"나는 참으로 이 딸이 이렇게 할 수 있을 것을 알고 있었다."

불초한 내가 일가 어른들에게서 들은 것이 이와 같았다.

아아! 불초한 나는 불행히도 조부님을 생전에 뵙지 못했으나 할머니를 모시게 된 것은 매우 오래되었다. 돌아가신 할머니의 일체의 언행은 듣고 보아서 자세히 알 수 있었다. 할머니께서는 타고난 성품이 지극히 인자하고 후덕하셨고, 말씀은 또 적으셨으며 남의 시비를 분별하는 것을 좋아하지 않으셨기 때문에, 궁중에 출입하신 지 50년 동안, 궁중의 위아래 사람들 무려 천여 명이나 되는 이들이 마치 한 사람의 입에서 나온 것처럼 그분의 후덕함을 칭찬하지 않는 이가 없었으며, 동서들간에도 사람이 사는 집에서는 보기 드물게 화목하였으니, 할머니께서는 너그럽게 처신하여 인정과 예절 둘 다 지극하였다.

기미년[1679] 증왕모(曾王母)¹⁰의 상에 종조부(從祖父) 관찰공께서 궤연

(几筵)¹¹을 좇아 서울로 들어오셨는데, 할머니께서는 전에 살던 집을 비우
고 그곳에서 묵으셨다. 종조부의 집은 본래 매우 가난했는데, 아침저녁
의 공양과 땔나무하는 것까지 할머니께서는 다 헤아리어 그대로 이어받
아 하셨는데, 오래도록 했어도 어렵다고 여기지 않으셨다. 종종 여종들
이 두 집 사이를 드나들면서 말소리가 시끄러워 혹시라도 할머니의 귀에
들리게 되면 할머니께서는 그때마다 꾸짖어 지적하시되 조금이라도 마
음에 담아 두지는 않으셨으니, 이렇게 한 덕분에 양가에서 끝내 틈이 생
기지 않았다. 이 어찌 도리에 어두운 보통 부인들이 가능한 일이겠는가?

할머니께서는 제사에 더욱 삼가셨는데, 돌아가신 조부의 제삿날이 될
때마다 월경 기한이 되기 전에 제수를 준비해 두셨고, 꼭 그분이 평소
즐겨 드시던 것으로 하셨으며 깨끗하게 하는 데 힘썼다. 또한 모두 손수
살펴 검사하였는데, 할아버지의 제삿날에만 그러한 것이 아니었다. 우리
집안은 소종(小宗)¹²이어서 익성군 이하로는 다 제사를 지냈는데, 비록
익성군처럼 먼 조상이라도 그 재계(齋戒)는 진실로 삼가고 정결히 하지
않은 적이 없었고 연로하실 때까지 소홀히 하지 않았다.

또 여공(女工)을 부지런히 하시어 매일 새벽에 일어나 머리 빗고 세수
하였고 손에는 꼭 쥐고 있는 것이 있었으며, 단정히 앉아 하루를 보내셨
는데, 심하게 아픈 곳이 있는 것이 아니라면 게으르게 기대거나 누워 계
신 적이 없었다. 부녀자들을 가르치실 때는 『여칙(女則)』을 표준으로 삼
아 일러주었고, 아랫사람을 부릴 때 매우 엄하게 하였지만 은혜로운 마
음으로 구제하시어, 집안이 엄숙하고 가지런히 정돈되었다. 아아! 세상
에 이른바 '어진 행동과 후한 덕이 있어 복록이 길게 뻗어나갈 만하다'라
고 한 것이 우리 할머니 같은 분이라면 가능할 것이다.

---

10 증왕모(曾王母) : 증조부의 모친.
11 궤연(几筵) : 죽은 사람의 혼령을 위해 차려놓은 영궤와 물건.
12 소종(小宗) : 시조의 적장자 대종(大宗)에서 갈린 방계.

하늘이 우리 할머니께 보내준 것이 도리어 여기서 어그러짐이 있어 우리 할머니께서 한 가지 일이라도 즐거울 만한 것이 없고 다만 질병이나 죽음으로 인한 슬픔으로 근심하게만 하여, 마침내 기사년[1689]에는 하늘이 우리 할머니께 화를 내리신 것이 더욱 혹독하고 극심했다.[13] 이런 지경에 이르렀는데도 천리(天理)를 아직도 믿을 수 있겠는가? 아아! 선을 행한 것의 화가 한결같이 이런 지경에 이르는가? 할머니께서는 화를 당한 이후로 두려움에 떨고 위축되어 감히 평상심을 지닌 사람으로 안정하지 못하고 홀로 좁은 방에 계시면서 문을 닫고 몸을 숨기시고는 늘 나를 어루만지시며 내게 이렇게 말씀하셨다.

"나와 네 운명이 실로 기구하여 이런 혹독한 재앙을 만났는데, 도리어 누구를 원망하고 탓하겠느냐? 하늘은 해를 넘기는 노여움이 없으니 오직 마땅히 두 배로 삼가고 두려워하여 임금의 마음에 가엾게 여겨주실 때를 기다리고, 함부로 당인(黨人)들의 거짓 함정에 걸려들지 말아야 한다."

이 6년 동안 눈을 크게 뜨고 지내는 사이에 당인들로 하여금 한 가지 일도 끝내 지적할 수 없게 하니 이 또한 할머니께서 환란에 대처하는 방도가 있었음을 볼 수 있다. 갑술년[1694] 환국(換局)에 하늘의 해가 빛을 회복하여 은혜와 사랑이 예전과 같아져서 할머니께서는 다시 임금님의 명을 받들어 궁중에 드나들게 된 것이 또 4년이 되었는데, 정축년[1697] 12월 숙환이 다시 더쳐서 이달 22일에 갑자기 불초한 나를 낙동(駱東)의 정전(正殿)에서 버리시니, 할아버지께서 세상을 떠난 지 25년이고, 연세 62세였다.

처음 할머니의 병환이 심해지자 임금께서는 어의(御醫) 세 사람을 보내어 떠나지 말고 간병하게 하고 하루에 두서너 번 물어보셨는데, 하루

---

13 기사년에는 …… 극심했다 : 기사년[1689] 2월에 환국(換局)으로 남인(南人)이 정권을 잡자 홍치상(洪致祥)이 유배가게 되었고, 6월에는 홍치상(洪致祥)이 사사(賜死)된 일을 말한다.

저녁에 부고가 들리게 되니, 임금께서 놀라고 슬퍼하시며

"어떻게 갑자기 이리 되셨는가?"

하시고는 바로 중사(中使)[14]에게 초상의 일을 맡아보게 하고는 교지(教旨)를 내려 말씀하셨다.

'초상(初喪)부터 졸곡(卒哭) 때까지의 모든 물품은 해당 관청에서 직접 올려 준비하고 조금이라도 미진함이 없게 하여 내 뜻을 표하라.'

다음날 아침, 어가(御駕)가 상가(喪家)에 도착하여 슬픔을 다해 곡하고 그 자손들을 어루만지며 조문하였다. 처음 염(斂)하는 것부터 묘를 조성하기까지 부의를 하사하여 제사지내게 하신 것들이 예전의 상(喪)과 대략 같았지만 인정과 예의가 모두 그때보다 더하였다. 장사지낸 지난달에는 또 따로 궁녀를 보내어 특별히 어제(御製) 유제문(諭祭文)[15]을 하사하셨는데, 이렇게 말씀하셨다.

'공주님의 환갑은 예전부터 드물었는데 무엇으로 기쁨을 기록하겠습니까? 시 한 편을 드려 환갑잔치가 열릴 가을을 기약했는데, 집안에서도 나라에서도 어찌 생각했겠습니까? 고생스런 불행을 연이어 당하다 끝내 돌아가시니 제물(祭物)만을 올릴 따름입니다.'

할머니께서 환갑이 되는 해에 임금께서 시를 내려 기쁨을 표하고 또 잔치를 열어 즐기게 해주려 하셨는데, 연달아 흉년을 당하여 거행하지도 못하다가 할머니께서 돌아가셨기 때문에 임금께서 더욱 그것을 슬퍼하여 이러한 교지(教旨)를 쓰셨다. 전후의 제사(祭祀)에 관한 일은 또 특별히 제사(祭祀)를 내리도록 명하였는데, 다 어제(御製)로 일러주셨으니 이는 세상에 드문 남다른 운명이다.

새로 장사지낼 곳을 지평(砥平) 서면(西面) 화곡리(花谷里) 남쪽 들에 정

---

14 중사(中使) : 궁중에서 보내는 사신. 내사(內使).

15 유제문(諭祭文) : 문체 이름. 천자가 사신을 보내 제사를 내려주는 글, 또는 종실 비빈에게 내려 친친(親親)의 뜻을 밝히는 글.

하고 조부의 무덤을 이천(利川)에 옮겨 그곳에 합장했다.

아아! 불초 손자의 죄악이 하늘까지 도달했는데도 스스로 죽지도 못했다. 내게 부모가 되어주신 분들은 다 스스로를 보전하지 못하고 화를 당하였다. 할머니의 어진 마음씨와 후덕함, 여전히 왕성한 정력(精力)으로 또 장수를 누릴 수 없었으니, 모두 불초한 내가 재앙을 쌓아 그리된 것이다. 천지를 굽어보고 우러러보아도 부끄럽고 슬픈 마음은 어찌 끝이 있겠는가?

생각해보면 할머니께서 나를 버리신 지가 이제 4년이 된다. 불초한 나는 정신(精神)이 흩어져 거의 없어져 버려서 때때로 할머니의 평소 언행을 생각해보아도 이미 대부분이 어슴푸레하기만 하다. 세월이 더욱 오래 되면 잊어버리는 것이 더욱 많아져서 할머님의 아름다운 행동과 훌륭한 덕이 점점 사라져 없어질까 두려워, 이에 감히 피눈물을 씻고 그 대강을 써 집에 보관하여 자손들로 하여금 훗날 살피고 삼가는 것이 있도록 한다.

해제　숙안공주(1636~1697)는 효종(孝宗)의 장녀로 어릴 때부터 총명하여, 『효경(孝經)』, 『내훈(內訓)』, 『소학(小學)』에 능통했고, 어질고 효성스러워 부왕(父王)의 사랑을 받았다. 1650년 15세에 홍득기(洪得箕)와 결혼했다. 홍태유(洪泰猷)는 할머니 숙안공주가 1689년 기사환국 때 아들 홍치상을 잃고 두려움에 떨며 손자인 자신에게 조심할 것을 당부한 모습을 인상적으로 기술했다. 1694년 갑술환국으로 정국이 바뀌어 다시 궁에 출입할 수 있게 되었으나 1697년 62세의 나이로 죽었다. 홍태유는 숙종이 내린 교지와 할머니 환갑 때 받은 어제 유지를 인용하며 공주인 할머니의 운명을 자랑스러워했다.

이광정(李光庭) : 1674(현종 15)~1756(영조 32). 조선 후기의 학자. 본관은 원주(原州). 자는 천상(天祥), 호는 눌은(訥隱). 할아버지는 예산군수 이경종(李慶宗)이고, 아버지는 정언 이주(李澍)이며, 어머니는 진주 유씨(晉州柳氏) 군수 유사필(柳師弼)의 딸이다. 1696년(숙종 22) 진사가 되었으며, 영조 때에 참봉·감역·세마를 제수하였으나 모두 나아가지 않았다. 조현명(趙顯命)이 경상도관찰사로 있을 때 그를 스승으로 모셔 안동부훈도장(安東府訓都長)으로 삼았다. 조현명이 그를 효렴(孝廉)으로 천거하였고, 뒤에 김재로(金在魯)가 또 천거하여 후릉참봉(厚陵參奉)을 제수하였으나 물러났다. 그 뒤 장릉참봉(莊陵參奉)을 제수받았지만 끝내 사양하였다. 당시 재상이던 조영국(趙榮國)이 6품직 하사를 건의하여 왕의 허락을 얻었다. 영남 문원(文苑)의 모범이며 세교(世敎)를 떨쳤던 인물로 전해온다. 저서로는 『눌은문집』·『칠공자전(七公子傳)』이 있다. *참고문헌 : 訥隱文集, 東州集, 蒼石集嶺, 南人物考.

장모 전의 이씨 제문

祭外姑全義李氏文

　삼가 생각하옵건대, 부인은 온화하고 조용하며 지키는 것이 있었는데, 어려서는 어질고 총명하다고 일컬어졌고 커서는 실로 아름다운 덕을 갖추었습니다. 외동딸로 사랑 받았고 신랑감을 골라 시집가니, 남편감은 골격이 장대하고 풍채가 훌륭했으며 선비들 사이에서 추앙받고 존숭되었지만 현달하지 못한 것은 운명이라 한평생 좁은 방에 살았습니다. 오랫동안 (쓰이지 못해)애석하다 여겨졌으나 오히려 장자(長者)라고 징송되셨습니다.

　부인이 홀로 되시자 남은 아이들은 방에 가득히 울면서 붙들고 당기는데 누가 아이들을 먹여 기르겠습니까? 독한 고통을 참고 저녁까지 고달프게 일하여 그 집안을 보존하시니, 마침내 고통스런 재앙을 넘기시고 딸과 아들을 키워 시집보내고 장가들였습니다. 순수하고 깨끗한 일편단심으로 가신 분의 마음을 풀어드리는 일은 옛날에도 어렵다고 했으니, '그 의지가 굳다'고 기릴 만합니다.

　제가 외람되게 집안에 들어간 것이 실로 나이 어릴 때여서 떠돌아다니기만 했지 잘하는 것이 없었는데도, 깊이 마음으로 아끼셔서 꿩고기포 같은 맛있는 음식을 깊숙이 넣어두었다가 꺼내주셨습니다. 마시고 먹는 것이 많은가 적은가로 기뻐하시거나 걱정하셨고, 자고 가면 기뻐하셨으며 그 가난함을 생각하지 않으시고 콩이 반이나 든 밥일지라도 정성을 다해 지어주셨습니다.

　아내가 죽어서 갔을 때에도 위로해드릴 말이 없었는데,

　"어쩔 수 없지! 일찍 죽고 오래 사는 건 운명에 매였는데, 딸아이가 자네 곁에서 죽은 것이 홀어미가 되는 것보다는 오히려 낫다네."
라 하시고는, 슬픔을 참으며 술잔을 잡으시고 도리어 저를 위로하셨습니
다. 부인의 성품으로 사랑하는 것은 오직 자식뿐일 텐데, 자식을 잃고서
도 이치를 들어서 너그럽게 이해하는 일은, 장부도 하기 어려운 일이십
니다. 부인의 평상시의 행동이 비록 숨겨져 있지만 그 일단을 추측해볼
수는 있습니다.

만년(晩年)에는 아들을 따라 다니시느라 옛날에 살던 집이 비어 황량했
지요. 기장이 더부룩하게 자란 곳을 지날 적마다 옛날 웃으며 이야기하
던 때가 생각났지만, 쓸쓸하게 텅 비어 이미 찾아볼 수가 없었지요. 얼마
지나지 않으면 오시게 될 것이라 생각했는데, 어찌 오늘날이 있을 것으
로 생각했겠습니까? 날마다 안부를 여쭐까 생각했지만 예전에 비해 조
금 소원해졌지요. (그렇다고) 마음이야 어찌 변했겠습니까? 상사(喪事)와
병 때문이었지요. 어린 아이가 돌아온 이후로, 말할 적마다 고통스러웠
습니다. 병으로 누워 계실 때 저는 상을 당해 있었지요. 주야로 근심하다
가도 아침저녁을 가리지 않고 자주 병환이 어떠신지 여쭈어보면, 오히려
"숙환(宿患)이 나아졌다 심해졌다 하는 것이 일정치는 않지만 서늘한
바람을 쐬면 조금 나아진다네."
라 하셨습니다. 가서 안부를 여쭈기에 이르니, 목소리는 나오지 않고 목
은 잠겨 있었습니다. 한두 번 왔다 갔다 하는 사이에 '아!' 하시는 말씀도
듣지 못했는데, 갑자기 돌아가시니, 평소의 깊은 정을 만분의 일도 갚지
못했습니다.

저는 아는 것이 없으니, 혹여 입신양명을 바란다면 분수에 넘치는 영
예일 것입니다. 요행히 고을 하나를 얻어 양쪽 집안에서 환영하며 맞아
주고 부부가 기뻐하는 것이 제가 예전부터 품은 생각이었는데, 신령이
정말로 질투하여 오랜 세월 세상에 쓰이지 못하던 중에 아내가 죽고 저
는 늙었으며, 부모님은 돌아가셨고 부인께서 또 돌아가시니, 하늘을 바

라보아도 누구를 다시 우러르고 기다리겠습니까?

어미 잃은 어린 자식은 나이 이미 찼으니 비록 가르친 것은 없지만 일찍 장가보내 내외친척을 받들어 모시고 가신 분을 위로하고자 하니, 이 또한 부인의 소원으로 병석에서도 버리지 않으셨던 것입니다. 어찌하여 시기를 받아 하나같이 뜻대로 되지 못했을까요? 오늘 이후로 뜻대로 된다 한들 또한 무엇이 기쁘겠습니까? 이 수많은 생각을 끊어버리고 다만 운명에 맡길 뿐입니다.

죄와 허물이 쌓여 심한 질병이 오래도록 낫지 않으니, 처남들과 같이 하지는 못했지만 묘소를 보살필 것이고, 스스로 일을 집행하지는 못했으나 직접 이별의 잔을 올립니다. 탄성과 눈물로 내 가슴에 막힌 것을 내보내게 하지는 마십시오. 진 죄와 품은 한은 죽어서야 풀리겠습니다.

해제 이광정이 장모 전의 이씨를 제사하는 글이다. 장모 전의 이씨는 김한익(金漢翼)의 아내이다. 이씨는 나이 어린 사위였던 이광정을 많이 아끼어 맛있는 음식을 따로 챙겨두었다가 주는 등 가난한 살림에도 정성을 다해 사위를 대접했다. 이광정의 아내 광산 김씨가 일찍 죽게 되자 그로 인한 시름으로 병들어 시름시름 앓다가 세상을 떠났다.

김씨 집안의 열부 박씨 정려에 새긴 글 서문과 함께 씀

金烈婦朴氏旌閭銘 幷序

　　열부 박씨는 반남(潘南)[1] 사람으로, 좌의정 박은(朴訔)[2]의 후손이며, 대대로 영천(榮川)의 고란(皐蘭) 마을[3]에서 살았다. 부친 박경고(朴景古)는 김해가 본관인 김익추(金益秋)의 딸을 아내로 맞아 열부(烈婦)를 낳았는데, 어려서부터 더없이 착한 성품을 지녀 병든 어머니를 모시며 집안일을 돌보아 일가친척들에게 가상하다고 칭찬받았다. 스무 살이 되자 본관이 문소(聞韶)[4]인 김필제(金弼濟)에게 시집갔는데, 김필제의 부친 김명흠(金命欽)은 학봉선생(鶴峯先生)[5]의 5대 후손으로, 양친이 돌아가시자 여막(廬幕)

---

1 반남(潘南) : 전라남도 나주군 반남현. 현 전남 나주시 반남면 지역.

2 박은(朴訔) : 1370(공민왕 19)~1422(세종 4). 고려 말 조선 초의 문신. 본관 반남(潘南). 자 앙지(仰止). 호 조은(釣隱). 시호 평도(平度). 아버지는 고려 말의 학자인 판전교시사(判典校寺事) 박상충(朴尙衷)이며, 어머니는 이곡(李穀)의 딸이다. 1385년(우왕 11) 문과에 급제, 1386년 개성부소윤이 되었다. 1392년 조선이 개국하자 사헌부시사, 사헌부중승, 사수감판사를 지냈다. 왕자의 난 때 공을 세워 좌명공신(佐命功臣) 3등에 책록되고 반남군(潘南君)에 봉해졌다. 1416년(태종 16) 우의정 겸 수문관대제학에 이어 좌의정 겸 이조판사를 지낸 다음, 금천부원군에 진봉(進封)되었다. *참고문헌 : 太宗實錄, 世宗實錄, 國朝人物考.

3 고란(皐蘭) 마을 : 현재 안동시 길안면 고란리.

4 문소(聞韶) : 현재 경상북도(慶尙北道) 의성(義城).

5 학봉선생(鶴峯先生) : 김성일(金誠一). 1538(중종 33)~1593(선조 26). 조선 중기의 문신. 본관은 의성(義城). 자는 사순(士純), 호는 학봉(鶴峰). 안동 출신. 아버지는 김진(金璡), 어머니는 여흥민씨(驪興閔氏)이다. 1568년 증광문과에 병과로 급제, 1572년 봉교가 되어 사육신의 관작을 회복시켰다. 1590년 통신부사(通信副使)로 일본에 갔다 왔고, 이듬해 호군에 봉해졌으며 대사성이 되어 승문원부제조를 겸했고, 홍문관부제학을 역임하였다. 1593년 경상우도순찰사를 지내다 병으로 죽었다. 저서로는 『해사록(海槎錄)』 등이 있으며, 1649년(인조 27)에 문집으로 『학봉집』이 만들어졌다. 이조판서에 추증되었으며, 시호는 문충(文忠)이다. *참고문헌 : 宣祖實錄, 國朝榜目, 燃黎室記述(李肯翊), 嶺南人物考, 東儒師友錄.

을 차려서 지극한 효행으로 칭찬 받았고, 그 아우 김중흠(金重欽)이 일찍 죽어 자손이 없자 아내 오씨가 김필제를 아들로 삼았는데, (필제는)온후하고 신중했으며 행동거지에 법도가 있었다.

열부가 가문에 들어가서 부부가 화목하게 지냈고 시부모가 다 '그 아이는 우리를 효성을 다해 섬긴다.'라고 칭찬했다. 얼마 후 필제가 공부하다 과로하여 병이 들었는데 점점 위독해졌다. 열부는 밤낮으로 곁에서 약시중을 들었는데, 그 정성 덕분에 필제는 조금 나아졌다. 그런데 어머니가 위독해져서 친정으로 귀녕간 지 얼마 안 되어 필제의 병이 또 심해지자 아내에게 돌아오라고 재촉했는데, 열부가 탄식하며

"병이 조금 나은 데서 더 심해지니 어찌 할 수 없구나."

라고 하고, 둘러대는 말로 어머니를 편안하게 위로하고는 물러나와 집안 여인들과 흐느끼며 이별했다.

반쯤 가서 시댁의 사람이 오자, 남편의 병세를 묻고는 친정의 여종을 돌려보내며 이렇게 말했다.

"이번에 가면 나는 다시 돌아올 수 없을 것이다. 그렇지만 너는 말을 삼가서 부모님의 마음을 상하게 하지 말거라."

열부는 더욱 조심하여 필제의 병을 돌보았는데, 의원이 여러 방법으로 치료해도 끝내 효험이 없었다. 시부모는 점쟁이의 말을 듣고 필제를 비접 보냈는데, 열부는 집에서 전염병에 걸렸다. 시아버지가 살펴보니 열부는

"조심해서 피하시고, 아범의 병에만 마음을 쓰십시오."

라고 했다. 열부의 열은 겨우 내렸으나 필제는 죽게 되었다. 열부는 달려가 곡하다가 혼절했다가는 겨우 깨어나서

"이런 날이 올 줄 알았습니다. 먼저 죽지 못한 것이 한스럽습니다."

라고 하면서, 습(襲)[6]과 염(殮)[7]의 물품들을 살피었고, 지나치게 슬퍼하는 모습은 없었다. 염(殮)을 하고 하관한 후에, 새벽에 일어나 슬프게 곡하

니 슬픔이 옆 사람들에게까지 느껴졌다. 시아버지가 마음을 달래주고 종을 시켜 주의해 지키도록 시켰는데, 열부가 그 종에게

"죽을 쑤어 먹게 해 주게. 죽을 쑬 때에는 불이 꺼지지 않게 하여 쑤는 것이 좋네."

라고 하자, 종이 의심스러워서 갔다가 다시 오니, 열부가

"내가 여러 날을 먹지 못하여 움직일 힘이 없네. 빨리 끓여 오게."

라고 하고 미역을 보여주니, 종이 그것을 믿었다. 잠시 후에 '카카' 하는 소리가 나 급히 가 보니 열부가 끈으로 목을 매 이미 숨이 끊어졌다. 온 집안사람들이 구제하려 했으나 할 수 없었다.

필제와 함께 봉성(鳳城) 동쪽 죽산(竹山)의 평평한 땅에 같이 장사지냈다. 주변에서 들은 사람들이 다 감탄했고, 사림(士林)에서는 관에 알려 조정에 전달하니, 임금께서 그 마을에 정문(旌門)을 세우도록 명하셨다.

열부는 병인년[1746] 5월 11일에 죽었는데, 그 남편의 대렴(大斂)[8]이 끝난 다음날이었다. 나이 22세로, 그 해 8월 6일에 장사지냈으며, 묏자리는 동향이다. 정려문은 기사년 1월 계유일에 세웠는데, 지금 임금 25년에 김명흠(金命欽)이 청하여 정려문의 명(銘)을 쓴다.

명에 이른다.

하늘이 주신 선량하고 곧은 분이,
시집가서 또 어진 이를 배필로 삼았네.

---

6 습(襲) : 죽은 사람에게 옷을 갈아입히는 절차. 옛 상례에서는 죽은 당일에 하지만, 의복 등이 준비되어 있지 않은 경우에는 이튿날에 하기도 한다. 먼저 몸을 씻어내고, 준비한 옷가지를 입힌 다음 충이(充耳)로 귀를 막고 악수(幄手)로 손을 싼다. 또한 반함(飯含)이라 해서 찹쌀을 물에 불리었다가 물을 빼고 버드나무로 숟가락을 만들어 3술을 입 안에 넣는데, 옛 풍속에는 "천 석이요", "2천 석이요", "3천 석이요" 하고 외치기도 하였다.

7 염(殮) : 상례절차에서 반함이 끝난 후 시신에 수의를 입히는 일.

8 대렴(大斂) : 소렴(小斂)이 끝난 뒤에 시신을 입관(入棺)하는 의식. 소렴을 한 이튿날, 즉 망자가 죽은 지 3일 만에 한다.

어찌하여 그분이 창성하게 하지 않으시고
이런 불행한 일을 당하게 하셨는가?
다만 순절(殉節)하게 되니,
절의(節義)가 그분과 함께 간직되었네.
정문(旌門)에 새겨 그 빛을 영원하게 하노라.

|해제| 이광정이 열부 박씨의 시아버지인 김명흠(金命欽)의 부탁을 받고 박씨
가 하사받은 정려문에 새겨두려 쓴 글이다. 열부 박씨(1725~1746)는 박
경고(朴景古)의 딸로 20세에 김필제(金弼濟)의 아내가 되었다. 남편이 병에 걸려
병구완을 하던 도중에 친정어머니의 발병 소식을 듣고 친정에 갔지만 다시 남편
이 위독해졌다는 기별을 받고는 자신이 다시 돌아오지 못할 것을 직감했다. 친정
어머니와 다시 만나지 못할 것이라 생각하면서도 병든 어머니를 걱정하여 내색
하지 않는 모습을 보여 주었다. 시댁에 돌아온 박씨는 남편이 역병에 걸렸음에도
자신을 돌보지 않고 정성껏 간호했으나 결국 남편이 죽자 시댁 식구의 감시를
따돌리고 22세의 나이게 스스로 목숨을 끊었다.

조씨 집안의 열부 이씨 묘갈명 서문과 함께 씀
趙烈婦李氏墓碣銘 幷序

내 동서(同壻) 재령 이씨 인배(仁培) 이백인(李伯仁)에게는 장성한 아들 셋에 딸 넷이 있었는데, 그 중 아들 하나와 딸 셋은 내 처제 봉성(鳳城) 금씨(琴氏)가 낳았다. 그 둘째 딸이 한양이 본관인 조복규(趙復圭)의 아들 상관(尙觀)에게 시집갔는데, 상관은 총명하고 재주가 뛰어났으며 겸손하고 공손하여 조씨 집안의 훌륭한 젊은이였다. 이씨가 시집간 지 얼마 안 되어 상관은 알 수 없는 병에 걸렸는데, 이씨는 밤낮으로 애태우며 옷도 벗지 않은 채 수 년 동안을 조섭하고 간호했으나 상관의 병이 낫지 않자 이씨는 음식을 끊고 따라 죽고자 했다. 장사지낼 때가 되자 몸종에게 몰래 약을 가져오게 했는데, 집안사람들에게 발각되어 더욱 엄하게 지키니 이씨는 마음대로 할 수가 없었다. 그렇지만 날마다 수척해지니 친정부모가 듣고서 가엾게 여기고는 가마에 태워 집에 데려왔는데, 혼절했다가 겨우 깨어난 것이 여러 번이었다. 누워서는 늘 이불을 뒤집어썼고 앉을 때는 꼭 구석을 보고 있었으며 흐트러진 머리와 지저분한 얼굴로 기진맥진 하루를 넘기지 못할 것 같았다. 그 언니가 와서 보는데, 어린 아이가 옆에 있으니, 이씨가 오랫동안 유심히 바라보다가

"언니는 복이 많은 사람입니다. 나는 하늘에 무슨 죄를 졌을까요?" 라고 했다. 그 언니가 위로하여

"부모님께서 너 때문에 상심하시어 노쇠하신 얼굴이 날마다 초췌해지신다. 네 평소의 효성은 하늘에 이르도록 지극한데, 유독 늙으신 어버이는 위하지 않는 것이냐? 조금이라도 스스로 제재하고 참아라! 또 네 시댁이 번성한데, 어찌 네 남편의 뒤를 이을 만한 어질고 효성스러운 사람

하나가 없겠느냐?"

라고 하니, 이씨가 눈물을 뚝뚝 흘리며 다시 말하지 않았다.

　몇 개월이 지나자, 돌아가 빈소를 지키겠다고 청하니 부모가 애달파하며 허락했다. 돌아가 며칠 지나지 않아서 마침내 자진하니, 을유년[1705] 4월 22일, 그 남편이 죽은 지 일 년 되는 날 몇 개월 전으로 나이 27세였다. 5월 모 갑일에, 영양현(英陽縣) 동쪽 경곡(鯨谷) 서남쪽 자리에 있는 남편 묘에 합장했다.

　이씨는 재령(載寧)의 명망 있는 성(姓)으로, 영해(寧海)에서 6, 7대에 걸쳐 살았고, 대대로 종손으로 유학(儒學)으로 집안을 지켜왔고, 매우 가법(家法)이 있었다. 이씨는 어려서 얌전하면서도 밝았는데, 부모님을 곁에서 모시면서 이야기를 나누거나 대답할 때에 조심했다. 한번은 이웃의 어린 여자아이들과 모여 놀면서 그 아이가 부모 형제에게 공손하지 못한 것을 보고 깜짝 놀라 돌아와서는 말했다.

　"아무개집 아이에게는 사람의 도리가 없어서 놀아서는 안 되겠습니다."

　조금 자라게 되자, 외모 꾸미는 것은 좋아하지 않았고 마음을 다하여 부모님을 섬겼으며, 고사(古事)를 즐겨 들어 그 선한 언행에 대해 알게 되면 기꺼이 듣고 지루한 기색이 없었다. 큰언니가 기특하게 여겨 손수 『여교(女敎)』를 써서 주니, 늘 외우고 익히며 갖고 다니면서 잠시도 떼어놓지 않았으니, 그 타고난 자질과 성품이 어린 아이였을 때부터 이미 그러했다.

　이씨는 딸 하나를 낳았는데 일찍 죽어, 그 남편의 종형제인 조상태(趙尙泰)가 불쌍히 여겨 그의 셋째 아들 옥신(沃臣)을 후사로 삼아주었다. (열부 이씨의) 오빠 이우강(李宇鋼)이 묘에 명을 써달라고 나에게 청하였다.

　명에 이른다.

　남편이 어질고 아내가 곧음은 집안의 영광인데,

어찌하여 신은 그 영예를 시기하면서 그 곧음을 드러내는가?

하늘의 도는 아득하고 아득하여 알 수 없구나!

나는 명을 써 애도하니

그 빛은 열렬(烈烈)하도다!

해제 열부 이씨(1679~1705)는 이광정의 처제 봉화 금씨와 동서 이백인 사이에서 난 딸이다. 이광정은 처조카인 열부 이씨의 오빠인 이우강(李宇鋼)의 청으로 이 묘갈명을 썼다. 이씨는 시집가자마자 남편 조상관(趙尙觀)이 병에 걸리자 수 년간 간호했으며 남편이 죽자 따라 죽었다. 이광정은 이백인 집안의 가법에 대해 언급하면서 곧은 성품이 어릴 때부터 비롯된 것임을 강조하고 있다.

효열부 이공인 묘지명 서문과 함께 씀

孝烈婦李恭人墓誌銘 幷序

　공인 이씨는 퇴도선생(退陶先生)[9]의 작은 할아버지인 현감 이우양(李遇陽)의 후손이다. 5대조 이봉춘(李逢春)은 문과에 급제하였으나 세상사를 떠나 조용히 살기를 좋아하여 벼슬에 나아가는 것을 즐기지 않았으며 관직은 직강(直講)[10]에 이르렀다. 고조부 이경준(李敬遵), 증조부 이이장(李爾樟), 할아버지 이선(李亘)은 모두 사마시에 응시하여 당대에 명망이 있었다. 아버지 이기징(李箕徵)은 속부(族父) 모(某)의 후사로 나갔는데, 본관이 함양(咸陽)인 박종상(朴宗相)의 딸을 아내로 맞아 숙종 무오년[1678]에 공인을 낳았다.

　어려서 착한 자질이 있었는데, 7세 때 어머니를 잃고 애절하게 곡하며 제수를 올리는 것이 마치 어른 같았으며, 계모에게 효를 다하고 동생들을 어루만지며 사랑했다. 성품이 총명하고 민첩하여 잘 이해했는데, 한글로 된 옛 기록을 읽으면서 그 선악을 보고 스스로를 돌이켜보고 경계했으며, 사리 분별을 잘 했고 여공을 부지런히 했으며 유행을 좇지는 않았다. 대인공(大人公)께서

---

9 퇴도선생(退陶先生) : 이황(李滉). 1501∼1570. 본관 진성(眞城). 초명 서홍(瑞鴻). 자 경호(景浩). 초자 계호(季浩). 호 퇴계(退溪)・도옹(陶翁)・퇴도(退陶)・청량산인(淸凉山人). 시호 문순(文純). 1534년 식년문과에 을과로 급제하였다. 1542년 충청도 암행어사, 장령(掌令)을 거쳐 대사성(大司成)이 되었다. 1554년 형조・병조의 참의에 이어 1556년 부제학, 1566년 공조판서 이어 예조판서, 1568년(선조 1) 우찬성을 거쳐 양관대제학(兩館大提學)을 지내고 이듬해 고향에 은퇴, 학문과 교육에 전심하였다. 도산서원(陶山書院)을 창설, 후진양성과 학문연구에 힘썼다. 영의정에 추증되고 단양(丹陽)의 단암서원(丹巖書院), 괴산의 화암서원(華巖書院), 예안의 도산서원 등 전국의 수십 개 서원에 배향되었다. 저서에 『퇴계전서(退溪全書)』가 있다. *참고문헌 : 退陶全書, 陶山全書.

10 직강(直講) : 조선시대 성균관(成均館) 소속의 정5품 벼슬.

"아깝다! 만약에 남자였다면 우리 가문을 보전했을 텐데."
라고 했다.

성년이 되어 통덕랑 박몽상(朴夢祥)에게 시집갔는데, 박군은 기묘사화
때의 유명한 현인 박광우(朴光佑)[11]의 후손이다. 부친 박문도(朴文道)[12]는
일찍 과거에 급제하여 세 고을을 두루 맡았고, 집안은 청빈하고 검소했
으며 다른 아들은 없었다. 공인이 집안에 들어가 예로써 남편을 섬기고
시부모를 받들었는데, 아침저녁으로 손수 부드럽고 맛있게 조리하여 입
맛에 맞게 했으며, 시부모님이 다 드시고 난 후에야 물러나기를 날마다
항상 그렇게 했는데, 시부모님이 만류해도 그만 둔 적이 없었다. 공인 자
신에게는 여벌옷이 없으면서도 시부모님의 옷과 음식은 꼭 먼저 챙겨드
렸으며, 새로운 물건을 보면 꼭 시부모님께 먼저 올렸다. 시어머니는 성
품이 엄하여 관대함은 적으셨는데도, 늘 공인이 어질다고 칭찬했다.

공인은 항상 봉양하는 것이 뜻대로 되지 않을까 걱정했는데, 이웃의
여인이 그 지극한 정성을 엿보고 색다른 음식이 있으면 다투어 와서 주
거나, 다른 사람들에게 빌려서라도 공인의 뜻에 맞게 해주었다. 시어머
니가 한번은 앓으면서 꿩 요리를 먹고 싶어했다. 시장에서 구할 수 없어
서 공인이 걱정하고 있었는데, 날아가던 꿩 한 마리가 마당에 떨어져서
는 가까이 다가가도 도망가지 않자 잡아서 시어머니께 드렸다. 시댁 사

---

11 박광우(朴光佑) : 1495(연산군 1)~1545(명종 즉위년). 조선 중기의 문신. 본관은 상주
(尙州). 자는 국이(國耳), 호는 필재(蓽齋)·잠소당(潛昭堂)·소당(昭當). 아버지는 생원
박인(朴璘)이며, 어머니는 장유성(張有誠)의 딸이다. 1525년 식년문과에 갑과로 급제,
1536년 재령군수, 1545년 사간이 되었으나 을사사화로 하옥되고, 동선역(洞仙驛)으로
유배되던 중 장독으로 인하여 돈화문 밖에서 죽었다. 1547년 가산이 몰수되고, 1570년
신원되었다. 조광조(趙光祖)와 교분이 있었다. 이조판서에 추증되고 청주의 송천서원
(松泉書院)에 제향되었다. 시호는 정절(貞節)이다. *참고문헌 : 中宗實錄, 國朝榜目, 國
朝人物考, 燃藜室記述, 己巳傳聞錄, 己卯錄補遺.

12 박문도(朴文道) : 1624~? 본관은 춘천(春川). 자는 일지(一之). 1666년(현종 7년), 식년
시(式年試) 병과1(丙科1)에 급제. 통덕랑(通德郎)을 거쳐 관직이 첨지사(僉知事)에 이르
렀다.

람들을 대할 때에는 한결같이 진실되게 대하여, 와서 바느질을 해달라고 청하는 사람이 있으면 자기 일을 멈추고 먼저 해주었다.

경진년[1700] 공인은 박씨에게 시집간 지 3년이 되었다. 항상 공경하고 공손한 태도를 지키니 통덕군 역시 그를 공경했다. 얼마 지나지 않아 병이 나니 공인은 직접 약을 달였고, 밤에는 목욕하고 하늘에 기도하며 대신 앓기를 빌었다. 그러나 통덕군의 병은 낫지 않았고 숨이 끊어지려 하자, 공인에게 이별하며 말했다.

"이내 한 몸 혈육이 없고 부모님도 늙으셨소. 당신이 내가 있을 때처럼 봉양하고 후사를 세워 조상의 제사를 끊어지지 않게 할 수 있다면 나는 죽어서 편히 눈 감을 수 있을 것이오."

통덕군이 죽자 공인은 혼절했다가 겨우 깨어났으나 한 모금의 물도 입에 넣지 않고 자진하여 따라가고자 했다. 시부모가 그것을 알고 칼이나 끈 등의 물건을 다 치우고 울면서 타이르며,

"다만 아이가 임종 때 한 말을 생각지 않느냐? 그러고서 죽으면 이는 망자의 말을 저버리는 것이며, 내 목숨을 재촉하여 아이를 외롭게 만드는 것이다."

라고 하자, 공인은 자진할 수 없었다. 그렇지만 남편의 상을 치를 때에는 예를 지켜 애도하여, 다른 사람의 눈물을 자아내게 했다. 탈상 후에는 그래도 죽을 마셨는데, 시부모님이 밥을 권하자 둘러대는 말을 하고 울면서 거절하니, 시부모가 오열하며 차마 억지로 먹이지 못했다.

홀로 여러 해를 지내면서, 다른 사람과 말하거나 웃지 않았고, 항상 해진 베로 옷을 해 입었으며, 한 번도 따뜻한 곳에 가서 침구를 편 적이 없었고, 베갯머리에는 늘 눈물 자국만 더해갔다. 그러나 시부모님 곁에서는 슬픈 표정을 짓지 않았고 더욱 공손히 봉양했으며 시누이의 혼수 장만도 예를 다해서 했다. 통덕군의 사촌 형이 아들 성채(成彩)를 낳자 공인이 강보에 싸인 것을 데려다가 스스로 기르면서 말했다.

"가신 분에게 후손이 없었던 것을 하루도 참을 수가 없었다."

통덕군이 죽은 지 11년 후에 시아버지가 돌아가셨고, 시아버지 사후 13년이 지나 시어머니가 돌아가셨다. 공인은 살아계실 적에는 그 봉양을 다했으며, 돌아가시자 그 슬픔을 다했다. 생전에 시부모님이

"우리 며느리가 우리 몸을 봉양하면서 (마음에)맞지 않은 적이 없었고, 우리 뜻을 받들면서 따르지 않은 적이 없었다."

라고 했고, 돌아가시자 보고 들었던 사람들이 모두

"이 부인이 상을 주관하는 것이 예에 맞지 않는 것이 없고, 수의를 입히고 염을 하고 장례지내고 제사 차리는 것이 사람의 마음을 기쁘게 하지 않는 것이 없었다."

라고 했다. 공인은 시부모님을 집 뒷산 기슭에 장사지내고 제철 물건이 나올 때마다 꼭 갖추어 가서 올렸다. 시댁의 제사가 봄에 많이 있었는데, 미리 목화를 사다 손수 베를 짜 다시 팔아서 이문을 남겨 제물을 차렸고, 제사 때에는 밤새도록 잠을 자지 않고서 정결하게 제수를 차려 올리니[13], 법식에 꼭 맞았다.

시아버지는 두 번째 부인을 들였는데, 두 시어머니를 따라 온 자들이 다 세도가의 종들이라 사납고 드세어 부리기가 어려웠는데, 공인은 어루만져 부리는 데 방도가 있어 모두 감복하고 말을 잘 들었고, 주인이 외로운 과부라고 하여 다른 마음을 품지 않았다. (곁에서) 따르는 여종 또한 일찍 과부가 되었는데, 고집하고 재가하지 않았으며, 늘 공인을 모시며

"어찌 귀천에 따라 그 마음이 다르겠습니까?"

---

13 정갈하게 …… 올리니 : 규위애천(圭爲哀薦). 정결하게 제수를 차려 슬픈 마음으로 전을 올린다. 사람이 죽은 지 3일 만에 빈소를 차리며, 3개월 만에 장사지내고 마침내 곡을 그만둔다. 다음날 아침 합장하는 것을 천(薦)이라 한다. 흠향의 말[饗辭]로, "哀子某, 圭爲而哀薦之, 饗."라고 한다. 규(圭)는 정결하다는 뜻이다. 『시경』, 「천보(天保)」에 "길일을 택하여 정결히 술밥을 지어 올린다.[吉圭爲饎]"라 하였다. 길제(吉祭)에 시동을 흠향케 할 때는 제주(祭主)가 자신을 '효자(孝子)'라 한다. - 『의례(儀禮)』, 「士虞禮第十四」

라고 했다.

정미년[1727]에 대인공(大人公)께서 돌아가시자 공인은 애통해함이 정도를 지나쳤는데, 너무 슬퍼질 때마다 돌아가신 공의 글을 가지고 눈물을 흘리면서 동생들에게 보여주면서 더욱 학문에 힘쓰라고 권면하며 말했다.

"우리 아버님의 뜻을 저버리지 말거라!"

임자년[1732]에 성채가 천연두를 앓다가 다 나았다. 그러나 공인이 연이어 병에 옮았는데, 동생들에게 약을 올리지 말라고 명하면서 말했다.

"성채가 이미 다 자라 이 병을 잘 견뎠으니, 내 바람은 다 채워졌다. 어찌해서 또 이 세상에 오래 머무르면서 돌아가신 분을 따르지 않겠느냐?"

3월 3일에 공인이 죽으니, 나이 55세였다. 인근 마을에서는 노소 할 것 없이 곡을 하여 마치 친척 같았다. 장인(匠人)은 품삯을 사양하며 말했다.

"제가 톱과 끌을 쥐고 이 부인의 마지막 일을 맡은 것은 영광입니다. 무슨 품삯이 있겠습니까?"

장사지낼 때가 되자 일꾼은 새참을 기다리지도 않고 힘써 일했다.

모월 모일, 모 언덕 모 들판에 공인을 장사지냈다. 온 고을의 선비들이 관찰사에게 알렸는데, 정려문이 미처 내려지기 전에 공인의 남동생 이정섭(李廷燮)이 상사(上舍) 신진구(申震龜)가 쓴 행장을 가지고 와서 명을 청했다. 명에 이른다.

따라 죽는 열(烈)은
살아서 지키는 간고함만 못하다.
아아, 공인이여!
그 어려운 일을 이겨내고 실현했네.
미천한 (여자의)몸이지만 결백한 행동으로,

마침내 남편의 뜻 이루어냈네.

돌에 일을 기록하여

후세에 알려 닮게 하려네.

해제 효열부 이공인(1678~1732)의 아버지는 이기징(李箕徵)이며, 모친은 박
종상(朴宗相)의 딸이다. 일찍 어머니를 여의로 동생들을 잘 돌보았고,
계모에게도 효성스러웠다. 결혼한 지 3년만에, 남편 박몽상(朴夢祥)이 병이 나자
극진히 간호했으나 결국 죽자 따라 죽으려 했다가 실행하지 못하고 지극정성으
로 시부모를 받들어 모시면서 집안일을 맡아 다스리다가 55세에 세상을 떠났다.
이광정은 이공인의 남동생 이정섭(李廷燮)의 부탁으로 이 묘지명을 썼다.

숙인 박씨 유사
淑人朴氏遺事

숙인 고령 박씨는 연천(漣川)¹⁴ 현감 김호신(金虎臣)의 아내이다. 연천의 선친은 참봉 김봉상(金鳳祥)이다.

숙인의 증조부는 진위(振威)¹⁵ 현령(縣令) 박조(朴稠)로, 퇴계선생이 그 묘에 함께 지(誌)를 썼는데, 문집 가운데 보인다. 진위는 서령(署令) 박영한(朴永漢)을 낳았고, 서령은 삼등(三登)¹⁶ 현령 박대수(朴大秀)를 낳았으며, 삼등이 숙인을 낳았다. 숙인은 아들 다섯을 낳았는데, 김진선(金振先), 경선(慶先), 계선(繼先), 효선(孝先), 기선(起先)이다. 연천은 일찍 죽어, 숙인이 아들들을 가르치고 길렀는데, 반드시 신의를 지키는 도리로 가르쳤다.

대대로 한양 밖 도제동(道濟洞)¹⁷에 살았는데, 임진년[1592]에 난리가 일어나자 두 아들은 막 아내를 얻어서¹⁸ 전쟁을 피하려고 의논했다. 숙인은 안 된다고 하며,

"네 부친은 비록 불행히 일찍 세상을 떠나셨지만, 친가 외가 모두 대대로 은혜와 봉록을 받았으니 일반 사람들과 같지 않다."

---

14 연천(漣川) : 경기도 연천군.

15 진위(振威) : 경기도 진위군. 현 평택시.

16 삼등(三登) : 평안도 삼등 군. 동으로 성천부(成川府) 경계까지 1백 90리, 북으로 동부(同府) 경계까지 43리, 강동현(江東縣) 경계까지 27리, 남으로 황해도 수안군(遂安郡) 경계까지 2리, 서로 평양부(平壤府) 경계까지 46리, 상원군(祥原郡) 경계까지 31리로, 서울과의 거리 6백 67리이다.

17 도제동(道濟洞) : 한양 성 남쪽 지금의 서울역 근처.

18 아내를 얻어서 : 수실(授室). 본래 집안일을 신부에게 맡기는 것을 말했는데, 후에 취처(娶妻)를 가리키게 되었다. "舅姑降自西階 婦降自阼階, 授之室也." - 『예기(禮記)』, 「교특(郊特)」.

라고 하고, 진선에게 말했다.

"너는 임금님의 행차를 따르거라! 나는 네 동생들과 같이 두 며느리를 데리고 깊숙하고 후미진 곳으로 옮겨가 피할 것이니 걱정하지 말고, 너는 반드시 임금님의 일에 마음을 다해야 할 것이다."

서로 곡하며 이별하고 진선이 어가(御駕)를 따라 간 뒤에 숙인은 네 아들과 두 며느리를 이끌고 관북지방으로 향하였다. 거친 변경 땅을 정처없이 떠돌아다니다가 마침내 화에서 벗어났다.

진선은 어가를 호종하며 서쪽으로 가면서도 숙인이 연로하고 동생들이 어리고 약한 것을 걱정하여 밤낮으로 근심하며 눈물지었다.

계사년[1593] 천자의 군대가 양경(兩京)[19]을 수복하니, 임금께서는 돌아오시어 영유(永柔)[20]에 머무르시면서, 무과(武科)를 시행하려 했는데[21], 호종하는 사람들로 하여금 궁술 시험을 보아 출사(出仕)하라 하셨다. 진선은 본래 문예(文藝)를 업으로 삼아 활쏘기와 말타기도 익숙하지 못하고 시위를 당기지도 못한다고 사양했다. 임금께서는 이렇게 말씀하셨다.

"그대들은 각기 부모를 버리고 나를 어려운 지경까지 따라왔으니, 나는 무과(武科)를 시행하여 너희의 노고에 보답하고자 한다. 만약 활을 잘 쏘지 못한다면 과녁 가까이 가서 손으로 화살을 잡고 맞혀도 무방할 것이다."

진선은 명을 받들고 과녁이 있는 곳으로 가서 활을 당겨 화살 하나를 맞혔다. 임금께서 웃으며 바로 합격시켜 주시고, 증산(甑山)[22]에 현령(縣

---

19 양경(兩京) : 개경과 서경. 지금의 개성과 평양성.

20 영유(永柔) : 평안남도 평원. 행궁(行宮)이 있었다.

21 임금께서는 …… 시행하려 했었는데 : 선조는 26년 영유(永柔)에 머무르면서 그 지방 백성을 위로하고 실전의 군사를 충당하려는 목적으로 무과를 실시하여 700명을 뽑았는데, 재능이 없는데 합격하는 자나 대리시험을 보는 자들이 많아 비변사에서는 잦은 무과의 시행을 반대했다. 실제로, 무과 시험에서 아전들이 마음대로 합격자를 추가로 써넣거나 대리로 시험을 보는 일이 횡행했다. ─『宣祖實錄』

令)이 없는지라 임금께서 진선을 자세히 보시고

"너라면 맡길 수 있겠구나."

라 하셨다.

진선은 절하여 사례하고 현으로 가 일을 보았는데, 난리가 이미 평정되고 임금의 수레가 궁으로 돌아갔는데도, 노모와 어린 동생들이 그때까지도 어디에서 떠도는지 모르고 생사도 들을 수 없음을 걱정하여, 오직 벼슬을 버리고 가서 찾고자 했으나 간 곳을 찾을 수가 없었다. 언젠가는 공조(功曹)[23]의 아전들과 말하면서 눈물을 흘리기도 했다.

숙인은 먼 북쪽 지방을 여기저기 옮겨 다녔는데, 경선 형제가 다니면서 얻어다가 봉양하였다. 하루는 도적들이 물러나고 임금께서 이미 환궁하셨다는 말을 듣고, 드디어 관서지방으로 향해 갔다. 증산(甑山)에 이르러 공조(功曹)에게 양식을 구걸하니, 공조가 탄식하며

"우리 원님도 도제동 분이라 말씀하셨고 어머님과 부인, 동생들이 피난 가시어 간 곳을 모른다고 하셨습니다. 당신이 말씀하신 이름자가 원님과 다름이 없으면 제가 원님께 알리겠습니다."

라고 했다. 경선은 비록 매우 놀라고 기뻐하기는 했으나 형님이 출사하여 아전을 부릴 것이라고는 생각하지 못했다. 진선은 문에 기대어 무료하게 있었는데, 공조의 말을 듣고 걸어서 거꾸러질 듯 허둥지둥 나가니, 학처럼 흰 머리 흐트러진 얼굴에 누더기를 걸치고 절뚝거리며 도랑 길가에서 쓰러져 있는 사람은, 과연 어머니와 식구들이었다. 서로 붙들고 통곡하다가 수레를 불러 형제가 부축하여 들어가니, 고을 사람들 노소 부녀가 빙 둘러 에워싸고는 탄식하고 울면서 이렇게 말하지 않는 이가 없었다.

---

22 증산(甑山) : 강원도 정선군 증산.

23 공조(功曹) : 군(郡)의 속리(屬吏)인 녹사(錄事)를 이름.

"아! 귀신이 그 정성에 감응하셨네."

진선은 이름난 읍을 두루 맡아 숙인을 봉양했고, 숙인은 천수를 누리고 돌아가셨다.

진선은 문장력과 글씨가 모두 뛰어나서 늘 문충공(文忠公)[24]의 체찰군관(體察軍官)[25]이 되었다. 문충공이 임금께 아뢸 때는 항상 진선을 시켜 글을 쓰게 했는데, 부르는 대로 막힘이 없었다. 혹 마음에 의심스러운 것이 있으면 바로 붓을 멈추고 기다렸는데, 문충공이 그 까닭을 물으면,

"아무 글자가 의심스럽습니다."

라고 했다. 문충공이

"그렇구나."

라고 하고 신임이 더욱 두터워졌다.

후에 벼슬이 김해부사에까지 이르렀다. 경선은 군위 현감, 계선은 별좌, 효선은 예빈시 참봉으로, 다섯 아들이 다 학문과 덕행을 갖추었다.

---

24 문충공(文忠公) : 유성룡(柳成龍). 1542(중종 37)~1607(선조 40). 본관은 풍산(豊山). 자는 이현(而見), 호는 서애(西厓). 의성 출생. 1566년 별시 문과에 병과로 급제해 승문원권지부정자가 되었다. 1591년 우의정으로 이조판서를 겸하고 이어 좌의정에 승진해 역시 이조판서를 겸하였다. 1592년 4월 13일 일본이 대거 침입하자 병조판서를 겸하고 도체찰사로 군무(軍務)를 총괄하였다. 이어 영의정이 되어 왕을 호종(扈從), 평양에 이르러 나라를 그르쳤다는 반대파의 탄핵을 받고 면직되었다. 의주에 이르러 평안도도체찰사가 되고, 이듬해 명나라의 장수 이여송(李如松)과 함께 평양성을 수복, 그 뒤 충청·경상·전라 3도의 도체찰사가 되어 파주까지 진격하였다. 이 해 다시 영의정에 올라 4도의 도체찰사를 겸해 군사를 총지휘했다. 1594년 훈련도감이 설치되자 제조(提調)가 되어 명나라와 일본과의 화의가 진행되는 기간에도 군비 보완을 위해 계속 노력하였다. 1604년 호성공신(扈聖功臣) 2등에 책록되고 다시 풍원부원군에 봉해졌다. 도학(道學)·문장(文章)·덕행(德行)·글씨로 이름을 떨쳤고, 특히 영남 유생들의 추앙을 받았다. 묘지는 안동시 풍산읍 수리 뒷산에 있다. 안동의 병산서원(屛山書院)등에 제향되었다. 저서로는 『서애집(西厓集)』·『징비록(懲毖錄)』등이 있다. 시호는 문충(文忠)이다. *참고문헌 : 明宗實錄, 宣祖實錄, 宣祖修正實錄, 西厓集, 燃藜室記述, 增補文獻備考.

25 체찰군관(體察軍官) : 전란(戰亂) 때 임금을 대신하여 지방(地方)에 나아가 일반군무(一般軍務)를 총찰(總察)하는 임무(任務)를 맡아보던 체찰사(體察使) 휘하 군영(軍營)에서 실지 군무(軍務)에 종사하던 사람.

기선은 권무(勸武)²⁶로 무과(武科)에 급제 했는데, 숙인이 달가워하지 않으면서 말했다.

"우리 친가 외가가 대대로 문학으로 이름이 났다. 네 형이 이미 호종하여 무과에 급제했는데, 네가 또 무예로 입신하면 우리 자손들은 끝내 투구를 쓴 집안이 되고 말 것이다."

기선은 고개를 숙이고 명을 듣고는 감히 다시 벼슬을 구하지 못했고, 그 때문에 끝내 현달하지 못했다.

선전관(宣傳官)의 현손 건(建)이 나에게 말해 주었다.

> 숙인 고령 박씨는 박대수(朴大秀)의 딸로, 김호신(金虎臣)에게 시집갔으나 남편이 일찍 죽고 아들 다섯을 실렀다. 임진왜란이 나 갓 결혼한 아들들이 도망하려 하자 큰아들 김진선(金振先)에게 임금의 행차를 따르라 명하고 가족들을 이끌고 북쪽으로 피난을 갔다. 김진선의 현손 김건(金建)에게 이야기를 전해들은 이광정은, 이 유사에서 전쟁 후 김진선과 가족들의 극적인 만남을 생동감 있게 그려내고 있다.

---

26 권무(勸武) : 권무과(勸武科). 조선(朝鮮) 때 과거(科擧)의 하나. 국왕(國王)의 특명이나 또는 국왕(國王)의 친임(親臨)하에 권무군관(勸武軍官)에게 보이던 무과시험(武科試驗). 이 시험에 합격하면 초시(初試)·복시(覆試)가 없이 바로 전시(殿試)에 응할 수 있는 특전을 주었음.

오촌 숙모 권씨 유사
中表從叔母權氏遺事

내 외할머니 예천 권씨에게는 동생이 있었는데, 남양 홍씨에게 시집
가 '림(霖)'이라는 아들을 낳았으나 일찍 죽었다. 그의 아내 안동 권씨 부
인은 태사(太師) 권행(權幸)[27]의 후손이며, 좌승지에 추증된 송소선생(松巢
先生) 권우(權宇)[28]의 증손이다. 대부(大父)[29] 권익신(權益臣)이 소천(小川)[30]
산중 풍애(楓厓) 마을에 살았는데, 자손들이 따라서 그곳에서 일가를 이
루었다. 부친 권교(權墢)는 의령 본관 남발(南炦)의 딸을 아내로 맞아, 숭
정(崇禎) 무자년[1648] 모월 모일에 부인을 낳았다.

(부인은)총명하고 지혜로웠으며, 처녀 때부터 몸가짐과 행동이 우뚝하
니 여사(女士)의 풍모가 있었다. 21세에 홍씨에게 시집갔는데, 홍씨는 옛
날 의정(議政) 홍응(洪應)[31]의 후손으로, 좌랑 홍인수(洪仁壽)가 충정공 권

---

27 권행(權幸) : 생몰년 미상. 고려 전기의 공신. 본관은 안동(安東). 안동 권씨의 시조이
   다. 『고려사』 태조세가에는 '행(行)'이라 하였다. 본성은 김(金)이라고 한다. 930년(태조
   13) 고창군(古昌郡 : 지금의 경상북도 안동)에서 후백제의 견훤(甄萱)에게 이긴 전공으
   로 태조는 안동을 본관으로 삼게 했다. *참고문헌 : 高麗史, 新增東國輿地勝覽, 增補文
   獻備考, 西厓集.

28 권우(權宇) : 1552(명종 7)~1590(선조 23). 조선 중기의 문신. 본관은 안동(安東). 자는
   정보(定甫), 호는 송소(松巢). 아버지는 생원 권대기(權大器)이며, 어머니는 훈도(訓導)
   이제(李濟)의 딸이다. 이황(李滉)의 문인이다. 1573년(선조 6) 생원시에 합격한 뒤 과거
   공부를 그만두고 성리학에 전심하여 학문으로 이름이 높았다. 1586년 경릉참봉(敬陵參
   奉), 1589년 왕자(뒤의 光海君)의 사부에 제수되었다. 광해군이 즉위하자 스승인 그의
   옛 은혜에 보답하고자 좌승지를 추증하고 예관(禮官)을 보내어 제사지내게 하였다. *참
   고문헌 : 光海君日記, 國朝人物考, 鶴沙集, 星湖文集, 增補文獻備考.

29 대부(大父) : 할아버지와 한 항렬이 되는, 유복친(有服親) 밖의 남자.

30 소천(小川) : 안동 북쪽 경계 너머 있는 봉화현 동쪽을 소천(小川)이라 함. *참고문헌
   : 新增東國輿地勝覽.

31 홍응(洪應) : 1428(세종 10)~1492(성종 23). 조선 전기의 문신. 본관은 남양(南陽). 자

벌(權橃)³²의 딸을 아내로 맞아 홍문관(弘文館) 정자(正字) 홍사제(洪思濟)를
낳고 유산(酉山)³³에서 일가를 이루었다. 유산은 충정공의 옛집이었는데,
내외 자손들이 나란히 살았고, 또 4, 5대에 걸쳐 그러하니 친족이 크게
번성했다. 며느리들이 다 명문가의 귀한 집안이었는데, 부인은 산골에서
시집왔으나 시부모님을 효성스럽게 잘 섬겼고, 제사를 받들 때는 정성스
러웠으며 시댁 친척 가운데서 처신할 때나 마을 사람들을 대할 때나 집
안사람들을 부릴 때에도 뛰어나게 어질다는 명성이 있었다.

　겨우 4, 5년 남짓 지나서 시부모님이 돌아가시고, 남편과 시동생이 서
로 연달아 일찍 죽었는데, 집안에는 상복을 입을 만한 친척³⁴도 없었으
며, 시집가지 않은 시누이 셋에 슬하에 둔 자식은 겨우 세 살이었다. 부
인은 슬픔을 억누르고 큰일을 직접 치렀는데, 염습하는 절차나 빈소의
제물을 예에 따라 하지 않는 것이 없었으니 애절함은 이웃마을사람들까

는 응지(應之), 호는 휴휴당(休休堂). 1451년(문종 1) 증광문과에 장원으로 급제하여 좌
정언으로 등용되었다. 1468년에 남이(南怡)의 옥사를 다스린 공으로 익대공신(翊戴功
臣) 3등에 책록되었다. 1479년 우의정이 되고 1485년에 4도순찰사를 거쳐, 좌의정이 되
었다. 시호는 충정(忠貞)이다. *참고문헌 : 文宗實錄, 世祖實錄, 睿宗實錄, 成宗實錄, 國
朝榜目, 容齋集, 海東雜錄, 大東韻府群玉, 燃藜室記述, 槿域書怜徵.

32 권벌(權橃) : 1478(성종 9)~1548(명종 3). 조선 중기의 문신·학자. 본관은 안동(安東).
　　자는 중허(仲虛), 호는 충재(沖齋)·훤정(萱亭)·송정(松亭). 안동출생. 아버지는 성균생
　　원 증영의정 권사빈(權士彬)이며, 어머니는 주부(主簿) 윤당(尹塘)의 딸이다. 1507년(중
　　종 2) 문과에 급제하였다. 1518년 승정원동부승지·좌승지·도승지와 예문관직제학 등
　　을 거쳐, 1519년 예조참판에 임용되었다. 1545년(인종 1년) 명종이 즉위하자 원상(院相)
　　에 되었다. 을사사화 이후 위사공신(衛社功臣)에 책록되었고, 길원군(吉原君)에 봉해졌
　　으나 파면되었다. 1547년 양재역벽서 사건에 연루되어 유배지에서 죽었다. 1567년 신원
　　(伸寃)되었고, 이듬해 좌의정, 1591년(선조 24)에는 영의정에 추증되었다. 저서로는『충
　　재선생문집』이 있다. 시호는 충정(忠定)이다. *참고문헌 : 中宗實錄, 仁宗實錄, 明宗實
　　錄, 國朝榜目, 食齋文集(權胴), 愚伏文集(鄭經世), 國朝人物考, 大東野乘, 海東雜錄.

33 유산(酉山) : 경상북도 성주군 수륜면(修倫面) 계정리(溪亭里)에 있는 산. 마을 뒷산
　　모양이 닭이 앉아 있는 모양과 같다고 하여 유산(酉山)이라고 한다.

34 상복을 입을 만한 친척 : 기공(朞功). 상복의 이름. 기(朞)는 1년의 복상(服喪)이며, 공
　　(功)은 9개월 복상(服喪)인 대공(大功)과 5개월 복상(服喪)인 소공(小功)을 말한다. 전하
　　여, 오복(五服) 이내의 종친을 가리킨다.

지 감동시켰다.

시아버지는 소천 산중에 장사지냈으나 상여 셋은 (임시로)얕은 땅에 두었는데, 점치는 사람이 장사지낸 산이 좋지 않다고 말하자 부인은 시댁 친척들과 의논하여 이장(移葬)하고 관 세 기도 모두 옮겼다. 소천은 새 산과의 거리가 또 백 리나 되니, 부인은 밤낮으로 슬피 울부짖으며 장례에 필요한 물품을 나누어 정리하고 언문으로 편지를 써서 (운구할)하인을 쓰게 해달라고 땅 주인에게 부탁했다. 불행을 슬퍼한 원근의 선비와 벗들이 부인이 행한 일을 듣고는 모두

"이러한 일이 있었던가?"

라고 하고, 다투어 힘을 보태고 서로 도와, 마침내 사는 곳에서 7리쯤 떨어진 황전(黃田) 마을에 네 사람의 장례를 치러 부인의 뜻대로 될 수 있었다.

부인은 한 순간에 네 사람의 상을 당하는 큰 재앙을 겪었는데, 누군가 옛날 집이 재앙을 가져온 것이라 하자 바로 불태워 버리고는 아이를 이끌어 친정집에 보내놓고 혼자 몸으로 시누이 셋과 함께 초가를 짓고 살면서, 힘겹게 혼수를 마련하여 시누이를 시집보내 혼기를 놓치지 않도록 했다. 부인은 시댁 친척들과는 이미 소원해져서 드나드는 데 거리낌이 있었기 때문에 바깥일을 감당할 사람이 없었는데, 넷째 시누이를 둘째 아우 권이탁(權以鐸)에게 시집보내 그로 하여금 오가면서 집안일을 단속하고 관할하게 했다.

벌써 아이가 자라 7, 8세가 되자 그가 배울 시기를 놓칠까 걱정하여 데리고 와서 이웃사람 권두건(權斗建)에게 보내 가르침을 청했다. (그는) 당시에 수재(秀才)[35]였는데, 부인의 뜻에 감동받아 스스로 일하는 기한을

---

35 수재(秀才) : 사마시에 합격한 생원, 또는 서생의 통칭. 한(漢)나라 때 과거(科擧)의 과목으로, 당나라 때에는 명경과(明經科)·진사과(進士科)와 나란히 수재과를 두었다. 송대(宋代)에는 과거에 응시하는 선비를 모두 수재라 칭했는데, 명·청조에 이르러서는

없애버리고 그를 가르쳤다. 부인은 사랑하고 아끼기는 했으나 가르치고 감독하는 것을 느슨하게 하지는 않았으며, 항상

"홀어미 자식이 어찌 그 공을 백 배로 하지 않고서 이루는 것이 있겠느냐?"

라고 하셨다. 아들은 어머님의 가르침을 힘써 체득하고 과거 공부를 업으로 삼았는데, 비록 불행히도 성취한 것은 없었지만 시(詩)와 예(禮)의 학문에 대해 자세히 알았으며 효성스러움과 신중함으로 다른 사람들에게 알려졌으니 부인의 가르침이었다.

부인은 일찍부터 불행한 일을 겪으면서 속을 상하게 하고 애를 태웠으며 험난한 일을 두루 겪었지만 물려받은 가산을 축내지도 않고, 마침내 뒤집히고 동요하는 와중에서도 남은 일을 보전하고 가문을 다시 세울 수 있었으니, 사람들이 부인을 어질다고 하고 그 하신 일을 어렵게 여기지 않는 사람이 없었다.

부인은 숙종 갑오년[1714] 모월 모일에 돌아가시니 향년 67세였다. 모월 모일에 아들이 시부모의 묘 아래에 있는 남편의 무덤에 합장했다. 아들의 어릴 적 자(字)는 우치(禹治)였는데, 나중에 재희(載熙)로 고쳤다. 한산 이씨 목은(牧隱)의 후손을 아내로 맞아 3남 1녀를 낳았는데, 제욱(霽旭), 제행(霽行), 제광(霽光)이고, 딸은 이인복(李寅復)에게 시집갔다. 제욱(霽旭)은 3남 2녀를 두었는데, 아들은 복휴(復休)이고 나머지는 어리다. 제행(霽行)은 1남 3녀를 두었고, 제광(霽光)은 2녀를 두었는데, 다 어리다.

부인은 온화하셨으나 지키는 바가 있었고, 사리에 통달하였으며, 재물과 의리에 있어서는 취하고 버릴 것을 아셨다. 강 서쪽에 있던 옛날 전장(田莊)이 제법 헤아리기 힘들 정도로 많았는데, 상을 당한 이후로 단속할 겨를이 없다가, 아들이 장성하자 문서를 가지고 가게 했더니, 이미 집

부(府)나 주(州), 현(縣)의 학교에 입학하는 생원(生員)까지도 수재라고 했다.

안 어른에게 사사로이 팔려 버렸다. 아들이 어르신의 집에 가서 그 문서에 대해 말하자 어르신은 놀라며 말했다.

"문서가 있었더냐? 나는 정말로 모르고 실수로 다른 사람에게 팔았다. 당연히 거름집으로라도 돈을 갚아야 할 것이나 부족할까 걱정이다."

아들은 사양하고 다시 따지지 않았다. 돌아와서 그 사실을 아뢰니, 부인이 말했다.

"문서가 어디 있느냐?"

아들이 말했다.

"뒷말이 있을까봐 이미 어르신의 집에서 태워버렸습니다."

부인이 기뻐하며 말했다.

"나는 그래도 자손이 있지 않느냐?"

그 분이 재물을 가벼이 여기시고 의리를 좋아하신 것이 이와 같았다.

부인이 살던 산은 우리 집 동쪽 마을 언저리에 있다. 부인의 선친께서 만년에 집을 옮기시어 나와 이웃이 되셨는데, 부인은 그로 인해 산 아래로 왔다 갔다 하셨다. 나도 그때 부인을 뵈었는데, 부인은 늘 흐느끼면서 말했다.

"미망인이 젊은 나이에 과부로 살면서 따라 죽는 것이 편하다는 것을 모르지 않지만 시댁이 몰락하고 자식은 어리석어 벼슬도 없으니 진실로 깊이 생각지 않고서 작은 의리를 행했다. 홍씨가 세상을 떠난 지 이미 오래 되었다. 그리하여 감정을 억누르고 부끄러움을 참고 늙어가게 되었으니 심한 것이 질긴 목숨이다."

나는 (그분의) 아들과 어울리면서 간혹 부인의 앞에서 고금의 일을 논하다가 충신 열녀 효자의 행적에 이르면 부인께서는 기뻐하며 귀를 기울였고, 꼭

"너는 나를 위해 다시 해 보거라."

라고 했고, 늘

"우리 아이가 매우 게으른 데다 성마르고 편벽되어 나쁜 점이 많다. 모름지기 갈고 닦아 서로 충고하며 권유하고 버려두지 말거라." 라고 했다.

하당공(荷塘公)[36]은 항상 부인이 명철하고 의리를 안다고 칭찬했고, 창설공(蒼雪公)[37]은 때때로 사람들에게 부인의 지극한 행실에 대해 이야기했다. 두 군자는 인근에 살면서 사정을 다 알아 늘 부인에 대해 논하고 저술하고자 했지만 하지 못했다. 지금 아들이 불행한 일을 겪은 지 이미 오래되었고 나 역시 늙게 되어, 평소에 보고 들었던 것이 날마다 까마득해진다. 그러나 제욱 등이 꼭 기술한 것을 갖고자 하여, 기억이 가물가물하다는 핑계로 감히 사양하지 못하고 원안을 받아 대략 틀린 것을 바로잡아 주었으나 진실로 10분의 1, 2도 고칠 수 없었다. 훗날 군자들이 그래도 혹 이것을 참고해 믿어주기 바란다.

해제 │ 권씨(1648~1714)는 권교(權郊)의 딸이다. 21세에 이광정의 이모할머니 예천 권씨의 아들인 홍림(洪霖)에게 시집가 이광정에게 외가 5촌 숙모가 된다. 부인은 남편과 시부모를 일찍 여의고 혼자 힘으로 시누이를 시집보내고 아들을 교육시켜 집안을 다시 일으켰다.

---

36 하당공(荷塘公) : 권두인(權斗寅). 1643~1719. 본관 안동. 자 춘경(春卿). 호 하당(荷塘)・설창(雪窓). 35세에 비로소 진사시(進士試)에 합격했으나 벼슬에 뜻을 두지 않고 학문에 전심했으며, 학행(學行)으로 효릉참봉(孝陵參奉)이 되었다. 그 뒤 장원서별제(掌苑署別提)・사어(司禦)를 거쳐 공조좌랑이 되고 사직하였다. 안동의 동백서원(東柏書院)에 배향되었다. *참고문헌 : 練藜室記述, 肅宗實錄, 荷塘集.

37 창설공(蒼雪公) : 권두경(權斗經). 1654(효종 5)~1725(영조 1). 조선 후기의 학자. 본관은 안동(安東). 자는 천장(天章), 호는 창설재(蒼雪齋). 충정공(忠定公) 권벌의 5세손. 아버지는 권유(權濡)이고, 어머니는 예안김씨(禮安金氏)이다. 이현일(李玄逸)의 문인으로 이재(李栽) 등과 교유하였다. 1710년 문과에 급제, 성균관직강・전라도사에 임명되고, 그 뒤 사간원정언에 임명되었다. 1717년 영남에서 1만여 인의 유생들이 상소를 올릴 때 그 상소문을 기초하였다. 1723년(경종 3) 홍문관부수찬이 되었다. 저서로는 『창설집』이 있다. *참고문헌 : 英祖實錄, 國朝榜目, 蒼雪集(權斗經), 密菴文集(李栽), 嶺南人物考.

임씨 집안의 열부 향랑전
林烈婦薌娘傳

　　여인의 성은 박씨이고 이름은 향랑(香娘)[38]이며, 농사꾼의 딸이었다. 어려서부터 단아하고 깔끔하여 사내아이들과 노는 것을 좋아하지 않았다. 어머니가 일찍 돌아가시고 아버지 박자신(朴自新)은 후처를 두었는데 어리석고 고집이 셌다. 늘 향랑을 몹시 미워하여 회초리로 때리며 일을 시켰지만, 향랑은 더욱 공손하고 조심했다.

　　열일곱에 임씨 집으로 시집갔는데, 남편의 이름은 칠봉(七逢)이었고, 나이는 열네 살이었다. 어린데도 남을 깔보고 아내에게 함부로 대했으나, 부인은 표정에 드러내지 않고 남편이 나이 어려 아는 것이 없다고 여기고 시간이 지나면 그렇지 않을 것이라 생각했다. 칠봉은 다 커서도 더욱더 심해져 자주 아내를 매로 때리거나 주먹으로 치더니 머리채를 쥐고 때려서 내쫓았다. 그 시부모는 말릴 방법이 없어 며느리를 바로 내보냈다.

　　어머니는 부인이 돌아온 것을 보고 성을 내며 말했다.

　　"네가 분명 잘하는 일이 없어서 시댁에 죄를 얻었을 게야."

　　아버지는 받아들여지지 못 하겠다 생각하고 향랑을 외가로 보냈다. 여러 달이 지나자 외삼촌과 이모가 부인에게 말했다.

　　"네가 불행히도 남편에게 받아들여지지 못하고 돌아갈 곳도 없으니 나는 네가 평생을 처녀로 지낼 수 없다는 것이 안쓰럽다. 너는 상민의 자식이니 마음이 가는 대로 할 것이지 무엇 때문에 오래 자신을 괴롭히느냐?"

　　부인이 울며 말했다.

---

38 향랑(香娘) : 제목에는 '향랑(薌娘)'이라고 되어 있으나 본문에는 '향랑(香娘)'으로 한문 표기가 다르게 되어 있다.

"삼촌은 이런 말씀을 하지 마십시오. 제가 들으니 여자는 두 남편을 섬기는 행동을 하지 않는다고 합니다. 제가 비천하여 아는 것이 없고, 또 불행하여 양심(良心) 없는 사람을 만나 이미 결혼을 허락해 버렸으니, 바로잡을 수 없습니다. 버림받았다고 해서 한 남편을 섬기는 제 행동을 바꾸겠습니까? 죽어도 어쩔 수 없습니다."

향랑의 외삼촌들은 성을 내며 그를 점점 소홀히 대했다. 게다가 다른 사람과 약속하여 몰래 부인을 위협했는데, 부인이 이를 알아채고 시댁으로 도망쳤다. 칠봉이 심하게 화를 내며 향랑을 대하자 시아버지는 답답하여 향랑을 가엾게 여기며 말했다.

"우리 아이가 의로움이라곤 없는데도 가르칠 방도가 없다. 너와 헤어지려고 하는데 너는 무엇 하러 왔느냐? 네 갈 데로 가거라. 너를 말리지 않는다. 맹세컨대 보내줄 것이다."

향랑은 울면서 말했다.

"아버님께서는 어째서 이런 말씀을 하십니까? 저는 다만 지조를 바꾸는 행동을 감히 하지 않으려는 것뿐입니다. 아버님께서는 가엾게 여기시고 대문 밖 공터를 내주시어 제가 거처하게 해 주십시오. 저는 죽을 각오로 머물 것이고 감히 떠나지 않을 것입니다."

시아버지는 허락하지 않았고, 속으로 며느리가 자진할까 걱정하여 이렇게 말했다.

"우리 집안을 더럽히는 일은 하지 마라."

부인은 곰곰이 생각해 보니, 갈 만한 곳이 없었고 욕을 보여도 참고 구차하게 산다면 좋지 못한 일이 생길까 걱정되어, 자결하려고 마음먹었는데, 시아버지가 역시 싫어하자 한탄하며 말했다.

"아! 돌아갈 곳이 없구나. 부모가 나를 자식으로 생각지 않으시고, 지아비가 나를 아내로 생각지 않으며, 시부모님이 나를 며느리로 여기지 않으시니 내 어떻게 세상에서 살아갈 수 있으리오? 차라리 강물로 뛰어들어 함께 깨끗해진다면 혼백이 부끄럽지 않으리라."

시아버지께 인사드리고 머리를 헤치고 통곡하며 길을 갔다. 오태강(吳泰江) 가에 이르니 마침 어린 여자아이가 나무를 하고 있는 것을 보고 기뻐서 말했다.

"내가 나의 죽음을 분명히 할 수 있게 되었구나."

그를 불러 앞으로 오게 하여 그 나이를 물으니 열두 살이었다. 그에게 일족의 성씨와 고향을 알려주고 물었다.

"너희 집과 우리집이 가까우니 너는 내 말을 전할 수 있겠느냐?"

그리고 향랑은 탄식하며 말했다.

"나는 마음속에 숨은 아픔이 있어 목숨을 버리러 못으로 가려 한다. 그러나 죽어도 죽은 사실을 분명히 말하지 않으면, 부모님과 시부모님께서 내가 다른 사내가 있나 의심하실 것이니, 어찌 억울하지 않겠느냐?"

그리고 조용히 자기가 남편에게 용납되지 않아 스스로 죽으려는 것을 알려주고, 슬프고 기가 막혀 말했다.

"내가 너를 만나게 된 것은 하늘의 뜻이다. 내가 남자를 만나게 되었다면 감히 말을 하지 못했을 것이고, 여자 어른을 만나서 말을 했다면 반드시 나를 죽지 못하게 말렸을 것이니, 내가 자유롭지 못했을 것이다. 너는 또 지혜로워 내 말을 전할 수 있을 것인즉 내가 너를 만난 것은 하늘의 뜻이다."

향랑과 여자아이가 서로 함께 지주비(砥柱碑) 아래에 이르렀는데, 그 위에는 길재 선생과 묘가 있었다. 길선생은 고려시대 사람으로 조선조가 천명으로 건립되었으나 고려에 대한 의리를 지키기 위해 출사하지 않으셨다. 임금께서 그를 가상히 여기셔서 선생에게 전지를 내렸으나, 선생께서는 대나무를 심고 곡식을 심지 않으셨으니, 그 늠름함은 바로 백이숙제가 고사리만 먹던 유풍이었다. 후인들이 강 위 깎아지른 듯한 낭떠러지 위에 돌을 세우고 '지주중류(砥柱中流)' 네 글자를 새겼는데, 그 뜻은 선생의 절개가 용문의 지주와 똑같이 높음을 의미하는 것이다.

이에 향랑은 머리의 다리를 풀고 옷을 벗어 묶어서 어린 여자아이에게 주며 말했다.

"너는 이것을 갖고 가서 내가 죽은 것을 말하거라. 늙으신 아버지가 내 시신을 거두러 오실 텐데, 그러나 내 죽어 불효자가 되었으니 어찌 내 부친을 뵈올 수 있겠느냐? 시신은 반드시 떠오르지 않을 게야."

말을 마치고 한참을 통곡하다 노래를 지어 불렀다.

"하늘 높고 땅이 머니 내가 어디로 가리오.
강물에 몸을 맡겨 물고기 배에 실리리."

노래를 마치고 물로 나아갔다. 여자애가 두려워 도망가려 하니 향랑이 타일렀다.

"두려워하지 마라. 내 너에게 이 노래에 익숙하도록 가르쳐주마. 이후에 이곳에서 나무를 하다가 산유화 한 곡조를 노래하면 내 네가 와 나를 그리워함을 알리라. 강 물결이 용솟음치며 일어나면 너는 내 정령이 없어지지 않았음을 알려무나."

그리고 강물에 빠지려다 다시 멈추고, 여자아이를 돌아보고 웃으며 말했다.

"가련하다. 내 이미 죽을 결심을 했고 돌아볼 것도 없는데, 물을 보니 아직도 무서운 마음이 드는구나."

이에 적삼을 벗어 얼굴을 싸매고 물에 몸을 던져 죽었다. 여자애가 그 집에 가 그 일을 전하니 박자신이 와서 딸의 시신을 찾았으나 14일이 지나도 시신이 나오지 않았다. 그가 떠난 후 시신이 올라왔는데, 아직도 옷소매로 얼굴을 싼 채였고 안색은 생시 같았다.

향랑은 일선군(一善郡) 위 형곡리(荊谷里) 사람인데, 혹은 봉계(鳳溪) 사람으로 길재 선생과 같은 마을사람이라고도 한다. 죽을 때 나이가 20세였고 죽은 날은 임오년[1702] 9월 6일이다. 향랑이 죽은 후 그 일이 세상에 드러나 고을에 알려졌다. 그때 조귀상이 군수였는데, 이를 가상히 여겨 글을 지어 제를 올리고, 그 행실을 써서 조정에 알렸으며, 그림을 그려 세상에 전했다. 2년 후 갑신년[1704]에 임금님께서 정려를 명하셨다.

이전에 길재 선생이 봉계에 물러나 살 때에 글을 읽을 때마다 "충신은 두 임금을 섬기지 않고 열녀는 두 지아비를 모시지 않는다"는 것을 여러 번 되풀이하여 뜻을 밝히니, 이웃에 사는 여자가 문득 문 아래에 이르러 귀를 기울여 그것을 들었다. 선생께서 그 까닭을 묻자 여자가 말했다.

"읽으시는 글이 무슨 뜻인지 감히 여쭙니다."

선생께서 그를 위해 그 글을 풀어주시니, 여자는 기쁘게 그 뜻을 알아들은 것 같았다. 그 후 여자의 남편이 국경에 수자리 살러 갔고 여자는 문을 잠그고 홀로 살았다. 남편이 돌아오게 되었는데 마침 밤이라 문이 닫혀 있었다. 남편이 문을 열라고 호령했으나 여자가 열 수 없다고 하자 남편이 말했다.

"남편이 멀리서 왔으면 집안 식구 모두 넘어지며 달려와야 하거늘, 당신은 홀로 문을 잠그고 있음은 어인 일이오?"

여자가 대답했다.

"그렇습니다. 저는 참으로 당신을 기다리고 있었습니다. 그러나 제가 들으니 여자는 삼가서 밤에 사람을 출입시키지 않는다 합니다. 제가 이미 이 문을 잠갔으니 밤에 문을 열 수 없습니다. 내일 문을 열겠습니다."

끝내 문을 열지 않았으니 사람들이 이 여인이 길 선생의 풍도를 들은 것으로 여겼다.

일선군의 동쪽에 문수점(文殊店)이 있다. 농부 김기년이 암소 한 마리를 키우고 있었다. 하루는 밭에 갔는데 호랑이가 그 소를 움켜쥐니 기년이 손에 든 쟁기로 그것을 쳤다. 호랑이는 소를 버리고 사람을 쫓았다. 기년은 호랑이와 맞서 싸울 것이 없어 오직 두 손으로 그 입술을 막았다. 이에 소가 크게 소리 지르면서 앞으로 나아가 호랑이를 뿔로 받으니, 호랑이는 버틸 수 없어 기년을 버려두고 숲 속으로 도망갔으나, 끝내 소가 그 호랑이를 부딪쳐 죽였다. 소는 다친 데가 없었고 오히려 일하고 마시고 먹으며 태연자약했다. 기년이 상처로 병들어 집에 돌아온 지 20일 만에 그 상처가 심해져서 죽게 되었을 때, 그 집안 식구에게 말했다.

"아! 나를 호랑이 입에서 살려준 것은 소이니, 내가 죽더라도 팔지 말고, 늙어죽게 되면 반드시 내 무덤 옆에 묻어라."

기년이 죽은 후 소는 물과 여물을 끊고 슬프게 울다가 3일 만에 죽었고, 그 집에서 그를 장사지냈다. 기이하도다! 그때 조귀상의 할아버지 조찬한이 부사였는데, 그 일을 기이히 여겨 그 소를 그려 '의우(義牛)'라 이름하고, 그에 대한 서를 썼다. 그 후 73년이 지나 조귀상이 이어 태수가 되니 임열부 사건이 있었다. 사람들이 이를 기이하게 여겼다.

야사(野史)는 말한다.

내 일찍이 남쪽으로 가다가 이른바 금오산을 보니 푸르고 가파른 절벽이 서 있었다. 기이하도다. 오산을 지나다 길선생의 사당에 인사드렸는데, 대숲 속 바람이 숙연하여 그의 절의가 세상에서 드문 일이라는 느낌을 들게 했다. 동쪽으로 돌다가 앞 대에서 강물을 굽어보니 마사 돌높이가 여러 장 되었고, 새겨 놓은 '지주중류' 네 글자는 크기가 손만 했다. 바야흐로 길선생이 오산에 은거하고 있을 때, 김주 선생 또한 일선 사람으로 사신이 되어 중국에 다녀 돌아오다가 강에 이르러 배를 돌렸으니, 대개 의리가 두 임금을 섬기지 않아서라고 한다.

오산과 낙동강 사이에는 예로부터 절의를 지킨 남자가 많았다. 사람들은 여자의 본성은 너그럽지 못하고 짐승은 어리석다고 말하나 그렇지 않다. 내 생각으로는 천지의 바른 기운이 이 땅에 모여 영특함을 심고 빼어남을 키울 때 사람과 만물, 남자와 여자, 귀한 자와 천한 자의 차이가 없다. 그렇지 않다면 그 여러 선생의 후세에 끼친 풍도와 남기신 열렬함이 진동하여 옛날과 지금에 서로 감응하여 떨쳐 그러함이 있게 한 것일까? 그렇지 않다면 임열부가 지주비 아래에서 죽은 것은 얼마나 기이한 일인가! 조태수가 그림을 그리고 이 일을 세상에 전했으므로 세상에서 비로소 그 가르침을 알게 된 것이다. 그 때문에 내가 그 일을 써서 이처럼 들은 것을 부치니 뒷날 이를 보는 사람들은 그 일어난 바를 알 것이다.

| 해제 | 향랑(1683~1702)은 농사꾼 박자신(朴自新)의 딸로 17세에 세 살 어린 임칠봉(林七逢)에게 시집갔다. 임칠봉은 향랑을 구박하고 폭력을 휘두르다 결국 내쫓았는데, 친정에서도 새어머니가 받아주지 않고 외삼촌에게 보냈다. 외삼촌이 개가시키려 하자 다시 시댁으로 갔지만 또 쫓겨나고 말았다. 향랑은 죽기로 결심하고 오태강으로 가서 나무하는 소녀를 만나 자신이 겪은 일을 다 말하고 <산유화> 노래를 부른 후에 강물에 몸을 던졌다. 당시 군수였던 조귀상(趙龜祥)이 조정에 알려 1794년에 정려를 허락받았다. 이광정은 향랑의 이야기와 함께 길재 선생의 도를 듣고 열녀의 행실을 갖춘 이웃 여자의 이야기, 농부 김기년이 기르던 암소가 호랑이와 싸워 주인을 지킨 이야기를 덧붙이면서 이 지역에 절의를 지킨 인물이 많았다는 점을 강조하고 있다. 이광정은 '향랑요(薌娘謠)'를 써서 극적인 향랑의 일생에 대해 노래하기도 했다.

권구 權榘 · 1672 ~ 1749

권구(權榘) : 1672(현종 13)~1749(영조 25). 조선 후기의 학자. 본
관은 안동(安東). 자는 방숙(方叔), 호는 병곡(屛谷). 아버지는 선교
랑(宣敎郎) 권증(權憕)이며, 어머니는 풍산(豊山) 유씨(柳氏)로 현
감 유원지(柳元之)의 딸이다. 아내의 할아버지였던 이현일(李玄逸)
의 문인으로, 일찍이 과거를 단념하고 유학의 전통을 지키면서 학문
연구와 후진교육에 전념하였다. 그가 살던 안동 족적동(足積洞)에
서 사창(社倉)을 열어 흉년에 빈민들을 구제하였으며, 향약을 실시
하여 고을에 미풍양속을 일으켰다. 경학(經學)·예설(禮說)·성리
학을 깊이 연구했고, 이황(李滉)의 이기호발설(理氣互發說)을 전적
으로 지지하였다. 기타 천문·역수(曆數)·역학(易學)·사기(史記)
등에도 매우 조예가 깊어 〈경의취정록(經義就正錄)〉·〈독역쇄의
(讀易瑣義)〉·〈기형주해(璣衡註解)〉·〈여사휘찬의의(麗史彙纂疑
義)〉 등을 잡저로 남겼으며, 그 밖에도 옛날 명훈(名訓)을 한글로
번역한 『내정편(內政篇)』이 있다. 저서로는 『병곡집』 10권 5책이
전한다. *참고문헌 : 英祖實錄, 屛谷集, 嶺南人物考.

서자 서부가 상을 주관하는 일에 대한 의의[1]

庶子庶婦主喪疑義

「분상(奔喪)[2]」편에,

"초상(初喪) 때에는 아버지가 살아 계시면 아버지가 상주(喪主)가 된다."

라 했고, 또

"아버지가 돌아가셨으면 형제가 함께 살더라도 각각 그 상(喪)의 상주가 된다."

라고 했는데, 주석(註釋)에

"각각 아내나 아들의 상에 상주가 된다."

라고 되어 있다. 『가례(家禮)』의 「입상주(立喪主)」 조(條)에서 주자는 말했다.

"아버지가 살아 계신데 아들이 상주가 되는 예는 없다."

이러했으니, 애초에는 적서(嫡庶)[3]를 구분하는 뜻은 없었다.

그런데, 「상복소(喪服疏)」에는

---

1 의의(疑義) : 문과 제술시험 과목 중의 하나. 경서(經書) 가운데 의심이 날 만한 곳의 글 뜻을 설명하는 형식을 요구하는 글. 소과와 문과 대과 초시에서 시행되었다.

2 분상(奔喪) : 『예기(禮記)』, 「분상(奔喪)」편. 『예기』에 따르면 분상의 절차와 의식은 다음과 같다. 먼저, 객지에 있다가 부모의 상을 들으면 부음(訃音)을 전한 사람에게 곡(哭)으로 대답하고 발상(發喪) 후 옷을 갈아입고 바로 길을 떠난다. 하루에 백리를 가되 밤에는 가지 않고, 가다가 슬프면 곡하고 숙소에 들어도 곡한다. 집 근처에 오면 곡하고 문에 들어가면서도 곡하고 빈소(殯所)에서 재배(再拜)하고 애통해 하며 초상 때와 같이 머리를 풀고 발 벗는다. 다음날 풀었던 머리를 묶고 두건(頭巾)·중단(中單)·수질(首絰)·요질(腰絰)을 헌 채 상식참례(上食參禮)하고 나흘째에 상복을 입는다. 오지 못하게 될 때에는 그곳에서 설위(設位)하고 발상(發喪)하며 나흘째에 성복을 하되 초상 때와 같이 한다. 또 장사(葬事)를 지낸 후에 오게 되면 바로 산소로 가서 곡재배(哭再拜)하고 애통해 하되 그때까지 성복을 못했다면 산소에서 성복한다.

3 적서(嫡庶) : 여기서는 '장남과 그 밖의 아들' 즉, 큰 아들과 둘째 이하 아들들을 구분해서 지칭한 말이다.

"천자(天子) 이하 선비, 평민에 이르기까지 모두 서자(庶子)의 아내⁴를
위해서 상주가 되지는 않는다."

　　서자(庶子)는 아버지 후사(後嗣)가 된 사람의 동생이다.

　했고, 『예기(禮記)』, 「소기(小記)」에는
"아버지가 살아 계시면 서자(庶子)는 아내를 위해 지팡이를 짚고 자리
를 지킨다."
라고 했고, 주석(註釋)에,
"시아버지가 맏며느리의 상주가 되기 때문에 맏아들은 지팡이를 짚을
수 없고, 다른 며느리들에게는 상주가 되지 않기 때문에 다른 아들들은
아내를 위하여 지팡이를 짚을 수 있다."
라고 했다. 또
"아버지는 다른 자손들의 상주가 되지 않으므로 (다른 아들 손자들은)지
팡이를 짚고 자리를 지킨다."
라고 했는데, 이는 다른 아들 며느리에게는 아버지가 상주가 되지 않는
다고 한 것이니, 두 가지 설은 크게 차이가 난다. 사계(沙溪)⁵의 『상례비

---

4 서자(庶子)의 아내 : 맏며느리가 아닌 다른 며느리.

5 사계(沙溪) : 김장생(金長生). 1548(명종 3)~1631(인조 9). 본관은 광산(光山). 자는 희
원(希元), 호는 사계(沙溪). 1578년(선조 11) 학행(學行)으로 천거되어 창릉참봉(昌陵參
奉)이 되고, 1581년 돈녕부참봉이 되었으나 1613년 계축옥사 이후 은둔해 학문에만 전념
하였다. 1627년 정묘호란 때 양호호소사(兩湖號召使)로서 의병을 모아 공주로 온 세자를
호위하였다. 1630년에 가의대부로 올랐으나, 조정에 나가지 않고 줄곧 향리에 머물면서
학문과 교육에 전념하였다. 인조반정 이후로는 서인의 영수격으로 영향력이 매우 컸다.
학문적으로 송익필·이이·성혼 등의 영향을 함께 받았다. 특히 송익필의 영향이 컸는
데, 예학을 깊이 연구해 아들 김집에게 계승시켜 조선 예학의 태두로 예학파의 한 주류
를 형성하였다. 인조 즉위 뒤 서얼 출신이던 송익필이 아버지 사련(祀連)의 일로 환천(還
賤 : 천인으로 되돌아감)되자 억울함을 풀어주기 위해 같은 문하의 서성(徐渻)·정엽(鄭
曄) 등과 신변사원소(伸辨師冤疏)를 올렸다. 저서로는 1583년 첫 저술인『상례비요(喪禮
備要)』 4권을 비롯, 『가례집람(家禮輯覽)』·『전례문답(典禮問答)』·『의례문해(疑禮問

요(喪禮備要)[6]에도 아직 정해진 이론은 없다. 그런데, 고씨『가례강록(家禮講錄)』에는

"상주가 명칭으로는 하나이지만 실제로는 두 사람이다."

라고 했다. 미수(眉叟)[7]도

解)』 등 예에 관한 것이 있고,『근사록석의(近思錄釋疑)』·『경서변의(經書辨疑)』와 시문집을 모은『사계선생전서』가 전한다. 1688년 문묘에 배향되었으며, 연산의 돈암서원(遯巖書院)을 비롯해 안성의 도기서원(道基書院) 등 10개 서원에 제향되었다. 시호는 문원(文元)이다. *참고문헌 : 宣祖實錄, 仁祖實錄, 燃藜室記述, 沙溪先生全書, 淸陰集, 宋子大全, 畸庵集, 谿谷集, 愼獨齋遺稿, 儒敎淵源(張志淵), 朝鮮儒學史(玄相允, 民衆書館, 1949).

6 상례비요(喪禮備要) : 조선 중기의 학자 신의경(申義慶)이 찬술하고 김장생이 증보한 상례(喪禮)의 초보적인 지침서. 2권 1책. 목판본. 주자(朱子)의『가례(家禮)』를 통해 전통적 상례를 계몽하기 위해 쓰여졌다.『가례』의 상례관계의 본문을 중심으로,『예경(禮經)』과 여러 학자들의 이에 관한 해석을 참고, 유취하여 초상(初喪)에서 장제(葬祭)에 이르는 모든 예절을 요령 있게 찬술하였다. 그리고 사당(祠堂)·신주(神主)·의금(衣衾)·최질(衰絰)·오복제(五服制)·상구(喪具)·발인(發靷)·성분(成墳)·입비(立碑)·수조(受弔)·진찬(進饌) 등의 도설(圖說)을 책머리에 실었다. 원래는 1권 1책의 분량이었으나 친구인 김장생이 1620년(광해군 12) 여러 대목을 증보하고 아울러, 시속의 예제도 참고로 첨부하여 이용하기에 편리하도록 만들고 서문을 붙여서 그 면모를 새롭게 하였다. 그 뒤 김집(金集)이 이를 다시 교정하여 1648년(인조 26) 2권 1책으로 간행하면서 다시 서문을 붙였다. 책 끝에는 1621년에 쓴 신흠(申欽)의 발문이 있다.

7 미수(眉叟) : 허목(許穆). 1595(선조 28)~1682(숙종 8). 조선 후기의 문신. 본관은 양천(陽川). 자는 문보(文甫)·화보(和甫), 호는 미수(眉叟). 1626년 인조의 생모 계운궁(啓運宮) 구씨(具氏)의 복상(服喪) 문제로 인조는 그에게 정거(停擧 : 일정 기간 동안 과거를 못 보게 하던 벌)를 명하였다. 뒤에 벌이 풀렸는데도 과거를 보지 않고 자봉산에 은거해 학문에만 전념하였다. 1637년 어머니의 상을 당하자 상중에『경례유찬(經禮類纂)』을 편찬하기 시작해 3년 뒤에는 상례편(喪禮篇)을 완성하였다. 1660년(현종 1) 경연(經筵)에 출입했고, 다시 장령이 되었다. 그때 효종에 대한 조대비(趙大妃 : 인조의 繼妃)의 복상기간 문제가 제기되었는데, 이를 기해복제라 한다. 당시 송시열 등 서인(西人)은『경국대전』에 의거해 맏아들과 중자(衆子)의 구별 없이 조대비는 기년복(朞年服 : 1년喪)을 입어야 한다고 건의해 그대로 시행되었다. 그러나 실은 의례(儀禮) 주소(註疏 : 경서 등에 해석을 덧붙인 것)에 의거해 효종이 체이부정(體而不正), 즉 아들이기는 하지만 맏아들이 아닌 서자에 해당된다고 해석해 기년복을 주장했던 것이다. 이에 대해 그는 효종이 왕위를 계승했고 또 종묘의 제사를 주재해 사실상 맏아들 노릇을 했으니 어머니의 맏아들에 대한 복으로서 자최삼년(齊衰三年)을 입어야 한다고 주장하였다. 1674년 효종 비 인선왕후(仁宣王后)가 죽자 조대비의 복제문제가 다시 제기되었다. 조정에서는 대공복(大功服)으로 9개월을 정했으나 대구 유생 도신징(都愼徵)의 상소로 다시 기해복제가 거론되었다.『경국대전』에 따르면 맏아들·중자의 구별 없이 부모는 아들을 위해 기년복을 입는다고 규

"상에는 상주가 있으니, 손님을 맞이하는 예는 아들이 아버지를 뛰어넘어 제사를 주관할 수 없다."

라고 했으니, 시아버지는 높고 제사를 받는 이⁸는 낮기 때문에 가까운 사람이 상주가 된다고 한다. 이것을 가지고 말한다면, 손님을 맞는 것과 상중의 모든 일은 적서(嫡庶)를 막론하고 아버지가 다 그것을 주관하니, 이는 아버지가 상주가 된다는 말이다.

삭전(朔奠)⁹, 우(虞)¹⁰, 졸(卒)¹¹, 연(練)¹², 상(祥)¹³ 같은 것은 맏아들, 맏며

정했으나, 며느리의 경우 맏며느리는 기년, 중자처는 대공으로 구별해 규정하였다. 그런데 인선왕후에게 대공복(大功服)을 적용함은 중자처(衆子妻)로 대우함이고, 따라서 효종을 중자로 보기 때문이라는 것이었다. 이에 대한 근거는 『경국대전』이 아니라 고례(古禮)의 체이부정설이었다. 이는 효종의 복제와 모순되는 것으로서 새로 즉위한 숙종의 노여움을 사게 되었다. 이러한 일로 송시열 등 서인은 몰리게 되고 그의 견해가 받아들여져 대공복을 기년복으로 고치게 되었다. 이로써 서인은 실각하고 남인의 집권과 더불어 그는 대사헌에 임명되었다. 그러나 사직소를 올렸고, 병이 나자 숙종은 어의를 보내어 간호하기까지 하였다. 1675년(숙종 1) 이조참판에 이어 이조판서, 우의정이 되었다. 1680년 경신대출척으로 남인이 실각하고 서인이 집권하자 관작을 삭탈당하고 고향에서 저술과 후진양성에 전심하였다. 사후 1688년 관작이 회복되었다. 저서로는 『동사(東事)』·『방국왕조례(邦國王朝禮)』·『경설(經說)』·『경례유찬(經禮類纂)』·『미수기언(眉馬記言)』이 있다. 시호는 문정(文正)이다. *참고문헌 : 顯宗實錄, 肅宗實錄, 記言, 星湖文集, 許穆의 學問과 思想(金吉煥, 韓國學報 18, 1980).

8 제사를 받는 이 : 제사를 받는 죽은 사람. 여기서는 며느리를 이름.

9 삭전(朔奠) : 매월 초하룻날 아침에 고기, 생선, 국수, 쌀밥, 떡, 국 등을 올리는 것. 원래 『예서(禮書)』에는 없지만 보름날에도 이와 같이 올린다. 이는 우리나라만의 풍습이라 하겠다. 뿐만 아니라 고인의 생일날 제사를 올리는 것도 『예서』에는 없는 우리나라 풍습이다. 새로 나온 음식이 있으면 상식할 때 같이 올리며, 이를 천신(薦新)이라 한다. 오곡(五穀)이나 백곡(百穀)은 밥을 지어 올리고 과일은 그대로 천신한다.

10 우(虞) : 우제(虞祭). 갓 돌아가신 영혼을 위로하는 제사. '우(虞)'는 형체(形體)가 땅 밑으로 돌아가고 없어서 안정을 찾지 못하고, 불안에 싸여 방황하고 있는 혼령을 편안하게 해드린다는 안신(安神)을 뜻한다. 그래서 우제를 세 번이나 지내게 되는데, 혼령을 안심시키고 신주나 혼백에 의지하도록 하기 위함이다. 이 우제는 장사 지낸 당일부터 지내는데, 이날 처음 지내는 우제를 '초우제(初虞祭)'라 하고, 2~3일 만에 지내는 우제 '재우제(再虞祭)'라 하며, 3~4일 만에 지내는 우제를 '삼우제(三虞祭)'라 한다.

11 졸(卒) : 졸곡(卒哭). 삼우제가 끝나고 3개월이 지난 강일에 지내는 제사. 고례(古禮)에 의하면 대부(大夫)만이 세 달 만에 지내고, 사(士)는 한 달을 넘어서 지낸다.

12 연(練) : 상례 때 입는 깨끗이 빨아서 다듬은 연복(練服). 소상이 되면 남자는 수질(首

느리의 경우에만 아버지가 상을 주관하고, 다른 아들 며느리는 남편이나 아들이 그것을 주관한다. 이는 아버지는 상주가 되지 않는다는 말이다. 그러므로 『강록(講錄)』에서 이른바 '두 사람'은 이것으로 말한 것이다.

초상에 부친이 상주가 된다. 주(註)에, "손님에게 예를 행한다." 했으니, 어른께 하시도록 하는 것이 마땅하다. ○미수는 "제주(題主)[14]는 이미 시아버지가 상주가 되어, 며느리의 이름을 쓴다."라고 했으니, 사당에 고하는 예는 당연히 시아버지로서 고하는 것으로, 아버지가 자식에게 고하는 것이 된다. ○제주(題主)에는 "며느리 모 봉(封) 모씨"라고 했는데, 혹 "망부(亡婦)"라고 하기도 한다.

[해제] 권구(權榘)는 일찍부터 과거에 뜻을 두지 않고, 육경(六經)과 사서(四書)를 탐독하고, 천문·주수(籌數)·복서(卜筮)·병가(兵家) 등 여러 방면에 관심을 두고 깊이 공부했다. 또한 고향에 살면서 사창(社倉)을 열어 빈민을 구제하고, 향약을 실시, 교도하는 등 백성을 구제하고 풍속을 교화하는 데 기여했다. 이 글은 장남이 아닌 아들들이 초상에서 상주가 될 수 있는지, 왜 그러한지, 그것의 의미는 무엇인지, 신위에는 어떤 격식을 갖추는지 등에 관해서 의문 나는 점들을 참고문헌이나 그 해석 등을 통해 자세히 따져본 것이다.

経)을, 여자는 요질(腰経)을 벗고 이 연복을 입는다.

13 상(祥) : 소상(小祥)과 대상(大祥). 소상은 고인이 돌아가신 지 만 1년이 되는 날 지내는 제사이고, 대상(大祥)은 소상이 지난 지 1년, 즉 사망한 후 만 2년만에 지내는 제사이다.

14 제주(題主) : 신주(神主). 신주를 쓴다는 의미. 신주는 받들고 집으로 돌아가서 궤연(几筵)에 모셨다가 3년상을 마친 뒤에 사당(祠堂)에 봉안한다.

아버지가 살아계시고 어머니가 돌아가셨을 때 치복을 벗는 문제에 대한 의의
父在母喪緦服變除疑義

아버지가 살아계시고 어머니가 돌아가셨을 때, 『예기(禮記)』에는 치복 (緦服)[15]으로 갈아입는 것이 언제라는 글이 없다. 보통 담제(禫祭)[16]를 지 냈으면 상복은 없지만 심상(心喪)[17]이 몸에 있으니 순(純)[18]·길(吉)[19]은 안 된다.

한강(寒岡)[20]은

---

15 치복(緦服) : 대상(大祥)을 마친 뒤, 심상(心祥)을 벗기 전에 입는 옷. 당시 이 치복을 입는 기간이나 복색의 구체적 내용에 여러 사람의 의견을 인용해가며 정리하고 있다.

16 담제(禫祭) : 담사(禫祀)라고도 한다. 초상으로부터 27개월 만인, 즉 대상을 지낸 다음 다음달 하순의 정일(丁日)이나 해일(亥日)을 택하여 지낸다. 아버지가 생존한 어머니상 (喪)이나 처상(妻喪)은 초상 후 15개월 만에 지내는데, 제주(祭主)는 하루 전에 목욕을 하고, 상복 대신 담색복(淡色服)을 입고 가솔과 함께 제상을 사당 문 밖에 놓고 분향· 배(拜)·헌(獻)·독축의 순으로 지낸다.

17 심상(心喪) : 상복은 입지 않되 상제와 같은 마음으로 애모(哀慕)하는 일. 탈상(脫喪) 한 뒤에도 마음으로 슬퍼하여 상중에 있는 것 같이 근신하는 일.

18 순(純) : 순복(純服).

19 길(吉) : 길복(吉服). 삼년상을 마친 뒤에 입는 보통 옷.

20 한강(寒岡) : 정구(鄭逑). 1543(중종 38)~1620(광해군 12). 본관은 청주(淸州). 자는 도가 (道可), 호는 한강(寒岡). 아버지는 정사중(鄭思中)이며, 어머니는 이환(李煥)의 딸이다. 본래 공신가문으로 한양에서 살았으나 부친이 성주이씨와 혼인하면서 성주에 정착하였 다. 임진왜란 당시 통천군수(通川郡守)로 의병을 일으켜 활약하였다. 1613년 계축옥사(癸 丑獄事) 때 영창대군(永昌大君)을 구하려 했으며, 1617년 폐모론(廢母論) 때에도 인목대 비(仁穆大妃)를 서인(庶人)으로 쫓아내지 말 것을 주장하였다. 이를 계기로 만년에 정치 적으로 남인으로 처신하지만 서경덕(徐敬德)·조식 문인들과 관계를 끊지 않았기 때문 에 사상적으로는 영남 남인과 다른 요소들이 많았으며, 뒤에 근기남인 실학파에 영향을 주었다. 예학에 조예가 깊어 1573년 『가례집람보주(家禮輯覽補註)』를 저술한 이래 『오선

"부친이 살아계실 때 모친상을 당해서는 15개월 만에 담제를 마치고, 심상(心喪)만을 둔다. 모친을 위한 심상은 1년 복 제도인데,『가례』에서 담복(禫服)을 쓴 것은 세속에서 만들어진 예를 따른 것으로, 다하지 못했다는 느낌은 없다. 얇은 흑색 망건을 쓰는 것은 이상한 풍속인 것 같다."

라고 했다. ○퇴계는

"옥색 옷 정도면 괜찮지 않을까?"

라고 했고, 또

"담복으로 상복은 다 입었지만, 심상은 이미 정해진 예다."

라고 했다. 어떤 사람은

"흰 베로 만든 옷을 입어야 한다."

고 했다. ○갑술년 사목(事目)에,

"담세에는 검은 갓과 검은 띠를 하고 흰 옷을 입는다."

라 했다. ○이 여러 항목들을 통해 보면, 역시 치복(緇服)에 대해 알 수 있다. 이것은 심상(心喪)을 벗기 전에 항상 입는 옷이고, 벗는 절차가 있는 것이 아니라 최복을 점차로 줄이는 것처럼 한다.

생예설분류(五先生禮說分類)』·『심의제조법(深衣製造法)』·『예기상례분류(禮記喪禮分類)』·『오복연혁도(五福沿革圖)』 등 많은 예서를 편찬했으며, 이황의 예에 관한 서신을 모은『퇴계상제례문답(退溪喪祭禮問答)』을 간행하기도 하였다. 그의 예학은 국가례(國家禮)와 사가례(私家禮)를 하나의 체계 속에 종합적으로 정리하려는 주자의 총체적인 예학을 추구하였다. 동시에 왕례(王禮)와 사례(士禮)의 차별성을 강조해 17세기 예학의 한 경향인 왕사부동례(王士不同禮)의 단초를 열었다. 이는『의례경전통해(儀禮經傳通解)』의 체재를 모범으로 하고 사마광(司馬光)·장재(張載)·정호(程顥)·정이(程頤)·주자 등의 예설을 바탕으로 해 가(家)·향(鄕)·방국(邦國)·왕조례(王朝禮)를 복원한『오선생예설분류』에 잘 나타나 있다. 읍지에도 관심이 많아 1580년『창산지(昌山誌)』를 편찬한 이래 지방관으로 부임하는 지역마다 거의 예외 없이 읍지를 편찬해『동복지(同福志)』·『관동지(關東志)』등 7종의 읍지를 간행하였다. 읍지 편찬의 목적은 생민(生民)도 있었지만 풍속의 순화와 교육, 즉 교화에 주안점이 있었다. 인조반정 직후인 1623년 이조판서에 추증되었으며, 1625년 문목(文穆)이라는 시호를 받았다. 성주 회연서원(檜淵書院)·천곡서원(川谷書院), 칠곡의 사양서원(泗陽書院), 창녕의 관산서원(冠山書院), 충주의 운곡서원(雲谷書院), 현풍의 도동서원(道東書院) 등에 제향되었다. *참고문헌: 宣祖實錄, 光海君日記, 海東名臣錄, 象村集, 鶴沙集, 南冥集, 記言, 畏齋集, 韓國儒學史(李丙燾, 亞細亞文化社, 1987).

그렇기 때문에 치복을 입는 것은 상복의 복색이 아니라서 상을 다 치르면 스스로 벗을 수 있다.

내가 다른 사람의 질문에 이렇게 대답했다.

"비록 흰옷에 흰 띠 하고 검은 갓을 썼다가 다음날 다시 옻칠하는 것은 마치 마땅한 듯하지만, 이미 '마치 마땅한 듯하다'라고 했으니, 그것이 정당한 도리가 되지는 못함을 알 수 있겠다."

치(緇)는 상복을 바꾸어 입고 평상복으로 차츰 나아가는 것이고, 치를 벗고 흰옷을 다시 입는 것은, 상례 절차를 계속 진행하려는 뜻은 아닌 것 같다. 흰옷과 띠를 하고 제계를 하고 일을 치른다면 괜찮겠지만, 상복을 벗는 절차로 여긴다면 옳지 않은 것 같다. 또 다음날 옻칠한 관을 쓰는 것도 절차에는 없으나 마땅할 것 같다. 억지로 끼워 맞춰 말한 것이 혹 이것 때문인가?

치복은 심상 때 입는 옷이었으니 2년이 지났더라도 심상은 여전히 남아 있다. 그러므로 심상이 끝나지 않은 25개월 만에 벗는 것보다 차라리 심상이 다한 27개월 만에 벗는 것이 낫지 않을까? 또 치복은 평상복이 아닐 뿐 아니라 상복을 차츰 줄일 수 있는 것과는 다르다. 재기(再忌)는 다만 기일이니, 상(祥), 담(禫)의 절차가 있는 것과는 다르다. 그러나 재기에 길복을 다시 입는다는 것은 이미 밝혀진 글이 없으므로 그 긴 개월 수를 따르니 실로 후하게 하는 뜻을 따르는 데 해로움은 없을 것 같다.

강석기(姜碩期)[21]가 물었다.

---

21 강석기(姜碩期) : 1580(선조 13)~1643(인조 21). 조선 후기의 문신. 본관은 금천(衿川). 자는 복이(復而), 호는 월당(月塘)·삼당(三塘). 아버지는 이조참의 강찬(姜燦)이며, 어머니는 첨지중추부사(僉知中樞府事) 김은휘(金殷輝)의 딸이다. 큰아버지 돈(焞)에게 입양되었다. 김장생의 제자로 1616년(광해군 8) 증광문과에 병과로 급제. 1636년(인조 14) 이조판서에 올랐으며, 1640년에는 우의정에 세자부(世子傅)를 겸하였다. 1627년 부승지로 있을 때 딸이 소현세자빈(昭顯世子嬪)이 되었는데, 그 뒤 강빈(姜嬪)은 심관(瀋館)에서의 영리(營利 : 뇌물외교에 소요되는 자금을 마련하려는 것)로 인조의 불평과 역위(易位 : 임금의 자리를 바꾸는 것)를 꾀한다는 의심을 받던 중, 세자가 부왕에 의하여 독살된 뒤

"담제는 27개월에 두 번 지내는 것은 안 된다고 했는데, 언제 평상복을 다시 입어야 마땅합니까? 『예기(禮記)』에 '길제에 평상복을 다시 입는다.'라는 글이 있으니 역시 따라서 행합니까?"

사계(沙溪)는 좋다고 생각했다.

『예기(禮記)』에 '담제를 비록 마쳤더라도 아직은 섬관(纖冠)을 쓰고, 길제 후에는 몸에 지니지 않는 것이 없다.'라고 했다.

미수(眉叟)는 아내 상 때에 아들에게 편지를 보내어 '27개월에 치복을 벗고 고사(告辭)하라'한 적이 있으니, 이는 『예기(禮記)』의 뜻에 맞는 것 같다. 다만 신주(神主)를 이미 사당에 모시어 놓았으니 제시에 또 명분이 없다. '기일이 지나면 담제를 지내지 않는' 예를 따라 위패를 모셔두고 곡하며 옷을 벗는 것이 혹시 도리에 어긋나는 것이 아닐까? 만약 삭망전을 올린다면 이에 따라 평상복을 입는 것도 좋겠다.

최근에 김신독재[22]의 『의례문해속집(疑禮問解續集)』을 보았는데 이미 이

강빈도 저주사건(역모)의 주모자로 모함되어 사사되었다. 그것을 '강빈의 옥'이라 하는데, 앞서 죽은 강석기는 관작을 추탈당하였고, 그의 부인은 처형되었으며, 아들 문성(文星)과 문명(文明)은 장살(杖殺 : 장형을 받고 죽음)당하였다. 따라서, 그의 가문은 역적 집안으로 멸문의 화를 당했다가 숙종 때 복관(復官)되었다. 저서로는 『월당집(月塘集)』이 있다. 시호는 문정(文貞)이다. *참고문헌 : 光海君日記, 仁祖實錄, 國朝榜目, 國朝人物考, 月塘集, 愼獨齋遺稿, 白洲集(李明漢).

22 김신독재 : 김집(金集). 1574(선조 7)~1656(효종 7). 조선 중기의 유학자. 본관은 광산(光山). 자는 사강(士剛), 호는 신독재(愼獨齋). 세거지는 충청남도 연산(連山)이며, 서울에서 출생하였다. 아버지는 김장생(金長生)이며, 어머니는 창녕조씨(昌寧曺氏)로 첨지중추부사(僉知中樞府事) 조대건(曺大乾)의 딸이다. 인조반정 후, 부여현감을 거쳐 임피현령(臨陂縣令)을 지내고, 그 뒤 전라도사·선공감첨정 등에 거듭 임명되었으나, 나가지 않고 사직하였다. 그 뒤 동부승지·우부승지·공조참판·예조참판·대사헌 등을 역임하였다. 그러나 오래 머물지 않고, 곧 사임하므로 태학의 유생들이 소를 올려 벼슬에 오래 머물도록 해달라고 하는 등 사람들에게 그의 덕망은 흠모의 대상이 되었다. 76세 때는 대임(大任)을 맡겨달라는 김상헌의 특청을 임금이 받아들여 이조판서에 임명하였다. 이때 효종과

러한 의논이 있었다.

해제 어머니의 상에서 담제(禫祭)가 다 끝나고 입는 옷에 대한 논의이다. 권구는 담제가 끝나도 심상(心喪)이 여전히 남아 있으므로, 심상이 다 끝나는 27개월째에 벗는 것이 좋겠다고 하고, 정구(鄭逑), 강석기(姜碩期), 김장생, 허목의 논의를 함께 거론했다.

함께 북벌을 계획하기도 하였다. 이이(李珥)의 학문과 송익필의 예학(禮學), 그리고 부친 김장생(金長生)의 학문을 이어받아, 그 학문을 송시열(宋時烈)에게 전해주는 기호학파를 형성하는데 중요한 역할을 하였다. 1883년(고종 20)에 영의정에 추증되었으며, 문묘와 효종묘에 배향되었다. 연산의 돈암서원(遯巖書院), 임피의 봉암서원(鳳巖書院), 옥천의 창주서원(滄州書院), 황해도 봉산의 문정서원(文井書院), 부여의 부산서원(浮山書院), 광주(光州)의 월봉서원(月峯書院) 등에 향사되었다. 저서로는『신독재문집』·『의례문해속(疑禮問解續)』등이 있다. 시호는 문경(文敬)이다. *참고문헌 : 仁祖實錄, 孝宗實錄, 愼獨齋文集(金集), 宋子大全(宋詩烈), 신독재연구(沙溪愼獨齋兩先生記念事業會, 1993).

아내 유인 제문
祭亡室孺人文

　아아! 한 몸이 반씩 합해진[23] 정으로 노년이 되어 영결하는 슬픔은 진실로 사람의 감정 가운데 분명 지극할 것인즉, 죽은 사람이 아는지 모르는지 비록 알 수 없다 해도 또한 말로 해야 밝힐 수 있는 것은 아닐 것입니다. 평생 동안의 드러나지 않은 덕과 남모르게 행한 것이라면 말할 만한 것이 많으나 우선 그 대강을 든다면, 용모가 깨끗하며 체격이 준수했고, 예의 바르고 법도가 엄정했으며, 마음에는 산사하거나 비뚤어짐이 없었으며 생각에 편벽(偏僻)되거나 사사로운 것은 버렸고, 입에서 나오는 것은 허황되거나 거짓된 말이 없었고 몸소 행한 행동은 겉만 번지르르 꾸미는 일이 없었습니다. 다른 사람들과 얼마 안 되는 이해를 따져 보려는 마음으로 다투는 법이 없었고, 또 남의 겉모습만을 본 적이 없었고 그 사람이 품은 뜻을 살폈으며, 조금도 밖으로 가리고 안으로 숨기는 태도가 없었던 것은 대개 그 심성에서 나온 것입니다. 그것은 그 가문(家門)에서 보고 느끼며 어릴 때부터 습관이 된 것이 도움이 된 것입니다.

　아아! 정축년[1697]·무인년[1698] 상(喪)[24]을 당한 뒤에 두 여동생[25]이 아직 다 자라지 못했고 그 뒤에 어미 잃은 어린 조카들을 집에서 거두어 기른 것이 여러 해였는데, 그 사랑으로 기르고 돌보아 준 것이 애초에

---

23 한 몸이 …… 합해진 : 반합(胖合). 반(胖)은 몸의 반쪽이니, 부부의 정을 이름.

24 정축년[1697]·무인년[1698] 상(喪) : 1697년 겨울 권구는 어머니와 함께 천연두에 걸렸는데, 권구는 나았으나 어머니는 끝내 죽었다. 또 1698년에는 모친상에 연이어 아버지 권증(權橙)마저 죽었다.

25 두 여동생 : 권구에게는 누나 셋에 여동생이 둘 있었는데, 바로 아래 여동생은 일찍 죽게 된다.

일부러 꾸며서 한 것이 없었고 스스로 자기가 낳은 아이들과 같이 대하
였지요. 나 역시 무심코 보았지만, 지금 와서 생각하니 자신도 모르게 마
음으로 감복하고 감동하여 눈물이 저절로 떨어집니다.

　아아! 태어나서 죽는 것은 하늘의 정해진 이치이고, 칠십의 나이로 앞
날이 멀지 않으니 정말 한문공이 이른바

　"죽은 사람이 아는 것이 있다 해도 그 얼마나 헤어져 있겠으며, 만약
알지 못한다면 슬픔은 얼마 안 될 것이다. 슬퍼하지 않는 것은 영원토록
함께 하자는 기약이다."[26]

라고 한 것이니, 무엇하러 보탬도 안 되는 슬픔으로 죽고 사는 일에 대
한 근심만 더하겠습니까? 영혼이 있다면 헤아려줄 것입니다.

|해제| 　유인 이씨는 본관이 재령(載寧)으로, 갈암(葛庵) 이현일(李玄逸)의 손녀
이며 이의(李檥)의 딸이다. 1690년(숙종 16) 권구와 혼인하여 슬하에 3남
4녀를 두었다. 일찍 시부모를 여의고 어린 시누이와 조카들을 자기 자식처럼 키
워냈다. 1741년(영조 17)에 죽었다.

---

26 죽은 사람이 …… 기약이다 : 한유(韓愈)가 조카 십이랑(十二郎: 名 '老成')의 상을 당
　하고 지어 보낸 제문. 한유는 십이랑과 숙질간(叔姪間)이지만, 어려서부터 서로 의지하
　면서 자란 처지이기에, 십이랑의 죽음은 한유에게 형언할 수 없는 슬픔을 안겨 주었다.
　이 글은 뛰어난 제문으로 평가된다. "吾自今年來, 蒼蒼者或化而爲白矣, 動搖者或脫而落
　矣. 毛血日益衰, 志氣日益微. 幾何不從汝而死也? 死而有知, 其幾何離, 其無知, 悲不幾時.
　而不悲者, 無窮期矣!" <祭十二郎文>

넷째 누이 묘지 무인년

亡妹第四娘墓誌 戊寅

　여동생[27]은 안동[28] 권씨이다. 아버지는 처사(處士) 부군(府君) 권증(權憕)으로 문학(文學)에 능하고 아름다운 행실이 있었으며, 할아버지 권단(權搏)은 통훈대부(通訓大夫)[29] 고성(固城) 군수(郡守)였으며, 어머니는 풍산(豐山) 유씨로 현감(縣監) 유원지(柳元之)[30]의 따님이다.

　여동생은 태어나면서부터 어여쁜 자질이 있어서 종친들과 화목하게 지내고 바른 도리를 알았다. 한번은 어떤 사람이 과일을 보내온 것을 집 안사람들이 다함께 먹었는데, 여동생은 혼자 먹지 않고 이렇게 말했다.

---

27 여동생 : 원문에는 '낭자(娘子)'로 되어 있다. 낭자(娘子)는 처녀, 젊은 여자를 높여 부르는 말이다.

28 안동 : 원문에는 영가(永嘉)로 되어 있다. 삼국시대에 '고타야' 또는 '고타'라고 불리던 것이 '고창(古昌)'으로 불리다가 안동의 삼태사가 공을 세워 '안동웅부'가 되었고, 고려 성종 14년(995)에 '영원히 아름다운 지역'이라는 의미로 '영가(永嘉)'로 바뀌게 되었는데, 다시 충렬 34년(1308)에는 '복이 있는 땅'이란 의미로 '복주(福州)'라고 하였다. 공민왕 10년(1311)에 '안동대도호부'로 바뀌면서 지금에 이르게 되었다.

29 통훈대부(通訓大夫) : 문관 정3품의 하(下)계이며, 1865년(고종 2)부터는 종친(宗親) 및 의빈(儀賓)의 관계로도 사용하였다. 당하관(堂下官)이 오를 수 있는 가장 높은 자리였기 때문에 더 올라갈 자리가 없다는 뜻으로 계궁(階窮)이라고 하였다. 기술관이나 서얼 출신의 관리는 이 이상 진급할 수 없었다.

30 유원지(柳元之) : 1598(선조 31)~1678(숙종 4). 조선 중기의 학자. 본관은 풍산(豐山). 초명은 경현(景顯). 자는 장경(長卿), 호는 졸재(拙齋). 영의정 유성룡(柳成龍)의 손자로, 장령 유여(柳袽)의 아들이며, 어머니는 남양홍씨(南陽洪氏)로 군자감정 홍세찬(洪世贊)의 딸이다. 1636년(인조 14) 병자호란 때에는 안동지방의 의병장 이홍조(李弘祚)와 함께 활약하였다. 학문에 열중하여 사서오경과 제자백가에 능하였으며, 특히 성리(性理)·이기(理氣)·상수(象數)·천문·지리·예설 등에 통달하였다. 이기설에 있어서 주로 이황(李滉)에 동조하는 입장을 취하고, 예설에 있어서는 효종의 복상문제(服喪問題)에 송시열(宋時烈)이 의정(議定)한 기복제(朞服制)를 부인하고 3년설을 주장하였다. 저서로는 『졸재집』 14권 7책이 있다. *참고문헌 : 拙齋集(柳元之), 嶺南人物考(蔡弘遠).

"물건이 비록 작은 것이지만 그것이 어디에서 왔는지 살피지 않을 수 없습니다."

그 사람이 일찍이 도둑질을 한 행적이 있었기 때문이었다. 그 아이는 일을 할 때 도리에 맞게 처리했는데, 이와 같은 일이 매우 많았다.

정축년[1697] 겨울에 온 가족이 천연두에 걸려 어머님께서 마침내 이 때문에 돌아가시고, 형제 세 사람이 한꺼번에 모두 전염되어 흩어져서 각자의 처소에서 지냈지만 병이 더욱 심해졌다. 여동생은 혼자 여종 한 명과 빈 집에 있었는데, 눈으로 볼 수도 없었고 입으로 말할 수도 없게 된 지 며칠 만에 끝내 죽었으니 애처로울 따름이다.

여동생은 숙종 병진년[1676] 1월 14일에 태어나서 정축년[1697] 11월 23일에 죽었다. 시집을 가지 않았기에 돌아갈 곳이 없으므로, 내년 6월 23일에 선원(仙原)[31] 선산 옆 정남향 언덕에 장사지내게 될 것이다. 오빠인 나는 그 나이에 또 일찍 죽은 것을 비통해했을 뿐 아니라, 또 착한 행실이 기억되지 못할까 걱정되어 몇 마디 말을 대략 써서 광중에 넣어 묘지(墓誌)로 삼는다.

무인년[1698] 6월 모일에 오빠 구(榘)가 기록한다.

해제 | 넷째 여동생(1676~1697)은 권구 바로 아래 여동생이다. 정축년[1697] 겨울, 어머니와 세 명의 여동생들이 천연두에 걸려 어머니와 막내 여동생이 죽었다. 당시 온 가족이 천연두에 걸리어 여기저기 흩어져서 요양했는데, 넷째 여동생은 집에 혼자 남겨져 여종의 보살핌을 받다가 병이 악화되어 죽었다. 당시 여동생은 22세였는데, 시집가지 않아 선산 옆에 묻어주게 되었다.

---

31 선원(仙原) : 안동(安東) 풍산현(豐山縣: 현 풍천면)에서 서쪽으로 10리쯤 떨어진 곳.

어머니 유사
先妣遺事

어머니께서는 성품이 인자하고 유순하셨으며 총명하고 명석하여 어릴 때부터 현감공(縣監公)[32] 곁에 있으면서 문장에 관한 일도 귀에 스치기만 해도 바로 기억했고, 글의 뜻을 어떤 때는 간파해 내기도 했다. 14세 때 현감공께서 『주역(周易)』을 읽고 계셨는데, 조금 생각할 곳이 있어서 몇 번 반복해서 읽으시자 어머니께서 마침 곁에 있다가 자세히 들여다보고는

"이것은 이런 뜻인 것 같습니다."

라고 하며 풀어서 설명했는데, 조금도 틀림이 없으므로 현감공께서 아주 기특하게 여겼다.

갑인년[1674]에 현감공의 병이 위독해졌다. 임종하던 날 저녁에 소리 내어 말을 할 수가 없으셨는데, 손을 들어 곁에서 모시는 사람을 향해 손가락 하나를 꼽고는 또 넷을 꼽으니, 마치 무엇을 찾는 것 같았다. 곁

32 유원지(柳元之) : 1598(선조 31)~1674(현종 15). 조선 후기의 학자. 본관은 풍산(豊山). 초명은 경현(景顯). 자는 장경(長卿), 호는 졸재(拙齋). 영의정 유성룡(柳成龍)의 손자로, 장령 유여(柳与)의 아들이며, 어머니는 남양홍씨(南陽洪氏)로 군자감정 홍세찬(洪世贊)의 딸이다. 할아버지 유성룡과 작은아버지 유진(柳袗)에게서 수학하였다. 황간·진안 등지의 현감을 역임하였고, 1636년(인조 14) 병자호란 때에는 안동지방의 의병장 이홍조(李弘祚)와 함께 활약하였다. 사서오경과 제자백가에 능하였으며, 특히 성리(性理)·이기(理氣)·상수(象數)·천문·지리·예설 등에 통달하였다. 이기설에 있어서 주로 이황(李滉)의 이발기발설 (理發氣發說)에 동조하는 입장을 취하고 이이(李珥)의 설을 반박하였으며, 예설에 있어서는 효종의 복상문제(服喪問題)에 송시열(宋時烈)이 의정(議定)한 기복제(朞服制)를 부인하고 3년설을 주장하였다. 안동의 화천서원(花川書院)에 봉향되었으며, 저서로는 『졸재집』 14권 7책이 있다. *참고문헌 : 拙齋集(柳元之), 嶺南人物考(蔡弘遠).

에서 모시는 사람이 그 뜻을 이해하지 못하고 어찌 할 바를 몰랐는데, 어머니께서 큰 소리로

"주역의 무망(无妄)³³ 괘를 보려 하십니까?"

하니 턱을 끄덕였다. 마침내 찾아 드리니 사람을 시켜 펴라 하시고 눈을 뜨고 두서너 장 보시고는 눈을 감으셨다.

　　내가 어렸을 때 큰외삼촌 익찬공(翊贊公)³⁴께서 여러 번 말씀하셨다.

해제　어머니 풍산 유씨(1639~1697)는 서애 유성룡의 증손녀이며 유원지(柳元之)의 딸로 권증(權憕)에게 시집갔다. 글자를 알고 역사서를 널리 알아 자녀들에게 이를 교육했다. 아버지 유원지가 임종할 때 말을 할 수 없어 손가락을 꼽아 보였는데, 유씨는 그것이 주역의 무망(无妄) 괘를 가리킨다는 것을 알고 뜻대로 보여드렸다는 일화를 제시했다.

---

33 무망(无妄) : 64괘(卦)의 하나. 자연의 천명을 따르는 상. 사심(邪心)이 없는 상(象). 진하건상(震下乾上). 무망괘(无妄卦). 무(无)는 무(無)이고, 망(妄)은 망(望). 하고 싶다는 기대나 예정, 속셈이나 속임수를 버리고 되어 가는 대로 몸을 맡기는 것. 하늘의 섭리에 몸을 맡겨, 생각지도 않던 일에 부딪쳐도 동요하거나 의식적인 행동을 취하지 말고 조용하고, 솔직하게 그것을 받아들여야 함을 이른다.

34 익찬공(翊贊公) : 유의하(柳宜河). 1616(광해군 8)~1698(숙종 24). 안동 하회사람으로 호는 우눌(愚訥)이다. 퇴계의 재전문도(再傳門徒)로, 사재감(司宰監) 참봉(參奉), 경기전(慶基殿) 참봉, 전생서(典牲署) 봉사(奉事), 사섬시(司瞻寺) 직장(直長), 의금부(義禁府) 도사(都事). 봉화현감(奉化縣監), 사옹원(司饔院) 주부(主簿), 의흥현감(義興縣監), 충훈부(忠勳府) 도사, 송라도찰방(松羅道察訪), 1679년 한성부(漢城府) 판관(判官), 의빈부(儀賓府) 도사. 천안현감(天安縣監), 이후 사재감(司宰監) 주부, 군자감(軍資監) 판관, 1689년 한성부(漢城府) 판관, 1690년 세자익위사익찬(世子翊衛司翊贊) 등을 역임했다. * 참고문헌 : 肅宗實錄, 孤山集, 屛谷集.

여동생 제문 무인년

祭亡妹娘子文 戊寅

오라비는 슬픔을 머금고 애통함을 가슴에 품은 채 삼가 여동생의 영전에 고하고 곡하면서 이른다.

죽으면 아무것도 모르느냐? 아니면 아는 것이 있느냐? 모른다면 그만이지만 아는 것이 있다고 하면 혹시라도 부모님의 곁에서 모시고 따를 것이니 저승에서의 즐거움 역시 인간세상에서와 다르지 않겠구나! 나는 지금 외로이 이 세상에 남은 사람으로 넋이 나간 봄눙이와 외톨이가 된 그림자는 사방을 돌아보아도 의지할 곳이 없으니, 나는 오히려 너에게 부러운 마음이 생긴다. 너는 나의 정경을 생각이나 하는지!

아아! 형제지간으로서 죽음과 삶의 사이에서 그 인정과 도리가 어떠하겠느냐? 그렇지만 병들어 누워서 한집안에 있다가 평생의 만남이 영원히 막히게 되었구나. 네가 병들어 있을 때에도 직접 약물로 치료하지 못하였고, 네가 죽을 때에도 한마디 이별의 말을 듣지 못하였는데, 황량한 산속 시든 풀숲 사이에다 유해를 맡겨둔 지가 벌써 지금까지 반 년이나 되었다. 제사는 마음만큼 잘 지내 주지도 못하였고, 장례 역시 좋은 때를 맞추지도 못하여 지하의 의지할 데 없는 영혼이 잔뜩 움츠린 채 기댈 곳을 알지 못하도록 했었다. 이 어찌 인정으로 견뎌낼 수 있겠는가?

아아! 네가 평소에 마음 쓰고 행한 것을 생각하면 천지신명에게 (네 운명을) 맡겨도 될 만했다. 그 어버이를 섬긴 정성과 친척간에 화목하게 지낸 우의(友誼)는 이미 말로 형언할 수도 없다. 그리고 일을 할 때 취사선택할 경우에는 조금도 마음에 꺼리는 점이 없었는데, 반드시 바른 도리로 판단하여 거기에 일체 구차한 점이 없었으니, 이는 실로 남자도 어렵게 생각하는 것인데 너는 그것을 잘 해내었다. 이것이 바로 다른 사람은 미처 알지 못하던 것이었지만 나는 마음속으로 감복했던 점이다. 보답을 받아서 크나큰 행복을 누려야 된다고 생각했는데, 도리어 끝없는 재앙을 받아 끝내 한 가지의 좋은 보답도 얻지 못할 것을 어찌 알았겠느냐?

아아! 작년 겨울 돌림병으로 온 집안이 한꺼번에 병에 걸려 누웠는데, 또한 어찌 끝내 무사하게 보존할 수 있었겠느냐? 그러나 스스로 믿은 것은, 우리 부모님의 깨끗한 행동과 아름다운 덕이 의당 반드시 신명과 하늘로부터 도움을 얻을 것이므로 마음속으로 어머니와 자식은 서로 보존하고 형제는 무사하여 장차 꺼져가는 목숨이 다시 옛날의 즐거움을 찾을 수 있을 것으로 생각하였다. 하늘은 어찌 그리 어두우며 귀신은 어찌 이다지도 흉악하여 미처 열흘도 못 되어 어머님께서 돌아가시고 너 또한 따라서 일찍 떠나니, 죽은 자로 하여금 끝없는 한을 품게 하였고, 산 자에게는 뼈에 사무치는 애통함을 갖게 하였다. 무슨 말을 더하겠는가?

아아! 불효함이 하늘에 닿았는데 남은 재앙은 다하지 아니하여 아버님 또한 올해 3월 23일 세상을 떠나셨다. 이 못난 자신을 돌아보니, 마음을 다하여 도와 낫게 해드리지 못하고 반 년 동안이나 끌다가 마침내 이 지경에 이르렀다. 아아! 이제부터 다시 장차 누구를 믿고 목숨을 부지하고 살아가겠느냐? 너와 함께 죽어서 아무것도 모르게 되지 못하는 것이 한스럽구나.

아아! 처음에는 너를 부모님의 묘역 곁에 장사지내어 지하에서 네가 의지하여 돌아갈 곳을 마련하려 했지만, 정성이 빈약하여 장사지낼 곳을 여태 정하지 못하다가, 내일 7대조 묘소의 바깥쪽 계단 아래에 너를 장사지내려 한다. 비록 부모님의 묘 곁에 붙여 쓸 수 없는 것이 한이 되지만, 좌우 전후가 모두 한집안이다. 너는 거기서 자연 편안해질 것이니, 행여 염려는 하지 말거라. 가슴을 메워 막는 그리움은 훗날 저승에서 서로 만나지 않고서는 다 풀릴 수 없을 것이다. 너의 혼령은 그것을 아느냐? 모르느냐?

권구의 여동생(1676~1697)은 정축년[1697] 겨울, 천연두에 걸려 죽었다.
당시 온 가족이 천연두에 걸리어 여기저기 흩어져서 요양했는데, 권구
는 여동생을 혼자 남겨 놓고 직접 약으로 보살피지도 못했고 죽을 때 한 마디
말을 듣지도 못한 것을 애통해하고 있다. 돌림병으로 죽어 무덤을 바로 만들지
못하다가 반 년이 지나 장사지내며 지은 글이다.

윤동수(尹東洙) : 1674(현종 15)~1739(영조 15). 조선 후기의 학자. 본관은 파평(坡平). 자는 사달(士達) 또는 대원(大源), 호는 경암(敬庵). 윤선거(尹宣擧)의 증손자로 윤자교(尹自敎)의 아들이다. 1706년(숙종 32) 우의정 최석정(崔錫鼎)의 추천으로 내시교관에 제수되고, 1710년 시강원자의, 종부시주부를 거쳐 익위사위수(翊衛司衛率)가 되고, 1716년 사헌부지평에 올랐다. 시강원진선(侍講院進善), 사헌부장령에 강직(講職)을 겸하고, 이어 성균관사업(成均館司業)을 거쳐 단양군수로 나갔다. 1727년(영조 3) 진선과 집의를 거쳐 군자감정에 제수되었으며, 승정원동부승지에 제수되었다. 이듬해 청주의 이인좌(李麟佐)의 난 소식을 듣고, 군사를 이끌고 달려가던 중, 난이 평정되었다는 말을 듣고 집으로 돌아갔다가 파직되었다. 이듬해 다시 승지로 복직된 뒤 1731년 호조참의, 1737년 공조참의를 역임하였다. 학문에도 매우 전심하여 영조가 두 번이나 별유(別諭)로 소명(召命)하여 『주역』과 『성학집요』를 강의시킨 일이 있다. 저서로는 『경암선생유고』가 있다. *참고문헌 : 敬庵遺稿.

유인 파평 윤씨 묘표

孺人坡平尹氏墓表

    유인 파평 윤씨는 바로 내 고조의 선친 팔송선생(八松先生)[1]의 손자이며, 집안의 증조인 서윤(庶尹)[2] 부군(府君) 윤상거(尹商擧)[3]의 따님이다. 어머니는 한산 이씨로, 목은선생(牧隱先生)의 후손이며 찰방(察訪)[4] 이경배(李敬培)의 따님이다. 숭정 신미년[1631] 2월 3일에 태어나 나이 16세에 진사 김주일(金宙一)에게 시집갔다. 유인은 곧고 맑은 덕을 가지고 있었고, 예법이 있는 집안에서 태어나 어릴 때부터 '규수(閨秀)[5]'라고 불리었다. 시집가게 되자, 시아버지 현령공께서는 성품이 엄하여 며느리들을 인정해주는 것이 적었는데, 유인은 (뜻을) 받들어 순종하고 예를 어김이 없었

---

1 팔송선생(八松先生) : 윤황(尹煌). 1572~1639. 본관 파평(坡平). 자 덕요(德耀). 호 팔송(八松)·노곡(魯谷). 시호 문정(文正). 1597년(선조 30) 알성문과에 급제, 1601년 전적(典籍)에 이어 감찰·정언(正言)을 지냈다. 1623년의 인조반정 뒤 동부승지·이조참의·전주부윤 등을 지냈다. 1624년 부응교(副應教)로서 이괄(李适)의 난 때 검찰사(檢察使)로 있던 이귀(李貴)가 임진강 싸움에서 패한 죄를 탄핵하였다. 정묘호란과 병자호란 때 사간으로서 극력 척화를 주장하였다. 환도 후 부제학 전식(全湜)의 탄핵을 받아 영동군에 유배되었다가 병으로 풀려나와 죽었다. 죽은 뒤 영의정이 추증되었다. 저서로는 『팔송봉사(八松封事)』가 있다. *참고문헌 : 宣祖實錄, 仁祖實錄, 國朝榜目.

2 서윤(庶尹) : 조선시대 한성부(漢城府)·평양부(平壤府)에 소속된 종4품 관직. 부(府)의 집행기구인 육방 중 수석(首席)인 이방(吏房)을 맡아 포폄(褒貶) 업무를 관장했다. 관리들의 성적 평가인 포폄은 매년 6월과 12월 연 2회씩 실시하였는데, 서윤은 관리들의 성적평가서를 작성하여 직접 새벽 2시경에 판윤댁에 가서 보고한 후 좌윤과 우윤에게 보고하였다. 서윤은 그 직위나 업무로 보아 오늘날 서울특별시의 내무국장에 해당된다.

3 윤상거(尹商擧) : 대사간 윤황(尹煌)의 아들. 윤순거(尹舜擧, 1596~1668)의 동생. 윤문거(尹文擧, 1606~1672), 윤선거(尹宣擧, 1610~1669)의 형. 명재 윤증의 중부(仲父). 홍산 현감(鴻山縣監). *참고문헌 : 國朝榜目.

4 찰방(察訪) : 조선시대에 각 도(道)의 역참을 관장하던 종6품의 외관직(外官職). 마관(馬官)·우관(郵官)이라는 별칭이 있다.

5 규수(閨秀) : 남의 집 처녀를 점잖게 이르는 말. 재주와 학문이 빼어난 부녀자(婦女子).

기 때문에 그 며느리를 매우 사랑하였다. 남편을 받들 때에 조심하고 존경하여 삼십 년을 하루같이 했다. 물욕에 있어서는 더욱 담담하여 비록 작은 물건이라 하더라도 구차하게 갖지 않았다. 이웃의 부인 한 사람이 담을 넘어 와서 만나려고 했는데 허락하지 않았으니, 담을 넘는 것은 불의(不義)에 가깝기 때문이었다. 집안의 어린 종이 몰래 훔치는 것을 보면 걱정하면서도 차마 내색하지는 못하셨는데, 이것이 부인의 것의 실체이니 역시 군자도 어려워하는 것이다.

나이 41세 되는 신해년[1671] 6월 24일에 서울 집에서 죽자, 양근(楊根)[6] 왕충리(王忠里) 동쪽 들에 장사지냈는데, 집안 조상의 묏자리를 따른 것이다. 3남 1녀를 낳았는데, 아들 천(薦)은 일찍 죽었고, 도성(道成)은 생원(生員) 직장(直長)이며, 헌성(憲成)이 있다. 딸은 박필은(朴弼殷)에게 시집갔다. 영년(永年), 영명(永命), 영윤(永胤), 박사문(朴師文)은 그 친손 외손이다. 나머지는 다 기록하지 않는다. 직장공께서 내게 부탁하며 이렇게 말했다.

"어머님의 무덤이 멀리 경기도에 있는데, 선친의 무덤으로 옮겨 합장할 수가 없으니 나무꾼과 목동을 막을 수 없는 것이 걱정되어 묘석을 세워 표시를 하고자 하네. 이 행장은 바로 내 선친께서 손수 쓰신 것이네. 그대의 한 마디를 얻어 기록하여 두고자 하네."

내가 삼가 받아서 읽어보고는 말했다.

"집안에서는 예전부터 유인의 아름다운 덕이 알려졌고, 이제 선친께서 사실을 기록한 글로 후손들에게 전하여 믿게 할 수 있을 것입니다. 이것으로 새겨두니 또한 여기에 어찌 군더더기 말이 있겠습니까?"

굳이 사양했으나 할 수 없어서 삼가 원래의 행장을 가져다 대략 여기저기 흩어진 것들을 엮어서 받들어 돌려드린다. 김공의 가계는 이미 그

---

6 양근(楊根) : 지금의 경기도 양평.

음기(陰記)에 갖추어져 있으니 여기에 다시 자세히 말하지 않는다.

이 글은 윤동수가 평소 친분이 있던 김도성(金道成)의 부탁을 받고, 자신의 할머니 뻘인 유인 윤씨를 위해 쓴 묘표이다. 파평 윤씨(1631~1671)는 16세에 김주일(金宙一)에게 시집갔다. 윤동수의 종증조부인 윤상거(尹商擧)의 딸로, 물욕에 담담했고 의롭지 않은 일에는 엄격하여 군자가 하기 힘든 일이라는 평가를 받았다.

여동생 유인 파평 윤씨 묘지
舍妹孺人坡平尹氏墓誌

조카 권형(權炯)이 편지를 써 보내 왔다.

"제가 태어난 지 겨우 석 달 만에 어머니께서 세상을 떠나시어 모습과 도량, 몸가짐과 풍격도 알지 못하니, 이는 실로 죽을 때까지 원통하게 울면서 통한해할 일입니다. 그 분의 아름다운 덕과 선한 행동은 진실로 기록할 만한 것이 많은데, 세월이 점차 오래 되어 사라져버리게 될까 두려워, 삼가 집안에서 가르쳐준 것과 친척들이 전해준 것을 가져다 그 한두 가지를 기록하여 무덤의 묘지(墓誌)를 만들고자 하니, 외삼촌께서 헤아려 보시고 평소 보고 기억하시는 것으로 바로잡아 사실대로 갖추어 써주시어 저의 끝없는 아픔을 덜어주시기 바랍니다."

내가 그 편지를 읽고 그 기록을 열어 보니 눈물로 흐릿해져 차마 볼 수가 없었다. 생각해 보니, 쇠약하고 병들어 앞은 잘 보이지 않고 귀는 어두워 옛날 일은 아득하여 자세히 알 수 없을까 걱정이긴 하지만 효자의 부탁이라 쓴다.

내 여동생 파평 윤씨의 선친 윤자교(尹自敎)는 덕을 숨기고 벼슬하지 않았으며, 할아버지 윤추(尹推)⁷는 학문과 덕행으로 천거되어 장령(掌令)⁸

---

7 윤추(尹推) : 1632(인조10)~1707(숙종33) 자는 자서(子恕)이고, 호는 농은(農隱), 농와(農窩), 농와(聾窩), 청송재(靑松齋)이며, 본관은 파평(坡平). 대사간 윤황의 손자이고, 윤선거(尹宣擧)의 아들이다. 1668년(현종9)에 문과에 급제하였으나 전시에 나가지 않았다. 이듬해 모친상을 당하여 출사하지 않았고, 스스로 농은(農隱)이라 자호하여 전야에 파묻혀 일생을 보내려 하였다. 1681년(숙종7) 장흥고주부, 이후 회덕현감으로 부임했다. 그후 1706년(숙종32)에 사헌부 장령에 이르렀으나, 사양하고 물러난 이듬해 죽었다. 문집에『농은유고(農隱遺稿)』가 있다. *참고문헌 : 肅宗實錄, 宋子大全, 農隱遺稿.

8 장령(掌令) : 사헌부 정4품 벼슬.

벼슬을 했으니 호는 농와(農窩)였고, 증조부 노서선생(魯西先生) 윤선거(尹宣擧)[9]는 집의(執義)[10]였으며 영의정(領議政)에 추증되셨고 시호는 문경(文敬)이다. 어머니 청주 한씨는 판관(判官)[11] 한성익(韓聖翼)의 딸로, 부덕(婦德)이 잘 갖추어져 여사(女士)라고 일컬어졌다.

　내 여동생은 무진년[1688] 2월 7일생으로 용모가 맑고 깨끗했고 성품이 온화하고 유순하여 우리 부모님께서는 그 아이를 지극히 사랑하였다. 농와부군(農窩府君)께서는 원래 자손들에 대해 엄격하여 꾸미는 표정이나 듣기 좋은 말을 받아주신 적이 드물었는데, 여동생을 매우 사랑하여 그 아이가 남자가 되지 못한 것을 한스러워했다. 효성이 보통 아이들과 달랐는데, 네다섯 살 때 한번은 갑자기 우레가 친 적이 있었다. 어머니는 여동생이 놀라고 무서워할까 걱정하시어 가서 그 아이를 안아주셨는데, 동생은 두 손으로 어머니의 손을 잡고는

　"저는 무섭지 않은데, 어머니께서 놀라실까 걱정입니다."

라고 하니, 보는 사람들이 신기하게 여겼다. 모든 일에 부모님의 뜻에 순

---

9 윤선거(尹宣擧) : 1610(광해군 2)~1669(현종 10). 조선 후기의 학자. 본관은 파평(坡平). 자는 길보(吉甫), 호는 미촌(美村)·노서(魯西)·산천재(山泉齋). 1636년 청나라의 사신이 입국하자 성균관의 유생들을 규합, 사신의 목을 베어 대의를 밝힐 것을 주청하였다. 병자호란이 일어나자 강화도로 피신하였다가 이듬해 강화도가 함락되자 평민의 복장으로 탈출하였다. 1651년(효종 2) 이래 사헌부지평·장령 등이 제수되었으나, 강화도의 일을 자책하며 금산(錦山)에 내려가 성리학과 예학(禮學)에 잠심하였다. 송시열(宋時烈)과 윤휴(尹鑴)와 학문적으로 대립하자 윤휴를 변호하는 태도를 취하다가 송시열로부터 배척을 당하게 되었다. 죽은 뒤 아들 증이 송시열에게 아버지의 묘갈(墓碣)을 청탁하였으나 무성의하자 감정대립이 격화, 서인이 노소론으로 분파된 원인이 되었다. 유계(兪棨)와 함께 저술한 『가례원류(家禮源流)』·『후천도설(後天圖說)』 등의 저술을 남겼다. 영의정에 추증되었으며, 영춘(永春)의 송파서원(松坡書院), 영광(靈光)의 용암사(龍巖祠), 노성(魯城)의 노강서원(魯岡書院) 등에 제향되었다. 저서로는 『노서유고』 26권이 있다. 시호는 문경(文敬)이다. *참고문헌 : 仁祖實錄, 孝宗實錄, 顯宗實錄, 國朝人物考, 魯西遺稿(尹宣擧), 宋子大全(宋時烈).

10 집의(執義) : 사헌부의 종3품 관직.

11 판관(判官) : 조선시대 여러 관서의 종5품 관직. 소속관아의 행정실무를 지휘, 담당하거나, 지방관을 도와 행정·군정에 참여하였다.

순히 따랐으며 채소나 과일 같은 사소한 것이라도 반드시 부모님께 올렸지 혼자 먹지 않았다.

임오년[1702] 이틀 사이에 갑자기 부모님을 잃고 나와 여동생 역시 역병에 걸려 장례에 관한 일을 살필 수도 없었으니 그때의 일을 어찌 차마 말로 하겠는가? 이때부터 형제가 서로 의지하는 것을 운명으로 여기고 여동생은 우리 내외 대하기를 매우 공경하고 삼갔다. 내 집이 매우 가난하여 옷 입고 먹고 마시는 것이 다 힘들고 고생스러웠는데도 끝까지 불쾌한 표정이나 불평하는 말이 없었다.

을유년[1705]에 권군에게 시집갔는데, 화장 상자나 옷을 장식하는 물건들을 거의 제 모양을 갖출 수가 없어 우리 내외가 서로 근심하고 탄식하자,

"집안 살림의 형편이 그러하니 한탄한들 무엇 하겠습니까?"

라고 말했다. 시집간 뒤에 시부모가 다 애지중지하며

"이렇게 어진 며느리를 맞았으니 우리 집안의 경사로다."

라고 했는데, 큰외삼촌 감역공께서도 자주 칭찬하며

"명문가의 풍모와 도량이 있다."

라고 했다. 여동생은 시부모를 효성과 공경으로 모시고 시댁 사람들을 공경하고 공손하게 대하여 집안에 이간하는 말이 없었고, 먼 친족에 이르기까지 다 그 호감을 얻었다. 평소에 온 집안을 깨끗하게 치우고는 태도를 바르게 하고 단정히 앉아 있었고 함부로 말하거나 웃지 않았으며, 의복과 일용품은 매우 절약하여 옷은 때가 묻어 더러워지지 않으면 갈아입지 않았다. 친척들의 모임이 있으면 부인들은 몸치장한 것으로 서로 견주어보았지만 흰 저고리에 푸른 치마를 입고 홀로 담담히 있으면서도 스스로 겸연쩍어하는 기색 없이 이렇게 말했다.

"나는 가난한 집안에서 나고 자라서 사치하고 화려한 것을 일삼아 본 적이 없습니다."

아마도 그 옷 입는 습관이 수수한 것은 실로 타고난 성품이 그러한 것이다.

언젠가 그 남편에게 권면하여 이렇게 말한 적이 있었다.

"선비가 이 세상에서 살아가면서 행동을 올바르게 하는 것이 우선입니다. 부귀와 영달이 어찌 사람이 욕심내는 것이 아니겠습니까? 그러나 이것은 정해진 운명이 있는 것이라 사람의 힘으로 구할 수는 없습니다. 세상에 절개를 굽히고 욕을 당하는 자를 보건대 명예와 이익으로 잘못되지 아니한 자가 없습니다!"

어쩌다 한 마디 말이나 한 가지 일에 잘못이 있으면 조용히 바르게 인도하지 않은 적이 없었으니, 말이 완곡했지만 뜻은 바른 것이어서 그 식견과 일처리가 세속 여자들과 다른 것이 대부분 이와 같았다.

정해년[1707] 시어머니가 병에 걸려 거의 죽게 되었는데, 여동생은 밤낮으로 곁에 있으면서 약을 꼭 직접 먹어보았다. 그런데 근심이 표정에 드러나고 날마다 점점 쇠약하고 수척해지니 시부모가 염려하여 누차 조금이라도 쉬라고 했지만 끝내 태도를 바꾸지 않았다. 상을 당해 슬프게 울다가 급기야 혼절하게 되었는데, 미음과 마실 것을 입에 넣지 않은 것이 여러 날이 되자 보는 이들이 다 감동하여 울면서 말했다.

"참으로 효부로다."

권(權)[12]은 본래 매우 가난했고 세업(世業)[13]도 없어서 장례를 치르는 비용을 스스로 마련할 길이 없었는데, 여동생이 혼수를 모두 팔아 힘껏 마련하여 모든 장례 제사에 조금도 남는 아쉬움이 없게 했다. 그 시누이가 태어난 지 겨우 며칠밖에 안 되었는데 바들바들 떠는 것이 하루도 살지 못할 것 같았는데, 여동생이 어루만지고 흐느끼며

---

12 권(權) : 여동생의 남편 권재형(權在衡)을 이른다.
13 세업(世業) : 녹봉을 받을 수 있는 대대로 물려받는 관직.

"내가 해야 할 일이 여기 있구나."

라 하고는 마침내 직접 길렀는데, 잠시도 그냥 내버려둔 적이 없었고 젖 먹이고 먹여주고 서늘하게 해주고 따스하게 해주는 데 적절함을 잃지 않으니 친척들이 더욱 감탄하고 탄복했다.

이제 여동생이 죽은 지 이미 30년이 지났는데도 그 시아버지는 말하게 되면 언제나 쓸쓸하게

"우리 며느리가 죽은 것은 우리 집안의 복이 적어서이다."

라고 했으며, 친가 외가의 친척들에게서 다 칭찬하는 말이 줄어들지 않았으며 아래로는 종들에 이르기까지도 추억하고 그리워하며 눈물을 흘리는 자도 있었다.

무자년[1708]에 여동생은 천연두에 걸려 병세가 심해지자 스스로 일어나지 못할 것을 알았다. 그때 형(炯)이 막 태어났는데 여종에게 안고 오라 명하고는 무릎에 올려 두고 흐느끼며

"네가 태어난 지 3개월도 안 되었는데 어미를 잃게 되니 네 인생이 가련하다."

라 하고는 옆 사람들을 돌아보며 이렇게 말했다.

"이 아이의 골상(骨相)이 비범하여 꼭 훌륭한 사람으로 자랄 수 있을 것이니 나는 죽어도 여한이 없다."

말을 마치고는 또 울면서

"여자는 시집가면서 부모형제와 멀어진다. 이제 나는 형제와 이별할 수 없으니 눈도 못 감을 것 같다."

라고 했는데, 그해 12월 2일에 죽었다.

아아! 내 여동생은 타고난 자질이 맑고 선량했으며, 용모는 깨끗했고 마음은 온화하고 곧았으며, 그 행동은 효성스럽고 삼가며 단정하고 어질었다. 게다가 지조와 식견이 있어 실로 옛날 어진 부인의 덕을 갖추었지만 일찍이 부모를 여의고 의지할 데 없이 외롭고 고생스러웠는데, 일찍

고생한 사람은 뒤에 형통하는 것이 이치이다. 시집가서 어진 남편을 만나 사람들이 '내외 모두 훌륭하다.'라고 칭찬하니, '꼭 자녀를 낳아 잘 기르고 복록을 편히 누려 장수를 누릴 것이다.'라고 생각했는데, 나이 겨우 21세에 갑자기 죽으니, 어쩌면 여동생의 운명이 불행하여 그런 것인가?

그러나 형(炯)은 다행히 잘 자라 일찍 상상(上庠)[14]에 뽑혀 문예(文藝)로 교우들 사이에서 알려지게 되니 반드시 조만간 입신(立身)하여 이름을 드날려 여동생이 임종 때 바라던 것을 따를 수 있을 것이다. 그리고 또 아름다운 덕을 갖추어 기록하여 묘지(墓誌)를 만들고자 계획하여 영원히 사라지지 않게 하고자 하니 여동생도 죽지 않았다 할 수 있으니 조금이라도 위로가 될 수 있을런지!

권군의 이름은 재형(在衡)으로 막 처음 벼슬하여[15] 재랑(齋郎)[16]이 되었고, 전 승지(承旨) 권익순(權益淳)[17]이 그 시아버지이고, 숙부인(淑夫人) 용인(龍仁) 이씨가 그 시어머니이다. 형(炯)은 기유년[1729]에 진사가 되었고 선비 변치은(邊致殷)의 딸을 아내로 맞아 이때 어린 딸 하나를 두었다.

여동생은 처음에 양주(楊洲) 마산(馬山) 그 시어머니 묘 우측 서남쪽 자리에 장사지냈는데, 묘터가 이롭지 않아 경술년[1730] 2월 21일에 광주(廣州) 경안면(慶安面) 서북쪽 자리의 무덤으로 이장하니 그곳 역시 시가 선산 근처이다.

---

14 상상(上庠) : 고대 귀인의 자제가 배우던 대학. 우학(右學). 여기서는 우리나라의 성균관(成均館)을 말한다.

15 처음 벼슬하여 : 서사(筮仕). 처음 사환(仕宦)할 적에 길흉을 점쳐 태도를 결정하는 일. 전하여 초사(初仕).

16 재랑(齋郎) : 제사 때 집사(執事)하는 벼슬아치.

17 권익순(權益淳) : 신해년(1671) 출생. 자는 화보(和甫). 1713(숙종39) 증광문과에 병과로 급제한 후 대사간·의주부윤·승지 등을 역임하였다.

해제 이 글은 윤동수가 자신의 여동생을 위해 쓴 묘지이다. 여동생 파평 윤씨 (1688~1708)는 윤자교(尹自敎)의 딸로 18세에 권재형(權在衡)에게 시집 갔다. 어릴 때부터 식견과 도량이 남달랐고 시집가서는 단정하고 검소했으며 남 편을 권면하고 경계했다. 천연두에 걸려 21세의 나이로 죽었다.

조태억(趙泰億) : 1675(숙종 1)~1728(영조 4). 본관 양주(楊州). 자는 대년(大年)이며, 호는 겸재(謙齋), 태록당(胎祿堂)이다. 조존성(趙存性)의 증손으로, 할아버지는 형조판서 조계원(趙啓遠)이다. 아버지는 이조참의 조가석(趙嘉錫)이며, 어머니는 윤이명(尹以明)의 딸이다. 조태구(趙泰耈)·조태채(趙泰采)의 사촌동생이다. 1702년 식년문과(式年文科)에 을과로 급제, 정언(正言) 등을 거쳐 1707년 문과중시(文科重試)에 병과로 급제하였다. 문학(文學)·교리(校理)를 거쳐, 1709년 대사성에 올라 통신사(通信使)가 되어 일본에 다녀왔다. 공조·예조 참의, 판결사(判決事)를 거쳐 1721년(경종 1) 경상도관찰사로 나갔다가 호조참판 때 세제(世弟 : 英祖)의 책봉과 대리청정을 반대하여 철회시켰다. 신임사화(辛壬士禍)를 일으켜 노론을 거세하고 정권을 잡아 이듬해 형조판서가 되었고, 공조·호조의 판서로 대제학을 겸하였다. 1724년 영조가 즉위하자 즉위의 반교문(頒敎文)을 작성하고, 우의정에 승진한 뒤 이듬해 좌의정이 되었으나 민진원(閔鎭遠) 등의 논척으로 삭직되었다. 1727년(영조 3) 정미환국(丁未換局)으로 재차 좌의정에 복직된 후 이듬해 병으로 사직하고, 돈령부영사(敦寧府領事)에 전임되었다. 1755년 나주(羅州)의 벽서사건으로 관작이 추탈되었다. 초서(草書)·예서(隸書)에 능했으며, 동물 그림인 '영모(翎毛)'를 잘 그렸다. 문집에 『겸재집(謙齋集)』이 있다. 시호는 문충(文忠)이다. *참고문헌 : 肅宗實錄, 景宗實錄, 英祖實錄, 國朝榜目, 燃藜室記述, 辛壬提要, 東國朋黨源流, 黨議通略, 淸選考.

숙인 남원 윤씨 묘지명
淑人南原尹氏墓誌銘

    옛 홍문관 수찬 파평 윤절(尹晳)[1]공의 아내는 숙인 남원 윤씨로, 홍문관 교리로 영의정에 추증된 충정공(忠貞公) 윤집(尹集)[2]의 따님이다. 충정공은 그 할아버지 문열공(文烈公) 윤섬(尹暹)[3], 형 충간공(忠簡公) 윤계(尹棨)[4]와 함께 모두 절의를 지키고 죽어, 나라 사람들이 칭송하여 '삼절(三

---

1 윤절(尹晳) : 1625(인조 3)~1662(현종 3). 본관 파평(坡平). 통보(童土) 윤순거(尹舜擧)의 큰아들이다. 자는 자장(子章)이며, 호는 한송(寒松)이다. 현종(顯宗) 1년(1660년), 증광시(增廣試) 을과로 급제하고 정언, 부수찬을 지냈다. 접위관(接慰官)으로 사행을 갔다가 죽었다. *참고문헌 : 顯宗實錄.

2 윤집(尹集) : 1606(선조 39)~1637(인조 15). 본관 남원(南原). 자는 성백(成伯)이며 호는 임계(林溪), 고산(高山)이다. 윤우신(尹又新)의 증손으로, 할아버지는 교리 윤섬(尹暹)이고, 아버지는 현감 윤형갑(尹衡甲)이다. 22세에 생원이 되고, 1631년(인조 9) 별시문과에 급제, 1636년(인조 14) 이조정랑(吏曹正郞)·교리(校理)가 되었다. 병자호란 때 화의를 적극 반대한 척화론자로, 오달제(吳達濟)·홍익한(洪翼漢)과 함께 청나라에 잡혀가서 갖은 고문을 받았으나 끝내 굴하지 않고 선양[瀋陽] 서문(西門) 밖에서 사형되었다. 처음 부제학(副提學)에 추증되었다가 다시 영의정에 추증되었으며, 광주(廣州)의 절현사(節顯祠), 강화의 충렬사(忠烈祠), 평택의 포의사우(褒義祠宇), 홍산의 창렬서원(彰烈書院), 영주의 장암서원(壯巖書院), 고령의 운천서원(雲川書院)에 제향되었다. 시호는 충정(忠貞)이다. *참고문헌 : 仁祖實錄, 國朝榜目, 司馬榜目, 宋子大全, 國朝人物考, 燃藜室記述, 丙子錄.

3 윤섬(尹暹) : 1561(명종 16)~1592(선조 25). 본관 남원(南原). 자는 여진(如進)이며 호는 과재(果齋)이다. 1583년(선조 16) 별시문과에 을과로 급제, 검열(檢閱)·지평(持平) 등을 지냈다. 1587년 사은사(謝恩使)의 서장관(書狀官)으로 명나라에 가서, 태조의 조상이 이인임(李仁任)으로 잘못 기록된 것을 바로잡았다. 그 공로로 1590년 광국공신(光國功臣) 2등에 책록, 용성부원군(龍城府院君)에 책봉되었다. 1592년 임진왜란이 일어나자 교리(校理)로서 순변사(巡邊使) 이일(李鎰)의 종사관이 되어, 상주성에서 왜적과 싸우다가 전사하였다. 시호는 문열(文烈)이다. *참고문헌 : 宣祖實錄, 國朝榜目, 宋子大全, 三節遺稿.

4 윤계(尹棨) : 1583~1636(선조 16~인조 14). 자는 신백(信伯)이며 호는 신곡(薪谷)이다. 교리 윤섬(尹暹)의 손자이며, 현감 윤형갑(尹衡甲)의 아들이다. 1624년(인조 2) 사마시에 합격하고, 1627년 정묘호란 때 상소하여 척화를 주장하였다. 이해 정시문과에 병과

節) 윤씨'라고 했다. 그리고 충정공은 척화의 의견을 상소하여 명나라 황
제에게 절개를 지키게 되었으므로 세상 사람들이 그의 의로움을 칭송했
다. 안동 김씨를 아내로 맞았는데, 부윤 김상복(金尙宓)⁵의 딸로, 정묘년
[1627]에 숙인을 낳았다.

숙인은 태어나 어릴 때부터 지혜로웠고 단정하고 민첩하며 정갈하며
언제나 한결 같아서, 충정공께서 자주 칭찬하시며 이렇게 말씀하셨다.

"우리 딸이 남자라면 우리 집안이 어찌 번성하지 않겠는가?"

열일곱 살 때 수찬공에게 시집갔는데, 공은 문정공 윤황(尹煌)⁶의 손자
이며 동토선생(童土先生) 윤순거(尹舜擧)⁷의 큰아들이다. 동토공은 더할 수

로 급제하고 승문원권지부정자를 거쳐 전적·홍문관교리를 지냈다. 1629년 이조좌랑,
1636년에 남양부사가 되었다. 이해 겨울 병자호란이 일어나자 근왕병(勤王兵)을 모집하
여 남한산성으로 들어가려다 청병에게 잡혀 굴하지 않고 대항하다가 몸에 난도질을 당
하여 죽었다. 시호는 충간(忠簡)이다. *참고문헌 : 荷塘先生文集, 竹泉集, 仁祖實錄, 顯
宗實錄, 肅宗實錄, 正祖實錄.

5 김상복(金尙宓) : ?~1652(효종 3). 조선 중기의 문신. 본관은 안동(安東). 자는 중정(仲
靜). 할아버지는 신천군수 김생해(金生海)이고, 아버지는 도정 김극효(金克孝)이며, 우
의정 김상용(金尙容)과 좌의정 김상헌(金尙憲)의 아우이다. 19세에 사마시에 합격하여
사옹원봉사·종부시주부·장례원사평(掌禮院司評)·한성부서윤·중추부경력(中樞府經
歷)·군기시부정자(軍器寺副正字)·형조참의·돈녕부도정의 중앙관직을 지냈다. 그리
고 배천현감·온양군수·대구부사·상주목사·경주부윤 등의 외직을 역임하면서 선정
을 베풀어 명성을 떨쳤다. 관직은 부윤으로 그쳤는데, 성품이 강인하고 떳떳하였으며,
매사를 상세히 살펴서 이속들이 모두 두려워하였다. 부임하였던 여러 고을에 송덕비가
세워졌다. *참고문헌 : 國朝人物考.

6 윤황(尹煌) : 1571(선조 4)~1639(인조 17). 조선 중기의 문신. 본관 파평(坡平). 자는 덕
요(德耀)이며, 호는 팔송(八松), 노곡(魯谷)이다. 1597년(선조 30) 알성문과에 급제, 1601
년 전적(典籍)에 이어 감찰·정언(正言)을 지냈다. 1623년의 인조반정 뒤 동부승지·이
조참의·전주부윤 등을 지냈다. 1624년 부응교(副應敎)로서 이괄(李适)의 난 때 검찰사
(檢察使)로 있던 이귀(李貴)가 임진강 싸움에서 패한 죄를 탄핵하였다. 정묘호란과 병
자호란 때 사간으로서 극력 척화를 주장하였다. 환도 후 부제학 전식(全湜)의 탄핵을
받아 영동군에 유배되었다가 병으로 풀려나와 죽었다. 영의정에 추증되었다. 저서로는
『팔송봉사(八松封事)』가 있다. 시호는 문정(文正)이다. *참고문헌 : 宣祖實錄, 仁祖實錄,
國朝榜目, 宋子大全, 淸陰集, 龍洲遺稿, 八松封事, 典故大方.

7 윤순거(尹舜擧) : 1596(선조 29)~1668(현종 9). 조선 중기의 문신·학자. 본관 파평(坡
平). 자는 노직(魯直)이며, 호는 동토(童土)이다. 우계(牛溪) 성혼(成渾)의 외손으로 성문

없이 착한 성품과 고상한 품행을 갖추셨는데 가법이 매우 엄정하여, 숙인은 지성으로 받드니 그 분의 뜻에 맞지 않는 것이 없었다. 수찬공은 젊을 때 산사에서 공부한 적이 있었는데, 숙인은 밤낮으로 여공을 하여 짠 베와 노리개를 시장에 팔아 공의 옷과 음식을 마련했고 부모님께 근심을 끼쳐드리지 않았다.

어머님이 여러 해 동안 앓아눕게 되어 대소변도 남의 손을 빌려야 했던 적이 있었는데, 숙인은 곁에서 시중들며 직접 요강을 갖다 드렸고, 손이 상하고 텄지만 게을리 하지 않았다. 충정공께서 오랑캐의 땅에서 돌아가셨을 때 어떤 사람은

"오랑캐들이 과연 해하지는 못했을 것입니다. 소중랑(蘇中郎)[8]처럼 구금되었을 것입니다."

라고 했는데, 숙인이 눈물을 흘리면서 이렇게 말한 적이 있었다.

"여자라서 오랑캐 땅으로 건너가 유해를 수습하여 돌아올 수도 없구나."

또 이렇게 말했다.

"옛사람들은 비록 전쟁 중에서라도 적군의 정황을 잘 정탐했었는데, 지금은 강화한 지 오래 되었지만 사신들은 서로 바라보며 한 사람도 우리 아버님의 일을 제대로 아는 사람이 없으니, 이 나라 어디에 인재가

준(成文濬)에게서 학문, 강항(姜沆)에게서 시(詩), 김장생(金長生)에게서 예(禮)를 배웠다. 1633년(인조 11) 사마시에 합격했으나 문과에는 실패했다. 1636년(인조 14) 병자호란 때 아버지 윤황(尹煌)은 척화죄로 유배되고 숙부 윤전(尹烇)이 강화(江華)에서 순절(殉節)하자 고향에 내려가 학문을 닦았다. 1645년 대군사부(大君師傅)가 되고 영월군수 등을 거쳐서 군자감정(軍資監正)·상의원정(尙衣院正)을 지냈다. 문장과 글씨에 뛰어났다. 찬선(贊善)에 추증되었고, 연산(連山) 구산서원(龜山書院) 등에 제향되었다. 문집에 『동토집』, 저서에 『노릉지(魯陵志)』가 있다. *참고문헌 : 正祖實錄, 國朝人物考.

8 소중랑(蘇中郎) : 소무(蘇武). B.C. 140 ~ B.C. 80. 자는 자경(子卿). 흉노(匈奴) 정벌에 공을 세운 소건(蘇建)의 차남이다. 한나라 제7대 황제인 무제(武帝)의 명을 받고 흉노의 지역에 사신으로 갔을 때, 선우(單于)에게 붙잡혀 복속(服屬)할 것을 강요당하였으나 이에 굴하지 않아 북해(北海 : 바이칼호) 부근에 19년간 유폐되었다. 흉노에게 항복한 지난날의 동료 이릉(李陵)이 설득하였으나 굴복하지 않고 절개를 지켜 귀국했다. 후에 선제(宣帝)의 옹립에 가담하여 그 공으로 관내후(關內侯)가 되었다.

있는가?"

수찬공이 과거에 급제하고 얼마 되지 않아 봉사(奉事)로 계시다가 동래에서 돌아가셨고 동토공께서 이어 돌아가셨는데, 아이들은 어리고 집안의 일은 점점 남의 손에 넘어가게 되었다. 숙인은 집안일을 다스리는 데 법도가 있었으며, 조상의 제사를 받드는 데 더욱 경건하게 하여 제사때마다 반드시 손수 그릇을 씻어 올렸는데, 노환이 생길 때까지 그만두지 않았다. 새벽에 일어나 온 집안에 물을 뿌려 쓸어 내고 침상이나 자리, 그릇들은 반드시 가지런히 줄을 맞춰 정돈하고, 종들을 부릴 때에는 엄숙하면서도 자애로웠으며, 가난하거나 재난을 당한 사람들은 특히 더 도와주었는데, 반드시 마음을 다해 도와주었으며 집안에 재물이 있는지 없는지를 따지지 않았다. 제부(弟婦) 가운데 과부가 되어 가난하게 사는 이가 있었는데, 밭과 노비를 나누어 주었다. 일찍이 동토공께서 재물을 가벼이 여기고 의로운 일을 즐겨 하신 일을 들어 자손들에게 본보기로 삼고 자식들에게 권면했다.

기묘년[1699] 여름에 큰아들 석성의 임지에 계시다가 병이 위독해졌는데, 아들들에게 이렇게 말씀하셨다.

"나는 영감님 묘소 곁으로 꼭 돌아가서 죽어야 한다."

마침내 병을 무릅쓰고 무리하여 이산(尼山)[9]으로 돌아갔는데, 끝내 윤7월 23일 숨을 거두어 9월 14일에 합장했다.

병이 위독해지자 명재선생(明齋先生)[10]이 문병 와 자식들에게 신신당부

---

9 이산(尼山) : 지금의 논산.
10 명재선생(明齋先生) : 윤증(尹拯). 1629(인조 7)~1714(숙종 40). 조선 후기의 학자. 본관 파평(坡平). 자는 자인(子仁)이며, 호는 명재(明齋), 유봉(酉峯)이다. 아버지는 윤선거(尹宣擧)이며, 어머니는 공주(公州) 이씨로 이장백(李長白)의 딸이다. 이성(尼城 : 충청남도 논산군)의 유봉(酉峰) 아래 살았으므로 호를 '유봉'이라고도 하였다. 유계(兪棨)와 송준길(宋浚吉), 송시열의 3대 사문(師門)에 들어가 당대의 정통유학을 수학하면서 박세당(朴世堂)·박세채·민이승(閔以升) 등과 교유하여 학문을 대성하였다. 특히 송시열 문하의 고제(高弟)로 지목되었고, 서인계 정통으로서는 주자의 성리학을 바탕으로 하는

하셨다. 선생은 바로 수찬공의 사촌 동생이다.

모두 4남 1녀를 두었다. 큰아들 도교(道敎)는 임술년[1692] 사마시에 합격했는데, 어질었으나 운이 없어 현감으로 관직을 마쳤다. 둘째 덕교(德敎)와 그 다음 지교(智敎)는 학문과 행실이 뛰어났으나 다 벼슬하지 않았다. 그 다음 인교(仁敎)는 대신의 천거를 받아 막 직장(直長)이 되었다. 딸은 목사 권상하(權相夏)[11]에게 시집갔다.

정재(定齋) 박태보(朴泰輔)[12]의 어머니는 명재선생의 누이로, '여사(女

의리지학(義理之學)을 체득하였다. 송시열의 주자학적 종본주의와 이에 근거한 존화대의(尊華大義) 및 숭명벌청(崇明伐淸)의 북벌론을 정면으로 반박, 회니시비(懷尼是非)의 발단을 이루었다. 아버지인 윤선거 비문 찬술 시비와 더불어 신유의서의 작성으로 노소당인 간의 격렬하게 전개된 회니시비는 경종·영조·정조 대에 해당되는 18세기 노소당론까지 이어졌다. 그는 어진 스승을 배반했다는 패륜으로 지목받았지만, 그를 따르던 소론 진보세력들에 의해 사상이 꾸준히 전승 발전되었다. 홍주의 용계서원, 노성의 노강서원 등에 향사되었다. 시호는 문성(文成)이다. *참고문헌 : 顯宗實錄, 肅宗實錄, 景宗實錄, 明齋年譜, 誌狀, 黨議通略(李建昌), 朝鮮儒學史(玄相允, 民衆書館, 1949).

11 권상하(權尙夏) : 1641(인조 19)~1721(경종 1). 조선 후기의 학자. 본관은 안동(安東). 자는 치도(致道), 호는 수암(遂菴)·한수재(寒水齋). 서울 출신. 아버지는 집의 권격(權格)이며, 우참찬 권상유(權尙游)의 형이다. 1675년(숙종 1) 송시열이 1659년(효종 10)에 있었던 자의대비(慈懿大妃)의 복상(服喪) 문제로 덕원부(德源府)에 유배되고, 남인(南人)들이 득세하자, 청풍(淸風)의 산중에서 학문에 힘쓰며 제자들을 모아 유학을 강론하는 한편, 정·주(程朱)의 서적을 교정했다. 1689년(숙종 15) 기사환국(己巳換局)으로 송시열이 다시 제주도에서 소환되어 정읍에서 사사(賜死)되자, 스승의 의복과 책을 유품(遺品)으로 받았고, 유언에 따라 만동묘(萬東廟)를 청주(淸州)에 세워 명나라 신종(神宗)·의종(毅宗)을 배향하고 숙종의 뜻을 받들어 대보단(大報壇)을 세웠다. 이이(李珥)를 조종(祖宗)으로 하여 송시열에게 계승된 기호학파(畿湖學派)의 지도자로서, 이이가 주장하는 기발이승일도설(氣發理乘一途說)을 지지하였다. 그의 문인 한원진(韓元震)과 이간(李柬)이 인물성편재문제(人物性偏在問題)로 논쟁하자, 한원진의 학설을 지지함으로써 논쟁이 더욱 확대되어 기호학파는 마침내 양분되었다. 글씨에도 뛰어났으며 충주의 누암서원(樓巖書院), 청풍의 황강서원(黃岡書院), 정읍의 고암서원(考巖書院), 성주(星州)의 노강서원(老江書院), 보은의 산앙사(山仰祠), 예산의 집성사(集成祠), 송화의 영당(影堂) 등에 배향되었다. 문집에『한수재집(寒水齋集)』,『삼서집의(三書輯疑)』 등이 있다. *참고문헌 : 肅宗實錄, 景宗實錄, 國朝人物考, 寒水齋集(權尙夏), 朝鮮儒學史(玄相允, 民衆書館, 1949), 韓國儒學史(裵宗鎬, 延世大學校出版部, 1978).

12 박태보(朴泰輔) : 1654(효종 5)~1689(숙종 15). 조선 후기의 문신. 본관 반남, 자 사원(士元), 호 정재(定齋). 아버지는 중추부판사 박세당(朴世堂)이며 어머니는 현령(縣令)

土)'라고 불리었는데, 이렇게 말씀하신 적이 있었다.

"내가 부인들을 많이 보았지만 숙인만큼 어진 사람은 없었다."

내 어머니는 충간공(忠簡公)[13]의 손녀이다. 일전에 일가의 어진 부인들을 칭찬하신 적이 있었는데, 꼭 숙인을 먼저 꼽으셨다. 나는 어려서부터 익히 듣고서 진심으로 기뻐했는데, 이제 직장공이 나에게 묘지명을 부탁하니 어찌 감히 사양하겠는가?

명에 이른다.

어려서는 아버지가 기특하게 여기셨고,

시집가서는 시아버지가 마땅하다 여기셨네.

사람들이 숙인을 알고자 하여도

다만 그 아버지와 시아버지가 누구냐고만 묻네.

해제　숙인 남원 윤씨(1627~1699)는 윤집(尹集)의 딸로 17세에 윤절(尹晢)의 아내가 되었다. 병자호란 때 척화를 주장하다 청나라에서 죽임을 당한 윤집(尹集)의 딸로 어려서부터 지혜로워 아버지의 사랑을 받았고 병환 중인 어머니의 소변을 직접 받아내는 효성스러움을 보였다. 시집가서는 시아버지 동토선생(童土先生) 윤순거(尹舜擧)의 뜻을 잘 받들었으며, 남편 수찬공이 산사에서 공부하는 동안 손수 베를 짜고 노리개를 만들어 시장에 내다 팔아 남편의 의복과

남일성(南一星)의 딸이다. 당숙인 세후(世垕)에게 입양되었다. 1677년 알성문과에 장원, 전적(典籍)을 지냈다. 1680년 수찬(修撰)을 거쳐, 교리, 이조좌랑, 호남의 암행어사를 역임하였다. 1689년 기사환국 때 서인(西人)을 대변, 인현왕후(仁顯王后)의 폐위(廢位)를 강력히 반대하다가 진도(珍島)에 유배 도중 노량진(鷺梁津)에서 죽었다. 학문과 문장에 능하고 글씨도 잘 썼으며, 비리를 보면 참지 못하고 의리를 목숨보다 소중히 여겼다. 영의정에 추증되었고 풍계사(豊溪祠)에 배향되었다. 시호는 문열(文烈)이다. 문집『정재집』14권, 편서『주서국편(周書國編)』, 글씨 <예조참판박규표비(禮曹參判朴葵表碑)>, <박상충비(朴尙衷碑)> 등이 있다. *참고문헌 : 肅宗實錄, 景宗實錄, 正祖實錄, 純祖實錄, 燃藜室記述, 國朝人物考, 國朝榜目, 定齋集, 明齋遺稿(尹拯), 朝鮮金石總覽.

13 충간공(忠簡公) : 윤계(尹棨) : 1583(선조 16)~1636(인조 14). 조선 중기의 문신.

음식을 마련하는 생활력을 보여주기도 했다. 어진 성품으로 주위의 많은 부인들이 칭찬했다. 조태억의 어머니는 숙인의 6촌 고모뻘로, 조태억 역시 어머니가 숙인의 칭찬하는 것을 듣고 자라 기꺼이 이 묘지명을 썼다고 한다.

정부인에 추증된 성주 이씨 묘지

贈貞夫人星州李氏墓誌銘

　　내 친구 이조판서 이진유(李眞儒)[14] 공은 나에게 이런 말을 한 적이 있었다.

　　"자네는 이미 우리 아버지 묘지에 명(銘)을 써 주었지. 우리 어머니는 더할 나위 없이 착한 성품과 아름다운 모범을 지니셨으니, 후세에 전해야 하고 따로 묘지를 만들어야 하는데, 우리 집안을 자세하게 알기로는 자네만한 사람이 없네. 자네가 끝까지 마음 써 주기를 바라네."

　　또 눈물을 흘리면서 이렇게 말했다.

　　"내가 처음 세상에 나왔을 때, 할아버지 효간공(孝簡公)[15]께서 어머니

---

14 이진유(李眞儒) : 1669(현종 10)~1730(영조 6). 조선 후기의 문신. 본관은 전주(全州). 자는 사진(士珍), 호는 북곡(北谷). 할아버지는 이정영(李正英)이고, 아버지는 참판 이대성(李大成)이며, 어머니는 홍만용(洪萬容)의 딸이다. 이만성(李晩成)에게 입양되었다. 1707년(숙종 33) 진사, 그 해 별시문과에 병과로 급제하였다. 검열, 교리(敎理)·수찬을 지냈다. 1716년 소론으로서 소론의 영수 윤증(尹拯)을 비난한 권상하(權尙夏)·정호(鄭澔)의 처벌을 주장하다가 삭출(削黜)되었다. 1721년(경종 1) 정언에 기용되고, 이듬해에 사간으로 세제(世弟 : 영조)의 대리청정(代理聽政)을 건의한 노론의 4대신을 탄핵하여 이들을 제거하였으며, 이어 김일경(金一鏡) 등과 함께 신임사화를 일으켜 노론을 숙청하였다. 경종 때에는 이조참의·부제학·좌부빈객·대사성 등을 역임하였다. 1724년 경종이 죽자 이조참판이 되어 고부 겸 주청사(告訃兼奏請使)의 부사로 청나라에 다녀왔다. 이듬해에 노론이 등용되자 문초를 받던 중 옥사하였다. 글씨에 뛰어났으며, 작품으로 <망일사은비(望日思恩碑)>·<명위관임제비(明委官林濟碑)>의 비문을 남겼다. *참고문헌 : 肅宗實錄, 景宗實錄, 英祖實錄, 國朝榜目, 淸選考.

15 효간공(孝簡公) : 이정영(李正英). 1616(광해군 8)~1686(숙종 12). 조선 후기의 문신. 본관은 전주로, 자는 자수(子修)이며 호는 서곡(西谷)이다. 이수광(李秀光)이 증조부이며, 조부는 이유간(李惟侃), 아버지는 이경직(李景稷)이다. 어머니는 첨지 오경지(吳景智)의 딸이다. 1636년(인조 14)에 별시(別試) 문과에 병과(丙科)로 급제하고, 병자호란이 일어나자 소현세자가 심양(瀋陽)으로 갈 때 사서로 시종하였고, 귀국하여 정언·수찬·응교·검열·대교·봉교·전적을 역임하였다. 1642년 예조좌랑, 1649년 효종이 즉

에게 데려다가 아들로 삼으라고 명하시자, 정을 주시며 돌보아 잘 길러 주시기를 자기가 낳은 것과 다름없이 하시었네. 어린 아기였을 때는 몸을 편안하게 해주셨으며 바른 도리로 가르쳐 주셨고, 당장에 편하게 해주는 것을 사랑이라 여기지 않으셨네. 내가 아버지께 가르침을 받을 때마다 곁에서 듣고 읽는 것이 틀리기라도 하면 (매를) 들어 경계하셨고, 직접 읽은 횟수를 헤아리셨으며, 암송하게 된 후에야 그만두셨어. 간혹 놀면서 게으름을 피우고 가르침대로 하지 않으면 피가 흐르도록 회초리를 치시며 눈물을 흘리면서 타이르시어 스스로 깨닫고 뉘우치도록 하셨으니, 오직 내가 성취할 수 있었던 것은 다만 어머니의 가르침과 보살핌 덕분이네. 과거에 합격하여 사적(仕籍)에 이름을 알리게 되자 매우 칭찬하시고 기뻐하시며 마치 인간 세상에는 없는 것을 당신 혼자만 가진 것처럼 하시었네. 녹을 받아 겨우 봉양하기 시작했는데, 어버이는 기다려 주시지 않으시니, 이것이 내가 죽을 때까지 안고 갈 아픔이라네.

그분이 지닌 부녀자의 도리에 대해 말해보자면 이러하다네. 열다섯 살에 아버지께 시집오셨는데, 효간공께서 집안을 바로잡으시는 데 법도가 있으셨고 뒤이어 들어오신 시어머니 유씨 부인은 성품이 엄정하셨지만, 어머니는 오로지 받들어 순종하며 의례의 규칙을 따르고 더욱 여공을 익혀 시부모님의 의장(衣章)과 남편의 복식에서부터 시누이들의 금반(衿鞶)[16] 도구에 이르기까지 모두 손수 재단하고 바느질하여 정돈해두지

위한 뒤 다시 정언·교리·헌납 등을 지냈다. 1657년(효종 8) 종부시정·사인·사간을 거쳐 1659년 병조참의·좌승지를 역임하였다. 1660년(현종 1) 부총관·병조참판·대사간, 1666년 예조참판, 이듬해 도승지에 이어 판윤이 되었다. 1669년 우윤으로 보전문서 사관(寶篆文書寫官)이 되었으며, 1672년 한성부판윤으로 다시 동지부사가 되어 청나라에 다녀왔다. 1674년 이조판서, 1677년(숙종 3) 형조판서로 있을 때 시관으로 부정을 저지른 죄목으로 철원에 유배되었다가 풀려났다. 이어 판돈녕부사가 되고, 1685년 판의금을 거쳐 기로소(耆老所)에 들어갔다. 시호는·효간(孝簡)이다. *참고문헌 : 仁祖實錄, 孝宗實錄, 顯宗實錄, 肅宗實錄, 國朝榜目, 國朝人物考, 槿域書畫徵, 朝鮮金石總覽.

16 금반(衿鞶) : 옷고름과 주머니.

않은 것이 없었으며, 밤을 낮 삼아 쉬지 않고 일하셨으나 힘들다는 말씀을 하신 적이 없었다네. 작은 할아버지 백헌공(白軒公)**17**께서 한 집에 사신 적이 있었는데 자주 칭찬을 해주셨네.

아버지께서 부임하신 일곱 읍을 따라 다니셨는데, 청탁을 물리쳤고 무속을 멀리하셨으며 가정을 훌륭하게 건사하여 털끝만치도 아버지께 누를 끼치지 않으셨네. 아버지의 가난한 친족 숙부들 서너 분이 따라가 관아로 갈 때마다 어머니는 그분들의 굶주림과 추위를 마음 써주시며 지극하게 도와주시니, 사람마다 다 감탄하며 칭송했네. 아버지는 조카딸 하나를 기르셨는데, 어머니는 사랑해주고 가르치기를 모두 지극하게 하셨고, 시집가게 되자 혼수**18**를 아주 넉넉하게 마련해 주셨네. 부녀자들이 투기하지 않는 사람이 드문데, 어머니는 서모(庶母)를 대하실 때 매우 인정스럽게 하셨고, 서제(庶弟)인 진선(眞善)이 태어나자 '남편의 피붙이는 이 아이뿐이야.'라고 하시며 어루만져 사랑하시기를 매우 지극히 하

17 백헌공(白軒公) : 이경석(李景奭). 1595(선조 28)~1671(현종 12). 조선 중기의 문신. 본관은 전주(全州). 자는 상보(尙輔), 호는 백헌(白軒). 종실 덕천군(德泉君) 이후생(李厚生)의 6대손이며, 할아버지는 이수광(李秀光)이고, 아버지는 동지중추부사 이유간(李惟侃)이며, 어머니는 개성 고씨(高氏)로 대호군(大護軍) 고한량(高漢良)의 딸이다. 김장생(金長生)의 문인. 1629년 양주목사, 1632년에는 가선대부(嘉善大夫)에 오르고 대사간에 제수되었다. 1636년 병자호란 때 대사헌·부제학으로 인조를 호종했고, 이후 도승지에 발탁되어 예문관제학을 겸임하며 <삼전도비문(三田渡碑文)>을 지어 올렸다. 이듬해 홍문관·예문관 양관의 대제학이 되었고, 얼마 뒤 이조참판을 거쳐 이조판서가 되었다. 1641년에는 청나라에 볼모로 가 있던 소현세자(昭顯世子)의 이사(貳師)가 되어 심양으로 갔다가 청나라 황제의 노여움을 사서 영구히 등용되지 못하는 조건으로 귀국해, 3년 동안 벼슬에서 물러났다. 1644년에 복직, 이조판서를 거쳐 우의정·좌의정을 역임한 뒤 이듬해 영의정에 올랐다. 1646년에 효종의 북벌 계획이 알려져 위리안치 되었다가 1년 남짓 광주(廣州)의 판교(板橋)와 석문(石門)에서 은거하였다. 1653년(효종 4) 영중추부사에 임명되었으며, 1659년 영돈녕부사가 된 뒤 기로소(耆老所)에 들어갔다. 저서로는 『백헌집』등 유집 50여 권이 간행되었다. 시호는 문충(文忠)이며, 남원의 방산서원(方山書院)에 제향되었다. *참고문헌 : 仁祖實錄, 孝宗實錄, 顯宗實錄, 白軒集, 國朝人物考, 燃藜室記述, 國朝榜目, 李景奭의 政治的生涯와 三田渡碑文是非(李銀順, 韓國史硏究 60, 1988.3.)

18 혼수 : 자송(資送). 혼수 또는 세간을 장만하여 보냄. 또 그 물건.

셨다네. 노비들을 부릴 때에는 엄정하셨지만 또 자애로우셨네. 이것들은 다 기록해 두어야 할 것들이며 감히 한 마디도 과장된 것이 아니라네."

나는 일어나서 감탄하며 말했다.

"자네의 말이 아니더라도 내 들은 지 오래일세. 어찌 명을 따르지 않을 수 있겠는가?"

부인의 성은 이씨이다. 시조는 장군 이총언(李恖言)[19]으로 고려조에 공을 세워 벽진(碧珍)을 식읍으로 받았다. 벽진은 성주(星州)의 옛날 이름이다. 자손들이 그리하여 그곳을 고향으로 삼게 되었다. 7대조 평정공 이약동(李約東)[20]은 청렴결백함으로 유명했으며, 증조부 이가선(李嘉善)은 교관(敎官)으로 찬성(贊成)에 추증되셨으며, 할아버지 이상급(李尙伋)[21]은 병조

---

19 이총언(李恖言) : 858(헌안왕 2)~938(태조 21). 신라 말 고려 초의 호족. 벽진군(碧珍郡 : 지금의 경상북도 성주) 출신으로 벽진군의 치안에 힘써 백성을 편안하게 하였다. 왕건을 도와 후백제와의 전쟁에 아들을 참여시켰는데, 왕건이 벽진군 장군에 임명하고 이웃고을의 정호(丁戶) 229호를 더 내려주었다. *참고문헌 : 高麗史, 高麗史節要.

20 이약동(李約東) : 1416(태종 16)~1493(성종 24). 조선 전기의 문신. 본관은 벽진(碧珍). 자는 춘보(春甫), 호는 노촌(老村). 할아버지는 이존실(李存實)이고, 아버지는 증 호조판서 이덕손(李德孫)이며, 어머니는 유무(柳務)의 딸이다. 1451년(문종 1) 증광 문과(增廣文科)에 급제한 뒤 사섬시직장(司贍寺直長)을 거쳐 1454년(단종 2) 감찰·황간현감 등을 역임하였다. 1470년(성종 1) 제주목사 때 선정을 베풀어 칭송을 받았다. 1474년 경상좌도수군절도사를 거쳐 1477년 대사헌이 되어 천추사(千秋使)로 명나라에 다녀왔다. 1487년 한성부좌윤·이조참판 등을 거쳐, 1489년 개성부유수 등을 역임하다가 1491년에 지중추부사(知中樞府事)로 치사(致仕)하였다. 금산의 경렴서원(景濂書院), 제주도 귤림서원(橘林書院)에 제향되었다. 성종 때 청백리로 뽑히고 기영록(耆英錄)에 올랐으며, 저서로는 『노촌실기』가 있다. 시호는 평정(平靖)이다. *참고문헌 : 世祖實錄, 睿宗實錄, 成宗實錄, 國朝榜目, 國朝人物考, 燃藜室記述.

21 이상급(李尙伋) : 1572(선조 5)~1637(인조 15). 조선 중기의 문신. 본관은 벽진(碧珍). 자는 사언(思彦), 호는 습재(習齋). 할아버지는 이석명(李碩明)이고, 아버지는 동몽교관(童蒙敎官) 이희선(李喜善)이며, 어머니는 정환(丁煥)의 딸이다. 1606년(선조 40) 증광 문과에 병과로 급제하고, 승문원의 정자·저작·박사, 형조좌랑을 거쳐 풍기군수가 되었다. 이때 경상도관찰사로 정조(鄭造)가 임명되자, 그의 속관이 되는 것을 부끄럽게 여겨 고향 성주로 돌아가 농사와 낚시로 소일하였다. 1636년 병자호란이 일어나자 왕을 호종하여 남한산성에 들어가 40여 일 동안 대결하였다. 그러나 강화도가 함락되었다는 소식을 듣고 묘사(廟社)를 받들고 강화도로 들어간 형 이상길(李尙吉)을 찾아가다가, 도중에서 적병을 만나 살해되었다. 후에 이조판서에 추증되었다. 시호는 충강(忠剛)이

참지(兵曹參知)로 판서에 추증되셨으며, 아버지 이연(李堧)은 우부승지(右副承旨)로 바른 말을 하여 권세가들에게 거역하다 벼슬이 크게 오르지 못했다. 어머니 서씨는 첨지 서경빈(徐景霦)의 딸로, 충숙공 서성(徐渻)[22]의 손녀이다. 숭정(崇禎)[23] 정축년[1637]에 태어났고, 돈녕부(敦寧府) 도정(都正) 완산(完山) 이씨 이만성(李晩成)[24]에게 시집갔다.

다. *참고문헌 : 仁祖實錄, 純祖實錄, 國朝榜目, 國朝人物考, 燃藜室記述, 丙子錄.

22 서성(徐渻) : 1558(명종 13)~1631(인조 9). 조선 중기의 문신. 본관은 대구(大丘). 자는 현기(玄紀), 호는 약봉(藥峯). 대제학 서거정(徐居正)의 현손이며, 할아버지는 예조참의 서고(徐固)이고, 아버지는 서해(徐嶰)이다. 어머니는 좌의정 이고(李股)의 딸이다. 이이(李珥)·송익필(宋翼弼)의 문인. 1586년(선조 19) 알성문과에 을과로 급제하고, 예문관의 검열·대교(待敎)·봉교(奉敎), 홍문관의 전적(典籍)을 거쳐, 감찰과 예조좌랑을 지냈다. 병조좌랑을 거쳐 1592년 임진왜란이 일어나자 선조를 호종하다가 호소사(號召使) 황정욱(黃廷彧)의 요청으로 그의 종사관(從事官)이 되었다. 삼남지역(三南地域)에 암행어사로 파견되어 민정을 살피고 돌아온 뒤 내섬시정(內贍寺正)이 되었다. 1613년(광해군 5) 계축옥사가 일어나자 이에 연루되어 단양에 유배되었다. 그 후 다시 영해와 원주 등지로 옮겨지는 등 11년간이나 귀양살이를 하다가, 1623년 인조반정으로 방환되었다. 이어 형조판서·대사헌·경연성균관사를 겸하고, 1624년 이괄(李适)의 난 때 왕을 호종하고 판중추부사·병조판서 등을 역임하였다. 1627년(인조 5) 정묘호란 때도 왕을 강화도까지 호종했고, 숭록대부(崇祿大夫)로 승격하였다. 영의정에 추증되고, 대구 구암서원(龜巖書院)에 제향되었다. 저서로 『약봉집(藥峯集)』이 있다. 시호는 충숙(忠肅)이다. *참고문헌 : 宣祖實錄, 光海君日記, 仁祖實錄, 海東名臣錄, 國朝榜目, 淸陰集, 竹陰集, 藥峯遺稿, 國朝人物考, 燃藜室記述, 亂中雜錄.

23 숭정(崇禎) : 1610~1644. 명나라 제17대 황제(재위 1628~1644)로서 이름은 주유검(朱由檢)이며 묘호는 의종(毅宗)이다. 그리고 시호는 장렬민제(莊烈愍帝)이다. 연호를 따서 숭정제라고 한다.

24 이만성(李晩成) : 1636(인조 14)~1708(숙종 34). 조선 후기의 문신. 본관은 전주(全州). 자는 기숙(器叔). 아버지는 판중추부사 이정영(李正英)이며, 어머니는 유기선(柳基善)의 딸이다. 1666년(현종 7) 진사시에 합격하고 문음으로 입사(入仕)하여 1670년 동궁세마(東宮洗馬), 시직(侍直)·부수(副率) 등을 거쳐 형조좌랑이 되었다. 1689년 기사환국이 일어나 남인이 집권하자 사직하였고, 1694년 갑술옥사를 계기로 재서용되어 한성부판관이 되었다. 곧 성천부사에 임명되었으나 죄인을 치죄하다 죽게 하여 파직되었다. 1696년 선혜랑을 거쳐 성주목사·장악원첨정(掌樂院僉正)·강화부경력(江華府經歷)·선공감부정·예빈시정 등을 역임하고, 1708년 호군을 거쳐 돈녕부도정(敦寧府都正)에 이르렀다. 그는 급제를 하지 않아 주로 관리직을 역임하였지만, 천성이 엄중하여 남과의 교제를 많이 하지 않았으며, 가정에서 서사(書史)의 섭렵에만 힘을 기울였다. *참고문헌 : 肅宗實錄, 國朝榜目, 謙齋集.

　무자년[1708] 봄에 도정공의 나이 일흔이 넘었는데, 아들이 시종(侍從)이 되어 은례(恩例)에 따라 통정대부의 반열에 올랐으며, 부인은 따라서 숙부인에 봉해졌다. 이 해 겨울 12월 10일에 도정공이 돌아가시고, 다음 달 7일에는 부인께서 상심으로 세상을 떠나셨다. 이듬해 2월 6일에 고양 목희리(木稀里) 서쪽 언덕에 함께 장사지내려 한다. 이후 참판은 품계가 2품으로 종훈대부가 되었고, 다시 도정(都正)에 추증되어 이조판서에 이르셨다. 부인은 그 품계를 살펴어 정부인이 되었다.

　도정공의 계보와 자손은 공의 묘지 안에 다 실려 있으므로 여기서는 자세히 기록하지 않는다. 참판은 도정공의 아우 호조참판으로 판서에 추증된 이대성(李大成)[25]의 큰아들이다. 세상에서 남의 자식을 데려다 자식으로 삼는 것과 다른 사람의 후사가 되는 것이 예나 지금이나 어찌 제한이 있겠는가마는, 그 어머니의 사랑과 자식의 효성이 부인의 가정만한 곳이 대부분 드물 것이다. 경인년[1710] 겨울에 기리어 기록한다.

　참판공이 새로 상을 마침에 나에게 눈물을 보이며 오열하고 말을 하지 못하니, 슬프고 쓸쓸할 뿐만 아니라 나는 진실로 마음속으로 그것을 기쁘게 생각했다. 이제 또 영원히 남길 명을 부탁하며 허둥지둥 미치지 못할 것만 같이 하니 효성스럽다 할 만하다. 미덥구나! 사람이 꼭 자식을 낳는 것으로 비롯하지는 않는다.

　명에 이른다.

---

25 이대성(李大成) : 1651(효종 2)~1718(숙종 44). 조선 후기의 문신. 본관은 전주(全州). 자는 시숙(時叔), 호는 삼취헌(三翠軒). 할아버지는 이경직(李景稷)이고, 아버지는 판중추부사 이정영(李正英)이며, 어머니는 유기선(柳基善)의 딸이다. 1682년(숙종 8) 진사시에 합격하였고, 문음(門蔭)으로 입사하여 호조좌랑에 이르렀다. 1699년 정시문과에 병과로 급제, 곧 지평·사서를 거쳐 1702년 정언(正言)이 되었다. 수찬·부교리·지평·부수찬 등의 언관을 역임하다가 1708년 이조좌랑에 임명되었다. 이어서 이조참의·대사성·이조참판·병조참판 등 청요직(淸要職)을 번갈아 역임하였다. 1717년 사은 겸 동지부사(謝恩兼冬至副使)로 청나라에 다녀온 뒤, 다음해 사직으로 있다가 죽었다. *참고문헌 : 肅宗實錄, 國朝榜目, 燃藜室記述.

어여쁘다, 아름다운 덕이여!

남편이 마땅하다 여기네.

살아서는 해로하고

죽어서는 함께 묻혔네.

자식이 없다고 하지 마오.

너무도 효성스런 후사가 있네.

아름다운 모범을 실어 기술하니

자애로운 가르침이 드러나도다.

위에 쓴 나의 명이

영원토록 깨지지 않으리니,

후세 사람들은

혹시라도 훼손하거나 밟지 마시오.

해제 성주 이씨(1637~1709)는 이연(李堧)의 딸로 돈녕부도정(敦寧府都正) 이만성(李晩成)의 아내이다. 시동생 이대성(李大成)의 큰아들을 데려다 후사로 삼아 친자식처럼 아끼고 말을 듣지 않을 때에는 엄하게 매를 드시면서 가르쳤다. 엄한 시부모님을 잘 받들었고 직접 모든 의복을 바느질했으며 첩과 그 자식에게도 인정을 다하고 사랑해주었다. 이조판서 이진유(李眞儒)는 바로 성주 이씨의 후사로 들어간 자식으로 친구인 조태억에게 어머니의 묘지명을 부탁한 것이다.

숙인 광주 김씨 묘지명
淑人光州金氏墓誌銘

　돌아가신 의금부 도사(都事) 백비당(白賁堂) 조인수(趙仁壽)[26] 공에게는
어진 배필이 있었는데 숙인 광산 김씨이다. 신라 왕자의 후손으로 사계
선생(沙溪先生) 문원공(文元公) 김장생(金長生)의 현손(玄孫)이다. 증조부는
이조참판 김반(金槃)[27]이고 할아버지는 이조판서 대제학 문정공(文貞公)
김익희(金益熙)[28]이며 아버지는 좌부승지 김만균(金萬均)[29]이다. 어머니는

---

26 조인수(趙仁壽) : ?~1692. 조선 후기의 학자. 본관은 풍양(豊壤). 자는 백정(伯靜), 호는
백비당(白賁堂). 아버지는 진사 조상정(趙相鼎)이다. 박세채(朴世采)의 문하에서 『가례』・
『심경』 등을 사사받고, 또 이단상(李端相)의 문인으로 학문을 닦았다. 학문에만 뜻을 두고
과거에 응시하지 않았다. 1685년(숙종 11) 천거로 영소전참봉(永昭殿參奉)이 되었으며,
의금부도사를 지냈다. 숙종의 후궁이었던 장희빈(張禧嬪)의 무고로 왕비 민씨(閔氏 : 仁顯
王后)가 폐위되자 세상일에 뜻을 잃고 두문불출, 독서에 전념하였다. 해서에 뛰어났으며
만년에 이르러 『주역』에 전념, 끝까지 통독하는 한편, 『계몽정전(啓蒙正傳)』 등의 책을
통달하여 운명변화의 이치를 철저히 구명하였다. 시문 몇 권을 남겼다. *참고문헌 : 約軒
集, 名世譜.

27 김반(金槃) : 1580(선조 13)~1640(인조 18). 조선 중기의 문신. 본관은 광산(光山). 자
는 사일(士逸), 호는 허주(虛州). 아버지는 김장생(金長生)이고, 어머니는 창녕조씨로 부
사 조대건(趙大乾)의 딸이다. 송익필(宋翼弼)의 문인으로, 세거지는 충청도 연산(連山)
이다. 1613년(광해군 5)에 계축옥사가 일어나자 낙향하여 10여 년 동안 초야에 은거하
며 학문을 탐구하였다. 1624년(인조 2) 이괄(李适)의 난 때 인조 호종의 공으로 성균관
전적이 되었다. 형조좌랑・예조좌랑・사간원정언・홍문관수찬・부교리를 거쳐, 1625년
시강원문학(侍講院文學)・사간원헌납・홍문관교리 등을 역임하였다. 1626년 인헌왕후
가 죽자 이귀(李貴)의 편견을 배척하였다. 곧 이조좌랑에 임명되고, 이어 정랑에 올랐
다. 1627년 정묘호란 때 인조를 강화로 호종하고 돌아와 사인(舍人)・겸보덕(兼輔德)・
응교(應敎)・전한(典翰)을 역임하였다. 1636년 병자호란으로 남한산성에 호종하여 왕에
게 장병을 독려하도록 건의하였다. 화의가 이루어지자 호종한 공으로 가선대부(嘉善大
夫)에 올랐다. 그 뒤 대사성・예조참판・병조참판・대사헌・한성부우윤・대사간・이조
참판 등 요직을 역임하였으며, 사후에 영의정에 추증되었다. *참고문헌 : 仁祖實錄, 國
朝人物考, 淸陰全集(金尙憲), 愼獨齋集(金集).

28 김익희(金益熙) : 1610(광해군 2)~1656(효종 7). 조선 후기의 문신. 본관은 광산(光山).

연안 이씨로, 예조판서 대제학 문숙공(文肅公) 이일상(李一相)[30]의 따님이다. 친가 외가의 분들이 모두 다른 가문에서 감히 바라볼 수도 없는 분들이었다.

　숙인은 인조 을축년[1625]에 태어났다. 어린 아이였을 때에도 단정하고 지혜로웠는데, 『여훈(女訓)』[31]을 마음에 새겨 익혔으며 어른의 뜻을 잘

　　자는 중문(仲文), 호는 창주(滄洲). 할아버지는 김장생(金長生)이고, 아버지는 김반(金槃)이며, 어머니는 서주(徐澍)의 딸이다. 1633년(인조 11) 증광문과에 병과로 급제, 같은 해 검열을 거쳐 홍문록(弘文錄)에 올랐다. 1635년 수찬(修撰)·사서(司書)를 거쳐, 이듬해 병자호란이 일어나자 척화론자로서 청나라와의 화평을 반대하며, 왕을 남한산성에 모시고 가서 독전어사(督戰御使)가 되었다. 1637년 교리(校理)·집의(執義)를 거쳐 1639년 이조좌랑이 되고, 1642년 사간이 되었다. 1653년 부제학으로서 오랫동안 버려두었던 노산군(魯山君)의 묘소에 제사 드릴 것을 청하여 시행하게 하였다. 1655년 대사성·대사헌이 되고, 이듬해 대제학이 되었다. 1708년(숙종 34) 손자 김진옥(金鎭玉)이 그의 글을 모아『창주유고』를 간행하였다. 시호는 문정(文貞)이다. *참고문헌 : 仁祖實錄, 孝宗實錄, 朝鮮圖書解題, 國朝榜目, 宋子大全, 國朝人物考, 燃藜室記述.

29 김만균(金萬均) : 1631(인조 9)~? 조선 후기의 문신. 본관은 광산(光山). 자는 정평(正平), 호는 사휴(思休)·취선(醉仙)·이호(梨湖). 할아버지는 참판 김반(金槃)이고, 아버지는 이조판서 김익희(金益熙)이며, 어머니는 이덕수(李德洙)의 딸이다. 송시열(宋時烈)의 문인이다. 1654년(효종 5)에 춘당대문과에 병과로 급제, 정언·수찬·검토관·부교리·교리, 집의·필선·사인·보덕 등을 거쳐, 1672년에 승지를 역임하였다. *참고문헌 : 孝宗實錄, 顯宗實錄, 顯宗改修實錄, 國朝榜目, 韓國系行譜(曺龍承, 1980).

30 이일상(李一相) : 1612(광해군 4)~1666(현종 7). 본관은 연안(延安). 자는 함경(咸卿), 호는 청호(靑湖). 할아버지는 영의정 이정구(李廷龜)이고, 아버지는 이조판서 이명한(李明漢)이며, 어머니는 나주 박씨(羅州朴氏)로 박동량(朴東亮)의 딸이다. 1628년(인조 6) 17세로 알성 문과에 병과로 급제, 인조 말년에는 사간에 올랐으며, 효종이 즉위하면서 우승지에 발탁되었다. 대사간을 거쳐 1652년(효종 3) 도승지가 되었다. 부제학·대사간·대사성을 거쳐 대사헌이 되었다. 1654년 정조 겸 진하부사(正朝兼進賀副使)로 청나라에 다녀와서 효종의 북벌계획 수립에 도움을 주었고, 이조참판·대사헌·대사성 등의 청요직을 거쳐 1656년 부제학으로『선조수정실록』의 편찬에 참여하였다. 1659년 대제학 올랐고 현종 즉위 후예조참판으로서 대제학을 겸했다. 공조판서·예조판서·좌우참판·호조판서를 거쳐 1666년 다시 예조판서가 되었다가 죽었다. 우의정에 추증되었다. 남인 계열이 편찬한『현종실록』에서는 학술이나 재능도 없는 주정꾼으로 평가되었으나, 서인 계열이 편찬한『현종개수실록』에는 할아버지·아버지와 함께 3대에 걸쳐 대제학을 지낸 것은 수백 년 동안 없었던 일이라 하고 있다. *참고문헌 : 仁祖實錄, 孝宗實錄, 顯宗實錄, 顯宗改修實錄, 國朝榜目, 白江集, 國朝人物考, 燃藜室記述.

31 『여훈(女訓)』: 성종의 아버지인 덕종(德宗 : 追尊王)의 비, 소혜왕후(昭惠王后, 1437~

받들었다. 열 몇 살쯤 되었을 무렵 서숙모(庶叔母)가 그 시어머니께 의심을 받으면서도 해명하지 못하는 것을 보고는 그를 위하여 일의 이치를 자르듯 분석하여 얽힌 곡절을 풀어주니, 시어머니의 마음이 바로 풀어졌는데, 서숙모는 죽을 때까지 그것을 은덕으로 여겼다. 문정공[할아버지 김익희]은 늘

"이 아이가 남자였더라면 분명 우리 가문을 홍성하게 했을 것이다."
라고 했다.

열다섯 살에 백비공에게 시집갔다. 조씨 세계(世系)는 따로 공의 묘지에 있으니 여기서는 쓰지 않는다. 시어머니 홍씨는 일찍 홀로 되어 가난하게 살면서 물려받은 여러 대의 제사를 받들었는데 늘 궁핍한 것을 걱정하니, 숙인은 밤낮으로 가위와 자를 잡고 다른 사람의 의복을 지어내고 품삯을 받아 준비를 도우면서도 시어머니가 알도록 하지 않았다.

당시 시할아버지 충정공(忠貞公)[32]과 부인 목씨가 함께 여든이 되었는데, 아들 딸 자손들이 매우 많았지만 숙인은 곁에서 응접하여 각각 그들의 마음에 들게 할 수 있었다. 목부인은 성품이 엄하고 법도가 있어 자손들에게 작은 잘못이 있어도 바로 호되게 나무랐고 용서해주지 않았는데, 유독 숙인을 사랑하고 존중하여 자자하게 그 어진 것을 칭찬하였다.

백비공은 몸가짐이 맑았고 청렴하였으며 집안에서의 행동도 순박하였지만 예의를 잘 갖추었다. (공이)일찍이 과거 공부를 포기하고 가족들의 생계를 신경 쓰지 않았으나 숙인은 조석으로 삼가고 공경하며 날마다 힘써 살림을 꾸려나가 위로는 부모를 섬기고 아래로는 자식들을 길러내어 궁핍하지 않을 수 있었다. 가난한 친척에게까지 은혜를 베풀어 그 입고 먹는 것을 도와주는 것으로 공의 뜻에 맞추어주니, 공은 항상

1504)가 부녀자의 예의범절을 가르치기 위하여 편찬한 책.
32 충정공(忠貞公) : 조민(趙珉).

규방에 지기(知己)가 있다며 칭찬했다.

임신년[1692] 공이 병이 들어 돌아가실 때에 숙인에게 부탁하며 이렇게 말씀하셨다.

"당신이 다행히 죽지 않고 10년을 더 산다면 우리 어머니를 끝까지 봉양해 주구려."

숙인이 삼가 승낙하고서, 흐느껴 우는 것을 절제하고 억지로 음식을 먹으며 시어머니의 마음을 위로하고 편안하게 해드렸다. 시어머니는 중풍으로 마비가 되어 앉거나 눕는 것도 다른 사람의 도움을 받아야 했는데, 곁에서 부축해 도와드리며 지극히 효성스럽게 모시었다. 매우 연로하고 또 병까지 있었지만 감히 조금도 게으르지 않고 10여 년을 하루같이 보살피며 밤낮으로 아들 며느리들을 데리고 곁에서 모시고 즐겁게 웃으면서 화목하게 지냈다.

제사를 받들 때에는 더욱 조심했는데, 으레 제수를 마련할 때에는 꼭 따로 저장해 대비하였으며, 제사지내는 날에는 반드시 직접 제사음식을 만들고 제기를 씻었는데, 손자 아이들을 가까이 오게 못하게 했다.

공이 돌아가신 후에 아우 사인공(舍人公)[33]은 거처를 옮기지 않았는데, 연이어 아내를 잃고 또 병까지 걸리자 숙인은 힘을 다하여 모시었다. 사인공께서는 그 집 없는 것을 꺼리어 만년에 이르러 분가를 하게 되었는

---

33 사인공(舍人公) : 조대수(趙大壽). 1655(효종 6)~1721(숙종 47). 조선 후기의 문신. 본관은 풍양(豊壤). 자는 덕이(德而), 호는 지와(止窩). 할아버지는 조형(趙珩)이고, 아버지는 조상정(趙相鼎)이며, 어머니는 홍명일(洪命一)의 딸이다. 영의정 서문중(徐文重)의 사위이고, 당색은 소론이다. 1687년(숙종 13) 식년 문과에 병과로 급제, 1694년(숙종 20) 부교리(副校理)에 임명되었다. 수찬(修撰)으로 대사헌 최석정(崔錫鼎) 등과 함께 장희재(張希載) 처벌을 강력히 주장하였다. 1696년 교리·보덕(輔德)·부교리(副校理)·겸필선(兼弼善)·부수찬(副修撰)·겸사서(兼司書)·사간(司諫)·응교(應敎)를 거쳐, 이듬 해 수찬(修撰)으로 임명되고, 늙은 부모의 봉양을 위해 자청해 홍천(洪川) 수령으로 내정되었다. 1699년(숙종 25) 부교리 때 사사로이 역(驛)에 소속된 말을 사용했다는 탄핵을 받았고, 이듬해 시관(試官)으로 일할 당시 과옥(科獄)에 연루되어 정배(定配)되었다. 사후 1814년(순조 14)에 효자로 정려(旌閭)되었다. *참고문헌 : 肅宗實錄, 純祖實錄, 國朝榜目.

데, 숙인은 매번 울면서 아들들에게

"긴 곁채를 지어 조카들을 살게 하여라. 형제가 함께 사는 것은 네 아
버지의 뜻이셨다. 내 대에서 둘로 나뉘는 것을 보게 되니 나는 몹시 슬
프구나."

라고 말씀하셨고, 조카들을 마치 친자식처럼 여겼다.

항상 일찍 아버지를 여읜 자식들을 아주 엄하게 나무라고 꾸짖으시
면서

"내가 죽지 않은 것은 늙으신 어머님과 너희들이 있기 때문이었다. 교
만하고 방탕하며 게으르고 놀기만 좋아하여 남들이 과부 자식이라고 말
하게 하겠느냐?"

라고 말씀하셨고, 간혹 스스로 종아리를 치며 경계하기도 했다.

날마다 새벽에 일어나 종들을 감독하고 온 집안을 물 뿌려 청소했다.
각기 맡은 일을 다스리게 하여 일의 두서가 어지럽지 않았으며 일에 따
라 가르치고 삼가게 했고 매로 때리는 일이 없었으므로 사람마다 감격
하고 기뻐했다.

손녀를 가르치며 이렇게 말씀하신 적이 있었다.

"시부모님을 섬기는 것은 공손하기만 하면 되고 남편을 섬길 때는 순
종하고 바르면 그만이다. 부인네의 성품은 대체로 편향되고 성급함이 많
으나 조급함을 완만하게 변화시키고 편벽됨을 너그럽게 변화시킬 수 있
는 것은 바로 내 마음에서 나오는 것이니 그 중요한 것은 '참을 인(忍)'
한 글자에 달려 있다."

또

"집안 혈육 간에 등지게 되는 것이 대부분 종들이 오가면서 지껄여대
는 데서 기인하니, 매우 경계해야 할 것이다."

라고 했다.

베 짜기를 부지런히 하여 집 안에 두루 뽕나무와 삼나무를 심어두고

바늘과 실을 손에서 놓지 않았다. 베틀 소리가 그치지 않았으며, 남새밭을 일구어 채소는 시장에서 사지 않아도 넉넉했다.

어렸을 때, 우연히 공주의 옷과 가마[34]가 그다지 호사스럽지는 않은 것을 보고는 깜짝 놀라서 화려한 장식품들을 없애버리고 죽을 때까지 다시는 가까이 하지 않으셨다. 맏아들[35]을 따라 임피현(臨陂縣)까지 갔던 적이 있었는데, 마침 셋째[36]가 한림(翰林) 벼슬에 있다가[37] 금구(金溝) 현

---

34 옷과 가마 : 복어(服御). 임금의 의복과 탈 것 따위를 아울러 일컫는 말.

35 맏아들 : 조경명(趙景命). 1674(현종 15)~1726(영조 2). 조선 후기의 문신. 본관은 풍양(豊壤). 자는 군석(君錫), 호는 귀락정(歸樂亭). 할아버지는 조상정(趙相鼎)이고, 아버지는 도사 조인수(趙仁壽)이며, 어머니는 김만균(金萬均)의 딸이다. 좌의정 조문명(趙文命), 영의정 조현명(趙顯命)의 형이다. 1702년(숙종 28) 진사시에 합격하여 음보(蔭補)로 현감이 되었으며, 1722년(경종 2) 49세의 나이로 정시문과에 장원으로 급제하였다. 이때 그의 사위도 함께 급제하여 옹서동방(翁壻同榜)으로 특기(特記)되었고, 또 이미 자궁(資窮)이었으므로 통정대부의 품계를 받고 승지로 발탁되어 경종의 총애를 받았다. 1725년(영조 1) 대사간에 승진하여 활발한 언론활동을 전개하다가 이듬해 죽었다. *참고문헌 : 景宗實錄, 英祖實錄, 國朝榜目, 號譜.

36 셋째 : 조문명(趙文命). 1680(숙종 6)~1732(영조 8). 조선 후기의 문신. 본관은 풍양(豊壤). 자는 숙장(叔章), 호는 학암(鶴巖). 할아버지는 조상정(趙相鼎)이고, 아버지는 도사 조인수(趙仁壽)이며, 어머니는 김만균(金萬均)의 딸이다. 1713년 증광문과에 병과로 급제, 검열이 되었다. 1721년(경종 1) 수찬을 거쳐 부교리가 되어 붕당의 폐해를 통렬히 논했고, 문학(文學)으로 옮겨 마침 왕세제로 책봉된 연잉군(延礽君 : 뒤의 영조)의 보호에 힘쓰면서 김일경(金一鏡) 중심의 소론 과격파에 대립하였다. 1724년 영조가 즉위하자 지평으로 발탁되어 겸동학교수(兼東學敎授)·세자시강원겸보덕(世子侍講院兼輔德)을 지냈다. 이어 1727년(영조 3) 정미환국으로 소론이 재진출하면서 이조참의에 특별히 임명되었다. 그 해 딸이 왕세자(영조의 제1자, 사후에 孝章世子라 불림)의 빈(嬪)이 되자 호조참판과 도승지에 올라 수어사·어영대장을 겸했으며, 이듬해 이인좌(李麟佐)의 난 이후 수충갈성결기효력분무공신(輸忠竭誠決機效力奮武功臣) 2등에 녹훈, 풍릉군(豊陵君)에 책봉되고 병조판서가 되었다. 이후 대제학, 이조판서를 거쳐 1730년 우의정에 발탁되었다. 『경종실록』 총재관(總裁官)으로서 이를 완성, 좌의정에까지 이르렀다. 본래 소론가문 출신이었지만 당쟁의 폐를 걱정하여 붕당의 타파와 공평무사한 탕평의 실현을 정치 목표로 하였다. 소론이면서도 외가(光山金氏)와 처가(安東金氏 金昌業)가 노론집안이어서 노론계 명사와 널리 교유하였다. 후일 영조 묘정(廟庭)에 배향되었다. 글씨에 능하여 청주 삼충사사적비(三忠祠事蹟碑)·북백곽재우묘표(北伯郭再祐墓表) 등이 전하고, 『학암집』 4책이 남아 있다. 시호는 문충(文忠)이다. *참고문헌 : 肅宗實錄, 景宗實錄, 英祖實錄, 國朝榜目, 鶴巖集, 黨議通略, 韓國黨爭史(成樂熏, 韓國文化史大系 Ⅱ, 高麗大學校 民族文化硏究所, 1975).

령으로 나가 번갈아 어헌(魚軒)[38]을 받들게 되니 어디 가나 영화로우셨다. 얼마 안 있어서 또 둘째 아들[39]을 따라 교하현(交河縣)까지 가게 되었다. 세 아들이 연달아 문과에 급제하고 나란히 훌륭하게 되니 세상 사람들이 그것을 영화롭게 여기고 그 분의 복을 칭송했는데, 숙인은 아들들에게 이렇게 말씀하셨다.

"내가 늙도록 죽지 않았구나. 네 아버님과 약속한 10년의 기한이 지난 지도 오래 되었다. 무슨 마음으로 혼자서 이런 영화를 누리겠느냐? 너희들이 혹시 조금이라도 잘못하여 네 아버님의 훌륭한 명성에 누를 끼칠까 늘 걱정이구나."

또

"세상 사람들이 늙으신 부모님 때문에 간혹 처신하는 데 자유로울 수 없게 된다. 내가 세상에 오래 살아 너희들에게 누가 될까 걱정이다."
라고 말씀하셨다.

여러 고을에서 지내실 때, 음식이 조금 풍성하게 나오면

"너무 지나치지 않느냐?"
라고 하셨고, 의복과 일용품이 좀 화려하면

"너무 사치스럽지 않느냐?"
라고 하셨으며, 음악소리가 나면

"미망인은 아무리 늙었더라도 음악을 들어서는 안 된다."
라고 했고, 흉년이 들면

---

37 한림(翰林) 벼슬에 있다가 : 1716년(숙종 42) 4월 조문명이 예문관 검열이 된 것을 이른다.

38 어헌(魚軒) : 제후의 부인이 타는 어피(魚皮)로 장식한 수레. 전하여 귀부인이 타는 수레. -『詩經』,「衛風」, <碩人>.『左傳』,「閔公」2년 조에, "부인에게 어헌을 보내다.[歸夫人魚軒]"라 하였고, 그 주에 "어헌은 부인의 수레인데 어피(魚皮)로 꾸몄다."라고 되어 있다.

39 둘째 아들 : 조영명(趙永命).

"백성들은 굶주리는데, 잘 차린 상⁴⁰을 받아서 되겠느냐?"
라 하고는 자주 식사를 물리라고 명했다. 집안 안팎으로 엄격하게 단속
하고 사사로운 경로를 철저히 막아, 털끝만치도 그 정사를 흐리는 일이
없었다. 시간이 날 때면 정무가 어떠한가를 자세히 물어보았는데, 괜찮
다고 하면 기뻐했고 아니라고 하면 근심스러워했다.

임인년[1722] 여름에 둘째 아들을 잃고 상심이 너무나도 컸다. 이 해
겨울 10월 9일 가벼운 병에 걸렸는데 낙선방(樂善坊)⁴¹ 본가에서 편히 잠
드니, 향년 74세였다.

모두 네 명의 아들을 두었는데, 큰아들은 경명(景命)으로, 문과에서 장원
을 하고 승지(承旨)로 있으며, 둘째는 영명(永命)으로, 승지와 같은 날 태어
났다. 생원(生員)으로, 관직은 교하(交河) 현감(縣監)에 이르러 죽었다. 다음
문명(文命)은 홍문관(弘文館) 교리(校理)이며 막내 현명(顯命)⁴²은 예문관(藝

---

40 잘 차린 상 : 방장(方丈). 사방 열 자의 상에 잘 차린 음식(飮食)이란 뜻으로, 호화롭게
많이 차린 음식(飮食)을 이르는 말.

41 낙선방(樂善坊) : 지금의 을지로(乙支路) 3가(街)·초동(草洞)·저동(苧洞)을 부르던
지명.

42 현명(顯命) : 조현명(趙顯命). 1690(숙종 16)~1752(영조 28). 조선 후기의 문신. 본관은
풍양(豊壤). 자는 치회(稚晦), 호는 귀록(歸鹿)·녹옹(鹿翁). 할아버지는 조상정(趙相鼎)
이고, 아버지는 도사(都事) 조인수(趙仁壽)이다. 어머니는 김만균(金萬均)의 딸이다.
1713년 (숙종 39) 진사가 되고 1719년 증광문과에 병과로 급제, 검열을 거쳐 1721년(경종
1) 연잉군(延礽君 : 뒤의 영조)이 왕세제로 책봉되자 소론의 핍박으로 곤경에 처해 있던
왕세제 보호에 힘썼다. 영조 즉위 후 용강현령, 지평·교리를 역임하고 1728년(영조 4)
이인좌(李麟佐)의 난이 진압된 뒤 그 공으로 분무공신(奮武功臣) 3등에 녹훈, 풍원군(豊
原君)에 책봉되었다. 이후 대사헌·도승지를 거쳐 1730년 경상도관찰사에 이어 전라도
관찰사를 지낸 뒤 1734년 공조참판이 되면서부터 어영대장·부제학, 이조·병조·호조
판서 등의 요직을 두루 역임하였다. 1740년 경신처분 직후 왕의 특별 배려로 우의정에
발탁되고 뒤이어 좌의정에 승진하였다. 1750년 영의정에 올라 균역법의 제정을 총괄하
고 감필에 따른 대책 마련에 부심했다. 조문명·송인명(宋寅明)과 함께 영조조 전반기의
완론세력을 중심으로 한 이른바 노소탕평을 주도했던 정치가이며, 아울러 민폐의 근본
이 양역에 있다 하여 군문·군액의 감축, 양역재정의 통일, 어염세의 국고 환수, 결포제
실시 등을 그 개선책으로 제시한 경세가이기도 하였다. 저서로『귀록집』이 있고,『해동
가요』에 시조 1수가 전하고 있다. 시호는 충효(忠孝)이다. *참고문헌 : 景宗實錄, 英祖實

文館) 봉교(奉敎)이다. 손자 재건(載健)에게는 아들 둘이 있고, 재순(載順)은 일찍 죽었으며, 재망(載望), 재원(載源)이 있고, 딸들은 설서(說書) 이광덕(李匡德), 사인(士人) 이식(李埴)에게 시집갔는데, 승지[조경명]의 자손이다. 재극(載極)에게는 딸이 하나 있으며, 재박(載博)은 딸이 둘이고, 재억(載億)의 딸은 사인(士人) 윤득경(尹得庚)에게 시집갔고 딸 하나는 아직 시집가지 않았으니, 교하(交河)[조영명]의 자식들이다. 재호(載浩)에게는 아들 하나가 있고, 재혼(載混)은 아들 둘 딸 하나를 두었는데 어리니, 교리(校理)[조문명]의 아이들이다. 봉교(奉敎)[조현명]는 아들 둘을 두었는데 어리다.

나는 승지공(承旨公) 형제들과 어릴 적부터 친구였다. 지금은 다 늙어버렸지만 흔히 말하는 허물없는 친구지간이다. 목부인이 살아계실 때부터 그 집안의 법도와 가르침은 실로 익히 들어왔다. 백비공의 순수하고 독실한 행동과 숙인의 잘 갖추어진 부덕이라면 평생 존경하여 따르면서 우러러 감탄하던 것이다. 지금 숙인의 행장을 살펴보니 슬프면서고 감동스러운 것이 있으니, 자손들을 가르치고 인도하는 것이 한결같이 우리 어머니가 평소에 내게 말했던 것과 같았다. 그 가운데 '과부의 자식[寡婦子]' 세 글자의 경계는 눈물을 흘리시며 말씀하신 적이 있었던 것인데, 두 어머님의 가르침이 꼭 같이 서로 들어맞으니 간절한 슬픔이 몹시도 지극하고 애통함이 뼈를 쑤신다.

두 집안 자식들이 성공할 수 있었던 것은 이 덕분이다. 그리고 승지 형제는 각기 영화롭게 모시는 효를 다했고 늙도록 즐겁게 봉양하여 다시 남은 유감은 없을 것이다. 나는 불효하고 아무런 업적도 없이 갓난 아기였을 때 일찍이 아버지를 여의고 하루도 봉양을 다하지 못했으니, 관직이 높아질수록 녹봉(祿俸)이 두터워질수록 애통함과 한은 더욱 끝이 없다. 승지공 집안에 아주 경사스러운 일이나 즐거운 일이 생기는 것을

錄, 國朝榜目, 黨議通略, 韓國黨爭史(成樂熏, 韓國文化史大系 Ⅱ, 高麗大學校 民族文化研究所, 1975), 歸鹿 趙顯命 研究(鄭萬祚, 韓國學論叢 8, 國民大學校, 1985).

볼 때마다 나는 내 친구가 그 부모님을 기쁘게 해드릴 수 있음을 기뻐하
면서도 또 나에게는 이런 일이 없음을 남몰래 슬퍼했다. 지금 묘지를 부
탁함에 의리상 사양할 수가 없다.

　명에 이른다.

　　아아, 숙인이여!
　　실로 옛 여사(女士)로다.
　　백비공의 어진 성품은
　　지기(知己)로 인정했네.
　　시어머니를 잘 섬겨 공경했고
　　어머님은 그로 인해 기뻐하셨네.
　　친척과 두루 화목하여
　　친척들이 시장에 가듯 모여들었네.
　　그 가르침을 알고자 하면
　　그 네 아들을 보면 되네.
　　네 아들은 근신하고 삼갔으며[43]
　　선친의 아름다움을 잘 받들었네.
　　혁혁한 그 가문이여,
　　과거에 급제하여 높은 벼슬을 했네.
　　나가서 연이어 여러 고을 맡았고 번갈아
　　좋은 음식을 드렸네.
　　효도를 다하고 봉양을 다하니
　　세상에 비교할 이 없었네.
　　아름다운 덕이 있지 않았다면

---

43 삼갔으며 : 칙궁(飭躬). 스스로 제 몸을 경계하고 삼가서 바르게 함을 이름.

어찌 융성한 복을 받았겠는가?

내 그 묘에 기록하니

감히 밟아 훼손하지 말지어다.

> 【해제】 숙인 광주 김씨(1625~1722)는 김만균(金萬均)의 딸로 15세에 의금부 도
> 사(都事)였던 조인수(趙仁壽)의 아내가 되었다. 어릴 때부터 사리판단이
> 분명하였고, 시집가서는 가난한 살림에도 엄한 시조부모와 홀로 된 시어머니, 그
> 리고 남편의 뜻을 잘 헤아리며 살림을 잘 꾸려나갔다. 남편이 죽은 후 중풍이 든
> 시어머니를 잘 모시며 경명(景命), 영명(永命), 문명(文命), 현명(顯命) 네 아들을
> 모두 훌륭하게 키워내어 세인의 부러움을 샀으나 늘 자식들이 잘못되지 않을까
> 삼가고 잘 처신했다. 조태억은 조경명 형제들과 어릴 때부터 친분이 있어 부인을
> 잘 알았고 자신 역시 홀어머니 밑에서 자라 부인의 언행에 더욱 감동하며 묘지명
> 을 쓰고 있다.

정경부인에 추증된 어머니 남양 홍씨 묘지
先妣贈貞敬夫人南陽洪氏墓誌

정경부인에 추증된 어머니 홍씨는 남양(南陽)⁴⁴의 명문가로, 고려시대 금오위(金吾衛) 장군 홍선행(洪先幸)⁴⁵의 후손이다. (어머니의) 어머니의 증조부 홍온(洪昷)은 장원서(掌苑署) 장원(掌苑)으로 올바른 행동을 하여 이름이 났었는데, 큰아들 영원군(寧原君) 홍가신(洪可臣)의 공훈 반열을 따라 영의정에 추증되었다. 익녕부원군(益寧府院君)인 할아버지 홍경신(洪慶臣)은 홍문관(弘文館) 부제학(副提學)으로 좌찬성(左贊成)에 추증되었고, 문학(文學)으로서 고아한 명망을 드러냈다. 선조대 녹문선생(鹿門先生)으로 불리던 아버지인 홍호(洪㦿)는 일찍 돌아가셨는데, 어머니는 그분의 유복녀(遺腹女)로 숭정 갑술년[1634]에 태어났다. (그) 어머니 창녕 이씨는 찰방(察訪) 이남(李楠)의 딸이었는데, 고생스러웠지만 정성껏 길러 주었다.

16세가 되자 우리 아버지께 시집왔다. 아버지는 경자년[1660]에 생원진사를 하고, 이어 문과에 급제하여 예문관에 입조하였고, 또 3남 2녀를 낳았다. 어머니는 계묘년[1663] 10월 19일에 돌아가셨는데, 아들딸이 또 다 성장하지 못했다. 아버지께서는 어머니에게 착한 덕과 어진 행실이 있었는데 끝내 녹을 다 받지도 못하고 일찍 돌아가셨고, 또 후사가 없음을 애통해했다. (장모인) 이씨부인이 다른 자녀가 없어 혼자 의지할 곳 없는 것을 매우 슬퍼하여 관직에서 놓여날 때마다 곧 해주로 가서 문안을 드렸는데, 철마다 의복과 맛있는 음식을 준비하여 받들었다. 해마다 늘 그렇게 하자 이씨부인이 이렇게 말씀하신 적이 있었다.

44 남양(南陽) : 경기도(京畿道) 화성군에 있는 한 면의 이름.
45 홍선행(洪先幸) : 토홍(土洪)의 시조.

"내가 죽으면 자네가 제사지내줄 수 있겠지. 자네가 살아있을 때 죽어 모든 집안일을 부탁하고 싶네."

아버지는 극구 사양하며 이렇게 말씀하셨다.

"외손자가 있어서 외손자에게 제사를 맡기는 것도 오히려 안 되는데, 하물며 외손자도 없는데요?"

마침내 홍씨의 친척 중에서 구하여 손자 한 사람을 얻어 그로 하여금 그 제사를 맡도록 하였다. 그 분의 상에 이르러서는 옷과 관에서부터 장례와 제사의 물품에 이르기까지 정성을 다하여 마련하지 않는 것이 없어서 장례의 일에 남은 유감이 없었다. 사람들이 다 아버지의 뜻에 감복했지만 남편에게 믿음과 감동을 준 어머님의 평소 효성이 아니었다면 또한 어찌 이에 이르렀겠는가?

경신년[1680]에 아버지께서 통정대부의 반열에 올라 예에 따라 어머니를 숙부인에 추증했고, 불초한 내가 여러 번 은혜를 입어 추증된 것이 정경부인에 이르렀다. 애초에 양주(楊州) 군양리(羣場里) 선산의 북쪽과 서북쪽 사이 자리에 장사지냈다가, 포천(抱川) 독곡(獨谷) 동남쪽 방향 언덕으로 이장하여 아버지의 묘 오른쪽에 합장하였는데, 아버지의 분부하심을 따른 것이다. 딸 하나는 첨정(僉正) 윤세항(尹世恒)에게 시집갔는데, 역시 일찍 죽어 후사가 없다. 아버지의 성은 조씨이고, 휘는 가석(嘉錫)으로, 양주가 본관이며 벼슬은 이조참판(吏曹參議)으로 영의정(領議政)에 추증되기에 이르렀다. 가문의 계보와 자손은 따로 묘지에 있으므로 여기서는 기록하지 않는다.

해제 | 정경부인 남양 홍씨는 조태억의 아버지인 조가석(趙嘉錫)의 첫 부인이다. 남양 홍씨(1634~1663)는 홍호(洪㞳)의 하나밖에 없는 유복자로 태어나 16세에 조가석에게 시집갔다. 3남 2녀를 낳았으나 다 제대로 성장하지 못했고, 딸 하나가 윤세항(尹世恒)에게 시집갔지만 역시 일찍 죽어 후사가 없었다. 조

가석은 아내의 이러한 운명을 애통해하여 장모인 이씨 부인을 정성껏 모시고 장
례까지 잘 치러주었다. 조태억은 선친의 이러한 행동이 홍씨의 진실한 효심에 감
동 받아 이루어진 것이라고 평가하여 홍씨의 행적에 비중을 두고 서술하고 있다.

정경부인에 추증된 어머니 남원 윤씨 묘지
先妣贈貞敬夫人南原尹氏墓誌

　　이조참의로 영의정 부군에 추증된 우리 아버지[조가석(趙嘉錫)⁴⁶]는 원배(元配) 남양 홍씨를 여읜 후 갑진년[1664]에 다시 우리 어머니와 혼인하였다. 어머니 윤씨의 가계는 남원에서 나왔는데, 고려 안렴사 윤위(尹威)⁴⁷의 후손이다. 7대조 윤임(尹臨)은 함길도 관찰사였는데, 청렴결백함으로 이름이 났다. 고조부 윤섬(尹暹)⁴⁸은 광국공신이었는데, 홍문관

---

46 조가석(趙嘉錫) : 1634(인조 12)~1681(숙종 7). 조선 후기의 문신. 본관은 양주(楊州). 자는 여길(汝吉), 호는 태촌(苔村). 할아버지는 조존성(趙存性)이고, 아버지는 형조판서 조계원(趙啓遠)이며, 어머니는 영의정 신흠(申欽)의 딸이다. 1660년(현종 1) 사마시에 합격하고 같은 해에 증광문과에 을과로 급제하였다. 1664년 대교·봉교를 거쳐 이듬해 정언(正言)이 되었다. 1668년 해운판관으로 있으면서 벼슬과 재물을 탐했다 하여 탄핵을 받아 파직된 바 있다. 1674년 장령(掌令)이 되고 만언소(萬言疏)를 올려 남인을 논핵하였다. 그 뒤 1677년(숙종 3) 장악원정으로 송시열(宋時烈)·김수항(金壽恒)의 신구(伸救)를 상소한 것이 사당을 옹호하였다 하여 삭직되었다. 1680년 경신대출척으로 서인이 등용되자 판결사로 기용되었고, 이어 동부승지·우부승지를 거쳐 형조·예조·병조의 참의를 역임하고, 이듬해 이조참의를 지내다가 사임하고, 뒤에 호조참의를 지냈다. ＊참고문헌 : 顯宗實錄, 肅宗實錄, 國朝榜目, 謙齋集, 宋子大全.

47 윤위(尹威) : 윤신달의 8세손이며, 윤관 장군의 증손자이다. 윤위는 1176년(고려 명종 6) 문과에 급제하여 국자박사를 거쳐 기거랑, 이부랑중, 예빈소경 등을 지내고 1200년(고려 신종 3) 남원에서 복기남이 반란을 일으키자 혼자서 평정했다. 그 공으로 남원백에 봉해지고 남원을 식읍으로 하사 하자 후손들이 본관을 파평 윤씨에서 분관하여 남원으로 하였으나 파평 윤씨로 다시 합본하였다고 한다. 시호는 문헌이다. 묘소는 남원 문덕산에 있다. ＊참고문헌 : 東國李相國集, 新增東國輿地勝覽, 與猶堂全書.

48 윤섬(尹暹) : 1561(명종 16)~1592(선조 25). 조선 중기의 문신. 본관은 남원(南原). 자는 여진(如進). 호는 과재(果齋). 할아버지는 증영의정 윤징(尹澄)이고, 아버지는 지사(知事) 윤우신(尹又新)이며, 어머니는 문화유씨(文化柳氏)로 유문윤(柳文潤)의 딸이다. 1583년(선조 16) 별시문과에 을과로 급제한 뒤 검열·주서·정자·교리·정언·지평을 거쳐, 1587년 사은사(謝恩使)의 서장관으로 명나라에 가서 이성계(李成桂)의 조상이 이인임(李仁任)으로 오기된 명나라의 기록을 정정한 공으로 1590년 광국공신(光國功臣) 2등에 책록되고 용성부원군(龍城府院君)에 봉하여졌다. 교리로 있던 1592년 임진왜란이

교리로 있다가 임진왜란이 나자 상주 전투에서 돌아가시어 영의정 용양
부원군에 추증되었고 시호는 문열(文烈)이다. 증조부 윤형(尹衡)⁴⁹ 역시
과거에 급제하여 관직은 서흥현감까지 이르렀다. 할아버지 윤계(尹棨)⁵⁰
는 홍문관 응교였다가 지방관으로 나가 남양부사가 되었는데 병자호란
이 나자 적을 꾸짖고 굴복하지 않다가 돌아가시어 이조판서 용원군에
추증되었다. 시호는 충간(忠簡)이다. 그 아우 충정공 윤집(尹集)⁵¹ 역시 척
화(斥和)의 의론으로 오랑캐의 땅에서 돌아가시니 세상에서 '삼절(三節)'
이라 칭송했다. 아버지 윤이명(尹以明)⁵²은 조정의 쓰임을 받았는데, 벼슬

일어나자 순변사(巡邊使) 이일(李鎰)의 종사관이 되어 싸우다가 상주성(尙州城)에서 전
사하였다. 유고로 시 22수와 대책(對策) 1편이 『삼절유고 三節遺稿』에 전한다. *참고문
헌 : 宣祖實錄, 國朝榜目, 宋子大全, 三節遺稿.

49 윤형(尹衡) : 자는 임지(任之), 본관은 남원이다. 조부는 윤우신(尹又新), 아버지는 윤
섬(尹暹)이다. 광해군(光海君) 2년(1610), 식년시(式年試) 병과(丙科)에 급제하여 관직은
부사(府使)에 이르렀다.

50 윤계(尹棨) : 1583(선조 16)~1636(인조 14). 조선 중기의 문신. 본관은 남원(南原). 자
는 신백(信伯), 호는 신곡(薪谷). 할아버지는 교리 윤섬(尹暹)이고, 아버지는 현감 윤형
갑(尹衡甲)이며, 어머니는 창원황씨(昌原黃氏)로 관찰사 황치경(黃致敬)의 딸이다. 1627
년 정묘호란 때 상소하여 척화를 주장하였다. 이 해 정시문과에 병과로 급제하고 승문
원권지부정자를 거쳐 전적·홍문관교리를 지냈다. 1629년 이조좌랑이 되었고, 1636년에
남양부사가 되었다. 이 해 겨울 병자호란이 일어나자 근왕병(勤王兵)을 모집하여 남한
산성으로 들어가려다 청병에게 잡혀 굴하지 않고 대항하다가 몸에 난도질을 당하여 죽
었다. 뒤에 이초참판에 추증되어 정문(旌門)이 세워졌다. 시호는 충간(忠簡)이다. *참고
문헌 : 仁祖實錄, 國朝榜目, 淸陰集, 宋子大全, 國朝人物考, 宋子大全.

51 윤집(尹集) : 1606(선조 39)~1637(인조 15). 본관 남원(南原). 자는 성백(成伯)이며 호
는 임계(林溪), 고산(高山)이다. 윤우신(尹又新)의 증손으로, 할아버지는 교리 윤섬(尹
暹)이고, 아버지는 현감 윤형갑(尹衡甲)이다. 1631년(인조 9) 별시문과에 급제, 1636년
(인조 14) 이조정랑(吏曹正郎)·교리(校理)가 되었다. 병자호란 때 화의를 적극 반대한
척화론자로, 오달제(吳達濟)·홍익한(洪翼漢)과 함께 청나라에 잡혀가서 갖은 고문을
받았으나 끝내 굴하지 않고 선양[瀋陽] 서문(西門) 밖에서 사형되었다. 처음 부제학(副
提學)에 추증되었다가 다시 영의정에 추증되었으며, 광주(廣州)의 절현사(節顯祠), 강화
의 충렬사(忠烈祠), 평택의 포의사우(褒義祠宇), 홍산의 창렬서원(彰烈書院), 영주의 장
암서원(壯巖書院), 고령의 운천서원(雲川書院)에 제향되었다. 시호는 충정(忠貞)이다. *
참고문헌 : 仁祖實錄, 國朝榜目, 司馬榜目, 宋子大全, 國朝人物考, 燃藜室記述, 丙子錄.

52 윤이명(尹以明) : 본관 남원(南原). 자 문숙(文淑). 호 취선(醉仙). 1636년(인조 14) 병

은 영산현감에 그쳤다. 어머니 숙인 칠원(漆原) 윤씨는 통덕랑 윤우태(尹 遇泰)의 따님이다.

18세에 아버지께 시집왔는데, 18년 후에 아버지께서는 세상을 떠나셨고, 또 18년이 지난 무인년[1698] 4월 22일에 자식들을 두고 떠나셨으니 향년 52세였다. 같은 해 6월 포천 독곡(獨谷) 서남향의 자리, 아버지와 묘와는 동쪽으로 10여 보(步)[53] 떨어진 곳에 임시로 묻어두었다가, 갑신년 [1704] 4월 25일에야 아버지의 묘 왼쪽에 옮겨 합장하였다. 원배(元配)인 홍부인과 함께 무덤 하나에 세 묘혈(墓穴)이 함께 했는데 머리를 북서쪽으로 하고 동남쪽을 향하게 했다. 아버지의 성은 조씨이고 휘는 가석이며 양주 사람이다. 가문의 계보와 자손은 모두 묘지에 자세하니 여기에는 다시 기록하지 않는다.

어머니의 자질과 성품은 단아하고 순수하였으며 지니신 뜻과 보여주신 행동은 가식 없이 깨끗하였고, 마음이 곧았지만 너그러움이 있었으며 대범하되 유순함이 있어, 남과 교제할 때에는 온화하셨고 의리에 밝고 이치가 분명하셨으며 일을 함에 느긋하여 여사(女士)의 풍모가 있었다. (친정 아버지) 영산공(靈山公)[54]께서 탄식하며 이렇게 말씀하신 적이 있었다.

"내 딸이 남자아이였더라면 우리 가문이 어찌 창성하지 않겠는가?"

종숙부인 군수 윤이건(尹以健)[55]과 도사 윤이성(尹以性) 형제는 모두 떳

자호란(丙子胡亂)에 아버지와 형을 모두 잃어 고아가 되었다. 효종 때 왕의 특지로 참봉(參奉)에 올라 1660년(현종 1) 군위현감(軍威縣監)에 이르렀다. 군위현감(軍威縣監)으로 있을 때 정사를 돌보지 않고 관비에게 빠져 탄핵당하기도 했다. 문장에 능했고 전서(篆書)·예서(隸書)에 일가를 이루었다. 이조참의가 추증되었으며 편저서에 『삼절유고(三節遺稿)』가 있다. *참고문헌 : 顯宗實錄, 同春堂集.

53 보(步) : 거리를 재는 단위의 하나. 보통 장년 남자의 발걸음이 기준. 중국에서 처음에는 1보의 길이가 주척(周尺) 8척이었으나, 춘추전국시대에는 6척 4촌, 후에 6척, 5척으로 바뀌어 사용되었다. 한국에서의 중국의 제도를 본떠 1보를 표준척도의 6척으로 하였다. 6척은 약 180cm.

54 영산공(靈山公) : 친정 아버지 윤이명(尹以明).

55 윤이건(尹以健) : 1640(인조 18)~1694(숙종 20). 본관은 남원(南原). 자는 체원(棣元),

떳한 행동으로 이름이 났는데, 집에 큰 일이 있을 때마다 꼭 와서 그
분에게 의견을 물어보았다.

우리 조씨는 명문가로 불리는데, 가문이 번성하고 여자 형제들과 며
느리들이 많았다. 시아버지 충정공(忠靖公)⁵⁶은 이미 연로하여 서모(庶母)
전씨가 집안일을 관장했지만, 어머니는 온순함과 공경으로 스스로를 지
키면서 그 분을 잘 받들어 모셨으므로, 모든 것이 그분의 마음에 들었다.
전씨는 때때로 어머니의 처소에 와서, 그 행동이 예에 맞고 조용하고 단
정하며 집안을 다스림에 법도가 있음을 보시고, 돌아가 충정공에게 알려
드리니 충정공께서 매우 기뻐하였다. 아버지를 매우 공손히 받들어 윤리
에 어긋남이 없었는데, 아버지께서는 경서와 사서를 좋아하고 손님 맞기
를 즐겨 집안사람들이나 일에는 신경 쓰지 않았다. 또 (아버지) 세상과
절연하여 집안사람들의 먹을거리는 수년간 어머니가 힘들게 변통하여
음식과 의복을 적절히 갖추어 주었다. 돌아가신 먼젓번 어머니 홍부인에
게는 다만 딸 하나가 있었는데, 어머니는 그 아이를 대할 때 지극히 은
혜와 성의를 다하여, 하고 싶어하는 것은 어려워하거나 거역하지 않고
힘을 다해 따라 주었는데, 집에 (여유가)있고 없음을 따지지 않았다. 그
아이가 자식도 없이 일찍 죽자 더욱 상심하고 가엾게 여기어 그 사위에

호는 일소재(一笑齋). 아버지는 장령(掌令) 윤유(尹柔)이며, 병자호란 때 3학사의 한 사
람인 윤집(尹集)의 조카가 된다. 송시열(宋時烈)의 문인으로 1673년(현종 14) 진사시에
합격하여 동궁세마(東宮洗馬)가 되었다. 일찍이 남인의 영수 윤휴(尹鑴)는 종문(宗門)
임을 내세워 그를 같은 당으로 맞아드리려고 하였으나 이에 따르지 않았다. 마침내 윤
휴가 득세하여 송시열이 우두머리로 화를 입게 되었는데, 이때 그는 송시열의 문하에
있었던 것을 들어 옥에 가두고 국문하려고 하였으나, 이조의 반대로 실행되지는 않았
다. 1680년(숙종 6) 경신출척이 일어나 윤휴가 사사(賜死)되고 그 당이 모두 쫓겨났으며
송시열이 환조하여 영부사가 되자 조신들의 천거로 사복시주부로 등용되었다. 이어 금
성현령이 되어 나갔으며 공조좌랑·진산군수 등을 역임하면서 많은 공적을 쌓았다.
1689년 기사환국이 일어나 남인이 득세하면서 그는 김해로 유배되었다가 1694년에 풀
려나 귀경 중 청주성 밖에서 죽었다. *참고문헌 : 司馬榜目, 國朝人物考, 國朝人物志.
56 충정공(忠靖公) : 조계원(趙啓遠).

게 후하게 대접해주니 사위가 더욱 감동했다. 전비(前妣)[57]의 제사에는 반드시 손수 제수를 준비하고 아주 조촐하고 깨끗하도록 힘쓰셨으며 종들에게도 감히 혹시라도 소홀함이 없도록 당부하니 전비(前妣)의 두 종들이 매번 눈물을 흘리며 감탄했다.

그런데 영산공께서 10년 동안 열병을 앓고 계셨고 (어머니)윤숙인 역시 노환 중이었는데, 어머니는 멀리 계시어 봉양해드릴 방도가 없자, 맛있는 음식을 올려 드렸고 한 달에 한 번 가서 뵙고 그 마음을 위로했다. 아버지의 병이 심해지자 어머니는 손가락을 잘라 피를 내어 드렸고, 상을 당하자 애통해하며 살고자 하지 않았는데, 부모님이 계시다는 것 때문에 매번 가서 뵙고 한 번도 슬픈 내색을 한 적이 없었다. 1년이 안 되어 영산공께서 세상을 떠나고 또 1년 사이에 윤숙인께서 이어 돌아가시니 어머니는 큰 슬픔을 거듭 당하여 슬픔으로 몸을 상하신 것이 정도를 넘어 마침내 죽음에 이르는 병에 걸렸다. 아버지의 상을 치를 무렵, 장남 태일(泰一)은 겨우 나이 17세였지만 학문에 힘쓸 수 있었는데, 둘째 태만(泰萬)은 막 열 살이 되었고, 나 태억(泰億)은 겨우 7세였다. 어머니는 사랑한다고 해서 그 가르침을 느슨하게 하지는 않았는데, 간절히 타이르고 당부하여 스스로 감복하고 힘쓰게 하였으며, 혹시 가르침을 따르지 않으면 눈물을 흘리며 종아리를 치면서 이렇게 말씀하셨다.

"과부의 자식이라고들 하는데 배우지 않고 듣는 것도 없다면 누가 행적을 기록해 주겠느냐?"

중년(中年)에는 가세가 매우 빈한했는데 곤궁한 기색을 바깥에 내보이지 않으며 말씀하셨다.

"아이들이 알고서 그 마음을 어지럽힐까 하는 걱정뿐이다."

아이들이 산으로 들어가 공부하고자 하면 이자를 주고 빌려서라도 꼭

---

57 전비(前妣) : 아버지 조가석(趙嘉錫)의 원배(元配) 남양 홍씨를 이름.

양식을 후하게 마련해 보내주며 빨리 돌아오지 말라고 경계하였다. 내가 열 몇 살 때로 기억하는데, 사부님의 집에서 돌아오니 날은 어두워지고 매우 추웠는데 어머니께서 등을 어루만지시며 눈물을 흘리면서

"네가 춥구나."

라 말씀하시고는 밤에 상자 안에서 몇 자 굵은 명주를 꺼내 등불 앞에서 손수 바느질하여 반소매 옷을 만들었는데, 솜을 두둑이 넣어 입혀 주었다. 날이 밝자 사부님에게 가라고 하며 이렇게 말씀하셨다.

"너는 학업을 게을리 하지 말아서 어미 마음을 편하게 해다오."

친척들을 대접할 때는 정성스런 마음으로 극진히 하니 친척들이 다 기뻐하며 감복했다. 며느리들을 대할 때는 사랑을 똑같이 나누어주고 조금이라도 차이를 둔 적이 없으셨는데, 항상 이렇게 말씀하셨다.

"집안이 어지러운 조짐은 늘 부모가 편애하는 곳에서부터 생긴다."

아버지는 측실에게서 자녀를 두었는데, 어머니는 특히 매우 신경 쓰시고 사랑해 주었으며 서녀(庶女)가 시집갈 때 그 아이 때문에 슬퍼하시면서 자식들에게 말씀하셨다.

"이제 너희 동기의 혼인이 모두 끝났다. 나 혼자 이것을 보게 되니 슬프구나."

이종사촌 여동생 중에 어머니가 죽은 아이를 어루만져 가르치는 것으로 일삼았으며, 혼인했는데 거지가 되어 의지할 곳 없는 여자를 거두어 기르시되 딸처럼 보살펴 주었다. 종들을 부릴 때에는 엄했지만 인정을 베풀었고, 입으로 우열을 말하지 않고 드러나지 않게 벌주고 조용히 타일러 스스로 고치도록 하였기 때문에 사람마다 감복하고 공경했으며 원망하고 배반하는 자가 없었다.

병자년[1696]에 장남이 과거에 급제하여 예문관에 들어갔고, 정축년[1697]에는 내가 성균관의 시험에 급제하여 경사가 미치니 가문의 명성이 다시 떨치어 사람들이 모두 어머니가 만년의 복을 누리는 것이 당연하다

고 했다. 그런데 나의 죄를 신명이 아셨는지 하루도 녹을 받아 봉양해 드리지 못했는데 어머니는 갑자기 세상을 떠나니, 나중에 외람되이 재상이 되고 여러 번 은혜를 입어 봉작이 최고의 품계에 이른다 해도 어찌 미칠 수 있는 것이겠는가? 아아, 슬프다! 아름다운 덕과 훌륭한 모범은 오늘날에도 본받을 만하고 후손들에게 알릴 만하니, 감히 한 마디도 혹 과장할 수가 없다. 이제부터 수많은 사람들이 오히려 이를 증명하리라.

해제 어머니 남원 윤씨(1647~1698)는 윤이명(尹以明)의 딸이다. 조가석(趙嘉錫)의 부인 남양 홍씨가 죽은 후 18세의 나이에 그에게 시집왔다. 남원 윤씨는 서모인 시어머니를 잘 모셨고, 전실 딸아이를 잘 보살폈으며, 남편이 일찍 죽은 후 자식 교육에 더욱 마음을 써서 학업에 힘쓰게 했다. 조태억은 한겨울에 산에서 공부하다 어머니를 보러 왔을 때 어머니가 밤새 솜옷을 만들어 주시며 날이 밝자 바로 돌아가게 했던 일화를 기술하며 어머니가 자식을 사랑했던 방식에 대해 이야기하고 있다.

손녀 제문
祭孫女文

　　정미년[1727] 6월 임자(壬子)일에, 손녀가 어린 나이에 죽어[58] 원주(原州) 운무곡(雲霧谷) 언덕에 장사지내려 한다. 하루 전인 신해(辛亥)일에 할아비가 애통함을 글로 써 조전(祖奠)[59]을 올리며 고한다.

　　우리 부부 10년 동안 너를 기르면서 날마다 네가 성장할 수 있기를 바랐다. 병치레를 많이 하는 우리 두 사람이 일찍 쇠약해져서 네가 시집가서 가정을 꾸리는 걸 볼 수 없게 되면 어쩌나 늘 걱정했는데, 이렇게 갑자기 네가 우리를 버리고 죽을 것을 어찌 생각했겠느냐?

　　네 할미는 마침 서울에 가서 돌아오지 않아 나 혼자서 너를 보살피다가 너의 목숨을 건지지 못 하고 내 손으로 묶어 관 속에 넣었으니, 네 할미와 어미, 아비[60]에게 해줄 말이 없구나. 이 어찌 사람으로서 차마 할 일이겠느냐?

　　네 어미, 아비는 너와 헤어진 지 3년이나 되니 그리움이 쌓였을 것이다. 더구나 작년 정월에 네 두 살배기 여동생이 네 아비의 유배지에서

---

58 어린 나이에 죽어 : 원문의 '하상(下殤)'은 요사(夭死)를 가리키는 '삼상(三殤)' 가운데 하나이다. 성년이 되기 전에 죽은 사람을 나이에 따라 삼상(三殤)으로 구분하여, 16~19세 사이에 죽는 것을 장상(長殤), 12~15세 사이에 죽는 것을 중상(中殤), 8~11세 사이에 죽는 것을 하상(下殤)이라고 한다.

59 조전(祖奠) : 발인 전에 영결(永訣)을 고하는 의식.

60 아비 : 조태억의 아들 조지빈(趙趾彬, 1691~1730). 본관은 양주(楊州). 자는 인지(麟之). 1718년(숙종 44) 정시문과에 병과로 급제. 1722년(경종 2) 정언, 1724년 지평, 교리를 거쳐 1725년(영조 1) 정언으로 활동하다 처벌되기도 하였다. 1727년 이조좌랑, 교리, 대사간을 거쳐 대사성을 역임하면서 성균관의 업무를 총괄하였다. *참고문헌 : 景宗實錄, 英祖實錄.

죽었는데, 네 어미는 친정 부모상을 당하여 그 아이의 죽음을 알릴 수 없었고, 3월경에는 여섯 살짜리 네 둘째 여동생이 서울에서 병으로 죽었지만 네 어미, 아비는 그 아이의 죽음을 볼 수가 없었으며, 그 해 겨울에는 네 남동생이 태어나자마자 또 죽었다. 한 해가 다 가기 전에 잇달아 삼상(三殤)[61]을 당했으니 원수가 듣더라도 측은한 마음이 들었을 텐데, 하물며 네 부모의 마음이야 어떠했겠으며, 우리 부부의 마음은 또 어떠했겠느냐?

네 어미는 걱정과 슬픔으로 병이 나 거의 죽었다가 겨우 살아났다. 네 아비의 병도 한층 심해졌는데, 최근에는 소갈(消渴)[62]의 증세가 생겼다. 가족의 이별이 더하여, 단란함은 기약이 없고 초상과 질병이 엎친 데 덮쳐 마음이 더욱 불안했지만, 그래도 너만은 다행히 별 탈 없이 늘 곁에 있으면서 우리 부부를 위로해준 적이 많았다. 네 부모 역시 네가 나이 점점 많아지고 몸이 점점 튼튼해지니 또다시 너로 인해 근심하지는 않았고, 우리 부부 곁에서 잘 자라고 잘 배울 수 있다고 여겨 믿고 기뻐했는데, 우리 부부가 끝내 너를 잘 지키지 못하여 네 부모의 수많은 바람을 저버리고 이렇게 끝없는 고통을 주게 될 줄 누가 생각이나 했겠느냐?

하늘이여, 하늘이여! 애통하고 애통하다! 너는 체격과 생김새가 포동포동하면서도 단정하여 복을 많이 누릴 상이었고, 식견과 이해력이 두루 뛰어나 어미의 일을 이어받을 만했지. 네 할미가 병이 나자 편지를 쓰는 수고를 대신했고, 자잘한 일들을 살필 수 있었으니 우리 부부가 그때마다 기뻐하면서 이렇게 말했다.

"이 아이는 분명히 남의 집에 가 훌륭한 며느리가 될 것이야."

---

61 삼상(三殤) : 상(殤)은 미성년자의 죽음에 대한 말인데, 『의례』 상복전(喪服傳)에, "16세에서 19세까지는 장상(長殤), 12세에서 15세까지는 중상(中殤), 8세에서 11세까지는 하상(下殤)이요, 8세 이하는 복이 없다." 하였다.

62 소갈(消渴) : 소중(消中). 당뇨병 등의 원인으로 목이 말라 물이 자꾸 먹히는 증세.

아아! 너는 어찌해서 갑작스레 이리 되었느냐?

올봄에 네가 구안와사(口眼喎斜)[63]에 걸려 침과 약을 연달아 써보아도 효험이 나타나지 않았는데, 그 역시 속에서 상한 곳이 있어 바깥으로 위급한 조짐이 나타난 것이었는데도 사람들이 어찌 그리 깨닫지 못했던가? 며칠 동안 조금씩 심해져갔는데 의원은 더위 먹었다고 하고는 약 두 봉지를 주었다. 애초에 많이 걱정하지 않았는데, 잠깐 사이에 세 차례나 숨이 막히더니 끝내 살릴 수 없었고, 무슨 병이 하루아침에 사람을 앗아 갔는지 알지도 못했다. 예전부터 일찍 죽는 사람이 무슨 제한이 있었겠는가마는, 그래도 너무도 갑자기 죽어 너같이 된 사람을 본 적은 없었다. 놀라 소리치고 허둥지둥 경악하여 오장(五臟)이 붙어버린 듯했는데, 앉아서 네 어미 아비가 멀리 떨어진 영남의 바닷가에서 또 네 부고를 들을 것을 생각하니, 사람이 목석이 아닌지라 어찌 참아낼 수 있겠느냐? 생각이 여기까지 미치니 마음은 부서지고 찢어져서 회복될 수도 견딜 수도 없구나.

예를 다해 상을 치르지 못하고 열흘이 지나서야 묻으니 널은 있지만 덧널은 없다. 상(殤)이라 상주를 세우지도 않고 가법에 따라 한번 우제(虞祭)를 지내고는 끝냈는데 옛날의 예를 따른 것이다.

십 년 동안 길러준 정이 여기서 끝나버렸구나. 아아, 애통하다! 만사가 끝나버렸다. 심장은 답답하게 막혀 글은 조리에 맞지도 않는구나. 네가 만약 지각이 있다면 이 간절한 마음을 알겠지.

해제 조태억의 손녀(1718~1727)는 아버지 조지빈(趙趾彬)이 탄핵을 받아 1725년 유배를 가 부모와 떨어져 있다가 구안와사로 죽었다. 할아버지 조태억은 그 애통한 마음을 다해 제문을 지었다. 1726년 1월에 조지빈의 두 살 난 딸이 유배지에서 죽고, 3월에는 여섯 살 난 딸이 서울에서 죽었으며, 겨울에는

---

63 구안와사(口眼喎斜) : 구와병(口喎病). 눈과 입이 한 쪽으로 쏠리는 병.

태어난 지 얼마 안 된 아들이 죽었는데, 다음 해인 1727년 6월에 10세가 된 이 딸이 죽었다. 조태석은 자신의 곁에서 위로가 되어주던 의젓한 손녀를 떠올리며, 손녀의 얼굴은 복이 많은 상이었고, 손녀가 할머니 대신 편지를 써주는 자상함을 지녔는데 갑자기 손 쓸 겨를 없이 죽은 것을 애통해했다.

왕대비전 환후 회복 반교문
王大妃殿患候平復頒敎文

왕은 이렇게 말했다.

자전(慈殿)[64]께서 오래도록 병을 앓으시매 상하를 막론하고 걱정이 간절하였는데, 화기(和氣)가 재빨리 회복되시니 실로 종묘의 경사이다. 옛 제도를 받들어 상고하여 서둘러 널리 고하노라.

생각해보면 부족한 과인의 몸은 오직 자전[65]께 의지했으니 대비를 위한 봉양이 지극히 융성했다. 비록 받드는 데 부족함이 없다고는 하나, 삼년상이 겨우 끝난 지금, 상하신 몸이 미처 회복되지도 않으셨다. 그리하여 아침저녁으로 문안드릴 때마다, 추위나 더위에 몸을 잘 조리하시라고 말씀드렸다. 그런데 뜻밖의 질병에 걸리시어 오래도록 차도가 없다가 곧 나으시는 상서로움이 있게 되었다. 슬퍼하고 걱정한 데서 상한 것이 쌓여서 약해지고 병들게 하였으니 식사하고 주무시는 것이 그 적절함을 잃어서 마침내 오랫동안 끌게 된 것이다. 숙환이 있는 것도 잊고 당황하지 않고 편안하게 처신하며 독한 약이 입에 쓰다고 생각하여 먼저 맛보는 것을 게을리 하지 않으며 수십 일 동안이나 약탕기를 안고 걱정을 억눌렀는데, 마침내 어느 날 병이 낫는 기쁨을 얻게 되었다. 진실된 효성이 얕고 보잘 것 없지만 감히 신명에 이른 것이 있어 조종(祖宗)이 살펴주신 것이며, 스스로 끝없는 복을 다했다 할 만하다.

곤원(坤元)[66]의 덕이 넓고도 깊어 모기(母氣)[67]를 이어받아 더욱 길고

---

64 자전(慈殿) : 임금의 어머니. 자성(慈聖), 자후(慈候).
65 자전(慈殿) : 성모(聖母).

날씨가 맑고 화창하매 천시(天時)를 대하여 무성하다. 대비전[68]을 바라보고 하례 드리니 만물이 다 기뻐하고, 북두성을 당겨 장수하시기를 간청하니 온갖 혼령이 다 보호한다. 이에 태묘(太廟)에 제사 올리고, 여러 지방에 윤음을 선포한다.

사물을 길러내고 생장시켰으니 이미 음덕을 널리 입었고 티끌과 먼지를 깨끗이 씻어내니 은택이 두루 흘러 넘침을 알겠도다. 아! 가르침과 사랑이 어버이에게서 나왔으니 돈독한 효성으로 하는 교화가 드러나기 바라고, 은혜가 확충되어 멀리 미치니, 차별 없이 평등하게 사랑하는 마음을 가져야 하리라. 그리하여 이에 교시하노니 마땅히 이런 뜻을 잘 알 것이라고 생각한다.

해제 │ 왕대비전은 숙종의 계비(繼妃) 인원왕후(仁元王后) 김씨(1687~1757)로, 경은부원군 김주신(金柱臣)의 딸이다. 1701년(숙종 27) 인현왕후 민씨가 죽자, 간택되어 궁중에 들어가 이듬해 왕비로 책봉되었다. 1711년 천연두를 앓았으나 회복되었고, 1724년(경종 4) 4월에도 병환에서 회복되어 이를 기념하기 위해 이 반교문을 썼다.

---

66 곤원(坤元) : 대지(大地)가 만물을 자생(資生)시키는 덕. 건원(乾元)의 상대어.
67 모기(母氣) : 양기(養氣). 다른 물체를 생성하게 해주는 기운.
68 대비전 : 동조(東朝). 발을 드리우고 청정(聽政)하는 왕비.

중궁전의 홍진 회복 후 대전에 하례하는 전
中宮殿紅疹平復後賀大殿箋

　　덕이 천지와 나란하매 모두가 천지의 신공(神功)[69]을 우러러보고, 기쁨이 궁궐에 넘치매 돌아다니는 재앙을 떨쳐버리셨나이다. 8년 만에 다시 온 경사에 만물이 함께 기뻐합니다. (존호)주상전하께서는 일찍이 제왕의 강건한 덕을 발휘하셨을 뿐 아니라, 또 음교(陰敎)[70]의 도움을 받으셨습니다. 세자로서 대리(代理)하실 적에 복잡한 정무 총괄하셨고, 병이 완전히 낫기 전에도 국사에 골몰하지 않은 날이 없었습니다. 그러므로 나라가 지금처럼 태평하게 되었고, 중궁전의 환후가 낫게 되셨습니다.

　　엎드려 생각하건대, 신(臣)은 강호(江湖)[71]에 있어서 전하와 멀리 떨어져 있사오나, 남산 위의 북두칠성을 볼 때마다 전하를 축수하지 않은 적이 없었으며, 자미성(紫微星)[72]의 붉은 구름 볼 적마다 대궐을 향하는 그리움이 간절하옵니다.

---

69 신공(神功) : 신(神)의 공덕(功德). 신과 같은 영묘(靈妙)한 공훈.

70 음교(陰敎) : 여자에 대한 교훈. 음훈(陰訓).

71 강호(江湖) : 초야(草野).

72 자미성(紫微星) : 자미원에 있는 별의 이름. 즉 북두칠성의 동북쪽에 15개로 벌이어 있는 별. 궁궐을 상징.

해제 숙종 44년[1720] 중궁전[73] 인원왕후(仁元王后)[74]의 홍진이 회복되자 임금에게 축하하는 글이다. 당시 여주(驪州) 목사(牧使)로 있던 조태억이 임금을 향한 그리움을 담아 쓴 전(箋)이다.

---

73 중궁전(中宮殿) : '왕후'의 높임말. 중궁. 중전(中殿). 곤전(坤殿).

74 인원왕후(仁元王后) : 1687(숙종 13)~1757(영조 33). 본관은 경주(慶州), 성은 김씨(金氏), 이조 판서 김남중(金南重)의 증손녀이며 영돈녕부사 경은부원군(慶恩府原君) 김주신(金柱臣)의 딸이다. 조선 후기 숙종의 세번째 왕비로 장의동(壯義洞)에서 태어나 궁정동(宮井洞)에서 생장하였다. 숙종 27년(1701) 인현왕후(仁顯王后) 민씨(閔氏)가 죽은 후 간택되어 다음 해 왕비에 책봉되었다. 1713년 혜순(惠順)이라는 존호를 받았고, 경종 2년(1722) 자경(慈敬), 영조 2년(1726) 헌렬(獻烈), 1740년 광선현익(光宣顯翼), 1747년 강성(康聖), 1751년 정덕(貞德), 1752년 수창(壽昌), 1753년 영복(永福), 1756년 융화(隆化) 등의 존호를 받았고, 사후에 정의장목(定懿章穆)의 휘호를 받았다. 자녀는 없고 능은 명릉(明陵)으로 경기도 고양군 서오릉(西五陵) 구역 내에 있다. *참고문헌 : 肅宗實錄, 英祖實錄, 璿源系譜, 燃藜室記述.

중궁전을 하례하는 전[75]
賀中宮殿箋

　　유행병[76]이 돌아다니매, 임금께서는 깊숙하고 조용한 곳으로 가셨습니다. 신명의 도움으로 신속하게 회복하시니, 즐거움이 육궁(六宮)[77]에 흡족하고 경사가 팔방(八方)[78]에 미쳤습니다.

　　삼가 (존호) 왕비전하께서는 상서로움이 몽월(夢月)[79]에 응하며, 덕은 임금을 도우시어 내치(內治)를 펴신 17년 동안 내교(內敎)[80]를 잘 드러내셨습니다. 임금의 병환을 8, 9년 시름하시면서 초조와 근심이 오래 쌓여서 뜻밖의 병에 걸리시었는데, 다행히도 바로 나으셨다는 기쁜 소식을 알리게 되었습니다.

　　신의 몸에는 부불(符紱)[81]이 감겨 있고, 발길에는 헌지(軒墀)[82]가 가로

---

75 전(箋) : 중국 한위(漢魏)시대의 천자에게 상주하는 서장이나 태자 제왕에게 올리는 서장. 이후 천자에게 올리는 것은 '표(表)'라 하고, 황후나 태자에게 올리는 것만 '전(箋)'이라고 일컬었다. 『수사감형(修詞鑑衡)』에는 "전이란 태자에게 문안드릴 때, 중궁전에 하례드릴 때의 글체이다."라 하였다. 문체는 대체로 표(表)체와 크게 다르지 않다. 보통은 변려문을 썼으나 산문으로 지은 것도 있다. *참고문헌 : 東文選, 簡易堂全集, 文體明辨(徐師曾), 中國文學通論(兒島獻吉郎).

76 유행병 : 원문에는 '재앙의 기운', '나쁜 기운'을 의미하는 '재려(灾沴)'로 되어 있다.

77 육궁(六宮) : 후비(后妃)가 거처하는 궁전.

78 팔방(八方) : 사방(四方)과 사우(四隅). 곧, 동·서·남·북·동북·동남·서북·서남. 전하여 여러 방위.

79 몽월(夢月) : 훌륭한 여성이 탄생하기 전에 꾼다는 태몽. 훌륭한 남성 탄생의 태몽은 몽일(夢日).

80 내교(內敎) : 부녀자들에 대한 교훈. 음교(陰敎).

81 부불(符紱) : 조선시대 사신들이 가지고 다니던, 돌이나 대나무·옥 따위로 만들어 신표로 삼던 부절(符節)과 관찰사·절도사(節度使) 등 병권(兵權)이 있는 관리가 발병부의 주머니를 차고 다니면서 그 신분을 표시하던 인끈. 여기서는 지방관의 신분으로 멀리 떨어져 있음을 의미함.

막아 부석(鳧舃)[83]을 날려[84] 조정에 나아가니 부끄럽게도 선령(仙令)[85]으로 내보내 주시었습니다. 왕비전의 경계와 가르침[86]을 기리며 시인(詩人)[87]을 본떠 보았습니다.

해제 숙종 44년[1720] 중궁전 인원왕후(仁元王后)의 홍진이 회복되자 당시 여주(驪州) 목사(牧使)로 있던 조태억이 중궁전에 하례를 올리며 쓴 전(箋)이다.

---

82 헌지(軒墀) : 임금 있는 전각 앞의 뜰.

83 부석(鳧舃) : 신선이 되었다고 알려진 후한(後漢)의 왕교(王喬)가 타고 다녔다는 오리. 여기서는 대궐에 도착한 것을 뜻함. - 後漢書.

84 부석(鳧舃)을 날려 : 비부석(飛鳧舃). 날아다니는 신선의 신발. 날아서 대궐에 감. 부석(鳧舃). 여기서는 관원(官員)이 된 것을 뜻함.

85 선령(仙令) : 지방관.

86 왕비전의 경계와 가르침 : 계침지경(雞寢之警). 임금에게 정사에 부지런할 것을 권유하는 왕비의 조언을 가리킴. 『시경(詩經)』 「제풍(齊風)」, <계명(鷄鳴)>장. 곧하여 더 자고 싶어 하는 임금을 깨워서 '닭이 울었으니 서둘러서 조정에 나가라고 조언하는 왕비를 찬양하는 시. "鷄旣鳴矣 朝旣盈矣 匪鷄則鳴 蒼蠅之聲. 東方明矣나 朝旣昌矣나, 匪東方則明 明月出光. 蟲飛薨薨 甘與子同夢 會且歸矣 無庶予子憎. 『詩經』 「齊風」 <鷄鳴> 3章.

87 시인(詩人) : 『詩經』 「齊風」 <鷄鳴> 시를 쓴 시인을 가리킴.

이간(李柬)·1677~1727

이간(李柬) : 1677(숙종 3)~1727(영조 3). 본관은 예안(禮安). 자는 공거(公擧), 호는 외암(巍巖)·추월헌(秋月軒). 부호군 이태형(李泰亨)의 아들. 권상하(權尙夏) 문하의 팔학사(八學士). 이재(李縡)·박필주(朴弼周)·어유봉(魚有鳳) 등과 함께 인성(人性)과 물성(物性)은 다 같이 오상을 가진다는 인물성구동론(人物性俱同論)과, 기질의 선악이 없으므로 마음은 본래 선하다는 미발심체본선론(未發心體本善論)을 주장하였다. 1777년(정조 1) 이조참판·성균관좨주를 추증하고, 순조 때에 이조판서를 증직하였다. 온양의 외암서원(巍巖書院)에 제향되었다. 저서로는 『외암유고(巍巖遺稿)』가 있다. 시호는 문정(文正)이다. *참고문헌 : 英祖實錄, 藥坡漫錄(李希齡), 梅山集(洪直弼), 韓國儒學史(裵宗鎬, 延世大學校出版部, 1974).

아내 안인 윤씨 행장
亡室安人尹氏行狀

안인 윤■■[1]의 자는 ■■[2]이며 본관이 파평이다. 우리 성종의 장인 우의정 평정공(平靖公) 윤호(尹壕)[3]의 적장손으로 '파평군(坡平君)'으로 불리는 윤공(尹璧)은 안인 윤씨의 고조부이다. 증조부 금부도사 윤상형(尹商衡)은 이조참판으로 영의정에 추증된 남양 홍씨 홍식(洪湜)[4]의 딸을 아내로 맞았고, 좌승지에 추증된 할아버지 윤원경(尹源慶)은 장악원정으로 도승지에 추증된 임천 소씨 조희신(趙希進)[5]의 딸을 아내로 맞았다. 아버지

---

1 ■■ : 원문에 검게 칠해져 있다.

2 ■■ : 원문에 검게 칠해져 있다.

3 윤호(尹壕) : 1424(세종 6)~1496(연산군 2). 본관은 파평(坡平). 자는 숙보(叔保). 할아버지는 윤곤(尹坤)이고, 아버지는 첨지중추부사 윤삼산(尹三山)이며, 어머니는 이원(李原)의 딸이다. 성종비인 정현왕후(貞顯王后)의 아버지이다. 1472년(성종 3) 식년문과에 병과로 급제, 벼슬이 병조참판에 이르렀다. 1480년 성종이 그의 딸을 왕비로 삼자 국구(國舅)로서 영원부원군(鈴原府院君)에 봉하여졌다. 공조참판으로 정조사(正朝使)가 되어 명나라에 다녀왔으며, 1488년 영돈녕부사에 이르고 이듬해 사복시제조(司僕寺提調)를 겸하였다. 1494년 우의정으로서 기로소(耆老所)에 들어가 궤장(几杖)을 하사받았다. 성품이 검소하고 무교(無驕)하며 외척으로서 세도는 추호도 찾을 수 없었다. 저서로는 『파천집(坡川集)』이 있다. 시호는 평정(平靖)이다. *참고문헌 : 成宗實錄, 燕山君日記, 國朝榜目, 燃藜室記述.

4 홍식(洪湜) : 1559(명종 14)~1608(광해군 즉위). 본관은 남양(南陽). 자는 중청(仲淸), 호는 서호(西湖). 할아버지는 홍은(洪闇)이고, 아버지는 현감 홍여겸(洪汝謙)이며, 어머니는 조명원(曺明遠)의 딸이다. 1594년(선조 27) 별시문과에 병과로 급제하여 검열이 되고, 1599년 정언·지평·전적을 거쳐, 이듬해 헌납·수찬·직강, 1602년 부수찬·장령·집의를 역임하고, 다음해 응교·사간을 지냈다. 1604년 전한을 거쳐 직제학으로 『선조실록』의 편찬에 참여하였다. 이어 우부승지를 거쳐 이듬해 좌승지·도승지·대사헌을 역임하고, 1606년 이조참판이 되었다. 인조반정 후 신원되고, 영의정에 추증되었다. *참고문헌 : 宣祖實錄, 光海君日記, 國朝榜目, 司馬榜目, 燃藜室記述, 槿域書怜徵.

5 조희진(趙希進) : 1579(선조 12)~1644(인조 22). 본관은 임천(林川). 자는 여숙(與叔). 호는 단포(丹圃). 할아버지는 병조좌랑 조응공(趙應恭)이고, 아버지는 승지 조원(趙瑗)

통덕랑 윤헌(尹憶)은 통덕랑 청송 심씨 심지영(沈之瀯)의 딸을 아내로 맞았는데, 이 분이 안인 윤씨의 3대조 할머니이다.

안인은 어려서부터 단정하고 진중하여 그 부모와 형제들이 다 복을 누리고 덕에 편안해할 그릇으로 여겼다. 조금 자라자 여공과 음식 장만에 대해 자세히 알지 못 하는 것이 없었다. 16세에 그 어머니가 적병(積病)⁶으로 돌아가시자 슬픔을 다하니, 보는 사람들이 감탄했다. 20세가 되어 시댁으로 가자 그 시부모님은 애초에 자식이 없다가 늦게 조카를 데려다 후사를 삼으니 그 며느리 되는 사람이 착하지 않다 해도 그 시부모님은 진실로 사랑으로 품어주셨을 것인데, 안인의 깊은 사랑과 지극한 정성이 본성에서 나와 곁에서 받들어 따르고 변함없이 공손하고 삼가니, 그 시부모님은 그를 너무도 아껴서 매우 중하게 여겼다.

그런데 그 남편은 본래 매우 가난하고 성품은 아주 오활하여 집안일에는 조금도 마음을 써 본 일이 없었다. 선조를 제사하고 어른을 받들며 집안을 건사하는 온갖 일들을 안인은 실로 혼자서 담당했는데, 의지와 힘을 다하느라 밤낮으로 힘들어 초췌해져 고생이 극에 달해 어쩌다 걱정하고 탄식하는 말을 하기도 했다. 그렇지만 그의 마음은 실로 자잘한 집안일과 잡다한 세상살이로 남편의 뜻을 방해하고자 하지 않아서 매번 남편의 얼굴을 살펴 걱정하는 기색이 있으면 곧 위로하고 마음을 풀어주며 이렇게 말했다.

"있고 없음과 주리고 배부름은 오직 저에게 달려 있습니다."

이며, 어머니는 좌참찬 이준민(李俊民)의 딸이고, 형은 참판 조희일(趙希逸)이다. 1616년(광해군 8) 별시문과에 병과로 급제하였다. 성균관박사 · 전적, 공조좌랑 등을 거쳐 서산군수로 나갔다가 다시 돌아와 성균관직강 · 공조정랑, 봉상시 · 장악원의 첨정, 사옹원 · 사도시 · 군자감 · 장악원의 정을 역임하였다. 1644년 9월 청송부사로 재임 중에 66세를 일기로 관아에서 죽었다. 저서로는 『단보유고』가 있다. *참고문헌 : 光海君日記, 國朝榜目, 國朝人物考.

6 적병(積病) : 오랜 체증(滯症)으로 인하여 뱃속에 덩어리가 생기는 병. 적기(積氣).

지아비가 정말이지 가져다주는 것이 없어서, 이 때문에 제사지낼 때 진실로 풍성함과 정갈함을 다할 수는 없었지만 그래도 폐하지는 않았다. 봉양할 때에도 진실로 맛있고 따뜻한 음식을 차릴 수는 없었지만 그래도 추위에 떨거나 굶주리게 하지는 않았으니, 다 안인의 힘이었다. 그렇지만 항상 이렇게 말했다.

"제사에 풍성함과 정갈함을 다하지 못하니 폐하는 것과 무엇이 다르며, 봉양하면서 맛있는 음식과 따뜻한 자리를 살펴드리지 못하니 떨고 주리게 하는 것과 무엇이 다르겠습니까?"

그 남편에게 간혹 온전한 옷이 없어도 부끄럽게 여기지 않았고, 그 아이들이 항상 병치레를 했는데도 음식이 맛있지 않을까 걱정하지 않았다. 자신은 겨울이 되어도 솜옷을 입지 않았고 여름에도 갈옷을 입지 않았으며 음식은 잘 차려먹는 법이 없었고 잠자리에는 침구가 없었다. 그 머리에는 다리[7]도 없었고 발에는 신발도 없어서 심지어는 문 밖에 나갈 수도 없을 정도였지만 조금도 스스로 병통으로 여기지 않았다. 아침부터 저녁까지 불안해하며 오직 부모님이 배고픈 기색이 있는 것을 지극한 한으로 여겼고 아침저녁으로 음식을 올릴 때 맛있는 음식이 한 가지라도 있으면 조금 안심했고 그렇지 못하면 골치를 앓으며 발을 굴러 몸 둘 데 없는 것처럼 했다. 이렇듯 조심스럽게 20년을 하루 같이 했는데, 안인이 갑자기 운명했으니 아아, 슬프다! 어찌 그리 박복한가.

안인은 성품이 지극한 것 외에도 또 높은 식견을 갖추었다. 그 남편이 글을 조금 알아 명성과 재물을 바라고 구했는데, 안인은 진실로 그의 영달을 원하기는 했지만 말은 항상 이렇게 했다.

"옛날부터 험난한 벼슬길을 군자는 받아들이지 않았습니다. 만약 늙으신 부모님을 봉양하고 딸린 처자식을 먹여야 한다면 당신의 진사 급제를

---

7 다리 : 체(髢). 월자(月子). 숱이 적은 머리에 덧대는 가발.

원하지 않습니다. 직접 가래를 메고 깊은 산골짜기로 들어가 아침밥 저녁 죽을 남에게 구하지 않으면 이것이 지극한 즐거움이 된다고 합니다.”

아! 어리석은 남편은 진실로 이 말에 부끄러워했으니, 부인의 식견이 여기에 미치기란 어렵다.

안인은 서울에서 나고 자랐고, 또 그 사촌 언니들도 모두 부유하고 지위가 높은 명문가에 시집을 가 어려서부터 보고 듣는 것이 다 화려한 비단과 사치스러운 것이었다. 그러나 일단 시댁에 들어와서는 해지고 검소한 옷을 아주 편안하게 여겼으며 부끄러워하거나 부러워하는 기색을 보인 적이 없었고 분수에 넘치게 따라하려는 마음 역시 갖지 않았으니, 이는 어려운 일이었다. 그리고 부인들은 부족한 것이 있으면, 친정 오빠나 언니에게 구하는 것이 인정상 그렇게 되기 마련이다. 또 그 오빠와 언니는 진실로 우애가 있고 힘껏 도와줄 수 있었으니, 여유 있는 데서 도움 받기를 바라는 것 역시 형편상 꼭 그렇게 되는 것이다. 안인은 20년 동안 곤궁함을 견뎌내며 그 오빠, 언니에게 부탁하는 말을 한 마디도 한 적이 없었다. 그리고 자매들이 모이면 슬픈 일, 기쁜 일, 괴로운 일, 즐거운 일에 대해서는 작은 것까지도 다 털어놓는 것은 부인들이 늘 하는 태도이다. 안인은 비록 동기간이라도, 그가 만약 내 말을 듣기도 전에 서로 다 알게 된다면 군이 숨기지는 않았으나, 따로 살게 된 후에 간혹 때때로 만나면 열심히 이렇게 말했다.

“부탁하거나 동정을 구하는 행동 따위는 저 정말 싫습니다.”

그래서 전후 부모님을 찾아뵙거나 형제가 서로 모이는 행차에 꼭 여종을 먼저 경계하여 이렇게 말했다.

“너희들은 조심해서 소소한 집안일에 관해 언급하지 마라.”

나중에 한두 가지 이야기를 전해 듣게 되면 바로 마땅치 않아하면서 말했다.

“다른 사람의 딱하고 답답한 일을 듣고 도와주려 해도 다 미치지 못하고, 도와주지 않으면 편하지 않게 된다. 이래서 나는 남에게 사정을 자세히 알게 하고 싶지 않았는데, 너는 어째서 내 훈계를 지키지 않느냐?"

이러므로 비록 그 오빠 언니들이라도 안인의 괴로운 사정과 실제 처지에 대해 어찌 다 아는 이가 있었겠는가. 아! 이런 일은 장부에게도 아마 어려운 일일 텐데, 어찌 민간의 평범한 부인이 다가갈 수 있는 경지이겠는가? 주위 사람이 간혹 형제들이 재산을 나눈다는 이야기를 하게 되면 이렇게 말했다.

"우리 집안은 본래 가난하여 약간의 전답과 소작인으로는 제사를 받들기에 부족하니 어찌 나눌 재산이 있겠습니까? 제 남편에게 정해진 분수가 있으면 비록 바깥에서 들어오는 것이 없어도 죽지는 않을 것이고, 남편에게 정해진 분수가 없으면 바깥의 재물이 어찌 다시 죽어가는 사람을 살리기에 충분하겠습니까?"

그 남편은 스스로 뜻을 품고 있다고 말하면서 함부로 의리를 이야기했으나 안인의 말을 들을 때마다 부끄러워하고 또 탄식하며 이렇게 이야기하지 않은 적이 없었다.

"보통사람이라도 타고난 성품과 식견은 진실로 하늘로부터 받은 것이 있구나."

안인은 사람과 사물을 대할 때 참으로 온화하여 웃어른이나 아랫사람에서부터 지극히 작은 것에게까지 응대해주었다. 마음을 다할 수 있었던 것은 스스로 힘을 다해 노력했기 때문이었지 일부러 꾸며서 응대하여 자기 마음을 속인 적은 없었다. 또 지나치게 과장된 말을 하여 남의 마음에 들려고 한 적이 없었다. 그러므로 남들이 그를 이해할 때, 깊이가 있는 사람은 잘 이해했고 식견이 얕은 사람은 다 알지 못했지만, 안인은 그에 상관하지 않았다. 그 진실되고 분명함이 이와 같은 점이 있었다.

안인은 받드는 웃어른과 부리는 아랫사람이 20명이 넘었으나 한 해 수입은 몇 달을 유지하기도 어려워 백방으로 빌려서 아침저녁 끼니를

때웠고, 혼수가 없어지고 나서는 토지에서 거두어들이는 것으로 이어갔
다. 평생 허둥지둥 환난을 당한 것처럼 살아야 했으나 세속에서 비루하
고 사소하게 처리하고 도모하는 일에 대해서는 한 번도 연연해 한 적이
없었다. 한번은 이렇게 말했다.

"비싸게 팔고 싸게 사는 것과 조금 베풀고 많이 받는 것은 차이가 있
지만 소인들에게 해당하는 것이고 이익을 늘린다는 점에서는 똑같으니,
나는 감히 이런 일을 해서 내 남편의 이름에 누를 끼칠 수는 없다."

다른 사람이 물려주는 것이 있으면 많고 적음을 따지지 않고 근심하
며 이렇게 탄식했다.

"평생 남에게 준 적이 없었는데 매번 다른 사람이 준 것을 받으니 이
어찌 사람의 마음이 편하겠는가? 이렇게 빈한하여 갚을 날이 없으니 땅
속에서라도 죄 진 귀신이 될 것이다."

그 마음의 고통이 열병 정도가 아니었을 것이다. 아! 그 강개함과 깔
끔함이 이와 같은 점이 있었는데 안인은 이제 없구나. 반평생 애쓴 것을
누가 보상해주겠는가? 검씨(黔氏)[8]의 청렴함은 홑이불로 발도 덮지 못했
으나 그의 아내는 이불을 비스듬하게 해서 염하자는 말을 듣지 않았으
니 이것이 부부간의 지기(知己)가 되어준 것이다. 이제 안인이 죽으니, 생
시에 입었던 옷은 한 벌도 제대로 되고 깨끗한 것이 없어 피치 못해 일
가 사람들이 부조한 것[9]으로 겨우 충당하여 염을 했다. 다른 사람이 보

---

8 검씨(黔氏) : 검루(黔婁). 검루는 남제(南齊) 때의 고사(高師). 노공공(魯恭公)이 그가
현명하다는 말을 듣고 사신을 보내 예를 다하고서, 곡식 3천 종(鍾)을 내려 정승을 삼으
려 했으나 사양하고 받지 않았으며, 제 나라 임금 또한 예를 차리고서 황금(黃金) 1백
근(斤)을 가지고 초빙하여 경(卿)을 삼으려 하였지만 역시 나아가지 않았다. 그가 죽자
집이 가난해서 이불로 염(斂)을 했는데, 그나마 얼굴을 가리면 발이 나오고 발을 덮으
면 얼굴이 나왔다. 이를 본 증서(曾西)가 "이불을 바로 하지 말고 비스듬히 하면 염을
할 수 있다."고 하자, 검루의 아내는 "선생은 생전에 올바르게만 살아왔는데, 이불을 비
스듬하게 하여 염하는 것은 선생의 뜻에 어긋납니다." 하니, 증서가 아무 말도 못했다
한다. *참고문헌 : 列女傳.

아도 깨끗한 비단 솜이불이 홑이불에 비해 후하지 않다고 할 수는 없다. 모르겠지만 안인이 이미 스스로 피와 살로 된 육신[10]에서 허물을 벗었으니 그 평소 사치를 때처럼 더럽게 여기는 뜻에는 얽매이지 않게 되었을까? 그렇지 않다면 땀과 때로 더러워진 저고리에 거친 풀솜 홑치마는 싫어하지 않았던 옷이니 관 속에 함께 넣어주면 분명 이 남루한 옷을 걸치고 초연히 그 옛날 검소했던 모습을 가다듬을까.

그 남편은 평소 서로 잘 알지 못하는 자는 되지 않는다고 자처했는데, 급작스런 일을 당하여 어찌 검루의 아내보다 한참 부족하게 했는가? 아, 부끄럽다!

안인은 어머니를 잃고 멀리 시집와서 그 아버지가 연로하셨는데도 끝내 봉양할 수 없었다. 때문에 아이처럼 그리워하는 마음이 가슴에 맺혀 있어 별 뜻 없는 말을 해도 눈물을 보였고, 머리가 희고 얼굴이 붉은 사람을 보게 되면 걸인이라 하더라도 공경하며 그 나이를 물어보고 부모님과 같으면 더욱 특별하게 대접해주었다. 자신은 비록 먹지 못했더라도 가져다 먹였고, 또 그가 다시 오도록 간절히 했다. 노인들에게 반드시 공경과 사랑을 다했으며 시댁 친척들은 특별히 삼가 모셨다.

늦게야 아이를 낳아 기르게 되었는데, 기르다가 또 죽은 아이가 많았다. 그래서 아이들에 대해서는 진실로 다른 이들보다 더욱 사랑했지만, 잘못을 저지르게 되면 말투나 기색으로 조금도 용서하지 않았고 또 그 남편에게 말해 혹독하게 야단치게 하며 이렇게 말했다.

"아이에게 잘못이 있어도 아버지가 알게 하지 않아 끝내 가르치기 어려운 지경에 이르고야 마는 것을 저는 많이 보았습니다. 이 어찌 자식을 사랑하는 방법이겠습니까?"

---

9 부조한 것 : 봉수(賵禭). 죽은 사람을 위하여 거마(車馬)·수의(禭衣) 등을 보내는 것.
10 피와 살로 된 육신 : 구각(軀殼). 몸의 껍질이라는 뜻으로, 온몸의 형체 또는 몸뚱이의 윤곽을 정신에 상대하여 이르는 말.

그 남편을 섬기는 것은 가문에 들어온 이후로 삼가 조심하고, 사적인 마음을 겉으로 드러내지 않았다. 남편이 속으로 하고자 하지 않는 것은 법령인 것처럼 삼가고 피하였고, 남편이 하고 싶어 하는 마음이 있으면 자신의 몸이 피곤한지, 집안 살림이 있는지 따지지 않고 힘껏 해주었다. 그 마음속으로는 남편이 아름다운 덕으로 스스로를 세우기를 분명히 바랐을 것이다. 그러므로 다른 사람을 위해 의를 행하는 일에 대해서는 다급하게 엎어질 듯했고 조금도 머뭇거림이 없었으며, 또 그 남편에게 잘못이 있으면 충고하여 간하는 것 역시 매우 지극했다. 한번은 이런 말을 한 적이 있었다.

"당신은 성격이 지나치게 강해서, 부모님을 모실 때라도 그 온화한 표정이 항상 강직한 기운을 이기지 못합니다. 이렇게 삼가지 않는 것이 있으니 학문을 하는 것이 어찌 귀하겠습니까?"

그 남편은 자주 감복하고 깊이 조심했으며, 항상 수용할 수 없음을 걱정하고, 그 말에 감탄하며 더욱 중하게 여기지 않은 적이 없었다. 아! 이는 부인에게 있는 소소한 예절과 행동만은 아니다.

안인은 여러 번 출산한 후로 항상 병치레를 잘 했으나 기운이 아주 튼튼하고 성격 또한 고통을 잘 감내하여 아주 위독하게 되지 않으면 하루도 편히 누운 적이 없었다. 6월 그믐에 갑자기 더위를 먹어 침과 석편(石片)을 다 놓았는데, 여러 번 까무러쳤다가 깨어나더니 이틀이 지난 저녁에 마침내 일어나지 못하게 되었다. 아아, 애통하다! 한기와 허기가 번갈아 들어 심장의 피가 다 말라서 사람들은 깨닫지 못하는 사이 병이 그 틈을 탄 것인가? 삶과 죽음이 바뀌는 것이 어찌 그리 순식간인가?

숭정(崇禎)[11] 이후 병진년[1676] 3월 27일에 태어나 을미년[1715] 7월 초이틀에 죽으니 나이는 겨우 40이다. 1남 3녀를 두었는데, 딸은 시집보내

---

11 숭정(崇禎) : 중국 명나라의 마지막 황제 의종(毅宗) 때의 연호. 1628~1644년 사이를 이름.

려 의논하고 있었으나 아직 보내지 못했고, 가장 어린 아들은 겨우 돌을 넘겼다. 9월 22일에 온양(溫陽) 치남(治南) 송악(松岳)의 서남쪽 자리에 묻으니, 그 남편의 할아버지[12]인 별제(別提)[13] 부군과 같은 언덕이다.

　안인이 죽고 그 남편은 슬퍼 탄식하며 이렇게 말한다.

　옛사람의 말에 선하면 복을 받고 어질면 수를 누린다 했는데, 지금 안인 같은 사람은 그 뜻과 행동이 어질고도 선하지 않은 데가 없었다. 어려서 그 어머니를 잃고 멀리 떨어져 그 아버지를 곡했고, 시부모가 아주 연로하나 봉양을 다할 수 없었으며, 매우 어리석은 남편이나마 해로할 수 없었고, 느지막이 낳은 아이들은 큰아이는 시집보내지 못했으며 어린 것은 젖먹이인 채다. 궁핍하게 산 세월이 20년인데 늙지도 않아서 갑자기 아침이슬처럼 먼저 가버리니, 이른바 복이라는 것이 과연 무엇이며 장수라는 것은 과연 어디에 있는가? 그 마음이 차분했고 그 모습은 단정했으며 얼굴은 탐스럽고 복스러웠다. 귓바퀴가 도톰하면서 둥글고 묵직한 것은 점술에서도 일찍 죽는 법이 아닌데, 이제 보니 그것도 그르니, 이른 바 관상이라는 것도 헛된 것인가. 그렇다면 그 부모와 오

---

12 할아버지 : 이박(李璞). 1610(광해군 2)~1678(숙종 4). 조선 후기의 무신. 본관은 예안(禮安). 자는 자준(子雋). 아버지는 첨지중추부사 이진문(李振門)이다. 1636년(인조 14) 무과에 급제하였다. 1637년 소현세자(昭顯世子)가 볼모로 적도(敵都) 심양에 갈 때 시위하여 따라갔으며, 그 뒤 돌아와서 선전관이 되었다. 1659년(효종 10) 영변부사가 되고, 1670년(현종 11) 충청도수군절도사로 승직되었다. 그 뒤 1675년(숙종 1) 태안군수 겸 방어사를 역임하였다. *참고문헌 : 孝宗實錄, 肅宗實錄, 巍巖集.

13 별제(別提) : 조선시대 정6품·종6품직 관원. 호조·형조·교서관(校書館)·예빈시(禮賓寺)·전설사(典設司)·전함사(典艦司)·전연사(典涓司)·수성금화사(修城禁火司)·소격서(昭格署)·빙고(氷庫)·사포서(司圃署)·장원서(掌苑署)·사축서(司畜署)·도화서(圖畵署)에 각 2명, 상의원(尙衣院)·군기시(軍器寺)·내수사(內需司)에 각 1명, 조지서(造紙署)·활인서(活人署)에 각 4명, 와서(瓦署)에 3명, 귀후서(歸厚署)에 6명이 있었다. 녹봉을 받지 못하는 무록관(無祿官)이었으나 동반의 실직(實職)으로 360일을 근무하면 다른 관직으로 옮겨갈 수 있는 자격을 얻었다. 종6품 아문(衙門 : 諸署들이 여기에 속함)에서는 각 관사의 장(長)이 되었다. *참고문헌 : 經國大典.

빠들이 기대한 것은 정에 가린 견해에 불과하고, 그 남편이 이어 의심한 것도 이치에 어두운 말로 같이 취급되는가. 지금부터 비록 시부모가 날마다 편안하고 즐겁게 지내며 남편은 명예와 행실을 닦아 만년의 지조를 그르치지 않고, 딸과 아들을 각기 시집·장가보내 때를 놓치지 않게 한다 해도 안인은 죽어 보지도 못하고 알지도 못하는데 그것을 복이라 하겠는가?

어머니 얼굴을 아는 아이들도 그 행적은 알지 못할 것이고, 또 그 얼굴도 모르는 아이도 있다. 이러하니, 대강이라도 거론하여 차례로 기록하여 그 사람됨을 남겨두지 않을 수 없고, 또 각각의 의지와 품행을 생각하면 진실로 전하는 것이 없을 수 없으니, 만약 다시 훌륭한 말을 해줄 군자에게 맡기지 못한다면 마침내 묻혀 사라져서 듣는 것이 없어질 것이다. 그렇게 된다면 또 무엇으로 먼 길 떠난 이의 혼을 위로하며 살아있는 이의 아픔을 흘려보내겠는가? 이는 어진 이가 마음을 움직여야 할 것이다. 이렇게 해서 글을 한 통 써 당대의 작자를 기다린다. 아아! 저승과 이승의 유감을 풀어줄 것은 오직 이것뿐이다.

그 남편 예안 이씨 이간은 헛된 이름을 도둑질하여 세자시강원자의(世子侍講院諮議)가 되어 부름을 받고서 아직 나아가지 못했다. 간의 아버지는 생원 이태형(李泰亨)으로 수직(壽職)[14]에 천거되어 품계가 당상에 올랐다. 그 생부는 군수 이태정(李泰貞)이고, 할아버지는 절도사 이박(李璞)이며, 그 외할아버지는 부사정 경주 이씨 이즙(李濈)이다. 이 해 8월일에 이간은 삼가 행장을 쓴다.

해제 아내 안인 윤씨(1676~1715)는 윤헌(尹瀗)의 딸로, 16세에 어머니가 병으로 일찍 죽고 20세에 이간(李柬)의 아내가 되었다. 이간은 남편의 오

---

14 수직(壽職) : 해마다 정월에 80세 이상의 벼슬아치와 90세 이상의 백성에게 은전(恩典)으로 주던 벼슬.

활한 성품 때문에 집안이 가난하여 제사와 봉양으로 20년 동안 고생만 하던 아내가 40세의 이른 나이에 갑자기 죽은 사실을 애통해하고 있다. 특히 안인이 부유하게 자랐음에도 검소하게 지내며 친정 식구들에게 어려움을 내색하지 않은 점을 평가했고, 남편에게도 재물을 위해 입신하지 말 것을 당부했던 아내의 식견을 높이 사고 있다.

이하곤(李夏坤) : 1677(숙종 3)~1724(영조 즉위년). 조선 후기의 문인화가·평론가. 본관은 경주(慶州). 자는 재대(載大), 호는 담헌(澹軒) 또는 계림(鷄林). 좌의정 이경억(李慶億)의 손자이며, 당시 문형(文衡)이었던 이인엽(李寅燁)의 맏아들이다. 1708년(숙종 34) 진사에 올라 징7품직인 세마부수(洗馬副率)에 제수되었으나 나가지 않고, 고향인 진천에 내려가 학문과 서화에 힘썼으며 장서가 1만권을 헤아렸다. 성격이 곧아 아첨하기 싫어하고 여행을 좋아하여 전국 방방곡곡을 두루 여행하였다. 불교에도 관심을 두어 각 사찰과 암자를 찾아다녔다. 그의 교유관계 중 당대의 유명한 시인이었던 이병연(李秉淵)과 서예·문장으로 유명한 윤순(尹淳), 화가였던 정선(鄭敾)·윤두서(尹斗緖)와의 교유는 특히 주목된다. 특히 그의 문집 중에 윤두서의 〈자화상〉과 『공재화첩』에 대한 기록, 정선의 여러 그림에 대한 화평, 당대 및 중국의 화가들에 대한 평 등이 있어 평론가로서도 중요한 위치를 차지한다. 유작 중 〈춘경산수도〉(간송미술관 소장)는 복사꽃이 핀 봄 풍경을 연두와 분홍의 담채를 써서 묘사한 것으로, 필치는 세련되지 않으나 남종문인화풍(南宗文人畵風)을 보이며 정선의 초기작품과 연관을 보여준다. 이밖에 〈산수도〉(국립중앙박물관 소장) 등이 전한다. 문집으로는 『두타초(頭陀草)』 18권이 있다. *참고문헌 : 頭陀草, 韓國繪畵大觀(劉復烈 編, 文敎院, 1969), 澗松文華 25-朝鮮南宗畵-(韓國民族美術硏究所, 1983).

이하곤 李夏坤·1677~1724

유인 김씨 애사

孺人金氏哀辭

    내 친구 수양(首陽) 오명중(吳明仲)은 어진 아내를 두었는데, 김유인(金孺人)은 지금 학자들이 농암선생(農巖先生)[1]이라고 일컫는 분의 셋째 따님이다. 안동 김씨 가문은 고려 태사(太師) 김선평(金宣平)[2]의 후손으로, 고조부 청음공(清陰公)[3], 조부 문곡공(文谷公)[4]이 모두 관직이 의정(議政)에

---

1 농암신생(農巖先生) : 김창협(金昌協). 1651(효종 2)~1708(숙종 34). 조선 후기의 학사. 본관은 안동(安東). 자는 중화(仲和), 호는 농암(農巖) 또는 삼주(三洲). 경기도 과천 출신. 좌의정 김상헌(金尙憲)의 증손자, 아버지는 영의정 김수항(金壽恒), 어머니는 안정나씨(安定羅氏)로 해주목사 나성두(羅星斗)의 딸이다. 영의정을 지낸 김창집(金昌集)의 아우이다. 1669년(현종 10) 진사시에 합격하고, 1682년(숙종 8) 증광문과에 전시장원으로 급제해 전적에 출사한 뒤, 병조좌랑·사헌부지평·부교리 등을 거쳐 교리·이조좌랑·함경북도병마평사(咸鏡北道兵馬評事)·이조정랑·집의·동부승지·대사성·병조참지(兵曹參知)·예조참의·대사간 등을 역임하였다. 청풍부사로 있을 때 기사환국으로 아버지가 진도에서 사사되자, 사직하고 영평(永平 : 경기도 포천군)에 은거하였다. 1694년 갑술옥사 후 아버지가 신원됨에 따라, 호조참의·예조참판·홍문관제학·이조참판·대제학·예조판서·세자우부빈객·지돈녕부사에 임명되었으나 모두 사직하고 학문에 전념하였다. 그는 이기설에서 대체로 이이보다는 이황의 설에 가까우며 호론(湖論)을 지지하였다. 특히, 문장에 능하며 글씨도 잘 써서 문정공이단상비(文貞公李端相碑)·감사이만웅비(監司李萬雄碑)·김숭겸표(金崇謙表)·김명원신도비전액(金命元神道碑篆額) 등이 있다. 숙종의 묘정에 배향되었으며, 양주의 석실서원(石室書院), 영암의 녹동서원(鹿洞書院)에 제향되었다. 저서로는 『농암집』·『주자대전차의문목(朱子大全箚疑問目)』·『논어상설(論語詳說)』·『오자수언(五子粹言)』·『이가시선(二家詩選)』 등이 있고, 『강도충렬록(江都忠烈錄)』·『문곡연보(文谷年譜)』 등을 편집하였다. 시호는 문간(文簡)이다.
*참고문헌 : 農巖集(金昌協), 朝鮮儒學史(玄相允, 民衆書館, 1954).

2 김선평(金宣平) : 생몰년 미상. 고려 전기의 공신. 본관은 안동(安東). 930년(태조 13) 태조가 견훤(甄萱)과 싸울 때, 안동에서 권행(權幸)·장길(張吉)과 더불어 태조를 도운 공으로 대광(大匡)에 임명되었다. 뒤에 벼슬이 아보(亞父)에 이르렀다. *참고문헌 : 高麗史, 新增東國輿地勝覽.

3 청음공(清陰公) : 김상헌(金尙憲). 1570(선조3)~1652(효종3). 조선중기의 문신. 본관 안동. 자 숙도(叔度). 호 청음(清陰)·석실산인(石室山人). 1596년 문과에 급제하여 예조좌

이르렀고 절의(節義)와 문장(文章)이 뛰어났던 것으로 유명했다.

유인은 나면서부터 유순하고 얌전하며 현명하고 착한 자질이 있어 선생께서 딸들 가운데서도 그를 가장 아끼셨다. 기사년[1689]에 선생께서 참혹한 화5를 당하여 가족들을 데리고 영평(永平) 백운산(白雲山)으로 들

랑·시강원사서(司書)·이조좌랑·홍문관수찬 등을 역임하였다. 광해군 때 북인들과의 관계가 원만하지 못했고, 폐모론(廢母論)에 대해서도 비판적인 입장을 보인데다 광해군 말년에는 연이어 부모상을 맞아 물러나 있어야 하였다. 인조반정 이후 다시 조정에 나가 대사간·이조참의·도승지로 임명되었다. 예조판서로 있던 1636년 병자호란이 일어나자 남한산성으로 인조를 호종하여 선전후화론(先戰後和論)을 강력히 주장하였다. 대세가 기울어 항복하는 쪽으로 굳어지자 최명길(崔鳴吉)이 작성한 항복문서를 찢고 통곡하였다. 항복 이후 식음을 전폐하고 자결을 기도하다가 실패한 뒤 안동의 학가산(鶴駕山)에 들어가 두문불출하였다. 청나라로부터 위험인물로 지목되어 1641년 심양(瀋陽)에 끌려가 이후 4년여 동안을 청에 묶여 있었다. 1645년 소현세자와 함께 귀국했지만, 여전히 척화신(斥和臣)을 탐탁지 않게 여기는 인조와의 관계가 원만하지 못해 벼슬을 단념하고 은거하였다. 1649년 효종 즉위 뒤 대현(大賢)으로 추대받아 좌의정에 임명되었다. 죽은 뒤 대표적인 척화신으로서 추앙받았고, 1661년(현종 2) 효종의 묘정에 배향되었다. 저서에 『야인담록(野人談錄)』, 『독례수초(讀禮隨鈔)』, 『남사록(南搓錄)』 등이 있고, 후인들에 의해 문집 『청음집』이 간행되었다. *참고문헌 : 宣祖實錄, 光海君日記, 仁祖實錄, 孝宗實錄, 國朝人物考, 海東名臣傳, 淸陰全集, 宋子大全, 皇明陪臣傳(黃景源), 尊周彙編(李義駿).

4 문곡공(文谷公): 김수항(金壽恒). 1629(인조7)~1689(숙종15). 본관 안동(安東). 자 구지(久之). 호 문곡(文谷). 시호 문충(文忠). 1651년에 알성문과(謁聖文科)에 응시하여 장원(壯元)으로 급제하였다. 1656년(효종 7) 문과중시(文科重試)에 을과(乙科)로 급제하고 정언(正言)·교리(校理) 등을 거쳐 이조정랑(吏曹正郎)·대사간(大司諫)에 올랐다. 1659년(현종 즉위) 승지(承旨)가 되었고, 1661년(현종 2) 이조참판(吏曹參判)이 되었으며, 이듬해 대제학(大提學)에 특진하였다. 1674년 효종비 인선왕후(仁宣王后)가 죽었을 때 자의대비(慈懿大妃 : 인조의 계비)의 복상문제로 제2차 예송(禮訟)이 일어나자, 김수흥(金壽興)과 함께 대공설(大功說 : 9개월)을 주장했으나, 남인이 주장한 기년설(朞年說 : 1년)이 채택되자 벼슬을 내놓았다. 1675년(숙종 1) 좌의정에 임명되었으나 윤휴(尹鑴)·허적(許積)·허목(許穆) 등의 공격으로 관직이 삭탈되고, 원주(原州)에 부처(付處)되었다. 이듬해 풀려나왔다가 다시 영암(靈岩)에 부처되었다. 1680년 영의정이 되고, 1681년 『현종실록(顯宗實錄)』 편찬 총재관(摠裁官)을 지냈으며, 1689년 기사환국(己巳換局)으로 남인이 재집권하게 되자 진도(珍島)에 유배된 후 사사(賜死)되었다. 문집에 『문곡집(文谷集)』, 편서에 『송강행장(松江行狀)』이 있다. *참고문헌 : 孝宗實錄, 顯宗實錄, 肅宗實錄, 國朝榜目, 文谷集, 宋子大全, 黨議通略(李建昌).

5 참혹한 화 : 기사환국(己巳換局)을 이름. 1689년(숙종 15) 후궁 소의 장씨(昭儀張氏) 소생을 원자로 정호(定號)하는 문제를 계기로 서인이 축출되고 남인이 장악한 정국(政局). 숙종의 계비(繼妃) 민씨(閔氏)가 왕비로 책립된 지 여러 해가 되도록 후사를 낳지

어가 은거하며 세상에 나오지 않고 동생들과 함께 책을 읽으며 성리(性理)의 학문을 탐구하였는데, 강론하고 토론하느라 날을 지새웠다. 당시에 유인은 나이가 비록 어렸지만 항상 모시면서 곁에서 떠나지 않았고, 가만히 토론하는 것을 듣고서는 종종 다른 사람에게 이야기했는데, 이해하는 부분이 많았다. 선생께서 마침내 글을 가르치며 더욱더 그를 기특하게 생각했다. 좋은 계절 아름다운 경치를 대할 때마다 유인에게 술병을 들리고 자리와 지팡이를 가지게 하여 나가서는 자연 속에서 즐기며 시를 읊으면서 돌아올 줄 몰랐는데, 유인도 흔연히 정취를 즐기면서 자신이 여자라는 것을 잊었다.

열여섯 살에 명중(明仲)에게 시집갔는데, 명중은 학문을 좋아하고 선(善)을 즐겼으니 역시 군자다운 사람이었다. 내외는 엄숙히 삼가면서도 사이가 좋았고, 시어머니 황부인을 섬길 때에는 아침저녁으로 삼가고 공경하며 흐트러짐이 없었다. 그러나 성품이 바르고 예에 맞게 하는 것을 좋아하여 세상 부녀자들의 옹졸한 모습을 본받지 않았기 때문에, 오씨

못하자, 숙종은 후궁인 숙원 장씨(淑媛張氏)를 총애하게 되었다. 그러자 장씨의 오라비 장희재(張希載)를 중심으로 여러 가지 폐단이 생겼는데, 조정에서는 이 일을 중요시하여 궁중의 내사(內事)까지 논간(論諫)하기에 이르렀다. 그러던 차에 장씨가 왕자 윤(昀)을 낳았다. 숙종은 윤을 원자(元子)로 책봉하고 장씨를 희빈(禧嬪)으로 삼으려 하였다. 이때 당시의 집권세력이던 서인은 원자책봉을 반대하였으나 남인들은 숙종의 주장을 지지하였고, 숙종은 숙종대로 서인의 전횡을 누르기 위하여 남인을 등용하는 한편, 원자의 명호를 자기 뜻대로 정하고 숙원을 희빈으로 책봉하였다. 이때 서인의 영수인 송시열(宋時烈)은 상소를 올려 숙종의 처사를 잘못이라고 간하였다. 숙종은 분개하던 차에 남인 이현기(李玄紀) 등이 송시열의 주장을 반박하는 상소를 올렸으므로, 이를 기화로 송시열을 삭탈관직하고 제주로 귀양보냈다가 후에 사약을 내렸다. 송시열의 사사(賜死)로 된서리를 맞은 서인은 이어서 김수흥(金壽興) · 김수항(金壽恒) 등의 거물 정치인을 비롯하여 많은 사람이 파직되고, 또는 유배되어 서인은 조정에서 물러나고, 그 대신 권대운(權大運) · 김덕원(金德遠) · 목래선(睦來善) · 여성제(呂聖齊) 등의 남인이 득세하였다. 이 환국(換局)의 여파로 민비는 폐출(廢黜)되고 장희빈은 정비가 되었다. *참고문헌 : 肅宗實錄, 燃藜室記述, 朝鮮後期社會勢力의 動向과 政變~肅宗年間의 甲戌換局과 中人 · 商人 · 武人의 政變參與를 中心으로-(鄭奭鍾, 韓國史學 5, 韓國精神文化硏究院, 1983). 肅宗 初期의 政治構造와 換局(洪順敏, 韓國史論 15, 1986), 肅宗과 己巳換局(李熙煥, 全北史學 8, 1984), 甲戌換局과 肅宗(李熙煥, 全北史學 11 · 12, 1989).

가문에서는 그가 현명하다는 것을 아는 사람이 드물었다. 명중에게는 형이 세 사람 있었는데 다 아들이 없었고, 황부인은 연로하고 병이 많아 날마다 유인이 아이를 낳아 당장 위로해주기를 바랐다. 올해 7월 유인이 비로소 아들을 낳아 젖을 먹인 지 7일 만에 병이 나서 죽으니, 나이 스물 둘이었다. 앞서 유인은 친정 부모님을 뵈러 집으로 갔었는데 임종시에 가족들에게 이렇게 말했다.

"제가 오씨 가문에 들어간 이래 조금도 우리 시어머니를 위로해드린 것이 없다가 이제 다행히 아들을 낳아 나중에 데리고 돌아가서 우리 시어머니의 즐거움이 되어드리기를 바랐건만 이렇게 병이 들어 죽으니 이제 할 수 없게 되었습니다."

말이 처량하고 비통하여 듣는 사람들이 슬퍼하지 않는 이가 없었다.

아아! 나는 유인이 유능한 사람이라는 것을 안 지가 오래되었다. 나는 명중과 한 동네에 살면서 상투 틀 때부터 함께 어울려 다닌 것이 이제 거의 20년이 되었으니, 세상에서 나를 아는 사람은 명중만한 이가 없고 명중을 아는 사람 역시 나 같은 이가 없을 것이다. 그 뒤에 또 유인의 남동생 군산(君山)과 서로 깊이 마음이 맞아 농암선생의 문하에 드나들게 되었는데, 유인이 부모와 형제, 부부 사이에서 잘 처신했다는 말이 귀에 들리지 않은 적이 없었다. 유인은 뜻이 고결하고 행동이 순수하였으며, 모습은 온화했지만 마음가짐은 엄정했다. 어릴 적부터 아버님 곁에서 응대하면서 문장과 역사에 통달했고 도리를 잘 알았는데,『좌씨춘추(左氏春秋)』와『주자강목(朱子綱目)』을 더욱 즐겨 보아 고금의 흥망과 성쇠, 인물의 현우(賢愚)와 출처(出處)에 대해 맥락을 훤히 알지 못하는 것이 없었다. 자라서는 베 짜기 등 여공의 일들에만 전심했고 매우 스스로 겸양하고 드러내지 않아, 명중은 그가 글에 능한지 알지 못했다. 평소 사람이 죽어서 이름이 알려지지 못한 것을 가장 딱하게 여겼고, 스스로도 부인의 몸이어서 우뚝하게 서서 세상에 드러난 것이 없음을 개탄했으며, 사람들이 부러워하는 부귀와 권세 이익 같은 것에는 담담하게 바라보았다. 한번은 명중에게 이렇게 말한 적이 있었다.

"첩첩 산중에 집을 짓고 밭 몇 마지기를 사 두고는 책은 천 권쯤 쌓아 놓고서 저는 당신을 따라 농사를 짓고 책을 읽으며 한가로이 천명을 다 한다면 분수에 충분할 것입니다."

그가 죽자 명중은 울면서 내게 이렇게 말했다.

"유인은 식견이 밝았고 고상한 취향을 지닌 것이 이처럼 많았네. 나는 이제 마음을 알아주는 벗을 잃었네."

아아! 유인은 그렇게 현명했도다! 장부라도 나약하고 비루한 자들이 유인의 품격에 대해 듣는다면 역시 조금 부끄러워할 것이다.

명중은 유인의 뜻이 영원히 남고 싶은 데 있었던 것을 슬퍼하여 나에게 애사를 써달라고 부탁하니, 내가 비록 감히 사양하지 못하기는 했으나 나의 글이 어찌 유인을 영원토록 할 수 있겠는가?

애사에 이른다.

높은 관 쓰고 호사스런 의대 한 자 가만히 바라보니,
어지러이 영리를 좇아 치닫는구나.
덕을 세움이 귀한 것을 누가 알리오?
명예와 품격을 영원히 세웠네.
저 미미한 아녀자의 몸으로,
홀로 이렇게 뛰어난 뜻을 품었네.
훌륭한 아버지의 가르침을 본받아,
일찍부터 예를 간직하고 의를 따랐네.
옛 혜반(惠班)[6]과 헌영(憲英)[7]을 보고,

---

6 혜반(惠班) : 반소(班昭). 49~120. 중국 후한(後漢)의 여류시인. 이름은 희(姬), 자는 혜반(惠班)이다. 『한서(漢書)』의 편찬자 반고(班固)와 서역 경영에 활약한 무장 반초(班

오로지 동사(彤史)를 벗 삼으려 했네.

황금 구슬과 보옥이 빛을 내며 눈을 즐겁게 해도,

내 마음이 아름답게 여기는 건 아니라네.

벼슬하여 높은 자리에 있으면서 이름이 알려지지 않으면

한 가지 선행이 기억됨만 못하네.

진실로 어질다는 명성이 영원히 전해진다면,

뼈는 썩을 지라도 죽어 없어지지 않으리.

때에 맞춰 선을 닦아,

남편에게 도움 되기를 바랐네.

덕은 넉넉했는데 명은 박하였으니,

부모의 마음에 슬픔은 그치지 않네.

구슬을 쥔 세 사람의 모습이여!

아, 예전의 꿈이 기이하도다.

슬기로운 행동을 기록하여 무덤 속을 환히 빛나게 하니,

선생께서 묘지명(墓誌銘)을 써주셨도다.

천 년이 지나도 향기가 퍼지리니,

저 깊은 곳에서 미소 띠기를.

超)의 여동생으로, 조세숙(曹世叔)에게 출가하여 조대가(曹大家)라고 불렸으나 남편을 일찍 여의었다. 박학다식한 그녀는 반고가 『한서』를 완성하지 못하고 죽자, 화제(和帝)의 명을 받고 그 일을 계승하여 『한서』 중의 8편 <표(表)>와 <천문지(天文志)>를 완성함으로써 『한서』 편찬을 완결하였다. 그 후 그녀는 궁중에 초빙되어 황후를 비롯한 여러 부인들의 교육을 담당하였으며, 또 그녀가 지어낸 『여계(女誡)』 7편의 저서는 정숙한 부녀의 도(道)를 논술(論述)한 것이다. 그 외의 저서로, 여행 체험에 의거하여 지어낸 『동정부(東征賦)』가 있고, 부(賦)·송(頌)·명(銘)·뇌(誄)·문(問)·주(注)·애사(哀辭) 등을 합하여 16편이 있다.

7 헌영(憲英) : 신헌영(辛憲英). 191~269. 삼국시대 영천(潁川) 양적(陽翟) 사람으로 신비(辛毗)의 딸이자 신창(辛敞)의 누나이다. 신헌영은 태산(泰山) 출신의 양탐(羊耽)에게 시집을 갔다. 위(魏) 정시(正始) 10년(249) 1월, 사마의(司馬懿)가 반란을 일으켜 성안을 장악하자, 신헌영은 동생 신창(辛敞)에게 조언하여 그가 명분과 생명을 유지할 수 있게 했다. *참고문헌 : 三國志.

아늑한 자리를 고르니 길하다 하고,
돌들 사이로 흐르는 물이 또 맑게 치달리네.
아! 유인이 여기에서 편안하시어,
영혼이 영원히 머물 듯하여라.

해제 유인 김씨는 김창협의 셋째 딸로, 어린 시절부터 이하곤과 같은 마을에 살던 친구 오진주(吳晉周)의 아내이다. 이하곤은 또 유인의 남동생 군산(君山) 김숭겸(金崇謙)과도 절친한 사이였다. 유인 김씨는 아버지 김창협에게서 글을 배웠는데 현명하고 착하여 김창협의 사랑을 독차지했다. 16세에 오진주에게 시집갔는데 아들을 낳은 지 7일 만에 22세의 나이로 죽었다. 남편 오진주가 마음의 벗을 잃었다며 울면서 글을 부탁했다.

김공의 어머니 남양 홍씨 묘표
金母南陽洪氏墓表

　　고(故) 감찰(監察) 김과(金銛)에게 소실이 있었으니 홍씨이다. 죽어 청안
(淸安)의 반계(磻溪)에 장사지냈는데, 49년 뒤에 그의 아들 전 현감(縣監)
김응운(金應運)이 무덤에 비석을 세우려 했다. 하루는 나를 찾아와 묘에
쓸 글을 청하며 울면서 이렇게 말했다.

　　"우리 어머니는 본관이 남양(南陽)입니다. 청도(淸道) 군수(郡守)로 예조
판서(禮曹判書)에 추증된 홍순각(洪純慤)의 손녀이며, 통정대부(通政大夫)
홍이건(洪頤建)의 따님입니다. 만력(萬曆)8 정미년[1607]에 태어나 열아홉
에 우리 아버님께 시집오셨고, 정유년[1657]에 돌아가시니 나이 쉰한 살
이셨습니다. 3남 1녀를 낳았는데, 장남은 김경운(金應運), 차남은 김창운
(金昌運), 다음이 바로 응운(應運)입니다. 딸은 현감(縣監) 손유(孫愈)에게
시집갔습니다. 아아! 어머니가 돌아가셨을 때 저는 나이가 어려 얼굴도
아슴푸레 기억나지 않는데 하물며 평소의 말씀과 행동을 알겠습니까?
적모(嫡母)9 한씨의 조카 한상기(韓相夔)10 형제와 교유할 때, 저를 위해
이런 말을 해 준 적이 있었습니다.

　　'병자호란11 때에 남쪽으로 함께 도적을 피했었다. 당시에 가솔들이 거

8　만력(萬曆) : 명(明)나라의 연호. 1573년~1620년.

9　적모(嫡母) : 서자(庶子)가 아버지의 정실을 이르는 말. 큰어머니.

10　한상기(韓相夔) : 1676년(숙종 2년) 봉화 현감. *참고문헌 : 肅宗實錄.

11　병자호란 : 원문에는 '건로(建虜)'라 되어 있는데, 건로는 건주(建州)의 오랑캐. 건주(建
　　州)는 여진족(女眞族)의 근거지였던 길림(吉林) 부근과 목릉하(穆陵河) 유역 일대, 곧
　　만주의 건주여진(建州女眞)을 말한다. 명(明)나라 성조(成祖)가 여진족 문제를 처리하
　　기 위해 여진족의 추장에게 지휘(指揮) 등의 벼슬을 주어 건주위(建州衛)를 관장하게
　　했는데, 이후 맹가(猛哥) 첩목아(帖木兒)를 건주좌위(建州左衛) 장관으로 삼고, 또 건주

의 80명이나 되었는데, 매일 나가서 쌀을 얻어 돌아와서는 밥을 해 거두어 먹였는데, 아주 골고루 똑같이 나눠주셨다. 자기는 배부르지 않더라도 종들에게 혹시라도 주린 기색을 차마 드러내게 할 수는 없었다. 그리하여 함께 피난하는 사람들이 감탄하며 특별하게 여기지 않는 이가 없었다.'

한(韓) 공은 당시에 직접 본 것이라고 했습니다. 뒤에 적모(嫡母) 이숙인께서도 그 분을 칭찬하며 이렇게 말씀하신 적이 있었습니다.

'네 어미는 나를 잘 섬겼었다. 한 집에서 15년을 같이 살면서 조금이라도 얼굴빛을 바꾼 적이 없었다. 또 처리하기 지극히 어려운 집안일도 네 어미는 정성을 다해 사람을 감동시켜 끝내 아무 탈이 없게 되었다. 네 어미는 공손하면서도 유순하고 너그러움이 대부분 이와 같았다.'

아아! 이 몇 가지로 우리 어머니에 대해 알 수가 있을 것입니다. 우리 어머니처럼 현명하신데도 끝내 돌아가시어 알려지지 않게 된다면 어찌 저의 죄가 되지 않겠습니까? 이런 까닭으로 선생의 말씀을 얻어 없어지지 않기를 바랍니다."

내가 청주(淸州)를 오간 적이 있었는데, 그 고을 사람들이 김씨 집안이 번성하다고 이야기하는 사람들은 꼭 '이는 현모(賢母)의 보응이다.'라고 했는데, 한군과 이숙인의 말한 것을 들으니 그의 현명함을 더욱 믿을 만하다. 슬프다! 홍씨는 궁벽한 시골 아녀자로 본래 시(詩)와 예(禮)의 가르침이나 보모(保姆)의 가르침도 못 받았지만 공손히 윗사람을 섬기고 너그러이 아랫사람을 어루만졌으며 성실히 일을 처리할 수 있어서, 가문에 적합한 사람이었고 친척과 마을에는 훌륭하다고 알려졌으니 그의 덕성이 다른 사람보다 뛰어난 점이 있었다. 후세에 전한다 해도 무엇이 부끄러울 것인가? 나는 이에 마땅한 글을 얻지 못하고 끝내 그의 말을 그대로 돌려준다.

우위(建州右衛)를 두어 이른바 건주삼위(建州三衛)의 성립을 보았다. 청나라가 이 건주 (建州)에서 일어나 중국을 차지하기에 이르렀으므로 청나라를 이렇게 부르기도 했다.

해
제

　　남양 홍씨(1607~1657)는 홍이건(洪頤建)의 딸로, 19세에 김과(金錁)의 소실로 들어가서 3남 1녀를 낳고 51세에 죽었다. 그는 병자호란의 힘든 상황에서도 자신은 굶주리면서도 80명이나 되는 가족들을 정성으로 봉양하여 주변 사람들이 감탄해 마지않았다고 한다. 아들 김응운(金應運)은 어려서 어머니에 대한 기억이 없었는데, 적모(嫡母)인 이숙인에게서 이러한 사실을 듣고 어머니를 기리고자 하여 이하곤에게 묘표를 부탁했다.

딸 봉혜 광지
亡女鳳惠壙誌

   딸 봉혜(鳳惠)는 경진년[1700] 2월 17일에 태어나 을유년[1705]년 10월 그믐날 죽었고, 나이는 겨우 여섯 살이었다. 아비는 계림(鷄林) 이하곤(李夏坤)이고 어미는 은진(恩津) 송씨이며 할아버지는 회와공(晦窩公) 모(某)[12]인데 관직은 이조판서(吏曹判書)에 이르렀다. 딸아이는 날 때부터 아주 총명했다. 막 말을 배우기 시작했을 때, 벽에 걸린 장임량(張林良)의 학 그림을 보고는 학을 부르는 소리를 내며 그림을 향해 학을 불렀는데, 내가 그 때문에 한바탕 웃고는 그 아이가 보통 아이와 달리 명석함을 기뻐했었다. 조금 자라자 모습이 단정하고 예뻤으며 성품은 효성스럽고 우애 깊었으며 온순했다. 회와공께서는 그 아이를 더욱 아끼시며 늘

   "이 아이가 남자가 못 된 것이 한스럽구나."

라고 하시고는 항상 무릎에 앉혀두고 특히 신경쓰시며 정성껏 길러주셨고, 딸아이도 진심을 다해 그 분을 모셨다. 어쩌다가 몇 개월 떨어져 있으면 더욱 간절하게 그리워했고, 참외 같은 과일이나 생선, 조개가 싱싱한 것을 보게 되면 그 어머니에게 이렇게 알려주었다.

   "이건 맛있으니 우리 할아버지께 올려 드려도 되겠어요."

   어머니가 그 아이의 마음을 시험해보려고 장난삼아

---

12 회와공(晦窩公) 모(某) : 이인엽(李寅燁). 1656(효종 7)~1710(숙종 36). 조선 중기의 문신. 자는 계장(季章), 호는 회와(晦窩). 본관은 경주(慶州). 1684년(숙종 10) 사마시에 합격하고 1686년 정시문과에 급제하였다. 1689년 기사환국(己巳換局)으로 관직에서 물러난 뒤 숙종이 인현왕후(仁顯王后)를 폐하려 하자 반대상소를 올렸다. 1694년 갑술옥사로 서인이 재집권하자 등용되어 양역변통(良役變通)을 주관하고 강화유수가 되어 강화부 방비를 위해 진(鎭)의 설치를 주장하였다. 벼슬이 행이조판서·홍문관대제학에 이르렀다. *참고문헌 : 肅宗實錄, 英祖實錄, 正祖實錄, 國朝榜目, 燃藜室記述, 俎豆錄.

"할아버지는 너를 생각지도 않으시는데, 너는 어째서 혼자서 할아버지를 생각하니?"

라고 물어 보았더니 이렇게 대답했다.

"저는 할아버지의 수염과 머리카락이 벌써 희끗희끗하신 것이 가엾게 생각돼요."

듣는 사람들이 다 감탄하고 기특하게 여겼다.

남동생 봉석(鳳錫)과 서로 아껴주는 것이 돈독하고 지극하여 음식을 먹거나 일어나서 놀 때에 잠시라도 떨어지려 하지 않았다. 그 아이가 죽자 슬퍼하고 그리워해 마지않았는데, 바람 불고 비가 와서 컴컴하게 어두워질 때마다 쓸쓸히 한숨을 내쉬면서 이렇게 말하곤 했다.

"아아! 내 동생을 혼자 사람도 없는 산에 버려두었는데, 무섭지 않을까?"

그 어머니가 눈물을 흘리는 것을 보면 좋은 말로 달래주었고, 이런 저런 장난을 쳐서 그 어머니의 마음을 즐겁게 해주고자 했다. 때로 지나치게 슬퍼할 때마다 또다시 함께 두려워하며 이렇게 말했다.

"어머니께서 제 말을 듣지 않으시면 저도 죽을 거예요."

나는 진심으로 그 마음을 슬프게 여겼었지만 그 아이의 말이 불길하여 이상했는데, 아아! 기어이 과연 죽었구나.

을유년[1705] 겨울에 우리 온 가족이 금계(金溪)[13]의 옛 집으로 돌아가는데, 딸아이가 도중에 많이 피곤해 있던 차에[14] 감기에 걸려 있었는데, 마마를 앓고서 8일 만에 병이 더욱 심해졌다. 밤 9시[15]가 되어갈 무렵,

---

13 금계(金溪) : 충청북도 진천.

14 피곤해 있던 차에 : 감돈(撼頓). 흔들림. 흔들거리다 넘어짐. 출렁거려 몹시 피곤함. 동요되어 몹시 고달픔.

15 밤 9시 : 이고(二鼓). 이경(二更). 하룻밤을 오경(五更)으로 나눈 둘째의 경(更). 오후 9시에서 11시까지. 을야(乙夜).

등불 그림자 아래로 내다보니 '하아, 하아' 하고 숨 쉬는 소리가 더욱 급해졌다. 그 얼굴을 감싸 안고 그 아이의 이름을 부르며

　"네가 어찌하여 이리 되었느냐?"

라고 했지만, 딸아이는 이미 말도 못 하고 다만 눈을 깜박여 한번 바라보고는 훌쩍 훌쩍 슬프게 울기만 했다. 아아! 고달프게 죽어가는 순간에도 오히려 부모를 걱정하여 아쉬워하며 차마 이별하지 못하는 마음을 가졌으니 더욱 애통할 뿐이다.

　그 아이가 죽었을 당시에는 풍속에 꺼려하여서 묻지 못하고, 병술년[1706] 3월 한식(寒食)[16]에 관과 수의를 갈아 주고 양지(陽智)[17] 마을 돌아가신 어머니의 무덤 서쪽에 묻으려 하여, 내 서럽고 괴로운 마음을 대강 써서 자기(瓷器)에 새겨 무덤에 넣는다. 슬프다! 두 해 사이에, 아들을 이미 잃고 또 딸을 보내다니, 하늘은 어떻게 내게 이럴 수가 있는지!

해제　이봉혜(李鳳惠, 1700~1705)는 이하곤의 딸이다. 이봉혜는 여섯 살의 어린 나이에 천연두에 걸려 죽었는데 아버지 이하곤은 딸에 대한 기억을 더듬으며 어린 딸의 모습과 음성을 절절하게 재현해냄으로써 슬픔을 표현하고 있다. 딸을 제사하는 글 '봉혜를 곡하는 글[哭鳳惠文]'이 있다.

---

16 한식(寒食) : 동지(冬至)부터 105일째 되는 날. 청명절(淸明節) 당일이나 다음날이 되는데 음력으로는 대개 2월이 되고 간혹 3월에 드는 수도 있다. 양력으로는 4월 5·6일경이 된다.
17 양지(陽智) : 경기도 용인시 양지면.

봉혜를 곡하는 글
哭鳳惠文

유세차 병술년[1706] 2월 상사(上巳)[18]일은 딸 봉혜를 묻은 다음 날이다. 그 아이의 아비는 조촐하게 떡과 고기와 과일 등의 제수를 갖추어 딸의 무덤 앞에 글을 지어 곡을 한다.

아아! 내 나이 스물이 넘도록 자식이 없었는데, 너의 어머니 또한 약하고 병치레가 많아 대를 잇지 못할까 걱정이었다. 그러다 경진년[1700] 봄에 네가 비로소 태어났단다. 너의 어머니가 너를 임신했을 때 다섯 가지 빛깔을 가진 새가 길게 울면서 날아가는 꿈을 꾸어 할아버지가 마침내 '봉(鳳)'이라는 글자로 너의 이름을 지었다. 너는 태어날 때부터 용모가 아름다웠고 정신이 빼어나고 온전했다. 나는 매우 기뻐 딸을 낳은 서운함을 알지 못했다. 너의 외증조 할아버지 월당공께서는 내게 편지를 보내,

"자네는 남자아이를 바랐는데 딸을 낳아놓고 어찌 이처럼 기뻐하는가?"

라고 말씀하셨다. 나는 도연명의 '연약한 딸아이가 비록 아들은 아니라도 마음을 달래주는 데는 없는 것보다 낫다.'라는 구절을 들어 답장을 드렸다.

또 2년이 지난 임오년[1702]에 너의 동생 봉석이가 태어났다. 그해 겨울 너의 어머니는 아이들을 데리고 회천으로 가 부모님을 뵈러 갔다. 계미년[1703] 봄에야 비로소 금계(金溪)[19]의 집에 모두 모였는데, 봉석이는 벌써 상을 잡고 일어설 수 있었고 의기가 우뚝했으며, 너는 말하고 행동

---

18 상사일(上巳日) : 3월 3일.
19 금계(金溪) : 충청북도 진천.

하는 것이 더욱 어여쁘고 사랑스러웠다. 부모는 조석으로 데리고 놀면서 마치 구슬 두 알이 앞에 놓여 있는 것처럼 여겼다. 너의 어머니는 늘

"너 같은 딸이 있고 봉석이 같은 아들이 있으니, 나는 남부러울 것이 없단다."

라고 했다. 얼마 안 있어 아버님이 벼슬을 그만 두고 남쪽으로 가셨고, 너의 막내 작은아버지가 영동에서 인석이를 데리고 왔으며, 백모(伯母)와 중모(仲母) 두 부인의 집안 또한 서울에서 내려와 함께 같은 동네 안에 살게 되었고, 김씨 가문으로 시집가신 누님, 송씨 가문에 시집간 여동생, 윤씨 가문에 시집간 여동생이 모두 와서 모이게 되었다. 달 밝은 밤이나 꽃 피는 아침이면 산에 오르고, 시냇가에 가기도 하고, 평대(平臺)[20]를 걷거나, 작은 배를 젓기도 하고, 투호 놀이를 하거나 바둑을 두기도 하며, 술 마시고 노래를 부르기도 했다. 너의 남매 또한 옷을 잡아끌면서 소리 지르고 뛰어다니며 일찍이 한 번도 그 사이에 있지 않은 적이 없었다. 너의 종숙모와 종고모들도 너를 사랑하여 기특하게 여기고 너를 보고 감탄하였다. 너는 우리 부부가 자식이 있다는 것을 잊지 않게 했고, 우리 부부 또한 너의 남매가 늦게 태어났다는 것을 한으로 여기지 않으며 날마다 너희들이 장성하여 결혼할 것을 바랐다.

다음해 갑신년[1704] 아버님께서 강화도 유수(留守)[21]를 지내시게 되어 나와 너희들이 모두 따라 갔는데, 가을에 봉석이 갑자기 찬바람을 맞아 앓다가 죽었다. 부모의 참담한 슬픔과 안타까움은 진실로 말로 하기 어

---

20 평대(平臺) : 정원이나 길로 연결된 부분. 마당. 한(漢) 나라 양효왕(梁孝王)이 천하의 재사(才士)들을 모아 주연(酒宴)을 베풀며 노닐었던 누대(樓臺) 이름이기도 하다.

21 유수(留守) : 개성·강화·광주·수원 등에 설치한 지방관. 품계는 정2품 또는 종2품이며, 정원은 각각 2명씩 두었다. 유수 제도는 1627년(인조 5)에 인조가 강화로 피신했다가 돌아온 뒤에 더욱 확대되었다. 조선의 유수는 개성유수뿐만 아니라 강화·수원·광주유수 모두 정원 2명 중 1명은 경기관찰사가 겸직했다는 특징이 있었다. *참고문헌 : 仁祖實錄, 正祖實錄, 經國大典, 大典會通, 朝鮮王朝의 留守府經營(李存熙, 韓國史硏究 47, 1984).

려웠지만 너는 더욱 슬퍼하며 매번

"불쌍한 봉석아! 너는 어찌 부모님의 사랑을 버리고 죽었니? 너는 어찌 홀로 무섭지도 않은 듯 텅 빈 산에 버려졌니?"

라고 하였는데, 그 말이 처량하고 간절하여 차마 들을 수가 없었다. 그리고 너는 또 부모가 지나치게 슬퍼하는 것을 염려하여 좋은 말로 위로하고 또 재롱을 부리며 부모가 한번 웃는 것을 보려고 하였다. 부모의 마음이 비록 가버린 아이 봉석이 생각에 견딜 수 없었지만 그래도 네가 앞에서 정성을 다하고 효도를 다하는 덕분에 그 슬프고 애통한 마음을 조금이나마 달랠 수 있었다. 그러니 누가 하루아침에 너 또한 부모를 버리고 멀리 가버릴 줄 생각이나 했겠는가? 아아! 지난 번 네가 봉석이를 원망했던 이유로 나는 너를 원망하게 되는구나. 아아! 지난 번 네가 봉석이를 슬퍼했던 이유로 나는 또 너를 슬퍼하게 되는구나. 너는 그것을 아느냐? 모르느냐? 아아, 애통하다! 아아, 애통하다!

나는 아이들을 많이 보았지만 너처럼 영민하고 지혜로운 아이를 보지 못했고, 너만큼 효도하고 우애가 깊은 아이도 보지 못했다. 다른 집의 작은 아이들은 누구 하나라도 노는 데만 여념이 없었지만 너는 그렇게 하지 않았다. 서너 살 때부터 길쌈하고 바느질하기를 좋아하였고 음식을 만들었으며 살림을 맡기도 했다. 네 어머니는,

"봉혜는 이미 수고로운 일을 할 줄 알아 일을 처리하고 사람을 대하는 일이 완연히 어른과 같은 태도가 있었어요. 말하는 것 또한 아름답고 의젓해 음식을 나눠 먹을 때는 반드시 균등하게 했지요. 이 때문에 귀천에 상관없이 모두 마음에 들어했어요. 그 아이가 살아 있을 때에는 누구나 사랑하지 않는 사람이 없었고, 그 아이가 죽자 누구라도 불쌍히 여기지 않는 사람이 없네요."

라고 하였다. 나는 이로 말미암아 너의 영민하고 총명함이 다른 사람보다 뛰어났던 것을 알았다. 또 나는 너를 매우 사랑했는데, 내가 가르친

것을 너는 반드시 공경하고 믿고 따랐으며 일찍이 조금도 내 뜻을 저버린 적이 없었다. 간혹 잠깐 내 품에서 벗어나면 너는 번번이 얼굴에 근심을 나타내며 이렇게 말했다.

"아버지는 어떻게 저를 잊으신 건가요? 왜 한참 동안 밖에서 주무시나요?"

내가 너와 함께 안에서 지내게 되면 너는 기뻐 뛰기를 그만두지 않았다. 너의 어머니는 항상 병으로 가슴앓이를 해서 밤새도록 고통스러워했는데, 너는 곁에 있으면서 어머니를 안고 눈물을 흘렸다. 곁에 있는 사람이 너를 밖에 내보내려고 해도 너는 끝내 그 자리를 떠나려 하지 않았다. 그때 너는 아직 돌도 되기 전이었다.

너의 어머니는 봉석이가 죽은 이후로 매번 빨리 죽기를 원했다. 너는 그 말을 들으면 번번이 슬퍼하며 이렇게 말했다.

"어머니 죽지 마세요. 저를 어머니 없는 아이로 만들지 마세요!"

너의 어머니는 너의 그 마음을 슬퍼하여 여러 번 이 말을 나에게 하였다. 또 늙은 종으로부터 돌아가신 어머님이 나를 키우셨을 때의 이야기를 들을 때면 마음속 깊이 감동하였다. 너는 혼자서 사당에 들어가 절했고, 네가 우리 아버님을 섬기는 정성과 사랑은 하늘에서 나온 것 같았다. 아버님이 간혹 고향 집에 가시어 여러 달 돌아오지 않으시면 너의 그리워하는 마음이 더욱 간절했다. 새롭고 신선한 채소와 과일, 생선과 조개 따위를 보면 네 어머니에게 이렇게 말했다.

"이 음식들은 먹을 만하네요. 어떻게 하면 할아버지께 한번 맛보게 해 드릴 수 있을까요?"

너의 어머니가 장난삼아 이유를 물으면 너는 또

"저는 단지 할아버지의 수염과 머리가 하얗게 된 것이 불쌍해서 그래요."

라고 하였으니 듣는 사람들이 기특하게 여기지 않는 이가 없었다.

너와 봉석이는 우애가 매우 지극해 태어나면서부터 잠시도 서로 떨어지려 하지 않았다. 죽은 다음에는 매우 슬퍼했으며 시간이 지나도 그 슬픔이 사라지지 않았다. 같은 집에 종형제가 살았는데, 너는 또 마치 친형제처럼 여겼다. 나는 이로 말미암아 너의 효도와 우애가 더욱 다른 사람이 미칠 바가 아니라는 것을 알았다.

아아! 너는 영민하고 총명했는데도 오래 살지 못했고, 효성스럽고 우애가 깊었는데도 복을 받지 못했다. 나는 지금 이후로, 영민하고 총명한 것이 일찍 죽는 근원이며 죽음의 조짐이라는 것, 효도하고 우애하는 것은 하늘이 질투하는 것이며 신이 미워하는 것임을 알게 되었다. 그렇다면 산송장처럼 아무런 생각도 없이 살며 목석처럼 완고한 자라야 천수를 누리고 오래 사는 것인가? 난폭하고 잔인하며 효경(梟獍)²²같이 사나운 자라야 평안하게 사는 복을 받는 것인가? 아아, 애통하다! 아아, 애통하다!

너는 비록 딸이었지만 나는 네게 기대한 것이 대단했었다. 너 또한 평소에 건강하고 병이 없어 일찍 죽을 것에 대한 걱정을 하지 않았으니 이렇게 죽을 것이라고는 어찌 꿈에서라도 생각했겠느냐?

나의 성품은 둔하고 괴팍하여 서울에 사는 것을 좋아하지 않았다. 을유년[1705] 겨울, 식구들을 이끌고 금계의 옛날 집에 가려고 했는데, 이해 서울 근방에 마마가 크게 성행했다. 마음속으로, 너는 아직 마마를 치르지 않았으니 멀리 시골로 피하는 것도 매우 적절하겠다고 생각하고 마침내 너를 데리고 길에 올랐다. 죽산(竹山)²³ 가섭리(迦葉里)에 이르렀는데, 그 날 바람이 크게 불고 추워졌다. 너는 수레 안에서 나왔는데 얼굴빛이 마치 서리에 시든 배 같았고 입은 오그라들어 한참이나 말을 하지 못했다. 너의 어머니는 급하게 술을 찾아서 먹이고 화롯불로 너를 따뜻

---

22 효경(梟獍) : 어미와 아비를 잡아먹는다는 상상의 동물.
23 죽산(竹山) : 경기도 죽산현.

하게 해주자 너는 비로소 차츰 얼굴빛과 말을 찾는 것 같았다.

다음날 새벽 너는 갑자기 배앓이를 하고 토를 했지만, 찬 바람을 맞아 그런 것이라 여기고 크게 이상한 것은 아니라고 생각했고, 또한 중도에 오래 머물러 있을 수 없어 길을 떠났다. 마침내 길을 떠나 식송촌(植松村)에서 점심을 먹는데 네가 또 토하기도 하다가 또 먹는 듯했는데, 얼굴을 보니 정신이 나간 듯하고 얼굴빛이 사색이 되어 있었다. 나는 겁이 나서 급히 수레를 몰아 운정(雲亭)에 도착했는데 이미 밤이 깊었다. 몇 가지 약을 먹여 보았지만 듣지 않았었고 이틀이 지나니 마마 반점이 나타나기 시작했다. 유(柳) 의원을 불러 진맥하게 했더니

"피가 요도를 따라 흐르니 비록 유부(兪跗)[24]나 편작(扁鵲)[25] 같은 신의(神醫)가 오더라도 어쩔 수가 없습니다."

라고 하였다. 너는 과연 8일이 지나도록 일어나지 못하더니, 어느덧 10월 그믐날이 되었다. 너는 아침부터 저녁까지 수십 차례 설사를 하고 배가 북처럼 부풀어 올랐으며 숨소리가 빨라져 마치 쇠를 긁는 듯했다. 나는 네 발을 끌어안고 앉았고 네 어머니는 또 내 곁에 앉아 있었다. 그때 등불은 밝게 빛나고 바람 소리는 윙윙거리며 종이창을 흔드는데, 우리 부부 두 사람은 다만 눈물을 흘리며 서로를 쳐다볼 뿐이었다. 너는 갑자기 눈을 뜨고 나를 보며 몇 마디를 떼려다가 목이 메어 그쳤는데, 마치

---

24 유부(兪跗) : 황제(黃帝) 때의 명의(名医). 황제의 무장(武將)이라고도 한다. 병을 치료하는 데 약(藥)이나 침(鍼), 안마(按摩) 등을 사용하지 않고, 환자의 의복을 조금 열어 보는 것만으로 병의 징후를 보고서 해부하여 혈관을 연결하고, 골수와 뇌를 안정시키고, 횡경막을 재생시키며 위장을 씻고 오장(五臟)을 헹구어 심장을 치료하고 신체를 다스렸다고 한다. *참고문헌 : 史記, 史記正義.

25 편작(扁鵲) : 중국 고대의 전설적인 명의(名醫). 성명은 진월인(秦越人)으로 중국 전국시대의 의학자이다. 장상군(長桑君)에게 의학을 배워 금방(禁方)의 구전과 의서를 받아 명의가 되었고, 괵나라(BC. 655년 멸망) 대자의 급환을 고쳐 죽음에서 되살렸다는 이야기가 유명하다. 편작은 진맥에 능통했고 불치병을 집대성한 『난경(難經)』을 집필하여 중국 한의학을 체계화했다. 진(秦)나라의 태의령승(太醫令丞)인 이혜(李醯)에게 죽음을 당했다 한다. *참고문헌 : 史記.

부모에게 영결을 하는 것 같았다. 이러한 일을 당하여 네 부모의 마음이 어떠했겠느냐? 아아, 애통하다! 아아, 애통하다!

너는 병이 매우 위독해졌을 때는 정신이 이미 혼미하여 아무것도 기억하거나 분간하지 못했는데, 잠꼬대 같은 말 가운데 문득 내게

"이건 아버지의 잘못이에요. 이건 아버지의 잘못이에요."

라고 하니, 마치 나의 잘못을 깨닫게 하려는 것처럼 생각되었다.

아아! 옛날에 한문공이,

"사람이 태어나 물과 불에서 벗어나지 못하는 것은 부모의 죄이다."

라고 하였으니, 이 말로 본다면 너를 아프게 하고 또 죽게 만든 것이 누구의 죄이냐? 네가 나를 따라서 남쪽으로 오지 않았으면 어찌 기운이 떨어져 병이 났겠느냐? 가령 네가 한때 병을 얻었다 해도 만일 따뜻한 곳에 있으면서 잘 치료했다면 또 어찌 갑자기 죽기까지 했겠는가? 지금 그렇지 못했으니, 안채 따뜻한 방의 잘 갈무리한 요와 따스한 이불을 떠나 세찬 바람 불고 사납게 눈 내리는 속에서 황량한 들판과 산골짜기 시냇가로 끌고 다니며 쓰러지게 하였고, 또 때에 맞추어 의원에게 물어 증세에 맞게 약을 쓰지 못하고 끝내 네가 길에서 죽는 것을 면치 못하게 했다. 이것은 나의 죄이다. 이것은 나의 죄이다. 어찌 내 죽을 때까지 한이 되지 않겠느냐? 아아, 애통하다! 아아, 애통하다!

너의 용모를 보면 포동포동 예뻤고, 너의 정신과 기운을 보면 빼어나게 잘 갖추어졌으며, 타고난 품성으로 말하면 영민하고 지혜로웠으며, 덕성으로 말하자면 효성스럽고 우애가 있었다. 이 여러 가지를 가지고도 어찌 일찍 죽는 데 이르렀느냐? 어찌해서 일찍 죽었느냐? 네가 병들었을 초기에 내가 깊이 걱정을 하자 너의 종숙들이 다,

"이 아이의 모습과 품성으로 보면 의당 많은 복을 누릴 것인데 무얼 그리 지나치게 걱정하십니까?"

라고 하며 나의 마음을 풀어 주었다. 이제 와서 보니, 복이 없는 것이 너

보다 심한 사람이 없는데, 사람들은 또 복을 많이 받을 것이라고 했으니 도대체 무엇 때문인가? 아아! 네가 어찌 복이 없어서 일찍 죽은 것이겠느냐? 네가 죽던 날 너의 종숙들이 또 모두

"무릇 사람의 생사와 수명은 용모를 가지고 생각할 수 없고 신기로 헤아릴 수 없으며, 성품이나 행실을 가지고도 추측할 수 없나 봅니다. 이 아이가 죽었으니 세상에 (운명을)믿을 만한 아이가 있겠습니까?"
라고 하며 나를 위로하였다. 이로 살펴보면 네가 어찌 복이 없어서 일찍 죽은 것이겠느냐? 이는 네 아비가 속은 비었으면서 그릇되게 명성을 얻은 것, 행동은 어긋나서 천지신명에게 죄를 얻은 것으로 말미암은 것이니, 그 품속의 아이를 보호하지 못하여 장차 가슴을 꺾이고 뼈를 깎는 참혹한 고통을 느끼며 삶을 마치게 될 것이다. 너는 실로 아버지를 대신해서 죽은 것이니 어찌 원통하지 않겠느냐? 어찌 원망스럽지 않겠느냐? 아아, 애통하다! 아아, 애통하다!

나는 네가 죽은 이후로 우두커니 방안에 앉아 하루 종일 벽을 마주하고 정신 나간 듯 혼미하게 마치 미친 듯 술에 취한 듯 있다. 앉아서는 무엇을 해야 할지 모르겠고, 길을 나가도 어디를 가야할지 모르겠고, 어쩌다 책을 보더라도 탄식만 하며, 밥을 대하여도 한숨을 쉬며, 그림자에 대고 말을 하기도 한다. 산을 보면 네가 생각나고 물을 봐도 네가 생각나며 평대(平臺)의 솔바람 소리를 들어도 네가 생각난다. 작은 배 위에 밝은 달을 보아도 네가 생각나며, 때때로 네가 생각나지 않는 적이 없고 어디를 가도 네가 생각나지 않는 데가 없다. 하지만 너의 자취는 이미 변하여 연기처럼 먼지가 되어 사라졌으니 찾아도 보이지 않고 구해도 얻을 수가 없구나.

아아! 나와 네가 불과 6년간을 아버지와 자식으로 살았지만 또 언제 지하에서 서로 만날 수 있을지 모르겠다. 그러니 지금부터 내가 죽을 때까지 너를 생각하고 너를 슬퍼하지 않는 날이 없을 것이다. 아아! 그 어

찌 참아낼 수 있겠느냐? 불교의 윤회설은 비록 우리 유학자들이 말할 바
는 아니다. 그러나 양숙자(羊叔子)**26**가 반지를 찾던 일**27**이나 방차율(房茨
律)**28**이 항아리를 캐내던 일**29** 같은 것은 매우 신기하니, 과연 전하는 말
과 같다면 그러한 이치가 전혀 거짓이라고만 할 수 없을 것이다. 나는
이제부터 다시 태어날 때마다 너와 아비와 자식이 되어 금생에서 다하
지 못한 인연을 잇고 또 끝없는 슬픔을 조금이나마 풀 수 있기만을 바란
다. 아아, 애통하다! 아아, 애통하다!

　네가 죽었을 때에는 세속의 금기 때문에 묻어주지 못하다가 올해 한
식날에 네 관을 바꾸어 할머니 무덤 옆에 깊이 묻었다. 인석이도 너보다
며칠 뒤에 죽었다. 너는 왼쪽의 봉석이, 오른쪽의 인석이를 데리고 지하
에서 할머니를 따를 것이니, 혼백이 외롭지만은 않을 것이다.

　아아! 봄바람이 한번 스쳐 가면 온갖 만물이 다시 살아나는데, 너의
혼백만은 가더니 다시 오지 않는구나. 아득한 이 아픔은 어디에 그 끝이
있을까? 감정이 격해 말에 두서가 없지만 이 모든 것은 네 아비의 간장

---

26 양숙자(羊叔子) : 후한의 양호(羊祜).

27 반지를 찾던 일 : 탐환(探環). 후한의 양숙자가 다섯 살 때 유모에게 가지고 놀던 금반
　지를 가져다 달라고 하자, 유모는 그런 반지가 없다고 하였다. 양숙자는 이웃집 뽕나무
　아래서 금반지를 찾아냈다. 그러나 주인이 놀라 그것은 죽은 자신의 아이가 가지고 놀
　던 것이라고 하였다. 유모가 사정을 이야기하자 이웃집 주인은 슬퍼하며 눈물을 흘렸
　다. 이후 탐환은 전생(前生)을 가리키는 말로 쓰이게 되었다. *참고문헌 : 新修大藏經.

28 방차율(房茨律) : 당나라의 방관(房琯). 자(字)가 차율(次律)이다.

29 항아리를 캐내던 일 : 발옹(發甕). 당 현종[713~741] 때 방차율이 동려(桐廬: 현재 절
　강성)에서 재상으로 있었는데, 형진인(形眞人), 박수(璞手)와 더불어 산보를 하다가 하
　구촌(夏口村)에 이르러 한 허물어진 절에 들어갔다. 박수는 소나무 아래에 앉아 땅을
　짚으면서 모시는 사람에게 깊이 몇 척을 파라고 하여 질그릇 항아리 하나를 얻었는데,
　안에는 전부 누사덕(婁師德)과 영선사(永禪師)의 글이 들어 있었다. 박수가 살펴 보라
　고 하자 방차율은 문득 전생에 영선사였던 것이 기억났다. 중수(仲殊)가 시를 지어 세
　속에 떨어져 본래의 뜻을 잃었던 방차율을 기롱했다. 房琯字次律. 開元中宰桐廬. 與形
　眞人和璞手閑步, 至夏口村, 入一廢佛寺. 璞坐於松下, 以杖地, 令侍人掘深數尺, 得一瓦甕.
　內皆是婁師德與永禪師書. 璞曰, "君省此否?" 琯怳然記前世爲永禪師也. 僧仲殊詩曰, '陋
　以房次律. 因循墮流俗.' 蓋譏其失志也. *참고문헌 : 唐明皇雜錄.

(肝腸)에서 나온 것이니 네가 만약 이를 안다면 지하에서 들어주기 바란다. 아아, 애통하다! 아아, 애통하다!

[해제] 이 글은 자식을 잃은 아버지의 참혹한 고통과 슬픔을 곡진하게 그린 제망녀문으로 17세기의 빼어난 작품, 김수항의 <제망녀문>에 버금할 만하다. 이하곤은 당시로서는 늦은 나이에 자식 둘을 두었는데 그렇게 힘들게 얻은 자식이 모두 눈 앞에서 죽는 불행을 당했다. 이 글은 이하곤이 아들 봉석을 잃은 후 얼마 안 있어 딸 봉혜마저 잃은 후 지은 제문이다. 일반 제문의 제목과 달리 '곡문(哭文)'이라고 하였는데, 제목에서부터 감정을 다스리지 못하는 작가의 상태를 짐작할 수 있다. 하지만 작품을 분석해보면 딸과 함께 했던 여러 가지 추억과 딸이 남긴 말, 행동 등이 짜임새 있는 구성과 절실한 표현을 갖추어 생생하게 전달된다. 이 세상에 단 6년간을 머물다간 딸이기에 일반적인 제문에서 볼 수 있는 것처럼 자식에 대한 칭찬과 미화는 적은 대신, 봉혜에 대한 흐뭇하고 애틋한 기억이 많은 부분을 차지한다. 그러기에 더욱더 딸의 죽음을 슬퍼하고 가슴 저려하는 작가의 감정이 절절하게 묻어나와 문학적 감동을 주고 있다.

정경부인 황씨 제문
祭貞敬夫人黃氏文

아아, 부인이여! 우리 어머니가 어머니로 여기시던 분. 세상 사람 중에 누군들 조카와 외삼촌 사이가 없겠습니까마는, 어찌 부인처럼 우리 어머니에게 잘해주셨겠습니까?

저는 부인을 어릴 때부터 보아왔습니다. 당대에 문충공(文忠公)[30]은 세상에서 존경받는 분으로, 문장(文章)과 공업(功業)은 널리 알려져 누구나 칭찬하니, 가문의 찬란함을 누가 감히 견주겠습니까? 사람들은 '부인이 실로 현부(賢婦)'라 했습니다. 어질고 순하며 자애롭고 너그러우셨으며 효성과 우애 깊었고, 권세를 믿고 교만하지 않았으며 부귀(富貴)를 생각지 않았으니, 구름 같이 많은 친척들 누가 힐난하겠습니까?

이렇게 아름다운 덕이 하늘의 도움을 받아야 할 텐데, 세상이 변하는 것이 손바닥 뒤집는 듯했습니다. 기사년[1689]의 재앙은 옛날에도 드문 일인지라, 슬픈 밤의 울음소리는 심장을 찢었습니다. 삼대(三代)의 과부는 쓸쓸히 서로 돌보는데, 저 눈 치켜뜬 자들은 날마다 화를 일으키려 했습니다. 부인은 어떻게 아시고 재앙이 미치는 이곳을 떠나셨으니, 두세 명 여종 서로 따르며 남쪽으로 가는데, 눅눅한 바다 아득하고 산골짜기는 가로막았습니다. 저도 그때 어머니 모시고 산골짜기에 숨어살았는데, 오는 서찰 읽을 때마다 어머님의 눈물 소매를 적셨습니다.

세월은 흘러가 갑술년[1694]에 이르러 흉적들이 머리를 조아리니, 하늘의 해가 다시 밝아져 이 어두웠던 세상 환하게 밝아졌습니다. 남산 옛집

---

30 문충공(文忠公) : 부인의 남편인 김석주(金錫胄)를 이른다.

에서 손을 붙들고 서로 만났지만, 온갖 애환으로 오랜 가슴앓이만 더했습니다. 다음 해 여름에 어머니를 곡할 때, 옷을 벗어서 염해 주시니 이 은혜를 저버릴 수 있겠습니까? 아아, 제 동생 역시 보살펴 주셨습니다.

우리 외가는 날로 영락해갔으나, 그래도 다행히 부인만은 우뚝하니 예전과 같으시어, 은혜를 가슴에 품고 덕을 우러러 집안사람들이 다 부인께로 모이게 되었습니다. 아름다운 검은 머리 변함이 없고 빛나는 얼굴엔 주름도 지지 않아, 저는 부인께서 오래도록 장수[31]하시기를 축원했습니다. 어찌 알았겠습니까? 하루아침에 병들어 일어나지 못하실 줄을! 우리 친족들은 모두 새끼 새가 어미를 잃은 듯했습니다.

부인은 처음부터 끝까지 한 점 탓할 만한 일이 없으셨으니, 남자도 어려운 것을 부인만은 지니셨습니다. 혹독한 재앙 속에서 이치는 실로 알기 어려웠는데, 이러하니 부인께서 어찌 오래 사시고자 했겠습니까? 바라시던 것은 대를 이을 손자가 마침내 혼인하여, 문충공의 공덕을 기억해 후세에 전할 수 있게 하는 것. 하늘이 뉘우침이 있다면 마땅히 천수를 누리는 것으로 보답하여, 두 가지 소원이 혹시라도 잘못됨이 없도록 했어야 하는데, 이제는 그 역시 다 끝나 버렸으니, 하늘에 물을 수도 없습니다.

떠난 이에게 지각이 있다면 구천(九天)에서 서로 만나, 어머니와 즐거워할 것이니 이승에서와 같지 않겠습니까? 이에 좋은 날을 가려 영구(靈柩)를 옮기려 합니다. 상여 깃발 동쪽으로 향하니, 우천(牛川)[32]의 언덕입니다. 강은 얼고 산은 험하며, 싸라기눈 펄펄 흩날리는데, 콧물은 쏟아지고 눈물은 뚝뚝 떨어집니다. 저는 제 슬픔을 쏟아내느라 심장이 갈라지는 듯. 영결을 알리는 글을 올리며, 이 술과 제수를 드리니, 영혼이 저를 버리지 않으신다면 제 술을 드십시오.

---

31 오래도록 장수 : 황구(黃耇). 머리카락이 하얗게 되었다가 다시 누리끼리하게 변하도록 오래 사는 것을 말한다.

32 우천(牛川) : 경기도 광주 앵자산 북쪽에 위치.

해제

정경부인 황씨는 황일호(黃一皓)[33]의 딸이며 김석주(金錫冑)[34]의 아내이다. 1689년 기사환국으로 김석주의 관작이 추탈당하고 외아들 김도연(金道淵)마저 스물여섯 살의 나이에 독이 든 술을 마시고 자살하자 황부인은 먼 바닷가에 숨어 살았다. 1694년 갑술환국으로 김석주와 김도연의 관작이 회복되자 부인은 서울로 돌아와 시체를 거적에 싸서 장사지내고 재종손 김성하(金聖廈)를 후사로 삼았다. 이하곤은 어머니 임천 조씨의 외숙모인 황부인을 위해 제문을 지었다.

---

33 황일호(黃一皓) : 1588(선조 21)~1641(인조 19). 본관은 창원(昌原). 자는 익취(翼就), 호는 지소(芝所). 할아버지는 황대수(黃大受)이고, 아버지는 황척(黃惕)이며, 어머니는 강백룡(姜伯龍)의 딸이다. 큰아버지 황신(黃愼)에게 입양되었다. 음보로 운봉현감·전주판관·임천군수 등을 역임하고, 1635년(인조 13) 증광문과에 병과로 급제하였다. 그 뒤 세자시강원문학을 거쳐 1636년 장령이 되었다. 이 해 병자호란이 일어나자 인조를 호종하여 남한산성에 들어가서 독전어사(督戰御史)로 전공을 세웠고, 척화를 적극 주장하였다. 난이 끝난 뒤 호종의 공으로 통정대부(通政大夫)에 올라 진주목사에 제수되었다. 1638년 의주부윤으로 있을 때 명나라를 도와 청나라를 치고자 최효일(崔孝一) 등과 모의하다가 그 사실이 발각되어 1641년 청나라 병사에게 피살되었다. 강화 충렬사(忠烈祠), 부여 의열사(義烈祠), 운봉 용암서원(龍巖書院), 의주 백마산성사(白馬山城祠)에 배향되었다. 좌찬성에 추증되었으며, 시호는 충렬(忠烈)이다. *참고문헌 : 仁祖實錄, 國朝榜目, 宋子大全, 國朝人物考, 明陪臣考, 典故大方.

34 김석주(金錫冑) : 1634(인조 12)~1684(숙종 10). 본관은 청풍(淸風). 자는 사백(斯百), 호는 식암(息庵). 할아버지는 영의정 김육(金堉)이고, 아버지는 병조판서 김좌명(金佐明)이며, 어머니는 오위도총부도총관(五衛都摠部都摠管) 신익성(申翊聖)의 딸이다. 1662년(현종 3) 증광 문과에 장원, 전적(典籍)이 된 뒤 이조좌랑·정언(正言)·지평(持平)·부교리(副校理)·수찬(修撰) 등을 차례로 역임하고, 1674년 겸보덕(兼輔德)에 이어 좌부승지가 되었다. 당시 서인 중의 한당(漢黨)에 가담해 집권당이던 산당(山黨)에게 중용(重用)되지 못하였다. 그 뒤, 1674년 자의대비(慈懿大妃)의 복상 문제로 제2차 예송이 일어나자, 남인 허적(許積) 등과 결탁해 송시열(宋時烈)·김수항(金壽恒) 등 산당을 숙청하고 수어사(守御使)에 이어 도승지로 특진되었다. 그러나 남인의 정권이 강화되자 이를 제거하기 위해 다시 서인들과 제휴해 송시열과 밀접한 관련을 맺었다. 1680년 허적 등이 유악남용사건(油幄濫用事件 : 왕실에서 쓰는 장막을 사사로이 사용해 일어난 사건)으로 실각한 뒤 이조판서가 되어, 남인의 잔여 세력을 박멸하고자 허견(許堅)이 모역한다고 고변하게 하여 이들을 추방하였다. 그리고 그 공으로 보사공신(保社功臣) 1등으로 청성부원군(淸城府院君)에 봉해졌다. 1682년 우의정으로 호위대장(扈衛大將)을 겸직하였다. 1683년에 사은사로 청나라에 다녀온 뒤 음험한 수법으로 남인의 타도를 획책했다 하여, 같은 서인의 소장파로부터 반감을 사서 서인이 노론·소론으로 분열하는 원인의 하나를 제공하였다. 사후인 1689년 기사환국으로 공신호를 박탈당했다가 뒤에 복구되었다. 숙종 묘정에 배향되었다. 저서로는 『식암집』·『해동사부(海東辭賦)』가 있다. 시호는 문충(文忠)이다. *참고문헌 : 肅宗實錄, 國朝榜目, 玉吾齋集, 燃藜室記述, 黨議通略.

정부인 이씨 애사

貞夫人李氏哀辭

　내가 어릴 때 농암선생[35]의 문하에 드나들면서 선생의 아들 군산(君山)[36]과 서로 마음이 잘 맞아 형제처럼 우애가 좋았다. 군산은 나보다 다섯 살 어렸는데, 키가 크고 얼굴이 희며[37] 미간은 깨끗하고 수려했으며, 문장(文章)을 좋아했고 의지와 기상이 남달리 훌륭했다. 밤낮으로 함께 생활하며 서로 이야기를 나누었는데, 자잘한 집안일이라도 숨기는 것이

---

35 농암선생 : 김창협(金昌協). 1651(효종 2)~1708(숙종 34). 본관은 안동(安東). 자는 중화(仲和), 호는 농암(農巖) 또는 삼주(三洲). 경기도 과천 출신. 아버지는 영의정 김수항(金壽恒), 어머니는 안정(安定) 나씨(羅氏)로 해주목사 나성두(羅星斗)의 딸이다. 영의정을 지낸 김창집(金昌集)의 아우이다. 1682년(숙종 8) 증광문과에 전시장원으로 급제해 전적에 출사한 뒤, 병조좌랑·사헌부지평·부교리 등을 거쳐 동부승지·대사성·병조참지(兵曹參知)·예조참의·대사간 등을 역임하였다. 청풍부사로 있을 때 기사환국으로 아버지가 진도에서 사사되자, 사직하고 영평(永平)에 은거하였다. 1694년 갑술옥사 후 아버지가 신원됨에 따라, 이조참판·대제학·예조판서 등에 임명되었으나 모두 사직하고 학문에 전념하였다. 숙종의 묘정에 배향되었으며, 양주의 석실서원(石室書院), 영암의 녹동서원(鹿洞書院)에 제향되었다. 저서로는 『농암집』·『주자대전차의문목(朱子大全箚疑問目)』·『논어상설(論語詳說)』·『오자수언(五子粹言)』·『이가시선(二家詩選)』 등이 있고, 『강도충렬록(江都忠烈錄)』·『문곡연보(文谷年譜)』 등을 편집하였다. 시호는 문간(文簡)이다. *참고문헌 : 農巖集(金昌協), 朝鮮儒學史(玄相允, 民衆書館, 1954.)

36 김숭겸(金崇謙) : 1682(숙종 8)~1700(숙종 26). 조선 후기의 시인. 본관은 안동. 자는 군산(君山), 호는 관복암(觀復庵). 할아버지는 영의정 김수항(金壽恒), 아버지는 성균관 대사성을 지낸 김창협(金昌協)이며, 어머니는 연안 이씨로 부제학 이단상(李端相)의 딸이다. 일찍이 아버지에게 학문을 배워서 깊이 통달하였고, 서법 또한 절묘하였다. 비록 19세로 요절했으나, 그 뜻이 높고 넓어 시격(詩格)이 호방하고 산수를 사랑하여 발길이 이르지 않은 곳이 없었다 하며 시 수백 편을 남겼다. 그의 아버지는 묘비에 "세상의 악착(齷齪)함을 보고 뜻에 맞지 않으므로 성색(聲色)에 머물지 않고 산수만을 좋아하여 풍악(楓岳)·천마(天摩)·화산(華山) 등을 다녔고, 시격이 기준창로(奇俊蒼老)하여 두보(杜甫)의 격을 터득하였다."고 평하고 있다. 저서에 『관복암유고』가 있다. *참고문헌 : 農巖集, 觀復庵遺稿.

37 얼굴이 희며 : 백석(白晳). 얼굴빛이 희고 살이 두툼하게 잘 생김.

없었다. 한번은 조용히 나에게 이렇게 말한 적이 있었다.

"우리 집이 이처럼 곤궁한데도 아버님이 도를 즐기며 그 가난함을 편안히 여기도록 한 것은 역시 우리 어머님이 도움을 주신 것입니다. 기사년[1689]에 불행이 닥치게 되자 우리 집은 영평(永平)[38]현 풍패동(風佩洞) 만산(萬山) 속에 숨어 살았습니다. 초가집 몇 칸만 있었는데, 불 때는 연기도 어쩌다가는 매일 피워 올리지도 못했지요. 아버님은 날마다 시서(詩書) 읊는 것을 멈추지 않으시며 사이사이 자식들과 고금의 치란(治亂)과 흥망, 현인(賢人) 지사(志士)의 좋은 말과 훌륭한 행동들을 말씀하셨습니다. 그럴 때면 우리 어머님은 곁에서 역시 듣고 즐거워하시며 그 곤궁함을 잊으셨고, 원망하거나 걱정하는 기색을 드러내 아버님의 마음을 무겁게 한 적이 없었으니, 이것으로 우리 어머니를 잘 알 수 있습니다."

아! 부귀와 권세를 부러워하는 것이 부녀자들의 상정(常情)이니, 맹덕요(孟德曜)[39], 환소군(桓少君)[40]처럼 우뚝하니 초탈한 절개와 초연한 식견을 지니지 않았다면 누가 상정에서 벗어날 수 있었겠는가? 그러나 저 덕요와 소군은 일개 가난한 선비의 아내에 지나지 않아, 그들이 가난하고 천함을 달게 여기고 부귀와 권세를 탐하지 않은 것이 분수에 마땅한 일일 뿐이었지만 부인은 그렇지 않았다. 선생은 재상의 자제로 일찍 조정에 현달하였고, 문학으로 명망이 났으며 세상에 이름난 분이셨는데, 하루아침에 참혹한 화를 당하여 스스로 황폐한 산골짜기 궁벽한 계곡 사이에 놓여나서 몸소 거친 음식을 마다하지 않으셨으니, 그 처자식 된 이들은 괴로움을 견뎌낸 것이 어떠했겠는가? 부인은 태연히 처신하니 마

---

38 영평(永平) : 경기도 포천.

39 맹덕요(孟德曜) : 선비 양홍의 아내 맹광(孟光). 덕요(德曜)는 맹광의 자(字). 양홍은 가난하나 지조 있는 선비로서, 검소하게 생활하였으며, 아내 맹광 또한 그 뜻을 잘 받들었으며, 그런 남편을 존경하였다. -『후한서』「양홍전(梁鴻傳)」.

40 환소군(桓少君) : 포선(鮑宣)의 아내. 가난을 달게 받아들이며 근검 절약한 아내의 전형이다.

치 본래 익숙한 것 같았다. 이는 더욱 어려운 것이니, 부인의 덕은 진실
로 덕요, 소군보다도 어질었다. 그리고 군산 역시 자기 어머니를 깊이 알
았다고 할 만하다. 일컬을 만한 부인의 다른 일들이 이것에 그치지 않으
나 불행히도 군산이 갑자기 죽어버렸으니, 내가 어디에서 들을 수 있겠
는가? 슬프도다!

　부인은 연안 이씨로, 그 선조는 당(唐)나라 중랑장(中郎將) 이무(李茂)[41]
이다. 증조부인 좌의정 모(某)[42]와 할아버지인 이조판서 모(某)[43]는 대대
로 문장으로 세상에 알려졌다. 아버지 모(某)[44]는 관직이 부제학에 이르

---

41 이무(李茂) : 연안 이씨의 시조. 당(唐)나라의 장군으로 660년 소정방(蘇定方)이 신라
　　의 동맹군으로 백제를 침공했을 때 중랑장(中郎將)으로 따라왔다가 신라에 귀화한 것
　　으로 전해진다.

42 좌의정 모(某) : 이정구(李廷龜). 1564(명종 19)~1635(인조 13). 본관은 연안(延安). 자
　　는 성징(聖徵), 호는 월사(月沙) 또는 보만당(保晩堂)·치암(癡菴)·추애(秋崖)·습정
　　(習靜). 시호는 문충(文忠)이다. 1590년(선조 23)에는 증광문과에 병과로 급제하였다. 대
　　제학에 이어 병조판서·예조판서와 우의정·좌의정을 거쳤다. 시문집으로는 그의 문인
　　인 최유해(崔有海)가 편간한 『월사집』 68권 22책이 전한다. *참고문헌 : 宣祖實錄, 仁祖
　　實錄, 光海君日記, 月沙集, 淸陰集, 農巖雜識, 月沙集解題(金春東, 韓國古典百選, 新東亞
　　1월호 부록, 1969).

43 이조판서 모(某) : 이명한(李明漢). 1595(선조 28)~1645(인조 23). 조선 중기의 대표적
　　인 시인이자 문신. 본관은 연안(延安). 자는 천장(天章), 호는 백주(白洲). 1616년 증광문
　　과에 을과로 급제. 1623년 인조반정 후 경연시독관(經筵侍讀官)에 제수되었다. 1639년
　　(인조 17) 도승지 등을 거쳐 1641년 한성부우윤·대사헌이 되었다. 이 해 도승지로서
　　홍문관·예문관의 양관 대제학, 이조판서 등을 역임했다. 1643년 이경여(李敬輿)·신익
　　성(申翊聖) 등과 함께 척화파로 지목되어 심양(瀋陽)에 잡혀가 억류되었다. 이듬 해 세
　　자이사(世子貳師)가 되어 심양에 가서 볼모로 잡혀간 소현세자를 모시고 왔다. 아버지
　　정구, 아들 일상(一相)과 더불어 3대가 대제학을 지낸 것으로 유명하다. 병자호란 때 심
　　양까지 잡혀갔던 의분을 노래한 시조 6수가 전한다. 저서로 『백주집』 20권이 있다. 시
　　호는 문정(文靖)이다. *참고문헌 : 光海君日記, 仁祖實錄, 國朝榜目, 宋子大全, 白軒集,
　　淸陰集, 白江集, 燃藜室記述, 國朝人物考.

44 아버지 모(某) : 이단상(李端相). 1628(인조 6)~1669(현종 10). 본관은 연안(延安). 자
　　는 유능(幼能). 호는 정관재(靜觀齋)·서호(西湖). 할아버지는 좌의정 이정구(李廷龜),
　　아버지는 대제학 이명한(李明漢)이며, 어머니는 금계군(錦溪君) 박동량(朴東亮)의 딸이
　　다. 1649년(인조 27) 정시문과에 병과로 급제. 1664년(현종 5) 집의가 되어 입지권학(立
　　志勸學)에 관한 다섯 조목을 상소하고 스스로 관직을 떠났다. 1680년(숙종 6) 민정중(閔
　　鼎重)의 건의로 이조참판 겸 경연, 양관제학(兩館提學 : 홍문관·예문관의 제학)이 추증

렀으나 일찍이 벼슬을 그만두고 관직에 나아가지 않고 성리학을 깊이
연구했는데, 학자들이 정관재(靜觀齋) 선생이라고 했다. 부인이 어질고
식견을 갖춘 것은 연유가 있다고들 한다.

아아! 내가 군산을 곡하고서 매번 선생을 문안할 때면 부인은 그때마
다 슬픈 울음을 이기지 못하며 이렇게 말씀하셨다.

"이생이 왔다는 말을 들으니 우리 아이를 보는 것 같네."

꼭 음식을 차려 먹이셨는데, 나는 밥상을 대하여 눈물을 흘리며 부인
의 마음을 슬퍼하지 않은 적이 없었다. 작년 여름 나는 또 선생을 곡했
다. 나는 부인이 홀로 의지할 데 없고, 그 곤궁함이 나이 들어서 또 이와
같은 것이 더욱 슬펐다.

겨울이 되어 부인은 지병인 탄탄증(癱瘓症)[45]으로 역시 일어나지 못하
니, 연세 58세였다. 1남 5녀를 낳았는데, 아들은 군산이고, 딸은 모두 시
집갔다. 오씨 아내와 이씨 아내가 된 이는 군산과 서로 앞서거니 뒤서거
니 죽었다.

애초에 내가 석실원(石室院)[46]에서 선생을 뵈었던 것이 이제 13, 4년이
다. 선생의 대가 끊기고 이미 그 집안에서 세 번이나 곡한 것을 직접 보
았다. 나는 또 선생의 뛰어난 도와 부인의 아름답고 순연함이 다 복을
받지 못하고 곤궁하게 죽음을 더욱 슬퍼한다. 그 장사에 내가 군산에게
서 들은 것을 기록하고, 애사(哀辭)를 지어 군산의 영혼을 위로한다.

사에 이른다.

되고, 다시 이조판서로 증추되었다. 문하에서 아들인 희조(喜朝)와 김창협(金昌協)·김
창흡(金昌翕)·임영(林泳) 등의 학자가 배출되었다. 양주의 석실서원(石室書院), 인천의
학산서원(鶴山書院)에 제향되었다. 저서로는 『대학집람(大學集覽)』·『사례비요(四禮備
要)』·『성현통기(聖賢通紀)』·『정관재집』 등이 있다. 시호는 문정(文貞)이다. *참고문
헌: 孝宗實錄, 國朝榜目, 白江集, 國朝人物考, 靜觀齋集, 宋子大全, 文谷集(金壽恒).

45 탄탄증(癱瘓症) : 중풍 후유증으로 한쪽을 못 쓰는 질환.

46 석실원(石室院) : 김창협이 강학하던 양주(楊州) 석실서원(石室書院).

곤궁함에 처해서도 근심하지 않으셨고,
또 부귀를 부러워하지 않으셨네.
장부로서도 오히려 어려운데
하물며 부녀자이면서도 할 수 있었네.
오직 부인만이 이 아름다운 덕을 지니셨으니,
오래 전 나는 벗에게서 들었네.
남편의 강도(講道)를 즐거워하며
그 곤궁함을 잊었네.
이 아들의 알아줌이 아니었다면
누가 이런 어머니가 있었음을 알 수 있겠나?
이 한 가지 일을 살펴보아도
영원히 없어지지 않기에 충분하네.
정갈한 행동이 이와 같았으니
마땅히 하늘의 도움을 받아야 하건만
슬픈 밤 곡소리는 차마 들을 수 없어
내 마음을 베는 듯하네.
선생이 갑자기 또 돌아가시니
우리는 양구(陽九)⁴⁷를 만난 것이라.
한강은 울며 흐르지 않고
금대(金臺)는 휘청 넘어지려 하네.
산 속 누각은 우뚝하니 홀로 남아 있고
우거진 꽃나무는 옛날과 같은데,
부인의 한 몸에는
어찌하여 온갖 근심이 다 있는지.

---

47 양구(陽九) : 재난(災難). 곧, 음양도(陰陽道)에서 말하는 양의 5액과 음의 4액을 합한 것.

내가 지금의 세상을 보니

저 악착스런 용부(庸婦)도

당당하게 화려한 곳에 거하며

또 수놓은 비단을 입네.

새 새끼들은 '꼬꼬' 하며 서로 즐거워하고,

그 수컷과 함께 늙어 가는데,

저 하늘이 내린 화와 복은 어그러짐이 많으니,

실로 아득하여 알기 어려워라.

이제 부인은 남편과 자식을 따라가시니,

세상의 허물을 벗어버리셨네.

죽은 것은 즐거운 것이고 산 것이 기뻐할 만한 것은 아니었으니,

다시 어찌 교송(喬松)의 장수48를 부러워하겠는가?

이 글을 써 아름다운 규범을 기록하여,

후세에 알리기를 바란다.

해제 농암 김창협의 부인을 위해 쓴 애사이다. 김창협의 부인 연안 이씨(1652
~1709)는 이단상(李端相)의 딸로 1665년에 김창협과 혼인하였다. 2남 5
녀를 낳았으나 둘째 아들은 태어난 지 1년 만에 죽었고, 1700년 5월에는 셋째 딸
오씨 며느리가 죽었으며, 7월에는 큰아들 김숭겸이 죽었다. 1703년에는 둘째 딸
이씨 며느리가 죽고, 1708년 4월에는 남편 김창협이 죽었다. 이씨는 남편이 죽은
다음 해인 1709년에 중풍의 후유증으로 고생하다가 58세에 죽었다. 이하곤은 죽
은 벗의 어머니를 위해 이씨가 죽은 1709년에 이 글을 썼다.

---

48 교송(喬松)의 장수 : 교송지수(喬松之壽). 교(喬)는 왕자교(王子喬), 송(松)은 적송자(赤
松子)를 일컬으며, 둘 다 늙지도 죽지도 않는 선인(仙人)이다. 교송(喬松)의 수명처럼 오
래 사는 것을 이르는 말이다.

큰고모 정경부인 제문

祭伯姑貞敬夫人文

유세차(維歲次) 임진년[1712] 10월 10일 경신(庚申)일에, 큰고모 정경부인 월성(月城) 이씨의 관을 실은 수레가 서울에서 와 진천(鎭川)의 묘막에 머물렀습니다. 6일이 지난 병인(丙寅)일에 청주 대율리(大栗里) 북동쪽 자리로 영원히 돌아가시려 합니다. 하루 전인 을축(乙丑)일에 조카 하곤이 삼가 변변치 않은 제수를 갖추고 글을 지어 곡합니다.

아아! 온화하고 정순함은 여자가 한결같이 갖추어야 할 덕이니, 동사(彤史)[49]에 기록된 것으로 그 사람을 살필 수가 있습니다. 뛰어나기는 장부 같아서 도량과 식견이 있으셨으니, 제가 이 비슷한 사람을 찾으려 했으나 찾을 수 없었습니다. 반소(班昭)[50]와 신헌영(辛憲英)[51]만이 이렇게 우뚝하니 우담발화(優曇鉢華)[52]처럼 백 대(代)에 한 번 보이는데, 우리 고모

---

49 동사(彤史) : 궁궐에서의 생활을 기록한 궁중역사. 전하여 훌륭한 여성들의 역사.

50 반소(班昭) : 45~115. 중국 후한(後漢)의 여류시인·재녀(才女). 자(字) 혜반(惠班). 싼시성[陝西省] 셴양[咸陽] 출생. 조세숙(曹世叔)에게 출가하였으나 남편과는 일찍 사별하고 조대가(曹大家)라고 불렸다. 『한서(漢書)』의 편찬자 반고(班固)와 서역 경영에 활약한 무장 반초(班超)의 여동생으로, 박학다식한 그녀는 반고가 『한서』를 완성하지 못하고 죽자, 화제(和帝)의 명을 받고 그 일을 계승하여 『한서』 중의 8편 <표(表)>와 <천문지(天文志)>를 완성함으로써 『한서』 편찬을 완결하였다. 그 후 그녀는 궁중에 초빙되어 황후를 비롯한 여러 부인들의 교육을 담당하였으며, 또 그녀가 지어낸 『여계(女誡)』 7편의 저서는 정숙한 부녀의 도(道)를 논술(論述)한 것이다. 그 외의 저서로, 여행 체험에 의거하여 지어낸 『동정부(東征賦)』가 있고, 부(賦)·송(頌)·명(銘)·뇌(誄)·문(問)·주(注)·애사(哀辭) 등을 합하여 16편이 있다.

51 신헌영(辛憲英) : 191~269. 삼국시대 영천(潁川) 양적(陽翟) 사람으로 신비(辛毗)의 딸이자 신창(辛敞)의 누나이다. 양탐(羊耽)에게 출가. 위(魏) 정시(正始) 10년(249) 1월, 사마의(司馬懿)가 반란을 일으키자 신헌영은 동생 신창(辛敞)에게 군사들을 이끌고 성을 탈출하여 조상(曹爽)에게 달려가도록 해서 목숨과 명분을 보전하도록 했다.

52 우담발화(優曇鉢華) : 전륜성왕이 나타날 때 꽃이 핀다는 식물. 보통 3천 년에 한 번

만은 아마도 발자취를 이을 수 있을 것입니다.

　지조와 기개가 우뚝하여 악착 같음은 전혀 없었고, 깊이 생각하여 물어서 배우는 것에 기대지는 않으셨습니다. 국가의 다스림에서 인재와 음양, 선악에 이르기까지 사람들이 의심하는 것들과 의론이 분분한 것들을 묵묵히 보고 곁에서 듣다가 맥락을 꿰뚫어 천천히 한 마디로 흑백을 판별하니, 예리한 칼날로 저 썩은 되를 마름질하는 것처럼 의리에 맞았고 윤리와 조리를 두루 갖추어, 저 장부들도 땀을 흘리고 겸연쩍어하지 않은 적이 없었습니다. 가문과 조정을 도와 나라를 다스리게 했다면 어찌 이목을 환하게 하는 계책이 없었겠습니까? 비녀 꽂고 귀걸이 한 여인으로 국한되니, 아! 애석합니다.

　제가 그 다스림을 보았는데, 규방의 한계를 넘지 않았고 온갖 일이 다 적절했으며 목소리나 얼굴빛을 과장하지 않으셨습니다. 천한 종들이라도 허물을 덮어주셨으니, 누가 감히 말들을 했겠습니까? 높은 산처럼 우뚝하여, 친척들이 구름처럼 몰려들어 입을 벌리고[53] 먹을 것을 기다리니, 역시 품어 길러주는 태도[54]가 있었습니다. 어찌 친척들만 은혜를 간직하고 칭송하겠습니까? 말하는 사람마다 칭찬이 자자하니 보답이 당연하여,

---

꽃이 핀다고 하며, 불교에서는 매우 드물고 희귀한 것을 비유할 때 곧잘 쓰인다. 『법화의소』에는 하서도랑이 '영서화' 또는 '공기화'라 하였으며, '전륜성왕이 나타날 때 꽃이 피고 과거칠불 중 구나함모니불이 이 나무 아래에서 성불했다'고 전한다. 『불본집행경』에서는 '구원'의 뜻으로 번역하며, 『혜림음의』에서는 '여래가 나타날 때 꽃이 피고, 전륜성왕이 세상을 다스리면 감복해서 꽃이 핀다.'고 하였다. 『대반야바라밀다경』에는 '여래의 묘음을 듣는 것은 회유한 것으로 우담발화와 같다'고 하였다. 경상북도 경주시 기림사에 핀다는 전설이 있다.

53 입을 벌리고 : 앙구(仰口). 얼굴을 위로 향하는 일, 즉 별을 보는 천문가 같은 일을 하여 음식을 얻어 사는 것. 사사명식(四邪命食)의 하나. 탁발로 생활해야 할 비구가, 별을 보고 비바람을 연구하는 술수의 학문 등 다른 수단으로 의식(衣食)을 구해 생활하는 부정한 방식. 여기서는 단순히 입을 벌린다는 뜻.

54 품어 길러주는 태도 : 난익(卵翼). 새가 알을 품듯이 안아 기름. 양육. 『좌전(左傳)』에 영윤자서(令尹子西)는 말하기를, "백공(白公) 승(勝)은 달과 같았는데 내가 날개로 덮어서 길러냈다." 하였다.

하늘의 온갖 복록을 누리고 부귀가 드러나 세상에 대적할 사람이 없었습니다. 어진 남편과 훌륭한 아들은 태정(台鼎)[55]과 관각(台鼎)[56]을 맡으셨지요. 성할 때를 조심하라는 경계는 나이 드셔서도 더 돈독해졌습니다.

저 동쪽 언덕을 돌아보니 새로 지은 집이 있어, 들에 밥 나르고 채마밭에 물 대며 만년을 즐기셨지요. 소가(疏家)의 고사를 교훈 삼아 더욱 힘쓰셨습니다. 이 몇 가지로 아름다운 규범을 엿보기에 충분합니다.

오래도록 수를 누리시어[57] 축하를 받으셔야 하는데, 어찌하여 병 하나를 약으로 구제하지도 못하여 친척들이 다 애도하며 목이 쉬도록 곡하였는지요? 소자의 애통함은 더욱 더하니 어찌 끝이 있겠습니까? 궁벽한 산에서 피눈물을 흘리며, 해를 넘기도록 멀리 떨어져 있다가 병환을 듣고 달려갔지만 눈물 흘리며 서로 바라보기만 했습니다. 손을 붙들고 말을 하나 말소리가 이어지지 않아 슬픈 마음 풀 수가 없었고, 아름다운 음성은 막혀 나오지 않았습니다.

아아! 우리 이씨 가문은 상을 당해 거듭 시련을 겪으니, 죽순으로 비유한다면 그 껍질이 바로 잘려나가는 것과 같았습니다. 막내 고모님이 연이어 돌아가시니 세월이 겨우 그믐과 초하루 사이였습니다. 우리 부모님은 날로 쇠약해지시니 외로운 여생을 장차 어찌 마치겠습니까?

상여[58]가 남쪽으로 돌아가니, 그것도 역시나 집입니다. 금빛 연못과 옥빛 계곡이 있고, 물길은 나뉘어 한 굽이를 이루었습니다. 저는 옛날에 가르침을 받고서 은혜에 보답하려는 기약을 했었지요. 계곡과 산은 변하지 않았고 말씀은 어제 일 같은데, 인간 세상을 올려다보고 굽어보니 온

---

55 태정(台鼎) : 삼정승을 달리 이르는 말.

56 관각(館閣) : 홍문관과 예문관.

57 수를 누리시어 : 구(耈). 검버섯이 생길 정도로 수를 함. 허리가 굽은 노인.

58 상여 : 삽(翣). 불삽(黻翣). 발인(發靷) 때, 상여의 앞뒤에 세우고 가는 제구. '亞'자 모양을 그린 널조각에 긴 자루를 대었음.

갖 일이 엉키고 어그러져 옛날을 추억하면 슬프고 서럽습니다. 글을 써 이별을 고하니 제 가슴에 있는 것을 그대로 쓴 것입니다. 영혼이 저를 버리지 않으신다면 이르시기 바랍니다. 아아! 상향(尚饗).

해제

정경부인 이씨(?~1712)는 좌의정 이경억의 딸이자 최석정(崔錫鼎)[59]의 아내이며 최창대(崔昌大)[60]의 어머니이다. 이하곤에게는 큰고모가 된다.

---

59 최석정(崔錫鼎) : 1646(인조 24)~1715(숙종 41). 본관은 전주(全州). 초명은 석만(錫萬). 자는 여시(汝時) · 여화(汝和), 호는 존와(存窩) · 명곡(明谷). 할아버지는 영의정 완성부원군(完城府院君) 최명길(崔鳴吉)이고, 아버지는 한성좌윤 완릉군(完陵君) 최후량(崔後亮)이다. 어머니는 안헌징(安獻徵)의 딸이다. 응교 최후상(崔後尚)에게 입양되었다. 9세에 이미 『시경』과 『서경』을 암송했고, 12세에 『주역』을 도해할 수 있는 수준에 이르러 신동으로 인정받았다. 남구만(南九萬) · 이경억(李慶億)의 문인이고, 박세채(朴世采)와 종유(從遊)하면서 학문을 닦았다. 1671년 정시문과에 병과로 급제, 승문원을 거쳐, 1680년 경신환국 이후 병조정랑 · 승정원동부승지에 이르렀으나, 양부모의 상을 당해 일단 관직에서 물러났다. 이후 1689년 기사환국까지 승정원승지 · 성균관대사성 · 홍문관부제학과 제학을 역임하였다. 1687년 노소분당이 심각해지자 윤선거를 옹호한 나양좌(羅良佐)의 견해를 지지함으로써 노론세력의 지탄을 받기도 하였다. 기사환국 이후에는 주로 외직에 있으면서 안동부사 · 연안부사를 역임하다가 부친상을 당해 물러났다. 1694년 갑술환국 이후 한성판윤 · 사헌부대사헌으로 있으면서 장희재(張禧載)를 사형시킬 것을 주장하였다. 홍문관대제학 · 이조판서에 임명된 뒤에는 서얼 출신을 삼조(三曹)에 소통하자는 건의를 올리기도 하였다. 1697년 우의정에 올랐다. 영의정으로 있던 1701년 8월에 인현왕후(仁顯王后)가 죽고 장희빈에 의한 무고(巫蠱)의 변이 일어나자 왕세자 보호를 위해서는 생모인 장희빈을 사사(賜死)해서는 안 된다고 극력 반대하였다. 1710년까지 모두 열 차례 입상(入相)하였다. 이후 노론의 집중 공격을 받자 1711년 이후 미사(渼沙)에 은퇴하였다. 1715년 기사(耆社)에 들어갔고, 이 해 사망하였다. 청주 대율리(大栗里)에 장례지냈으며, 뒤에 숙종묘에 배향되었다. 편저에 『전록통고(典錄通考)』가 있고, 저서로 『예기유편』과 『명곡집(明谷集)』 36권이 현재 전한다. 시호는 문정(文貞)이다. *참고문헌 : 顯宗實錄, 肅宗實錄, 國朝榜目, 明谷集, 昆崙集, 燃藜室記述, 淸選考, 黨議通略.

60 최창대(崔昌大) : 1669(현종 10)~1720(숙종 46). 본관은 전주(全州). 자는 효백(孝伯), 호는 곤륜(昆侖). 영의정 최석정(崔錫鼎)의 아들이며, 어머니는 경주이씨(慶州李氏)로 이경억(李慶億)의 딸이다. 1694년 별시문과에 병과로 급제하였다. 검열 · 설서 · 부수찬을 거쳐 1698년 암행어사가 되었다. 이어 교리 · 이조좌랑 · 헌납 · 응교를 거쳐 1704년 사서(司書) · 이조정랑을 지냈고, 1706년 사간 등을 지낸 뒤 1711년 대사성에 승진하였으며, 그 뒤 이조참의 · 부제학 등을 역임하였다. 『곤륜집』 20권 10책이 전한다. *참고문헌 : 肅宗實錄, 昆侖集.

이하곤은 큰고모 이씨가 훌륭한 도량과 식견을 가졌으며, 배우지 않고도 뛰어난 판단력을 지녀 장부로 태어났더라면 큰 인물이 되었을 것으로 회상했다. 그는 멀리 떨어져 있다가 임종시에 큰 고모를 만나 이별의 말도 제대로 나누지 못한 일을 아쉬워했다.

막내 고모 제문
祭季姑文

　아아! 예전에 아버지는 우리 고모가 오로지 옛날 여사(女士)라 할 만하
다고 칭찬하셨습니다. 아버지께서는 다른 사람에 대하여 가벼이 칭찬하
거나 비난하지 않으셨으니, 만약 아름다운 덕이 무리 가운데서 뛰어난
점이 없었다면 우리 선친께서 어찌 이런 말씀을 하실 수 있었겠습니까?
이 말씀을 바탕으로 기록해줄 이를 기다릴 만하니, 비록 백 대 후라도
어찌 동사(彤史)61에 부끄럽겠습니까?

　세상 부녀자들을 보니, 누군들 부귀와 권세를 선망하고 좋아하지 않
겠습니까? 효성스럽고 우애 깊고 복스럽고 유순하며, 의리를 꿰뚫어 아
는 이가 고모 같은 사람이 아마 한두 사람도 없을 것입니다. 저들이 한
껏 즐기는 것은 기름진 고기와 화려한 비단 옷이고, 저들이 누리는 것은
오래 살며 아이들이 많은 것이나, 고모님만은 그렇지 않으셨지요. 이러
한 정숙함과 아름다움을 갖추었으나 베치마에 채소뿐인 반찬으로 항상
부족함을 걱정했는데, 오십의 나이에 아! 역시 단명하셨습니다. 하늘이
내려주신 것은 넉넉했는데 그 베푸신 것이 어찌 그리 인색했을까요? 복
과 지혜를 다 갖추는 것은 옛날에도 역시 쉽지 않았는데, 한쪽이 가득하
면 꼭 다른 한쪽은 기울어지는 것이니, 하늘의 도가 그러한데, 또 무엇이
이상하겠습니까?

　아버님의 말씀을 떠올려보니 아직도 귀에 쟁쟁한데, 인간 세상을 굽
어보고 올려다보니 바다가 뽕나무밭으로 변한 일과 같습니다. 이제 이별

---

61 동사(彤史) : 궁중 생활의 기록을 맡은 여관(女官), 또는 그 생활의 기록.

을 고하려니 눈물이 잔에 떨어집니다. 영혼이 안다면 저를 버리지 마십시오. 아아, 상향!

| 해제 | 막내 고모 이씨는 좌의정 이경억의 딸이자 현감 홍만적(洪萬迪)[62]의 아내이다. 효성스럽고 우애 깊었으며 세상 사람들이 추구하는 부귀와 장수를 따르지 않았는데, 가난하게 살면서 50세의 나이로 죽었다. 이하곤은 막내 고모가 정숙하고 아름다운 덕을 지녔으나 복록을 오래 누리지 못한 것을 안타까워했다.

---

62 홍만적(洪萬迪) : 1660~?. 본관은 풍산(豊山). 자는 사길(士吉), 호는 임호(臨湖). 아버지는 홍주국(洪柱國)이며, 어머니는 이경증(李景曾)의 딸이다. 홍만선(洪萬選)의 동생이다. 1705년(숙종 31) 좌랑으로 증광문과에 병과로 급제하였다. 1707년 정언·문학을 거쳐, 지평이 된 뒤 다시 문학이 되었다. 이듬해 다시 지평·정언을 거쳐, 이어 부제학 조태구(趙泰耉)의 추천으로 홍문록(弘文錄 : 홍문관의 제학이나 교리를 선발하기 위한 제1차 인사기록)에 들었다. 저서로는 『임호유고』가 있다. *참고문헌 : 肅宗實錄, 國朝榜目, 泛翁集, 號譜.

세자빈 교명문 대신 지음

世子嬪敎命文 代作

왕(王)은 말하노라.

내가 생각하건대, 국가의 근본은 오직 세자[63]에게 달려 있고, 왕세자[64]
를 잘 도와서 왕화(王化)의 기초를 다지는 일은 역시 어진 배필에게 달려
있다. 이 때문에 옛 삼대(三代)[65]의 시대에 도산(塗山)[66]과 태사(太姒)[67]는
음교(陰敎)[68]를 널리 펴 왕실을 보우할 수 있었으니, 그 아름다운 이름은
지금까지 퍼져 영원하다. 내가 이를 보고서, 어리석지만 인륜의 시작과
교화의 근원에 대해 삼가기에 이르렀다. 우리 원자(元子)는 나를 대신하
여 정무를 처리하며 아침부터 밤까지 걱정하고 수고하여 감히 한가하고
편안할 겨를이 없으니, 내치(內治)의 도움을 어찌 하루라도 비워둘 수 있
겠는가?

내가 이에 이름난 가문을 차례로 골라 그 정숙하고 현명한 이를 구해
우리 원자의 짝을 지어 주어 우리 선왕 종묘를 함께 받들게 하고자 하였
다. 자문해보니 그대 어씨는 선대로부터 알려진 인물이 있어 여러 대(代)
에 걸쳐 덕을 행하고 상서를 쌓고 복을 길렀다. 이에 유덕한 딸이 있어

---

63 세자 : 총사(冢嗣). 적장자.

64 왕세자 : 원량(元良). 황태자(皇太子) 또는 왕세자(王世子).

65 삼대(三代) : 하·은·주 세 왕조 시대.

66 도산(塗山) : 도산(塗山) 출신인 우(禹)임금의 부인 여교(女嬌)를 말한다. 하(夏)나라는
도산(塗山)의 부덕(婦德)으로 부흥했다고 한다.

67 태사(太姒) : 신(莘) 나라. 주(周) 문왕(文王)의 비(妃) 태사(太姒)가 바로 이 나라의 여
인이다. – 詩經, 「대아(大雅)」, <대명(大明)> "纘女維莘 長子維行 篤生武王"

68 음교(陰敎) : 임금의 교화에 대한 왕비의 교화.

밤낮으로 구하던 마음에 부응하니, 어여쁘고 유순하며 온화하고 순하며 덕용(德容)이 갖추어져, 내가 가상히 여기고 내 마음에 특별히 간택하여 두었다. 이에 거북점을 쳐 보고 경사(卿士)에게 물었더니, 모두 길(吉)하다고 하고 혹시라도 어김이 없기에, 이에 정사(正使) 모(某)[69]와 부사(副使) 모(某)[70]를 보내어, 부절(符節)을 가지고 예(禮)를 갖추어 그대를 왕세자빈(王世子嬪)으로 책봉한다.

---

69 정사(正使) 모(某) : 이혼(李焜). ?~1724(경종 4). 본관은 전주(全州). 할아버지는 인조의 맏아들 소현세자(昭顯世子)이며, 임창군(臨昌君)에 봉해졌다. 사은정사(謝恩正使)가 되어 네 차례 청나라에 다녀왔다. 1차는 1696년(숙종 22) 부사 홍만조(洪萬朝), 서장관 임봉원(任鳳元)을 대동하였으며, 2차는 1703년 부사 심평(沈枰), 서장관 이세최(李世㝡)와 같이, 3차는 1713년 부사 권상유(權尙游), 서장관 한중희(韓重熙)를 대동하였으며, 4차는 부사 예조판서 민진원(閔鎭遠)과 같이 가서 어씨(魚氏)를 세자빈에 책봉한 사실을 보고하고 돌아왔다. 한편, 1679년 그를 임금으로 추대하려 한다는 무고가 있어, 아우인 이황(李煌)과 같이 체포되어 제주도에 귀양갔다가, 그 억울함이 밝혀져 귀양에서 풀려났다. 1720년(숙종 46) 종척과 제신을 거느리고 숙종에게 왕위계승을 정할 것을 간청하였으나 거부당하였다. 숙종은 만년에 그에 대한 권애(眷愛)가 더욱 두터웠다. *참고문헌 : 肅宗實錄.

70 부사(副使) 모(某) : 당시 예조판서(禮曹判書) 민진원(閔鎭遠). 1664(현종 5)~1736(영조 12). 본관은 여흥(驪興). 자는 성유(聖猷), 호는 단암(丹巖)·세심(洗心). 여양부원군(驪陽府院君) 민유중(閔維重)의 아들이며, 어머니는 좌찬성 송준길(宋浚吉)의 딸이다. 숙종비 인현왕후(仁顯王后)의 오빠이자 우참찬 민진후(閔鎭厚)의 동생이다. 송시열(宋時烈)의 문인이다. 1694년 갑술옥사로 인현왕후가 복위되어 노론이 집권하자 이듬 해 예문관검열로 기용되었다. 1698년 병조좌랑이 된 뒤 사헌부의 지평·부수찬 등을 역임하고 1701년 사복시정(司僕寺正)에 이어 사헌부집의(司憲府執義)가 되었다. 1715년 대사성으로 있으면서 『가례원류(家禮源流)』의 간행을 둘러싸고 노론·소론간에 당론이 치열해지자 노론 정호(鄭澔)를 두둔하다가 파직, 문외출송(門外黜送)되었다. 1718년 예조판서가 되어 양전구관당상(量田勾管堂上)을 겸하였다. 이조판서·호조판서에 이어 1721년(경종 1) 공조판서로 있으면서 실록청총재관(實錄廳總裁管)을 겸해 『숙종실록』 편찬에 참여하였다. 또한 왕세제(王世弟 : 후의 영조)의 대리청정을 건의해 실현하게 하는 등 정계의 중심적 구실을 하였다. 이듬 해 신임사화로 노론이 실각하매 성주(星州)로 유배되었다가, 1724년 영조의 즉위와 더불어 노론이 집권하자 풀려나 우의정에 올랐다. 1725년(영조 1) 영조의 탕평책에 따라 소론의 영수인 좌의정 유봉휘(柳鳳輝)를 신임사화를 일으킨 주동자로 탄핵, 유배시켰으며, 송시열의 증직(贈職)을 상소하고 그 해에 좌의정이 되었다. 이듬 해 중추부영사(中樞府領事)가 되었으나, 1727년 당색이 강한 자를 제거해 탕평하려는 영조의 정책으로 정미환국이 일어나자 파직되어 순안(順安)에 안치되었다가 이듬 해 풀려났다. 영조의 묘정에 배향되었으며, 시호는 문충(文忠)이다. *참고문헌 : 肅宗實錄, 景宗實錄, 英祖實錄, 國朝榜目, 貞庵集, 燃藜室記述, 陶谷集, 梅山集, 萬姓大同譜.

　아아! 음양이 조화로워야 만물이 성장하고, 내외가 바로잡혀야 모든 법도가 곧아지니, 평범한 남자와 평범한 아내도 서로 수양하여 가정을 잘 이룰 것을 생각하는데, 하물며 이렇게 높은 자리이겠는가? 그대는 오직 공경으로 윗사람을 섬기고 은혜로 아랫사람들을 거느리고, 성실함으로 마음을 지키고, 검소함으로 자신을 닦을 것이며, 편안히 놀거나 교만하고 사치하여 의를 해치고 예의를 무너뜨리지 말며, 오직 그 자리를 어렵게 여긴다면 아름답지 않음이 없을 것이다.

　아아! 하늘은 덕 있는 사람을 아끼시니 오직 덕 있는 사람이 복을 받는다. 그대가 그 덕을 이룬다면 마침내는 다복함을 얻을 것이니, 자손이 창성하는[71] 아름다움을 주나라에서만 찾도록 하지 말지어다. 아아, 받들지어다! 나의 훈계를 잊지 말도록 하라. 하여 이에 교시(敎示)하니 마땅히 자세히 알아야 할 것이다.

|해제| 　경종(景宗)[72]의 계비를 맞이하는 교명문. 경종의 계비는 어유귀(魚有龜)의 딸, 선의왕후(宣懿王后)[73]이다. 숙종 44년[1718] 9월 13일 세자빈의 책봉을 명한 교명문이 내렸는데, 실록에는 대제학(大提學) 송상기(宋相琦)가 짓고, 좌참찬(左參贊) 민진후(閔鎭厚)가 쓴 것으로 기록되어 있다.

---

71 자손이 창성하는 : 본지백세(本支百世). 근본(根本)과 갈린 것이 오래 번영(繁榮)한다는 뜻으로, 한 가문(家門)이 오래도록 영화(榮華)로움.

72 경종(景宗) : 1688(숙종 14)~1724(경종 4). 조선 제20대 왕. 이름은 윤, 재위 1720~1724. 자는 휘서(輝瑞). 숙종의 아들. 어머니는 희빈 장씨(禧嬪張氏).

73 선의왕후(宣懿王后) : 1705(숙종 31)~1730(영조 6). 조선 제20대 왕 경종의 계비(繼妃). 본관은 함종(咸從). 영돈녕부사 어유귀(魚有龜)의 딸. 1718년(숙종 44) 첫 번째 세자빈(世子嬪)인 심씨(沈氏 : 端懿王后)가 죽자 그 해에 14세의 나이로 세자빈으로 책봉되어 가례(嘉禮)를 올렸고, 1720년 경종이 즉위하자 왕비가 되었다. 1722년(경종 2) 왕비책봉에 백관의 축하를 받았으며, 1726년(영조 2) 경순왕대비(敬純王大妃)라는 존호를 받았다. 1730년 죽자 시호를 선의(宣懿)라 하고 휘호(徽號)를 효인혜목(孝仁惠穆)이라 하였다. 매사에 익숙하였고 온유하였으며 소생은 없다. 지문(誌文)은 판부사 이의현(李宜顯)이 지었다. 시호는 경순효인혜목선의왕후(敬純孝仁惠穆宣懿王后)이고, 능호는 의릉(懿陵)으로, 서울특별시 성북구 석관동에 있다. *참고문헌 : 肅宗實錄, 景宗實錄, 英祖實錄, 璿源系譜.

여동생을 곡하는 글
哭亡妹文

　세차 경자년[1720] 8월 15일 기유(己酉)에 큰오빠 재대(載大)는 제수로 계절 과일과 떡을 간단히 마련하고 글을 지어 최씨의 아내가 된 여동생 영인(令人)의 영전에 곡하고 영결한다.

　아아! 나는 '남편과 아내는 임금과 신하와 같다'고 한 적이 있다. 충신이 임금을 따라 죽고, 열부(烈婦)가 남편을 따라 죽는 것은 그 의리는 한 가지다. 그렇지만 남자는 녹서하여 도리를 알아 한번 죽는 데 어려움이 없지만, 여자에게 있어서는 과감하고 열렬한 장부의 뜻이 없는 것은 아니더라도 죽음을 돌아가는 것처럼 여기며 조금도 주저함과 어려움도 없는 사람이 누가 있겠는가? 그러니 여자로서 그 남편을 따라죽은 이는 남자가 임금을 따라 죽은 것에 비하여 그 의리가 더욱 높지 않겠는가?

　아아! 네가 병이 나자 나는 수족과 같은 동기의 정으로 혹시라도 만의 하나 죽지 않을 것을 바랐는데, 네가 스스로 죽음을 맹세하는 것을 내가 들은 지 오래되었다. 너는 아이 둘을 두었는데, 큰 애는 이제 열 살이고 작은 아이는 막 다섯 살이 되었다. 애처롭게 차마 네 품을 떠나지 못할 때마다 너는 그 아이들을 쓸쓸히 바라보았는데, 안타깝게 돌아보는 마음은 없는 것 같았다. 아아! 보통 사람의 마음이 자기 자식을 사랑하지 않는 마음은 없을 것이고, 부인은 그보다 더욱 깊은 것이 있을 것이다. 네가 두 아이에 대한 태도가 이와 같았으니, 삶이 싫증나고 죽음이 즐거웠던 것을 알 만하다.

　지금의 너의 죽음은 네 소원이었으니, 너는 웃음을 머금고 땅 속으로 들어갈 것이다. 내가 무엇 때문에 쓸 데 없이 꺼이꺼이 너를 슬퍼하겠느나? 그렇지만 내가 한스러운 것은 하늘이 너를 여자로 만들고 남자로 만들지 않아 급하고 위태로운 때에 가문의 영예와 국가의 영광을 이룩할 수 없는 것이다. 그렇지만 세상에는 과연 유향(劉向)[74], 장림(張林)[75] 같은 부류가 있어 혹 너의 곧은 지조와 열행(烈行)을 서술하여 후세에 알려 영원한 의론을 만드는 자로 하여금 모두 '이 부인은 과감하고 맹렬한 장부의 뜻이 있었다.' 하고, 또 '그 뜻은 임금을 따라 죽은 신하보다 높음이 있었으니, 이는 다만 가문의 영예와 국가의 영광으로만 삼기에는 부족하도다.'라고 하게 할 것이다. 그러니 너의 죽음은 불행이 아니고, 내가 슬퍼하지 않는 것도 이유가 있다. 아아! 상향.

해제
이하곤의 여동생 영인 이씨는 이인엽의 딸로 최수범(崔守範)[76]의 아내가 되었다. 남편이 죽자 죽음을 결심했는데, 열 살과 다섯 살짜리 아이를 두고서도 삶에 연연해하지 않았다. 이하곤은 여동생의 열을 칭송하며 슬퍼하지 않는다고 하였지만, 아이들을 쓸쓸히 바라보던 여동생의 눈길을 묘사하며 안타까운 마음을 서술했다.

---

74 유향(劉向) : B.C.77(?)~B.C.6. 중국(前漢)의 경학자, 목록학자, 문학자. 『설원(說苑)』, 『열녀전(烈女傳)』 등의 저서를 남겼다.

75 장림(張林) : 당(唐) 나라 때 한림학사(翰林學士)를 지낸 장열(張說)을 가리킨다. 그는 뒤에 벼슬이 중서령(中書令)에 이르렀고, 문장(文章)은 당시에 으뜸이었는데, 그 중에서도 비문(碑文)에 특히 뛰어났다고 한다.

76 최수범(崔守範) : 1690~? 숙종(肅宗) 39년[1713] 증광시(增廣試) 병과(丙科)13. 자(字) 군서(君敍), 본관(本貫) 전주(全州), 최석령(崔錫齡)의 손자, 최창연(崔昌演)의 아들. 통덕랑(通德郎), 사서(司書)를 지냈다. ＊참고문헌 : 文科榜目.

정녀 상랑의 일을 씀
書貞女尙娘事

정녀(貞女) 상랑(尙娘)은 선산(善山) 상형리(上荊里) 사람으로 성은 박씨이다. 아버지 박자신(朴自申)은 농사를 업으로 삼았다. 친어머니가 죽고, 계모는 몹시 사나워 그를 심하게 부렸지만 상랑은 더욱 열심히 섬겼고 한 번도 불손한 적이 없었으므로 마을 사람들이 모두 그를 남다르다고 여겼다.

17세에 같은 마을 임칠봉(林七奉)에게 시집갔는데, 나이가 어리고 성품이 모질고 고집이 세어, 상랑을 매우 함부로 대하며 날마다 때리고 욕했다. 부모 역시 자기 자식을 아껴서 금하지 못했다. 상랑은 아픔과 괴로움을 감당하지 못해 아비의 집으로 돌아오니, 어미가 욕을 하며 이렇게 말했다.

"너는 이미 시집갔다. 그러고도 다시 먹고 사는 것을 부모에게 빌붙으려고 하느냐?"

상랑은 공손한 말로 사죄했고, 다만 운명이 기박함을 자탄할 뿐 끝내 남편을 원망하지 않았다. 늘 왔다 갔다 하면서 시부모를 살폈는데, 남편은 상랑을 볼 때마다 막대기를 쥐고 그를 쫓아냈다. 그럴수록 상랑은 더욱 부인의 도리를 지켰다. 한 해 남짓 지나자 아버지는 계모가 끝내 받아들이려 하지 않는다는 것을 알고 상랑을 숙부의 집으로 보냈다. 숙부가 그를 잘 대해주어 상랑은 몇 달을 머물렀는데, 숙부는 조용히 상랑에게 이렇게 말했다.

"임씨 집에서 너를 박대한 것이 심했다. 의리가 다시 온전히 회복될 수는 없겠다. 네 나이 꽃 같이 젊은데 하필 사서 고생하겠느냐? 또 우리 같은 소인들이 어찌 절의를 알겠느냐? 너는 마음을 바꾸는 것이 좋겠다."

상랑은 발끈하고 안색을 바꾸며 말했다.

"숙부께서는 어찌 이런 말을 하십니까? 여자의 몸으로 이미 다른 이를 섬겼는데, 어찌 두 마음을 품겠습니까? 내가 차라리 죽을지언정 이런 말씀을 듣고 싶지 않습니다."

마침내 시댁으로 달려갔으나 시아버지도 개가하라는 뜻으로 타이르자, 상랑은 오래도록 눈물을 흘리다가 앞서 했던 말과 같이 대답하였다. 시아버지는 상랑이 죽으려는 마음이 있음을 알고 이렇게 말했다.

"그렇다면 우리 집을 더럽히지만은 마라."

어느날 상랑은 새벽에 일어나 지주비 아래로 가서 그 물에 몸을 던지려 했는데, 길에서 나무하는 여자아이를 만나 함께 못 위쪽으로 갔다. 상랑이 손수 자기의 쌍환(雙鬟)[77]과 베치마, 짚신 한 켤레를 벗어서 그에게 주며 말했다.

"나는 상형리 박자신의 딸로, 임칠봉의 아내다. 올해 스물이지. 17살에 시집갔는데, 임랑은 나를 원수처럼 보았다. 숨기고 참으며 바로 죽지 않

---

77 쌍환(雙鬟) : 다른 사람의 머리카락을 이용하여 머리를 치장하는 다리·월이(月伊)·월내(月乃)·월자(月子)의 일종으로 보인다. 신라 문무왕 2년(662) 당(唐)의 소정방(蘇定方)에게 하사한 여러 품목 가운데 다리[頭髮] 30냥(兩)의 기록이 있다. 『조선왕조실록』에서 세조 2년(1456) 중국 사신에게 내린 왕의 하사물에 세발장체(細髮長軆)가 있는 것으로 보아 다리는 조선의 특산품이었음을 알 수 있다. 다리는 조선 중기 이후 매우 유행하여 사회 문제로까지 대두되어 영조 때 여러 차례 부녀 체계(婦女髢髻)에 대한 사치금지령이 발표되었다. 이때 상인(常人)과 천인(賤人)들은 체계를 허용했지만 사족(士族) 부녀자들은 가체를 금지했으며, 영조 34년(1758) 체계금지를 내리면서 다리 대신 궁에서 사용되는 쪽머리[郎子]와 족두리를 사용하였고, 이 제도 또한 족두리 장식에 대한 사치 논의를 거쳐 정조 12년(1788) 가체신금절목(加髢申禁節目)이 반포되었다. 조선시대 후기에는 다리 상품(上品)이 7~8만 냥까지 소비되어 중인(中人)의 집 10채에 해당되는 가치였다. 그 후 다리의 크기와 사용은 많이 줄어들었지만 1910~1930년대까지도 시골에서 행사가 있을 때 노인들이 다리를 사용하여 머리를 치장한 모습을 찾을 수 있으며, 지방에 따라서는 혼수품으로 사용되기도 하였다. *참고문헌 : 三國史記, 世祖實錄, 燕山君日記, 仁祖實錄, 英祖實錄, 正祖實錄, 靑莊館全書, 北學議, 五洲衍文長箋散稿.

왔던 것은 그래도 신랑이 하루아침에 바뀌어 깨닫는 것이 있을까 해서 였다. 이제 아버지와 숙부께서 또 내 뜻을 빼앗으려 하니, 여자는 죽으면 그만이지 어찌 두 집 밥을 먹을 수 있겠느냐? 내가 장차 푸른 물결에 빠져 내 뜻을 보이려는데, 부모님과 시부모님께서 혹 내가 몰래 도망갔을 걸로 의심할까 걱정이었다. 이제 너를 만났으니 하늘이 도와주신 것이다. 내가 죽거든 너는 이것을 가지고 내 부모님께 드려서 내가 이 못에 빠져 내 어머니를 따라 구천으로 갔다는 것을 밝혀다오."

말을 마치고 대성통곡했는데, 울고 나서는 또 <산유화> 한 곡을 부르더니 마침내 그 곡을 알려주며,

"내가 죽은 후에 혼백도 이곳에서 노닐 것이다. 너는 바람 불고 물결이 일어 용솟음치는 것을 보거든 이 노래를 불러 내 혼백을 위로해주렴."

하고는 물가로 다가가 한참을 보더니 탄식하며 말했다.

"한번 죽기로 마음먹었는데, 깊은 물을 보니 다시 겁이 나는구나."

마침내 적삼을 벗어 얼굴을 가리고 몸을 날려 물에 뛰어들었다. 이때는 임오년[1702] 9월 6일이었다. 여자아이가 박자신에게 달려가 알리니 아비가 통곡하며 가서 마을 사람들을 데리고 시체를 건져내려 했지만 14일 만에야 비로소 찾았는데, 얼굴빛은 살아있는 것 같았고 아직도 적삼으로 얼굴을 가리고 있었다. 부사 조귀상이 그 일을 써서 올리니 조정에서 정려를 내리라 명하였다.

아아! 상랑은 궁벽한 시골의 여자이다. 평소에 어찌 『시경』이나 『예기』를 배우고 보모(保姆)의 훈계를 들었을 것인가? 그런데도 대의를 아는 데 능통했고, 우뚝 스스로 서서 죽는 것을 그저 돌아가는 것처럼 여기며 자신의 뜻을 밝혔으니, 진실로 타고난 성품이 곧고 절의가 있는 것이 아니었다면 어찌 이렇게 할 수 있었겠는가? 당시 문사들이 상랑의 일을 듣고 다투어 노래와 시를 지어 읊으니, 나도 들은 것을 대강 늘어놓아 이와 같이 쓴다. 그런데도 그가 죽을 때의 모습을 상상할 때마다 나는 눈물을

흘리지 않은 적이 없었다. 죽음에 나아가기를 명백하면서도 조용히 한 것은 비록 유식한 군자라도 어찌 이보다 더 낫겠는가? 그러니 상랑의 현숙함은 다른 사람보다 훨씬 뛰어난 것이다.

해
제 정녀 상랑(1683~1702)은 양인(良人) 박자신(朴自信)의 딸로 17세에 같은 마을 임칠봉에게 시집갔다. 나이 어린 신랑의 학대에 못 이겨 친정으로 가자 계모가 용납하지 않아 숙부의 집으로 갔는데, 숙부가 개가를 종용하자 할 수 없이 다시 시댁으로 갔다. 시아버지마저 개가하라 하자 나무하는 아이에게 자신의 기구한 인생사를 낱낱이 말하고 혼백을 위로해달라는 당부를 한 다음 물에 빠져 죽었다. 조선후기, 특히 18세기의 문인들은 전(傳), 한시, 소서, 잡록 등 20편이 넘는 작품으로 이 사건[향랑고사]을 기록했다. 전(傳)에서는 주로 향랑을 절의녀로 칭송하거나 향랑의 고향 선산을 절의의 고장으로 예찬하는 정치적 의도를 드러냈다. 한시에서는 향랑의 죽음을 가부장제의 비극으로 인식하기도 하였으나 대부분은 향랑의 정절을 기리고 있다. 이하곤 역시 그의 절의를 높이 평가하여 그가 결연히 죽음에 나아간 점에 대해 깊이 감동하고 있다.

서매를 곡하는 글
哭庶妹文

사람들이 모두 너의 그 죽음이 가련하다고 한다. 네가 세상에 난 지는 겨우 17년밖에 안 되었다. 갑자기 와서 별안간 가버리니 마치 한바탕 꿈 같구나. 사람들이 너를 가련히 여기는 그 말은 당연하다. 내가 슬픈 것은 네 어머니의 슬픔 때문이다. 네 어머니의 지극한 슬픔은 가슴 깊이 새겨져 눈물로 밥을 삼은 것이 때 없이 계속되었다.

대개 생각에 낳는 것은 눈으로 받아들이게 되어서이나. 서하(西河)의 현인(賢人)[78]도 눈이 머는 허물을 만들었는데, 편벽한 여자의 성품으로 이치에 따르는 사람이 누가 있겠는가? 네 어머니를 볼 때마다 나 역시 눈물이 흐르니 입을 열어 위로하고 싶어도 말하기가 어렵구나. 네 예쁜 얼굴과 얌전한 거동이 완연하게 눈에 어려, 생각지 않아도 생각이 난다.

울창한 양산(楊山)에 이 금지옥엽을 묻어, 풀이 돋으니 네 얼굴 같았는데 다시 보니 피었다가는 시들어버렸구나. 네 어머니가 아파하지 않게 하려면 어찌 할까? 세월이 돌고 돌아 어느덧 2년이 지났구나. 내 이제 돌아와 보니, 금계(金溪)의 남쪽에는 정원에 뽕나무가 검푸르고 숲속에는 대추꽃이 피어있구나. 나는 네 자취를 더듬으며 옛날부터 지금까지의 일을 돌아보니, 그립고도 서러워 내 옷깃을 적시는구나.

생각해보니 네 어머니는 오랫동안 울부짖으며 마음을 졸이다가 정신은 떠나버리고 형체만 남아 바람을 맞으며 슬피 신음하고 있겠구나. 글

---

78 서하(西河)의 현인(賢人) : 자하(子夏)가 서하(西河)에 있을 때 아들을 잃은 슬픔에 통곡하다가 실명(失明)했으므로 아들을 잃은 자하를 지칭한다. 상명지통(喪明之痛) 역시 자식을 잃은 슬픔의 의미로 쓰인다. -『史記』「仲尼弟子傳」.

을 봉해 멀리 부치니 술을 내가 따라주지 않아도 마음은 그윽한 곳과 통할 것이니 너는 내가 없다고 여기지 말거라.

서매(庶妹)는 이인엽(李寅燁)의 딸로, 17세의 어린 나이에 일찍 죽었다. 이 글은 이하곤이 여동생이 죽은 지 2년이 지난 후 충청도 진천 금계에 내려가 지어 부친 것이다. 여동생의 예쁜 모습을 떠올리며 무덤에 시든 풀처럼 그 모습이 사라진 것을 애달파했다. 특히 딸을 잃은 어머니가 넋이 나간 모습을 생각하며 더욱 슬퍼했는데, 서매에 대한 이하곤의 애틋한 마음을 읽을 수 있는 글이다.

이삼(李森) : 1677(숙종 3)~1735(영조 11). 본관은 함평(咸平), 자는 원백(遠伯). 감역(監役)을 지낸 이사길(李師吉)의 아들이다. 문신의 집안에서 태어나 윤증(尹拯)의 문하에서 수학했다. 힘과 담략이 뛰어나 병조판서 김구(金構)의 천거를 받아 음직으로 선전관(宣傳官)이 되었고, 숙종 31년[1705] 무과에 응시, 급제하였다. 1713년 정주 목사로 임명된 후 1717년 평안도 병마절도사사 · 함경남도 병마절도사사 등을 지내면서 친기위(親騎衛)의 인원증액과 봉수제도의 개선을 건의하는 등 군제개혁에 관심을 기울였다. 경종 때 소론으로서 경종의 신임을 받아 수원 부사 · 우포도대장 · 충청도 병마절도사사 등을 거쳐 1721년 총융사 · 한성부 우윤, 1724년에 어영대장을 지냈다. 1725년에는 어영대장이 되었으나 노론의 탄핵을 받아 곤양(昆陽)에 유배되었다. 1727년 정미환국으로 풀려나와 훈련대장으로 승진하고, 이듬해 이인좌(李麟座)의 난이 일어나자 관문을 잘 지킨 공으로 분무공신(奮武功臣) 2등에 책록되고 함은군(咸恩君)에 봉해졌다. 그 뒤 여러 차례 이인좌의 무리라는 무고를 받았으나 왕의 신임을 받아 무사했으며, 1728년에 한성부 좌윤으로 임명되었고, 1729년에는 벼슬이 공조 판서에 이르렀다. 1730년 6월과 9월 두차례에 걸쳐 한성부 판윤에 임명되었다. 그는 무예가 출중하고 학문에도 뛰어났으며 지리의 이용에서 기계제조의 방법 · 도창기예(刀槍技藝)에 이르기까지 정통했다. 저서로는 『관서절요(關西節要)』가 있다. *참고문헌 : 肅宗實錄, 景宗實錄, 英祖實錄, 歸鹿集.

이삼 李森 · 1677~1735

아내 진주 유씨 제문 계미년
祭亡室晉州柳氏文 癸未

　　유세차 계미년[1703] 9월 갑진(甲辰)일 초하루와 7일 경진(庚辰)일에, 함평의 후손 이삼(李森)은 삼가 변변찮은 제수를 차려 감히 아내 진주 유씨의 영전에 고합니다.

　　아아, 애통하다! 정축년[1697] 봄 1월 고귀한 가문의 사위[1]가 되어 금슬의 즐거움이 지금까지 몇 해인가 하니 7년이 되었소.

　　아아, 슬프다! 무인년[1698] 가을, 내가 영남의 숙부님 임소로 갔다가 다음 해 봄 3월에 집으로 돌아오니, 아이는 지난 섣달 7일에 태어나 벌써 아이 꼴을 갖추어 그 흐뭇하고 기쁜 것이 어떠했소? 신사년[1701]에 또 아들을 낳고, 지난 겨울에 또 딸을 낳으니, 사람들이 복 있다고 이야기했소.

　　내가 올 2월 그믐날, 춘당대(春塘臺)[2]에서 직부(直赴)[3]하고 어전에서 진한 술에 취하여 어두워져서 집으로 돌아오니, 집에 계신 부모님과 슬하의 두 아이가 붙들고 기뻐했고, 그대의 기쁨은 말로 표현하기 힘들었을 것이오. 사람들은 또 복 있다고 이야기했소.[4]

　　이날 이후로 가난하다고는 말할 수 없었고, 과거에 급제하여 부모님

---

1 사위 : 췌서(贅壻). 데릴사위.

2 춘당대(春塘臺) : 창경궁(昌慶宮) 안에 있는 대(臺). 왕실에 경사가 있을 때 임금이 이곳에 나아가 임시로 문무과(文武科)의 시험을 보이던 곳.

3 직부(直赴) : 권무과(勸武科)·외방별과(外方別科)에 합격한 사람이 곧 무과의 전시(殿試)에 나아갈 수 있는 자격을 얻는 것.

4 사람들은 …… 이야기했소 : 이삼이 1703년 친임(親臨) 시사(試射)에 합격하고 직부(直赴) 전시(殿試)한 일을 말함. 이때 과녁을 모두 적중시켜 '비선전(飛宣傳)'으로 칭송됨. ―『서당사재(西堂私載)』 권12, <병조판서 이공 행장(兵曹判書李公行狀)>, 『백일헌유집(白日軒遺集)』 권4, <이조판서조문명찬(吏曹判書趙顯命撰)>.

을 영화롭게 할 즐거움을 기대했소. 철석같던 해로의 약속을 오늘 도리어 저버리게 될 줄 어찌 알았겠소? 본래 정신이 밝고 강했으며 또 나보다 3년이나 어렸는데 갑자기 먼저 가버리니, 어떤 심한 병 때문에 갑자기 이렇게 되었는지 모르겠소. 말과 생각이 여기까지 미치니 나도 모르게 눈물이 번지고 가슴이 막히는구려. 아아, 애통하다!

그대는 비록 나를 저버렸지만 내 어찌 보내는 말 한 마디 없을 수 있겠소? 이제 속에 가득한 슬픈 마음을 영전에서 갖추어 이르니, 신령은 헤아리시오. 처음 그대가 가버린 후로 아버님께서는 밤낮으로 애통해하시다가 열흘이 못 되어 검은 머리카락이 한 가닥도 없어지고 안색은 초췌해지신 데다 6월 6일에 심한 병까지 더하여 점차 위독해지셨소. 같은 달 11일 술시에 염초교(焰焇橋)[5] 피우소(避寓所)[6]에서 상이 나가니, 사람들이 모두 의심하면서도 한 사람도 들어와서 보는 이가 없었다오. 그리하여 종 한 사람만 데리고 초상의 준비를 나 홀로 감당하게 되니, 세상 어디에나 같은 사람이 있겠소? 자식이 부모를 곡하는 것은 천리에 당연하지만 부모가 자식을 곡하는 것은 이치를 거역하는 것인데, 그대는 이제 먼저 죽어 부모님의 애통함이 끝내 여기에 이르게 하였으니, 이 어찌 효자의 도리겠소? 땅을 치고 하늘에 소리쳐도 살아 보전함을 바랄 수 없구려. 사람들이 간혹 '저승과 이승 간에는 반드시 알게 되는 것이 있다' 하는데, 나는 그렇지 않은 것 같구려. 평소 효성스럽고 우애하던 마음이 만에 하나라도 있다면 어찌 작은 보답이라도 없을 수 있겠소! 이를 미루어 생각하면 분명히 아는 것이 없다고 할 것이오. 아아, 슬프다! 아아, 슬프다!

그대는 5월 16일에 병을 얻어 병세가 매우 심했는데, 의원에게 문의해

---

5 염초교(焰焇橋) : '염초교(焰硝橋)', '염초교(焰炒僑)' 등으로 표기되어 있다. 주교동 308번지 동쪽, 현 방산초등학교 앞 방산시장 안에 있던 다리, 혹은 현 서부 서울역 부근에 있는 염천교를 이른다. 화약을 만들던 염초청(焰硝廳)이 있었다 하여 다리 이름아 '염초'가 된 것으로 보인다.

6 피우소(避寓所) : 병이 나거나 하여 잠시 집을 피하여 거처하는 다른 장소.

약을 끓여 조금도 모자라는 것이 없었소. 그런데 그 달 22일 술시에 갑자기 친정에서 죽음에 이르게 되니[7], 하늘이 화를 내리심이 어찌 이렇게도 심하신지, 앞뒤의 초상이 어찌 같은 병에서 나왔는지! 세상에 간혹 부모를 잃고 아내를 잃는 사람이 있겠지만, 나 같은 사람이 몇이나 되겠소?

차마 볼 수 없는, 차마 볼 수 없는 것이 세 가지라오. 여섯 살배기와 세 살배기가 아침저녁 먹을 것을 앞에 두면 그 어미를 불러 권하는 것이 차마 볼 수 없는 것 첫 번째요, 10개월 된 어린 것이 목이 말라 어미를 그리며 우는 것이 슬퍼 차마 볼 수 없는 것 두 번째요, 두 아이가 이웃 아이들이 어미 부르는 것을 배워서는 길에서 머뭇거리며 천 번 만 번 불러도 고요히 대답 없으면 도리어 내 소매를 붙들고 엄마가 어디 갔는지 물으니 이 어떤 모습이겠소. 가슴이 찢어지고 애통하니 차마 볼 수 없는 세 번째라오. 아아, 슬프다!

나무에 비하자면 가지와 잎이 없는 것 같고, 사람에 비하자면 손발이 없는 것 같구려. 차라리 눈을 감고 아무것도 모르고자 하나 할 수가 없고, 울려고 하면 목이 막히어 곡할 수가 없으며, 말하고 싶어도 청산은 말이 없으니, 이 어찌 지극한 통곡이 아니겠소? 곡하려고 하는데 곡할 수 없는 것은 아마도 슬픔이 지극하여 그러한 것인가, 슬픔이 지극하지 않아서 그러한 것인가? 옛말에 '너무 슬프면 오히려 눈물도 안 나온다.'고 했는데, 이런 것을 이른 것이오? 아아, 애통하다!

하늘이 뜻을 내리고는 어찌 빨리 빼앗아 가는지요? 임종의 한 마디가 아직 귓가에서 사라지지 않는데, 장사지낼 날짜는 빨리도 이르니, 비통함을 견디기 어렵구려. 그대가 이제 가버리니 나는 누구를 의지하겠소? 예전의 약속은 어디에 있소? 지하에서 훗날 영혼이라도 알게 되면 후손

---

7 죽음에 이르게 되니 : 역책(易簀). 증삼(曾參)이 병이 위독했을 때, 그가 깔고 누운 대자리가 자기 신분에 맞지 않는다고 하여 바꾸어 깔고 죽었다는 고사에서, 사람의 죽음, 또 그의 임종을 이름.

들에게 어려움이 없도록 해 주고, 세 아이를 조용히 도와 성취해주기를 바라니, 그렇게 된다면 살아있는 이에게나 죽은 이에게나 조금도 여한이 없을 것이오. 마음을 위로할 길 없어 이에 감히 글을 써 풀어주려 하니, 황천에서 맺힌 마음을 풀기 바라오. 술 한 잔을 부어 영결하려니 눈물이 샘처럼 솟는구려. 영령이 안다면 생각해주기를 바라오. 아아, 슬프다! 아아, 슬프다! 상향.

해제   아내 진주 유씨(1680~1703)는 유우(柳佑)의 딸로, 이삼(李森)의 아내이다. 결혼한 지 7년 만에 죽었다. 여섯 살과 세 살, 그리고 10개월 된 아이들이 어머니를 찾는 모습이 매우 애절하게 그려져 있는데, 병이 들기 전의 행복하고 단란했던 모습과 대조적으로 제시하여 죽음의 안타까움을 더욱 잘 표현해내고 있다.

정부인에 추증된 어머니 여흥 민씨 묘표 계묘년
先妣贈貞夫人驪興閔氏墓表 癸卯

아버지 자헌대부(資憲大夫) 이조판서(吏曹判書) 겸 지의금부사(知義禁府
事), 오위도양부도양관(五衛都揚府都揚管) 행서산감역관부군(行四山監役官府
君)의 무덤은 니산(尼山)[8] 주곡(酒谷) 동쪽을 등진 자리에 있는데, 실제로
원비(元妣)인 양 부인과 나란히 모셨다. 예를 따르자면 먼저 돌아가신 부
인의 무덤 다음에 받들어 옮겨야 하지만, 합장하여 함께 모셨다. 그런데,
내가 생각하기에 무덤이 이미 오래 되어 산소로 가는 길이 편안했으면
하여 옛 봉분을 깨뜨렸으니, 두려워 놀라게 하는 우환이 있을까 걱정된
다. 보고 들은 것을 참고하여 결의하고 스스로 그만두었으니, 슬픔으로
낙심하고 애통하여 서러움이 세상 끝까지 가득하다. 삼가 사연을 갖추어
묘갈의 뒷면에 덧붙여 새긴다.

어머니의 성은 민씨이고 광흥 수령 민여진(閔汝鎭)의 손녀이며 통덕랑
민장(閔漳)의 딸로, 세상에 이름난 가문이다. 행적을 기술하게 된다면 소
자 어찌 감히 할 수 있겠는가? 숭정 기원 후 두 번째 계묘년 7월일에,
아들 형조참판 이삼이 피눈물로 쓴다.

해제 여흥 민씨는 민장(閔漳)의 딸로 이사길(李師吉)의 아내이며, 이삼의 어
머니이다. 어머니 민씨를 아버지의 묘에 합장하기 위해 이장을 하면서
지은 묘표이다.

---

8 니산(尼山) : 지금의 충청남도 논산군 노성면 지역을 가리킨다.

조문명(趙文命) : 1680(숙종 6)~1732(영조 8). 조선 후기의 문신. 본관은 풍양(豊壤). 자는 숙장(叔章), 호는 학암(鶴巖). 도사(都事) 조인수(趙仁壽)의 아들이다. 1713년 증광문과에 병과로 급제, 검열이 되었으며, 1721년(경종 1)수찬을 거쳐 부교리가 되어 붕당의 폐해를 통열히 논하였고, 문학(文學)으로 옮겨 마침 왕세제로 책봉된 연잉군(延礽君 : 뒤의 영조)의 보호에 힘쓰면서 김일경(金一鏡) 중심의 소론 과격파(峻少)에 대립하였다. 1724년 영조가 즉위하자 지평으로 발탁되어 겸동학교수(兼東學教授)・세자시강원겸보덕(世子侍講院兼輔德)을 지냈으며, 다음해 서장관(書狀官)으로 청나라에 다녀온 뒤 동부승지에 승진되어 파붕당(破朋黨)의 설을 제창하다가 민진원(閔鎭遠)의 배척을 받았다. 이어 1727년(영조 3)정미환국으로 소론이 재진출하면서 이조참의에 특별히 임명되었고, 그해 딸이 왕세자(영조의 제1자, 사후에 孝章世子라 불림)의 빈(嬪)이 되자 호조참판과 도승지에 올라 수어사・어영대장을 겸하였으며, 이듬해 이인좌(李麟佐)의 난 진압에 공이 있다 하여 수충갈성결기효력분무공신(輸忠竭誠決機效力奮武功臣)2등에 녹훈, 풍릉군(豊陵君)에 책봉되고 병조판서가 되었다. 이에 이조참판 송인명(宋寅明)과 함께 탕평론을 재천명하였고, 이후 대제학・이조판서를 거쳐 1730년 우의정에 발탁되고『경종실록』총재관(總裁官)으로서 이를 완성, 좌의정에까지 이르렀다. 『학암집』4책이 남아 있다. 시호는 문충(文忠)이다. *참고문헌 : 肅宗實錄, 景宗實錄, 英祖實錄, 國朝榜目, 鶴巖集, 黨議通略, 韓國黨爭史(成樂熏, 韓國文化史大系 Ⅱ, 高麗大學校民族文化研究所, 1975).

조문명 趙文命・1680~1732

중궁전 홍진 회복을 축하하는 전문 관찰사 대신 지음
中宮殿紅疹平復陳賀箋文 代觀察使作

　약을 끓이고 애를 태우며, 얼마 전에 의약청을 설치하라는 명을 들었는데[1], 홍진을 떨치고 음식을 드시는 아름다움을 보게 되었습니다.[2] 더욱 기쁜 일은 다음날 나으신 것이니, 일이 마치 다시 태어난 경사와 같습니다. 삼가 생각하기에, 중궁 전하께서는 비유컨대 하늘이 화합하여 극(極)에 짝하고 정(貞)에 거하며 제후(齊后)가 새벽에 일어나는 정성으로 편안하지 못한 상태를 오래 보살피셨습니다. 1년 뒤, 때의 기운 때문에 우연히 무망한 병에 걸렸으나 열흘도 앓지 않으시고 오늘의 기쁨이 생길 수 있었습니다. 엎드려 생각건대 신의 몸은 남쪽에 있지만 마음은 대궐을 생각하고 있습니다. 오래 변방에 머물러 있어 조관의 반열[3]에 서지 못하고 멀리서 대궐을 바라보며 다만 스스로 손뼉을 치는 정성[4]만을 간

---

1 얼마전에 …… 들었는데 : 숙종 44년(1718년) 6월 23일 중궁이 홍진을 앓아 의약청(議藥廳)을 설치하고 약방(藥房)과 조정에서 날마다 세 번씩 문안하게 했다. 이때 약방에서는 임금과 동궁이 다른 궁궐에 이어(移御)할 것을 청하였으나, 임금이 허락하지 않았다. *참고문헌 : 肅宗實錄.

2 홍진을 …… 되었습니다 : 숙종 44년(1718년) 7월 4일 중궁(中宮)의 홍진(紅疹)이 다 나아서, 임금이 의약청(議藥廳)을 폐지하도록 명한 것을 이름. *참고문헌 : 肅宗實錄.

3 조관의 반열 : 노진(鷺振)의 서열. 백로 떼가 나는 서열. 전하여 조관(朝官)의 서열을 말한 것이다. 『금경(禽經)』에, '홍의노서(鴻儀鷺序)'라 하였고, 그 주에, "노(鷺)는 백로를 말한 것인데, 작은 것이 큰 것을 넘어 서지 아니하고, 날 때는 차서가 있어, 백관(百官)의 진신(縉紳)의 차서가 완연하다." 하였다.

4 손뼉을 치는 정성 : 오변(鰲抃). 기뻐서 손을 두드림. 곧 신하가 임금에게 기쁜 마음으로 바치는 충성을 형용하여 이르는 말. "엎드려 생각하건대, 신은 다행히 희운을 만나서 즐거이 욕의를 듣습니다. 신은 자취가 청구에 묶여 있어서 준수하는 반열에 참예하는 길이 막혔으나, 마음은 자극에 달려 있어 오변의 정성을 갑절이나 다합니다. 伏念 臣 幸際熙運 欣聞縟儀 跡滯靑丘 阻詣駿奔之列 心懸紫極 倍殫鰲抃之誠." [세조실록 권제33,

절히 할 따름입니다.

┌─────┐
│ 해 │   숙종 44년[1718] 7월 중궁 인원왕후(仁元王后)⁵가 홍진을 앓다가 나은
│ 제 │   것을 축하하기 위해 지은 글이다. 인원왕후는 궁중에 들어간 지 10년째
└─────┘
인 숙종 37년[1711] 12월에 천연두를 앓은 것을 시작으로 홍진, 치통, 안질, 종기
등을 앓았다. 숙종 1718년, 예조(禮曹)에서 중궁의 홍진이 회복되었다 하여 신묘
년 천연두 때의 전례대로 종묘(宗廟)에 고하고 반교(頒敎)하며 진하(陳賀)하도록
청하자, 임금이 여러 도(道)에 명하여 진하하게 하고 흉년으로 방물(方物)은 절반
을 줄이라 했다. 이 글은 조문명이 예문관 검열로 있으면서 도 관찰사를 대신해
지은 것이다.

22장 앞쪽, 세조 10년 5월 27일(기묘)]

5 인원왕후(仁元王后) : 1687(숙종 13)~1757(영조 33). 조선 제19대 왕 숙종의 계비(繼
妃). 본관은 경주(慶州). 이조판서 김남중(金南重)의 3대손이며, 경은부원군(慶恩府院君)
김주신(金柱臣)과 가림부부인 조씨의 2남 3녀 중 둘째 딸로 숙종의 계비 인현왕후 민씨
가 죽은 다음 해(숙종 28년) 10월 15세의 나이로 왕비에 간택됐다. 인경(仁敬), 인현(仁
顯) 왕후에 이은 숙종의 세 번째 정비다. 실제로는 희빈 장씨에 이은 네 번째 비였으나
폐위된 장씨는 왕실기록에서 희빈으로 강등됐기 때문이다. 숙종이 죽은 뒤 왕대비로 있
으면서 1722년(경종 2) 자경(慈敬), 1726년(영조 2) 헌열(獻烈), 1740년 광선현익(光宣顯
翼), 1747년 강성(康聖), 1751년 정덕(貞德), 1752년 수창(壽昌), 1753년 영복(永福), 1756
년 융화(隆化) 등의 존호(尊號)가 올려졌다. 사후에 휘호(徽號) 정의장목(定懿章穆)이
올려졌다. 숙종이 세상을 떠났을 때 자식이 없었던 인원왕후는 영조를 친아들처럼 아끼
며 왕위에 오르는 데 결정적인 영향력을 행사했다. 인원왕후는 숙종, 경종, 영조 3대에
걸쳐 55년 동안 왕비, 왕대비, 대왕대비로 있으면서 왕실과 정치에 큰 영향력을 행사하
다가 70세에 세상을 떠났다. 왕후의 능은 명릉(明陵)으로 경기 고양시 용두동의 서오릉
(西五陵) 묘역 내에 있다. *참고문헌 : 肅宗實錄, 英祖實錄, 璿源系譜, 國朝人物考, 燃藜
室記述.

이재(李縡) : 1680(숙종 6)～1764(영조 22). 조선 후기의 문신. 본
관은 우봉(牛峰). 자는 희경(熙卿), 호는 도암(陶庵) · 한천(寒泉).
이유겸(李有謙)의 증손으로, 할아버지는 이숙(李䎘)이고, 아버지
는 진사 이만창(李晩昌)이며, 어머니는 민유중(閔維重)의 딸이다.
1702년(숙종 28) 알성 문과에 병과로 급제했고, 1707년 문과 중시
에 을과로 급제하였다. 이듬해 문학 · 정언 · 병조정랑을 거쳐, 홍문
관부교리에 임명되었다. 1711년 이소성낭으로 승신, 이어 홍문관의
수찬 · 부교리 · 응교 등을 지냈다. 1713년 형조참의 · 대사성, 1715
년 병조참의 · 예조참의를 거쳐 다음해 동부승지가 되었다. 이어 호
조참의를 거쳐부제학이 되었을 때『가례원류(家禮源流)』의 편찬자
를 둘러싸고 시비가 일자 노론의 입장에서 소론을 공격하였다.
1725년(영조 1) 영조가 즉위한 뒤 부제학에 복직해 대제학 · 이조참
판을 거쳐 이듬해 대제학에 재임되었다.

1727년 정미환국으로 쫓겨난 후, 용인의 한천(寒泉)에 거주하면서
많은 학자를 길러냈다. 의리론(義理論)을 들어 영조의 탕평책을 부
정한 노론 가운데 준론(峻論)의 대표적 인물로, 윤봉구(尹鳳九) ·
송명흠(宋命欽) · 김양행(金亮行) 등과 함께 당신의 정국 전개에 많
은 영향을 미쳤다.

용인의 한천서원(寒泉書院)에 제향되었다. 저서로는『도암집(陶菴
集)』·『도암과시(陶菴科時)』·『사례편람(四禮便覽)』·『어류초절
(語類抄節)』등이 있다. 시호는 문정(文正)이다. *참고문헌 : 肅完
實錄, 景完實錄, 英祖實錄, 國朝榜目, 陶菴家狀, 年譜, 陶菴語錄,
老洲集.

정명공주가 쓴 유합의 발문
貞明公主手筆類合跋

이남(二南)의 시[1]는 부인들에게서 나온 것이 많지만 반복하여 읊조리고 노래하는 사이에 그 마음과 본성이 바름을 볼 수 있다. 시가 진실로 그러하면 필적 역시 그러하다. 때문에 '마음이 바르면 글씨도 바르다'고 한 것이다. 돌아가신 정명공주의 곧고 조용하며 온화하고 공경하는 덕은 글씨에서 볼 수 있다. 그 자획은 돈후하고 가지런히 정돈되었으니, 규방의 분위기나 풍미와는 닮지 않았다. 왕왕 목릉(穆陵)[2]께서 남기신 법노가 있으니, 아! 공경할 만하다. 게다가 들으니, 이 글씨를 쓴 때가 서궁에서 모시던 때[3]였는데, 나이 어린데도 자연스럽게 이루어진 묘함을 얻어, 아주 위험한 때였음에도 불구하고 화평한 기상이 있었다고 한다. 그리하여 장수와 복, 존숭과 영광을 극진히 하였으니 자손이 불어나 끝없이 그 아름다움을 드리운 것은 아주 마땅하다.

공주의 손자 홍중복(洪重福)[4]이 두루마리로 만들어 집안의 보물로 간직하였다. 내가 외람되게 혼인의 인연[5]으로 인하여 한번 눈으로 직접 볼 기회를 얻어 받들어 완상하였다. 황홀하기가 숙옹의 수레를 직접 보는 듯[6]하니 여기서도 선대에 있었던 종사(螽斯)[7]의 남은 은택을 볼 수 있고,

---

1 이남(二南)의 시 : 『시경』, <주남(周南)> · <소남(召南)>을 이름.

2 목릉(穆陵) : 선조(宣祖)의 능호.

3 서궁에서 모시던 때 : 어머니 인목대비가 서궁에 갇혀 있을 때를 말함.

4 홍중복(洪重福). 홍주원의 손자. 홍만용의 아들.

5 혼인의 인연 : 이재의 어머니는 민유중의 딸이다. 민유중의 누이 가운데 홍만형(홍주원의 아들, 홍만용의 형)의 부인이 된 이가 있었다. 이재 입장에서 보면 외가쪽에서 홍씨 집안과 인척관계에 있었던 것이다. 또 이재의 아들 이제원이 홍중복의 딸과 결혼하여 사돈을 맺었다.

인지(麟趾)⁸의 교화가 왕성함을 볼 수 있다. 아아, 정녕 잊을 수 없구나.

신유년[1741] 정월 그믐날에 삼주(三酒)⁹의 이재가 손을 씻고 삼가 발문을 쓴다.

해제 정명공주¹⁰가 손수 쓴 유합(類合)¹¹의 발문. 유합은 조선시대 아동용 한자 교본이었다. 천자문을 익힌 다음에 배웠다고 한다. 이재는 정명공주의 손자인 홍중복과 사돈을 맺은 인연으로 정명공주의 글씨를 직접 보고 이 발문을 썼다. 정명공주는 어머니 인목대비가 서궁에서 유폐되어 있을 당시인 15, 6세에 이 글씨를 썼는데, 힘든 상황에서도 화평한 기상을 지녔으며 글씨에서도 겸손한 부덕을 볼 수 있음을 평가했다.

---

6 숙옹의 수레를 직접 보는듯 : 『시경』, <소남(召南)>, 「하피농의(何彼穠矣)」, '曷不肅雝 王姬之車'에서 유래. 주왕(周王)의 딸이 제후에게 시집갈 때, 수레와 의복이 엄숙하고 조화로워 교만함이 없었다. 그리하여 그 수레를 본 자들이 공경하고 조화로워 부도(婦 道)를 잘 행할 줄 알았다. 이 글에서는 정명공주의 부덕이 글씨에서 드러남을 말한 것 이다.

7 종사(螽斯) : 『시경(詩經)』, <주남(周南)>, 「종사(螽斯)」를 말한 것으로, 문왕(文王)의 비(妃)인 태사(太姒)가 덕이 많고 시기심이 없어 왕손이 종사처럼 번성한 것을 노래한 것임. 종사는 여치과에 속하는 곤충으로 알을 많이 낳음.

8 인지(麟趾) : 『시경(詩經)』, <주남(周南)> 편명. 주(周)나라 문왕(文王)이 후비(后妃)의 덕(德)을 칭송한 글임.

9 삼주(三州) : 황해도 우봉현의 별칭.

10 정명공주 : 1603(선조 36)~1685(숙종 11). 조선 선조의 첫째 공주. 어머니는 영돈녕부 사 연흥부원군(領敦寧府事延興府院君) 김제남(金悌男)의 딸, 인목왕비(仁穆王妃)이다. 광해군이 즉위하여 영창대군을 역모죄로 사사하고 계비 인목대비를 폐출시켜 서궁(西 宮)에 감금할 때, 공주도 폐서인(廢庶人)되어 서궁에 감금되었다. 인조반정으로 인조가 즉위하면서 공주로 복권되고, 1623년(인조 1)에 동지중추부사 홍영(洪霙)의 아들인 홍주 원(洪柱元)에게 시집을 갔다. *참고문헌 : 宣祖實錄, 光海君日記, 仁祖實錄, 承政院日記.

11 유합(類合) : 한자교본(漢字敎本). 서거정(徐居正)이 편저한 것이라고 전함. 언해(諺解) 한 사람은 미상이나 고어(古語) 연구에 귀중한 책이다.

열부 이씨전

烈婦李氏傳

열부 이씨는 고려의 직제학이었던 양수생(楊首生)의 아내이다. 수생이 죽었을 때 이씨의 나이는 아주 어렸다. 부모는 그녀가 일찍 과부가 된 것을 가련하게 생각하여 시집에서 데리고 와 다시 결혼시키려고 하였다. 그때 이씨는 막 임신하고 있었는데, 울면서 이렇게 말했다.

"다행히 아들을 낳게 된다면 양씨의 제사는 끊어지지 않을 것입니다. 해산한 후에 다른 사람에게 시집가더라도 또한 늦은 것은 아닐 것입니다."

아들을 낳게 되자, 부모는 다시 강제로 시집보내려고 하였다. 이씨는 또 울면서 이렇게 말했다.

"아이가 아직 젖을 떼지도 않았는데 갑자기 다른 데로 시집가버리면 아이가 커서도 하늘이 양씨 집안에 후손 둔 것을 알 수 없을 것이니, 제가 어찌 차마 그것을 끊어버릴 수 있겠습니까? 아이가 품안에서 떠나는 날까지만 기다려주세요."

아이가 밥을 떠 먹고 말할 줄 알게 되자, 이씨는 의연하게 이렇게 말했다.

"충신은 두 임금을 섬기지 않고, 열녀는 두 지아비를 고쳐 섬기지 않는다고 하였으니, 죽음만이 있을 뿐 다른 길은 없습니다."

부모는 그래도 살펴 헤아려주지 않았다. 이씨는 처음에 자결하려고 했으나 의리상 할 수가 없었다. 드디어 여종 서넛과 함께 도망 나와 시댁의 남원 별장으로 갔다. 천 리나 되는 길에서 허둥지둥 넘어지고 자빠지니 발에서는 피가 흘렀다. 처음에 부(府)의 서쪽에 있는 교룡산(蛟龍山)¹² 아래에서 살았었는데 얼마 지나지 않아 오랑캐의 난¹³을 피하여 비홍산(飛

鴻山)[14]으로 올라가서 멀리 순창에 있는 귀악을 바라보며 '산기가 아름답
다'고 하였다. 곧 그리로 나아가 집을 짓고 살았다.[15] 그리하여 양씨의 자
손들은 대대로 그 땅에서 살게 되었다.

아이가 자라 소년이 되자, 사냥놀이만 좋아하고 공부를 하지 않았다.
하루는 이씨가 먹지도 않고 이불을 덮어쓰고서 누워 있었다. 아이가 밖
에서 들어와 어머니께 어디 아프냐고 묻자 이씨는 이렇게 말했다.

"병난 것이 아니다. 미망인으로 오직 너를 의지하는 것을 운명으로 삼
아 네가 열심히 글을 읽고 착실하게 행동하여 네 아비와 할아비의 업적
을 땅에 떨어뜨리지 않도록 하는 것이 내가 바랐던 바였다. 그런데 지금
네가 하는 짓이 이와 같으니 소원을 이룰 가망은 전혀 없기에 내가 죽으
려고 하는 것이다."

아이는 이에 마음이 움직여 깨닫고 그날로 사냥 도구를 불태우고, 이
웃에 사는 김 주서(注書)를 좇아 글을 배워 마침내 쓰일 만한 인물이 되
었다. 함평 현감을 지낸 양사보(楊思輔)가 바로 이 사람이다.

이씨가 연로해서는 아들이 고을을 맡아 다스림에 그 봉양을 받았고,
죽게 되자 순창군 동쪽 20리쯤에 묻혔다. 조정에서 그 정렬(貞烈)을 가상
히 여겨 특별히 그 장지(葬地)에 정표하였는데, 그때 돌에 새긴 명(銘)이
지금까지 완연하게 남아있다. 그 일은 『옥천지(玉川誌)』[16]에 실려 있다.

---

12 교룡산(蛟龍山) : 부의 서쪽 7리 되는 곳에 있으며, 북쪽에는 밀덕(密德)·복덕(福德)
두 봉우리가 있다.

13 오랑캐의 난 : 오랑캐의 풍속이 이를 검게 만들고 이마에 새기[漆齒雕額]므로 칠치지
란(漆齒之亂)이라고 했다. 여기서는 왜인(倭人)을 말함.

14 비홍산(飛鴻山) : 충청도 홍산현에 있는 산. 현 서쪽 2리에 있는 진산(鎭山)이다. 아미
산(阿彌山) 현 북쪽 37리에 있다.

15 처음에 …… 집을 짓고 살았다 : 이재는 <進士楊公墓碣>에서 그 선조이야기로 이씨
이야기를 서술해 놓았는데, 이씨가 순창의 귀악을 보고서 기운이 좋다고 여겨 그 곳에
집을 짓고 살았다고 했다.

16 옥천지(玉川誌) : 옥천은 전라도 고을 이름, 옥천의 고을 읍지를 말한다.

그 곳에 정려를 세우도록 명한 것은 세조 때의 일이라고 한다.

아, 동방의 습속에 부인들이 곧고 신실하며 음란하지 않음은 팔조(八條)의 가르침[17]에서 나온 것이다. 우리 조정에 이르러서는 예의가 더욱 밝아져 거의 집집마다 봉작을 받을 정도가 되었다. 그런데다 또 개가한 여자의 자손은 동·서반의 정직 등용을 금하는 법으로써 예의를 엄중하게 하니, 이는 곧 가르침과 금지함을 아울러 행하여 서로 지키도록 한 것이다. 고려 말에는 이렇게 할 수가 없어서 명문가에서도 남편이 죽으면 다시 시집가는 것을 아주 당연한 일로 여겼다. 그래서 옛날의 족보에는 자녀를 기록하는 사이에 나중에 맞은 남편을 기재하기까지 했으니, 뻔뻔스럽게도 부끄러움을 모르는 것을 알 수 있다.

이러한 때에 이씨는 홀로 어지러운 물결 속에서 스스로 빼어나 끝내 절조를 온전히 하였다. 그리하여 뱃속에 있는 아이로 하여금 성장하여 입신할 수 있게 하였으며 그 후 지금까지 자손을 번창하게 한 것이니, 진실로 옛날에 열부라고 칭송하던 자이다. 이씨 같은 한 사람은 특별했지만 진사 송극기(宋克己)의 배필과 한림 김문(金問)의 배필 같은 이들도 같은 시대에 태어났으니[18] 어찌 또한 하늘이 우리나라의 아름답고 빛나는 운수를 열어주어서 그런 것이 아니겠는가?

양씨의 자손들로 현달한 자가 진실로 많으나, 사계 김장생과 송시열, 송준길만큼 뛰어난 자는 아직 없다. 그런즉 구양수가 말한 '선을 행하면 보답받지 않는 것은 아니나 더디거나 빠름은 정해진 때가 있다'는 것이 어찌 그렇지 않겠는가?

들으니 그 장지에 여러 무덤이 투장(偸葬)[19]되었다 하나, 법관은 여러

---

17 팔조(八條)의 가르침 : 기자(箕子)가 와서 가르쳤다는 교훈.

18 진사 송극기의 …… 태어났으니 : 고려말 조선 초 송극기 처였던 유씨가 재가하지 않았던 일과 김문의 처가 재가하지 않고 시댁으로 도망 와서 살았던 일을 이름.

19 투장(偸葬) : 남의 분묘 부근에 몰래 장사 지낸 것.

해나 오래 방치되었기 때문에 심문할 수 없다고 하였다. 지금 세상에는 절조를 숭상하고 악을 징벌하는 사람을 다시 볼 수 없을 것인가? 참으로 분개할 만하구나.

후손인 양응수(楊應秀)가 배우고자 하는 뜻을 아주 독실하게 하여 나를 따라서 배웠다. 내가 지난 날 이 일을 아주 자세하게 들었다가 드디어 입전하여 영원히 세상에 교훈을 남기려 한다. 그 덕을 좋아하는 마음이 천부적인 데서 나와 그것이 사라져 없어지는 것을 받아들일 수 없음이 아직 남아있다 하겠다.

> 해제
> 열부 이씨는 고려시대 직제학을 지낸 양수생(楊首生)의 아내이다. 이재는 양수생의 후손 양응수(楊應秀)에게 이씨의 이야기를 듣고 세교에 도움이 된다고 생각하여 입전했다. 이씨는 과부의 재가가 당연하게 여겨지던 고려시대에 살았지만 부모님의 만류에도 불구하고 재가하지 않았다. 시댁 근처로 도망가서 힘들게 살면서 아들을 훌륭하게 길러내어 가문을 번창하게 했다. 이재는 재가금지법이 있기 전 다시 맞은 남편의 이름까지 버젓이 족보에 올리던 고려시대의 습속을 비판하고, 이러한 시기에 절조를 지킨 이씨의 행적을 더욱 의미 있는 것으로 높이 평가했다.

어머니의 대상 하루 전에 고하는 글

先妣大祥前一日告文

내일 대상을 치러야 합니다. 그런데 왕대비의 관이 빈소에 있어서 감히 의례를 갖추지 못하고, 졸곡 후로 대상을 미루려 합니다. 다만 술 한 잔 올리는 예로써 삼가 애도하고 사모하는 마음을 펼쳐 고합니다.

해제 이재의 어머니(1656~1728)는 동춘당 송준길의 외손녀로 5세 때 시를 지은 일화가 있다. 아버지는 민유중이며 이만창에게 시집갔다. 73세의 나이로 1728년에 세상을 떠났다. 1730년 대상을 치르려 했으나, 이 해 6월 29일 경종의 계비 선의왕후의 상이 있어 대상을 미루게 되어 이를 알리려 이 글을 썼다.

미루었던 어머니 대상일 하루 전에 고하는 글
先妣大祥退行前一日告文

　　왕대비의 인산(因山)[20]이 이미 다 끝났고 졸곡도 겨우 지났습니다. 내일이면 대상을 행하려 합니다. 예에 따라 정경부인에 추증된 증조모 파평 윤씨 옆에 신위를 모시고 합사할 때를 기다려야 하는데, 같은 곳에 모시지 못하고 지역도 너무 멀어 삼가 아버지 감실에 합시하는 글을 지어서 제사를 마치고 사당에 들어감을 삼가 고합니다.

| 해제 | 어머니 여흥 민씨(1656~1728)의 대상 전에 사당에 알리는 글. 애초 대상일에 선의왕후의 장례가 겹쳐 대상 날짜를 미루었다가 인산이 끝난 후 대상을 치르게 되어 고묘문(告廟文)을 다시 썼다. |

---

20 인산(因山) : 왕가의 장례. 1730년 경종의 계비였던 선의왕후의 장례를 이른다.

막내 숙모 윤부인께 올리는 제문

祭季母尹夫人文

유세차 을사년[1725] 7월 병신(丙申) 13일 무신(戊申)에 조카 재(縡)가 삼가 맑은 술과 몇 가지 제수를 차려 감히 막내 숙모 정부인 칠원 윤씨의 영전에 고합니다.

아아, 소자가 태어난 지 겨우 3년이 되었을 때 숙모께서 우리 집안으로 들어오셨습니다. 사리분별을 하게 된 때부터 이미 어머니처럼 여겼으니, 자식처럼 놀봐 주셨음을 알 수 있습니다. 그 후 나이와 식견이 점점 자라 가정을 꾸리게 되자, 시부모께서는 '효성스럽다' 했으며, 동서와 시누이들은 '어질다' 하였습니다. 무릇 집안의 일을 감당하여 처리하게 되자 제사에 올리는 것은 정갈하게 하였고 구휼하는 데에는 황급히 도와주니, 육친과 사방의 이웃들이 그 덕을 한결같이 칭송하였습니다.

우리 막내 숙부는 청빈한 지조와 지극한 행실이 숨은 가운데에서도 저절로 빛났는데 내조의 힘이 많았기 때문입니다. 자녀들에게 잘못이 있으면 터럭만큼도 감추거나 덮어두지 않았고 반드시 정도(正道)로 가르쳤습니다. 소자 진실로 아는 것이 적어 옛날 동사(彤史)에 실린 어진 부인들이 어떠하였는지는 잘 모릅니다. 그러나 제가 마음으로 깊이 따랐을 뿐 아니라 또한 저를 어리석다 여기지 않으시고 의지하고 믿어주셨으니, 사람들이 이간질할 수 없었습니다. 사랑으로 보살펴 주시고 길러 주신 것이 40여 년이 넘었습니다.

아아, 사람이 세상을 살아가는 데에 만남이 있으면 헤어짐이 있습니다. 만나고 헤어지는 즈음에 누가 슬프지 않겠습니까마는 어찌 지난날과 같은 모습이 있겠습니까? 고향을 헌 신짝 버리듯 떠나 즐거운 곳에 가듯 은거처로 나아갔는데, 호랑이와 승냥이가 마음대로 다니고 인적은 뚝 끊어졌지만 오직 산이 높지 않으면 어떡하나, 물이 깊지 않으면 어떡하나 하면서도 다만 간절히 고향을 그리워한 것은 숙모께서 살아계셨기 때문입니다.[21] 매번 성곽의 서쪽 교외 기와가 물고기 비늘처럼 연이어 있던 곳을 떠올립니다. 이야기를 나누거나 웃기도 하면서 맞장구치며 즐거워하지 않은 적이 없었고, 푸성귀를 먹을 때도 있고 고기를 먹을 때도 있었지만 나누어 배부르게 먹지 않은 적은 없었습니다. 당시에는 심상히 여기고 이렇게 얻기 어려울 줄 생각지 못했습니다. 만일 하늘이 재앙을 내린 것을 후회하고 세상의 도가 다시 돌아온다면 이 생의 단란했던 것들을 혹시 옛날과 같이 할 수 있지 않겠습니까?

  걱정하며 마음으로 기도하니 천 리나 멀리 떨어져 있으면서도 서로 마음을 알고 있었습니다. 다행히 죽지 않아 오늘날을 보기는 했지만 교외에서 소식이 오면 날마다 돌아가고 싶었습니다. 또 생각하면 옛 마을의 폐허도 세상사에 화를 입은 것이라 풀 한 포기, 나무 한 그루조차 모두 눈에서 눈물을 자아내기에 충분했습니다. 화의 원천이 아직 남아 있으니 돌아와도 무엇이 즐거웠겠습니까마는 노모와 아이를 붙잡고 서로 끌며 어려운 가운데 서쪽으로 돌아온 것 또한 오직 숙모께서 계셨기 때문입니다. 문 안에 들어와 붙잡으니 눈물은 흐르는데 말은 나오지 않았습니다. 너무도 놀랍고 기뻤으니 서로 만나는 것은 꿈에도 그리던 것이었습니다. 아침에 말을 나누며 기뻐하고 저녁에 말을 나누며 즐거워하였으니 완연히 그 옛날과 같았습니다. 그런데 며칠 되지 않아 병이 그 틈을 타고 들어오고 화변이 뒤따르게 될 줄을 누가 생각 했겠습니까?

  아아, 하늘이여! 이 어찌된 연고입니까? 옛 집으로 다시 돌아왔지만 세상사 어수선했습니다. 4년 동안 서로 떨어져 있으면서[22] 회포가 산 같

---

21 고향을 헌 신짝 …… 때문입니다 : 이재는 1722년(경종2) 임인옥사 때 작은아버지 이만성이 죽자 설악산 아래 인제로 들어가 살았는데, 그때의 정황을 말한 것이다.

이 쌓여 하루 저녁에 다 할 수 있는 것이 아니었는데 백 년이란 시간이 앞에 있다고 여겼습니다. 저승과 이승이 잠깐 사이에 갈라지니 속으로 삼키고 다시 말하지 못하였습니다. 이럴 줄을 일찍 알았더라면 어찌 손님들을 사양하고 밤낮으로 마음에 울울하게 쌓여 있었던 것을 조금이라도 풀어내지 않았겠습니까? 그러니 소자가 잠깐 뵙고 절한 것은 절하지 않은 것과 마찬가지여서 노인의 모습 역시 보지 못한 것입니다. 평소 지극했던 마음이 해가 갈수록 더 생각나니 어찌 잠깐의 기다림을 가볍게 여기지 않겠습니까? 죽음이 남긴 한이 천지간 어디에 끝이 있겠습니까?

아아, 막내 숙부는 지위가 덕만큼 차지 못했고 수명도 어진 성품에 걸맞지 못했습니다. 그러나 중간에 집안이 아주 융성하여 반열이 연이어 빛났습니다. 그래서 밖에 있는 사람들이 보면 영광스럽지 않음이 없었으나 숙모의 덕이 깊었음에도 누리신 것은 정말 박하였습니다. 게다가 수년 이래 곤궁함이 날이 갈수록 더하여 감당해내지 못할 것 같았는데, 매번 효성스러운 수(綬)[23]가 효성스러운 집안을 경영할 만하고, 유(維)[24]는 기운이 아직 안정되지는 않았지만 장래를 크게 바랄 말하므로 늦게라도 받지 못한 보답이 혹 여기 있을까 생각하셨지요. 아아, 여기서 그치고 만 것입니까? 후에 비록 전성(專城)의 봉양[25]이나 정승의 봉양[26]이 있게 된다 한들 어찌 미칠 수 있겠습니까? 게다가 여동생들도 살기 힘드니 원씨에게 시집간 딸[27]은 더욱 의지하기 어렵고 막내[28]는 또 아직 시집가지도

---

22 4년 동안 …… 있으면서 : 이재는 1722년 임인 옥사 때 강원도 인제로 들어갔다가 1725년 영조가 즉위하자 유배지에서 풀려나 다시 서울로 오게 되었다.

23 수(綬) : 큰 아들 이수(李綬)를 이름.

24 유(維) : 둘째 아들 이유(李維)를 이름.

25 전성(專城)의 봉양 : 지방의 수령으로 나아가 그 녹으로 부모를 봉양하는 것.

26 정승의 봉양 : 조정의 신하가 되어 그 녹으로 부모를 봉양함.

27 원씨에게 시집간 딸 : 둘째 딸, 원경후(元景厚)와 결혼했다.

28 막내 : 넷째 딸로 나중에 유각(柳慤)과 결혼하였다. − 이재, 『도암집』, <季父觀察使府

않았습니다. 이들 모두 평소에 항상 가엾게 생각하던 것들인데, 어찌 무심히 돌보지 않으십니까? 둘째 며느리가 임신한 지 이미 5개월이 되었습니다. 이 또한 평소에 기원하고 바라던 것인데 어찌 냉정하게도 살피지 않으십니까? 대개 선을 행하면 보답받지 않음이 없고 다만 때의 **빠름**과 늦음이 있을 뿐입니다. 그래서 저는 우리 숙모님의 후손들이 반드시 번성하리라는 것을 알고 조금도 의심치 않고 굳게 믿었습니다.

귀천(龜川)[29]의 자리는 실로 작은아버지가 꿈을 꾸고 직접 잡은 자리입니다. 불행히도 두 아우가 근거없는 의논에 흔들리고 또 해의 운수에 얽매여 부득이 천동(泉洞)의 구석 기슭에 임시로 묻었습니다. 앞서 그 좋고 나쁨을 징험하기도 하고 혹 그로 인하여 옮기기도 하였으나 끝내는 반드시 합장할 계획입니다. 그리고 여기는 선조들이 묻혀 있는 곳이니 신의 이치와 사람의 정이 서로 저어하지 않을 것입니다. 게다가 선친[30]의 자리는 수십 무(武) 정도 떨어져 가깝고 그 아래는 바로 소자가 묻힐 곳입니다. 이미 먼저 가신 분들이 지키게 했고 오늘 새로 정했으니 아마도 영원한 유택이 될 것입니다. 그러니 떠난 사람은 제 때를 기약할 수 없었지만 떠나지 않은 자는 영원할 것을 기할 수 있을 것입니다.

아! 소자가 감히 제 스스로 하는 것이 없어서 지난 날 약을 올리고 빈렴하는 절차에 제 마음을 다하지 못하였습니다. 장례 치르는 날도 남은 상을 치르느라 저녁에 제수를 올리며 맡은 일을 **빠뜨리게** 될까봐 걱정하였습니다. 애통함을 품고 애달픔이 쌓이니 어디에 쏟아낼 수 있겠습니까?

죽기 전에 혹 평소 알고 들었던 것들을 차례대로 잘 엮어 아름다운 덕의 만 분의 일이라도 드러내고자 하나 글을 이루지 못할까 두려울 뿐입니다. 한 잔 술 바치며 영원히 이별을 고하니 눈물과 피가 섞여 떨어

君墓誌>.

29 귀천(龜川) : 경기도 광주(廣州)에 있는 지명.

30 선친 : 이재의 아버지 이만성을 말함.

집니다. 삼가 혼령께서는 작은 정성을 조금이라도 돌아봐 주십시오.

아아, 슬프다!

해제 윤부인은 윤가적(尹嘉績)의 딸로 이만견(李晩堅)의 아내이다. 이재가 쓴 <季母貞夫人漆原尹氏墓誌>에 생애가 자세하다. 1668년(현종 9) 5월 18일에 태어나 15세에 이만견과 결혼했고, 1725년(영조 1) 4월 19일 고양의 화전(花田)에 있는 집에서 죽었다. 이재는 5세 때 아버지를 여의고 숙부들에게 수학했다. 막내 숙모 윤씨는 이재가 3세 되던 해 시집와 그를 자식처럼 보살펴 주었다. 이재는 임인년 옥사로 강원도 유배갔다가 1725년 고향으로 돌아왔는데 얼마 지나지 않아 막내 숙모 윤씨가 죽었다. 떨어져 있는 동안 그리워했음에도 돌아와 제대로 회포를 풀지 못함을 한스러워하며 제문을 지었다.

유씨 집안에 시집간 딸 제문

祭亡女兪氏婦文

고(故) 참봉 유언흠(兪彦欽) 백익(伯翼) 군의 아내 우봉 이씨는 불행하게
도 일찍 남편을 잃고 너무도 슬퍼한 나머지 병이 들었는데, 남편 소상(小
祥) 한 달 후인 갑자년[1744] 11월 21일에 결국 일어나지 못하고 죽었다.
한 달 후인 을축년[1745]에 동주(東州)에 있는 선산에 남편과 합장하고자
한다. 아비인 천상노인(泉上老人)[31]은 애통함을 머금고 슬퍼하며 술과 과
일을 조금 갖추어 17일 경신(庚申)에 아들 제원(濟遠)을 시켜 글을 가지고
가서 고하게 한다.

아아! 하늘과 땅 사이에 길흉의 운수를 빼앗는 일이 떳떳한 이치에서
벗어난 적이 많았다. 착한 이가 반드시 복을 받는 것도 아니고 음란한
이가 반드시 화를 입는 것도 아니어서 사람들이 천도를 의심한 것이 진
실로 오래 되었다. 넘치면 덜어내고 가득 차면 기울어지는 것은 해와 달
도 그러한데, 하물며 사람의 경우임에랴? 이런 이치는 옛부터 지금까지
어긋난 적이 없었구나.

네가 세상에 산 것이 33년인데, 말 한 마디 행동 하나라도 부모 뜻을
어겨 부모에게 걱정을 끼친 일이 없었으니 어렸을 때부터 그러했다. 네
가 죽었을 때 네 시아버지인 상국(相國)[32]은 너를 곡하고 애통해하면서
"맑고 밝으며 우아하고 깨끗하며, 청렴하고 정직하며 자애롭고 어진
모습을 어디서 찾아볼꼬?"

---

31 천상노인(泉上老人) : 이때 이재는 용인의 한천동(寒泉洞)에 살고 있었으므로 천상노
인(泉上老人)으로 자호(自號)했다.
32 상국(相國) : 유척기를 말함.

라고 했으니 시댁에서 죄를 짓지는 않았음을 더욱 잘 알겠구나. 이러한 덕이 있으면서도 운명의 곤궁함이 이와 같은 것은 어찌해서이냐?

그렇지만 너와 같은 경우라면 곤궁했다고 온전히 말할 것은 아니로구나. 너는 상서(尙書)의 딸로 태어나 재상 집안 맏며느리가 되었다. 두 집안이 비록 간소하기는 하였지만 살면서 굶주림이나 추위는 몰랐으니, 저 가난한 집의 여자들은 누군들 너를 부러워하며 우러러보지 않았겠느냐? 백익(伯翼)[33]은 본디 훌륭한 선비여서 갓 성균관에 들어갔을 때부터 관원으로서 처음 벼슬을 받는 은혜를 흠뻑 얻었다.[34] 설혹 급제하지는 못하더라도 녹을 받으며 평생을 살 것이었다. 게다가 『중용』에서 이른바, '처자와 서로 잘 맞으니 금슬을 타는 듯하며 형제 화합하니 그 화락하고 즐겁도다. 부모가 편안하실 것이다.'[35]라고 말한 것들을 백익은 갖추고 있었다. 만약 그가 너와 해로하고 아들 두고 딸을 두어 나이 들어 손자들과 사탕이나 먹고 즐기는 즐거움을 함께 하고, 죽은 후에 자손이 번창하는 경사가 있었다면 충분히 순조로웠을 텐데, 이 세상에서 어찌 이런 일이 생겼느냐?

네 남편 집안은 오랫동안 완전한 복으로 세상 사람들의 칭송을 받았고, 시아버지는 젊어서부터 황각(黃閣)[36]에 있으면서 명예와 지위가 대단했다. 만년에는 재상을 맡아 시속에서 빼어났는데, 선비들이 우두머리로 받드는 분이 되셨다. 내 비록 "영화를 사양하고 이로움을 피한다."고 했으나 공공연히 재상의 반열에 올라 앉아 있으면서 산림에 은거하는 청

---

33 백익(伯翼) : 남편 유언흠의 자(字).

34 관원으로서 …… 얻었다 : 일명(一命), 즉 관원의 첫 등급인 종 9품의 관직을 얻었음을 말한다.

35 '처자와 …… 편안하실 것이다' : 『중용』 15장에서 인용한 글. 『시경』, <소아(小雅)> '상체(常棣)' 편에서 부부, 형제간에 화락함을 노래한 것을 공자가 외우고, 이렇게 되면 부모가 편안하고 즐거울 것이라 말했다.

36 황각(黃閣) : 의정부. 재상의 관청을 말하기도 한다.

아한 복까지 함께 누렸다. 모든 일은 대체로 이름이 실질에 비해 지나치다. 사람들이 부러워하는 것이 영화와 이로움에 있지만 귀신이 꺼리는 것은 명성보다 더한 것이 없다. 내가 두려워 떨며 마음을 안정하지 못한 것은 이 때문인데, 너는 무슨 죄란 말이냐? 다만 깨끗하고 맑은 것만 많고 복록이 적은 운명 때문에 마침내 두 집안이 한창 융성할 때를 만났으나 수많은 재앙과 화가 모두 너희 부부의 몸에만 몰렸으니, 너 역시 하늘의 뜻대로 된 것이라 어찌 하겠느냐?

사람이 살고 죽는 것, 화와 복, 수명의 길고 짧음, 처지의 막힘과 형통함은 모두 처음에 받은 운명에 의해 정해진다. 비록 그것을 북돋우고 엎어지게 하는 이치가 있기는 하지만 끝내 사랑하거나 미워하여 사사로이 주거나 빼앗는 것을 용납하지는 않는다. 천지가 사람에 대해서나 부모가 자식에 대해서 그 마음은 같은데, 나 역시 너에 대한 마음이 어떠하겠느냐?

너는 태어나면서부터 연약했다. 하루에 먹는 것도 아주 간소한데다 갑자기 설사병에 걸리기도 했다. 3년 동안이나 간소하게 먹으면 분명 죽을 것이라는 것을 나는 알았는데[37] 너 역시 어찌 이를 몰랐겠느냐? 나는 차마 네 뜻을 상하게 하지 못했고 너는 내 말을 따르려 하지 않아 끝내 이 지경에까지 왔구나. 내 비록 너를 깨우치려 했지만 실로 할 수 있는 말은 없어 '너는 어째서 제 스스로를 가엾게 생각 않고 늙은 부모에게 걱정을 끼치느냐?'라는 말을 할 뿐이었다. 네가 이 세상을 돌아보고 마음에 두고 있는 것은 오직 친정 부모와 시부모님뿐이었다. 그래서 마음을 억누르고 억지로 먹어 겨우 1년 남짓 연장하게 된 것도 이 때문이었다. 내가 생강과 계피 달인 물을 권하는 글을 쓸 때 내 며느리가 옆에

---

37 3년 …… 알았는데 : 남편이 죽어 남편의 상을 치르는 기간을 말하는 듯하다. 평소 먹는 것이 적은데다 삼년상을 치르는 동안 먹는 것이 더 적어지고 게다가 설사병까지 난다면 생명이 위태로울 수도 있음을 걱정한 것이다.

있다가 '소용 없을 텐데.'라고 혼잣말을 했다. '어떻게 아느냐'고 물었더니, 그 아이는 이렇게 말하더구나.

"접때 편지에 '창문을 열고서 강물을 바라볼 때마다 물에 뛰어들고 싶은 생각이 듭니다. 그런데 이 몸을 돌아보면 죽을 수도 없으니 친정아버지와 어머니의 어질고 큰 덕에 크가 누가 될 것이므로 끝내 감히 실행할 수도 없어요.'라고 했습니다. 그 뜻이 이와 같으니 어찌 돌이킬 수 있겠습니까?"

지나고 보니 과연 따르지 않았더구나.

아아, 『소학』에서 상례에 대해 '옛 사람들은 상을 치를 적에 감히 공공연하게 고기를 먹지 않았다'라고 논하였는데, 끝에서 또 '만약 병이 있으면 잠깐 동안 먹고 마시며 병이 다 나으면 다시 처음처럼 한다.'라고 하였다. 여위고 고달프면 병이 될까봐 육즙으로 그 입맛을 돋우고자 하는 것이니 이는 예를 통용하는 것이지 그 정도(正道)를 잃는 것이 아니다. 내가 처음 너에게 권한 것은 다만 병이 날까봐서 그런 것이었는데 너는 공공연하게 고기를 먹는 것으로 생각하였다. 나는 진실로 반드시 죽을 줄 분명히 알아 차마 권하지 않았던 것 아니라 네가 지키는 것이 바른 것이었기 때문에 그래도 차마 억지로 하지 못했던 것이다. 병이 위독해지자 시부모님이 억지로 먹으라고 하니 그 말을 듣기는 했다만 역시 어찌 소생할 수 있었겠느냐?

네 군세고 결연한 의지로 보아 삶을 더럽힌다는 두려움을 품을 수 있었을 것이다. 목숨을 바쳐 의지를 실행하여 오히려 완전히 부모와 시부모 사이에서 받들고 순종할 수 있었으며, 또 정렬(貞烈)의 자취를 없애 그 마지막을 다했으니 바른 도리를 얻고서 죽었다고 말할 수 있구나.

너는 죽지 못한 것을 스스로 애통해했고, 죽는 것을 부족하게 여겼으니, 너의 죽음을 나는 애통해하지 않을 수 없지만 또한 어찌 반드시 지나치게 애통해하겠느냐? 그렇지만 네게 만약 다행히 자식이 한 명이라도 있었다면 분명 죽음까지 이르지는 않았을 것이다. 비록 죽으려 했더라도 훌륭한 자손을 남길 수 있었다면 그렇게 할 수 없었을 것이다. 이것이 내가 네 박한 운명을 더욱 애달파하는 이유이다.

병들어 아프면 아비를 부르는 게 인지상정이고, 죽음에 서로 생각하는 것은 형제라면 더욱 그런데[38], 병들었어도 가서 구완할 수도 없었고 죽었어도 가서 곡할 수도 없으니 사람의 이치가 어그러졌구나. 살아있다고 한들 살아있다고 할 수 있겠느냐? 너는 편지를 쓸 때마다 내가 기력을 지나치게 쓸까봐 걱정하며 매번 내게 몇 배나 더 조심하기를 권유했었지. 네가 죽을 무렵에도 내가 너무 슬퍼하여 병이 더할까 걱정했었다. 이제부터 이치를 따져 마음을 너그럽게 하여, 정에 휩쓸려 중용을 잃게 하지는 않으려 한다. 사람 일이 비록 호응하지 않을 수는 없어도 조금이라도 절제하여 네 효심을 저버리지는 않게 하마.

내 어릴 때 문곡 김상국의 딸 제문 본 것을 기억한다. 두 번, 세 번이나 했는데도 그만둘 수 없었는데, 마음이 간절했지만 문장이 훌륭했었다.[39] 나는 가서 곡하지도 못했는데, 또 글이 없을 수는 없겠지. 말은 비록 많지만 역시 마음을 할 길이 없을 것 같구나. 이에 그 대략을 이와 같이 써서 아비와 자식이 영원히 이별할 즈음에 여기서 그치고자 한다.

아아, 내 딸아! 아직 듣고 있느냐?

| 해제 | 유씨에게 시집간 딸, 우봉 이씨(1712~1744)는 이재의 외동딸이다. 유언흠의 아내이자 유척기의 맏며느리였던 그녀는 남편이 죽자 소상을 지낸 |

---

38 죽음에 …… 더욱 그런데 : 『시경』, <소아(小雅)> '상체(常棣)' 편의 '죽음의 두려운 일에 형제가 서로 생각하며, 시체가 쌓인 원습에서 형제가 서로 찾느니라 [死喪之威 兄弟孔懷 原隰裒矣 兄弟求矣]'에서 인용한 구절.

39 두 번 …… 훌륭했었다 : 문곡(文谷) 김수항(金壽恒)이 딸을 위해 제문을 여러 번 지은 일을 말한다. 『문곡집(文谷集)』에 <딸의 대상 이틀 전에 올리는 제문(亡女大祥前二日祭文)>과 <딸 천장 때 올리는 제문(亡女遷葬時祭文)>이 실려 있다.

후 병이 나서 죽었다. 결혼 10년 만에 아들을 낳았으나 기르지 못하였고 33세의 나이로 세상을 떠났다. 이재는 딸이 별 어려움 없이 자라 훌륭한 집안에 시집을 갔지만 일찍 남편을 여의고 후사도 없이 젊은 나이에 죽은 것을 슬퍼하며 제문을 지었다. 특히 어릴 때부터 병약했던 딸이 남편 상중에 예를 지키며 제대로 먹지 않았던 일을 들며 아버지로서의 안타까운 마음을 토로하고 있다. 이재의 글을 받아 시아버지 유척기가 며느리를 위해 묘지명을 썼다.

숙인 창원 황씨 신위단비

淑人昌原黃氏神位壇碑

　고(故) 금구(金構)[40] 현령 조견소(趙見素)[41] 공의 묘는 임천(林川)[42]의 서
반산에 있는데, 그 원배(元配)[43] 숙인 창원 황씨는 정축년[1637] 강화도 난
리[44]에, 바다에 들어가 죽어 장례를 치르지 못하였다. 그 후 백여 년이
지났는데, 그 종손 조귀세(趙龜世)가 그 집안의 동생인 정세(靖世)와 이렇
게 의논했다.

　"우리 할머니는 몸을 깨끗이 하고 절개를 온전히 하여 수립한 것이 우
뚝했으나 당시 우연하게도 포상에서 빠졌다. 최근 자손들이 사실에 근거
하여 진술하고 호소하였지만 조정에서는 세월이 오래되었고 일이 분명

---

40 금구(金溝) : 전라도 지명, 백제 때의 구지지산현(仇知只山縣)으로 신라 때 금구라고 고
　쳤다.

41 조견소(趙見素) : 1610(광해군 2)~1677(숙종 3). 본관은 풍양(豊壤). 자는 자장(自章),
　호는 성강(星江). 목사 조박(趙璞)의 아들이다. 총명한 데다가 학문에 힘써 제자백가의
　학문에 널리 통하여 문사(文詞)로 사우(士友)들 사이에 명망이 높았다. 1639년 사마시
　에 수석으로 합격하였지만 대과에는 누차 응시하였으나 실패하였다. 그리하여 충원(忠
　原)의 벌판에서 거처할 만한 곳을 정하고, 글과 역사를 자기의 업으로 삼아 후학을 가
　르치는 데 힘썼다. 사람을 가르침에 있어 덕행을 우선으로 하고 문예를 뒤로 하였으며,
　당시의 명류(名流)들이 그의 문하에 많이 출입하였다. 그뒤 여러 곳의 관직을 역임하다
　가 금구현령에 이르렀는데 이를 싫어하는 자들이 해치는 바가 있자, 관직을 그만두고
　돌아왔다. 성품이 조용하고 과묵하였으며, 또한 친구들과 교유하는 것을 기뻐하였다.
　두보(杜甫)의 시에 전념하여 이를 모범으로 삼았으며, 저술은 거의 산일(散佚)되었고
　유고(遺稿)약간이 가장(家藏)되었으며,『기년통고(紀年通攷)』에 12편이 실려 있다. *참
　고문헌 : 國朝人物考.

42 임천(林川) : 충청남도 부여군의 지명.

43 원배(元配) : 첫 번 장가간 아내.

44 강화도 난리 : 병자년[1636] 12월 청 태종이 조선을 침략, 1637년 1월에 강화도를 함락
　한 사건을 이른다. 청의 강화도 함락후 인조는 삼전도(三田渡)에서 굴욕적인 강화조약
　을 맺게 된다.

하지 않다고 하여 허락하지 않으니, 참으로 너무나 애통하고 원통하다. 그리고 그 무덤이 없었기 때문에 사철 분향도 빠뜨리게 되었다. 이는 또 한 자손들이 함께 가슴을 치며 눈물을 흘릴 일이지만 할 수 있는 것이 없었다.

고(故) 진사 송극기(宋克己) 공의 무덤은 그 장소를 몰랐는데, 그 후손 인 우암 문정(文正) 선생은 할머니 무덤 옆에 신위단을 설치하고 제사를 지냈다. 그 기문에, ‘『예기』에 돌아가신 선조에게는 단을 만들어 표시하 여 기록한다.’라는 글이 있으니, 이것이 예에 없다고 할 수 없다. 삼가 흠 향할 자리를 설치하여 함께 올리는 자리로 만드니 예의와 의리에 있어 서 다행히 죄가 없다고 할 수 있을 것이다. 먼저 행적을 바르게 하였으 니 본받아 행할 수 있을 것이다.’라고 했다. 우리들도 여기 정성을 쏟지 않으면 어디에 그 정성을 쓸 것인가?”

드디어 돌을 다듬어 현령공의 왼쪽에 세우고 내게 글을 청하였다. 나 는 숙인의 절행이 가리워져서 드러나지 않았음을 슬퍼했고 또 조씨들이 조상을 추모하는 정성을 가상히 여겨 이와 같이 그 대강을 서술하였다.

해제 숙인 창원 황씨(?~1637)는 조견소(趙見素)의 아내인데, 1637년[인조 15] 에 청나라 군사가 쳐들어오자 바다에 빠져 죽었다. 묘소도 따로 없고 정 려 선정에도 빠지자 조씨의 후손들이 할머니 신위단을 만들었다. 송시열과 송준 길이 그 선조 할머니 유씨의 신위단을 만들고 제사를 지낸 일을 근거로 삼아 조 귀세(趙龜世)가 조정세(趙靖世)와 의논하여 할머니 신위단을 그 할아버지 조견 소 무덤 옆에 만들고 이재에게 신위단비문을 부탁했다.

생원 박공과 유인 유씨 묘갈
生員朴公孺人兪氏墓碣

아아! 이곳은 고(故) 성균관 생원 박호현(朴好賢) 공과 그 배필인 유인 기계 유씨의 묘이다. 공의 자(字)는 계용(季容)이고 본관은 밀양이다. 그 선조는 신라 시조에서 나왔고 본조에서는 집현전 부제학이었던 박강생 (朴剛生)[45] 이하 5대가 연이어 과거에 급제하여 크게 현달했다. 아버지 박충 원(朴忠元)[46]은 이조판서였고 어머니는 성산 이씨로 첨정 이인수(李麟壽)의 딸이다.

공은 나면서부터 영특했으며 약관도 안 되어 문명(文名)을 매우 떨쳤다. 융경(隆慶)[47] 경오년[1571]에 사마양시(司馬兩試)에 합격하고 이후 초시에 합격하여 지위가 높아졌다. 아버지 판서공이 돌아가시자 공은 상을 당해 몸을 상하여 상을 다 치르지 못하고 32세 되던 해인 신사년에[1581] 죽었 다. 후에 증손자 박신주(朴新胄)가 귀하게 되자 사복시정에 추증되었다.

---

45 박강생(朴剛生) : 1369(공민왕 18)~1422(세종 4). 고려말 조선 초기의 문신. 본관은 밀 양(密陽). 자는 유지(柔之), 호는 나산경수(蘿山耕叟). 박침(朴沈)의 아들이며, 어머니는 밀산군(密山君) 박린(朴隣)의 딸이다. 1392년 조선이 개국되자 호조전서에 임명되었으나 사퇴, 1408년(태종 8) 진위사(陳慰使)의 서장관으로 명나라에 가서 세자에 대하여 보고 를 잘 함으로써 황제의 환심을 사게 하고 돌아와 태종으로부터 미두(米豆)를 하사받고 이어 선공감역(繕工監役)이 되었다. 1424년(세종 6) 딸이 후궁인 장의궁주(莊懿宮主)가 됨으로써 찬성(贊成)에 추증되었다. *참고문헌 : 高麗史, 太宗實錄, 世宗實錄, 木溪日稿.
46 박충원(朴忠元) : 1507(중종 2)~1581(선조 14). 본관은 밀양. 자는 중초(仲初), 호는 낙 촌(駱村)·정관재(靜觀齋). 박조(朴藻)의 아들이며, 어머니는 행주 기씨(幸州奇氏)로 기 찬(奇欑)의 딸이다. 1528년(중종 23) 사마시에 합격, 1567년(선조 1) 대종백(大宗伯)으로 전직되었을 때, 중국에 국사를 검토하는 일로 빈상(儐相)의 명을 받아 중국에 다녀왔다. 그 뒤 여러 중직을 거쳐 정승에 이르렀다. 시호는 문경(文景)이며, 저서로 『낙촌유고』가 있다. *참고문헌 : 中宗實錄, 明宗實錄, 宣祖實錄.
47 융경(隆慶) : 명나라 목종의 연호. 1567~1572년.

유인의 아버지 유영(兪泳)은 군수이고, 할아버지 유강(兪絳)⁴⁸은 판서이다. 임진란에 그 어머니 정씨를 따라서 양주 차유령 아래로 피난했는데 왜구들이 갑자기 들이닥쳤다. 정씨가 늙고 병들어 갈 수 없게 되자 유인은 서로 지키며 차마 떠나지 못하고 마침내 어머니와 함께 죽었다. 차유령은 바로 유씨의 선산이라 공이 애초에 여기에 임시로 묻혔는데 유인이 죽자 그곳에 합장하였다.

효란 인륜의 큰 도리이다. 사람이 누군들 한 번 죽지 않겠느냐마는 효도하며 죽기란 어렵다. 성인은 진실로 멸성(滅性)⁴⁹을 효로 여기지 않았다. 그러나 옛날부터 죽은 자는 적었고 죽지 않은 자는 항상 많았으니, 그 죽는 것이 끝내 효를 해치지는 않는다. 하물며 부인으로서 시집간 후에는 낳아준 분을 위해 죽으려 애쓸 수 있는 이가 더욱 드무니 공의 배필로서 부끄러움이 없다. 아아, 열렬하다!

아들이 셋인데, 안절(安節)은 일찍 죽어 후사가 없고, 안례(安禮)는 통정대부로 양주목사이며 안행(安行)은 진사로 종묘령(宗廟令)⁵⁰이다. 안례는 승임(承任), 승유(承儒)를 낳았고, 안행은 승인(承仁)을 낳았는데 천문학 겸교수였으나 일찍 죽었다. 승휴(承休), 승건(承健)⁵¹은 모두 문과 집의(執義)

---

48 유강(兪絳) : 1510(중종 5)~1570(선조 3). 조선 전기의 문신. 본관은 기계(杞溪). 자는 강지(絳之). 아버지는 예조판서 유여림(兪汝霖)이고, 어머니는 창녕 성씨(昌寧成氏)로 판서(判書)에 증직된 성담명(成聃命)의 딸이다. 1541년(중종 36) 별시문과에 을과로 급제했다. 평안도관찰사로 있을 때에는 인재를 모아 가르쳐서 문풍(文風)을 크게 일으켜 관서지방의 유생들이 중앙에 진출할 수 있는 계기를 마련해 주었으며, 문하에 많은 제자를 배출하였다. 호조판서로 있을 때에는 국고의 절약에 힘써, 비록 권귀(權貴)라 할지라도 사정(私情)을 두지 않고 법대로 처리하였다. 묘는 양주 차유령(車踰嶺)에 있고 시호는 숙민(肅敏)이다. *참고문헌 : 明宗實錄, 國朝榜目, 谿谷集.
49 멸성(滅性) : 부모의 상을 당하여 지나치게 슬퍼하다가 병이 들어 목숨을 잃는 것을 말함.
50 종묘령(宗廟令) : 종묘서령이라고도 한다. 종묘와 산릉 앞에 세운 정자각 등 제사와 관련한 각(閣)을 수호하던 관청의 관원으로 종 5품이다.
51 승건(承健) : 박승건(朴承健). 1609(광해군 1)~1667(현종 8). 본관은 밀양. 자는 자이(子以). 판서 박충원(朴忠元)의 증손으로, 봉례(奉禮) 박안행(朴安行)의 아들이며, 어머니는 한양 조씨(漢陽趙氏)이다. 1650년(효종 1) 증광문과에 병과로 급제하여 승문원 권지정자

이다. 딸은 감사 이동직(李東稷)[52]에게 시집갔다. 현주(玄冑), 진주(震冑), 천주(天冑), 신주(新冑), 문주(文冑), 성주(聖冑), 경주(慶冑), 상주(相冑), 홍주(弘冑), 동주(東冑), 명주(命冑), 세주(世冑)는 모두 공의 증손자들이다. 그리고 외손으로 현달한 이는 이감사의 아들 판서 이수언(李秀彦)[53]이다. 박현주의 손자 성원(聖源)[54]은 막 승문원 정자가 되었는데, 집안사람들의 간청으로 내게 와서 묘갈문을 구하였다. 내가 일찍이 그 효성과 열절을 사모하였는데 드디어 그를 위해 이와 같이 서술한다.

에 보임되었다. 1663년에는 종부시정(宗簿寺正)에 올라, 진하겸사은사(進賀兼謝恩使)의 서장관(書狀官)이 되어 청나라에 들어가다가 지병이 도져서 도중에 돌아오고 말았다. *참고문헌 : 孝宗實錄, 顯宗實錄, 國朝人物考.

52 이동직(李東稷) : 1611(광해군 3)~1675(숙종 1). 본관은 한산(韓山). 자는 순필(舜弼). 목사 이성연(李聖淵)의 아들이며, 어머니는 예조좌랑 이천(李蕆)의 딸이다. 이동악(李東岳)·김집(金集)의 문인이다. 1670년 승지에 발탁되었으나 곧 양주목사·광주부윤(廣州府尹)이 되었고, 다시 경직에 돌아와 우승지·예조참의가 되었다. 1675년(숙종 1) 전라도관찰사가 되어 숙폐(宿弊) 제거에 크게 노력하였으나, 병으로 사직하고 향리에 돌아가 죽었다. *참고문헌 : 顯宗實錄, 肅宗實錄, 國朝人物考.

53 이수언(李秀彦) : 1636(인조 14)~1697(숙종 23). 본관은 한산(韓山). 자는 미숙(美叔), 호는 농계(聾溪)·취몽헌(醉夢軒). 관찰사 이동직(李東稷)의 아들이며, 이색(李穡)의 후손이다. 14세에 송시열(宋時烈)의 문하에 들어가 수학, 1660년(현종 1) 사마시에 합격하였다. 1689년 기사환국 때 초산(楚山)에 유배되었다가 1694년 갑술옥사로 풀려나와 형조판서에 올랐다. 다시 내직에 임명되었으나 벼슬을 사직하고 고향인 청주에 내려갔다. 김창협(金昌協)은 그의 용퇴와 지조를 높이 칭찬하였다 한다. 청주의 국계사(菊溪祠)에 제향되었다. 시호는 정간(正簡)이다. *참고문헌 : 肅宗實錄, 陶谷集.

54 박성원(朴聖源) : 1697(숙종 23)~1757(영조 33). 본관은 밀양. 자는 사수(士洙), 호는 겸재(謙齋). 이재(李縡)의 문하에서 수학하였다. 1721년(경종 1) 생원시에 합격. 1744년 지평(持平)으로 있을 때 영조가 기로소(耆老所)에 들어감을 반대하여 남해(南海)에 위리안치(圍籬安置)되었다가 2년 뒤 석방되었다. 그의 심성론은 스승인 이간(李柬)의 학설을 지지함으로써 한원진(韓元震) 등의 호론(湖論)을 반박하고 낙론(洛論)에 동조하였다. 또한 예서(禮書)의 연구에 적극적인 힘을 기울여 연구과정에서 의혹된 점을 일일이 초출하여 조목마다 그의 사견을 첨부하여 『예의유집(禮疑類輯)』이라는 책자를 만들어 후학들의 예서 연구에 많은 도움을 주었다. 시호는 문헌(文憲)이다. 저서로는 『돈효록(敦孝錄)』·『보민록(保民錄)』·『돈녕록(敦寧錄)』·『겸재집』 등이 있다. *참고문헌 : 謙齋集.

이재는 후손 박성원의 부탁으로 박호현(朴好賢)과 그 아내 유씨의 효
성을 서술하고 있다. 문재(文才)가 있었으나 부친의 상을 치르다 죽은
박호헌, 병든 어머니를 지키다 왜적에게 죽임을 당한 유씨의 행적은, 죽음을
무릅쓰고 효성을 행한 것이어서 더욱 값지다고 평가했다.

유인 남양 홍씨 묘갈
孺人南陽洪氏墓碣

    정부(鄭敷) 공은 임천(林川)에 있는 반조원(頒詔院)에 묻혔다. 수암(遂菴) 권 공[55]은 그 묘갈을 이렇게 썼다.

    "종애처사(鍾崖處士) 자(字) 아무개의 묘이다."

    부인 홍씨는 울면서 그 아들 오규(五奎)에게 이렇게 말했다.

    "네 아버지는 살아 계실 때 벼슬하지 않으려는 뜻을 지니셨는데 이름 있는 선비들이 드러내 주었으니 죽었지만 오히려 죽지 않은 것이다."

    13년이 지난 무신년[1728]에 홍씨가 죽으니 나이 73세였다. 오규는 처사의 무덤을 옮겨 그 옆 십 보(步) 되는 곳에 합장하였다. 오규는 상을 다 마친 다음 삼주(三州)에 있는 이재에게 이렇게 묘갈명을 청했다.

    "오규의 어머니는 청계공(淸溪公)[56]의 작은 따님입니다. 청계공은 문학

---

55 수암(遂菴) 권 공 : 권상하(權尙夏). 1641(인조 19)~1721(경종 1). 본관은 안동. 자는 치도(致道), 호는 수암(遂菴)·한수재(寒水齋). 시호 문순(文純). 1660년(현종 1) 19세로 진사(進士)가 되었으나, 송시열(宋時烈)·송준길(宋浚吉)을 스승으로 학문에 전심했으며, 송시열의 수제자가 되었다. 1675년(숙종 1) 송시열이 1659년(효종 10)에 있었던 자의대비(慈懿大妃)의 복상(服喪) 문제로 덕원부(德源府)에 유배되고, 남인(南人)들이 득세하자, 청풍(淸風)의 산중에서 학문에 힘쓰며 제자들을 모아 유학을 강론하는 한편, 정·주(程朱)의 서적을 교정했다. 그의 문인 한원진(韓元震)과 이간(李柬)이 인물성편재문제(人物性偏在問題)로 논쟁하자, 한원진의 학설을 지지함으로써 논쟁이 더욱 확대되어 기호학파는 마침내 양분되었다. 글씨에도 뛰어났으며 충주의 누암서원(樓巖書院), 청풍의 황강서원(黃岡書院), 정읍의 고암서원(考巖書院), 성주(星州)의 노강서원(老江書院), 보은의 산앙사(山仰祠), 예산의 집성사(集成祠), 송화의 영당(影堂) 등에 배향되었다. 문집에『한수재집(寒水齋集)』,『삼서집의(三書輯疑)』등이 있다. *참고문헌 : 肅宗實錄, 景宗實錄, 國朝人物考, 寒水齋集.

56 청계공(淸溪公) : 홍위(洪葳). 1620(광해군 12)~1660(현종 1). 본관은 남양(南陽). 자는 군실(君實), 호는 청계(淸溪)·창람(蒼嵐). 아버지는 진사 홍원호(洪遠湖)이며, 어머니는 조정호(趙廷虎)의 딸이다. 조석윤(趙錫胤)의 문인이다. 저서로는『청계집』8권이 있다.

으로 세상에 이름이 났고, 외삼촌들은 가업을 이을 수 있었으며 이모는
부제학 김만길(金萬吉)[57]의 부인으로 세상에서 훌륭한 숙녀라고 일컫는
분입니다. 어머니는 그 사이에서 나고 자라, 고서(古書)의 큰 뜻을 대략
통하였고 또 여공에도 솜씨가 있었는데 19세에 제 아버지께 시집오셨습
니다. 할아버지 목사공은 간소하고 엄정하시어 쓸 만하다고 인정하는 사
람이 아주 적었는데, 항상 '우리 어진 며느리'라고 하였습니다. 시마(緦麻)
와 대공(大功), 소공(小功)을 입는 친척들이 모두 한집에서 살았는데 어른
아이 할 것 없이 두 말이 없었습니다.

집안을 다스리는 데에는 법도가 있었으며 연로하실 때까지 매우 부지
런하셨고 입는 옷은 검소하고 정갈했으며, 고기를 자를 때에는 반드시
네모 반듯하게 하였습니다. 아버지께서 교유하시는 분이 적었는데 어쩌
다 귀빈이 오시면 술과 음식을 바로 장만하니 다른 사람들은 그 분이 가
난하다는 것을 알지 못했습니다. 첩 할머니를 마치 시어머니처럼 대하셨
고 부모 잃은 조카들을 친자식처럼 기르셨으며, 친정집안이 영락했지만
항상 부인을 찾아가 안부를 물었고 한식(寒食)[58] 때에는 해마다 마른 콩
을 보내 제사를 도왔습니다. 영화로움을 하찮게 여기고 편안함을 귀하게
여겼으며 담박하시어 한결같이 아버님을 받들어 따르는 것을 뜻으로 삼
으셨습니다.

자식들이 역사책을 읽는 것을 들으시면서 간사하고 난역(亂逆)한 일이
나오면 분개하고 탄식하시기도 하였으며 혹 선비들의 옳고 그름, 당대

---

*참고문헌 : 孝宗實錄, 景宗實錄, 國朝榜目.

57 김만길(金萬吉) : 1645(인조 23)~? 본관은 광산. 자는 자적(子迪)이다. 아버지는 승문
원 부정자 김익후(金益煦)이다. 1689년 3월 숙부 김익훈(金益勳)의 신원을 위해 사판(仕
板) 삭제를 청하다가 변방으로 귀양갔다. 1694년 갑술환국으로 다시 등용되어 동부승지
가 되고 부제학·전라도관찰사를 거쳐 1697년 이조참의가 되었다. *참고문헌 : 肅宗實
錄, 練藜室記述.

58 한식(寒食) : 원문의 '백오지감(百五之感)'은 백오지절(百五之節)로 한식을 말한다. 한
식은 동지로부터 105일째 되는 날이기 때문에 이렇게 이른다.

일의 득실을 논의하실 때면 말이 착착 이치에 꼭 들어맞았습니다. 성품은 자애롭고 인자하시어 비록 곤충, 초목 같은 미물이라도 차마 상하게 하지 않으셨습니다. 다른 사람에게 이기려는 마음이 없었고 또 한 마디라도 그 사람의 잘못에 대해 말한 적이 없었습니다. 천한 종들에까지 은혜를 끼치지 않은 이가 없었기 때문에 어머니께서 돌아가시자 곡을 하는 사람들이 다 애통해하였습니다.”

그리고 또 이렇게 썼다.

“우리 어머니가 이렇게 어질었지만 끝내 곤궁하게 돌아가셨으니 군자의 한 마디 말을 얻지 못한다면 제가 지하에서 어머니 뵐 면목이 없습니다.”

내가 그 뜻을 슬프게 여겨 사양하지 못하였다. 청계공은 홍위(洪葳)이고 본관이 남양이며 관직은 관찰사에 이르렀다. 그 배필은 덕수 이씨로 목사 이침(李梣)이 그 아버지이다. 부인은 아들 셋을 두었는데 모두 처사공의 묘갈문에 실려 있다. 손자는 구(救)와 륜(掄), 참의 이광덕(李匡德)[59], 사인(士人) 이상중(李商重)과 결혼한 이는 오규의 소생이다. 택(擇)은 오위(五緯)의 소생이고 나머지는 모두 어리다.

오규는 수암의 문하에서 공부했고 문행(文行)으로 칭송이 받았으니, 나 역시 부인의 가르침이 집안에서 이루어졌음을 알겠다. 명에 이른다.

---

59 이광덕(李匡德) : 1690(숙종 16)~1748(영조 24). 본관은 전주(全州). 자는 성뢰(聖賴), 호는 관양(冠陽). 이경석(李景奭)의 현손이고, 탕평론을 최초로 주창하였던 박세채(朴世采)의 외손자이며, 대제학 이진망(李眞望)의 아들이다. 1722년(경종 2) 정시문과에 을과로 급제, 노·소분쟁의 와중에서 조태구(趙泰耉)·유봉휘(柳鳳輝)·김일경(金一鏡) 등 급소계열(急少系列)로부터 특히 심한 배척을 받았다. 1741년 이른바 위시사건(偽詩事件)이 일어났을 때 아우인 지평 광의(匡誼)가 김복택(金福澤)을 논죄하다가 국문을 받자, 광의를 구하려고 변론하여 정주에 유배된 뒤 다시 친국을 받고 해남에 이배되었다. 만년에는 급소계열로 당을 바꾸었으나 쓰이지 못한 채 죽었다. 저서로는 『관양집』이 있다. *참고문헌 : 景宗實錄, 英祖實錄, 國朝榜目, 冠陽集.

젊어 어진 아내였고,

나이 들어서는 어진 어머니였네.

참으로 여사(女士)라 할 만하니,

내 명(銘)은 없어지지 않으리.

해제 유인 남양 홍씨(1656~1728)는 청계공(淸溪公) 홍위(洪葳)의 딸로 19세
에 정부(鄭敷)에게 시집가 73세로 죽었다. 아들 정오규(鄭五奎)가 묘갈
명을 부탁하여 이 글을 썼다. 이재는 홍씨가 가난하게 살면서도 시아버지의 첩에
게까지 잘 대했으며 역사에 대한 생각이 논리적이었다는 점을 들어 여사(女士)로
칭송했다.

숙인 은진 송씨 묘갈
淑人恩津宋氏墓碣

숙인 은진 송씨는 정랑 남전(南躔) 공의 배필이다. 숭정(崇禎)**60** 갑진년
[1664]에 회덕 송촌(宋村)에서 태어나 을축년[1684] 남씨와 결혼하였다. 남
씨는 대대로 함창(咸昌)에 살았다. 숙인은 65세의 나이로 무신년[1728] 4
월 6일에 죽었고, 문경의 입암(立巖) 북서쪽을 등진 언덕에 장사지냈다.

숙인은 그 아들 도철(道轍)에게 이렇게 명한 적이 있었다.

"나는 아녀자로 기록할 만한 명성과 덕업은 없지만 내가 죽으면 꼭 당
대에 글을 잘하는 사람에게 묘지명을 청하도록 해라."

도철은 상을 다 치른 후에 나에게 와서 글을 청하였는데 울면서 이렇
게 말했다.

"이것은 제 어머니의 뜻입니다."

내가 글을 잘하지 못한다고 사양했지만 더욱 간절하게 청하여 드디어
행장을 얻어 읽어보았는데, 정랑공이 서술한 것이었다. 정랑공은 사람됨
이 돈후하고 소박하며 그 글은 화려하지 않았으니 숙인의 어짊을 더욱
믿을 만하였다.

숙인은 어려서부터 총명하고 영리하여 경전과 사서의 대의(大義)에 대
략 통하였는데 부모님이 특별히 아끼면서 이렇게 말했다.

"네가 남자가 되어 우리 집안을 크게 하지 못하는 게 한스럽구나.".

15세에 어머니 안 부인이 돌아가셨다. 그때 할아버지 현감공**61**이 아직

---

60 숭정(崇禎) : 명나라 마지막 황제 의종(毅宗)때(1628~1644)의 연호. 명나라가 망한 뒤
에도 조선은 청나라 연호를 쓰는 것을 꺼려 이 연호를 사용하였다. 이 글에서도 갑진년
[1664]은 명이 망하고 청이 들어선 때인데도 숭정의 연호를 계속 사용했다.

살아 계시고 동생들은 어렸다. 숙인은 혼자 집안일을 도맡아 연로한 할 아버지와 어린 동생들의 의복과 음식 장만을 각각 알맞게 하였다. 송씨 집안은 해마다 그 먼 조상에게 제사를 올렸는데, 숙인이 그 일을 한 번 주관한 적이 있었다. 온 집안이 쌍청당에 모여 제수가 정갈한 것을 보고 모두 입이 닳도록 이렇게 칭찬했다

"아무개 집안에 훌륭한 딸이 있구나."

아버지가 두창을 앓아 매우 위독했는데, 집안사람들은 전염될까 두려 워 숙인에게 집 밖으로 피하라고 권하였다. 숙인은 울면서 가려 하지 않 았고 매일 밤이슬을 맞으며 서서 하늘에 기도하였다. 아버지가 돌아가시 자 울부짖으며 가슴을 쳤는데 거의 기절할 듯하였고 3년을 하루같이 지 냈다. 때마침 불이 나 불길이 빈소에 이르자 숙인은 몸을 던져 불 속으 로 뛰어들어 신주를 품에 안고 나왔는데, 그 이야기를 듣는 이들이 놀라 고 감탄하였다.

시집가서는 현감공과 그 아버지를 섬기던 마음으로 시부모를 섬겼는 데, 시아버지 도사공은 일찍이 "우리 집 어진 며느리"라고 칭찬하였다. 집안사람들이 다 모이면 아주 많았으나 모두들 마음에 들어했다.

집안 다스리는 데에 법도가 있었다. 새벽 일찍 일어나 뜰과 집 앞을 쓸어 먼지 한 점 없었으며, 닭과 돼지를 치고 박과 야채를 심어 늘 제사 와 손님 접대에 쓰는 데 부족함이 없었다. 집 앞 뒤로 과일 나무들이 정 연하여 볼 만했는데, 모두 손수 심은 것들이었다.

정랑공은 천성적으로 책을 좋아했고 생업에는 소홀하였는데, 숙인은 그 있고 없음을 알게 하지 않았다. 정랑공은 64세가 되어서야 비로소 과

---

61 현감공 : 고창 현감을 지낸 송국사(宋國士)를 이름. 송국사(1612~1690)의 호는 계담(桂 潭), 본관은 은진이다. 김장생의 문하에서 수학했고, 송시열, 송준길과 교유했다. 사헌부감 찰 겸 전중어사를 지냈는데 1668년 남인의 모함을 받아 고창현감으로 좌천되었다. 1675년 송시열이 죽자 아들을 보내 상여길을 호위하도록 했다. 시문의 일부가 『계담유고』에 전한 다. *참고문헌 : 肅宗實錄, 松潭集, 宋子大全, 沙溪全書.

거에 발탁되니 숙인은 기뻐하는 한편으로 슬퍼하면서 이렇게 말했다.

"우리 시아버님, 시어머님께서 보시지 못하다니."

또 울면서 이렇게 말했다.

"부모님께서 돌아가셨으니 귀녕(歸寧)의 의미도 없구나. 다행히 내가 죽지 않아서 멀리서 무덤만 바라보누나. 조만간 고을 원이 된다면 이 소원을 이룰 수 있을런지."

정랑공이 조정에 벼슬하느라 서울에 있었는데 숙인은 매번 돌아가기를 재촉하면서 이렇게 말했다.

"이미 연로하셨으니 임천(林泉)에서 한가로이 노닐면서 세상살이를 마치는 것이 낫겠습니다."

얼마 지나지 않아 세상이 크게 변하여 정랑공이 관직을 버리고 돌아오게 되자 숙인은 매우 기뻐하였다.

한가할 때마다 자녀들을 불러 좌우에 둘러 모아놓고는 몇 번이고 되풀이하며 바른 도리로 가르쳤고, 반드시 효(孝), 제(悌), 충(忠), 신(信)을 우선으로 하였으며, 또 이런 말을 했다.

"우리 종친 우암 선생께서는 '말이 입가에 다다르면 더욱 깊이 생각해 봐야 한다'고 하셨는데, 이 격언을 너희들은 기억해야 한다. 내가 부인의 직임을 생각해보니, 술과 장, 제기를 거두고 옷감을 짜고 실을 잣는 일인데, 자식이 되고 아내가 되어 하는 일이 고작 이것뿐이구나."

숙인의 타고난 재주는 보통 사람보다 뛰어나 이러한 여러가지 일들을 굳이 다 애쓰지 않아도 잘 할 수 있었지만, 세상에 이런 일에 능숙한 사람은 역시 많다고 할 수 없다. 숙인은 고금의 일을 널리 섭렵하여 식견이 아주 뛰어났고, 정도(正道)로써 남편을 인도하고, 의리로써 자식들을 가르쳤으며 또 늙어서도 부모에 대한 효심이 줄어들지 않았다. 그 말은 종종 글 읽은 남자도 미칠 수 없는 것이 있었으니, 아아! 그 명을 쓸 만하구나.

송씨의 선조 중 쌍청당 송유(宋愉)라는 분이 있으니 이분이 이름난 조상이다. 그 후손 군수였던 송담(松潭) 송남수(宋枏壽), 사간원 헌납이었던 송희진(宋希進)[62]은 현감공의 할아버지와 아버지이다. 현감공 송국사(宋國士) 이분이 송규림(宋奎臨)을 낳으니 숙인의 아버지이다. 어머니 안부인은 부호군이었던 안근(安勤)의 딸이다.

　도사공은(都事公) 남극표(南極杓)[63]이고, 그 아버지는 통덕랑 남창하(南昌夏)이며 할아버지는 군수 남영(南嶸)이다. 모두 의령의 대족이다. 숙인의 아들은 남도식(南道軾), 남도집(南道輯)이고, 남도철(南道轍)은 그 둘째이다. 딸은 사인(士人) 박형령(朴衡齡), 송재태(宋齊泰)에게 시집갔다. 도식의 아들은 종태(宗泰), 종운(宗運), 종현(宗顯), 종욱(宗郁)이다. 도철은 아들 한 명, 딸 한 명이 있고 나머지는 모두 어리다. 사위 박씨의 아들은 춘유(春囿)이다.

　명에 이른다.

　은진의 집안에서,
　이처럼 아름답고 훌륭한 딸이 태어났도다.
　내가 돌에 글을 쓰니,
　그 이름을 영원히 퍼지게 하려 함이네.

---

62 송희진(宋希進) : 1580(선조 13)~1641(인조 19). 본관은 은진(恩津). 자는 퇴지(退之). 송남수(宋枏壽)아들이며, 어머니는 선무랑 유형필(柳亨弼)의 딸이다. 1603년(선조 36) 사마시에 합격하였으나 광해군 시대의 정국이 혼미했으므로 벼슬길에 나아가지 않았다. 간언으로 왕의 뜻에 거슬려 청하현감으로 좌천된 뒤 낙향하였지만 병자호란으로 치욕을 당하였다는 소식을 듣고 고을에 망궐위(望闕位)를 설치하여 통곡하였다. 그뒤 향리에서 『소학』을 강론하면서 후진을 양성하였다. 숙인의 증조부이다. *참고문헌 : 仁祖實錄, 國朝人物考, 國朝榜目.

63 남극표(南極杓) : 1639(인조 17)~1701(숙종 27). 본관은 의령. 자는 명세(明世). 아버지는 남창하(南昌夏)이며, 어머니는 황현경(黃玄慶)의 딸이다. 송시열의 문인이다. 1660년 (현종 1) 생원시에 합격하였으나 잇따라 부모의 상을 당하자 잠시 관직을 떠났다. 전생시직장・내섬시주부 등을 거쳤다. 저서로는 『풍패기사(豊沛記事)』와 『병정록(丙丁錄)』이 있다. 숙인의 시아버지이다. *참고문헌 : 肅宗實錄, 文巖集.

해
제
숙인 은진 송씨(1664~1728)는 송규림(宋奎臨)의 딸로 21세에 남전(南
躔)에게 시집갔다. 15세에 어머니가 죽자 어머니 대신 집안일을 도맡아
했다. 아버지가 두창을 앓다가 죽자 3년상을 지냈는데, 불이 나 빈소로 불길에
번지자 불로 뛰어들어 신주를 구해냈다. 남편 남전이 64세에 과거에 급제하자 기
뻐했지만, 서울에서 벼슬살이를 하게 되자 고향으로 돌아가 여생을 한가로이 지
낼 것을 권했다. 종친인 송시열의 가르침을 자손들에게 널리 전했다.

유인 반남 박씨 묘갈

孺人潘南朴氏墓碣

유인 반남 박씨는 의령 남도철(南道轍) 성유(聖由) 군의 아내이다. 그 세계(世系)는 반남 선생 박상충(朴尙衷)[64] 후손으로, 대사간 소고선생 박승임(朴承任)[65]의 7세손이고 아버지는 생원 박태래(朴泰來)이다. 어머니는 진주 강씨이다.

유인은 예안의 퇴계촌에서 태어났다. 문순공 이선생[66]이 그 외할머니의 선조이다. 남군의 아버지는 남전(南躔)으로 병조좌랑을 지냈고, 할아버지는 남극표(南極杓)로 의금부도사였다.

유인은 21세에 남군에게 시집가 35세에 죽었는데, 그때가 경술년[1730]

---

64 박상충(朴尙衷) : 1332(충숙왕 복위 1)~1375(우왕 1). 고려 말기의 문신·학자. 본관은 반남(潘南). 자는 성부(誠夫). 밀직부사 박수(朴秀)의 아들이다. 공민왕 때 과거에 급제한 뒤 벼슬이 예조정랑에 이르렀으며 이때 고례(古禮)를 참작하여 순서대로 조목을 지어 사전(祀典)을 썼다. 친원파 이인임과 지윤(池奫)의 주살을 주장한 것에 연좌되어 친명파인 전녹생(田祿生)·정몽주·김구용·이숭인·염흥방(廉興邦) 등과 함께 귀양가다가 도중에서 죽었다. 시호는 문정(文正)이다. *참고문헌 : 高麗史, 高麗史節要.

65 박승임(朴承任) : 1517(중종 12)~1586(선조 19). 본관은 반남(潘南). 자는 중보(重甫), 호는 소고(嘯皐). 경상북도 영주출신. 박형(朴珩)의 아들이며, 어머니는 예안 김씨(禮安金氏)로 김만일(金萬鎰)의 딸이다. 이황(李滉)의 문하에서 수학하였다. 중종 때 소윤의 횡포가 날로 심하여지자 벼슬을 사직하고 귀향하였다. 1593년 왕의 뜻에 거슬려 창원부사로 좌천, 얼마 뒤 중앙에 소환되었다가 병사하였다. 성리학을 깊이 연구하는 한편, 이에 관한 여러 선현들의 설을 모아 책으로 엮어내는 등 저술에도 심혈을 기울였다. 그의 성리학적 견해는 주로 스승의 학설을 따라 주리론(主理論)의 경향을 보였다. 경상북도 영주의 귀산정사(龜山精舍)에 제향되었다. 저서로는 『성리유선(性理類選)』·『공문심법유취(孔門心法類聚)』·『강목심법(綱目心法)』 등과, 문집인 『소고문집』이 있다. *참고문헌 : 中宗實錄, 明宗實錄, 國朝人物考.

66 문순공 이선생 : 이황(1501~1570). 자는 경호(景浩)·계호(季浩), 호는 퇴계(退溪)·도옹(陶翁)·계수(溪叟). 시호는 문순(文純).

2월 12일이었다. 문경의 막동 동북쪽을 등진 언덕에 장사지냈다. 딸 하나를 두었는데 어리다.

성유는 영남의 선비 가운데 뛰어난 사람으로, 내 문하에서 공부하였다. 하루는 행장 한 통을 가지고 와서 아버지의 명을 다음과 같이 전하였다.

"제 며느리가 죽은 지 벌써 7년이나 되었습니다. 제가 그 효성스러움을 생각하면 시간이 오래 지날수록 더 슬퍼집니다. 제 마음만 이런 게 아니라 저희 집안 사람들, 이웃 사람들도 그 불행함을 슬퍼하지 않는 이가 없습니다. 그 어질었던 것을 생각하면, 저는 차마 그 행적이 사라져 전해지지 않도록 할 수 없습니다. 이제 돌 하나를 잘 다듬어 그 아름다움을 새기고자 합니다. 선생께서 그 아이를 위하여 글을 지어 주십시오."

내가 생각해보니 부인은 젊은데 죽었고 또 후사가 없을 것인데, 그 시아버지에게서 이런 대접을 받는 이는 아주 드무니 이것으로 유인을 알기에 충분하다.

유인은 태어난 지 4년 만에 어머니를 잃었다. 조금 더 자라서는 계모를 잘 섬겼고, 계모 또한 자기가 낳은 자식처럼 유인을 아꼈다. 시집에 있으면서도 종종 그 부모님을 그리워하여 울기도 하였다. 일찍이 거울을 마주보다가 슬퍼져서

"외할머니께서 '네 모습은 네 어미를 쏙 빼닮았다'라고 한 적이 있었지." 라고 했다. 또 경대에 글을 써놓기를

"사람으로 태어나서 어머니 얼굴을 모르니 아득히 푸른 하늘이여, 내 죄가 얼마인가?" 라고 하였다. 이는 전하는 바, '이미 시집갔지만 부모님에 대한 효도가 사라지지 않는다'라는 것 아닌가?

시부모를 섬기니 시부모가 아주 편안하게 여기면서 그 덕성을 이렇게 칭찬하였다.

"우리 며느리는 말을 빨리 하거나 황급한 기색을 보인 적이 없다."

또

"조금이라도 시기하여 남을 해치거나 이기려고 하는 마음이 없다."

라고 하였다.

다른 집에서 살았는데, 맛있는 것을 하나라도 얻게 되면 반드시 먼저 시부모님께 드렸고, 고운 옷 한 벌을 짓게 되면 반드시 먼저 시부모님께 드렸다. 시어머니가 병이 나자 밤새 서서 하늘에 기도하였고, 돌아가시자 마치 어린 아이가 우는 것처럼 하니, 병이 나서 거의 죽을 지경이었다. 그런데도 오히려 궤전(饋奠)[67]을 올리지 못함을 한으로 여겼다. 시아버지가 마침 서울에 있었는데 영결을 고하지 못한 것을 한스럽게 여겼다. 그리하여 편지를 더듬어 어루만지며 눈물을 흘렸다. 효성이 지극하여 죽음이 이르렀는데 이처럼 두터웠다.

또 여공에도 아주 솜씨가 있어 밤낮으로 부지런히 일하면서도 스스로는 그 고생스러움을 몰랐다. 남편 성유를 보고는

"제가 가난한 선비의 아내가 되었으니 당연히 해야 할 일을 하는 것입니다. 하지만 남자란 포부를 크게 가져야 하니 어찌 스스로 편안해할 수 있겠습니까?"

라고 하였다. 매번 학문을 권하였고, 또 노여움을 드러내는 것에 대해서도 깊이 경계하였는데, 성유가 동래에 있을 때 젊은 시절의 병통을 면하지 못하였기 때문이었다. 유인은 어려서부터 『소학』과 『내칙』 등의 글을 섭렵하여 그 견식이 이와 같았다.

아! 유인이 비록 그 수명을 영원히 누리지 못 했을지라도 이미 시부모의 마음을 얻었고 또 집안 사람들과 이웃들의 마음을 얻었다. 이는 다름이 아니라 효심의 독실함으로 감동시킨 것이 있어서이니, 부인의 덕은 이와 같을 뿐이다. 수명의 길고 짧음은 하늘에 달려 있으니 또한 어찌할

---

67 궤전(饋奠): 빈소(殯所)에 드리는 조전(朝奠)과 석전(夕奠).

것인가? 내가 이 말을 하는 것은 대개 유인의 마음을 위로하고, 또 좌랑
공의 슬픔을 막아보고자 해서이다.

명에 이른다.

살아서는 시부모가 그 효성을 편안히 여겼고,
죽어서는 집안사람들이 그 어짊을 그리워했도다.
어찌 사람의 마음은 얻고서 하늘의 뜻은 얻을 수 없었는지.
아아, 유인이여!

해제 유인 반남 박씨(1696~1730)는 박태래(朴泰來)의 딸로, 21세에 남도철
(南道轍)에게 시집갔다. 시어머니의 상을 치르다 병이 나서 35세의 젊은
나이로 죽었다. 유인의 남편 남도철은 이재의 문하에서 공부했는데, 아버지 남전
의 명의로 유인의 행장을 가지고 가서 이재에게 묘갈명을 부탁했다. 유인은 어린
딸 하나만을 두었으나 그 효성이 가족과 이웃을 감동시켰기에, 7년이 지났지만
그 행적을 기억하기 위해 시아버지가 묘갈명을 부탁하였다. 유인은 어려서 어머
니를 잃었는데 경대에 자신의 불효함을 한탄하는 글을 써 놓기도 했다. 시집가서
는 시부모를 편히 모시고 남편을 권면하였는데, 어려서부터 『소학』과 『내칙』 등
을 읽어 견문과 지식을 갖추었기 때문이라고 평가받았다.

정부인에 추증된 종조모 상산 김씨 묘표
從祖母贈貞夫人商山金氏墓表

　　돈녕부(敦寧府)[68] 도정(都正) 이핵(李翮)의 원배(元配) 김씨는 본관이 상산(商山)이다. 아버지 김상(金尙)[69]은 관찰사였고, 할아버지 김덕겸(金德謙)[70]은 참의였으며, 호는 청륙(靑陸)이다. 어머니는 나주 박씨로 좌랑 박원(朴垣)의 딸이다. 우리 이씨는 우봉(牛峰)[71]으로부터 갈라져 나왔다. 좌찬성에 추증된 이갈(李劼), 참의로 영의정에 추증된 이유겸(李有謙)[72]은 바로 도정공의 할아버지와 아버지이다.

　　부인은 17세에 이씨에게 시집가 지극한 효성으로 시부모를 섬겼다. 병자년[1636] 난리에 의정공이 집안사람들을 이끌고 강화도로 피난 갔었는데, 그 다음해에 강화도가 함락되었다. 길상산(吉祥山)[73] 아래에서 적을

---

68 돈녕부(敦寧府) : 조선시대 종친부(宗親府)에 속하지 않는 종친과 왕의 외척 및 왕실의 외손들을 위한 예우기관.

69 김상(金尙) : 1586(선조 19)~? 조선 중기의 문신. 본관은 상주. 자는 우고(友古), 호는 사은(士隱). 아버지는 김덕겸(金德謙)이다. 김장생(金長生)의 문인. 1610년(광해군 2) 별시문과에 병과로 급제. 1623년(인조 1) 강화도에 안치된 폐세자(廢世子)의 탈출사건에 대한 관대한 처리를 건의하다가 은계찰방으로 좌천되었다. 그 후 인조의 신임을 받으면서 25년간 후설직(喉舌職)에 머물렀다. *참고문헌 : 光海君日記, 仁祖實錄, 練藜室記述.

70 김덕겸(金德謙) : 1552(명종 7)~1633(인조 11). 조선 중기의 문신. 본관은 상주. 자는 경익(景益), 호는 청륙(靑陸). 아버지는 김홍(金洪)이고, 동생은 김덕성(金德誠)이다. 저서로는 『청륙집』이 있다. *참고문헌 : 宣祖實錄, 光海君日記, 國朝人物考.

71 우봉(牛峰) : 황해도 금천군의 옛 지명으로, 경순왕의 손자 김오(金澳)가 이곳을 관향으로 삼아 우봉 김씨의 시조가 되었다.

72 이유겸(李有謙) : 1586(선조 19)~1663(현종 4). 본관은 우봉(牛峯). 자는 수익(受益), 호는 만회(晩悔). 이승건(李承健)의 현손이며, 관찰사 이신(李信)의 손자이다. 조수륜(趙守倫)과 함께 성혼(成渾)의 책을 읽고, 김장생(金長生)을 사사하였다. *참고문헌 : 仁祖實錄, 增補文獻備考, 練藜室記述.

73 길상산(吉祥山) : 강화도에 있는 산 이름. 강화부에서 남쪽으로 30리쯤에 있다.

만나자 시어머니 윤부인[74]은 타오르는 불에 몸을 던졌다. 적이 화살을 쏘자 도정공은 몸으로 감싸 가렸는데, 화살을 맞고 쓰러졌다가 다시 살아났다. 부인 또한 스스로 분신하여 온몸이 불에 데어 문드러졌으나 곧바로 죽지는 않았는데, 2월 12일 끝내 일어나지 못하고 죽었다. 그때 나이 29세였다. 그 해 3월 의정공이 유해를 짊어지고 고양(高陽)의 향동(香洞)에 반장(返葬)[75]했는데, 선조들을 따른 것이었다. 그 일이 알려지자 도정공과 부인에게 '효자열녀지문(孝子烈女之門)'의 정려가 내려졌다.

애초에 부인이 친정으로 귀녕 갔을 때 아침저녁으로 오랑캐가 침입할 것이라는 경계가 있었는데, 부녀자들이 다 두려워하며 얼굴빛을 잃었지만 부인 혼자 편안히 웃으며 태연히

"난을 만나면 죽는 것은 명백하지요."

라고 했는데 마침내 그 말대로 되었다.

아아! 이는 평소 글 읽고 도에 대해 말하는 사람조차도 쉽게 할 수 있는 바가 아니다. 그런데도 부인은 할 수 있었으니, 어찌 어질지 아니한가?

도정공은 이어 완산 이씨와 결혼했는데 역시 자식이 없어 둘째 동생인 우의정 이숙(李翺)의 아들 이만견(李晚堅)을 데려다 후사로 삼았다. 만견이 귀해져 공은 이조참판에 추증되었고 부인도 그에 따라 똑같은 예로 추증되었다. 만견이 동쪽으로 안찰사로 나갔을 때, 비로소 무덤 앞에 돌을 세우고서 내게 명하여 그 뒤에 지(識)를 쓰게 하였다.

> 해제
>
> 상산 김씨(1609~1637)는 김상(金尚)의 딸로, 17세에 이재의 종조부인 이핵(李翮)에게 시집갔다. 정축년[1637]에 강화도에서 청나라 군사를 만나 분신을 시도했다가 화상을 입고 29세의 나이로 죽었다. 남편이 유해를 옮겨 고양에 있는 선산에 묻었고, 후사가 된 이만견이 비석을 세우고 묘표에 글을 새겼다. 이재는 숙부의 명으로 이 글을 썼다.

---

74 윤부인 : 윤홍유(尹弘裕)의 딸.

75 반장(返葬) : 외지에서 죽은 사람이 고향에 돌아가 묻히는 것을 말함.

아버지 어머니 무덤에 하는 표

皇考妣阡表

　　용인 동쪽에 있는 한천동(寒泉洞)은 우봉 이씨 대대로 내려오는 장지(葬地)이다. 아버지 성균진사 부군은 31세에 돌아가 묻혔는데 장례치른 지 45년이 지난 후 부인 여홍 민씨와 합장하였다. 그 왼쪽 언덕은 증조 호조참의 만회당(晩悔堂) 부군[76]과 할아버지 의정부 우의정 부군[77]의 무덤이니 차례로 자리한 것이다.

　　나는 불행하게도 다섯 살 때 아버지를 잃었다. 할머니께서 길러주고 가르쳐 내가 성장하여 독립하게 해 주셨다. 할머니께서 돌아가신 후, 또 그 남은 도움에 힘입어 지금까지 이르렀는데, 이제는 늙고 병들어 얼마 안 있어 죽게 될 것이다. 부군이 돌아가시고, 갑자가 또 한 번 돌았다. 이제서야 눈물을 흘리면서 그 무덤에 표지를 한다.

　　부군의 이름은 만창(晩昌)이고 자(字)는 사하(士夏)이다. 의정부군이 부안에 사실 때 아버지는 그곳에서 태어났다. 갑자년[1684] 7월 17일에 광주(廣州)의 관사에서 돌아가셨는데, 역시 의정부군이 유수를 지내시던 때이다. 진사가 되었을 때는 숙종 원년 을묘년[1675]이었다.

　　내가 아버지를 잃고 어려서 부군(아버지)의 생김새에 대해서도 또렷하게 기억할 수 없으니, 하물며 다른 것은 어떻겠는가? 내가 조금 성장하자 부인은 내게 구양공의 농강천표(瀧崗阡表)[78]를 읽게 하고 그것을 들으

---

[76] 증조 호조참의 만회당(晩悔堂) 부군 : 이유겸을 말함.

[77] 할아버지 의정부 우의정 부군 : 이숙(李翻)을 말함.

[78] 농강천표(瀧崗阡表) : 송(宋) 나라 때 구양수(歐陽脩)가 아버지와 모친 정 부인(鄭夫人)을 농강산(瀧崗山)에 장사지내고 비석에 새긴 비문이다. *참고문헌 : 唐宋八大家讀本.

셨는데, '나는 네가 입신출세하리라 확신할 수 없었지만 네 아버지께서 분명 훌륭한 후손을 두시리라는 것은 알았다'라는 부분에 이르면

"어찌 이 말이 꼭 나와 같을까?"

라고 탄식하셨고, 눈물을 흘리며 이렇게 말씀하셨다.

"구옹(毆翁)79은 비록 만물을 널리 이롭게 할 수는 없었지만, 그래도 하급관리의 시험을 보았는데 네 아버지는 그렇게 하지 못하셨구나. 하지만 나는 네 아버지에 대해 그래도 한두 가지 정도 아는 게 있다. 시아버님 의정부군께서 평소 내게 네 아버지 말씀을 하실 때면 반드시 '우리 효자'라고 하셨다. 시아버님은 또 일찍이 어린 아이들에게 '자라나는 초목 하나라도 꺾거나 곤충 한 마리라도 죽이면 인(仁)이 아니다.'라고 가르치셨단다. 어릴 적부터 한 번도 이런 일이 없었던 것은 오직 나와 아무개 아버지가 있어서였다. 네 아버지는 유모가 자기 아들은 떼어버리고 울면서 젖을 빠는 너를 거두는 것을 보시고는 하루 종일 불쌍해하면서 '자기 자식은 먹이고 다른 사람의 자식을 굶기는 것을 차마 할 수 있을까?'라고 하였지. 아아! 구양수의 농강 표문에 '평소 집에 계실 적에 자랑하고 꾸미는 일이 없으셨는데, 이와 같이 하신 것은 참으로 마음에서 나온 것이요, 그 마음이 후하여 그런 것이다.'라 했으니, 이것이 바로 네 아버지께서 도를 말씀하신 것이다."

나는 울면서 마음속에 새기고 잊을 수 없었다.

나는 또 작은아버지인 총재공에게서 부군(아버지)에 대해 들을 수 있었다. 사람됨이 중후하고 겸손하며, 언론은 아주 엄정하고 식견과 도량은 보통 사람을 뛰어넘었다고 한다. 글을 읽을 때는 10줄을 한꺼번에 읽어 내려갔고, 여러 책에 대해 박학는데, 『주자강목』에 대해서는 가장 잘 알았다고 하였다. 문장 중에는 변려문을 아주 잘 하셨다고도 한다. 평생 즐

---

79 구옹(毆翁) : 구양수의 아버지 구양관(毆陽觀)을 이름. 구양관은 송나라 노릉(盧陵) 사람으로 쓰촨성 몐양의 지방관을 지냈다.

기는 것에 대한 욕심이 적었는데, 술을 좋아하셨고 마음이 아주 호탕하
여 사람들과 격의 없이 지내셨다고 한다.

부인은 여양부원군(驪陽府院君) 문정공(文貞公) 민유중(閔維重)[80]의 딸이
다. 외할아버지는 동춘당 송선생[81]인데 이런 시를 썼다. '일찍 부모 가르
침을 받았고, 총명함은 네 성품이로다.' 또 신축년[1661]에 손녀 항(恒)에
게 글을 써 주었는데 항(恒)은 부인의 이름이다.

나는 부인들에게서 이런 말을 들었다. 부인 8, 9세 때, 문정공이 집안
모두를 거느리고서 광주(廣州)의 사촌(寺村)으로 갔었다. 의정부군이 한강
나루에서 이별하는데 문정공이 배에서 부인을 불러 내어 절을 하게 하
며 "이분이 네 시아버님이시다."라 하였다고 한다. 경술년[1670] 문정공이
평양 안찰사로 나갈 때 의정부군이 가서 잠시 그 관아에 머무르며 친영
의 예를 치르게 했는데, 부인은 엄숙하고 현명하며 온화하고 은혜로워
군자의 배필로서 어긋나는 예가 없었다고 한다. 시부모를 섬기는 데에도
정성과 공경을 다하였다고 한다. 어머니로서 자애로웠고 법도가 있었으
며 아녀자의 도리를 모두 갖추었다. 비록 글을 읽지는 않았지만 의리에
훤히 통하여 나오는 말이 모두 위엄과 법도가 있었다. 두 아우 충문공 민
진후(閔鎭厚),[82] 문충공 민진원(閔鎭遠)[83]이 그 통달한 식견에 감복하였다. 일

---

80 민유중(閔維重) : 1630(인조 8)~1687(숙종 13). 자는 지숙(持叔), 호는 둔촌(屯村). 본
관은 여흥(驪興). 인현왕후의 아버지로 숙종의 장인이 된다. 시호는 문정(文貞). *참고
문헌 : 顯宗實錄, 肅宗實錄, 國朝人物考.

81 동춘당 송선생 : 송준길(宋浚吉)을 이름. 동춘당(同春堂)은 송준길의 호. 1606(선조 39)~
1672(현종 13). 자는 명보(明甫). 본관은 은진(恩津). 시호는 문정(文正). *참고문헌 : 孝宗
實錄, 顯宗實錄, 同春堂先生年譜.

82 민진후(閔鎭厚) : 1659(효종 10)~1720(숙종 46). 본관은 여흥(驪興). 자는 정순(靜純),
호는 지재(趾齋). 여양부원군(驪陽府院君) 민유중의 아들이며, 어머니는 좌참찬 송준길
(宋浚吉)의 딸이다. 숙종비 인현왕후(仁顯王后)의 오빠이자 유수 진원(鎭遠)과 현감 진영
(鎭永)의 형이다. 개성부유수로 재직중 죽었다. 그의 인품은 선비의 기운을 돋우고 사문
(斯文)을 지키는 데 힘쓰며 외척의 호귀(豪貴)한 습속이 전혀 없었다고 한다. 글씨에 능하
여 여양부원군민유중신도비(驪陽府院君閔維重神道碑)의 비문을 썼다. 경종의 묘정(廟

과 행동의 자세한 것은 유지(幽誌)에 보인다.

소자 세상에 나아가고 물러남과 관련된 때는 세도(世道)의 성쇠(盛衰) 와 일치한 적이 많다. 내가 다시 고과(高科)에 올라[84] 호당(湖堂)에서 휴가 를 받아 글을 읽었고 홍문관대제학, 예문관대제학이 되었다. 재주가 없 고 무능하다는 것을 스스로 아는데 여기까지 이른 것은 오직 부군께서 당신 자신을 이롭게 하지 않고 후손에게 물려주었기 때문이다. 들으니 부군은 작은아버지와도 마음속의 말을 한 적이 별로 없었으니 부군의 말씀이 이와 같았다고 한다.

부인은 노년에 분수에 지나침을 걱정하며 매번 이렇게 말씀하셨다. "네가 어려서 어리석고 배우기를 게을리 할 적에는 네가 이름이 알려 진 선비가 되기를 원했지만, 또 그렇게 되지 못할까봐 걱정했다. 어찌 이 렇게 되리라고 생각이나 했겠느냐?"

부인은 73세에 돌아가셨는데, 무신년[1728] 9월 19일이었다. 숙종 기해 년[1719] 내가 은혜를 받은 일로 부군은 이조참판에 추증되었고, 부인 또 한 정부인 고신을 받았다. 내가 또 정2품에 오르자 그 예에 따라서 다시 추증되었는데, 사양하고 받지 않으려 하였지만 감히 청하지 못하였다. 그 후 15년이 지나서야 비로소 자헌대부 이조판서 겸 지의금부사 오위

庭)에 배향되었다. 시호는 충문(忠文)이다. *참고문헌 : 肅宗實錄, 練藜室記述, 陶菴集.

83 민진원(閔鎭遠) : 1664(현종 5)~1736(영조 12). 본관은 여흥(驪興). 자는 성유(聖猷), 호 는 단암(丹巖)·세심(洗心). 여양부원군(驪陽府院君) 민유중(閔維重)의 아들이며, 어머니 는 좌찬성 송준길(宋浚吉)의 딸이다. 숙종비 인현왕후(仁顯王后)의 오빠이자 우참찬 진 후(鎭厚)의 동생이다. 송시열(宋時烈)의 문인으로 1691년(숙종 17) 증광문과에 을과로 급 제하였으나, 1689년 기사환국 이후 인현왕후가 유폐되고 노론 일파가 크게 탄압을 받고 있던 때였기 때문에 등용되지 못하다가, 1694년 갑술옥사로 장희빈(張嬉嬪)이 강봉(降封) 되고 인현왕후가 복위되어 노론이 집권하자 이듬해 예문관검열로 기용되었다. 시호는 문 충(文忠)이다. *참고문헌 : 肅宗實錄, 景宗實錄, 英祖實錄, 貞庵集, 陶谷集, 梅山集.

84 다시 고과(高科)에 올라 : 1707년 문과 중시(重試)에 을과(乙科)로 합격한 일을 말함. 이재는 애초 1702년 알성문과에 병과(丙科)로 합격하였으나 고관(考官)이 친족이라 문 제가 되자 상소를 올려 사직한 일이 있었다. 그래서 다시 시험보았다 진술한 것이다.

도총부 도총관에 추증되었으니 실로 지금 임금 기미년[1739]이다.

나는 모두 두 번 장가들었으니, 해주 오씨 충정공 오두인(吳斗寅)[85]의 딸과 남양 홍씨 첨정 홍우현(洪禹賢)의 딸이다. 홍씨는 1남 1녀를 낳았으니 아들 제원(濟遠)은 문과에 급제하여 홍문 교리가 되었고, 사위는 참봉 유언흠(兪彦欽)이다. 제원의 아들은 목(木), 화(禾)이고 나머지 아들, 딸들은 모두 어리다.

이재가 아버지 이만창과 어머니 민씨(민유중 딸)의 무덤에 표지하기 위해 쓴 글. 이재는 다섯 살 때 아버지를 여의었으므로 아는 게 없는 상태였다. 그리하여 어머니, 작은아버지 등의 말을 직접 인용하여 아버지의 행적을 서술하였다. 이러한 것은 구양수가 아버지 묘표를 쓴 방식과 아주 흡사하다.

---

85 오두인(吳斗寅) : 1624(인조 2)~1689(숙종 15). 조선 후기의 문신. 본관은 해주(海州). 자는 원징(元徵), 호는 양곡(陽谷). 오상(吳翔)의 아들로 숙부 오숙(吳䎘)에게 입양되었으며, 어머니는 고성이씨(固城李氏)로 병조참판 이성길(李成吉)의 딸이다. 1689년 기사환국으로 서인이 실각하자 지의금부사(知義禁府事)에 세번이나 임명되고도 나가지 아니하여 삭직당하였다. 5월에 인현왕후 민씨(仁顯王后閔氏)가 폐위되자 이세화(李世華)·박태보(朴泰輔)와 함께 이에 반대하는 소를 올려 국문을 받고 의주로 유배 도중 파주에서 죽었으며, 그해에 복관되었다. 시호는 충정(忠貞)이다. *참고문헌 : 孝宗實錄, 顯宗實錄, 肅宗實錄, 明谷集, 陽谷集.

외할머니 풍창부 부인 조씨 묘표
外祖母豐昌府夫人趙氏墓表

　　숙종 7년 신유년[1681] 인현왕후의 바른 자리인 곤위(壼位)가 극에 달하니 우리 외할아버지 문정공 민유중(閔維重)은 병조판서를 겸하게 되었고 여양부원군에 봉하여졌다. 문정공은 모두 세 번 장가들었는데 해풍부부인 이씨[86] 은성부부인 송씨[87]는 예에 따라서 추증되었다. 정경부인 조씨 또한 풍창부부인이라는 이름을 하사받았다. 7년이 지난 정묘년[1687] 문정공이 돌아가시고 기사년[1689]의 재변[88] 때에 봉작과 고신이 모두 거두어졌다가 갑술년[1694] 다시 환원되었다. 조부인은 그 존영(尊榮)을 60여 년간 누렸는데, 나라에 길흉 대사가 있을 때마다 종종 명을 받들어 대궐로 들어갔다. 문정공의 두 아들 충문공 민진후, 좌의정 민진원은 세상에 이름난 신하가 되었는데, 그들은 부인을 섬기는 데에 진심을 다하고 봉양을 지극하게 했다. 부인은 항상 충문공에게 이렇게 말했다.

　　"옛날에 이른바 효자가 어떤 것인지는 모르겠지만 이를 보면 어떠할까?"

　　충문공이 죽자 부인은 항상 의정공을 따라다니면서 살았다. 원성(原城)[89]으로 귀양 갔을 때나, 여주에서 광주로, 광주에서 서울로 옮길 적마다 받들고 따라 갔다. 의정공도 죽게 되자 부인은 스스로 남은 날이 얼마 남지 않았음을 헤아리고 돌아가 문정공의 묘를 지키기를 원하였다.

---

86 해풍부부인 이씨 : 이경증(李景曾)의 딸.
87 은성부부인 송씨 : 송준길(宋浚吉)의 딸.
88 기사년[1689]의 재변 : 인현왕후가 폐위되고 희빈 장씨가 중전이 된 사건을 이름.
89 원성(原城) : 지금의 원주.

임금께서 그 말을 듣고 가여워하시면서 손수 쓴 글을 손자에게 내려 그 행차를 멈추도록 하였다. 자주 궁의 노비들을 시켜 생활을 살피게 하였고, 병이 나면 의원들의 방문이 끊이지 않았다. 해마다 정월이면 혜양(惠養)의 물품이 넉넉히 이르렀는데, 올해로 봉작을 받은 지 60년이 되어 잔치 중 여러 번 은혜로운 말씀이 있었다. 부인은 우연히 가벼운 병에 걸려 3월 22일 안국방 사제(賜第)[90]에서 돌아가셨으니 춘추 83세였다. 임금께서 애도하고 의례대로 조문하고 제사하셨으며, 내관을 보내 상을 돕도록 하였다. 경묘(景廟) 상월(常月)[91]에 물품을 내리시고 삼 년 동안 은졸(隱卒)[92]을 거두지 말라는 특전을 내리기도 하였다. 아아, 지극하도다!

풍양 조씨는 그 시조가 고려 시중 조맹(趙孟)으로부터 나왔고, 증조부 조방량(趙邦亮)은 참봉이었다가 승지에 추증되었다. 할아버지 조인형(趙仁亨)은 정랑(正郎)이고, 아버지 조귀중(趙貴中)은 성균 생원이다. 어머니 청주 한씨는 장령 한진(韓縝)[93]의 딸로, 절행이 있어 정려를 받았다.

부인은 효종 기해년[1659] 2월에 태어나 병진년[1676] 18세에 문정공에게 시집왔는데, 문정공은 그때 이미 높은 반열에 올라 있었다. 관찰사로 영의정에 추증된 민광훈(閔光勳)[94], 부윤으로 영의정에 추증된 민기(閔機)[95], 고령(庫令)으로 이조판서에 추증된 민여건은 문정공의 3대조이다.

---

90 사제(賜第) : 임금이 하사한 집.

91 상월(常月) : 윤달이 아닌 보통 달.

92 은졸(隱卒) : 임금이 신하의 죽음에 애도의 뜻을 표하는 것. 시호(諡號)라는 뜻으로 확장해서 쓰이기도 한다.

93 한진(韓縝) : 1607(선조 40)~1659(효종10). 본관은 청주(淸州). 자는 경홍(景弘), 호는 해천(蟹川). 대간 한효우(韓孝友)의 증손으로, 합천현감 한위겸(韓撝謙)의 아들이며, 어머니는 신섭(申燮)의 딸이다. 1638년(인조 16) 정시문과에 병과로 급제, 승문원에서 관직생활을 한 뒤 전적이 되었다. *참고문헌 : 仁祖實錄, 孝宗實錄, 國朝人物考.

94 민광훈(閔光勳) : 1595(선조 28)~1659(효종 10). 본관은 여흥(驪興). 부윤 민기(閔機)의 아들이며, 어머니는 남양 홍씨(南陽洪氏)이다. *참고문헌 : 仁祖實錄, 國朝人物考.

95 민기(閔機) : 1568(선조 1)~1641(인조 13). 조선 중기의 문신. 본관은 여흥(驪興). 자는 자선(子善), 호는 서한당(棲閒堂). 제주목사로 부임한 뒤 7개월 동안에 탐관오리를 몰아

외할아버지는 연원부원군 이광정(李光庭)[96]이다. 부인은 단정하고 엄숙하며 고요하면서 전일하여 어려서부터 여자 가운데 군자라는 칭찬을 받았다. 정신은 편안하고 기운은 안정되어 비록 갑작스런 일을 당해도 목소리와 얼굴빛을 급히 바꾸지 않았다. 평상시에도 얌전하여 담소하는 일이 드물었으며 연로해서는 더욱 온화하고 온후하며 완곡하였다. 아플 때에도 반드시 옷과 이부자리를 잘 여미고 있어 어린 손자들이 옆에 있어도 그 몸을 보인 적이 없었다. 옷 입는 것이 간소하여 가난한 선비 집안과 다를 게 없었다. 연세가 거의 80에 가까웠는데도 손수 바느질을 하면서

"사람은 한가하게 앉아 지낼 수는 없는 것이다."

라고 하였다. 일을 마음대로 처리하는 법이 없었고 반드시 물어본 후에야 행하였다. 아들들이 내외 관직을 두루 거쳤는데도 털끝만큼도 사사로운 부탁을 한 적이 없었다. 궁궐에도 여러 차례 드나들었으나 궁인 가운데 한 사람도 친하게 알고 지내는 이가 없었고 궁 안의 일에 대해 다른 사람에게 절대 말한 적이 없었다. 부인의 덕은 이루 다 쓸 수 없을 지경이나, 부지런하고 신중하고 꼼꼼함이 가장 큰 것이다. 또 평소의 성품은 겸손하였는데, 평생 자신이 무엇인가를 잘한다는 말을 하지 않아 집안의 자손들 또한 모두 다 알 수 없었다.

부인은 1남 2녀를 두었는데, 아들은 진영(鎭永)은 정랑이고, 딸은 진사 이장휘(李長輝), 참봉 홍우조(洪禹肇)에게 각각 시집갔다. 정랑의 아들은

내고 공역(工役)을 파하였으며, 수입을 박하게 하여 지출을 절약하게 함으로써 제주도민을 숙연하게 하였다. 뒤에 경주부윤을 지냈으며 청백리로서 선정을 베풀어 명성이 높았다. *참고문헌 : 宣祖實錄, 仁祖實錄, 國朝人物考, 宋子大全.

96 이광정(李光庭) : 1552(명종 7)~1627(인조 5). 조선 중기의 문신. 본관은 연안(延安). 자는 덕휘(德輝), 호는 해고(海皐). 정언 이주(李澍)의 아들이다. 1573년(선조 6) 진사시에 합격하고 1590년 교관(敎官)으로 증광문과에 병과로 급제하였다. 임진왜란 때 의주로 선조를 모시고가 정언, 지제교, 예조·병조의 좌랑을 지냈다. 1602년 예조판서를 거쳐 대사헌이 되었다. 1623년 인조반정 후 공조·형조의 판서를 거쳐, 1626년(인조 4)에는 왕을 강화도에 모시고 갔으나 병사했다. *참고문헌 : 宣祖實錄, 光海君日記, 仁祖實錄.

직장 민낙수(閔樂洙)와 민각수(閔覺洙)이다. 이 서방의 아들은 이윤(李潤), 이황(李潢)이고, 홍 서방의 아들은 홍계승(洪啓承), 홍계능(洪啓能)이다. 은성부부인은 실로 성녀(聖女)[97]를 낳아 기르셨는데, 내 어머니와 충문공, 의정공이 모두 그 소생이다. 충문공의 후사는 장령 익수(翼洙)이다.

5월 21일 용인현 동쪽 수원동(壽院洞)에 장사 지냈는데[98] 모두 최고의 예를 다하였다. 장례를 치르고 나서 무덤 앞에 돌을 세우고 글을 지어 그 뒷면에 새겼는데, 역시 임금의 은혜이다. 문정공의 묘는 여주 섬낙리 (蟾樂里)에 있고 두 부인과 합장하였다. 숙종 연간에 큰 글자로 써서 표지를 해두었다고 한다.

해제 │ 민유중의 세 번째 부인이었던 조씨(1659~1741) 묘표. 묘비는 영조 17년 │ 에 세워졌다. 인현왕후에 의해 부부인에 봉해졌으며 말년에는 민진후, 민진원 등을 따라 다니며 살았다고 한다. 이재의 어머니는 인현왕후와 자매였고 송씨(송준길 딸) 소생이다. 조씨는 조귀중(趙貴中)의 딸로, 18세에 민유중(閔維重)에게 시집갔다. 부지런하고 검소했으며 신중하고 꼼꼼한 것으로 덕망이 높았다. 이재는 조씨 부인이 신분이 높았음에도 평생 검소하고 겸손했음을 높이 평가했다.

---

97 성녀(聖女) : 인현왕후의 이름.

98 수원동(壽院洞)에 장사 지냈는데 : 이재의 외할머니 풍량부부인 조씨의 무덤은 현재 용인시 구성면 상하리에 있다. 향토유적 제 9호로 지정되었다. 방형(方形)의 분묘 앞 좌측에는 묘비, 중앙에는 혼유석·상석·향로석, 그리고 좌우에는 망주석과 문인석 등의 석물이 각기 배치되어 있다.

유인 남양 홍씨 묘지
孺人南陽洪氏墓誌

숭정 정축년[1637]의 난에 오랑캐들이 강화도를 함락하자 주촌(舟村) 신만(申曼) 공의 처 유인 홍씨와 그 시어머니 단인 한씨는 같은 때에 용기를 냈다. 당시 유인의 시아버지 호량공 신익륭(申翊隆)은 익위사관으로 빈궁을 호위하고 강화도로 들어갔는데, 유인은 빈궁의 명으로 궁의 서쪽 누각으로 들어갔다. 참판 여이징(呂爾徵)[99]의 부인[100]은 단인 한씨와 친속이어서 함께 갔다. 유인은 정월 25일 자결하였는데, 얼마 지나지 않아 도적들이 서쪽 누각을 불태웠다. 잿더미 속에서 유인과 여공 부인의 뼈를 분간할 수 없었는데, 겨우 염습하고 각각 섬의 산기슭에 잠시 묻어 두었다.

난이 끝난 후 두 집안사람들이 김문경(金文敬) 등 여러 현자에게 물어 마침내 양근군 북쪽 수청리 남동쪽을 향한 언덕에 묻었는데, 같은 묘역이지만 무덤은 다르다. 자손들이 무덤 둘을 나란히 놓았지만 감히 왼쪽에 합장하지는 못했으니, 예를 변형시킨 대강이다. 그렇지만 허장(虛葬)[101]은 군자들이 예가 아니라고 여기면서도 간혹 그렇게 하기도 했으니, 하물며 이런 경우에 또 다른 선택이 있겠는가. 진실로 장례를 치렀다 하지 않을

---

99 여이징(呂爾徵) : 1588(선조 21)~1656(효종 7). 본관은 함양(咸陽). 자는 자구(子久), 호는 동강(東江). 아버지는 여유길(呂裕吉)이며, 어머니는 신씨(愼氏)로 현감 신준경(愼俊慶)의 딸이다. 한백겸(韓百謙)의 문인이다. 병자호란 때에는 종묘의 위패를 모시고 강화도에 들어갔으며, 청나라와의 화의가 성립된 뒤 이조참판이 되었다. 저서로는『동강집』이 있다. *참고문헌 : 仁祖實錄, 國朝人物考, 東溪集.

100 여이징(呂爾徵)의 부인 : 한준겸(韓俊謙) 딸.

101 허장(虛葬) : 죽은 사람의 시체를 찾지 못한 경우 유품 등으로 장례지내는 것.

수 없으니, 장례를 치르면 묘지를 갖추는 것이 예이다. 또 두 묘가 서로 비슷한 거리에 있으니 더욱 어찌 묘지가 없을 수 있으랴? 이것이 주촌의 증손 대래(大來)가 내게 묘지문을 부탁한 이유이다.

삼가 살펴보니, 남양의 홍씨는 고려 태사 홍은열(洪殷悅)로부터 나왔다. 우리 성종 임금 때, 좌리공신이며 좌의정이었던 홍응(洪應)[102]이 유인에게 8대조가 되며, 증조는 군수 홍덕수(洪德壽), 할아버지는 판결사 홍사효(洪思斅), 아버지는 목사 홍이일(洪履一)[103]이다. 외할아버지는 구희참(具希參)이다.

유인은 만력 경신년[1620]에 태어났다. 타고난 자태가 따뜻하고 부드러웠으며 지극한 행실은 남달랐다. 부모에게 순종하고 형제들과 우애가 있었으며 예교에는 더욱 신중했다. 평소 담소하는 일이 드물었는데, 종들에게라도 거슬리는 말이나 사나운 기색을 내비치지 않았다.

17세에 주촌에게 시집갔는데, 이는 장절공 신숭겸(申崇謙)[104]의 후손이었다. 호량공의 형 신익량(申翊亮)은 호가 상봉(象峰)인데, 대대로 기개와

---

102 홍응(洪應) : 1428(세종 10)~1492(성종23). 본관은 남양(南陽). 자는 응지(應之), 호는 휴휴당(休休堂). 홍심(洪深)의 아들이며, 어머니는 이조참의 윤규(尹珪)의 딸이다. 1463년(세조 9)에 도승지로 있을 때에 영응대군(英膺大君)과 함께 『명황계감(明皇誡鑑)』을 국역하였다. 1468년에 남이(南怡)의 옥사를 다스린 공으로 익대공신(翊戴功臣) 3등에 책록되었다. 1471년(성종 2) 다시 좌리공신(佐理功臣) 3등에 오르고 익성부원군(益城府院君)으로 진봉되었다. *참고문헌 : 世祖實錄, 睿宗實錄, 成宗實錄, 容齋集.

103 홍이일(洪履一) : 1583(선조 16)~1666(현종 7). 본관은 남양(南陽). 자는 형오(亨五). 홍사효(洪思斅)의 아들이며, 홍득일(洪得一)의 동생이다. 장현광(張顯光)의 문인이다. 24세에 음사로 출사했으나 공직을 떠난 지 20여 년 동안 큰 기상으로 자기의 뜻을 삼지 않고 조용하고 한가한 것으로 만족하며 살았다. *참고문헌 : 仁祖實錄, 記言.

104 신숭겸(申崇謙) : ?~927(태조 10). 고려 태조 때의 무장. 본관은 평산(平山). 초명은 능산(能山). 본래 전라도 곡성현(谷城縣) 출신으로 태조가 평산에서 사성(賜姓)했다고 쓰게 된 것으로 보인다. 몸집이 장대하고 무용(武勇)이 뛰어나 궁예(弓裔) 말년에 홍유(洪儒)·배현경(裵玄慶)·복지겸(卜智謙)과 함께 혁명을 일으켜 궁예를 몰아내고 왕건(王建)을 추대하여 고려 건국 때 큰 공을 세웠으며, 이로 말미암아 개국일등공신(開國一等功臣)에 봉해졌다. 927년에 왕건이 대구의 공산에서 견훤을 맞아 싸울 때 전사하였다. *참고문헌 : 三國史記, 高麗史, 象村集.

절개를 숭상하여 주촌공(舟村公)에까지 이르렀다. 우암 선생은 일찌기 '대명천지숭정일월(大明天地崇禎日月)'이라는 여덟 글자를 써서 그에게 주기도 했다. 유인의 몸이 추한 것에 더럽혀지지 않은 것은 아니나 불꽃을 따라서 하늘로 올라갔으니, 어찌 그 의로움과 어울리기에 충분하지 않은가?

선비, 군자가 평상시에 글 읽고 도를 말하지만 기대하는 것은 원대한 것이 아니며 하루아침에 죽고 사는 갈림길에서 결단하지 못하고 구차하게 모면하여 절조를 잃어버리기에 이르니, 유인을 본다면 부끄럽지 않을 수 있겠는가? 아아, 그 열렬함이여!

명에 이른다.

빼어난 선비가 있다 하니,
바로 주촌(舟村)이로다.
청구(靑邱)[105]의 한 모퉁이
바다 건너의 땅이라네.
더욱이 늙은이가 써 준 글은
찬란한 여덟 글자라네.
열부(烈婦)가 아니었다면
목숨을 버리고 의리를 취했을까?
집안의 본보기가 된 가르침을
어찌 알겠는가?
내가 그 행적을 새기노니
영원히 우러를진저.

---

105 청구(靑邱) : 우리나라를 말함.

유인 남양 홍씨(1620~1637)는 홍이일(洪履一)의 딸로 17세에 신만(申曼)에게 시집갔다. 병자호란이 발발한 이듬해 빈궁을 호위하는 시아버지 신익륭(申翊隆)을 따라 강화도로 들어갔다. 유인이 자결한 후 청군이 불을 질러 유해를 분간하기 어려웠는데 전쟁이 끝난 후 유골만 간신히 가져와 허장했다. 신만의 증손인 신대래(申大來)가 유인의 행적과 절조를 기리기 위해 이재에게 묘지명을 부탁했다.

숙인 여흥 민씨 묘지
淑人驪興閔氏墓誌

숙인의 성은 민씨이고 가계는 여흥(驪興)에서 갈라져 나왔다. 강원도 관찰사로 의정부 영의정에 추증된 민광훈(閔光勳)의 막내딸이다. 오빠 셋은 대사헌 민시중(閔蓍重), 문충공 노봉(老峰) 민정중(閔鼎重)[106], 문정공 둔촌(屯村) 민유중(閔維重)이니 모두 유명한 인물이다. 숙인은 16세에 풍산의 홍만형(洪萬衡)[107] 숙평에게 시집갔는데, (그는) 영안위 홍주원(洪柱元)[108]과 선조대왕의 딸 정명공주 사이에서 태어난 둘째 아들이다.

홍공은 일찍이 과거에 급제하여 관직이 홍문관 교리에 이르렀다. 노봉(老峰)은 매번 숙평이야말로 신선세계의 사람이라고 찬탄하였다. 비록 부귀한 집에서 태어나 성장했지만 청렴하고 고고하여 속세의 티가 전혀 없었고 입는 옷, 쓰는 물건들은 빈한한 선비 같았다. 숙인은 그 뜻을 몸소 받들어 옛사람이 나무 비녀 꽂고 베치마 입었던 뜻[109]을 늘 사모하니,

---

106 민정중(閔鼎重) : 1628(인조 6)~1692(숙종 18). 본관은 여흥. 자는 대수(大受), 호는 노봉(老峰). 강원도 관찰사 민광훈의 아들. 어머니는 판서 이광정(李光庭)의 딸이다. 송시열의 문인. 1649년 문과 장원급제. 홍문관 수찬, 교리, 사헌부 정의를 거쳐 성균관 되사성, 이조참판, 홍문관 부제학, 한성부윤 등을 역임했다. 1689년 기사환국으로 남인이 집권하자 유배지에서 죽었다. 시호는 문충(文忠)이다. *참고문헌 : 仁祖實錄, 孝宗實錄, 肅宗實錄.

107 홍만형(洪萬衡) : 1633(인조 11)~1670(현종 11). 본관은 풍산(豊山). 자는 숙평(叔平), 호는 약헌(藥軒). 아버지는 홍주원(洪柱元), 어머니는 선조의 딸 정명공주이다. 홍만용(洪萬容)의 동생이다. 1648년 생원·진사시에 합격, 1662년 증광문과에 급제했다. 교리, 이조좌랑, 병조좌랑을 역임했다. *참고문헌 : 顯宗實錄, 國朝榜目.

108 홍주원(洪柱元) : 1606(선조 39)~1672(현종 13). 본관은 풍상. 자는 건중(建中). 호는 무하옹(無何翁). 선조의 딸 정명공주에게 장가들어 영안위(永安尉)에 봉해졌다. 저서로는 『무하당집』 6권이 있다. *참고문헌 : 仁祖實錄, 孝宗實錄, 國朝人物考.

109 옛사람이 …… 베치마 입었던 뜻 : 형차포군(荊釵布裙). 한(漢) 나라 때 은사인 양홍(梁

공은 더욱더 공경하고 정중하게 대하였다.

숙인은 음식 한 가지라도 공손히 삼갔으며 혹여라도 해이하거나 게으르지 않았다. 공은 수척한 데다 오랜 병을 앓고 있었는데, 가장 괴로운 것은 가래를 뱉는 것이었다. 숙인은 몹시 추운 날에도 침실 밖에 앉아 있으면서 병의 차도를 가늠하며 밤새도록 눈 한 번 깜짝 하지 않았다. 미망인으로 자처하게 되자 손수 옷감을 짜서 제사에 이바지하였는데, 아무리 친한 사이라도 절대 궁핍한 기색을 드러내 보이지 않았다.

인현왕후는 조카들 중에서 제일 일찍 어머니를 잃어 숙인은 그를 부지런히 길렀는데, 중전 자리에 이르렀을 때에도 받들어 모시는 도리는 사가의 집에 있을 때와 다름이 없었다. 인현왕후 역시 낳아준 것처럼 대우했는데, 서찰을 계속 주고받았으며 내려주시는 것도 빈번했다. 숙종대왕이 지으신 인현왕후 행장 가운데 '홍씨 집안에 시집간 고모에 의해 양육되었다'라고 했는데 바로 숙인을 가리킨 것이다.

내 어머니와 숙인은 실로 고모 조카 사이이면서 지기(知己)이기도 했다. 나이 들어 임신을 했는데 해산할 때 숙인에게 의지하기 위해 귀녕 갔다. 내가 태어나자 숙인은 친히 돌보며 젖을 먹여 주었고, 100일이 될 때까지 마른 자리로 갈아주고 축축한 자리를 치우는 수고[110]를 다른 사람들에게 맡겨두지 않았다. 우리 어머니는 이 일을 항상 말씀하셨다.

"네가 처음 나서, 고모가 아니었으면 어찌 기를 수 있었겠느냐?"

숙인이 친척들에게도 그 은혜와 사랑을 골고루 베푼 것이 대부분 이와 같았다. 병술년[1706] 12월 2일에 돌아가셨으니 향년 74세였다. 파주

鴻)의 아내 맹광(孟光)이 가시나무로 만든 비녀에 베치마만 입었던 데서, 전하여 부인(婦人)의 검소한 복장을 의미한다.

110 마른 자리도 …… 치우는 수고 : 아이에게 마른 자리를 깔아주고, 자신은 아이가 오줌 싼 축축한 자리에 잔다는 말로, 아이를 키우는 고생스러움을 일컫는 말이다. 원문에 '추조거습(推燥去濕)'으로 되어 있는데, 『후한서』, 『태평어람』 등에는 '추조거습(推燥居濕)'으로 되어 있다.

천현(泉峴) 남동쪽을 향한 언덕에 장사지냈다.

숙인은 아들 둘을 낳아 길렀다. 장남 중모(重模)는 진사로 군수를 지냈고, 둘째 중해(重楷)는 진사로 목사 벼슬을 했다. 군수는 후사가 없어서 중해의 둘째 아들 윤보(允輔)를 아들로 삼았다. 중해의 아들은 양보(良輔)인데 이조참판에 추증되었다. 윤보는 진사로 지금은 밀양부사이다. 양보의 아들 창한(昌漢)은 문과에 합격하여 막 전라도 관찰사에 임명되었고, 장한(章漢)은 문행(文行)이 있다. 윤보의 아들 기한(紀漢), 유한(維漢)은 진사이며, 신한(紳漢)이 있다.

숙인은 엄숙하고 현명하며 단정하고 곧았다. 어린 나이에도 시부모를 섬기는 데에 그 도리를 다하였고, 날마다 꼭 일찍 일어나 집안일을 처리했는데, 정연히 법도가 있었다. 교리공의 묏자리에 상서로움이 부족하다 하여 칠순이 넘은 나이에도 천장을 맡아서 하였다. 몸소 산 아래에 이르러 크고 작은 일을 부리면서 직접 다스리지 않은 것이 없었는데, 다른 사람들은 이를 어려운 일이라 여겼다.

숙인은 식견이 남보다 뛰어났는데, 목사공이 어려서 아버지를 잃고 배울 데를 잃어버린 것을 근심하여 노봉선생을 따라 배우도록 하였다. 그때 노봉은 충주에 살고 있었는데 애틋한 마음을 끊어버리고 멀리 보내어 학업에 힘쓰도록 하였으며, 음식과 거처를 신경쓰지 않도록 하였다. 노년에는 가문을 위한 생각에 증손 창한으로 하여금 나에게 배우도록 하여 성장하고 자립하도록 하였다. 그 통달한 식견을 논하면 글 읽는 남자라도 미치지 못하였다.

나는 어머니의 명으로 매달 한 번씩 꼭 찾아뵙고 인사했는데, 숙인은 낭랑하게 말하고 웃었으며 사랑이 흘러 넘쳤다. 지금까지 40여 년 동안 세상 일이 변한 것을 이루 다 말할 수 없다. 지금 창한이 무덤에 묘지를 넣으려고 내게 묘지문을 부탁하므로 대략 차례대로 위와 같이 서술하고 이어서 명을 쓴다.

명에 이른다.

옛날 부인을 뵈었을 때,

기운과 모습은 온화하고 공손하였네.

정신의 단단함은,

마치 외할아버지와 닮았네.

주남(周南)이 융성할 때

숙옹(肅雍)의 노래[111]가 있었지.

봉황이 우네,

저 오동나무에서.

어째서 심원(沁園)[112]의 번화함이,

회오리바람처럼 꿈속에서 홀연히 사라졌나.

경신년 내가 태어날 때,

부인의 장막으로 덮어 주었네.

이렇게 은혜를 베풀어 주셨고 이렇게 힘써 돌봐 주셨으니,

부모님의 보살핌과 그 공이 같네.

옛날의 어여쁘던[113] 증손이,

지금은 호남의 관찰사로 풍속을 살피네.

내게 묘지명을 부탁하니,

영원토록 그 아름다움을 밝히리.

---

111 숙옹(肅雍)의 노래 : 시경 주송(周頌)의 옹(雝)편에 나오는 시구. "有來雝雝 至止肅肅 (오는 것이 화하고 화하여 이르러서는 엄숙하고 엄숙하도다)."

112 심원(沁園) : 동한(東漢) 명제(明帝)의 딸 심수 공주(沁水公主)가 전원(田園)을 갖고 있었던 데서 나온 말로 공주를 일컬음. 시아버지 홍주원(洪柱元)이 선조(宣祖)의 딸인 정명 공주(貞明公主)에게 장가들어 부마가 된 집안임을 의미함.

113 어여쁘던 : 완련(婉孌). 아름답고 어림. 미소년을 말하기도 함.

숙인 여흥 민씨(1633~1706)는 민광훈(閔光勳)의 딸이자 인현왕후의 고
모이다. 16세에 선조의 딸인 정명공주의 아들 홍만형과 결혼하여 왕실
과는 인척관계가 중복된다. 숙인 민씨는 인현왕후의 어머니 송씨가 일찍 죽자 인
현왕후를 대신 길러주기도 하였다. 숙인 민씨는 이재가 태어날 당시, 친정 조카
인 이재의 어머니 민씨를 보살피며 이재가 100일이 될 때까지 길러주기도 했다.
이재는 숙인의 증손자 홍창한의 부탁으로 묘지명을 지었다.

잠성 부부인 이씨 묘지
岑城府夫人李氏墓誌

달성부원군 서종제(徐宗悌)[114] 공이 죽은 지 9년이 지나 그 무덤을 이천(利川)의 표교(標橋)로 옮겼다. 잠성부부인 이씨는 공보다 20년 늦게 죽었는데 음양가가 꺼린다는 말을 듣고 다른 언덕에 장사지냈다. 2년 후인 경신년[1740] 5월 17일 다시 장단의 용두리 동북쪽을 등진 언덕을 택하였다. 부인은 그제서야 공을 따라서 합장했는데, 그 손자 인수(仁修) 등이 내게 묘지명의 글을 청하여 무덤에 넣고자 하였다. 그 글에 이른다.

잠성은 옛날 우봉(牛峰)의 이름이다. 고려 때의 시중 이공정(李公靖)[115]이 족보에 처음 보인다. 우리 왕조에서는 참판 이순(李淳)이 청백리로 기록되었고, 이집(李緝)은 집의였다. 집의는 이세명(李世銘)을 낳았는데 세마(洗馬)였으며 기묘년의 명현이었다. 2대를 뛰어넘어 이건(李騫)은 현령이었고 판서에 추증되었다. 이 분이 통덕랑 이사창(李師昌)을 낳으니 부인의 아버지이다. 어머니는 의성 김씨로 장사랑(將仕郞) 김규(金圭) 딸이니, 사재(思齋) 김정국(金正國)의 후손이다.

부인은 타고난 성품이 유순했다. 14세에 어머니 김부인이 돌아가시자 집안 살림을 도맡아 해냈다. 제수 준비와 음식의 봉양까지 정성을 다하

---

[114] 서종제(徐宗悌) : 1656(효종 7)~1719(숙종 45). 조선 후기의 문신. 본관은 달성(達城). 자는 효숙(孝叔). 서문도(徐文道)의 아들로, 영조의 국구(國舅)이다. 시호는 효희(孝僖)이다. *참고문헌 : 肅宗實錄, 英祖實錄, 東國文獻備考.

[115] 이공정(李公靖) : 생몰년 미상. 고려 명종 때의 관인. 황해도 우봉군(牛峰郡 : 지금의 금천군) 출신. 1193년(명종 23) 김사미(金沙彌)와 효심(孝心)이 중심이 된 대규모 민란이 청도와 울산에서 각각 일어나자 장군으로 대장군 전존걸(全存傑)의 지휘 아래 역시 장군 이지순(李至純)·김척후(金陟侯)·김경부(金慶夫)·노식(盧植) 등과 함께 이를 쳤으나 실패하였다. 벼슬은 병부상서(兵部尙書)에 이르렀다. *참고문헌 : 高麗史.

지 않은 일들이 없으니, 온 집안사람들이 그 효성을 칭찬하였다.

17세에 서씨에게 시집와 시부모 섬기기를 제 부모 섬기듯 하였다. 특별한 일이 아니고서는 부부의 침실로 간 적이 없었고, 오로지 공손히 삼가 아침 일찍부터 저녁 늦게까지 게으르지 않았다. 동서와 시누이들 사이에서도 정이 넘쳤으며, 부모를 잃은 조카들을 자기 자식처럼 길렀다. 천한 종들에게라도 언성을 높이거나 얼굴을 붉힌 적이 없었다.

지금 임금께서 세자로 계실 적에 중궁 전하[116]가 덕으로 부름을 받아 궁으로 들어가게 되자 부인은 그를 보내면서 이렇게 말했다.

"아녀자의 도리는 온순하고 공손하며 검소할 따름이다."

임금이 즉위하시자 공(서종제)은 부원군에 추증되었고 부인 또한 잠성부부인이라는 이름을 하사받았다.

서씨 집안은 본래 청빈하고 검소하여 부인은 손수 실 잣고 옷감을 짜서 살아갔다. 자주 가난함을 면치 못하였으나 끝내 근심하는 기색을 드러내지 않았다. 이렇게 봉록과 지위가 높아지고 몸도 늙었지만 더욱더 전전긍긍하며 두려워하여 항상 자손들에게 교만과 사치스러움에 대해 경계하였다. 친정이 점차 몰락해가자 선조를 위해 그 제사 물품들을 부조하였으며 죽을 때까지 줄이지 않았다.

부인은 매번 세자의 자리가 오랫동안 비어 있는 것을 근심으로 여겼는데, 동궁이 탄강했다는 소식을 듣자 기뻐하면서 송축하니, 마치 오랜 병을 잊어버린 듯하였다. 혼잣말로 "나라에 반석 같은 평안함이 있었으

---

116 중궁 전하 : 정성왕후(貞聖王后, 1692~1757)를 말한다. 정성왕후는 달성부원군 서종제의 딸로, 1704년(숙종 30) 연잉군과 혼인하여 달성군부인으로 책봉되었고, 1721(경종 1) 연잉군이 왕세제로 책봉되자 세제빈이 되었다. 정성왕후는 당쟁으로 어지러운 정국 속에서 소생마저 없었으나 후궁 정빈 이씨가 낳은 경의군(敬義君)을 친자식처럼 아꼈으며, 그가 10세에 돌연사하자 배후를 밝히려 내사하였다. 2년 후 그 배후가 경종비 선의왕후임을 밝혀 선의왕후를 처소에 유폐시켰다. 후궁 영빈 이씨 소생의 사도세자와 영조 사이의 갈등을 풀고자 하던 중 병을 얻어 66세로 죽었다. 홍릉에 묻혔으며 휘호는 단목장화(端穆章和)이다. *참고문헌 : 肅宗實錄, 英祖實錄.

니 다시 무슨 걱정이 있겠나?"라고 하였으니, 자나 깨나 하는 잠꼬대조차 모두 이 말씀이었다. 무오년[1738] 12월 8일에 돌아가셨으니 79세였다. 임금께서 하교하시며 애도하셨고 은혜를 내려주신 것이 특별히 많았으니, 그 가난함을 조심해서였다.

처음에 부인의 손자 덕수(德修)가 무옥에 걸려 죽자[117] 집안이 거의 보전하지 못할 지경이 되었다. 부인은 피눈물을 흘리며 애통해하기를 십수 년간 하루같이 하였다. 부인이 죽자 임금이 그 마음을 슬프고 가엾게 여겨 특별히 서덕수의 원통함을 풀어주었다.[118] 이것은 중궁전하의 지극한 정성과 순수한 효성이 하늘의 마음을 감격시킨 것이다. 우리 임금의 두터운 덕의가 죽은 자와 산 자에 두루 미치니, 부인의 눈은 이제야 감겼으리라.

부원군의 세계(世系)와 자손은 원래의 묘지문에 실려 있어 여기서 다시 상세하게 쓰지 않는다.

─

해제

잠성부인인 이씨(1660~1738)는 이사창(李師昌)의 딸로, 17세에 서종제(徐宗悌)에게 시집갔다. 영조 비 정성왕후의 친정어머니로, 어지러운 정치 상황 속에서 살다 갔다. 손자 서덕수가 임인옥사에 걸려 죽어 마음고생이 심했는데, 그녀가 죽자 영조는 장모와 왕비를 위로한다는 명목으로 서덕수를 신원해주었다. 이재는 부인의 검소함에 대해 진술하면서 자손들에게도 교만하거나 사치할까 경계하는 모습을 부각했다.

───────

117 부인의 손자 …… 무옥에 걸려 죽자 : 경종 2년(1722, 임인년)에 왕세자 연잉군이 정무를 대리하자 소론의 김일경(金一鏡) 등이 임금을 죽이려는 역적이 있다고 고해바쳤다. 임금이 정인중, 김용택 등을 잡아들여 심문하자, 그들은 소론, 남인이 연잉군을 모함하려 조작한 것이라 주장하였으나 결국 묵살당해 죽임을 당했다. 서덕수는 임인옥사를 고초한 일로 역적으로 몰려 죽었다.

118 특별히 …… 풀어주셨다 : 영조 14년(1738)에 영조는 장모 이씨가 죽자 정성왕후의 마음을 풀어준다는 명목으로 왕비의 조카 서덕수만 신원해준다.

둘째 외숙모 정경부인 파평 윤씨 묘지
仲舅母貞敬夫人坡平尹氏墓誌

　　정경부인 파평 윤씨는 의정부 좌의정이었던 윤지선(尹趾善)[119]의 딸이며, 전임 좌의정 민진원(閔鎭遠)[120]의 배필이고 여양부원군으로 영의정에 추증된 문정공(文貞公) 민유중(閔維重)의 며느리이다. 할아버지는 이조판서 윤강(尹絳)이고 외할아버지는 부사로 참판에 추증된 홍서(洪恕)인데 직제학이었던 남양 홍종록(洪宗祿)의 아들이다.

　　부인은 숭정 임인년[1662]에 태어났고 17세에 의정공에게 시집갔으며 숙부인에서부터 정경부인까지 봉작을 받았다. 신해년[1731] 4월 30일에 아들 민형수(閔亨洙)[121]가 있는 이천현 관아에서 죽었다. 모두 6남 1녀를

---

119 윤지선(尹趾善) : 1627(인조 5)~1704(숙종 30). 자는 중린(仲麟), 호는 두포(杜浦). 이조판서 윤강(尹絳)의 아들. 우의정 윤지완(尹趾完)의 형. 1662년 문과에 급제, 1681년 도승지, 대사헌 등에 이어 1696년에 우의정, 좌의정이 되었다. 온건히 성품으로 숙종의 신임을 받았다. *참고문헌 : 顯宗實錄, 肅宗實錄.

120 민진원(閔鎭遠) : 1664(현종 5)~1736(영조 12). 자는 성유(聖猷), 호는 단암(丹巖)·세심(洗心). 아버지는 여양부원군 민유중이며 어머니는 좌찬성 송준길의 딸이다. 숙종비 인현왕후의 오빠이다. 1691년 문과 급제했으나 1689년 기사환국 이후 인현왕후가 유폐되고 노론이 탄압받아 등용되지 못하다 1694년 갑술옥사로 인현왕후가 복위되자 이듬해 등용되었다. 1715년 대사성 이후 영조, 이조, 호조 판서를 두루 역임했는데, 1722년 정미환국이 일어나 파직되었다. 끝까지 소론과 타협하지 않고 노론의 선봉 역할을 했다. 시호는 문충(文忠)이다. *참고문헌 : 肅宗實錄, 英祖實錄.

121 민형수(閔亨洙) : 1690(숙종 16)~1741(영조 17). 1725년(영조 1) 문과에 급제, 1729년 정언(正言)이 되어 정미환국 이후 노론의 거두인 아버지 민진원이 밀려나고 소론인 이광좌가 좌의정으로 등장한 사실을 신원하는 요건으로 이광좌를 소척하려다 이천현감으로 쫓겨났다. 1733년 부수찬이 되었으나 다시 이광좌를 소척하려다 갑산에 찬배되었다. 1739년 부사직에 이르러 동생 민통수와 함께 다시 이광좌를 소척하려다 해남현에 찬배되었다. 1741년 함경감사로 있으며 변방을 순찰하다 괴한에게 장살되었다. *참고문헌 : 英祖實錄.

낳았는데, 창수(昌洙)는 생원으로 교관이고, 형수(亨洙)는 문과 급제하여 정언(正言)이고, 통수(通洙)는 생원시 장원으로 참봉, 나머지 아들 셋은 어려서 죽었다. 딸은 정언 이주진(李周鎭)에게 시집갔다. 백순(百順)과 이흥중(李興重)의 아내가 된 딸은 창수의 소생이며, 백상(百祥), 백흥(百興), 백증(百增), 백갑(百甲)은 형수의 소생이고, 백선(百善)은 통수의 소생이다. 첫 사위의 막내딸, 둘째 사위의 셋째 딸, 세 번째 사위의 넷째 딸은 모두 아직 비녀 꽂을 나이도 되지 않았다. 사위 이주진의 3남 1녀 역시 어리다.

부인은 모월 모일에 원주 사포(蛇浦) 동남향을 등진 언덕에 묻혔는데, 문정공 무덤과는 강을 사이에 두고 10리쯤에 있어 가깝다. 창수가 그 이종형인 나에게 묘지(墓誌)를 부탁하며 이렇게 말했다.

"우리 어머니는 평소 부인들의 행장, 뇌문(誄文)을 좋아하지 않으시며, '규방 안의 일을 믿을 사람이 누가 있느냐?'고 하셨는데, 이것이 남기신 뜻입니다. 그러나 가례의 여러 의식을 감히 빠뜨릴 수는 없습니다."

내가 이윽고 위와 같이 차례대로 쓴 후에 이렇게 말했다.

"내가 어릴 적부터 부인을 섬긴 지 오래 되었다. 부인이 지닌 덕의 아름다움은 이루 다 쓸 수 없다. 밖에 있는 사람들이 보면 평안하고 부유하며 존귀함과 영예로움이 극에 달했다고 할 수 있다. 하지만 부인은 마뜩찮아하며 스스로 있는 체하지 않았다. 나이 70세에도 마치 나이 어린 신부가 하듯 시부모를 받들었으며, 아래로는 음식, 방적의 일에 이르기까지 몸소 하지 않은 것이 없었다. 공손하면서도 검소하고 민첩하면서 부지런함은 부덕(婦德) 중 가장 큰 것인데 그 끝내 다 쓸 수 없구나."

그러나 창수는 흐느끼면서 이렇게 말했다.

"제가 불초하지만 그래도 이를 감히 숨길 수만은 없습니다. 우리 어머니는 저희들에게 이런 말씀을 하신 적이 있습니다. '내 친정어머니 홍부인은 실로 아름다운 덕이 있었다. 우리 외가에 불행하게도 후사가 끊겨 어머니가 그 제사를 주관했는데, 노비와 토지를 여러 자매들이 가져다 쓰도록 전적으로 맡겨두었다. 외가의 후손들이 종종 쪼개어 팔았지만 묻지 않고 덮어두었다. 우리 막내 숙부 판서공은 일찍이 부모님을 여의었는데 어머니는 지성으로 어루만져 길렀다. 그 분이 자라서 자식을 두자 또 그 자식을 당신 자식같이 여겼다. 우리 집안이 본래 청빈하고 검소하여 아침저녁으로 꾸어다 쓴 적도 있는데 '가난하다[貧]'는 글자를 입에 올리지 않으셨다. 종들이 잘못이 있더라도 악담이나 욕을 하지 않으셨으니 그 덕성이 이와 같았다.

그런데 우리 형제들이 모두 일찍 죽고 조카들 또한 어려서 희미하여 전해지지 않게 될 것이니, 이것이 내가 가장 가슴 아파하는 일이다. 나는 참으로 도저히 어머니에게 미치지 못한다. 그런데 너희들이 있어서 죽은 후에 혹시라도 사실을 과장하는 글을 쓰게 된다면 이는 내가 어머니보다 뛰어나지도 못했는데 자식에게 인정받는 것이니, 내가 감히 스스로 편안하겠느냐?' 창수는 이 말에 대해 전전긍긍하면서 감히 잊을 수 없었습니다."

나는

"어지시구나! 부인이여."

라고 하며 감탄했다. 내가 '근래에 복록을 지닌 분으로 부인 만한 사람이 없다'하고 한 적이 있는데, 부인은 온화하고 은혜로운 덕을 지니고 그것을 실현했으니, 부인에게서 하늘의 도를 볼 수 있었다.

이제 또 부인의 덕이 유래한 바를 알게 되었으니, 부인 같은 이는 역시 '부모에 대한 효심이 사라지지 않는 분'이라고 할 수 있을 것이다. 이에 그 말을 함께 기록하여 무덤 안에 넣어 홍부인의 언행이 번창하여 없어지지 않게 하고 저승에서도 어버이에게 효성을 다하는 부인의 마음을 위로하고자 한다. 부인에 대해 간략히 하고 감히 다 진술하지 못함은 또한 부인의 겸손한 덕을 해칠까 해서이니 다 효자의 마음을 알기 때문이다.

해
제

둘째 외숙모 정경부인 파평 윤씨(1662~1731)는 좌의정 윤지선의 딸로, 17세에 민진원(閔鎭遠)에게 시집갔다. 부인의 아들 민창수(閔昌洙)는 이 종사촌 형인 이재에게, 그 어머니가 평소 부인들의 행장이나 묘지명 등을 남기는 것을 좋아하지 않았지만 자식된 도리로 이를 빠뜨릴 수 없다고 하며 상의했다. 이재는 부인의 행적을 서술하여 부덕을 평가하지 않고, 대신 부인이 친정어머니에 대해 언급한 내용을 인용하며 그 효성과 겸손함을 기렸다.

정부인에 추증된 반남 박씨 묘지
贈貞夫人潘南朴氏墓誌

관찰사 이공의 부인 반남 박씨는 숙종 병인년[1686] 11월 1일 그 아버지 박세장(朴世樟)[122]의 영월 관아에서 죽었는데, 나이 22세이고 자식은 없었다. 기해년[1719] 관찰공이 광주부윤에 제수되자 부인도 따라서 정부인에 추증되었고 공주 저동(豬洞) 동남향 언덕으로 옮겨 묻었다. 관찰공의 무덤과는 10여 리쯤 떨어져 있다. 관찰공의 후사인 목사 이수보(李秀輔)[123]가 무덤 속에 묘지를 넣으려 내게 글을 청하였는데, 울면서 이렇게 말했다.

"제가 여섯 살 때 어머니를 잃고, 일곱 살 때 부인을 어머니로 삼았습니다. 부인께서 저를 길러주신 것이 진실하고 극진하여 보는 사람들이 얼굴이 다르게 생긴 것을 거의 알지 못했습니다. 열 살 때 부인도 돌아가셨는데 그때 제가 매우 어리고 어리석어 부인이 지닌 덕의 아름다움을 만 분의 일도 알지 못했습니다. 성품과 도량이 단정하고 은혜로웠으니 아버지께로부터 들은 것이 이와 같았습니다."

그 말이 너무 구슬퍼서 부인의 어짊이 저절로 드러났다.

영월공은 사헌부 장령을 지냈고 그 아버지와 할아버지는 각각 통덕랑

---

122 박세장(朴世樟) : 1629(인조 7)~1687(숙종 13). 자는 여택(汝擇). 1679년(숙종 5) 문과 급제하여 예조좌랑, 경상도사를 거쳐 사헌부장령, 영월군수를 지냈다. *참고문헌 : 顯宗 實錄, 國朝榜目, 國朝人物考.

123 이수보(李秀輔) : 1677(숙종 3)~1753(영조 29). 자는 군좌(君佐). 아버지는 강원도 관찰사 이만직이며, 어머니는 김익추의 딸이다. 1721년(경종 1) 헌릉참봉 등 관직을 역임하며 목민관 자질을 인정받아 통정대부가 되었다. 이후 청주 목사를 거쳐 돈녕부도정이 되었다. *참고문헌 : 英祖實錄, 江謹集.

박유(朴濡), 길주목사였던 박동망(朴東望)이다. 그 배필은 경주 김씨로 충
암선생 김정(金淨)의 후손이며 현령 김진현(金震賢)의 딸이다. 관찰공은
한산 이씨 이만직(李萬稷)[124]으로 평안도 관찰사를 지낸 이태연(李泰淵)의
아들이다. 수보의 어머니는 동래 정씨이고, 그 막내 수득(秀得)은 참봉으
로 뒤에 들어온 부인 광주 김씨의 소생이다. 명에 이른다.

> 단정하고 은혜로움은,
> 부도(婦道)의 곧음이라.
> 내 받은 것 있어,
> 그 묘역에 표한다 하네.
> 자식이 있어 이처럼 하니,
> 어찌 저절로 생겼으리오?

|해제| 정부인에 추증된 반남 박씨(1665~1686)는 사헌부 장령을 지낸 박세장
의 딸로, 이만직에게 시집갔는데, 후사 없이 22세의 나이로 죽었다. 시집
갔을 당시 이만직에게는 사별한 아내의 소생인 일곱 살짜리 아들 이수보가 있었
다. 박씨는 정성을 다해 그 아들을 보살폈으나 3년 후 죽고 말았다. 그가 죽은
지 33년 후인 1719년 정부인으로 추증되어 무덤을 옮기면서 아들 이수보는 박씨
의 묘지명을 이재에게 부탁했다. 이재는 이수보의 자식된 도리를 기리는 것으로
그 부덕을 드러냈다.

---

124 이만직(李萬稷) : 1654(효종 5)~1727(영조 3). 자는 자장(子長). 임피현감, 광주 부윤
을 거쳐 강원도 관찰사를 지냈다. *참고문헌 : 肅宗實錄, 英祖實錄, 靑城雜記.

정부인 광산 김씨 묘지
貞夫人光山金氏墓誌

　　정부인 광산 김씨는 관찰사 이만직(李萬稷) 공의 배필이다. 아버지 김익추(金益錘)는 선공감 봉사이고, 증조부 첨지 김은휘(金殷輝)는 사계선생의 둘째 숙부이다. 시아버지 평안도 관찰사 이태연(李泰淵)은 목은선생의 후손이다.

　　관찰공은 연이어 부인 둘을 잃었는데, 부인이 집안에 들어오면서부터 비로소 살림살이가 이루어져 제사 받들고 손님 접대하는 것이 모두 적절히 될 수 있었다. 아들 수보(秀輔)는 원배(元配)의 소생으로, 그때 겨우 열 살이었는데 부인은 마치 자기 자식처럼 아껴주었다. 관찰공은 첩을 두었는데, 공이 엄하여 말하고 싶어도 감히 말하지 못하는 것이 있었으므로 부인은 에둘러서 알려 주었다. 조카들과 수십 년 동안 함께 살았지만 한결같이 이간하는 말이 없었다. 진휼할 때에는 곤궁한 이를 먼저 도왔으며 종들에게 욕한 적이 없었다.

　　관찰공이 만년에 큰 고을의 수령을 역임했지만 검약함으로써 자신을 지켰고 사사로운 일을 관청의 일과 연계시키지 않았으니 실로 부인이 내조한 힘이 많았다. 부인은 항상 자손들에게 이렇게 말했다.

　　"이전 분들은 모두 남편이 가난하여 고생하던 시절에 살았고, 또 불행하게도 일찍 죽었다. 내가 차마 그 영광을 홀로 누릴 수 있겠느냐?"

　　두 부인의 기일에는 매번 간소하게 먹고 재계하였으니, 그 인자함이 이와 같았다. 부인은 본래 감식안이 있어 자주 앞으로 올 일을 맞혔는데, 관찰공은 의심나는 일이 있을 때면 간혹 물어보고서 결정하기도 했다. 자손들이 다른 사람들의 장단점을 논하는 것을 보면 기꺼워하지 않으며

서 이렇게 말했다.

"다른 사람을 지나치게 칭찬하는 것은 분명 그 사람을 지나치게 비방하지 않는 것이 아니다. 너희들은 삼가야 할 것이다."

라고 했다. 임인년[1722] 관찰공이 호남으로부터 파직하고 돌아왔는데, 당시 사화(士禍)[125]가 크게 일어났다. 부인이 아주 걱정스러워하며

"나랏일을 알 만하니, 얼른 죽어서 남편이 나를 묻어 주었으면."

이라고 했는데, 얼마 안 있어 그 말대로 되었다.

부인은 을사년[1665] 정월 10일에 태어나 계묘년[1723] 3월 18일에 죽었다. 5년 후에는 관찰공도 죽어 부인의 무덤에서 겨우 10무 떨어진 곳에 장사지냈다.

부인의 아들은 참봉 수득(秀得)이고 두 사위는 부사 홍진유(洪晉猷), 사인 신필우(愼必遇)이다. 수보의 아들 둘은 사중(思重), 사홍(思弘)인데, 사중은 참봉이고, 사홍은 수득의 후사가 되었다. 수보는 막 상주목사가 되었다. 수득이 와서 무덤의 묘지명을 청하였다.

명에 이른다.

아아, 관찰사여!
치적이 탁월했네.
다만 솔선수범했을 뿐 아니라,
내조에 힘입은 것이네.
배 두 척 나란히 떠나가니,
그 처음을 생각하네.
영광 누림에도 놀라듯 하니,
검소한 덕은 외롭지 않구나.

---

125 사화(士禍) : 1722년(경조 2)의 임인옥사를 이름.

현명하여 사리 꿰뚫는 말들은,

그르다 할 것 없었네.

내 동관(彤管)의 붓을 잡아,

무덤을 장식하네.

정부인 광산 김씨(1665~1723)는 김익추의 딸로, 22세에 이만직에게 시집갔다. 당시 이만직은 두 부인과 차례로 사별했는데, 광산 김씨는 첫 부인의 소생인 이수보를 친자식처럼 길렀으며, 특히 두 부인의 제사를 정성들여 지냈다. 또한 김씨는 남다른 감식안으로 앞일을 예견하여 남편 이만직은 힘든 일을 결정할 때 부인과 의논했다. 이재는 관찰사 이만직의 치적 뒤에는 김씨 부인의 현명한 내조가 있었음을 드러내고, 부인이 전부인들을 잊지 않고 겸손히 처신했음을 높이 평가했다.

정부인 완산 이씨 묘지
貞夫人完山李氏墓誌

    정부인 완산 이씨는 병마절도사 정덕징(鄭德徵)[126] 공의 아내이다. 그 집안은 세종대왕의 서자 임영대군 이구(李璆)[127]로부터 갈라져 나왔다. 아버지 이후근(李厚根)은 효성스러웠는데 일찍 죽었다. 어머니는 원주 원씨이다. 남편의 아버지는 현감 정주한(鄭周翰)으로 포은 정몽주의 9세손이다.

    부인은 타고난 성품이 유순하였다. 22세에 설노공에게 시집갔는데 공은 당시 현달하기 전이었고, 집안이 본래 가난하였다. 부인은 이른 아침부터 밤 늦게까지 여공의 일을 하여 의복을 준비하였고, 손수 채소를 가꾸었으며 직접 국을 끓여 시부모를 받들었다. 남편의 서모(庶母)가 자식이 없었는데 병이 나자 부인이 곁에서 구완했고, 오랜 시간이 지나도록 지겨워하는 기색이 없었다. 시기하지 않는 성품을 지녔으며 일을 마음대로 처리한 적이 없었으니, 절도공이 매우 공경했다.

    자애롭고 동정심이 많아 구휼하는 데 서둘렀고, 매우 굶주리고 추위

---

126 정덕징(鄭德徵) : 1657(효종 8)~1739(영조 15). 본관은 영일(迎日). 자는 성유(聖由). 정몽주(鄭夢周)의 10대손으로 정주한(鄭周翰)의 현손이다. 오랫동안 벼슬을 하지 않고 있다가 나주영장·정주목사 등을 거쳐, 함경남도와 경상우도병마절도사를 역임했다. 가선(嘉善)으로 승계하였으며, 말년에는 우로전(優老典)으로 인하여 가의(嘉義)로 승계하였으나 벼슬에는 뜻이 없어 사양하고 초연하게 만년을 지냈다. 재직시에도 신임사화에 관련된 소론파들의 행위를 몹시 못마땅하게 생각하여 파직, 귀향하기도 하였다. *참고문헌 : 景宗實錄, 英祖實錄, 陶谷集.

127 이구(李璆) : 1418(태종 18)~1469(예종 1). 자는 헌지(獻之). 세종의 넷째 아들. 어머니는 소헌왕후(昭憲王后) 심씨이고 부인은 우의정 남지(南智)의 딸이다. 1428년(세조종 10) 임영대군이 봉해졌다. 세조를 보좌하며 신임을 얻었다. 시호는 정간(貞簡). *참고문헌 : 世宗實錄, 拭疣集.

에 떠는 사람을 보자마자 그들을 위해 눈물을 흘렸다. 손님이 오면 풍성하고 정갈하게 대접하였는데, 이 때문에 집안사람들이 마치 자기 집처럼 방문했다. 시골에 살 때 흉년이 든 적이 있었는데, 도적들이 밤에 갑자기 들어오자, 부인이 크게 이렇게 외쳤다.

"창 밖에 화살 날아다니는 소리가 어디서 나는 게야?"

그러자 도적들이 바로 놀라 흩어졌다. 갑작스런 순간에 대처한 것이었는데, 사람들이 지혜롭다고 여겼다.

절도공이 귀한 신분이 되었고, 아들 정찬술(鄭纘述)[128] 또한 집안일을 도맡아 하게 되었지만 부인은 그래도 소싯적처럼 손수 실 잣고 옷감을 짰다. 하였다. 또 철 따라 모양내는 것을 좋아하지 않아 입는 옷도 검소하였다.

기유년[1729] 윤 7월 12일에 죽으니, 나이 74세였다. 당시 절도공이 영남의 감영에 있었는데, 해직하여 돌아오면 고향에 돌아와 편안히 지내며 노년의 풍치가 볼 만했을 텐데, 부인은 알지 못하게 되었다.

2남 2녀를 두었다. 찬술이 맏이로 훈련도정이며, 큰아버지의 후사로 나갔다. 둘째 아들은 찬지(纘志)이다. 윤찬(尹燦), 이익겸(李益謙)은 사위이다. 찬술은 후사가 없어서 집안의 아들 건(鍵)을 들여 아들로 삼았고 딸들은 이익화(李益和), 이길유(李吉儒)에게 시집갔다. 찬지의 아들은 주(鑄)이고 사위는 송단(宋煓)이다. 윤찬의 아들은 재경(在慶), 재도(在度), 재후(在厚)이고 사위는 조정순(趙挺淳)이다. 이익겸의 아들은 기정(基鼎)이고

---

128 정찬술(鄭纘述) : 생몰년 미상. 본관은 영일(迎日). 정몽주(鄭夢周)의 11대손이다. 1725년(영조 1) 전라병사가 되었고, 1728년 이인좌(李麟佐)의 난 때 포도대장으로 발탁되었다. 1749년 통제사, 1752년 총융사가 되어 금위영·어영청의 대장을 겸직하였으나, 부하를 검칙(檢飭)하지 못하였다는 영남이정사(嶺南釐正使) 민백상(閔百祥)의 탄핵으로 고신을 환수당하였고, 1755년 무고한 백성을 죽인 까닭으로 파직되었다가 1758년 다시 총융사에 올랐다. 1746년 영의정 김재로(金在魯)의 요청으로 그의 증손이 정몽주의 사손(祀孫)으로 정하여짐으로써 제사를 받들게 되었다. *참고문헌 : 英祖實錄.

사위는 신수(申琇), 홍신국(洪藎國)이다. 건의 아들과 딸은 모두 어린데 제
일 큰 아이가 익제(翼濟)라고 한다.

명에 이른다.

> 어려서 직접 물 긷고 절구질하였고,
> 나이 들어서는 빛나는 창과 방패 앞세웠네.[129]
> 공손하고 자애로웠으니,
> 응당 하늘이 그러한 복을 내려주신 것일세.
> 내 그 아름다움 명으로 써서,
> 규방의 법도를 드러내려 하네.

해제 ┃ 정부인 완산 이씨(1656~1729)는 이후근(李厚根)의 딸로, 22세에 병마절
도사 정덕징에게 시집갔다. 갓 시집가서 가난한 살림에 하루종일 여공
을 하며 채소밭을 가꾸었고 음식을 장만했다. 불쌍한 이들을 위해 진심으로 애달
파하며 도와주었고 평생 검소하게 살았다. 도적이 침입했을 때 임기응변을 발휘
하여 위험에서 벗어나기도 했다. 이재는 부인의 인자함이 결국 남편이 절도사에
이르도록 하늘의 복을 이끌었다고 평가했다.

---

129 빛나는 …… 앞세웠네 : 남편이 절도사가 된 것을 말한다.

유인 수원 최씨 묘지
孺人水原崔氏墓誌

유인의 성은 최씨로 신라 경순왕의 아들 영규(永奎)로부터 수원을 본적으로 삼았다. 최세웅(崔世雄)은 문과에 급제하여 참판이 되었는데 유인에게는 고조부가 된다. 증조부는 최설(崔渫)로 감찰이며 할아버지는 최신경(崔愼卿), 아버지는 최홍질(崔弘耋)이다.

유인은 갑신년[1644]에 태어났는데, 어려서부터 효성스런 행동이 있었다. 무신년[1668] 참봉 정찬헌(鄭纘憲)에게 시집갔으니 그는 포은 선생의 몇 대손이다. 유인은 여공의 일을 잘하여, 하룻밤 만에 옷 한 벌을 만들어 냈다. 부유한 집안에서 나고 자랐는데 시댁은 아주 가난하였다. 여러 번 곤궁하게 되었으나 유인은 편안한 듯 처신하였다. 친정에서 보내오는 물건은 혼자 쌓아두지 않고 시할머니와 시부모를 봉양하며 정성과 공경을 다하는 데에 힘썼다. 또 종들을 엄히 경계하여 시댁의 일을 다른 사람들에게 절대 말하지 말라고 했는데, 이 때문에 두 집안에서는 시끄러운 말들이 전혀 없었다.

부모의 연세가 많은데 지극히 사랑해주니 차마 그 곁을 떠날 수 없었고, 시댁에서도 마음대로 왕래하면서 안부를 묻도록 하여 별 일이 없이 지냈는데, 아버지 상을 당하자 슬퍼함이 너무 지나쳐 병이 나게 되었고 위독해졌다. 계해년[1683] 4월 8일에 죽으니, 나이는 겨우 40이었다. 애초에 친정의 선산 뒤쪽에 임시로 묻었다가 임신년[1692]에 용인의 기곡(器谷) 북동쪽을 등진 언덕에 옮겨 자리를 정했다.

1남 1녀를 낳았는데, 아들은 진(鎭)이며, 딸은 사인 윤광태(尹光台)에게 시집갔다. 진의 아들은 관제(觀濟), 홍제(興濟), 겸제(謙濟), 건제(健濟), 순제

(順濟)이고, 사위 윤씨의 아들은 옥(沃), 목(睦), 숙(塾), 채(埰)이다.

유인이 죽었을 때 아들 진은 겨우 6세였다. 성장하자 참봉공은 그를 불러 이렇게 말했다.

"네 어머니가 나를 10년 동안 섬겼는데 한 번도 내 뜻을 어긴 것을 본 적이 없었다."

유인이 남편으로부터 인정받았으니 그 어짊을 알 수 있다. 지금 그 후손이 이렇게 번성한 것 역시 어찌 유인의 덕으로 받은 경사가 드러난 것이 아니겠는가?

진이 관제를 시켜서 나에게 무덤의 묘지를 부탁하므로 행장에 있는 말을 골라 써서 돌려보낸다.

해제 　유인 수원 최씨(1644~1683)는 최홍질의 딸로, 25세에 정찬헌에게 시집 갔다. 하룻밤 사이에 옷 한 벌을 지을 정도로 솜씨가 좋았다. 부유한 집 안에서 자라 가난한 집에 시집갔으나 편안히 처신했고 시댁 사정이 알려지지 않도록 애썼다. 친정 부모가 연로하게 되자 시댁에서도 자주 왕래하도록 배려했는데, 아버지 상을 당하자 병을 얻어 40세의 나이에 갑자기 죽었다. 이재는 유인이 남편의 뜻을 어긴 적 없었다는 점을 높이 평가했다.

유인 여흥 민씨 묘지
孺人驪興閔氏墓誌

유인 여흥 민씨는 절도사 민선(閔璿) 딸이며, 훈련도정 민인길(閔仁佶)의 손녀이고, 감찰이었던 전주 이씨 이사증(李師曾) 외손이다. 18세에 밀양 박씨 박현주(朴玄胄) 공에게 시집갔다. 공은 이조판서이며, 대제학이었던 박충원(朴忠元)[130]의 현손이다. 아버지 박승임(朴承任)은 승의랑(承議郎)[131]이었고, 할아버지 박안례(朴安禮)는 목사였다.

유인은 어려서 아버지를 여의었는데 애달파하고 슬퍼하는 것이 마치 어른 같았다. 어머니를 섬기는 데에 음식을 잘 대접하고 진심을 다해 봉양하는 예절을 다하였는데, 시집가서도 그만두지 않았다. 종종 귀녕을 가면 떠나지 않으려는 듯하였다. 부인에게는 딸 여섯이 있었는데 유인을 가장 편안하게 생각하여 늘 이렇게 말했다.

"네 손으로 이바지하는 것을 죽어서도 흠향하고 싶구나"

유인은 시부모 받드는 것이 매우 효성스러웠는데, 4년이 지나니 시아버지가 죽었고, 시어머니 이부인 또한 연로했다. 집안이 본래 가난한 데다 흉년이 거듭되었지만, 유인은 힘을 다하여 음식과 제사를 받들었고, 또 이부인을 잘 봉양할 수 있었다. 맛있는 것을 혹 드리지 못하게 되면

---

130 박충원(朴忠元) : 1507(중종 2)~1581(선조 14). 본관은 밀양. 자는 중초(仲初), 호는 낙촌(駱村)·정관재(靜觀齋). 박조(朴藻)의 아들이며, 어머니는 행주 기씨(幸州奇氏)로 기찬(奇欑)의 딸이다. 1567년(선조 1) 대종백(大宗伯)으로 전직되었을 때, 중국에 국사를 검토하는 일로 빈상(儐相)의 명을 받아 기대승(奇大升)·이후백(李後白)·이산해(李山海)가 종사관이 되어 중국에 다녀왔다. 그 뒤 여러 중직을 거쳐 정승에 이르렀다. 시호는 문경(文景)이며, 저서로 『낙촌유고』가 있다. *참고문헌 : 中宗實錄, 明宗實錄.

131 승의랑(承議郎) : 조선시대 정6품 상계(上階)의 품계명.

스스로 책망하면서 이렇게 말했다.

"다른 사람의 며느리가 되어 그 어머니를 잘 봉양하지도 못하는구나."

승의공에게는 딸 아홉이 있었는데, 유인은 그녀들을 대우함에 모두의 마음을 얻었다. 아래 시누이 아들을 집에서 기르면서 옷 입히는 것도 자기 자식보다 먼저 해주었다. 유인이 어쩌다 병이 나면 집안 부녀자들은 서로 마주하며 울었다. 이부인은 나이 80여 세였고, 설사병을 오래 앓았는데, 유인은 그것을 가져다 맛을 보고 병의 차도를 알아보았다. (시어머니가) 돌아가시자 매달, 매해의 예식을 모두 갖추어 마쳤다.

유인은 애쓰며 부지런히 일하는 성품이라 한 순간이라도 조금도 게을러지지 않았는데, 나이 들어서도 그러했다. 집안 길흉사에 소요되는 모든 것은 모두 그 손수 장만 한 데서 나왔는데, 과일 하나라도 생기면 잘 보관해두었다가 제사에 쓰기 위해 준비해두었다. 어머니가 남기신 뜻을 항상 생각하여 기일이면 제수를 갖추어 제사를 올렸으니 그 정성과 효심이 이와 같았다.

유인은 중년에 남편을 잃었는데 또 몇 년 후에는 맏아들이 죽었다. 유인은 홀로 이렇게 통곡했다.

"내 미망인으로 오래전에 죽었어야 했는데, 죽지 않은 것은 이유가 있었기 때문이다"

매번 남겨진 어린 아이들을 쓰다듬으며 울면서 이렇게 말했다.

"너희들 가문이 이렇게까지 몰락하였구나. 바라는 것은 오직 너희들뿐이다."

밤낮으로 일을 하여 자식들로 하여금 추위와 배고픔을 알지 못하도록 했으며, 스승으로 모실 만한 사람이 있다는 말을 들으면 멀고 가까움을 따지지 않고 반드시 예물을 갖추어 아이를 보내면서 이렇게 말했다.

"너를 사람으로 만들 수 있다면, 비록 내 넓적다리 살을 베어낸들 무엇이 아까우랴?"

손자 박성원(朴聖源)[132]이 문과에 급제하자, 유인은 이렇게 말했다.

"한미한 집안에서 이 정도면 족하다. 좋은 관직은 바라지 않는다."

성원이 또 정도(正道)를 지키느라 몇십 년 동안 벼슬길에 나아가지 못하게 되었지만 유인은 근심하는 마음을 내비치지 않았다. 어쩌다가 그 입신양명으로 봉양받을 날이 늦어지는 것을 한스럽게 여기면서

"나를 걱정하지는 마라."

라고 하기도 했다. 종종 시사에 대해 말을 할 때에는 문득 한숨 쉬면서 이렇게 말했다.

"아래 위가 모두 이익만을 차지하려고 하니 나라가 어찌 망하지 않으랴?"

아아! 부인네들의 일이란 술과 장을 잘 담그고 옷감 짜고 바느질하여 그 부모와 시부모를 봉양하는 데에 지나지 않을 따름이다. 부인으로서 이런 일을 잘 해낸다면 또한 어질다 하기에 충분하다. 유인은 이에 자족하지 않고 오로지 가문을 위한 오래고 원대한 계획을 이루려 쉬지 않고 애썼으니, 진실로 중요한 이치를 알았던 것이다. 부귀와 빈천을 취하고 버리는 데에 이르러서는 비록 평소 글 읽고 의리를 말하는 사람들조차도 어려워했는데, 하물며 유인 같은 이는 평생 가난하게 살면서 마땅히 선망하여 마음이 움직이는 것이 있었을 것 같지만, 끝내 작은 기색조차 보이지 않았고, 또 나라의 일을 근심했으니, 식견이 뛰어나지 않았다면 어떻게 이와 같은 데에 도달할 수 있었겠는가? 유인 같은 사람은 가히 여자 중의 장부라고 할 수 있겠다.

유인은 이런 말을 한 적이 있다.

---

132 박성원(朴聖源) : 1697(숙종 23)~1757(영조 33). 본관은 밀양. 자는 사수(士洙), 호는 겸재(謙齋). 이재(李縡)의 문하에서 수학하였다. 1721년(경종 1) 생원시에 합격하였으며, 1728년(영조 4) 별시문과에 을과로 급제, 사간원정자(司諫院正字)·사헌부감찰(司憲府監察) 등을 역임하였다. 그의 심성론은 스승인 이간(李柬)의 학설을 지지함으로써 한원진(韓元震) 등의 호론(湖論)을 반박하고 낙론(洛論)에 동조하였다. 시호는 문헌(文憲)이다. *참고문헌 : 謙齋集.

"내 오랫동안 세상에서 무슨 즐거움이 있었겠는가? 오직 평생 한 일이 마음에 부끄럽지 않기를 바랄 뿐이다."

무오년[1738] 유인의 나이 90세였지만 시력과 청력이 약해지지 않았고, 날마다 반드시 이른 새벽에 일어나 세수하고 머리 빗었는데, 자손들이 간하면

"성격상 이것이 편하다."

라고 했다. 이 해 10월 21일 병 없이 죽자, 12월 19일에 양주 대곡(大谷)에 합장하였다.

유인은 2남 4녀를 두었다. 진석(震錫)은 일찍 죽었고, 내석(乃錫)이 있다. 사인(士人) 권성징(權聖徵), 이유(李瑜), 진사 황종렬(黃宗烈), 전적 홍하서(洪河瑞)는 사위이다. 진석의 아들은 최원(最源), 지금 함경도사인 성원(聖源), 태원(泰源)이고, 딸은 건원릉 령(令) 김응지(金應祉)에게 시집갔다. 내석은 태원을 데려다 후사로 삼았고, 딸은 군수 정수(鄭鐩), 사인 이성백(李聖百)에게 시집갔다.

장례를 치르려고 성원이 와서 나에게 글을 청하여 무덤에 넣으려고 하니, 마침내 그를 위하여 이와 같이 서술한다.

해제 유인 여흥 민씨(1649~1738)는 민선(閔璿)의 딸로, 18세에 박현주(朴玄冑)에게 시집갔다. 유인의 어머니는 딸 여섯을 두었는데, 유인을 가장 편하게 여겨 제사를 받고 싶다고 할 정도였고, 유인도 어머니의 기일이면 제사를 올렸다. 시어머니에게도 효도하여 병든 이부인의 변을 맛보며 간병했다. 남편과 맏아들이 일찍 죽자 자식 교육에 더욱 힘썼고, 손자 박성원이 과거에 급제한 후 벼슬에서 물러나는 것을 보고 세도에 대해 비판하기도 했다. 90세까지 건강하게 살면서 바른 도리로 자신을 지켰다. 박성원의 스승이었던 이재는 유인을 '여자 중의 장부'라 칭송했다.

숙인 은진 송씨 묘지
淑人恩津宋氏墓誌

　송씨는 은진(恩津)에서 나왔는데, 두 선생[133] 이후로 세상에서 하남의 정씨에 견주었다. 숙인은 동춘당(同春堂) 문정공(文正公)[134]의 증손으로, 아버지 송병익(宋炳翼)은 상주목사, 할아버지 송광식(宋光栻)은 정랑으로 승지에 추증되었다. 19세에 안동 권씨 권정성(權定性) 경중(敬仲)에게 시집갔다. 경중의 할아버지는 한수재(寒水齋) 문순공(文純公)[135]이고 부사 권욱(權煜)이 그 아버지이다.

　숙인은 예법이 있는 집안에서 나고 자랐고, 시집간 곳 또한 아름다움을 짝할 만하였으니, 이 같은 경우를 고금에 어찌 쉽게 찾을 수 있으랴? 그런데 큰 성현 아래에서는 자손들이 행동하기 어렵다. 아름다운 덕행으로 선조들을 욕되게 하지 않는 것이 아니라면 그 수치와 욕됨은 또 보통 사람의 배가 될 것이니, 이것이 두려운 것이다.

　숙인의 사람됨은 총명하고 지혜롭고 꼼꼼하며 민첩하였는데, 어려서부터 단정하고 진중하여 위의가 있었다. 자라서 더욱 삼가고 자신을 단속하여, 움직임은 법도대로 하였고 또『내훈』,『열녀전』등의 글을 볼 줄 알아 대강의 뜻을 섭렵하기도 하였다. 부모를 섬기면서도 항상 공손히 삼갔으며, 함부로 교만하게 굴거나 조금이라도 게으른 적이 없었다. 목

---

133 두 선생 : 송시열과 송준길을 말함.

134 동춘당(同春堂) 문정공(文正公) : 송준길(宋浚吉)을 이름. 1606(선조 39)~1672(현종 13). 본관은 은진. 자는 명보(明甫), 호는 동춘당(同春堂). 시호는 문정(文正). 시호는 문순(文純).

135 한수재(寒水齋) 문순공(文純公) : 권상하(權尙夏)를 이름. 1641(인조 19)~1721(경종 1). 본관은 안동. 자는 치도(致道), 호는 수암(遂菴)·한수재(寒水齋).

사공(아버지)이 중년에 그 아내 조씨[136]를 잃었는데, 숙인은 그때 아직 시집가지 않아서, 아버지를 위해 일을 잘 처리하여 위로는 제사를 받들고 아래로는 동생들을 돌보았는데, 마음과 예의를 다하였다.

시부모를 섬기면서도 정성과 효도를 지극히 하니 시부모가 아주 사랑하였는데, 숙인은 더욱더 스스로 두려워하고 삼갔다. 분가하여 살게 되자, 황강(黃江)[137]과는 몇 리 떨어지게 되었다. 그때 문순공(시할아버지)이 홀로 살아계시니, 숙인은 새벽마다 사람을 시켜 달려가 안부를 묻게 했는데, 하루라도 거른 적이 없었다. 문순공은 늘 그를 칭찬하며 이렇게 말했다.

"이 며느리가 나를 잘 섬기는구나."

집안 어른들은 그 며느리들에게 이렇게 말했다.

"너희들은 본받아야 할 것이다."

경중과는 서로 화락하고 공경함이 둘 다 지극했으며, 음식과 의복은 검소하고 깨끗하게 하여, 집에 있고 없는 것을 일체 경중(남편)이 알지 못하도록 하였다. 남편 집안사람들을 대할 때에는 정성과 사랑이 넘쳤고 예의가 매우 엄중했으니, 사람들이 모두 공경하고 어려워하였다.

자식이 없는 문순공의 서모(庶母)가 그 집에 와서 의지하였는데 숙인은 그를 존경했다. 맛난 것 하나라도 얻으면 감히 먼저 먹지 않고 이렇게 말했다.

"시부모님이 돌아가신 후 어른들은 이 분뿐이다."

돌아가시자 또 예법대로 제사를 지냈다. 서족(庶族) 중에 의지할 곳이 없는 사람을 경중은 또한 많이 데려다 길렀고 혼인을 시키니, 숙인은 그 뜻을 받들어 모두에게 잘 대우해주면서 이렇게 말했다.

"선조들의 혈육인데 천하다고 해서 다르게 보아서는 안 될 것이다."

---

136 아내 조씨 : 조경망(趙景望) 딸. 송병익 아내.
137 황강(黃江) : 지금의 충북 제천군 한수면. 권상하가 1675년 송시열의 신변소(伸辨疏)에 참가한 후 송시열이 유배가게 되자 은거한 남한강과 월악산 사이의 지역.

집안을 다스림에는 정연하여 법도가 있었는데, 새벽부터 세수하고 머리 빗고 종들에게 각각 해야 할 일을 주었으니 감히 게으르지 못하였다. 늘그막에 병이 들었어도 스스로의 힘으로 일을 처리하면서 이렇게 말했다.

"음식을 맡는 일은 여자의 직분이다. 하루라도 죽기 전에는 어찌 몸을 편안하게 하려고 애쓰겠는가?"

자녀들을 가르칠 때에는 반드시 의방(義方)[138]으로 하였는데, 매번 진응(震應)을 경계하여 이렇게 말했다.

"입신양명이 어찌 부모들의 소원이 아니겠는가마는 지금은 시대의 의리가 물러나 숨는 것과 부합하니, 남은 실마리를 잘 거두어 법도 있는 집안의 훌륭한 자제가 될 수 있다면 죽은들 무슨 한이 있겠느냐? 만약 소심하게 평범한 길에 집착하여 명예와 이익을 추구한다면 날마다 삼성(三牲)의 봉양[139]을 받은들 나는 기쁘지 않을 것이다."

경중은 음사로 광흥창(廣興倉) 수(守)[140]가 된 지 얼마 안 되어 곧 비안현령이 되었다. 숙인은 그를 따라갔는데, 정사년[1737] 5월 11일에 관사에서 죽으니, 나이 62세였다. 그 해 7월 20일 충주 동쪽 행화동에 장사지냈다.

1남 5녀를 두었다. 진응이 그 아들이고, 사위는 대제학 동복(李東馥), 현감 오원(吳瑗)[141], 민백형(閔百亨), 김성휴(金聖休), 김량행(金亮行) 등이다.

---

138 의방(義方) : 집안에서 덕의(德義)에 알맞은 교훈을 하는 일. 아버지가 아들에게 주는 가르침인 '의방지훈(義方之訓)'의 준말.

139 삼성(三牲)의 봉양 : 소, 양, 돼지 등으로 풍부한 음식을 만들어 봉양하는 것. 제후의 봉양을 이름.

140 광흥창(廣興倉) 수(守) : 호조 예속으로 관리들의 봉급을 관리하던 관청의 장(長).

141 오원(吳瑗) : 1700(숙종 26)~1740(영조 16). 본관은 해주(海州). 자는 백옥(伯玉), 호는 월곡(月谷). 오두인(吳斗寅)의 손자이며, 아버지는 오태주(吳泰周)이고, 어머니는 현종의 딸 명안공주(明安公主)이다. 이재(李縡)의 처질로 그의 문하에서 수학하였다. 일찍이 영조에게 당나라 육지(陸贄)가 주의(奏議)한 양세법(兩稅法)의 여섯 가지 폐단을 진강하여 왕으로부터 크게 칭찬을 받았고, 또 성학(聖學)의 요무(要務)를 조목을 들어 밝히고 성덕(聖德)의 문제와 시정(時政)의 장부(臧否) 등을 입론하였다. 성품은 정직

내외의 손자 소녀들은 모두 어리다. 진응은 배움의 의지가 아주 돈독하여 사우(士友) 사이에서 명성이 있었으니, 과연 그 덕을 이루어 문순공의 어진 손자가 될 수 있었다. 그리하여 숙인의 바람에 맞게 할 수 있었으니 어찌 어질지 않은가?

명에 이른다.

'여사(女士)'의 칭송은,
옛 시에서부터 있었네.
얌전하다는 소문,
그 집안에 마땅하도다.
군자가 없었다면,
어찌 이런 사람을 얻었으리오?
내가 그 아름다움을 새기어,
후손들에게 주노라.

> **해제** 숙인 은진 송씨(1676~1737)는 송병익(宋炳翼)의 딸로 19세에 권정성(權定性)에게 시집갔다. 숙인은 송준길(宋浚吉)의 증손이고 남편 권정성은 권상하(權尙夏)의 손자로 훌륭한 가문에서 나고 자라 그 덕행이 뛰어났다고 평가된다. 숙인은『내훈』,『열녀전』의 책을 읽어 법도를 익혔으며 어머니가 일찍 죽자 살림을 주관했다. 시집가서는 책을 읽어 법도를 익혔으며 어머니가 일찍 죽자 살림을 주관했다. 시집가서는 분가해 살았지만 매일 새벽 사람을 보내 시할아버지인 문순공 권상하의 안부를 물어 문순공과 집안 어른들에게 칭찬을 받았다. 시댁의 사람들에게 예의를 다했는데, 특히 서족에 잘 대해 주었다. 자식을 교육할 때는, 시속을 좇아 명예와 이익을 추구하는 일을 특히 경계했다.

하고 성실하였으며 문장 또한 깨끗한 절개를 지녔다 하여 진정한 유신(儒臣)이라는 평을 들었다. 좌찬성에 추증되었으며, 저서로는『월곡집』이 있다. 시호는 문목(文穆)이다. *참고문헌 : 英祖實錄.

숙인 창녕 성씨 묘지
淑人昌寧成氏墓誌

　　숙인의 성은 성씨(成氏)로, 그 선조는 창녕인이다. 고려 때 성윤보(成允輔), 성인보(成仁輔)부터 족보에 처음 보이는데, 본조에 들어와서는 정평공(靖平公) 성석인(成石因), 문안공 성임(成任)[142] 등이 예학(藝學)으로 지위가 재상에 이르렀으며 당대의 명신(名臣)이었다. 그 이후 점차 쇠락하여, 증조부 성래(成逨)와 할아버지 성창일(成昌一)은 벼슬하지 않았으며, 아버지 성집(成鏶)은 무과에 급제하였으나 일찍 죽었다. 성씨는 오랜 내력이 있는 집안으로 예로부터 현인 군자가 많다고 일컬어져 왔다.

　　숙인은 나면서부터 남다른 품성을 지녔는데, 18세에 이씨 가문에 시집가서 형조좌랑 이세운(李世雲)의 계배(繼配)가 되었다. 그 집안에 들어가자 시아버지 현령공[143]이 한번 보고서는 어질다 하고 집안의 경제권을 주었는데, 숙인이 집안일을 주관하는 데에는 법도가 있었다. 얼마 있지 않아 시아버지 현령공이 죽고 시어머니 윤씨[144]는 연로한 데다 오랜 병을 앓고

---

142 성임(成任) : 1421(세종 3)~1484(성종 15). 본관은 창녕(昌寧). 자는 중경(重卿), 호는 일재(逸齋)·안재(安齋). 성염조(成念祖)의 아들이다. 1438년(세종 20) 사마시에 합격하고, 1447년 식년문과에 병과로 급제, 승문원정자에 제수되었다. 송설체(松雪體)의 대가로 해서·행서를 특히 잘 썼으며, 글씨로는 <원각사비(圓覺寺碑)>·<한계미묘비(韓繼美墓碑)>·<최항신도비(崔恒神道碑)> 등이 있고, 경복궁 전문(殿門)의 편액과 왕실의 사경(寫經) 등 국가적 서사(書寫)를 많이 하였다. 시문에도 능하여 율시에 일가를 이루었다. 일찍이 중국의 『태평광기(太平廣記)』를 모방하여 고금의 이문(異聞)을 수집, 『태평통재(太平通載)』를 간행. 시호는 문안(文安)이다. *참고문헌 : 世宗實錄, 世祖實錄, 成宗實錄, 國朝榜目, 練藜室記述.

143 시아버지 현령공 : 이윤악(李胤岳). 1657(효종 8)~1713(숙종 39). 생부는 이후준(李後俊), 양부는 이후로(李後老).

144 시어머니 윤씨 : 윤필은(尹弼殷)의 딸.

있었다. 숙인이 약을 받들어 드리면서 곁을 떠나지 않은 것이 5년이나 되었는데, 또 그 사이사이 때에 따라 지내는 (시아버지) 상례를 행하였으니, 마침내 유감이 없도록 하였다. 시어머니는 죽을 즈음에 불러다 보고는 이렇게 칭찬했다.

"집안이 가난한데 어떻게 이렇게 할 수 있었느냐? 내 새신부의 은혜를 갚을 길이 없구나."

3년 동안 직접 물 긷고 절구질하여 음식을 봉양했는데 추울 때는 손발이 트고 갈라져 피가 날 지경이었으며, 밤에도 옷을 벗지 않고 잠드니 그 부지런함과 수고로움이 이와 같았다.

공의 조카들 중에 부모를 잃고 곤궁하여 의지할 데가 없는 사람들이 마치 자기 집처럼 찾아오면 숙인은 지성으로 어루만지고 사랑하였으며 때에 맞추어 관례와 혼례를 치러 주기도 하였으니, 진심으로 기뻐하면서 감복하여 어머니처럼 섬기지 않는 이가 없었다. 상을 당하였으나 혼자서 마련할 능력이 없는 친척이 있으면 집에서 스스로 준비하여 구제해주었다.

봄, 가을 한가한 날이면 손님들로 집안이 가득했지만 그에 따라 음식을 내고 응접하면서 있고 없는 것으로 공에게 걱정을 끼치지 않았다. 공의 성격이 소탈하고 호탕하였으며, 의기와 절조가 있어 신의를 중시하면서 베풀기를 좋아하였는데, 숙인의 내조가 많았으므로 숙인이 어질다는 것을 사대부라면 들어보지 않은 이가 없었다. 공의 병이 위독해지자 숙인은 목욕재계하고 바깥에 서서 선조의 사당에 기도하면서 자신이 대신하기를 바랐다.

공이 죽은 후에 숙인은 가문의 일을 주관하여 가문의 법도를 엄하게 지켰다. 매일 밝기 전에 일어나 사당에 절하고 몸채에 앉아서 여러 가지 일들을 처리했으며, 때마다 오는 시제와 선조 제사 때에는 미리 깨끗이 청소하였다. 함께 일하는 종들도 새 옷을 입혀 재계하고 재실에서 자도록 하였다. 술과 장은 직접 살폈고 정결해야 한다고 하며 이렇게 말했다.

"선조의 제는 정성에 있는 것이지 물건에 있는 것이 아니다."

먼 조상의 묘에 전지(田地)가 있었으나 종친들이 제사를 지내지 못하자 숙인은 타일러 그 밭을 분할하여 주관하는 사람을 다시 두고 해마다 들어오는 것을 거두어 제사에 쓰도록 하였다.

자손들을 가르칠 때에는 매우 아끼면서도 표정과 말로 용서해 준 적이 없었으며, 잘못이 있으면 뜰에 내려가 야단을 듣게 했다. 항상 아들들에게 이렇게 가르쳤다.

"너희들은 학문에 힘을 써야지 집안사람들의 세세한 일은 알 필요가 없다. 네 아버지는 일찍이 공무에서 물러나와 '지금의 사대부들은 용렬하고 비루하며 이익을 가까이 하는 사람이 대부분이니 세상이 쇠퇴할 것이리라.'라고 말씀하였다. 너희들은 새겨 두어라."

또

"내 타고난 성품이 명예와 이익을 좋아하지 않아 너희들과 더불어 자연 속에 집을 지어 놓고 글을 읽고 농사지으며 세상의 성공을 추구하지 않을 생각이다. 선비 된 자는 다만 자기의 몸을 닦고 품행을 연마하여야 하니, 군자라는 칭송을 얻게 된다면 역시 부모에게 영광이 될 만한데 어찌해서 꼭 부귀와 영달을 얻은 뒤에라야 되겠느냐?"

라고 했다. 어쩌다 밖으로 나와 서실(書室)에 이르러 서책들과 책상, 벼루가 어지럽게 널려 수습하지 않은 것을 보면 반드시 손수 가지런히 정돈해 놓고는 이렇게 말했다.

"너희들의 게으름이 이와 같으니 무슨 일을 잘 처리할 수 있겠느냐?"

집에서 평상시 생활할 때 법도를 정하여 보여 가르쳐 주신 것이 항상 효제와 인륜, 의리에 있었고, 비록 자잘한 일에 있어서도 구차하게 행동하지 않았다. 매번 '정대(正大)'라는 두 글자를 즐겨 말하면서

"군자는 이와 같아야 한다."

라고 했다. 또 문공(文公)의 『소학』을 논하면서 이렇게 말한 적이 있었다.

"이것은 살아있는 사람이면 반드시 스스로 해야 할 것이니, 어찌 책에 써야 깨닫겠느냐?"

나라의 큰 상(喪)을 당할 때마다 반드시 당에서 내려가 곡을 하고 눈물을 흘렸는데, 군신간의 의리가 부인(婦人)이라고 하여 폐할 수 없다고 여겼으니 그 의리에 밝은 것이 이와 같았다.

숙인은 어려서 아버지를 잃고 어른처럼 상을 주관했는데, 거의 실명할 정도로 곡하고 눈물 흘렸다. 어머니가 매우 늙고 쇠약해지자 숙인은 돌아가실 때까지 봉양했고, (어머니가) 돌아가시자 빈렴과 장례, 궤전 등을 모두 예법대로 하였다. 선조의 제사에는 반드시 채소, 과일, 생선, 고기 등을 갖추었고 가까운 조상이나 먼 조상이나 차이를 두지 않았다. 숙인 같으면 부모에 대해 효심을 지닌 이라 할 만하다.

숙인은 평소 병이 많았는데, 상을 치르느라 몸이 상한데다 간소하게 먹은 것이 10여 년이나 되어 거의 죽을 지경에 이른 것도 여러 번이었지만 번번이 하늘의 도움이 있었다. 좌랑공이 죽자 숙인은 묘 아래에서 그 상례를 지냈다. 쇠약한 몸으로 짚자리 위에서 지내며 밤낮으로 질대(絰帶)[145]를 벗지 않았고 눈물로 땅을 적셨는데, 해가 지나도 그만두지 않았다. 집에 벽을 바르지 않아 더운 여름에는 뜨거운 기운이 들었으며 벌레와 벼룩이 방안 가득하였다. 밤새 잠도 자지 못하면서도 한 번도 긁지 않았으며 시중드는 사람에게

"벼룩 한 마리라도 함부로 죽이면 안 된다. 내 미망인으로 어찌 감히 편안하기를 구하겠느냐?"

라고 경계하였다. 그 후 개미떼들이 밤낮으로 서로 물어대더니 집 밖으로 떠났고 벼룩도 마침내 사라졌다. 병이 심해졌지만 약을 먹은 적이 없

---

145 질대(絰帶): 상을 당했을 때 머리에 두르는 끈과 허리에 띠는 허리띠.

었으며, 가슴이 답답할 때면 물만 가져다 마시기를 여러 해 동안 하였는데, 홀연히 꿈에 공이 나타나 약이 되는 장(醬)을 주니 바로 나았다. 사람들이 정성이 감응하였다고 했는데, 끝내 시름시름 앓은 것이 여러 해나 쌓여 지금 임금 임자년[1732] 윤 5월 4일에 금천(衿川)의 강가에서 죽었다. 임종시 다른 말은 없었으며 조용히 술을 가져오게 하여 두 아들에게 주면서 이별하니, 향년 53세였다.

숙인이 일찍이 의하(宜夏)에게 이런 말을 한 적이 있다.

"네 어머니가 돌아가셨을 때 치상을 검소하게 했으니, 내가 죽으면 역시 그렇게 해라."

이때에 이르러 남기신 뜻을 따라 감히 어길 수 없었다고 한다.

숙인은 2남 1녀를 낳았는데, 아들 의철(宜哲)은 진사시로 교관이 되었으며, 의대(宜大)는 지조와 덕행이 있었지만 일찍 죽었다. 딸은 자(字)를 정하지도 못하고 일찍 죽었다. 의하는 원배(元配) 연안 김씨[146] 소생인데, 그 아들은 보창(普昌), 보행(普行), 보성(普聖)이다. 의철의 아들은 보한(普翰), 보형(普衡)인데, 보형은 의대의 후사가 되었다.

숙인은 우리 집안의 숙부인 선무랑(宣務郎) 이만희(李晩熙)의 외손이다. 우리 집안은 5대가 함께 살았는데, 숙인은 외가에서 자라 내가 어렸을 때 그 분을 직접 볼 수 있었다. 두 아들 또한 나를 따라 공부했으므로 숙인의 덕행과 아름다움을 자세히 아는 이가 나만한 사람이 없을 것이다.

숙인은 총명하고 기억력이 좋았으며 행동거지는 법도가 있었고, 식견이 높고 생각이 깊었으며 마음먹은 일은 부지런히 했고 맡은 일을 잘 다스렸다. 그 언행의 아름다움은 비록 글 읽고 도의를 말하는 이들도 그보다 나은 경우가 드물다. 대강만을 말했지만 그 밖의 것은 알 수 있을 것이다. 식견이 높고 명석하며 특별하고 뛰어난 성품, 진심으로 아끼며 측

---

146 연안 김씨 : 김천석(金天錫)의 딸.

은해 하는 마음 같은 것은 저절로 온 집안에 미더운 바가 있었으니, 친척들 사이에서도 가는 데마다 마음을 얻지 못한 곳이 없었다. 어찌 언성을 높이고 인상 쓰며 호령해서 할 수 있는 것이겠는가? 이는 숙인의 어질었기 때문일 것이다.

숙인이 죽은 때는 8월 그믐이다. 포천 쌍곡리 이씨 선영에 묻혔는데, 3년이 지난 갑인년[1734] 금천에서 공의 묘로 옮겨 그 원배와 합장하였다. 숙인은 왼쪽에 합장하였다.

명에 이른다.

아, 숙인이 집안을 다스림이여!
충신이 환난을 만났을 때와 같도다.
집안이 비바람에 떠내려가고 흔들렸으니,
내 깃털이 모지라져[147] 우는 소리 구슬퍼라.
재주와 정성 둘 다 갖추지 않았다면,
누가 이렇게 회복시킬 수 있었으리오?
오직 학문을 쌓고 덕을 길렀으니,
한 몸으로 나서 후손들에게 주었네.
동사(彤史)를 쓰는 이가 있다면,
부덕(婦德)을 기린 비문에서 취할 것이 있을지도.

해제 숙인 창녕 성씨(1680~1732)는 성집(成鏶)의 딸로 18세에 형조좌랑 이세운(李世雲)에게 시집갔다. 숙인은 이세운의 원배(元配) 연안 김씨가 죽은 후 시집가 연로한 시부모를 모셨다. 시부모가 차례로 죽자 상을 치르기 위해

---

147 내 깃털이 모지라져 : 깃의 끝이 모지라지고 꼬리가 해져가면서 등지를 이루었으나 안정되지 못한 어려운 시기를 표현한 『시경』, 「빈풍(豳風)」, <치효(鴟鴞)>의 '予羽譙譙, 予尾翛翛'의 구절을 인용한 표현.

한겨울에도 손이 갈라져 가면서 일을 했고, 의거할 데 없는 친척들을 거두어 혼례를 치러주고 치상을 도와주기도 했다. 베풀기를 좋아하는 남편을 성심껏 내조하여 사대부들 사이에서는 부인이 어질다는 것을 모르는 이가 없을 정도였다. 자식들에게는 평소 생활습관을 엄히 가르쳤고 『소학』의 도리를 강조하기도 했다. 시부모의 상을 치르며 몸이 쇠약해진 상태에서, 남편이 죽자 묘 옆에서 지내다 병이 더하여 죽었다. 가난한 집안에 시집가 평생 고달프게 일하고 여러 번의 상을 치르는 과정에서 병을 얻어 죽었는데, 이재 역시 힘든 상황을 견디고 가문을 일으킨 부인의 업적을 기리고 있다. 숙인은 이재에게 먼 친척뻘이어서 직접 만난 적도 있었고, 부인의 아들들을 가르친 인연으로 이 글을 썼다.

어유봉(魚有鳳)

祖妣贈貞敬夫人元氏墓誌

夫人觀察使魚公震翼之配也. 元氏籍原州 高麗, 兵部令, 克猷之後, 曾祖諱埂, 固城縣令. 祖諱士立, 晋州牧使. 考諱玭, 妣陽川許氏, 慶尙左兵使贈兵曹判書完之女也. 夫人生於天啓乙丑三月初六日, 年十七歸觀察公. 婦道甚備, 孝友仁睦, 終始無間. 觀察公旣貴, 從其爵封貞夫人. 甲子, 觀察公下世, 後三十二年, 乙未, 七月, 十五日卒, 得年 九十一.

夫人資性, 淸明淵寒, 貞順愼密. 壽登期頤, 而聰明不衰久遠事纖悉畢記. 應接無毫髮差爽, 每日, 早起盥櫛, 執女事工不倦. 病革, 情神若平日, 更衣正臥而終. 得遺書一紙于囊篋, '酌定祭物 一從儉約.' 憫念子女年老, 惓惓以自護爲戒, 其識慮明達如此.

以是年九月壬寅, 附葬觀察公墓左, 卽豊德望浦負乾之兆也. 一男二女, 男史衡前軍器寺副正 女長適領議政李濡, 次適黃海監司李宜顯, 早沒無後, 史衡男有鳳前天安郡守, 有龜弘文館校理, 有鵬, 陵參奉, 女金純行生員, 李濡男顯應顯徵, 女尹憲元命一奉事, 內外曾玄孫, 男女二十餘人. 夫人旣壽而康, 子女諸孫, 榮養備至, 安樂以終天年, 德善之報, 斯無憾矣. 葬之日, 不肖孫有鳳 謹依禮, 識其大略如右, 納于壙前, 以告無窮.

魚有鳳, 『杞園集』 권23, 『한국문집총간』 권184, 267쪽

孺人黃氏墓誌銘

吾甥安東金生履晋, 喪其室孺人黃氏, 哀甚, 手錄其遺行數十餘事, 寄示余曰: "以小子之愚而窮 而失此良助. 其葬也, 不可無一言, 言而可信, 無如我舅氏. 願哀而命之."

余曰:

"諾."

孺人籍昌原. 幼學晳之女, 判敦寧府事諱欽之曾孫也. 年十七 歸于金氏之門.
金氏忠孝大族, 治家嚴而有法, 世稱爲婦難. 始至, 其舅報恩公, 喜曰:

"吾婦眞率不外飾, 閑讜可愛."

舅沒, 事王舅靑松公最久. 又嘉之曰:

"此婦善治飮食, 忠於養老."

其王姑與姑, 亦稱其論事緊當. 令人意豁. 待諸娣有眞意, 雖時或枘鑿而不少
存諸中. 皆服曰, 吾兄心事灑落.

生哀其弟履泰早死, 欲以其子學淳與爲後, 則孺人亦一言決決無難色. 旣歸,
輒忘之曰:

"其母之愛之也, 逾於我, 又何念焉?"

盖孺人聰悟有精神. 辨而能斷, 公平善恕. 故其現於行事, 絶不類褊弱婦女.
嗚呼! 其賢矣哉.

生四男一女. 長曰道淳, 年長而未冠娶. 卽次學淳, 餘未名. 最後者始生, 因産
病篤, 閱四朔不起. 臨終之夕, 願乳婢抱兒來, 又曰:

"吾篋中無私藏猶有雜佩, 將以待迎婦與嫁女, 今已矣."

語絶悲, 然亦無甚怛化意.

時甲寅十二月初六日, 距其生癸未, 董三十二歲. 以是年某月, 葬于某地某坐
原. 靑松公諱時保, 報恩公諱純行, 寔仙源先生文忠公諱尙容之玄孫及五代
孫也. 其姑卽吾妹, 間嘗泣而語余曰:

"以弟凶釁積哀, 宜死而不死. 庶幾以餘日付此婦, 今忽先我逝, 反貽戚我, 何
其酷哉?"

仍嗚咽不能言. 噫! 若尒余奚忍不銘?

銘曰:

嗟哉孺人兮, 韞美閨房. 宜乎夫子兮, 媚于尊章. 百年之約兮, 三十而亡. 沒有
令芳兮, 壽何短長. 我作銘詞兮, 魂其無傷.

魚有鳳, 『杞園集』 권23, 『한국문집총간』 권184, 285~286쪽

再從嫂孺人申氏墓誌銘

孺人平山申氏, 咸從魚有珌善甫元配也. 系出高麗壯節公崇謙, 其考曰處士, 贈持平命鼎, 字伯凝, 號隱坡. 妣星州李氏諱重茂女. 崇禎後, 丁丑六月二十日生.

孺人幼而柔和靜重, 長益孝順仁恕, 性泊然寡欲, 於珠玉綺麗, 視之若無有也. 年二十, 歸于善甫. 吾堂叔龍安公諱史經, 其舅也. 孺人事之, 盡愛敬, 一心靡懈, 龍安公喜而稱之. 娣姒妯娌, 凡八人而, 孺人處之, 皆得其歡心. 事善甫尤順而正, 燕私之談, 多在於讀書勵行, 善甫益敬重焉. 孺人自少好讀女則書, 知義理重禮法, 立心行事, 正直不苟. 是其所得於家庭者然也.

自龍安公下世, 善甫從諸兄, 廬于忠峽德隱洞. 後又移卜原州之廉峙村. 孺人治田圃勤畚縉. 有裙布操作之勞, 而樂之不厭. 善甫亦賴而忘其窮焉.

孺人前旣屢危産不育. 至是, 又月滿病篤, 未娩而殊, 何其酷哉? 實己酉五月二十六日, 時當先妣諱辰, 忽開瞑視善甫曰:

"速往將事!"

又命婢摘瓜以助需. 其至死不忘孝如此. 得年董三十三, 葬于家後麓酉坐卯向之原.

嗚呼! 孺人之沒, 今幾十年矣. 善甫悼念之, 愈久而不忘, 囑余誌其壙. 其兄光彦甫又爲之請益懇.

始余之擧善甫, 甥于伯凝氏也, 固知伯凝氏之室無凡女. 及歸, 果不失所望焉. 余雖不及目其貌, 而於其行, 盖嘗耳熟矣. 夫賢而不幸如孺人, 在他人猶可哀, 況伯凝女而爲善甫妻者乎? 吾何忍無言?

銘曰:

嗟哉孺人! 質美而行純, 盖女中之賢. 歸于吾門, 六親曰賢. 夭而無嗣, 天不報賢? 我銘以告幽, 後或知其賢也. 匪孺人則賢, 繫其父之賢也.

魚有鳳, 『杞園集』 권24, 『한국문집총간』 권184, 293~294쪽.

祖妣 贈貞敬夫人元氏行狀

祖妣, 贈貞敬夫人元氏, 系出原州, 高麗兵部令克猷之後, 固城縣令諱埈之曾孫, 晋州牧使諱士立之孫. 考通任郎諱玭, 妣陽川許氏, 慶尙左兵使, 丁丑節死, 贈兵曹判書完之女也. 夫人生於天啓乙丑三月初六日, 年十七, 歸于我祖考觀察公.

天資清明淵塞. 端莊貞順. 事舅姑極其孝敬, 處姒娌和洽無間, 撫育諸姪如己子.

觀察公性好施, 推食脫衣, 以恤窮人, 夫人一意將順, 應副如不及. 當辛亥大饑, 觀察公諸弟姊妹, 貧無所歸, 咸聚一室, 長幼同鼎食者數十口. 夫人忘己之飢, 接濟有方, 終獲全安, 人皆難之. 慈恕体物, 簡正率下, 待妾御使婢僕, 惠而有法, 閨門之內, 雍雍如也.

平生愼密自守, 言笑有時, 事當意不當意, 不輕喜慍. 非疾痛哀傷之至, 勿遽形諸色辭. 雖卑幼微賤, 亦不輕加罵詈, 而示以不言之敎而已. 與人款曲, 務盡道理, 而未嘗有過情事. 不惑誣祝詿誕之說, 不喜世俗浮靡之習, 淸純朴素, 無一切外累.

從觀察公歷二邑 晚以板轝臨四邑. 朝夕供奉外, 不問纖芥官物, 雖係養老之具, 稍涉過豊, 輒示不安色. 嘗新到官舍, 見坐席華美, 手自翻之乃坐. 性儉而謹於禮類此.

有孫三人, 皆得科名, 而仲又大闡, 夫人甚喜慶. 然伯孫嘗遭科變, 斷不赴公車, 則曰:

"渠自有執, 不必强也."

夫人旣享上壽, 而聰明精力, 無異小壯, 與人言語, 聽納了然. 手書小牘, 不錯一字. 戶庭之間, 不杖不扶. 起居坐臥, 惟意所欲. 每日早起盥櫛, 手執女事, 須臾不倦. 雖祈(?)寒盛暑亦然. 記久遠事 歷歷如昨日. 先世諱辰及親戚亡日, 諸孫曾晬日, 無一遺忘, 有問則應口答如響. 內外親屬有來候者, 寒暄慶慰, 各當其可, 曲有情意. 每當慶壽會集, 則華髮韶顏, 容儀端肅. 終夕談讌, 意象安閑, 升堂拜者, 莫不洒然. 擧世傳誦 '若地上仙'焉.

歲乙未, 春秋九十有一. 三月某日, 卽夫人考通任公忌也. 本宗例以輪回行祭, 而夫人當次. 實在明年, 遂親具祭物, 貽書宗姪曰:

"明年此日, 人事未可知, 及今備送, 汝其知之."

其追遠之篤, 慮事之深, 於此益可見. 而竟以是年七月十五日棄世.

嗚呼痛哉! 嗚呼痛哉! 自寢疾至屬纊, 董六日. 精神了了, 無毫髮錯. 內外諸孫男女, 齊會侍疾, 答問如平昔. 顧長女曰:

"人生豈無限? 汝勿傷也!"

語女婿李相公曰:

"連日來問可感."

時適有臺疏論北漢事, 李公在廳事, 有所酬酌. 夫人問所言何事 侍者以臺言告, 乃曰:

"已築之城 其可毀乎?"

俄而, 命侍者改着新澣衣褌 又命取水來 以巾拭面 正臥而終.

初喪, 搜出落齒所盛囊, 淂遺書一紙, 有曰: '余之祭祀, 只具餠一斗, 實果四色, 湯三色, 干南二器, 雖有財力無加, 油蜜果勿用.' 又曰: '汝等皆爲七十, 愼護其身, 必須扶持是望.' 又曰: '雖有設無所知, 亦未知其歆饗. 諸孫等切勿爲床致奠. 如是書之, 一從吾所願.' 手澤森然, 辭旨丁寧, 奉讀摧咽, 尙何言哉? 以九月初六日, 合窆于觀察公墓左.

魚有鳳, 『杞園集』 권25, 『한국문집총간』 권184, 315~316쪽

祭季姑恭人魚氏文

嗚呼! 我姑. 忍捨我祖母而逝耶? 嗚呼. 我姑. 忍捨我祖母而逝耶? 我祖母年迫八耋, 衰病侵尋, 而惟日夜所眷念慈愛者, 卽我姑氏而已. 相見則樂, 相離則憂, 一日不淂其服, 則如飢渴之在己, 得其報, 不淂其安, 則若恫瘝于厥躬. 然則今日之所以安養我祖母者, 惟在兩姑氏之安焉. 孰謂天奪我姑之速, 而使我祖母遽遭如割之慟也? 嗚呼痛哉!

今春之初, 家君出宰新城, 迫於朝命, 先赴于官. 逮至二月望, 余小子兄弟侍板輿以行. 于時諸姑諸孫少長咸集, 奉別祖母之行. 惟我姑尤悽黯不已. 攀衣拊手, 涕泣嗚咽, 依依不忍捨, 觀者莫不愀然. 而及其發也, 一日二日行邁悠悠, 則祖母輒西望太息, 每歎京洛之日杳, 其意尤可悲焉.

余竊謂別離之際, 古人所恨, 黯然消魂, 丈夫尙尒, 而況於弱女慈母之情哉? 去留愴結, 固其然也! 然猶祖母之遐壽無疆, 我姑之年紀方疆, 則雖暫抱, 睽

離之憂, 而他日 寧親之歡, 愛少之樂, 亦可以無窮期矣. 孰謂當時一別, 便作
千古之訣耶?

小子於三月晦, 還自親庭, 卽拜姑於此. 見我喜甚, 言笑移晷, 細問祖母飮食
之節, 寢處之候. 仍及官用之豊殘, 音問之疎數, 而語眷眷不能已也. 如是董
一旬. 而聞有風寒之微感, 不數日而又聞症情之漸篤. 余遂趨進而候之. 則沉
淹床席, 氣脫神昏. 盖已至於難醫矣. 然猶聞余之來, 促令入見, 唸嚅數語, 殆
不成說, 而首問新衙之消息. 仍稱余得男之喜, 終又戒之以無報我病貽憂於
老母也. 豈意纔過一宵, 奄至於不淑也?

嗚呼! 吾何辭而報于祖母也? 初不欲報其病貽其憂, 而畢竟所報者, 不忍之
聞, 所貽者, 無涯之戚也. 天乎天乎. 世間寧有是耶?

前月十三日, 祖母書來, 而卽我姑寢疾之初也. 十六日又有書, 而姑之疾已革
矣. 十八日書又至, 而時已無致書之所矣. 夫以我姑之念親不置, 我祖母之思
子爲勞, 而所以替面目抒情懷者, 惟尺素是憑耳. 今及書來而無可傳. 便往而
無所答, 音徽永翳, 手滋難覿. 天乎天乎. 世間寧有是也?

嗚呼! 我姑於小子, 春秋董七歲長. 則年旣不甚相懸, 而又常相長於祖母之
前, 故其少小嬉戲之事, 猶至今稱道而笑之. 且姑之子女, 與小子之兒, 其生
也又一二歲先後, 而每更相眷愛, 均視而無間矣. 今何忍更侍祖母之側, 而撫
姑之稚子若孩女耶?

嗚呼! 溫柔敬愼, 孝友慈養, 梱內之小委德, 而姑旣不勉而行之矣. 酒醬籩豆,
紡績縫紉, 中饋之所謂才, 而姑旣不習而能之矣. 至於處富厚隆顯之地, 而謙
虛不滿, 卑弱自持, 任家庭事務之繁, 而內外兼管, 細大不遺. 若是者, 雖力學
稽古通敏之士, 又何以加焉? 有如許德美, 而壽不及四十, 不克丕彰閨門之
化, 而永享福履之成也. 此固相國之所深慟, 夫子之所深惜, 而遠邇宗黨之所
共嗟悼也.

若小子之所以號天而怨鬼, 彌久而彌毒者, 誠無以奉慰祖母之心而安樂其餘
年也. 靈若有知 亦必耿結於此, 而抱恨於無窮矣. 日月不淹, 卽遠有期. 單盂
薄奠, 豈稱余情? 惟有至哀, 貫纒心骨. 靈其不昧, 庶幾鑑臨. 嗚呼痛哉.

魚有鳳, 『杞園集』 권27, 『한국문집총간』 권184, 359~361쪽

祭季妹恭人文 代家親作

嗚呼痛哉! 自余聞汝之喪, 于今兩箇月矣. 寢焉而驚, 寐焉而疑. 忽忽而處, 芒芒而行, 誠不忍謂吾妹之已死也. 及聞其葬期而將向王城, 則又依依焉皇皇焉如或可以復見也.

入城之日, 聞靈輀已發, 倉皇東走, 撫柩於窀穸之上, 哭之而爾不聞. 呼之而爾不應. 欲傳吾母之消息, 而爾不能語矣. 隨其歸魂, 復入相國之第. 顧瞻西廂, 撫念平生, 則音容已翳如也, 蹤跡已廓如也. 但見白首尊章, 痛失其賢婦, 靑年夫子, 恨失其良助, 甲也孑孑, 純也呱呱, 而失其母而每依矣.

嗚呼! 吾與爾別, 今不過數月. 而人事之變遷, 乃至於此. 此雖行路聞者, 亦不勝其悲咽, 況在我同氣之情, 其何以堪忍耶? 嗚呼痛哉! 惟我父母, 擧吾姊妹兄弟, 多至十餘人. 而不幸夭殤, 相繼殞歿, 其成長而在膝下者, 在子惟吾, 在女惟姊與汝而已. 況汝之生最後, 而自少又羸弱善病, 父母撫愛之篤, 又豈他子女之比哉? 及其年長, 媲美於高門, 則其孝敬之德, 友睦之行, 婉順之容, 敏給之才, 俱有過於人者. 而深得舅姑之奇愛, 夫子之歡樂, 則父母嘉悅之心, 於是乎益深矣.

不幸汝之結帨, 纔過一年, 而先考見背, 風樹悲纏, 終天罔訴. 而姊妹相倚恃老母爲命者, 十七年于茲矣. 幸而老母壽考康寧, 惟姊氏身爲命婦, 榮顯已極. 汝又郞登崑弟, 翶翔臺省, 運塗方亨, 福履日興.

吾雖不才無命, 不克揚名顯親, 而亦幸蒙先蔭受國恩, 從六品之職, 得一麾之榮, 則亦足以少伸烏鳥之私情矣. 方期奉而之邑, 則文茵列鼎, 備享專城之養. 返而家居, 則長筵稚齒, 永受歸寧之孝. 庶幾怡愉歡適, 以送天年, 而吾輩之得以終其孝者, 亦足以無憾矣. 孰謂今日汝至於斯, 而使我老母永抱無涯之戚耶? 嗚呼痛哉!

新之爲邑, 距京師雖不甚夐遠, 而僻在山峽便, 信甚稀. 老母之眷念兩妹者, 日夜恆耿耿耳. 音問乍潤, 則寢食不怡. 書疏旣至, 則顚倒開緘. 見其書而知其安, 則喜動安顔, 不啻面貌之相接也. 雖然, 惟姊氏年旣耆艾, 宿痾沈綿, 懍懍若不保朝夕. 唯其疾之憂, 不可恃之慮, 常在於是矣. 若汝之少壯强康, 曾不以爲意也.

聞汝於去月十三日, 得病, 至十八日不起, 則其間疾革纔數日. 而彼此相去, 殆過數百里, 宜不及聞知矣. 但人心不靈, 誠意又淺, 不能感通於心氣之微, 形發於夢寐之際, 而吾自晏安若平日耳.

至卄一日, 忽得一書封. 拆而視之, 則乃汝之凶報也. 惝怳驚疑, 如夢如眞. 叫號隕絶, 如擣如割. 天乎天乎! 其如吾母何哉? 其將告之耶? 抑不告之耶? 告之不忍也, 不告之亦不忍也. 將入復止, 欲語還默. 如是者又一夜. 而終亦忍告其不忍告者矣. 天乎天乎! 此何理也? 此何境也?

今余之來也, 强以寬語, 好顏忍淚而辭高堂, 則老母慟哭而送之曰:

"汝歸而可見汝妹耶? 汝歸而可見汝妹耶? 吾雖欲寄言於汝妹, 而汝將歸告於何處耶? 雖然, 汝須拊汝妹之柩而致吾言曰, '以汝之誠孝而可以捨我先逝耶? 以吾之愛汝而可以失汝而獨生耶? 天何不延汝數年之命, 或促我數年之期. 不使汝哭我, 而反使余哭汝耶?' 嗚呼痛矣!"

茲言悲矣. 吾涕泣而識之.

將告于尒之前柩, 而豈意尒柩已不在堂室耶? 蓋吾聞君之葬在二十二日, 而不知其進於十九乃於十六日發行. 而又中路滯雨, 不得趁期而來矣. 君於祖載之夕, 幾悵望痛泣, 恨余之不來也. 雖幸入地前, 一哭其柩. 而曾不數刻, 玄扃已永閉矣. 何足以少洩幽明之慟耶? 嗚呼痛哉!

吾迫於救飢, 急於養親, 爲五斗粟而出守矣. 苟知死生存亡之不可常如此, 則雖萬鍾之祿, 三牲之養, 吾何忍一日舍汝而去, 使吾母抱一日離汝之悲也? 想汝一息未泯之前, 一念未昏之頃, 無非念老母思孔懷之情. 而耿結於邑, 抱冤以死矣. 顧吾漠然而不聞, 頑然而罔覺. 病也旣不奔救, 沒也又未親歛. 經旬閱月而亦不得來救. 生爲同氣而死若路人, 徒使我老母叫叩摽擗, 抱終古難洩之恨. 而此莫非余不孝不友之致. 又誰怨而誰咎也? 雖事勢之使然, 實慟悔之難及. 悠悠蒼天, 曷其有極? 嗚呼痛哉!

老母自哭汝以來, 哀傷內鑠, 食飮專廢, 而氣息益綿綴矣. 吾亦驚隕痛迫, 神氣索然, 頓覺哀儂之日甚. 今雖欲勉强民社之役, 以資斗斛供甘旨, 而吾無以自力, 亦無以慰悅親心也. 稍待秋冬, 官事就緒, 則吾當解印綬, 奉母而歸. 惟與姊氏, 源源往來, 以成膝下之會, 撫汝之子若女而見汝而已矣. 此外復何求哉? 雖然, 經年還家, 而尒獨不來. 子姓咸集, 而尒獨不在. 歧嶷之子, 端秀

之女, 依然乎其典刑也. 栢谷之舍, 壽洞之第, 森然乎其陳跡也. 觸事觸境,
祗益增其懵慟. 又何足以慰吾母之悲也? 言念及此, 內若焚裂. 天乎天乎! 其
如之何?

日月不居, 虞卒已過. 嗚呼已焉! 亦又何待? 況余離親情有日, 歸侍政急. 將
於再明, 返駕西邁. 君則已矣, 又與姊氏相別. 死生去留, 悲悼益難堪也. 然而
生者尙可再見, 死者何時復來? 茲具薄奠, 告余哀悰. 言亦不可極, 淚亦不可
窮. 汝若有知, 亦必悲余之悲而來擧此一觴也. 嗚呼痛哉!

魚有鳳, 『杞園集』 권27, 『한국문집총간』 권184, 361~363쪽

祭外姑孺人安東金氏文

嗚呼! 小子之入贅門庭, 厚蒙眷愛, 于今二十有餘年矣. 竊覸孺人聰明塞淵之
德, 孝友仁順之行, 無一不可爲閨門之表範. 至其識慮之高遠, 操守之嚴正,
卓然非世俗常情之所及, 而不爲左道邪說所撓惑, 則又自有賢人哲士之風.
茲豈非克肖乎谷雲先生之德, 而所以生仁甫之賢者歟?

然而早歲城崩之慟, 臨老夜哭之哀, 重罹生民之慘毒. 孑孑乎穹壤之間, 三從
之義窮, 而四世之祀絶, 所謂天道福善, 其理果安在哉? 家道蕩柝, 萬事荒涼,
魚菽乏歲時之供, 疏水闕朝脯之資. 雖他人觀者, 亦不勝其悲歎. 而乃孺人委
命安分, 怡然處之, 曾不見其憂愁之色, 咄嗟之聲. 小子於此, 益歎孺人之善
處窮隘, 無愧乎學道之君子也.

嗚呼! 自甲戌之禍, 孺人之相依爲命, 獨吾妻在耳. 買屋相近, 以爲源源團聚
之計. 小子有一子阿鳴, 淸明佳秀, 不啻如階庭之芝蘭, 而亦旣頎然勝冠矣.
孺人之嘉悅倚仗, 正在於此.

而至于己丑, 天又奪之, 此不惟小子之奇釁, 卽孺人之窮到此, 而益無餘地
矣. 天乎天乎! 胡至此極? 尙幸孺人之强康無恙, 氣稟之堅厚, 精神之凝遠,
比如貞松苦竹. 飽經風霜而鬱然不衰, 則庶幾其享有大耋. 使遺餘骨肉, 得蒙
其終始覆育之., 仁甫之螟兒, 小子之稚女, 皆得以成長於目前, 則此或可以
少慰餘年矣. 豈意人事之不可必, 遽至於今日耶?

嗚呼! 孺人之疾, 始劇於去歲之冬, 閱八朔沈綿. 而小子於今春, 出守寧城,

不克朝夕左右, 盡情於醫藥扶護之節. 孺人視余猶子, 而吾不能事之如母, 慚
負多矣. 尙何言哉? 入夏以來, 凡再往而再來, 則雖疾候日飢, 而精神不爽.
悵悒於告別之際, 欣慰於歸面之日, 尤有甚於平昔者. 今茲之來也, 德容永
閟, 徽音莫聞. 而靈輀在門, 祖載于堂, 我心之悲, 曷有其已?

嗚呼! 小子之與仁甫, 別已十九年矣. 不見吾兒, 亦四歲矣. 朋友道義之契,
父子慈愛之歡, 無復有於斯世矣. 不識孺人之歸也, 復以仁甫爲子, 吾兒爲
孫. 左右提絜, 怡愉瀡洩, 一如平生之樂否. 俯仰幽明, 悲恨塡臆, 有懷莫宣,
有言莫寄. 只有徹泉之淚, 以洩哀於柩前而已. 伏惟尊靈, 尙亦知余之悲而鑑
臨其微誠也.

魚有鳳, 『杞園集』 권27, 『한국문집총간』 권184, 371~372쪽

祭姑母貞敬夫人文

恭惟我姑, 稟氣淸明, 賦質淵塞, 風標則碩人其頎, 德性則淑女幽閑. 孝友之
行, 到耆艾而彌篤, 睦婣之德, 逮踈遠而靡間, 積其恩信, 有以孚感乎僕隷之
賤, 推其慈惻, 可以貫徹乎禽虫之微, 柔順婉德孄, 若不自勝, 而處事之嚴, 毅
然若丈夫.

安富尊榮, 無不備有, 而奉身之約, 淡然若寒瘻, 蓋其貞操懿行, 莫非閨門之
哲軌, 而意度之曠遠, 識慮之通明, 無愧乎讀書稽古之君子也. 惟其德之如
是, 故天之所以報施者, 無福不降, 壽登耄耋而有琴瑟偕老之好, 貴極貞敬而
得蘭玉交輝之慶, 室家和平, 身世亨泰, 怡愉寬樂, 以終天年, 其亦可謂生順
而死安矣.

蓋嘗觀自古賢明淑哲之婦德, 美非不盛, 而歷數平生, 窮阨怨苦, 多可悲而
少可樂, 綺紈鍾鼎之室, 福澤非不厚, 而夷考其行, 驕盈侈汰, 有可戒而無可
稱. 求其福德雙全, 終始俱完, 如我姑者, 蓋無幾焉. 詩人玉瓚黃流之詠, 果
不虛矣.

天理人事, 於斯無憾, 而生者之心, 亦或可以忘其悲耶? 雖然, 世敎之衰久矣,
彤史之美無聞, 而閫內之治益荒, 顧當世公卿大夫之族, 令德無玷, 徽音孔
昭, 藹然稱爲賢夫人者, 捨我姑其誰哉?

自姑之不淑也, 相國失良規矣, 諸子孫失義訓矣, 內外宗黨親戚, 無所取其儀範矣, 遠近孤窮惸獨, 無所仰其仁澤矣. 夫以貌然閨閤之身, 而其存與沒, 有關於人倫風化之重如此, 其孰不長號永慕而悲不自已耶? 悲之不已, 則於其無憾, 而又有所憾焉. 曰:

"壽何爲不躋上壽, 福何爲不享百年? 目前之諸子, 何不見其榮顯, 抱中之兒孫, 何不見其成長?"

若此者, 非人情之過也, 益見好德之無窮也.

若小子之深慟, 尤有所不能已者. 曩吾祖母之在堂也, 九耋康寧, 黃髮無恙, 而吾姑與吾父母, 年皆七十, 左右煌煌衆服, 以時故寧, 白髮蒼顔, 環侍膝下, 壽辰慶席, 觴豆孔洽, 油油翼翼, 其樂無涯. 一世艷稱, 傳爲盛事, 以爲西河不老之仙. 老萊嬰兒之戲, 於今復有之矣. 夫何百歲之祝, 遽抱終天之痛, 在子孫麋逮之情? 惟當以所事祖母者事吾姑, 而歲未再周, 人事又至於此, 盛衰哀樂之變, 人孰不閱歷, 而豈復有如今日之最悲者哉? 吾父篤老之境, 衰麻未脫, 而尙右斯遽, 獨立人世, 如失半體. 雖欲左右寬慰, 以安餘年, 而其道無由矣. 況吾母病在阿睹, 掩抑床帷, 已數月矣. 姑於疾革, 猶悲念不已, 於邑以沒, 而吾母則訃不以時聞, 哭不盡其哀, 幽明去留之際, 情理之慘結又如此. 嗚呼尙忍言哉? 嗚呼尙忍言哉?

小子愚陋, 偏蒙睠愛. 每於兒少學業敎誨成就之事, 必惟小子是命, 疾病夭椓悲憾困窮之際, 亦惟小子是憐. 自顧不肖, 何以得此? 感德啣恩, 圖報萬一, 而平居多病, 百事疎闕. 凡於庭闈趨候床席扶護之節, 不克盡吾情者多矣. 俯仰慚負, 罪何可逃? 仍記春初, 姑嘗語小子曰:

"我病如此, 恐不見今年花開時."

小子驚心, 對曰:

"姑何出此言也? 天氣漸和, 康復可期. 姑何出此言也?"

孰謂春序未暮而斯言果驗耶? 顧今百卉敷榮, 萬品暢茂, 而靈辰不留, 修夜將閉, 凄涼壽洞之第, 慘憺廣陵之阡. 撫念今昔, 萬事如夢, 攀號躑躅, 痛徹心髓.

酒肴雖薄, 情實在是. 尙冀尊靈, 俯鑑微誠. 嗚呼痛哉! 尙饗.

魚有鳳, 『杞園集』권28, 『한국문집총간』권184, 378～379쪽

祭姉氏文 代家親作

嗚呼! 姉氏忍棄我而逝耶? 以余之孤露餘生, 煢煢在疚而遽失我姉氏耶? 念我兄弟姉妹凡若而人, 不幸或苗而殞, 或秀而折, 季妹旣成立, 又三十餘而死, 獨姉氏與弟久於世耳. 甲子不天, 先考見背, 永抱風樹之慟 而幸我母氏壽且康寧, 年登九耋, 黃髮無恙. 姉氏與姉兄及弟之內外, 年皆七十左右, 俱以白首侍膝下, 誠人世之所稀有也.

姉氏早貴, 位極命婦, 弟雖不才, 屢叨郡邑, 榮祿之養, 亦云備矣. 每當歲時佳節, 壽辰慶席, 姉氏皈寧, 兩家子女, 齊會環侍, 怡愉一堂, 留連累日, 可謂天下之至樂也. 此蓋吾母之厚德, 姉氏之至孝, 有以致之, 而庶幾百年可以保此樂矣. 孰謂俛仰之間, 人事變遷, 吾母之棄子孫, 未及再朞, 而姉氏又至於此耶? 嗚呼痛哉! 嗚呼痛哉!

姉氏篤老之境, 素抱痼疾, 自遭大故, 哀毀澌綴, 不離枕席. 返虞之後, 不復來哭靈筵, 居常含痛, 哀慕不已, 每得一美味或新物, 必先致饋奠, 事亡如存. 及至病革, 諄諄口中語, 猶以助祭用爲念, 傍人竊聽而替送者數矣. 余每覽物, 悲泣, 而益歎姉氏出天之孝, 終身不衰如此也. 天何不假以歲月之命, 以畢三年, 而竟使抱恨於冥冥耶?

雖然, 姉氏平生, 福祿全備, 巍巍黃閣, 君子無恙, 二子在庭, 亦有佳抱, 瑜環玉珥, 嬉戲滿堂, 積善之慶, 可徵方來, 天理人事, 夫豈有餘憾? 儵然乘化, 皈侍我父母, 左右承歡, 一如平日, 則吾知姉氏以死爲樂, 不復顧念於斯世也. 所可痛者, 未死殘喘. 獨立人間, 骨肉盡矣, 形影隻矣. 其將誰依誰仰, 以送我餘年耶? 嗚呼痛哉! 嗚呼痛哉!

惟我姉氏, 氣稟明粹, 德性和順, 慈良仁恕, 視物如傷, 恤窮周急, 猶恐不及, 識慮深遠, 處事不苟, 不但閨門之懿範, 寔是女中之君子也. 蓋其襟懷之豁達, 志意之峻截, 克肯乎吾先君之德, 而自我觀之, 寔愧其淺之爲丈夫也. 凡有疑事, 惟姉氏是稟, 每當急難, 惟姉氏是賴, 今焉已矣. 天倫失知己矣門戶, 失所宗矣. 余之長號永慟, 豈獨孔懷之情而已哉? 嗚呼痛哉! 嗚呼痛哉!

姉氏之疾, 閱三朔危篤, 余以衰麻之身, 不敢源源往來, 每聞疾候有加, 輒來省視, 竟夕相對, 稍解鬱陶, 開顔言笑, 若忘沈痾. 亟命侍人, 進余盤飧, 我勸

粥飮, 雖厭必强, 每見其形骸換脫, 氣息如縷, 未嘗不心驚氣塞, 而所恃者精
神尙旺耳. 康復之吉, 雖不敢必, 尙冀淹延時月, 使得頻候顔色於床席之側
矣. 豈意一朝奄然而莫之救也?

日月不居, 遠期將迫, 舍此華屋, 卽彼幽穸, 溫然之貌, 不可復接矣, 琅然之
音, 不可復聞矣. 七十年友于之樂, 盡於此矣. 悠悠蒼天, 曷其有極? 荒迷抑
塞, 語不成說, 一慟柩前, 淚盡觴絶. 靈若有知, 庶垂歆格!

『기원집』 권28, 『한국문집총간』 권184, 379~380쪽

祭姨母孺人柳氏文

維歲次庚子十月二十二日, 惟我姨母孺人柳氏, 考終於原州舟村之居第. 姪
魚有鳳等, 在京承訃. 忍告于我母氏, 東望痛哭, 設位成服, 繼又伏聞將以今
十一月二十一日, 權葬于本州某原. 我母氏哭以語有鳳等曰:

"吾尙忍聞姊氏入地之期耶? 人孰無兄弟, 而豈有如余之至情? 又孰無同氣
之喪, 而豈有如余之至恨? 念余後姊氏十三歲而生, 姊氏撫我抱我, 辛勤保
育, 以至于成長, 友愛篤至, 白首如一日.

不幸姊氏年老, 諸子貧困, 移居窮峽, 于今十六年矣. 兩地茫茫, 影響莫接, 居
常悲戀, 抑鬱成疾. 耿結一念, 惟願一遭相見於未死之前矣. 自余之有眼病,
姊氏每以不見吾手札爲恨, 姊氏有書, 而余亦以不得奉玩爲恨.

猶幸姊氏年過九耋, 而氣力尙强, 寢食不減, 每得安報, 喜而不寐, 常以百歲
爲期, 豈意今日永隔幽明, 生而不得承顔, 沒而無由憑棺, 悠悠穹壤, 此慟何
極? 嗚呼痛哉!

余於平日, 得一味則必曰吾姊氏, 得尺帛則亦曰吾姊氏, 今皆已矣! 雖有養老
之資, 將焉用之? 今玆米錢各種, 佳果數品, 手自緘封, 遠致靈筵, 所以事死
如事生, 而冥冥之中, 其孰知之? 汝以數行文字, 寫我至哀, 俾哲孫替讀于柩
前, 則庶幾不昧之靈, 其或知余之悲而歆余之誠也."

小子承命, 嗚咽飮泣不能語. 仍念小子聞姨母之喪, 宜卽奔赴, 而疾病纏身,
天寒路遠, 無以自力. 母氏之深哀至痛如此, 而終不得躬奉奠物, 哭告于靈
殯, 不孝之罪, 無所逃焉. 況悲塞卒遽, 語不成篇. 姨母之德行懿美, 又未暇稱

述其一二, 此亦罪也. 雖然, 吾母之情, 寓諸薄奠, 吾母之言, 載在斯文, 伏願
尊靈, 俯垂鑑格!

魚有鳳, 『杞園集』 권28, 『한국문집총간』 권184, 381쪽

孺人金氏哀辭 並序

余友吳君明仲有賢室, 曰孺人金氏, 卽農巖先生第三女也. 孺人淸明端潔, 才
高才卓識, 恰有女士風, 先生愛之寵篤, 明仲尤宜而重之. 年二十二, 解挽得
一男, 無何疾遂瘉, 竟至不淑云.

余竊惟古之古人也, 初無男女之異. 故自男習幼儀, 女誦內訓, 而率皆學於文
字. 則婦人之通習經史者, 世固多有之矣. 我國俗陋, 古人之敎, 又不行於世
也, 閨門之道, 益貿貿焉, 苟非聰明辨慧絶出等夷而不習而能者, 烏能稽古而
明於道理哉?

始孺人年纔十一二, 從先生窮居白雲山中. 先生時授少子君山書, 則孺人從
旁竊聽, 已能曉解甚敏, 而文理驟長, 遂汎濫讀朱子綱目左氏春秋傳書, 一皆
迎刃而解, 無有碍者. 往往揚榷古今人物, 鑒識超詣出人意, 豈所謂聰明辨
慧, 絶出等夷, 而不習而能者耶?

孺人之弟君山, 才氣不群, 文辭卓然早成, 彬彬輩流間, 人皆謂先生有子, 然
孺人尤沈潛專篤, 與君山異, 而識解淹通, 又或過之. 蓋聞先生自少時, 嗜書
如芻豢, 方其得意於書, 事物不入於心, 兀然竟日, 忘寢與食, 冥然而會, 泯然
而樂, 蓋所謂無淂以尙者, 而孺人實似之. 惜乎! 其不幸而不爲男子也. 若使
其大肆於學, 則其所成立, 殆出君山右, 而益有以光大先生之道矣.

雖然, 先生之視之也, 亦何嘗不以男子也? 先生出則與群學子, 討論講授以
爲樂, 入則左右君山與孺人而怡然忘其憂, 凡經訓史傳是非善惡之趣, 治亂[1]
之跡, 賢邪之別, 與夫謏聞瑣語可喜可愕之事可以與君山語者, 未嘗不語于
孺人也. 君山又好朋遊喜文酒, 有時跌宕於外, 而苟孺人在側側是亦君山在
也. 嗟夫! 先生之側, 今無孺人焉. 吾竊悲先生之無以安其心也.

孺人資稟旣美而行度甚純, 至於女紅瑣細之事, 亦無不精勤焉. 然志尙高遠,

---

1 亂 : 원문에는 '辭'로 표기되어 있으나 '亂'의 오기(誤記)인 듯하다.

超然物表, 其視綺麗珍玩婦女之所共艷, 富貴功名世人之所共慕, 泊乎若無有也. 惟以德修名立, 文采表見於後, 爲吾人之極致, 而亦自恨其身爲女子, 終泯泯無聞也. 故明仲雖爲親求科第, 而孺人不以得失爲意, 每勖其潔身求志, 卒究遠業, 而慨然慕鹿車布裙之遺風焉. 明仲亦有味其言, 信之若知己友也. 吾又悲明仲之失良助而無與成其德也. 嗟夫!

孺人平居, 靜密自守若愚婦. 雖未嘗出意見談道理如范氏女, 發之吟咏篇章如謝氏希孟之爲, 而若其言才, 則殆亦二氏之儔匹也. 然彼二女子者幸而名至今不泯者, 豈非一言見取於河南, 而托名於歐陽子之文也歟? 今先生之道之文, 固所謂能不朽人者, 必有以闡發德美, 垂示來後, 而百世之下, 人亦信而無. 是孺人之名永長存, 亦將與古人同其幸矣. 此固孺人之志而無所憾於死者歟!

孺人旣沒, 明仲請誄於余與諸同志, 而先生又命之曰:

"子有連姻之義, 其或有所聞也."

余不敢辭, 謹爲哀辭一篇, 以致悼傷之意, 而亦欲寬先生之慟與明仲之悲云爾. 其詞曰:

'嗟哉孺人兮, 氣淸質良. 陽春玉冰兮, 鍾秀閨房. 少涉書史兮, 閱古興亡. 上窺隱哀兮, 下逮漢唐. 貫穿千載兮, 袞鉞森張. 然非我事兮, 內而不揚. 執我籩豆兮, 紉我衣裳. 溫柔敬愼兮, 事我尊章. 綏以福袖兮, 吉夢告祥. 喤喤在床兮, 有來酒羊. 夫何一夕兮, 遽哭于堂. 蘭摧惠隕兮, 未秋嚴霜. 嗟哉孺人兮, 命也不臧. 江漢悠悠兮, 廣陵之岡. 斂此精光兮, 於焉歸臧. 北指溟湖兮, 江山莽蒼. 樓臺幽映兮, 在水一方. 先生讀書兮, 金石琅琅. 悄然中夜兮, 月簾風牀. 魂兮未歸兮, 逍遙倘徉. 滔滔今古兮, 修短何常. 名苟不磨兮, 奚論彭殤. 維我先生兮, 有煒文章. 琢石樹墓兮, 成說于郞. 庶幾百代兮, 敻流徽芳. 嗟哉孺人! 其永勿傷!'

魚有鳳,『杞園集』권28,『한국문집총간』권184, 394～395쪽

淑人尹氏哀辭 並序

前鴻山使君安東金侯, 哭其內子淑人尹氏之喪, 旣卜葬, 請挽於親舊以哀之, 而仍辱及於余焉. 其孝子純行誠仲甫, 又泣且言曰:

"閨門之德, 非誄不章, 願吾子之惠一言也."

余竊惟婦人之行業風教, 局於中饋之政, 而隱於梱內之化, 苟非一家親密, 莫或得以詳焉, 顧余何能明言其德美也哉? 雖然, 余幸得遊侯父子間積有年矣, 而吾之妹, 又淑人之婦也, 其於淑人, 宜家訓嗣, 與夫行誼之盛, 亦或得其一二焉, 則侯與誠仲所以有求於余者, 其意豈苟然而已哉?

如余從侯遊, 攻業楓溪之舍數月, 見侯終日淸坐溪亭, 接賓友治文史, 間則彈琴詠詩, 玩賞花竹, 超然不復知有家事. 而其內外婢僕, 應對必謹以恪, 朝夕庭宇洒掃, 必肅以嚴, 衣服器用飮食酒醬之供, 必以時而潔, 蓋使侯不以一毫冗務累其心, 而得優遊暇逸, 以自專其樂者, 皆內治之力也. 於是, 固已知淑人之爲良助也.

誠仲自幼孝謹不妄戲, 及長, 尤有志好學, 顧病不喜交遊間, 獨從余講討亹亹, 窮日夕不厭. 然每見其出入往來之際, 跬步不敢自專, 時期早暮, 亦不敢違越曰:

"親命然也."

徐而聞之, 則必淑人之敎也. 蓋誠仲之志行不苟, 固出於庭訓義方, 而其得之慈敎者尤深, 於是又知淑人之爲賢母也.

吾妹間嘗謂余曰:

"吾姑之賢可言者多矣. 然其孝於親, 友於兄弟, 和於娣姒而睦於宗族, 其篤愛之誠, 忠養之節, 不以遠近而有間, 其同甘苦通有無, 恤憂患困窮, 不以終始而少異, 則此其最大而著者也."

侯又曰:

"吾妻有明識貞操, 於人物臧否之別, 義理去就之決, 尤辨而確, 雖讀書稽古通方之士, 亦或不能多過, 以余之愚, 平日深有賴焉, 已矣. 今誰與爲善也?"

於是又知淑人之仁而且哲, 殆古所云女士也.

淑人素有沈痼疾, 得年菫四十八. 家有老父在堂, 而輒先一月死, 卒貽我無涯之憾一字.

誠仲亦抱疾有年矣. 及吾妹有身, 則特奇喜之曰:

"吾兒亦有兒! 吾乃今可以抱孫."

竟亦不及見焉.

嗟夫! 以孺人之宜壽宜福, 而天之報之, 又何其舛歟? 此侯之所以尤痛惜不已者也. 噫! 悼其死, 所以慰其生. 吾於是又烏得以無言?

辭曰:

嗚呼淑人! 質純而行全兮. 克媲吉士兮, 于高門. 如琴如瑟, 又敬如賓兮. 肅其爲禮兮, 溫其仁. 淸風之宅, 井臼蕭然兮. 庶幾百年兮, 同此情矣. 夫何一夕, 奄忽以先兮? 福不稱善兮? 壽則中身. 嗟哉淑哲, 豈得之易兮? 夫子之悲兮. 其無窮已. 煢煢孝兒, 何依何恃兮? 終天怨慕兮, 但有血淚. 楊山之麓, 栗村之岡兮. 日時孔良兮, 禮用歸藏. 生有令美, 殆有餘芳兮. 允藏且榮兮, 魂乎何傷? 存亡變遷. 人事悲凉兮. 哀此骨肉兮, 撫跡徊徨. 悠悠節序, 忽又春熙兮. 庭宇闃寐兮, 時物萋菲. 我欲寬候, 陳此哀詩兮. 悼亡兮出還, 自古有之.

魚有鳳, 『杞園集』 권28, 『한국문집총간』 권184, 396~397쪽

恭人朴氏哀辭 並序

余友李君仲謙, 旣沒之四年庚子五月十九日, 太夫人朴氏下世. 余哭之甚哀, 悲仲謙之不得終其孝也. 嗚呼! 錢帛以爲賻禮也, 而貧無物焉, 匍匐以效勞義也, 而病不力焉. 以吾之視仲謙, 如兄弟也, 而今於夫人之喪, 恝焉若路人, 其何以慰亡友於冥冥之中也? 惟以不腆之辭, 略述夫人懿美, 乃吾責耳, 而閨閫之德隱矣, 吾無得以稱焉. 則亦觀乎仲謙之賢, 而知夫人之德音明誨, 果不愧於古之哲母也. 古人有言, ‘非此母, 不生此子’, 嗚呼! 豈不信然? 遂爲詞曰:

維昔哲婦, 有徽軌兮. 淑愼溫柔, 豈不懿兮? 然其大者, 觀厥子兮. 惟子之賢, 繫母以兮. 胚胎之光, 敎又勢兮. 夫人子誰? 仲謙氏兮! 有志有行, 學又邃兮. 允矣髦彦, 圭璋美兮. 九皇之聞, 旋招擬兮. 夫人曰惡, 非余喜兮. 聲聞過情, 君子恥兮. 汝是何人? 敢膺是兮. 賢哉夫人, 識卓余兮. 何愧于古? 女而士兮! 曰“篤余守”, 養以志兮. 安分固窮, 期不貳兮. 奉椒之屈, 爲甘旨兮. 孝未克終, 天何意兮? 宛轉于床, 病日殆兮. 傍無子弟, 躬獲視兮. 臨絶之言, 手自記兮. 叫蒼無聞, 怨彼鬼兮. 日月其邁, 歲閱四兮. 哀哀鶴髮, 血爲淚兮. 嗟哉已矣, 今永逝兮. 樂彼黃泉, 瀜且洩兮. 靈其奚憾? 願則遂兮! 豈無餘子, 孫內外兮. 終事孔修, 勿有悔兮. 惜仲也賢, 不在此兮. 吊者之悲, 爲多涕兮. 靈辰載迫, 緋將啓兮. 我作此詞, 祖道揭兮. 良友之思, 終莫替兮. 不昧者存, 庶可慰兮.

魚有鳳, 『杞園集』 권28, 『한국문집총간』 권184, 399쪽

신익황(申益愰)─────────────────

節婦鄭氏旌閭記

鄭氏之先, 海州人, 至曾祖進士大榮, 自京城徙居晉州, 遂爲州人. 父桓, 母姜氏.

今上庚辰, 歸順天朴君壽遠, 年十九歲. 明年, 姑金氏沒, 壽遠諸弟妹皆幼. 鄭氏事舅謹, 祭姑以禮, 撫諸幼如己子. 舅聖胄, 每向人稱道不已.

甲申, 壽遠病亟, 鄭氏絶而復甦, 仍有自殺下從意, 舅亟譬之曰:

"爾幸有二子. 爾死則二子, 皆不可保, 而爾夫之祀絶矣而可乎?"

鄭氏感悟, 自是强引水飮, 日不過龠合, 寒暑不易衣, 夜臥不設枕席, 不櫛髮, 髮皆墮落. 朝夕惟盥手, 具饋食, 卽几筵, 哀呼煩冤, 聲不忍聞, 如是者三年. 旣闋服, 歸寧父母. 時鄭氏猶不飯不肉, 父母見其毀瘠濱死, 持飯肉勸之甚哀, 鄭氏不忍違, 乃食飯, 至肉則不可强也.

丁亥, 父桓卒, 又二子遘疫, 數日皆死, 鄭氏益大慽決死. 戊子正月二十九日之晨, 竊入寢室, 自縊而絶. 家覺之, 驚遑往視, 已無救矣. 卽壽遠亟日也. 前數日, 親具祭饌, 送于家, 臨絶, 有訣母書, 得之屍傍. 壽遠居星州, 二州人士皆曰:

"是節婦也."

具其事于牧伯于御史, 事聞, 命旌表其閭.

甲午十一月日, 記.

申益愰, 『克齋集』 권10, 『한국문집총간』 권185, 466∼467쪽

亡室恭人順天朴氏行實記

君諱某, 姓順天朴氏. 我國之朴, 皆祖新羅之赫居王, 譜牒遺亡, 不知何時籍順天也, 有英規者, 爲後百濟王甄萱女婿, 及王太祖之討萱子神劍也, 內應誅神劍, 賜職左相, 是爲君遠祖也. 有諱而章, 擢文科, 際遇我 昭敬王, 歷敭淸顯, 光海朝, 官至兵曹參判, 不肯就, 臨卒, 遺命以嘉善大夫行弘文館副提學題其墓. 自號龍潭, 世稱名卿. 是生諱狂衢, 朝散大夫王子師傅, 文章行義, 重於士林, 是生諱元榮, 不仕, 繼伯父承訓郎狲衢後. 是生諱世胄, 亦不仕. 是爲君先考也. 娶夏山曹氏, 郡守挺龍之女, 以今 上嗣位之歲甲寅十二月十五日, 生君于星州延鳳里.

初, 考處士公, 性剛直好義, 敎以貞潔, 及筓, 聞平山人申益愰有志文學, 遂以爲其壻. 君旣于歸, 見余無以異於人者, 則深以爲憂, 每乘閒言曰,

"實不副名宜, 爲君子所恥, 公旣不肯爲擧子業, 外人亦疑公若有爲者, 以吾觀之, 居室日用之間, 寢不早起, 容不雅飭, 發言制行, 未見有則, 讀書講學, 未見有勞, 凡與衆人殊者何在? 丈夫一身, 妻子之所依, 仰期望者, 而乃今若此. 何不奮然革舊自新, 使家人改觀而取信於外人? 能如是則公雖家貧, 使我不厭糟糠, 而亦足以爲樂. 不然, 吾懼其歲月易邁, 年力易衰, 科業學問, 兩無所成, 將如已之狼狽, 人之笑侮."

何君之見識, 蓋如此其所自爲, 則常欲謹內外, 嚴上下, 無爲貧苟求, 在室事父母有誠, 與諸弟妹相友愛甚, 此其大者. 君又常以父公之意, 謂我曰,

"公所居囂雜, 不堪肄業. 去延鳳不數里而近, 有小山曰, '玉山', 前臨伽川, 頗有佳致, 又有前輩遺躅, 可以藏修爲十數年之規, 則未必不有居處之助, 願徙居于彼."

余亦樂聞之, 旣買屋置田, 將載書以去, 事不及就, 而外舅赴試漢城, 歸路遘痘, 卒于逆旅. 其明年庚辰正月, 君亦遘痘而免死, 胎遂不起, 卽二十四日也, 得年僅二十七. 葬君以是年八月, 猝遇橫逆, 不克備禮, 在淺土七年, 而今年十月, 始克改厝于仁同府岐山里甒淵之濱丙坐之原.

嗚呼! 人雖從事於嚴師勝友之間, 日聞其警誨箴戒于昭昭之際, 而居室之中幽隱之處, 得以恣其怠惰放肆之習, 則亦無救其爲小人. 幸有貞婦畏妻, 常能潛規暗諫, 使有以羞愧警發, 而不敢肆焉, 則其所助豈不有反勝於彼者哉? 而彼相視以爲非吾敵也, 言逆于耳, 而能甘心聽受者鮮矣, 況望其能造端謹獨, 以求進夫君子之道哉?

余之於君, 殆若是者, 追念及此, 愧恨極多. 抑余貧也, 納壙之文, 墓前之石,

又莫能備焉, 可諉者曰'俟後'. 而君有一男一女, 今幸望其成長, 然有問阿孃
之面目, 亦不復可了, 況大於此者乎? 是不可不書之, 使知其槩也, 是爲狀.
丙戌十一月日, 識.

申益愰,『克齋集』권11,『한국문집총간』권185, 484~485쪽

이진망(李眞望)

子婦豊壤趙氏墓誌

嗚呼! 此吾家子承文正字庄德妻趙儒人之藏, 左承旨景命君錫女也.

吾婦十六, 執笄見我, 其容淸而婉, 其心慧而端, 其執事敏而勤. 事吾母, 若吾夫婦, 一於誠謹, 毫無違禮, 不惟吾夫婦心欣欣內悅, 吾母常擧而言曰: "是婦最賢."

庚寅, 産子不育, 辛卯, 得嬴勞疾, 以八月二十七日不起, 距生辛卯正月七日, 僅二十一也. 不惟吾母若吾夫婦若吾兒慟而惜之已甚, 凡吾內外親黨, 靡不嗟悼. 旣又聞其婉慧勤敏, 敬事長者, 自幼已然. 故其王母金夫特奇愛之, 及死, 慟之殆甚於其父母云. 嗚呼! 此可以見吾婦之甚賢也. 前年春, 君錫魁大科, 庄德君居第二, 夫以舅甥之親, 聯武文譜, 卽曠世奇事. 使吾婦在者, 豈不尤榮且樂哉? 顧不及見此, 尤吾與君錫慟惜之甚者也.

趙爲豊壤望族, 侍中孟之後. 君錫考都事仁壽, 祖進士相鼎, 卽判書珩之子. 其母金氏, 觀察使時傑女, 右議政尙容玄孫也. 吾李國姓, 定宗別子德泉君諱厚生之後, 先考諱羽成, 刑曹正郞, 贈吏曹參判, 祖考諱哲英, 平市署令, 贈左承旨, 曾祖考領議政白軒先生諱景奭. 吾妻朴氏, 判官泰興女也, 左議政玄石先生世采孫也. 庄德更娶有一子.

吾婦之葬, 在廣州板橋村艮坐之原, 去吾先兆十里近. 後來形家有異言, 吾欲求壹善地. 先移吾婦之瘞, 遂爲吾父子異日之所, 顧未違焉.

噫! 吾婦雖不育, 吾與庄德在此訃, 豈終不違? 籍曰: "人事不可知."

其子若壯, 豈不成父與祖之志耶? 然君錫爲無窮慮, 屬余誌之, 亦安忍不爲?

嗚呼, 余與君錫俱以半百之年, 輒爲女若婦爲, 此何理之逆也? 悲夫!

申益愰, 『克齋集』 권10, 『한국문집총간』 권185, 466~467쪽

寄室文

曰有夫婦, 五典是源, 生則同室, 死則同穴. 他人相勉, 況我與君? 爰告我聞,
永也無諼.

黔婁窮士, 妻賢忘貧, 冀缺農夫, 妻敬如賓, 有案齊眉, 有躬執爨. 子雖未學,
耳聞則慣, 至此千載, 傳是何如? 彼我同人, 有爲如渠, 若是爲足, 貧富何慮?
哀哀衆人, 所營溫飽. 噫! 蔽體爲衣, 充腹食爲, 何必肥甘, 錦繡珠璣? 我祖文
忠, 淸儉傳家, 亦聞君家, 素不華奢, 敬之敬之, 愼勿違斯. 窮達有命, 貧富誰
爲? 勿苟慕富, 勿苟勝人, 願安貧素, 偕老欣欣, 庸藏此書, 俾示後出.
已卯月日題.

申益愰, 『克齋集』 권10, 『한국문집총간』 권185, 466～467쪽

이덕수(李德壽)

縣夫人江陵崔氏七十一歲壽序

林原君夫人江陵崔氏, 今距其生壬辰歲, 春秋七十有一矣. 聰明不衰, 善匙箸, 輕步履. 兒孫滿前, 偃伏爲嬉, 世皆稱其福壽. 於是夫人之子李君季和, 將以今至月十六日夫人初度之辰, 偕諸昆獻壽夫人, 而先期徵序於余.

余惟閨閤德美, 非外人所能悉, 則請得其一二可徵, 季和曰:

"吾母長於富貴, 老於富貴. 而乃其性不囿於富貴, 惟儉勤是尙, 其被服朴素, 不異寒士婦. 終日手女紅不釋, 每戒諸子曰 '多見人家父母, 以顯揚望諸子, 吾則不然. 若輩苟能讀書飭行爲善士, 斯爲孝矣, 顯揚非吾志也.' 吾母居家所爲如此而已."

余面歎曰:

"夫人之賢, 過於世之婦人遠矣. 其能享有福壽也宜哉!"

蓋嘗得於世之論致壽者, 有曰:

"衣食裕而無飢寒之虞, 如此者壽. 四體逸而無動作之勞, 如此者壽."

官位隆赫, 則氣舒而貌澤, 身名抑挫, 則志局而色悴, 斯又疾病夭壽之所由分. 噫! 其不思甚也. 綺紈以裹其身, 膏粱以充其腹, 此不但使福日消而灾日挺而已, 血氣易壅, 腠理不固, 風邪百病, 所由以乘, 以此求壽, 壽不可致. 道書云:

"流水不腐, 戶樞不朽."

人之肢體, 恒欲習勞, 不宜久逸. 如華陀五禽之戲, 亦敎人習勞, 使血脉流通, 則勞爲致壽之道. 逸乃招病之資. 恒見富厚家折福閼年, 而補衣糲飯者, 反壽而昌, 其故皆由於此. 至於隆赫者, 外雖澤, 而役志跂慕, 其神則悴矣. 況能超然於得失之外者, 初豈以是而有悴澤哉? 由此而言, 以奢若逸, 爲壽之徵, 以儉若勤, 爲夭之階者, 其爲言可不可也.

今夫人之能不溺乎奢逸, 而絶意於外慕者, 固其天性, 則初非蘄乎得壽也而

壽自臻, 初非蘄乎致福也而福自至. 非壽與福之自臻自至也, 儉勤固所以致
福壽也. 非儉勤能致福壽也, 天之所祐, 固恒在於有德焉耳. 嗚呼! 奚獨夫人
福壽之爲可尙? 乃其德爲可尙也.

季和自少無外好, 惟勵志篤學. 朝廷嘉其志行, 而官其身, 季和不肯就, 惟孜
孜讀古人書, 以此樂而忘憂. 此盖夫人之敎使然也. 使夫人之諸子若孫, 皆能
體夫人之意, 承夫人之訓, 如季和之爲, 則福 祿之流於長久也, 無疑矣. 余故
極論奢逸之所以失, 儉勤之所以得, 盖不獨爲一時侑觴之資而已, 且將以警
世勵俗云.

李德壽, 『西堂私載』 권3, 『한국문집총간』 권186, 215쪽

御贊貞明公主墨跡跋

貞明公主, 筆法奇偉, 絶無脂粉氣. 在西宮, 嘗作大書八幅, 爲內外子孫所分
藏, 主之季子豊德公, 嘗梓於朱溪府, 其印本廣行世間. 至入於大內, 我大行
大王盖嘗製四句贊, 而外間不之知. 及今八月, 內降御製詩文, 以資隆文之撰
述, 而贊亦在其中. 於是, 主之內外子孫及大小在廷之臣, 始得快覩天章昭回
燭耀, 萬目咸悅.

曺侯命宗, 主之外曾孫也. 取家莊眞本, 粧爲障, 將題御贊其上, 而屬臣識其事.
世之婦人, 唯窃窃錢刀, 鮮有從事文墨者. 今主以天家子, 乃於幽愁畏約之
中, 獨能留意筆硏如此, 斯固事之奇者. 而今又得宸藻發揮, 其流傳之遠, 將
不與紙墨俱弊, 斯又事之尤奇者也.

凡人於先代遺跡雖甚微, 觸於目, 皆足以起慕, 況心畫之所寓乎? 先后之製
此贊, 不但讚揚墨妙, 亦所寵綏後人. 臣有以知曺侯於展玩之際, 栝梠之思,
烏號之慟, 自有不能已者矣. 然則是幅也, 其不爲曺侯勉忠勉孝之資乎? 臣
旣得寓目, 輒題數語, 以識其事, 且以祝曺侯.

庚子八月日.

李德壽, 『西堂私載』 권4, 『한국문집총간』 권186, 251~252쪽

亡妻海州崔氏墓誌銘

孺人名某, 姓崔氏. 崔爲海州望族. 在高麗, 有文憲公冲, 文淸公滋, 其事迹在
史冊. 入我朝, 有諱慶昌, 以文行著世, 世稱其號爲孤竹, 寔孺人五世祖. 祖諱
某, 司導[2]寺正, 考諱某, 敬陵參奉.　士友望, 早坦. 妣順興安氏, 贈戶曹參判
壽星之女, 而文成公裕之後也. 貞懿有女士行.

孺人以甲寅四月七日, 擧於文化官舍, 英慧夙成, 爲祖父母所賢愛. 癸亥, 隨
祖父官淮陽, 遭參奉公喪, 踰年而安孺人繼歿. 俱執喪哀戚, 如成人.

年十五, 歸于余. 明年己巳, 家君以校理, 被謫于海島, 孺人入李氏門, 未幾,
執匕鑰, 幹家事. 上奉祭祀, 下撫僕御, 皆井井有條理.

癸酉, 孺人有身八月而病, 娩而子死. 因悲悼傷歎, 病以轉劇, 至其年十月八
日, 竟不起, 得年二十. 嗚呼痛哉! 用死之十一月, 葬于楊根古同山先壟下巳
坐之原.

孺人少而敏悟, 長而端潔. 克以禮自持, 不妄言笑. 每內外親黨, 有宴會, 他婦
人歡笑爲樂, 而孺人獨默然終日. 性又剛正, 見余有過, 必以義規警. 余或加
以恚怒, 不少撓, 但曰:

"吾而不言, 誰當言? 君又奚取於吾哉?"

余見世之婦人, 咸以伊優取悅爲事, 見君子所爲, 有不合於理者, 一再言而不
改, 則不從而順成其非者幾希. 此則孺人之所深恥也.

孺人平日, 顧知愛文字. 雖古大作, 讀不數遍, 能暗誦不忘. 余讀書至疑難處,
或以問孺人, 孺人爲辨析皆當於理. 至左氏雍姬事, 孺人曰:

"聞而不言父死, 言夫死, 無寧己死而父與夫生也."

余曰:

"何居?"

孺人曰:

"遣二人, 一告于父以其夫之謀, 一告于夫以其己告于父, 遂自殺也."

其能辨人難辨, 而理達識敏, 多類此. 至其病中, 猶聞余碁聲, 歎曰:

"吾雖不識文, 聞君讀書聲, 輒心喜. 今奚此之爲耶?"

---

2 導：潷

嗚呼! 吾豈復聞是言哉?

孺人之兄崔而順之言曰:

"妹本稟操雅潔. 一毫取與, 無苟於心, 此則受誨於先妣者然也. 作於心然後
發於口, 絶無作爲之態者, 類乎先君子. 好靜而惡鬧, 不事呶呶爭卞者, 酷似
我. 此吾妹平生爲人而唯其沉靜不顯, 故雖族屬隣玆之間, 鮮有知其德者."

孺人之族之知孺人者, 謂其言之然也. 始參奉公之喪, 安孺人, 毁而欲自裁.
時孺人年甫十歲, 審其意, 未嘗離側. 一日, 安孺人若有持物置枕底者, 孺人
探得小刃潛匿之. 至夜深, 安孺人果反枕而失所藏. 孺人益憂畏, 屢夜不就
寝. 安孺人, 病且革, 乃撫孺人而泣曰:

"若年幼, 吾不見若之長成也. 雖然, 吾舅姑愛若甚, 吾亡遺念於若矣."

安孺人旣卒, 孺人哭踊孺慕, 不自勝. 長者憐其弱而能毁也, 時勸以味之滋
者, 孺人號泣, 不肯食. 長者亦不忍强焉. 蓋其篤孝天性然也. 然病亦祟, 此云
方其病之甚也, 潛語傍人曰:

"吾天地間窮人也. 早失父母, 至痛在心, 將移吾孝於舅姑, 而五年海外, 承顔
無期. 今又不能置一子以死, 死將泯然於世間矣. 又孰有憐悲余者?"

因涕泣沾襟, 目爲之腫. 將絶, 開眼視余, 合已復開, 遂瞑不復開. 嗚呼! 吾何
咎而天之忍而爲是也? 嗚呼哀夫!

銘曰:

彌智麓, 古同足. 李氏德壽, 敢告來後. 是惟亡室崔孺人之藏, 庶幾其壙之勿
傷也.

李德壽,『西堂私載』권9,『한국문집총간』권186, 408~409쪽

淑人洪氏墓誌銘

朴君質夫, 余與之遊久矣. 余於質夫, 事有可爲, 豈以辭讓爲哉? 今質夫乃以
其先淑人幽堂之誌, 見屬余. 竊念金石之銘, 宜得世之能文有名位者託之, 所
以重其事也. 余顧非其人, 用是辭, 辭再三矣. 質夫曰:

"以子之親我也, 不求之他人, 而唯子之求. 子而若此, 吾無望矣."

余旣不得已許焉, 則輒從質夫徵淑人言行之一二. 質夫曰:

"吾母以丁酉生, 生十八年, 而故于我大人. 又十九年, 而以壬申十一月十六日, 棄諸孤. 吾時尙少, 於平日所爲, 不能詳察而謹記, 斯吾不孝之罪也. 雖然, 嘗聞吾母在家而爲女, 穎悟端秀. 甫七八歲, 已能持身有法, 王考議政公大奇愛, 喜稱說. 及議政公捐舘, 哭泣悲哀, 以至成疾.

其旣嫁而爲婦, 承意婉順, 甚得舅姑之歡心. 前後居喪, 手治饋奠, 祭則涕淚漬席, 觀者感歎. 其檢身而理家, 善惡必審取舍, 言色未嘗急卒, 賓客飮食之供, 務精以旨, 被服器皿之屬, 必潔以完, 以至垣墻室廬之事, 治之靡不井井有法. 我大人能不以家事爲累, 繄吾母是賴. 此吾母事行之大暑, 而吾所耳目焉者也. 子是之書足矣."

言已, 泣又曰:

"吾母之賢, 吾自言之, 人之信之, 宜不若他人之言也. 嘗聞吾季姑爲沈氏婦者, 每向人嘖嘖曰 '吾閱世之婦人多矣, 慈良敦睦, 未見有如吾兄者.' 從祖原城公常語家人曰 '吾宗家設祭之日, 內外寂然, 若無所事, 及見饗具, 無不豊潔. 吾宗可謂有賢婦矣.' 凡此皆吾家內外之公言, 而非有私者也."

言已又泣, 又曰:

"吾母南陽之洪, 當宣廟朝策光國勳, 判戶部事諱聖民, 是爲五世祖, 在仁祖朝, 以平安道觀察使, 殉節于金化之戰者爲曾祖諱命耈, 在孝廟朝, 爲右議政者爲祖諱重普. 金氏籍慶州, 官副提學者爲外祖諱慶餘. 女吾母者曰江原道觀察使諱得禹, 婦吾母者曰郡守諱鏴, 是爲判書久堂公諱長遠之長胤. 吾大人今官于沃川. 吾弟二人, 曰龍秀, 芝秀, 吾妹二人, 宋好孫, 兪啓基, 其婿也. 吾母初葬驪州, 甲申, 移葬于洪州法公山下坐戌之原. 願子備載無遺."

言已又泣.

余惟淑人在家而孝父母, 旣嫁則順于舅姑, 奉先而殫其誠, 治家而盡其法, 以至餙躬接物, 無一不可書者, 可謂賢矣. 獨其年不稱德, 不及與享沃川公之榮, 而且見質夫兄弟之能有立, 斯其可悲也. 余感質夫之孝, 遂序次其言, 而系之銘焉. 沃川公名聖漢. 質夫名光秀, 登辛卯上庠.

銘曰:

女孝婦順, 終始一德. 蘋藻孔嘉, 珩珮甚飭. 脩于一身, 媚玆九族. 婉婉令儀,

如玉無缺. 宜壽宜祉, 乃欁乃絶. 蓄而不享, 于後必發. 質夫丐文, 我銘玆石,
以慰孝思, 亦垂閫則.

李德壽, 『西堂私載』 권9, 『한국문집총간』 권186, 410~411쪽

亡女沈氏婦壙誌

亡女某姓李氏, 祖諱某, 京畿巡察使兼兩都留守. 曾祖諱某, 黃海道觀察使贈
吏曹參判. 母姜氏, 父晉相女, 生于肅宗丙戌, 十五而嫁, 爲靑松沈鎔妻, 踰二
年而死. 吁其短矣!

女生而婉順, 在父母側, 無毫髮忤意事, 旣嫁而舅姑稱爲佳婦. 天性淡於物
欲, 見人華衣服耀佩餙, 未嘗有跂慕意. 所得雖尺寸微, 必分於兄弟, 以是父
母兄弟皆愛之. 撫婢使甚有恩意, 婢使尤屬心. 其爲人如此.

在法又無夭死相, 而竟夭死, 其命也歟? 始女在舅家, 患痢, 夜起如廁, 悸而
返, 因得病. 言笑頗失常度, 醫治不效, 嘔血而死, 斯其命也歟?

女敏於手, 凡女紅之事, 常兼數人, 其母每歡笑以爲才. 父嗜食西瓜仁, 女必
力爲求聚, 自就廚下洗濯曝乾, 俟父至, 跪而進之. 病旣久, 不良於行, 見其母
患頭風, 必匍匐出外, 廳呼其兄, 俾救視, 因自涕泣不已, 以是母益憐之.

女死以壬寅正月十五日, 葬于楊根沈氏先山阿吾谷酉坐之原. 鎔之父曰參奉
命哲, 祖曰學生璟, 曾祖曰吏曹參議壽亮.

女死時, 母病劇, 家人諱不言. 獨其父與其舅營殯, 以訖于葬, 重何傷已.

其父悼其慧而無年, 燒瓷埋文, 千載之後, 陵谷易位, 得此記者, 尙加哀愍而
掩藏也. 父某記.

李德壽, 『西堂私載』 권9, 『한국문집총간』 권186, 417쪽

沈淑人墓誌銘

淑人靑松沈氏, 自靑城伯以後, 世有勳戚, 著于國史. 父全羅道觀察使贈左贊
成權, 大父弘文館校理贈吏曹判書熙世, 曾大父領議政贈諡忠靖公悅. 母全
義李氏, 黃海道觀察使贈吏曹判書諱萬雄女.

淑人生而姸秀明悟, 在父母又一女, 甚見憐惜.

年十五, 擇配, 故于僉正趙公諱泰壽, 生二子駿命, 龜命.

丁未閏三月二十四日, 卒于駿命淸風任所, 壽七十. 盖淑人內外俱名族, 贊成公賢而有重望. 旣嫁而僉正公又賢, 有孝友至行. 兩子又賢, 而龜命尤以文著名. 舅孝憲公貴極人臣, 門戶赫然. 世之稱福美之全者, 咸以故之於淑人.

然淑人始嫁, 孝憲公官未顯家甚貧, 而僉正公少嬰奇疾. 沉綿數十年, 米鹽之細, 藥餌之須, 靡不用心拮据. 至斥賣衣服粧奩之具, 以足之. 勤苦勞悴, 未嘗有一日舒泰. 僉正公竟蹤中身而沒, 而兩子又皆無子, 淑人之窮, 於是乎爲甚矣.

雖然, 淑人敎二子甚勤, 每提坐側, 執箠課讀. 今二子亦皆成立, 有聞於世, 是淑人之敎行於二子也. 孝憲公老而鰥, 凡其一衣一餐, 淑人無不手治, 必使整潔完好, 以至附身之具, 日月製者, 亦莫不預具而謹藏之. 孝憲公友於兄姊, 又喜賓客, 淑人曲意承奉, 推甘分煖, 旣無所惜, 而酒肉之供, 亦未嘗闕. 孝憲公嘗曰:

"吾家之興, 賴是婦."

是淑人之孝, 彰於家庭也. 五妹二姒, 皆以母儀事淑人, 淑人亦慈愛無間. 嘗捐一婢, 以哺甥女之無乳. 僉正公仲弟內外俱逝, 取姑女養之, 嫁不失時. 遠近親戚, 凡有吉凶婚喪, 必皆以淑人爲依故, 是淑人敦睦之行, 孚於親黨也. 平生手不釋女工, 以身率先. 每晨坐開戶賦功, 婢僕稟事. 書函叢集, 左右酬應, 無所留滯. 用度艱乏而不形其憂惱, 經營浩大而不見其勞攘, 精神意度, 常綽然有餘. 淑人治梱之政, 著於事爲者, 又如此. 最淑人之德, 宜範世垂俗, 豈但爲一家誦傳不衰而已? 然則謂淑人福美之全, 亦不爲過失. 所謂福者, 豈必富貴多子孫也哉? 嗚呼! 其可書也.

用卒之五月丙寅, 權厝于忠州省洞, 己酉五月壬戌, 改卜水原八呑面負寅之原, 幷遷僉正公舊壙而合窆焉. 孝憲公諱相愚, 官至右議政, 駿命所後子名載福, 未冠. 淑人余內姊也. 故於二君之謁銘, 不敢辭.

銘曰:

恭惟吾母, 閨範之純. 不妄許人, 儗必其倫. 在諸姪中, 獨稱淑人, 曰惟敏達, 亦惠而仁. 淑人之沒, 在丁未春, 吾母哭泣, 過時而悲. 及秋屆節, 凶禍繼之,

吾生煢煢, 均駿泊龜, 德備爲福, 式昭令名. 願慰孝子, 勿之毀生. 前月忍慟,
埋文先塋, 今玆漬淚, 又書姊銘, 千載之下, 尙識余情.

李德壽,『西堂私載』 권9,『한국문집총간』 권186, 428~429쪽

從叔母柳孺人墓誌

孺人文化柳氏, 麗朝太師車達之後. 逮本朝, 左議政寬, 號夏亭, 爲英陵朝名
臣. 八世而司導[3]寺僉正諱夢翼, 贈吏曹判書, 卽孺人曾祖也. 祖諱渢, 文科海
南縣監贈左贊成, 考諱誠吾, 刑曹佐郞贈領議政. 妣潘南朴氏, 左贊成錦溪府
院君東亮女.

孺人十五而歸李氏, 翌年乙未, 喪所天, 又七年壬寅, 朴夫人沒. 又七年己酉,
姑羅孺人沒, 又五年甲寅, 考佐郞公沒. 又十九年癸酉, 所後子德邵死, 翌年
甲戌, 季學生公沒, 又二年丙子, 兩孫相繼死, 又七年壬午, 子婦朴氏死. 蓋孺
人在世七十四年, 而生人之窮毒, 備於一身. 兄議政公尙運, 每言:

"吾閱潘安仁寡婦賦, 竟不忍再讀."

聞者悲其言. 與兄議政公及弟大諫公尙載, 友愛篤至, 接屋連墻, 朝夕相守.
議政公嘗謫湖中, 又嘗退居廣陵, 孺人皆從之. 兩公亦皆先孺人後先沒, 孺人
益煢然矣.

以癸巳八月十二日卒, 十月, 合窆于楊根水南里坐巽之原. 孺人慧悟絶異於
人. 生數月而能言, 凡於女紅諸事, 經眼輒解, 不煩姆敎. 尤善記古人賢不肖
及當世士大夫族派, 旣老人或有問者, 輒曰:

"某爲某事爲賢, 某爲某事爲不肖."

又曰:

"某爲某之孫, 某爲某之族, 其源出於某."

不待按譜考牒而一一辨說.

奉先祀, 必盡誠敬, 不以家計之貧剝, 有所殺禮. 議政公疾旣革, 家人有欲事
祈禳者, 孺人峻辭禁止曰:

---

3 導 : 𨓜

“吾兄名位已著, 其存其沒, 當關時運. 但宜聽天所命而已, 奚用是爲也?”
其識理不撓多類此.

孺人晚年, 復取德邵第四弟德輝爲後, 登辛卯司馬. 初娶順興安斗章女, 生一
男一女. 繼娶光州金震膚女, 生一男一女. 男長東培, 娶驪興閔正濟女, 生一
男女. 長適士人尹懃, 餘幼. 從叔父諱徵善, 淸江公之五世孫也. 是爲誌.

李德壽, 『西堂私載』 권9, 『한국문집총간』 권186, 429~430쪽

淑人崔氏墓誌銘

淑人[4]完山崔氏, 麗朝神虎衛上將軍純爵, 其遠祖也. 皇考諱起南, 文科永興
府使贈領議政完興府院君, 王考諱來吉, 策靖社勳, 官工曹判書贈領議政完
川府院君. 考諱後崐, 侍講院文學贈都承旨. 妣海平尹氏, 僉正贈左贊成勉之
之女.

淑人生三歲, 而承旨公卽世, 十一歲, 而尹夫人繼沒, 爲伯兄所育. 十九而故
于郡守金公鏜, 時舅掌令公沒已久, 獨姑洪淑人在堂. 淑人旣入門, 克敬克
孝, 終日侍側, 不命退, 不敢退, 婉娩承順, 猶影之從形.

咸陽公家, 故淸貧, 而淑人則代有勳貴, 饒於産業. 然不敢輒以其富厚, 加於
舅家, 凡有所得, 悉以資洪淑人所用筐篋中. 乃無絲毫私蓄. 洪淑人始見淑
人, 姿相端潔, 動止有禮, 固已心喜旣久, 而察其所爲, 乃歎曰:

“吾婦其賢乎! 世謂早失父母者, 失訓而無行, 吾昔信其語, 今乃知其謬也. 亦
唯得於天者, 有善惡之別耳.”

洪淑人旣喪家婦, 詔淑人曰:

“吾沒則於汝乎食.”

洪淑人旣沒, 淑人哀慕蹜禮, 三年躬執饋奠, 終始不怠, 其遇忌, 亦然. 平居早
起盥櫛, 終日手執女工, 至老不廢. 常曰:

“婦道雖以柔順爲主, 然若不濟以剛斷曉於大義, 則亦不足貴矣.”

故其治家寬而能肅.

---

4 淑人 : 원문에는 '叔人'이라고 되어 있어 바로잡는다.

咸陽公旣律己峻潔, 而淑人亦以淸介合德. 凡咸陽公在官, 若內若外, 淑人絶不營私利, 以累咸陽公. 其在秋曹, 有訟於官者, 密因女奴獻白金數十兩. 淑人叱而却之. 後聞其貨入於僚郞家. 又有里媼私饋苽果, 淑人識其意, 亦却不受. 咸陽公家居, 不以事務經心, 而內外之事, 細大必擧者, 繄淑人是賴焉. 每恨祿不逮養, 或得官物, 必泫然久之.

訓子女以義, 男則勉其篤於文行, 女則戒其善事舅姑, 而勿之有欺. 凡有長幼之病, 雖至瀕危, 從容將護, 不改常度曰:

"視病者不宜以憂慮亂心. 心旣亂則救護必失其道, 爲害大矣."

明谷損窩兩相公, 淑人之再從兄弟也, 每稱淑人有女士之風.

咸陽公沒, 旣成服, 淑人自是日示疾, 以甲午二月初四日, 終焉, 距咸陽公喪菫十日, 壽六十八. 前沒之二日, 氣息已微甚, 而神精了然不爽. 呼姪昌瑞, 執筆書遺命, 定祭式, 使從簡約. 分資産均於子女, 以至衣衾斂殯之事, 纖悉無遺. 以其年四月壬申, 同前喪啓靷, 十日辛巳, 合窆于驪州蛇洞負亥之原. 子女及內外諸孫, 已見于咸陽公墓誌, 此不復錄.

銘曰:

奉親以孝, 敎子以義. 勤以御家, 莊以治己. 具是衆美, 以相夫子. 亦旣相之, 又從而死. 嗚呼淑人! 不愧女士.

李德壽, 『西堂私載』 권9, 『한국문집총간』 권186, 435~436쪽

權淑人墓誌銘

淑人權氏, 系出安東, 麗朝太師幸之後. 大父諱鑊, 承政院右承旨, 父諱壋, 禮曹參判. 妣貞夫人徐氏, 穆陵朝駙馬徐尉景霱女.

淑人自幼, 天性孝友, 參判公每稱諸子女中鮮有及者. 及笄敀于成川府使金公必振. 公號楓崖, 禮曹判書慶川君贈左贊成諡貞孝公諱南重子也. 有才有德, 宜通而蹇. 尙論近世人物者, 靡不嗟惜.

公旣澹泊自居, 不以世務營心. 而淑人能體其意, 雖幷日而食, 未嘗設困苦之色. 公嘗自外邑解敀, 當嫁女. 淑人用子母錢, 買婿鞍, 公曰:

"胡不於在郡時言之?"

淑人曰:

"方公務鞅掌, 何可以家間細事煩聽?"

公之莅官, 固淸脩, 而淑人內助之美又如此.

及公下世後, 淑人獨尸家政, 內外井井有法度, 人不知其爲寡婦家. 慶恩府院君諡孝簡公柱臣, 楓崖公之從子也. 早孤父事楓崖公, 淑人之慈愛孝簡, 孝簡之盡誠淑人, 皆均所生. 孝簡公嘗欲備記閫範, 以遺後之人, 竟未及就. 今距淑人之沒二十年矣, 其嘉言懿行, 無從而徵.

顧嘗聞孝簡公之言曰:

"淑人寬裕仁厚之德, 多出古今哲婦之上."

又曰:

"淑人鑑識甚明, 惠順王大妃殿下在沖年, 每異視之曰, '此兒非常人.'"

孝簡公平日簡於言辭, 雖家庭間, 未嘗私有所稱述, 則唯此數語, 豈不足以取信乎?

淑人之卒, 在庚寅十二月五日, 享年七十七. 男介臣, 有俊才早歾. 娶完山李氏, 忠勳府都事週之女, 生子不育, 以孝簡公第二子九衍爲後. 官僉正. 女長適都正趙道輔, 生三男一女, 男尙綱監司, 尙綱縣監, 尙紀直長. 女爲尹天紀妻, 次適李奎著, 次適林澥, 生一男二女, 男■[5], 女爲某妻, 次適牧使李衡坤, 生一男四女, 男錫勉, 女爲金廣淵, 韓德一, 崔某, 柳某妻, 次適郡守贈參判林世謙.

淑人與吾先君子爲姨從兄弟, 於德壽從姑母也. 今於僉正君之托, 有不敢辭者, 謹略序如此.

系之銘曰:

嗟惟淑人, 女士之風. 克配君子, 安其固窮, 在漢季世, 曰有梁鴻. 德曜爲配. 幷休齊美, 唯公淑人, 儷德無愧. 推其仁厚, 宜享厥祉, 胡椓令嗣, 胡窮厥生, 天道洄沇, 莫詰冥冥. 尙有令譽, 揚于千齡. 有欲考信, 請視斯銘.

李德壽, 『西堂私載』 권9, 『한국문집총간』 권186, 440∼441쪽

---

5 ■ : 원문에 빈 칸으로 되어 있다.

贈淑夫人全州李氏墓誌銘

夫人國姓. 世宗大王第五子廣平大君璵七世孫諱厚源, 策靖社勳封完南府院君, 卒官右議政贈諡忠貞. 是生諱遇, 忠勳府都事贈司憲府執義. 娶延安李氏, 戶曹判書延城君贈領議政諱時昉女, 寔爲夫人考妣.

夫人生十六歲敀于贈吏曹參議金公諱介臣. 踰年而金公沒, 又踰年而幼子死. 其哀隕摧剝, 殆非人理所堪. 然在父母側, 輒以愉色自持, 絶不作慽容. 世之婦人, 多以舅家得失, 敀語於親戚間, 而夫人雖纖毫之微, 絶不出口.

母李淑人有宿恙, 夫人竭誠扶護, 十年如一日, 李淑人每稱其孝. 推而事姑權淑人如事李淑人, 生則盡其奉養, 及沒, 自斂至葬, 一皆身自經紀, 不以委諸人. 一家皆稱其孝.

家雖貧, 享先必誠必潔. 年雖篤老, 手執刀俎, 滌器視膳, 不少懈. 與金公諸姊妹, 友愛篤至, 李氏婦後夫人入門而生, 夫人敎養甚勤, 視其子女如己出. 有病則憂念, 至癈寢食. 或言:

"兒自有父母, 何自苦至此?"

夫人曰:

"自幼撫愛, 鍾情已深, 雖欲忌, 又可得乎?"

接人仁厚, 至於婢僕之賤, 亦未嘗加以惡口. 早嬰禍釁, 笁然窮獨, 而人不見其有戚嗟憂苦之色. 處之殆若讀書達理之士. 於是乎益知夫人之賢爲過於人也. 以今上二年丙午四月五日, 感微疾, 告終于家, 享年七十二. 以其年五月十一日, 祔葬于楊州東亭里金公墓左巽向之原. 至戊申, 以國舅慶恩府院君孝簡公諱柱臣第二子九衍爲後, 寔遵孝簡公遺命也. 其封贈用九衍原從功. 九衍娶某女, 官司饔僉正.

銘曰:

孝于父母, 而推以及於舅姑, 友于昆弟, 而推以及於姊妹, 斯固百行之源, 鮮或覿於男子. 至於委命安分, 而怨尤不設於色辭, 在賢哲而猶難, 乃夫人而能之. 嗚呼夫人之賢! 宜作閨閣之則. 埋銘幽墟, 尙千古而不泐.

李德壽, 『西堂私載』 권9, 『한국문집총간』 권186, 441쪽

恭人金氏墓誌銘

恭人慶州金氏, 父諱柱臣, 領敦寧府事慶恩府院君贈諡孝簡. 大父諱一振, 贈領議政. 曾大父諱南重, 禮曹判書慶川君贈左贊成諡貞孝, 母嘉林府夫人趙氏, 永平縣令景昌女.

恭人生而姿容端潔, 稍長, 喜觀小學三綱行實, 手書而口諷, 如傳奇諸書, 世俗婦女所深喜, 而恭人獨不肯寓目. 言語動止, 不待姆敎, 而動合規度, 父母親黨皆奇愛之.

年十七, 敀于尹君勉敎, 事夫子順而巽, 凡其所欲爲者, 無不極意助成, 遇有所失, 又必正色規警. 尹君屢屈場屋, 嘗以爲憂, 恭人曰:

"士唯勤於自脩, 名在其中矣. 奚科名之爲貴? 況今世路艱險, 此非所急也."

尹君甚愧服. 舅郡守公享有高年, 恭人供養甚備, 具饌必精調甘酸, 陳器必明滌整潔, 郡守公甚安之. 姑沒于溫陽官舍, 恭人每以不克自盡於侍疾, 送終之際, 爲至恨, 語及必嗚咽. 待娣姒, 和敬備至, 御婢僕, 曲有恩意, 家庭之間, 人無間言.

恭人素淸羸, 又累哭子女, 積毀成疾. 至丁未春而革. 其夜, 尹君適假寐, 傍人欲提告, 恭人遽曰:

"夫君緣我病失睡多日, 愼勿告也."

府夫人臨問其病, 恭人喘喘床簀, 乃其辭色如常日. 固請弛慮還次, 旣還則淚流沾席. 竟以二月三日, 沒于寓舍, 得年三十七.

凡擧六男二女, 存者三人. 長東旭, 娶李啓女, 次東■[6], 次二歲, 夭死於恭人喪在殯之日.

恭人於惠順大王大妃親弟也. 訃始聞, 上特敎政院, 俾依明聖大妃母弟權益興妻例, 給喪葬諸需, 又遣中使, 吊孤護喪. 自大王大妃曁王大妃中宮, 皆厚敀其賵. 上又命除尹君職. 旣旬而恭人弟後衍, 九衍入侍東朝, 慈聖敎曰:

"吾弟柔順和遜之容, 如在眼前, 雖欲忘而不可得."

又敎曰:

"內賜衣衾, 多綾緞, 誠以非此, 無所用吾情, 而念其平日儉約之志, 必有戚然

---

6 ■ : 원문에 빈 칸으로 되어 있다.

不自安者矣."

以是年四月甲寅, 葬于龍仁縣金拔鄕乙坐之原.

恭人天性溫粹簡靜, 無一毫文餙於外者. 在父母側, 洞洞敬愼, 有敎無違, 有
問無諱. 推而事舅姑, 亦如在家而事父母. 平居不服紋綺, 不以金銀餙簪珥.
蝡蝡之微, 不忍身踐, 所畜鷄犬, 不以充庖, 喜施與, 盡己之情, 而不責人報.
於人之過失, 尤絶口不言, 男子或有言, 輒揮手止之曰:

"苟見其非, 只宜反省汝身, 要無如此事, 斯可耳."

隣有富人, 因女奴, 來請折簡於宮家, 事成則請以百金爲謝, 恭人嚴斥之, 戒
不復往來. 又有饋生魚尹君者有所要, 恭人亦不受. 尹君自外還戲曰:

"獨不念食無魚乎?"

恭人曰:

"非義之物, 奚可登盤?"

其律己淸嚴又如此. 孝簡公居家簡重, 雖子弟有善, 未嘗稱揚, 獨於恭人則曰:

"吾女能不失一點天眞."

尹君之言曰:

"挾貴, 人情所易, 善處舅家, 婦人所難. 吾妻生於大家, 內聯長秋, 而持身愈
益謙愼. 父母旣曰: '是善事我', 而吾兄弟姊妹, 亦無不一辭洽然. 其天賦之
美, 多於勉強之脩, 入門之行, 本於在家之素. 是豈世俗婦人所能及?"

嗚呼! 若恭人之賢, 其可銘也已. 郡守公諱扶, 坡平人.

銘曰:

昔唐權德輿誌其女獨孤氏曰, 嘻嘻申申, 有孝有仁, 吾取其語, 以贊恭人. 其
銘曰, 陽光未晝而湛晻, 植物方華而稿落. 有德無年, 又奚其相若? 惟旭之孝,
尙肩于晦. 苟遺祉之愈衍, 庶存沒之兩慰, 媲古爲文, 徵于來世.

李德壽, 『西堂私載』 권9, 『한국문집총간』 권186, 441~442쪽

贈貞敬夫人洪氏墓誌銘

夫人姓洪氏, 系出安東之豊山. 在穆陵朝, 有諱履祥, 號慕堂, 卒官司憲府大
司憲贈領議政. 生諱霙, 官禮曹參判贈領議政. 生諱柱國, 號泛翁, 官禮曹參

議, 娶德水李氏, 吏曹判書景曾女. 是爲夫人考若妣.

夫人天性和而婉, 篤於孝友, 泛翁公嘗夜讀書, 倦而思飮, 無佐酒物. 夫人遽以鰒魚進曰:

"藏而待不時需."

外從有齒同而失母者, 衣新衣. 傍人語夫人:

"彼衣鮮而汝衣弊, 得無羨乎?"

夫人笑曰:

"彼衣雖鮮, 非慈母手中之線, 我衣雖弊, 奚羨彼也?"

外從兒聞之, 汪然出涕. 夫人時年七歲矣.

內舅正郎公之喪, 夫人欲設奠, 諸姊言:

"膳羞固難辦, 十二歲兒, 又安有祭醊之禮?"

夫人謂:

"曾荷舅氏撫愛, 情所不可廢."

遂爲人裁縫, 受其直, 竟具饌以薦.

十八, 故于粹孝金公諱濡, 事舅姑, 以孝聞. 大姑李夫人忠定公貴之女也, 有高識, 亟稱爲賢婦. 姑任夫人, 晚有目疾, 不善視物, 夫人能先意奉承, 細大不遺, 任夫人甚安之, 殆忘其病. 待姒娣, 初無物我之間, 凡有事, 必助其所需, 而身代其勞, 隨事善誨. 出於至誠, 莫不感戴悅服.

己未, 任夫人沒, 辛未, 貞穆公沒, 癸酉, 粹孝公繼沒於持禫中, 自衾稱至饋奠, 旣靡不手治整齊, 而奉先訓子, 皆有法度, 常曰:

"祭而不敬, 神不顧歆, 而福不降, 其可忽乎?"

日必晨興冠櫛, 坐中堂, 命洒掃庭內外, 臧獲執事者, 受約束唯謹, 無敢慢. 衣紃盤榻以及廚竈垣墻, 位置皆秩然有序, 平居未嘗有苟且營爲之事. 而至於慮事發言, 則周詳委曲, 動合義理, 世之稱閫範者, 咸故夫人焉.

己丑, 五月二十五日, 猝得風痹, 告終于家, 壽五十八. 以其年八月十一日, 祔葬于長湍松西面粹孝公墓左丑坐之原.

始粹孝公有純德至性, 撫愛二弟判書公及牧使公甚篤, 二公事粹孝公, 亦如嚴父. 粹孝公旣沒, 夫人所以遇二公者, 一如粹孝公, 而二公之事夫人, 亦如事粹孝公.

夫人嘗故寧李夫人, 兄弟諸姪, 或以夫人二叔之善事夫人爲言者, 夫人喜見
於色曰:

"雖孝子之善事其親, 未或過於吾二叔."

諸姪對曰:

"正由姑母之行, 素孚家庭, 故能致是耳."

夫人蹙然曰:

"若奚言之若是? 吾平日所爲無過人者, 二叔事, 自出至誠."

夫人有二男一女. 男長東翼進士佐郞, 娶郡守李泓女. 次東弼文科判書, 娶林
原君构女. 女適李性之. 東翼二男二女, 男光世進士正郞, 娶牧使李宜著女,
次光啓, 娶進士李宜復女, 女適尹泰東, 趙載健. 東弼三男一女, 男長光遇參
奉, 初娶權益寬女, 後娶李棨女. 次光遂進士, 娶府使李箕恒女, 次光進, 娶縣
監吳遂郁女. 女爲王子延齡君夫人.

粹孝私諡也. 後贈領議政, 用子東弼貴, 推恩. 貞穆公諱禹錫, 官刑曹判書, 粹
孝公之考也. 粹孝公二弟判書公諱演, 牧使公諱浣.

銘曰:

粹孝之行, 唯孝唯粹. 夫人作配, 其德克似. 推其家修, 舅姑是媚, 推其孝愛,
爱及娣姒, 推其友悌, 化行族里. 嗚呼夫人! 唯德之備, 百世在後, 吾銘不愧.

李德壽, 『西堂私載』권9, 『한국문집총간』권186, 443~444쪽

淑人林氏墓誌銘

淑人姓林氏. 羅州望族, 高麗大將軍庇之後. 父諱世溫, 龍驤衛副護軍. 大父
諱宗儒, 翊衛司副率. 以吏曹判書贈領議政忠翼公墰之子, 出後於承政院右
承旨埱. 母完山李氏, 司憲府掌令贈左贊成廻之女.

淑人生十九年, 嫁爲戶曹正郞尹公扶之妻. 又四十年而以乙未十一月二十九
日, 沒于溫陽邑底, 始葬龍仁泛閑洞, 戊申改祔于同縣金坂鄉正郞公墓左. 凡
擧四男四女, 男泰敎, 顯敎, 彥敎, 勉敎. 泰敎先夭, 顯敎, 彥敎, 俱擧進士, 亦
早沒, 勉敎, 今爲義禁府都事. 女適郡守宋堯佐, 判官任適, 士人李藎, 及第曺
命敬.

淑人始嫁, 家雖饒而以護軍公之尙儉也, 資送衣衾, 不用文錦, 而用縣布, 執
笄之裝, 結麻繩, 爲大帨. 舅家婦女及婢妾, 皆指笑之, 淑人夷然略無慊色. 姊
似凡八人, 異門同室, 長短輩起. 淑人恒自謙恭, 不以舅姑之愛加人, 又飭女
使無敢妄有辭說, 於是門庭間其譽洽然. 姑金夫人晚年, 雖多子女, 而恒安正
郎公家, 以正郎公及淑人, 善能承意致養也. 金夫人夏必困於午睡, 淑人取諺
冊, 展讀于前, 音韻淸暢. 雖甚熱, 不命止, 不止, 金夫人洒然忘其睡. 事死如
事生, 三年饋食, 必誠必愼曰:

"他日入廟, 雖欲復爲此, 其可得乎?"

正郎公喜施予, 遠近親族多歸之. 淑人一意承順, 少無靳色. 田庄所收, 酬人
求勻者半之, 接人仁恕. 雖婢僕有過, 不色詬. 子女告以太寬, 則曰:

"爾翁御下頗嚴, 吾苟不爾, 非剛柔相濟之道也."

授兒小學書, 至古人言行特絶處, 必反覆諷誦而曉之曰:

"美哉! 吾兒亦能如此乎?"

其赴恩津也, 內兄李相國濡來送, 見愛女以綠綿爲長衣而無裳, 輒歎異之曰:

"妹氏非今世人, 使爲丈夫而居吾位, 必能儉俗裕國也."

淑人所以爲婦爲母者旣如此, 而其在家尤篤於愛親. 方八九歲時, 母夫人當
寒足冷, 不能寢, 淑人夜必抱足而臥, 數問

"足得無寒乎?"

護軍公嘗得趙松雪書, 以淑人手藝過人, 要傳模. 淑人承命下筆, 不失毫髮.

護軍公病阽殆, 時方隆冬, 淑人每澡浴, 禱于家廟, 晨夕拜日月, 願以身代. 旣
又刺指刲臂, 出血以進. 筮者言當以馬禳, 淑人曰:

"吾唯靡不用吾極."

遄問事之不經, 乃命洗護軍公所乘馬, 置庭中, 親下堂視天, 淚隨言下. 護軍
公疾旋已, 馬則病死. 聞者異之.

護軍公旣沒, 李夫人高齡在遠鄕, 淑人每思戀涕泣. 及正郎公宰溫, 淑人之弟
象德, 爲便養, 自天曹郎, 出守湖南之珍山. 淑人喜甚, 卽往省, 無何而李夫人
病歿, 淑人哀慕殊甚. 旣還于溫, 每値朔望, 輒爲位服衰而哭.

及革, 病漸篤, 遺敎諸子女曰:

"吾所藏一褙子及襦衣, 此吾先姑先妣所嘗襯身者. 襦以覆吾首, 褙則置諸

身上."

又開示一篋曰:

"此吾父母手書, 吾平生未嘗須臾離. 各取幾幅, 納于棺, 餘以殉之壙傍. 無違
吾志."

其終始不忘孝, 有如此者. 嗚呼! 若淑人, 其可銘也已.

銘曰:

嗟惟淑人! 惟孝之至. 自幼及老, 由老至死, 一念慕親, 斯須不弛. 推其在家,
舅姑是媚. 薦羞孔嘉, 兄弟咸喜. 克相君子, 克順克敬. 訓子以義, 飭閫以正.
考德則多, 壽奚不永. 銘以著懿, 亦後之警.

李德壽, 『西堂私載』 권10, 『한국문집총간』 권186, 459~460쪽

恭人韓氏墓誌銘

恭人淸州韓氏, 太師蘭之後, 縣令挺箕之子, 翊贊尹公元之之外孫, 處士鄭公
純陽之妻, 鎭川縣監壽淵之母. 始恭人早失母, 育於外王母吳夫人. 寔晚翠億
齡之孫. 老多病, 其起居飮食, 非恭人不能安, 每歎曰:

"吾見世之婦女多矣, 旣通且哲, 未見有如吾孫者."

內舅僉正坪, 亦甚重之, 遇事多咨而後行.

及歸鄭氏, 姑崔夫人性嚴, 諸子女鮮有當意者, 惟恭人終始無絲髮致責. 辛
亥, 崔夫人沒, 歲仍大飢疫, 斗米百錢. 恭人能左右拮据, 朝哺饋奠, 不失其
時. 與姒娣居, 怡怡咸得其歡心, 勤於女工, 閫內之政, 井然有序.

及處士公下世, 鎭川居年甫六歲, 而兩女又未笄. 宗祀凜凜如一線欲絶. 恭人
晝夜抱稚孩, 哭於筵几, 淚湢而見血, 目爲之盡腫. 人皆謂必無全理, 恭人忽
翻然改圖, 强自支持, 卒能成立門戶, 嫁娶以時, 恭人於是乎爲過於人矣.

鎭川君弱, 不任遠出, 而恭人能割愛, 俾從師於外. 每以小學中寡婦之子爲
戒. 築室處士公墓下, 時節往留. 以遺孤藐然, 世故難測, 欲竪墓石, 衆難以財
力之鉅. 恭人夙宵營度, 竟如其志.

御婢僕嚴而恩, 乃至居南方千里外者, 皆能革其悍頑之習, 奔走率令. 尤篤於
奉先, 觴豆脺脀, 必豐必潔. 非大病, 晨昏, 必循審祠門內外, 至老不廢. 凡恭

人所以爲女爲婦爲母者如此. 嗚呼! 豈不賢哉?

嘗痛本宗無嗣, 廣求諸族俾尸其後, 及析産, 一無所取, 盡推與之. 縣令公三娶, 李淑人其年在恭人子女行, 煢而窮. 恭人邀致于家, 盡其供養. 宗黨有窘匱, 傾儲施與, 不爲日後計. 聰明强記, 談古今事, 亹亹可聽. 到老治家事無倦, 升斗出入, 一不遺錯. 此又恭人行實之可書者也.

辛亥八月, 恭人在鎭川官舍, 患痢日增劇. 每靜臥, 必屈指至十四而止, 問之亦不答, 竟以其十四日不起, 壽八十九. 權厝于高陽泉靑里子坐之崗, 將以明年癸丑, 合祔于處士公墓.

鎭川有三子一女, 男光殷文科持平, 次光周, 光漢, 女適金載尙, 三女壻郡守尹志益,直長洪遠度,士人李昌彦, 其出子女, 幷見處士公誌. 恭人之於鄭氏, 所謂功存亡而德繼絶. 豈獨閨範之爲高世而已哉? 在法是宜銘.

銘曰:

婉變之施, 鬚眉之恧. 有編閨烈, 敢告首錄. 更生逝矣, 我筆嗟禿.

李德壽, 『西堂私載』 권10, 『한국문집총간』 권186, 464〜465쪽

貞敬夫人田氏墓誌銘

原任兵曹判書李公森, 策戊申奮武功, 封咸恩君, 追爵其考諱師吉議政府左贊成咸平君, 而母田氏, 從封貞敬夫人. 後五年壬子, 夫人年八十, 以閏五月二十九日, 病卒, 將以八月合祔于尼山酒谷乾向原, 贊成公墓左. 先期屬銘於德壽.

謹按, 夫人南陽人, 國初有直提學柱, 生漢城判尹得雨, 謚敬胡, 敬胡生判中樞府事興, 是生副提學稼, 寔夫人九世祖, 祖諱瀣, 官縣監, 考諱一成, 通德郎, 妣坡平尹氏, 府使聖擧之女.

夫人性慈惠. 承祀主饋, 動不違則, 凡於衣服飮食, 不喜華靡, 每擧少時艱窮, 以詔家衆, 俾知戒懼. 恤窮濟困, 發於至誠, 乃至箱篋無遺藏. 待族親撫婢御, 咸有恩遠近歸仁焉. 其敎判書公, 恒以居官廉白, 眷眷爲言, 而尤於事君大節, 凜然嚴截, 當戊申之變, 判書公以訓鍊大將, 屢朔扈衛宮城, 夫人在家病篤, 上俾判書公間日歸省, 夫人卽送言判書公曰:

"此何等時, 而敢恤私情, 設汝來, 吾不汝見矣. 勿以吾爲念, 專心戎事, 吾之
望汝止此而已."

判書公陳疏以聞, 上諭以嘉卿母訓子有方.

前後遭國哀, 必具祭服, 率子婦登家後園, 望哭行服.

及其疾久, 而判書公不離側, 又噓唏曰:

"以吾之病, 致汝久未造朝, 無乃或缺於義分? 汝宜趁今入覲, 無專念我爲也."

判書公爲世所齮齕, 屢阽危機, 賴上深知其忠, 終始保全. 及夫人沒, 上又敎曰:

"咸恩累經事故, 色養無多. 今遭巨創, 予甚傷惻."

其令該曹, 從厚顧助. 嗚呼! 此可以見君臣矣. 苟求所以致此, 則又豈非夫人
之敎然也? 唯其脩之身者, 有以行乎子, 行乎子者, 有以孚于上, 卒能受隆褒
於生前, 而致異數於身後, 嗚呼! 其可尙也已. 其可尙也已.

夫人有一子一女. 女適尹憲, 早寡無嗣. 子卽判書公, 有一男希逸, 進士尙衣
直長.

銘曰:

溺情蔽愛, 婦也皆是, 嗟惟夫人, 獨裁以義. 天褒有赫, 篤嘉訓子, 命官歸賵,
亦數之異. 旣壽旣尊, 神報厚祉, 納銘幽墟, 戒其傷毁.

李德壽, 『西堂私載』 권10, 『한국문집총간』 권186, 465쪽

高麗禮儀尙書申公夫人鄭氏墓

高麗禮儀判書奉翊大夫寶文閣提學申公德隣, 夫人光州鄭氏. 墓在光州軍盆
里負亥之原, 與曾孫仲舟墓相距十數步. 而舊無表識, 於是本道兵使趙虎臣,
與道內守宰之爲夫人後裔者及姓孫之散處諸邑者, 同力治石, 謀樹短表以識
其地, 且禁樵牧, 徵文於余.

夫人之沒殆近四百年矣. 其嘉言懿行, 無從而徵, 唯申公事, 畧見於麗史. 史云:

"忠定王遜于江華, 舊臣從者唯典校令申德隣等數人而已."

夫申公臨危, 不失臣節如此, 則夫人之媲德齊美, 亦可知也. 夫人之子曰包
翅, 擢茅麗朝, 及麗亡, 退居南原之壼村. 本朝以大司諫屢徵, 不起, 卒全節
以卒, 夫人之敎於家者, 又可知也. 包翅有三子, 長曰檣, 文科參判, 次曰梯,

監察, 次曰枰, 文科正言. 孫孟舟庶尹,仲舟郡事,叔舟文科領議政贈諡文忠. 松舟文科府使, 末舟文科大司諫. 內外諸孫至不可勝計, 夫人餘慶之所及又如此.

嗚呼盛矣! 夫人考諱臣扈, 官殿直. 申公字不孤, 號醇隱, 高靈人. 墓在玉果介寺洞, 與夫人別葬云.

李德壽,『西堂私載』권11,『한국문집총간』권186, 512쪽

先妣行錄

　　始先妣之喪, 亡兒手錄遺事甚悉. 余亦自製誌文, 而其實余文疏略, 不及兒作遠矣. 今閱此文, 追遠傷今, 俛仰血涕. 遂錄置余稿中, 庶子孫之欲知先妣德行者, 有所考焉, 顧曰, 先妣行錄者, 以載余集也. 文曰'先祖妣'者, 從兒本文也.

先祖妣生而淸弱善病, 母李夫人憂愛深, 不離懷抱. 稍長, 與內弟趙夫人, 姨兄鄭夫人, 同嬉遊. 趙, 鄭兩夫人, 或從事針績之工, 先祖妣亦欲與之同學, 則李夫人輒止之曰:

"兒甚弱, 宜自保護, 無至生病. 若壯而完實, 則本性明慧, 雖吾不敎汝, 汝當自解. 吾則憂汝病弱, 不憂汝不學女工耳."

　　趙夫人, 李大諫世勉夫人, 鄭夫人, 閔判書鎭周夫人.

李夫人聰明穎睿, 通書史, 達於義理, 雖甚愛先祖妣, 而亦隨事訓誨, 取少微通鑑小學等書, 排日課讀, 夜則令誦其所讀書. 又指乾象, 使知星辰躔次. 以及古來哲婦賢媛, 是非得失, 靡不勤勤指導. 先祖妣能一聞卽記, 終身不忘, 所以明見博識, 爲一家之所敬服.

李夫人早寡當家, 膝下只有應敎公及先祖妣. 應敎公所學, 先祖妣亦皆旁學. 或一家婦女聚會堂上, 相與謔浪笑言, 先祖妣惟穆然孤坐, 不喜與人爭長短. 一日, 應敎公自外入, 取三片紙, 各署一字曰明, 曰賢, 曰安, 使趙, 鄭兩夫人及先祖妣, 自擇而取之. 先祖妣取安字, 笑曰:

“我則不賢不明, 只欲爲安逸無憂人而已.”

蓋其內性之溫謙如此.

年十六, 歸于李氏, 時姑徐夫人及王姑沈夫人, 皆寡居, 家業旁落. 朝夕之供,
亦時屢闕, 獨以先祖妣爲新婦之故, 特設朝夕飯. 先祖妣以爲不食則不可, 獨
食則輒不安於心, 卽請韓, 鄭二祖姑, 分其飯而與之. 始自親執女工, 每夜必
焚膏獨坐, 至曉少寢, 不敢以本家之豪富, 有驕怠自便之意. 先王考赴學堂,
或泮試, 先祖妣鷄鳴而起, 以簪釵之屬, 貿米以供晨炊, 不以憂苦之態, 見於
姑堂. 亦不以舅家之貧乏, 有干於本家. 有時歸寧, 則內舅通川公, 使一家年
少婦女, 各陳其舅家所聞, 諸婦人競有所陳說. 或有愁慽之容, 或有嬌貴之
態, 先祖妣最後, 但曰:

“我則舅家淸貧而已.”

此外無他所言.

先王考早孤, 與知事公同居. 當先祖妣入門也, 知事公年尙幼, 衣食盥梳, 皆
仰於先祖妣, 先祖妣撫恤親愛, 無異親弟, 亦不以年稚而有所慢. 知事公晚
年, 常曰:

“世豈無賢淑婦人, 夫孰有如吾嫂之靜定安和, 令人自然心服而起敬者乎, 吾
與吾嫂六十同居, 終未聞怒罵詬呵之聲, 亦未見懈怠放逸之色, 憂慽喜樂,
雖迭變於前, 而處之安如, 終未見哀悅之蹤度. 吾嫂者, 豈世俗婦人所能跂
及哉?”

乙卯, 先王考奉徐夫人, 往砥平之釜淵村庄, 家用艱乏. 時家大人生甫三年,
姑母亦年才十歲. 先祖妣率兩乳兒, 一日, 只得麥飯一器, 蒸醬數匙, 而心甚
安之, 若將終身. 外則先王考親執耒鋤, 內則先祖妣達夜治絲麻. 居峽屢年,
使徐夫人不知貧寒之苦, 甘旨之供, 無闕於朝夕, 而每當徐夫人晬日, 則必盛
備酒饌, 請京中族黨及鄕居父老, 宴飮數日而罷. 知事公, 亦挈眷同住, 先祖
妣待諸姪如己出, 雖一器之饌, 必分以與之. 由是, 一家之內, 雍然和穆. 世之
婦女, 類喜論人長短, 或怨或謗, 而至先祖妣, 則輒一口皆頌其德, 至於連姻
之家隣里之人, 皆曰 ‘某夫人實有賢聖之德’ 云. 蓋先祖妣稟姿溫仁, 自然能
感化人心, 非若他人款曲致外面人事而得其感悅也.

己巳, 先王考與祖姑夫沈觀察同就理, 禍將不測, 祖姑執先祖妣手, 叩胸欲

哭, 先祖妣和顏溫辭而止之. 及王考竄配於萬頃群山島, 先祖妣從之, 六年居謫. 烟瘴海颶, 殆令人難堪, 先祖妣怡然安分, 眉間終不設憂慽色. 取小學及唐詩絶句一卷, 潛自翫閱, 以消遣. 京居婦女, 有時書問, 則亦不以憂愁怨懟之意, 見於簡牘, 至今一家間, 稱道不已焉. 沈觀察諱權.

甲戌以後, 先王考歷踐淸華, 名位甚盛, 而先祖妣一遵節儉, 居處器用, 皆近朴陋, 針績之筐, 不離於前, 除食睡之外, 未嘗見垂手閑坐. 其於奉祭祀之節, 尤竭其心力, 每當先世忌祀, 必未明起盥梳, 令婢輩掃洒內外, 烹炙剝割, 親自監視. 限內外四代先忌, 必行三日素, 不以衰病而有所或廢. 朝夕只進三合食, 而亦且不盡, 非時饌膳, 絶不近口, 以是一家婦女, 皆不敢私自設饌.

先王考性旣好施, 凡於一家間貧窮孤獨者, 必欲悉心救濟. 故先祖妣一意承奉, 無敢怠忽. 先王考有從兄早逝, 有子女四五人, 先祖妣取而養之, 撫愛篤至, 无異親子女, 親備衣衾, 婚嫁以時. 及高氏婦新婚也, 先祖妣令盛飾珠翠, 欣喜之色, 溢於顏面, 人謂:

"今日始見某夫人喜色之可掬."

先王考爲海西伯, 有所眄妓, 及王考遞歸, 妓能以節自守. 丙子秋, 因家大人參司馬, 妓輒自備僕馬, 艱關上來. 時適一家男女聚會堂上, 祖姑沈觀察夫人, 聞海妓來現, 命僕逐出, 卽招先王考切責. 先祖妣徐進以告曰:

"彼以好意遠來, 自當回去, 何必恣恣若此?"

祖姑怒猶不止, 仍離席徑還. 先祖妣令婢輩, 設飯善待. 及遭己卯大喪後, 待遇之道, 尤加於前. 妓雖故居本鄕, 而先祖妣書問不絶, 或時以海土所無者寄送, 一家服其德, 而妓亦銘心感恩. 及先祖妣棄世, 妓卽聞訃上來, 哀號摧裂, 與余慈堂無異. 盖先祖妣仁德之入人深, 有如此者.

僉使沈若淳, 卽祖妣王考僉樞公之庶出, 幼而失依, 飢窮無所於攸. 先祖妣收而養之曰:

"此亦吾祖骨肉, 豈忍見其顚仆道路乎?"

及先王考按察關西, 若淳從之, 卽差成川別將, 先祖妣招而曉之曰:

"汝以吾家私親. 先得饒任, 須自謹畏, 毋致外間浮謗. 苟或有過, 難以相恕, 吾豈以私情之故, 而有累外政乎?"

若淳自是能自知檢身, 仍能成立. 及先祖妣棄世, 若淳哽咽不成語曰:

"生我者雖父母, 使我能成人者, 莫非先夫人大德, 吾雖粉身磨骨, 何以報此德之萬一哉?"

已卯, 先王考下世, 先祖妣三年哭泣, 一遵禮制, 作一小冊, 外邑賻助及親知慰問者, 手自記錄, 以爲後考. 盤盂梡楪, 別爲措備, 以藏于壁後小龕, 每當朝夕祭奠, 必親自洗淨. 三年之內, 未嘗開口劇笑, 亦未嘗見號咷叩踊, 而人之見之者, 自然有哀傷敬服之心. 至于今, 稱道不已.

家大人辛卯魁菊製, 至癸巳, 始唱榜. 叔父是年亦魁司馬, 人皆謂:

"某夫人仁德所種, 慶事叢萃."

沈觀察夫人執先祖妣手曰:

"以夫人之賢, 上奉祭祀, 使家道不替, 下率兩兒, 終見此莫大之慶, 非夫人之賢, 能如是乎? 以夫人平日心德, 受今日之福, 宜矣哉!"

先祖妣遜辭以謝, 終不以侈怢之容欣悅之色, 形諸顔面, 但時有懷舊愴悼之心而已.

乙未, 叔父棄世, 叔母有孕已數月矣. 先祖妣務使保護, 終不以哀傷之言, 惻愾之容, 以動其心, 輒和顔溫語, 親勸糜粥. 叔母以貴家女, 徑遭巨創, 哀號過節, 不能自制, 每當勸粥之際, 多致激怒之事, 先祖妣必開容强笑, 若已無悲慘之心者. 至今一家相謂

"某夫人心中, 本無怒之一字."

三年內朝夕哭奠, 先祖妣必親自行之, 不以疾病而有所廢. 堂叔修撰公嘗曰:

"吾叔母心事, 聞哭聲而益知其敬服矣. 哀號之聲, 類多急遽促數, 及其久也, 必皆徐緩支離, 若叔母則自初喪至于三年, 終始如一, 欲令人墮淚."

山培幼時, 受學於先祖妣, 游浪蹂度, 全無程課. 先祖妣終不以箠楚見加, 只當夜間招以至前, 歷數古來賢不肖曰:

"某則兒時勤於讀書, 使芳名流於後, 某則兒時不讀書, 終成亡賴之人. 汝其欲學讀書垂名之人乎? 欲學不讀書亡賴之人乎?"

且以目前所見曉之曰:

"某則年少登科, 孝於親榮於鄉黨, 此讀書之效也. 某則乞食馳走, 庇身無地, 此不讀書之效也."

反覆開諭, 每日如是. 故山培因此惕然警悟, 得不至爲放宕誤入之人.

山培庚子, 與堂叔修撰公同參司馬發解, 及翌年會圍, 修撰公高參, 山培獨見屈, 心甚快然, 先祖妣責之曰:

"汝叔年近五十, 始得小科. 假使汝當得而反失, 汝叔不當得而得之, 猶當爲幸. 況汝之一鳴, 旣出僥倖, 而汝叔之先於汝, 在理爲當. 須勿爲狷狹之態, 與一家同樂焉."

先祖妣好生之德, 異於凡人. 嘗曰:

"我幼時, 得二草虫, 繫頸而嬉, 因懸於戶樞, 先妣夢二靑衣人來跪而告曰, '死在頃刻, 敢乞殘命'. 及覺而見草虫懸戶, 卽解而放諸林薄中."

夫以草虫之微, 猶有求生之心, 況人命之至重者乎? 以是雖婢侍有過, 絶不以鞭笞過加. 丙申春, 家大人出宰文義縣, 一吏抱病被重杖. 先祖妣聞之, 以米肉繼給, 使之救護, 及死惻然不怡. 每對家大人, 以愼刑杖之意諄諄戒勅.

家大人踈於家政, 自田園所收, 以至凡百出入, 一切不省, 先祖妣一皆總執升斗尺寸之微. 身自檢察, 每當先世忌祀, 雖有祭需之艱乏者, 先祖妣經營料理, 必皆準備, 不以煩諸子孫, 動於聲色. 所以一室安靜, 家大人得閑居無營, 專心經籍者也.

先祖妣天性淡然, 一生無艷羨嗜慾之累. 至於餠果魚肉之味, 亦无偏嗜之物. 嘗曰:

"珠玉之屬, 寒不可裁以爲衣, 飢不可煮以爲食. 而徒費重價, 以爲一時之盛餙, 天生之質, 豈以是而益麗乎?"

由是箱盒之內, 無奇巧之寶. 但平居喜淨掃室堂, 晨起而坐, 終日執女工, 以自消遣而已.

先祖妣天性恬澹徐緩, 雖憂病喪慽絶, 無驚惶倉卒之容, 雖內懷憂悶, 而亦無顰蹙愁怛之狀. 雖尋常所思戀之人, 一見但問其寒暄而已, 別無傾倒喜悅之色. 婢僕若誼譁相闞, 則輒嚴禁而止之, 內外穆然, 一遵禮法. 容止溫和, 少無難犯之色, 而一家婦女, 自然敬畏, 不敢以詼調謔浪, 相加於前. 肌膚瘦瘁, 實多脆弱之慮, 而一生無病. 雖時時有些少欠安之節, 亦未嘗擁衾而臥, 旁人亦不覺其有病. 盖內德純粹發於外, 而人自然心服. 未嘗以喜怒助元氣, 而自致壽耉也.

先祖妣喜澡浴其身, 間數日必洗脛足, 每淸晨盥漱, 雖疾病沈篤之中, 未嘗暫

廢. 一家年少婦女, 或因憂慽蓬髮垢面, 則先祖妣再三教諭, 必使靧顏櫛髮,
整齊衣裳. 從祖母尹夫人嘗曰:

“我常抱病, 專廢盥梳, 每對吾兄, 自然心媿面赧.”

先祖妣有兄應敎公, 早逝, 其胤三陟公亦下世, 十數年之間, 家事荒墜. 先祖
妣常嘆曰:

“我家陵替, 一至於此, 正由婦女輩偏愛小女, 浮文太過, 而內政益跌故也. 人
家興覆, 恒繫於婦女, 人之得賢內助, 其亦難乎!”

癸卯, 家大人出宰杆城. 魚鮮甚饒, 積於官庫, 每遇京便, 家大人告於先祖
妣曰:

“庫中乾魚甚多, 苟欲饋問一家, 宜令取來.”

先祖妣曰:

“此是官物, 豈可濫用? 只聚朝夕供奉之, 餘曝乾而分之.”

邑妓與婢輩情熟, 潛自出入, 則先祖妣嚴加禁制曰:

“此是官人, 豈可使內婢交結, 以傷体貌乎?”

由是內言不出於外, 外言不入乎內, 居任一年, 內外肅然.

甲辰秋, 山培讀書於邑後小庵, 庵僧跪問曰:

“小釋聞邑底人所傳, 王大夫人有神明之德, 門外百里之事, 无不洞知, 果是
女中菩薩[7].”

盖先祖妣平生, 別無前知之異術, 性度靜肅, 亦未嘗有干係外事者, 而惟其天
然之德, 至使遠外之人, 自然化服之深.

乙巳時象一變, 家大人不安於朝, 屛居于楊根先墓下, 先祖妣從之. 峽里蕭
條, 事多艱窘, 每當朝夕飯時, 只有數器熟菜. 山培或時皺眉不肯下箸, 則先
祖妣讓之曰:

“汝甚年少, 不知吾在砥平時. 苟得一器蒸醬, 則擧舍欣欣以爲珍饌. 今則朝
夕之飯無失其時, 况有數器菜, 足以佐飯, 不亦過濫乎?”

先祖妣之於山培, 慈愛篤至, 山培有時出外, 而先祖妣苟得脯果之屬, 則必裹
置箱盒, 待其攸而與之食. 由是山培每當朝夕飯時, 不敢獨食於他處, 必侍側

---

7 薩: ‘薩’의 오기로 보인다.

而後, 方始進盤. 及自先祖妣棄世之後, 每當食, 則山培必先欲下淚, 不能吞食下咽.

山培口氣甚銳, 每呼卿相姓名, 且或輕呼一家間長老名氏, 先祖妣必責之曰:

"今之宰相雖多闒茸, 爵位年齒旣皆崇高, 年少兒何敢輕呼名姓, 無異僕隷乎? 至於一家長老, 則尤不宜妄呼名氏, 汝豈不讀小學乎? 楊氏一門, 雖踈遠之族, 必稱某叔某大父, 不敢以名字相呼, 朱子稱爲知禮. 兒輩須念之."

先祖妣嘗語山培曰:

"吾先妣平生酷愛文學, 常曰, '吾子孫中苟有能文者, 吾雖已死之後, 當慰悅於地下矣.', 今汝父以文學著名, 三陟雖不得一第, 亦是名下士. 吾每追念先妣當日之言, 而心自悲喜矣. 汝亦吾先妣子孫, 須自勉勵焉."

　　　三陟公, 諱齊賢.

先祖妣常曰:

"世俗婦女遭其夫喪者, 必哀號絶食, 以從亡爲賢, 此非貞孝之道也. 當其哀號欲絶之時, 父母之怜我, 舅姑之憂我, 宗祀子女之所望於我者, 何如也? 而惟以一時之哀, 不顧父母與舅姑, 不顧宗祀與子女, 烈則烈矣, 而獨不念孝之一字乎? 百年之期, 中途而乖, 人孰有欲生之心? 而上有父母, 下有子女, 不宜徒循情志, 以決一朝之命. 今婦女輩雖乳下兒小之慽, 必號慟摧絶, 有若自盡者然, 此實不思之甚者. 我則不取也."

世之年老者, 類皆眼視耳聞, 不及於年少時. 而先祖妣則年雖耋老, 而聰明無異少時, 燈下能閱稗說之屬, 或時親執針線, 以補衣裳之縛綻處. 當乙巳秋夕, 家大人與山培有事上京, 時値潦雨, 川渠漲溢, 京鄉路阻. 先祖妣親乘藍輿, 冒雨登山, 遍行諸位節祀, 日暮始敀, 亦不見疲薾困憊之色. 及潦霽路通, 鄉人來傳其事, 京中親知之聞之者, 莫不驚嘆以爲異事.

先祖妣撫御婢僕, 肅而有惠, 箠撻呵責, 未嘗過加, 而威行仁覆, 自然畏服. 其在杆城, 一老奴自邑上京, 中路爲盜所殺. 先祖妣惻然, 三日不進肉. 乙巳冬, 楊山奴一人貧甚, 其妻新産, 飢不得食. 先祖妣以米藿繼給, 作一小兒衣以與之, 至今京鄉奴僕, 感恩稱頌.

先祖妣性端方, 寡言笑. 文史詩賦, 多所通曉, 而韜能靜嘿, 外若不知. 聰明絶
人, 少時所經眼, 皆能暗誦而對人酬酢, 如甚遲鈍. 故雖一家婦女, 只服其恬
和安靜之德而已, 亦不知其聰明穎達. 而每當夜深人靜時, 山培或時與諸妹
誦唐詩三大作及滕王閣赤壁賦之屬, 有時礙滯, 則先祖妣必提其礙處, 使之
記悟而已, 亦不肯盡誦其全篇.

丁未五月, 先祖妣猝得痢患, 首尾兩朔, 症情沉篤, 終日瞑目而臥, 不理人事.
京中書札, 皆不肯披覽, 雖姑母手書, 亦不親閱. 及知事公聞先祖妣疾篤, 修
書以候, 先祖妣卽起而坐, 披見再三, 仍又强就筆硯, 作答以謝之.

先祖妣好種樹, 每女工之暇, 步臨東苑, 愛翫林樹. 雖丁未病篤之日, 時時開
囱, 令兒婢扶植階前叢菊. 至六月晦, 病勢少差, 先祖妣親至階下, 手摘菊間
雜草, 其精神氣力, 雖在大病之餘, 猶能如此.

六月, 病少差時, 顧謂山培曰:

"吾已年廹八十, 死固何惜? 但以渾舍來住窮峽之故, 祠廟時祀, 一未親參,
於吾心, 尋常不安. 今年毒痢苟得蘇完, 則當竢明春, 以木道上京, 聚會族黨,
一行時祭, 歸死楊峽, 則吾當無恨."

七月初, 痢患添加, 比初尤涉危重. 自知其已无可爲, 却藥絶不近口, 頻取溫
水, 使之淨洗手足. 時朝象猝變, 祖妣之姪判書公, 自安城乘召上京. 先祖妣
雖在奄奄之中, 而顧語家大人曰:

"判書上來, 何其速也?"

醫人言:

"眞元枯脫, 宜用參茶."

而先祖妣終以爲無益, 不肯服. 判書公以數兩參送來, 山培煎而告曰:

"此判書叔之所送, 幸一吸也."

先祖妣曰:

"吾病已無可爲, 藥復何益? 而此旣判書所送, 則何難一飮."

卽擧首强進而臥.

判書公, 名壽賢, 後大拜.

先祖妣病旣革, 顧季妹尹氏婦曰:

"吾有小箱在壁龕中, 宜謹藏而毋失."

及先祖妣棄世, 慈堂與諸妹取而閱之, 中有二小紙. 其一則區處家事者, 其一則乃手錄李夫人遺事數三條也.

先祖妣年前, 嘗語慈堂曰:

"吾夜夢汝之先舅謂余曰, '七月當與君相見, 幸姑保重.' 吾若病死, 則其必在七月乎!"

果七月十三日別世.

過成服, 慈堂哭語諸人曰:

"吾侍先姑三十年, 恩愛之篤, 實非世俗姑婦之比. 盖先姑雖不以過分之寵非望之恩, 加於吾輩, 而若其愛重之深, 禮待之篤, 則偏厚於吾身. 吾年來病痼, 不離床簀, 則先姑必朝夕親臨, 言語溫諄, 情意洞無間阻. 吾眼病旣深, 視物不明, 則先姑必哀愍嗟惜, 撫恤尤加. 雖尋常書札之微, 必親自開讀, 使吾聞知. 先姑恤愛之恩, 與吾感戴之忱, 承侍數十年, 終始如一. 世孰無姑婦, 而又孰有如吾姑婦者哉?"

李德壽, 『西堂私載』 권12, 『한국문집총간』 권186, 559〜565쪽

홍태유(洪泰猷) ————————————————

祖妣淑安公主家狀

公主, 孝宗大王第一女, 生於丙子四月二十八日.

生而遭丙子之難, 崎嶇兵間, 堇乃得全. 及孝廟以大君赴瀋, 公主失父母之依, 仁廟憐之, 收養於宮中. 公主幼而甚慧, 能周旋兩宮間, 承事無違, 仁廟與慈懿殿, 皆愛之甚. 故孝廟東還久, 而公主尙留宮中, 以及長, 孝廟之陞儲位, 封淑安郡主, 後孝廟之踐大位, 又陞封公主.

公主以庚寅歲, 歸于我祖考益平府君. 府君諱得箕, 階至成祿大夫, 襲勳封君. 考曰右議政益興君諱重普, 祖曰平安道觀察使南寧君贈領議政謚忠烈公諱命耉, 曾祖曰分兵曹參議贈領議政唐寧君諱瑞翼, 高祖曰判中樞府事兩館大提學益城君贈領議政謚文貞公諱聖民. 妣曰貞敬夫人韓山李氏, 牧隱之後, 吏曹判書贈領議政謚忠貞公諱顯英之女.

公主入門, 無貴驕氣, 怡顔溫色, 雍容中禮. 雖閭閻家婦人素閑於禮者, 莫及於公主, 舅姑甚喜而稱之. 時祖母申夫人尙在, 每時節, 公主具時服時饌以進, 申夫人輒稱曰:

"公主之賢, 能使未亡人喜而忘疾."

自是夫黨之稱'賢婦'者, 皆曰 "公主可法". 而公主不以是自多, 禮愈恭心愈下, 事舅姑益敬以孝, 事君子益謹以順. 接賓族, 咸稱其情, 雖至婢僕之賤者, 未嘗以苛政莅之, 夫黨又稱曰:

"公主之仁心厚德, 尤可敬也."

孝廟嘗敎公主孝經, 內訓, 小學等書, 公主時甚幼, 能通大義, 多所踐行, 又誠孝出天, 終日侍兩殿, 不離其側, 兩殿有疾, 憂形於色, 歷累日侍藥不懈, 孝廟嘗稱曰:

"是女仁心孝性, 必能善事舅姑."

及公主事舅姑無愆禮, 然後孝廟又喜甚曰:

"予固知是女之能如是也."

余不肖之聞於一家長老者如此. 嗚呼! 余不肖不幸不及見先祖考在世之時, 而猶逮事先祖妣甚久, 先祖妣巨細言行, 可耳目而詳也. 祖妣天性至仁厚, 言又寡, 不喜處人是非, 故出入禁闥五十年, 宮中上下毋慮千百數, 無不稱其厚德, 如出一人之口, 至於娣姒之間, 人家鮮雍睦, 而祖妣處之裕如, 情禮兩至. 逮己未曾王母之喪, 從大父觀察公, 隨几筵入京, 祖妣虛前舍而館之. 從大父家素貧甚, 朝夕之供至薪穌, 祖妣皆量而繼之, 旣久而不以爲難. 往往女使輩出入兩家間, 言說囂然, 至或達於祖妣之耳, 而祖妣輒加訶斥, 不一掛諸懷, 由是兩家終不生罅隙焉. 此豈尋常婦人懵於道理者所可能哉?

祖妣於祭祀尤謹, 每遇先祖考諱日, 前期經度, 辦備祭需, 必以其常所嗜好者, 務爲精潔. 亦皆親自看檢, 不但先祖考諱日然也. 余家爲小宗, 自益城以下皆祭之, 雖遠如益城, 其齋誠謹潔, 無不如之, 至老不怠.

又勤於女工, 每日晨興梳洗, 手必有所執, 端坐竟日, 非甚有疾, 未嘗倦惰欹臥. 教婦女, 動以女則爲準, 御下甚嚴, 濟以恩意, 閨門之內, 肅然齊整. 嗚呼! 世所謂'有賢行厚德足以綿延福祚'者如吾祖妣, 則可矣.

天之所以餉吾祖妣者, 反有乖於此, 使吾祖妣未嘗有一事可樂, 而惟疾病喪慼之爲憂, 卒至己巳, 而天之禍吾祖妣者, 尤酷且極矣. 至此而天理尙可信耶? 嗚呼! 爲善之禍, 一至此耶? 祖妣自遭禍故, 惶懼悚縮, 不敢處以恒人, 塊居陋室, 杜門自屏, 常撫余而謂曰:

"吾與汝命實崎嶇, 遭此酷禍, 尙誰怨尤? 天無竟日之怒, 惟當倍加謹畏, 以俟聖心之垂憐, 毋妄掛黨人之機穽."

以此六年處睢盱之中, 而使黨人一事終不能摘, 此又可以見祖妣處患難有道也. 逮甲戌更化, 天日回光, 恩眷如舊, 祖妣復承寵命, 出入禁中者又四年, 而以丁丑十二月, 舊疾復添, 以是月二十二日, 遽棄不肖於駱東之正寢, 去祖考棄世二十五年, 春秋六十二.

始祖妣之疾劇也, 上遣御醫三人, 不離看病, 日三問加損, 一夕訃聞, 上驚悼曰:
"何遽至此耶?"

卽命中使護喪, 敎曰:
'初終諸需, 該官親自進排, 無一毫未盡, 以表予意.'

翌朝, 駕臨喪次, 哭盡哀, 撫弔其孤. 自始斂至治窆, 凡賵賜弔祭, 與前喪略
同, 而恩禮俱加焉. 前期葬月, 又別遣女官, 特賜御製諭祭, 有曰

'貴主周甲, 而古來稀, 何以志喜? 一詩贈之, 壽席之開, 秋以爲期, 豈料家邦?
艱厄連罹, 終焉轉頭, 只奠崇豆.'

蓋祖妣周甲之歲, 上賜詩以志喜, 又將賜宴以榮之, 而連値歲侵, 未及擧, 而
祖妣棄世, 故上盆悲之, 有此敎也. 前後祥事, 又特命賜祭, 皆以御製諭之, 此
曠世之異數也.

新卜葬地于砥平西面花谷里丁坐之原, 遷祖考之葬于利川而合窆焉.

嗚呼! 不肖罪惡通天, 不自滅死. 凡爲父母於我者, 皆不自保以及禍. 雖以祖
妣之仁心厚德, 精力尙旺, 而又不克享其遐壽, 皆不肖積殃致之. 俯仰天地,
懟痛何極?

仍念祖妣之棄不肖, 今四載矣. 不肖精神耗喪殆盡, 時思祖妣平日言行, 已多
茫昧. 竊恐歲月滋久, 則遺忘者尤多, 而使祖妣美行懿德, 漸就泯沒, 玆敢扱
血, 以書其槩, 以藏于家, 俾子孫有所考懲於後日焉.

洪泰猷, 『耐齋集』 권5, 『한국문집총간』 권187, 85~87쪽

이광정(李光庭) ——————————————

祭外姑全義李氏文

恭惟夫人, 柔靜有執, 幼號賢媛, 長實令德. 一女見憐, 擇良于從, 聘君魁岸, 士友推宗. 不顯者命, 沒齒環堵. 久而見惜, 猶稱長者.

夫人之寡, 遺孤滿室, 啼呱扶提, 孰餔以育? 忍其荼毒, 辛勤達夕, 克持厥家, 終濟囏厄, 長女成子, 于歸于迎. 精白寸心, 以報重冥, 古或謂難, 可志曰貞.

余辱于門, 實在少齡. 遊浪無能, 乃篤心憐, 餌餬撰旨, 深儲畀嚥. 飮飡多少, 以爲欣懼, 宿留則喜, 不顧其寠, 半菽之餽, 亦至情然.

及喪婦還, 無辭以寬, 曰:

"無以爲! 早晚在命, 兒死君手, 猶勝螻쑻."

抑哀執觴, 反以余慰. 婦人之性, 所愛惟子, 喪而理遣, 丈夫亦難, 內行雖隱, 可測一端.

晚年從子, 故居荒烟. 每過黍苗, 思昔笑言, 闃然俱虛, 已不可尋. 少日來暨, 豈得於今? 日懷候省, 比昔稍曠. 情豈隨遷? 自泪喪病. 稚兒之還, 每道思苦. 迨其寢疾, 余在喪疢. 日夕衒恤, 不謀朝暮, 屢診病報, 猶謂:

"宿痾, 往復無常, 獲凉易差."

及其就候, 聲噎咽爛. 一二還往, 不聞語款, 奄忽之頃, 已隔幽道, 平日深情, 萬一無報.

少愚不知, 或冀立揚, 非分之榮. 僥倖一障, 內外迎侍, 夫婦歡將, 疇昔所懷, 神實妒媚, 荏苒坎壈, 婦死身老, 風樹不待, 夫人又喪, 顧瞻寥廓, 誰復仰望? 失母之雛, 年旣于長, 雖無敎誨, 欲蚤昏聘, 奉侍外內, 以慰逝者, 亦夫人願, 雖病不舍. 何所見嫉, 無一如志? 今日之後, 得亦何喜? 已斷百慮, 秖任命分. 罪孼之積, 奇疾沉綿, 不共諸孤, 營視窀穸, 不自執事, 躬奠訣觴. 不使聲淚, 出余之臆, 負辜銜恨, 死而後絶.

李光庭, 『訥隱集』 권10, 『한국문집총간』 권187, 311~312쪽

金烈婦朴氏旌閭銘

烈婦朴姓, 潘南人, 左議政訔之後, 世居榮川之皐蘭村. 父景古娶金海金益秋
女, 生烈婦, 幼有至性, 侍母病攝家事, 爲宗黨所嘉誦. 二十而嫁聞韶金弼濟,
弼濟父命欽, 鶴峯先生五世孫, 父母亡, 俱廬墓, 以至行稱, 其弟重欽早夭無
血屬, 妻吳氏取弼濟子之, 醇謹擧止有度.

烈婦入門, 瑟琴鼓矣, 公姑俱稱其事我孝. 旣而弼濟讀書過苦, 得病彌留. 烈
婦日夜侍湯餌, 用其情, 弼濟少良. 而母病劇, 歸省未幾, 而弼濟病又進, 趣婦
還, 烈婦歎曰:

"病加於少愈, 不可爲矣."

權辭寬慰母, 退而與諸婦女泣訣.

行半途, 夫家人至, 諄其病, 送母家婢還曰:

"此行吾不可復. 然汝愼語, 勿以傷父母意."

烈婦視弼濟疾益謹, 醫治多方而卒無效. 舅姑以卜人言, 避出弼濟, 而烈婦在
家病癘. 舅視之, 婦曰:

"謹避之, 專意夫子病."

烈婦熱纏稅, 而弼濟不起. 婦走哭, 絶而僅甦曰:

"固知有此日. 恨不先無知也."

治襲斂諸具, 無過哀容.

旣斂而歸殯, 晨起哀哭, 悲動左右. 舅慰解之, 令婢子謹守婦, 婦語其婢曰:

"作粥飮我, 爲粥, 不絶火煮乃善, 婢疑之, 去而復來, 婦曰:

"吾不食累日而無動. 疾煮來."

以藿示之, 婢信之. 有頃, 咯咯有聲, 急就之, 婦以組經, 已殊矣. 擧家救之
不得.

與弼濟同葬于鳳城東竹山之原. 鄰近聞者, 皆爲之感歎, 士林聞于官, 轉達之
朝, 上命旌其閭.

烈婦死於丙寅五月十一日, 其夫大殮之翼日. 年二十二, 葬于其年之八月六
日, 原向卯. 旌閭在己巳正月癸酉. 今上之二十五年, 命欽請爲閭銘.

銘曰:

天與之淑貞, 歸又配其良. 胡不俾而昌, 而罹此不祥? 惟其殉之, 義與同藏 銘
于棹楔, 以永其光.

李光庭, 『訥隱集』 권11, 『한국문집총간』 권187, 325～326쪽

趙烈婦李氏墓碣銘

光庭友壻載寧李君仁培伯仁, 有丈夫子三女四人, 其一子三女, 吾姨鳳城琴
氏出也. 其中女適漢陽趙君復圭之子尙觀, 尙觀聰秀謙恭, 爲趙氏佳子弟. 李
氏歸未幾, 而尙觀得奇疾, 李氏夙夜焦勞, 不解衣將護數歲, 而尙觀疾不瘳,
李氏絶食欲自殉. 及其葬, 令侍者密進藥, 爲家人所覺, 守之盆嚴, 李氏不得
自由. 然日銷鑠, 父母聞而憐之, 舁致家, 絶而僅甦者數. 臥輒蒙被, 坐必向
隅, 蓬頭垢容, 奄奄若不保朝夕. 其兄診之, 稚幼在側, 李氏屬目久之曰:
"兄福人耳. 我何辜于天乎?"
其兄慰之曰:
"父母以汝故傷心, 衰容日悴. 汝平日誠孝天至, 獨不爲老親地? 少自裁抑乎!
且汝夫黨盛, 豈無一人賢孝可後汝所天者?"
李氏泫然不復開口.
居數月, 請歸守殯次, 父母哀而許之. 旣歸無幾日而卒自盡, 乙卯四月廿二
日, 先其夫死之朞數月, 得年二十七. 五月某甲, 祔葬于夫墓, 英陽縣東鯨谷
甲向之原.
李氏載寧顯姓, 居寧海六七世, 世爲宗子, 以儒雅持家, 最有家瀁, 李氏幼
婉愉, 在父母側, 應對惟謹. 嘗與隣小兒娘羣游, 見其不遜於父母同氣, 愕
然歸曰:
"某家女無人道, 不可游也."
稍長, 不喜容餙, 事父母盡心, 樂聞古事, 得其言行之善, 欣然聽之, 無倦色.
伯兄奇之, 手書女敎授之, 常誦習佩服, 不離造次, 其資性自爲女子時已然.
李氏生一女夭, 其夫之從父兄尙泰哀之, 以其三子沃臣爲後. 兄宇鋼請余銘
其墓, 銘曰:
夫賢妻貞家之榮, 何神妒其榮而彰其貞? 天道幽幽莫究詰, 我銘以哀之! 其

光烈烈!

李光庭, 『訥隱集』 권12, 『한국문집총간』 권187, 350쪽

孝烈婦李恭人墓誌銘

恭人李姓, 退陶先生叔祖縣監遇陽之後也. 其五代祖逢春登文科, 好閑居, 不樂仕進, 官至直講. 高祖敬遵, 曾祖爾樟, 祖亘, 俱擧司馬, 有時望. 父箕徵出後於族父某, 娶咸陽朴宗相女, 以明陵戊午, 生恭人.

幼有淑質, 七歲喪母, 哀哭奠如長者, 致孝於繼母, 撫愛諸弟. 性聰敏善悟解, 讀諺記古蹟, 觀其善惡而自省戒, 辨於事理, 勤於女紅, 而不逐時好. 大人公曰:

"惜乎! 使而男子, 保我門戶者."

及笄, 適通德郎朴君夢祥, 朴君己卯名賢光佑之後. 父文道早登第, 歷典三縣, 而家淸素, 無他子. 恭人入門, 事夫奉舅姑以禮, 朝夕, 自調滑甘, 以適口性, 舅姑旣食而退, 日爲常, 舅姑雖止之而未嘗廢也. 恭人身無餘衣, 舅姑服膳, 必先經紀, 遇一新物, 必先進舅姑. 姑性嚴小恕, 而常稱恭人之賢.

恭人常憂奉養之不如意, 隣女瞯其至誠, 苟遇異味, 爭來饋, 或丐諸人以稱恭人之意. 姑嘗病思雉膳, 市不得. 恭人憂之, 有蜚雉墮庭, 迫之不去, 取供姑. 待夫黨, 一以悃愊, 有來請縫, 輒已先之.

歲庚辰, 恭人歸朴氏三年矣. 常執敬共, 通德君亦敬之. 未幾而病, 恭人躬調藥餌, 夜沐浴祝天乞代. 而通德君疾不瘳, 將絶, 訣恭人曰:

"吾孤身無血肉, 父母老矣. 君能養如吾在, 而立嗣無絶先祀, 我死瞑目矣."

通德君旣卒, 恭人絶而僅甦, 勺水不入口, 欲自裁以從. 舅姑覺之, 屛去刀索等物, 泣譬之曰:

"獨不念亡兒臨絶語乎? 而死, 是棄亡人言, 促我命而孤亡兒鬼也,"

恭人不得自逾. 然其執喪, 守禮哀戚, 令流涕人. 旣卒喪, 猶歠粥, 舅姑勸之食, 恭人權辭泣拒, 舅姑嗚咽不忍强.

孀居累年, 不與人語笑, 常衣敝布, 未嘗就溫設寢具, 枕席常積淚跡. 而在舅姑側, 不作戚戚容, 奉養益謹, 資送小姑以禮. 通德君從父兄生子成彩, 恭人

取之襁褓中, 自鞠之曰:

“不忍逝者一日無後也.”

通德君沒十有一年而舅沒, 舅沒十有三年而姑亡. 恭人生則致其養, 沒則致其哀. 生而舅姑曰:

“吾婦養吾體無不適, 承吾意無不順.”

沒而見聞者皆曰:

“是婦人所以持喪, 無不中禮, 所以衣斂葬祭, 無不愜人心.”

恭人葬舅姑於家後麓, 每値節物, 必具而往薦之. 夫家祀多在春月, 豫貿木綿, 手自紡績, 轉賣取贏, 以致鮮腆, 當祭, 達夜不寐, 圭爲哀薦, 必中法式. 公舅再娶, 從兩姑來者, 皆勢家臧獲, 悍頡難馭, 恭人撫使有方, 皆感戢, 不以主孤寡而有貳心. 所從婢亦早寡, 執不嫁, 常侍恭人曰:

“寧以貴賤而異其心乎?”

丁未, 大人公卒, 恭人哀痛過節. 哀至, 輒執先公書, 涕泣視諸弟, 益篤勉之學問曰:

“無負我父意也!”

壬子, 成彩患痘旣良. 而恭人繼染, 命諸弟勿進藥曰:

“成彩旣成人, 順經斯疾. 吾望塞矣. 奈何又遲留人世, 不從亡人乎?”

三月三日, 恭人卒, 年五十五. 隣里無老幼哭, 如親戚. 匠人辭直曰:

“臣執鉅鑿, 役玆夫人終事榮矣. 何直之有?”

及葬, 役夫不待舗而勤.

某月某日, 葬恭人于某岡某原. 一鄕士人, 以恭人聞于廉使, 而棹楔未及下, 恭人弟廷爕, 以申上舍震龜之狀來請銘. 銘曰:

死殉之烈, 不如生守之難. 嗟猗恭人! 克致其難. 菲身潔行, 卒成夫志. 載事于石, 詔後之似.

李光庭,『訥隱集』권14,『한국문집총간』권187, 390〜391쪽

淑人朴氏遺事

淑人高靈朴氏, 漣川縣監金虎臣之妻也. 漣川之先君曰參奉鳳祥.

淑人之曾祖振威縣令稠, 退溪先生俱誌其墓, 見集中. 振威生署令永漢, 署令
生三登縣令大秀, 三登生淑人. 淑人生五子, 曰振先,慶先,繼先,孝先,起先. 漣
川早卒, 淑人教養諸子, 必以義方.

世居京城外道濟洞, 壬辰之亂, 二子甫授室, 議避兵. 淑人不可曰:

"汝父雖不幸早世, 內外俱世受恩祿, 不同平人."

謂振先:

"汝其扈從! 吾與汝諸弟持兩婦, 轉避深僻, 不慮, 汝也須盡心王事."

相哭而別, 振先旣隨駕, 淑人攜四子二婦, 轉向關北. 漂泊沙塞之間, 卒免於禍.
振先從駕而西, 念淑人老諸弟稚弱, 日夜憂泣.

癸巳, 天兵收復兩京, 上將還次永柔, 設武擧, 令扈從諸人試射出身. 振先謝
素業文藝, 不閑弓馬, 不能彎弦. 上曰:

"汝等各棄父母, 從予于難, 予設此科, 將以酬汝勞也. 若不能射, 須去的近,
手提矢以中, 無害也."

振先承命往的所, 引弓中一矢. 上笑卽授第, 甌山關縣令. 上熟視振先曰:

"汝可以任."

振先拜謝, 赴縣視事, 念亂旣底平, 車駕還宮, 而不知老母稚弟時流泊在何
地, 生死亦不可聞, 惟欲棄官往求, 而莫適所如. 鄕日與功曹吏屬語, 輒流涕.
淑人展轉深北, 慶先兄弟行乞以養. 一日聞寇兵退, 上已還宮, 遂迤向關西.
薄甌山, 乞粮於功曹, 功曹歎曰:

"吾大夫亦云道濟洞人, 而母婦諸弟辟兵, 不知所如. 若所云名字, 與大夫無
異, 吾且白大夫."

慶先雖甚驚喜, 不料其已致身作吏也. 振先方倚閣無聊, 聞功曹言, 徒步扶服
而出, 鶴髮蓬面, 藍縷蹣跚, 顚赴於溝路之側者, 果母與一家也. 相持痛哭, 呼
輿, 兄弟扶衛而入, 縣人老孺婦女無不擁堵咨泣曰:

"嗟呼! 鬼神監其誠也."

振先歷典名邑以養淑人, 淑人以天年終.

振先文筆俱善, 常爲柳文忠公體察軍官. 文忠啓奏, 常使振先執筆, 隨呼無
滯. 或有所疑於意, 輒停筆以俟, 文忠問其故, 曰:

"某字有疑."

文忠曰:

"然."

信任益專.

後仕至金海府使. 慶先軍威縣監, 繼先別坐, 孝先禮賓寺參奉, 起先宣傳官, 五子俱有文行. 起先因勸武登武科, 淑人不樂曰:

"吾內外世以文學顯. 汝兄旣屈從武擧, 汝又以武發身, 吾子孫其終爲兜鍪家矣."

起先俯首聽命, 不敢復求仕, 故終不達. 宣傳玄孫建爲余言.

李光庭,『訥隱集』권20,『한국문집총간』권187, 513~514쪽

中表從叔母權氏遺事

光庭外祖母醴泉權氏有弟適南陽洪氏, 有子曰霖, 早卒. 其室安東權氏夫人, 太師幸之後, 贈左承旨松巢先生宇之曾孫. 大父益臣, 寓居小川山中楓厓村, 子孫仍家焉. 父埒娶宜寧南氏炫之女, 以崇禎戊子某月日, 生夫人.

聰明哲惠, 在處子時, 持身制行, 巖然有女士風. 二十一, 歸于洪, 洪氏故議政應之後, 佐郎仁壽娶權忠定公橃女, 生弘文正字思濟, 仍家酉山. 酉山忠定公舊居, 內外子孫, 接屋而居, 且四五世, 族大以蕃. 婦女多名家豪族, 夫人自峽歸, 能事舅姑孝, 奉祭祀誠, 處夫黨接隣里御家衆, 卓然有賢聲.

甫四五歲而舅姑亡, 夫及夫弟相繼夭歿, 門內無朞功之親, 小姑未家者三, 膝下孤繈三歲. 夫人抑哀躬大事, 殯斂之節, 几筵之奠, 無不如禮, 哀動隣里. 舅氏葬小川山中, 三喪在淺土, 而卜人言葬山不祥, 夫人與夫黨謀, 所以改葬, 而並擧三喪. 小川去新山, 且百里, 夫人晝夜悲號, 區畫葬須, 而諺狀丐運卒於地主. 遠近士友悲洪氏之不幸者, 聞夫人所爲, 咸曰:

"有是哉?"

爭出力相救助, 卒能襄四葬於所居七里許黃田之村, 如夫人志.

夫人以一時四喪大擘, 或言舊室作妖, 卽焚棄之, 提送孤兒於父家, 獨與三娘, 營治草屋以居, 拮据粝盦, 資送小姑, 俾不失時. 夫人以夫黨已疎, 出入有嫌, 無幹外政者, 歸四小姑于二弟以鐸, 使之往來檢攝家務.

旣而孤長七八歲, 懼其失學, 迎歸請敎於隣人權君斗建. 時爲秀才, 感夫人之
義, 自輆工限而敎之. 夫人不以慈愛而弛訓督之方, 常曰:

"寡家子豈有不百倍其功而有成者乎?"

孤克體慈訓業程文, 雖不幸無成, 而精詩禮之學, 以孝謹聞於人, 夫人之敎也.
夫人早罹不造, 腐心焦思, 備嘗險艱, 以無虧[8]舊業, 卒能全餘卵於蕩覆之餘,
再立家門, 人無不賢夫人而難其所爲.

夫人以明陵甲午某月日歿, 享年六十七. 某月某日, 孤合窆夫人于先府君之
封, 在舅姑兆下. 孤幼字禹治, 後改載熙. 娶韓山李氏牧隱之後, 生三子一女,
霽旭, 霽行, 霽光, 女李寅復, 霽旭有三子二女, 男復休, 餘幼, 霽行有一子三
女, 霽光有二女, 俱幼.

夫人和而有執, 通解事理, 於財與義, 知所取舍. 舊庄在江右, 頗不貲, 喪禍
來, 未暇檢, 孤旣長, 命持券往, 已爲一家長老所私償. 孤往長老家, 言其狀,
長老驚曰:

"有券乎? 吾實不知而誤貨於人. 當糞家以償貨者, 恐不足."

孤謝不復推. 還白其實, 夫人曰:

"券安在?"

孤曰:

"恐其有後言, 已焚之長老所矣."

夫人喜曰:

"吾其猶有子孫乎?"

其輕財好義如此.

夫人之山, 在光庭家東里許. 夫人先君晚移家, 與光庭隣, 夫人仍往來山下.
光庭亦時省夫人, 夫人常嗚咽曰:

"未亡人靑年孀居, 非不知殉逝者之爲安, 而夫家禍敗, 孤蒙罔階, 苟不念而
行小諒. 洪氏絶世已久矣. 故抑情忍訽以至於老, 甚矣命之頑也."

光庭與孤遊, 或於夫人前, 論說古今事, 至忠臣烈女孝子遺蹟, 夫人喜而傾
聽, 必曰:

"君爲我反覆."

---

8 虧 : 원문에는 齡자로 되어 있다.

常曰:
"吾兒至孏悁隘, 多病痛, 須刮磨相規責, 無棄也."
荷塘公常稱夫人哲而知義理, 蒼雪公時時對人說夫人至行. 二君子居在比隣, 備悉終始, 常欲論述夫人而未果. 今孤不幸已久, 光庭亦老矣, 平日見聞, 日就黯黮. 而霽旭等必欲其有所記述, 不敢以昏繆辭, 就其元草而略加檃括, 固不能擧十之一二也. 後之君子尙或考信於斯云.

李光庭, 『訥隱集』 권20, 『한국문집총간』 권187, 514～515쪽

林烈婦薌娘傳

婦朴姓, 名香娘, 農家子也. 幼而端潔, 不喜與男兒遊. 母蚤死, 父自新有後妻詈. 常疾惡娘, 箠楚使之, 娘愈恭謹.
十七, 歸于林夫名七逢, 年十四. 穉而驁, 視婦無狀, 婦不以見諸色, 謂夫年幼無知識, 久必不然. 逢旣長, 愈益甚, 數笞擊婦, 捽毆逐之. 其舅姑無以禁, 迺遣婦. 母見婦歸, 怒曰:
"女必無狀, 迺得罪夫家."
父度不容, 送之母家. 居數月, 其母兄弟謂婦曰:
"女不幸不得於夫, 無所歸, 吾憐汝不能處女平生. 女常人子, 從意所適, 何爲久自苦乎?"
婦泣曰:
"公無出此言. 妾聞女不二行. 妾卑微無所知, 又不幸遇人之無良, 然已許身矣, 不可以改. 其以見棄之故, 而二吾行乎? 死而無從."
其母兄弟怒, 遇之漸怠. 且約人潛脅婦, 婦覺之, 亡走夫家. 逢盛怒以待之, 舅悶然憐之曰:
"吾兒無義, 不可以教. 且與女絶, 女來何爲乎? 從女所之. 不止女. 誓而遣之."
婦泣曰:
"大人何爲出此言? 妾矢不敢二其行. 大人憐之, 幸賜門外隙地以居妾. 妾以死留, 不敢去."
舅不可, 心恐婦自裁, 迺曰:

"無汚我家爲也."

婦自念無可往, 忍詢苟生, 慮有不善, 意欲自剄, 舅亦惡之, 乃歎曰:

"嗚呼! 其無歸也夫! 父母不以我爲子, 夫不以我爲妻, 舅姑不以我爲婦, 我何以立於世乎? 寧赴江流, 與之同潔, 魂魄不愧矣."

乃謝舅, 披髮行哭, 至吳泰江干. 適見童女採薪, 喜曰:

"我可以明吾死也."

召使前, 問其年, 十二矣. 與之語族姓鄉里曰:

"女與我家近, 女可以傳吾言乎?"

歎曰:

"我有隱痛於中, 舍命赴淵, 然死而不明言. 父母舅姑疑我有他, 豈不寃乎?"

因從容道其不容於人, 所以自死狀, 乃於邑曰:

"我之遇女天也. 使我遇男子, 不敢言. 遇壯女言之, 必止我之死, 不得自由. 女又慧, 有以傳我之言, 我之遇女天也."

相與至砥柱碑下, 其上有吉先生祠與墓. 先生高麗人, 國家受命, 守義不出, 上嘉之, 賜先生田, 先生以種竹不粟也, 凜然採薇遺風矣. 其後人立石江上斷岸, 刻之砥柱中流四字, 其意以先生之節, 可與龍門之砥柱並高云.

於是婦解髻脫裳衣, 純束以與女子曰:

"女持此歸, 言我所以死. 有老父來, 收吾屍. 然我死爲不孝子, 何以見吾父? 屍必不出."

言訖哭良久, 乃作歌曰:

"天高地遠, 我何適兮? 托體江流, 載魚腹兮."

歌卒赴水, 女子恐而走. 婦曰:

"勿怖也. 我敎女此歌熟, 異日採薪於此, 以此歌歌山有花一曲, 我知女來思, 江水沸湧波起, 女知我精靈不歿也."

乃去將沉, 還止顧女子笑曰:

"可憐也. 我已決死, 無所顧. 然見水猶有懼心."

於是脫衫蒙面, 遂投水死. 女子傳其事於其家, 自新來尋婦屍十四日. 屍不出, 旣去乃出, 猶蒙袂, 顏色如生.

婦一善之上莉谷里人也. 或曰鳳溪人, 與吉先生同里云. 死時年二十. 其死之日, 壬午九月六日. 婦死之後, 其事遂顯, 聞于州, 時趙龜祥爲守, 嘉之, 爲文祭婦, 狀其行. 聞于朝, 圖畫以傳世. 越二年甲申, 上命旌閭, 始吉先生退居鳳溪, 每讀書至忠臣不事二君列女不二夫, 三復致意, 鄰有女子輒至門下, 傾耳聽之. 先生問其故, 女子曰:

"敢問所讀書何意?"

先生爲解之, 女子欣然若會其意. 其後女子有夫戍邊, 女子閉門獨居. 及夫還, 會夜門閉, 夫呼令開門, 女子不可. 夫曰:

"良人遠來, 人家皆顚倒以迎. 汝獨閉門何也?"

女子曰:

"然. 吾固望子. 然吾聞女子愼夜不出入人, 吾旣閉此門, 夜不開也."

猶有明日, 遂不開門, 人以是女爲聞先生風者.

善之東, 有文殊店. 農人金起年畜一牝牛, 一日往于田, 虎攫其牛, 起年手未耜以搏之, 虎舍牛而從人, 起年無以應虎, 惟兩手抗其吻, 於是牛大呼奮前角之, 虎不能支, 舍而走林中, 牛竟觸斃其虎, 牛無所傷, 猶服役飮吃自若, 起年病創歸二十日. 創甚將絶, 語其家人曰:

"噫使我免於虎口者是牛也, 我死勿賣, 老斃, 必瘞吾墓傍."

起年旣死, 牛絶水芻, 哀鳴三日, 乃死, 其家葬之. 異哉! 時龜祥祖繼韓爲府使, 奇之, 畫其牛, 號曰義牛, 爲之序. 其後七十有三年, 龜祥繼爲, 守有林烈婦事, 人奇之.

野史曰:

余嘗南遊, 觀所謂金烏山, 蒼峭壁立, 異哉! 過詣吳山, 謁吉子祠, 竹林中風蕭然, 有曠世之感. 東循前臺, 下俯江流, 摩挲石碑, 高數丈, 所刻砥柱中流四字畫大如手, 方吉子之隱烏山. 金先生澍亦一善人, 奉使上國還, 至江回軺, 蓋義不事二姓云.

烏山洛江之間, 自古多節義男子, 人言女性嗇獵性蠢, 未爾, 吾意天地之正氣萃于茲土, 鍾英毓秀, 無間於人物男女貴賤與. 抑其諸先生之遺風餘烈, 振動今古相感奮, 有以也? 不然, 林烈婦之死於砥柱碑下, 何其奇也! 趙守記畫而傳之世, 其知敎哉. 吾故列其事, 附以所聞見如是, 後之覽者, 知所興起焉.

李光庭,『訥隱集』권20,『한국문집총간』권187, 519~521쪽

권구(權榘)

庶子庶婦主喪疑義

奔喪曰:

"凡喪, 父在父爲主."

又曰:

"父歿兄弟同居, 各主其喪."

註:

"各爲妻子之喪爲主也."

家禮立喪主條, 朱子曰:

"父在子無主喪之禮."

此則初無分別嫡庶之意. 而喪服疏曰:

"天子以下至士庶, 皆不爲庶子之妻爲喪主."

庶子爲父後者之弟.

小記

"父在庶子爲妻以杖卽位."

註曰:

"舅主嫡婦, 故嫡子不得杖, 不主庶婦, 故庶子爲妻可以杖卽位."

又曰:

"父不主庶子孫以杖卽位."

此則庶子庶婦, 父不爲主, 兩說逕庭. 沙溪備要, 亦未有定論. 然高氏家禮講
錄曰:

"喪主名同而實二人."

眉叟亦曰:

"喪有主喪, 拜賓之禮, 子不得越父而爲主祭."

則舅尊而祭卑, 許親者爲主云. 以此言之, 則拜賓及喪中凡事, 不論嫡庶, 父

皆主之, 此父爲主之說也.

如朔奠虞卒練祥, 惟嫡子嫡婦父主之, 而庶子庶婦, 夫若子主之. 此父不爲主之說也. 然則講錄所謂二人以此而言也.

凡喪父爲主, 註, 與賓客爲禮, 則宜使尊者. ○眉叟曰: "題主旣舅主而婦名", 則祠堂之禮, 當以舅告, 如父告子爲得. ○題主曰: "子婦某封某氏", 或曰: "亡婦."

權榘,『屛谷集』권6,『한국문집총간』권188, 112～113쪽

父在母喪緦服變除疑義

父在母喪, 禮無緦服, 除在何時之文. 蓋旣禫則無服, 然心喪在身, 不可純吉.

> 寒岡曰:
> 父在母喪, 十五月禫訖, 只有心喪. 爲母心喪朞服之制. 用家禮之禫服, 以循世俗之成例, 無不盡之感, 淡黑布網巾, 恐駭俗. ○退溪曰:
> "玉色衣無乃可乎?"
> 又曰:
> "禫服以終喪, 乃心喪已成之例."
> 或曰:
> "宜著白布衣."
> ○甲戌事目,
> "禫而黑笠黑帶白衣."
> ○以此數條觀之, 亦可見緦服. 是心喪未除前恒著之服, 非有變除節次如衰服之有漸殺也.

故用緦服, 乃非服之服, 而喪盡則自可除也.

愚伏答人之問:

"雖以爲用白衣帶, 仍戴緦笠, 翌日改漆, 似爲得宜, 然旣曰'似爲', 則其不以爲正當道理, 可知也."

> 緦是變凶趨吉之漸, 釋緦還白, 似非喪事有進無退之義. 以白衣帶致齊, 因以行事則可, 以爲變除節次則似不可. 且翌日戴漆, 亦無節次, 以似爲得宜, 遷就

爲說者, 其或以此耶?

蓋緦服, 旣爲心喪之服, 而再朞雖過, 心喪猶在. 則與其變除於心喪未盡之二十五月, 毋寧變除於心喪已盡之二十七月乎? 且緦服, 但不純吉, 非若衰裳之可漸殺. 再忌只是忌日, 非若祥禫之有節次. 而再朞復吉, 旣無明文, 則從其遠月, 實恐無害於從厚之意也.

姜碩期問:

"禫祭不可再行於二十七月, 則當於何日復吉耶? 禮有吉祭復吉之文, 亦倣而行之耶?"

沙溪以爲得之.

　　禮, 禫祭雖竟尙纖冠, 吉祭後, 無所不佩.

眉叟妻喪時與子書, 有二十七月釋緦告辭, 此似得禮意. 但主旣祔廟, 祭又無名. 依過時不禫之例, 設位哭除, 或不悖否? 若行朔望奠, 則因此卽吉, 亦好.

　　近見金愼獨疑禮問解續, 已有此說.

權榘, 『屛谷集』 권6, 『한국문집총간』 권188, 113～114쪽

祭亡室孺人文

嗚呼! 一體胖合之情, 臨年永訣之悲, 固人情之所必至, 則死者之有知無知, 雖不可知, 亦不須言而後可明也, 至其平生隱德潛行可言者非一, 然姑擧其槩則容體粹偉, 儀度端嚴, 心無邪曲, 念絶偏私, 發於口者無虛假之言, 行於身者無巧飾之事. 與人無爭多少較利害之念, 又未嘗爲觀人色面, 察人志意, 有一毫外遮內藏之態, 蓋其得於心性者然. 而其家門觀感之間, 自少習慣者與有助焉.

嗚呼! 丁戊禍變之後, 兩妹弟俱未成長, 其後兒甥之失母者, 率育于家有年, 而其所以愛養顧護者, 初無作意, 自同己出. 余亦視爲尋常, 到今思之, 自不覺心服于中而感涕自零也.

嗚呼! 一生一死, 天理之常, 而七十稀年, 前途不遠, 正韓公所謂:

"死而有知, 其幾何離, 如其無知, 悲不幾時. 而不悲者, 無窮期者也."

何必爲無益之悲, 只增死生之憾耶? 靈其有以諒之也.

權榘, 『屛谷集』 권8, 『한국문집총간』 권188, 143쪽

亡妹第四娘墓誌 戊寅

娘子, 永嘉權氏. 考處士府君諱憕, 有文學懿行, 祖諱搏, 通訓大夫行高城郡守, 妣豐山柳氏, 縣監諱元之之女.

娘子生有美質, 睦宗黨知義方. 嘗有人饋以果物者, 家人共食之, 娘子獨不食曰:

"物雖微, 其所自來, 不可不審."

以其人曾有穿窬之行也. 其臨事處義, 如此類甚多.

丁丑冬, 闔家遭痘, 先妣竟以此卒逝, 及其兄弟三人, 一時俱染, 分散在各處, 病愈急. 娘子獨與一婢僕在空室, 目不能視, 口不能言者累日, 遂卒, 可哀也已. 娘子生於肅廟丙辰正月十四日, 卒於丁丑十一月二十三日. 未及嫁無所歸, 以明年六月二十三日, 託葬于仙原先壟之側午向之原. 其兄榘旣悲其身且早夭, 又懼善行之不記, 略書數語, 納諸壙以爲誌.

戊寅六月日, 兄榘誌.

權榘, 『屛谷集』 권8, 『한국문집총간』 권188, 147~148쪽

先妣遺事

先妣性慈順明悟, 自兒幼時, 在縣監公側, 雖文字間事, 過耳輒記, 文義有時領會. 十四歲時, 縣監公讀易, 有些商量處, 反覆數過, 先妣適在傍諦看, 因曰:

"此恐是此義."

因解說無差, 縣監公大奇之.

甲寅, 縣監公疾亟. 臨終之夕, 口不能言, 擧手向侍側者屈一指, 又屈四指, 若有所覓索者. 侍側者莫解其意, 不知所爲, 先妣高聲曰:

"是欲見易无妄卦乎?"

頷之, 遂搜進則使人披展, 開眼看下數三張, 因瞑目.

余少時伯舅翊贊公累言之.

祭亡妹娘子文 戊寅

家兄含哀抱痛, 謹告亡妹娘子之靈而哭之曰:

“死而其無知耶? 抑有知耶? 無知則已, 其有知也, 則其或相隨於父母之傍, 而地下之樂, 亦不異於人世矣乎! 吾今孑然爲在世人, 殘骸隻影, 四顧無憑托之地, 吾猶有羨於汝也. 汝其想我情事否耶!

嗚呼! 骨肉之間, 死生之際, 其情理何如也? 而病臥一室之內, 永隔平生之面. 汝病而不親藥物之療, 汝死而不聞一語之訣, 委骨荒山衰草之中, 已半年于玆矣. 祭不稱其情, 葬亦失其時, 使地下無托之魂, 慼慼然不知所依. 此豈人情所堪?

嗚呼! 念汝平生心行, 可質神明. 其事親之誠, 睦族之誼, 已不容言. 而至於臨事取舍之際, 小有未慊於心者, 則必以義斷而切無苟焉者, 此實男子之所難而汝能之. 此則他人所不及知而吾所心服者也. 謂可以食報而享遐福, 何知反受罔極之禍, 終未見一善之報也?

嗚呼! 前冬疫患, 闔家一時染臥, 亦安能保其卒無事也? 然而所以自恃者, 吾父母淸行懿德, 宜必獲佑於神天, 故意以爲母子相保, 兄弟無事, 得將濱死之命, 更尋舊日之樂. 天何冥而鬼何凶, 曾未一旬, 母氏捐背, 汝又從而夭逝, 使死者抱無窮之恨, 生者有刻骨之痛. 尙何言哉?

嗚呼! 不孝窮天, 餘殃未殄, 先考又以今三月二十三日棄世. 顧此無狀, 不得盡心扶救, 沈綿半載, 竟至於此. 嗚呼! 自今以後, 更將誰恃而爲命? 恨不與汝同死而無知也.

嗚呼! 初欲以汝葬於父母兆域之側, 庶地下之有所依歸也, 誠意淺薄, 葬地尙未卜定, 將以明日, 葬汝于七代祖外階之下. 雖未得以附先人墓側爲恨, 左右前後, 皆一家也. 汝其自安, 幸勿爲念也. 塡胸塞臆之懷, 非他日地下之逢, 不可盡也. 靈其知耶? 不知耶?”

윤동수(尹東洙)

孺人坡平尹氏墓表

孺人坡平尹氏, 卽我高祖考八松先生之孫, 而族曾祖庶尹府君諱商擧之女也. 妣韓山李氏, 牧隱先生之後, 察訪敬培之女. 以崇禎辛未二月三日生, 年十六 而歸于進士金公宙一. 孺人以貞淑之德, 生于禮法之家, 自幼以閨秀稱, 及于 歸, 舅縣令公性嚴, 諸子婦少許可, 而孺人承順無違禮, 故甚愛之. 奉君子, 小 心尊敬, 三十年如一日, 於物欲尤淡然, 雖微物, 不苟取. 隣家一婦人, 欲踰墻 來見, 而不之許. 蓋以踰墻之近於不義也. 見家僮之偸竊者, 憖然不忍發, 斯 其實德, 亦君子之所難也.

年四十一, 以辛亥六月二十四日, 卒于京第, 葬于楊根王忠里卯向之原, 從夫 先兆也. 生三男一女, 男曰蔵, 早夭. 曰道成, 生員直長, 曰憲成. 女適朴弼殷. 曰永年, 永命, 永胤, 朴師文, 其內外孫也. 餘不盡錄. 直長公屬不佞曰:

"先妣之葬, 遠在畿甸, 不能遷祔于先墓, 懼樵牧之不能禁, 欲樹石以表之. 此 狀, 乃吾先子之所手記也. 願子之惠一言以記."

不佞謹受而讀之曰:

"家庭之間, 夙聞孺人之懿德, 今先庭記實之文, 可以傳信於後來, 以此而刻, 又何贅焉?"

固辭不能得, 謹就原狀, 略加點綴而奉還. 金公世系, 已具其陰記, 此不復詳云.

尹東洙, 『敬庵遺稿』 권9, 『한국문집총간』 권188, 444~445쪽

舍妹孺人坡平尹氏墓誌

權甥炯, 以書來曰:

"炯生纔三月, 先妣見棄, 不識顔範儀度, 此實歿身冤泣而痛恨者也. 其懿德 淑行, 固多可記, 而恐日月寢久, 因成泯沒, 謹就家庭所教, 親黨所傳, 錄其一

二, 欲爲幽堂之誌, 惟舅氏圖之, 直以平昔所覩記, 據實備書, 以少酬不肖窮
天之痛."

余讀其書披其錄, 淚暗不忍看. 顧衰病昏塞, 舊事茫然, 懼不能詳, 以孤孝子
之托也. 我妹坡平尹氏, 先府君諱自敎, 隱德不仕, 先祖考諱推, 薦以學行, 官
掌令, 號農窩, 曾祖考魯西先生諱宣擧, 執義贈領議政諡文敬. 妣淸州韓氏,
判官聖翼之女, 婦德甚備, 稱爲女士.

我妹以戊辰二月初七日生, 姿貌明瑩, 性質和惠, 吾父母鍾愛之. 農窩府君素
嚴正於子孫, 鮮假色辭, 甚愛妹氏, 恨其不爲男子. 孝性異凡兒, 四五歲時, 嘗
有暴霄. 先妣恐妹氏驚懼, 就以抱之, 妹氏以兩手, 奉先妣之手曰:

"兒則不懼, 恐驚母氏."

見者異之. 凡事順適親意, 雖茱果之微, 必進於親, 而不自食.

歲壬午兩日之內, 奄失怙恃, 不肖與妹氏, 亦遘癘不省事, 其時事尙忍言哉?
自是兄弟相依爲命, 妹氏遇我內外, 甚敬謹. 吾家甚貧, 衣服飮食, 備其艱苦,
而終無忤色違言.

乙酉, 歸于權君, 粧奩服飾之具, 殆不能成樣, 吾內外相與憫歎則曰:

"家勢使然, 雖歎奈何?"

旣于歸, 舅姑皆愛重曰:

"得此賢婦, 吾家之慶."

伯舅監役公, 亦亟稱曰:

"有大家風範."

妹氏事舅姑以孝敬, 待夫黨以恭謹, 家中無間言, 而至於疎遠諸族, 咸得其
歡心. 平居淨掃一室, 斂容端坐, 不妄言笑, 服用甚儉, 衣不至垢汚, 則不改
也. 其有族黨之會, 諸婦人以容飾相上下, 而練衣靑裙, 獨淡如也, 亦無自歉
之色曰:

"吾生長貧家, 未嘗以侈華爲事."

蓋其服習有素, 而實天性然也. 嘗勉其君子曰:

"士子處世, 行誼爲先, 富貴榮達, 豈非人所欲? 而是有命, 不可以人力求也.
觀世之失身爲儓者, 何莫非名利誤之!"

或有一言一事之差, 未嘗不從容開導, 言巽而義正, 其見識行事, 與世俗女子

異者多類此.

丁亥, 姑夫人遘疾濱危, 妹氏晝夜在側, 藥餌必親嘗. 而憂形顔色, 日漸消瘦, 舅姑念之, 屢命少休, 而終不改也. 及遭喪哀號, 至昏倒, 粥飮不入口者屢日, 見者皆感泣曰:

"眞孝婦也."

權素淸寒, 無世業, 喪葬之需, 無以自資, 妹氏盡賣奩具, 竭力營辦, 初終葬祭, 一無遺憾.

其小姑生纔若干日, 凜凜若不保朝夕, 妹氏撫而泣曰:

"吾責在此矣."

遂親鞠養, 未嘗暫置, 乳哺寒溫, 不失其節, 親黨益歎服.

今妹氏之歿, 已三十年, 而尊舅語及, 則必悽然曰:

"吾婦之死, 吾家之祚薄也."

內外宗族, 皆稱道不衰, 下至婢僕, 亦有追思泣下者.

歲戊子, 妹氏遘痘疹病篤, 自知不起. 時炯始生, 命侍婢抱來, 置諸膝而泣曰:

"汝生未三月而失慈母, 汝生可憐."

仍顧語左右曰:

"此兒骨相不凡, 必能成人, 吾死無憾矣."

旣又泣曰:

"女子有行, 遠父母兄弟. 今吾不得與兄弟訣, 吾目不瞑矣."

以其年十二月初二日終.

嗚呼! 吾妹氏其氣質淸淑, 其外明粹, 其中柔貞, 其行孝謹端良. 而且有志操見識, 實具古賢婦人之德, 而早喪兩親, 零丁孤苦, 險於初者, 亨於後者, 理也. 旣嫁而得賢君子, 人稱兩美, 謂必釐以子女, 綏以福履, 以享有遐齡, 而乃年僅二十一而奄忽, 何妹氏之命之不幸, 乃爾耶?

然炯也, 幸能成長, 早選上庠, 方以文藝, 著于儕友間, 必將早晚立揚, 以副妹氏臨終之所期望. 而又能備記懿德, 圖成幽誌, 欲垂不朽於永久, 妹氏亦可謂不死, 而少可以爲慰也耶!

權君名在衡, 方筮仕爲齋郞, 而前承旨權公益淳, 其舅也, 淑夫人龍仁李氏, 其姑也. 炯己酉中進士, 娶士人邊致殷女, 時有一女幼. 妹氏始葬于楊州馬

山, 其姑夫人墓右未向之原, 以宅兆不利, 庚戌二月二十一日, 改窆于廣州慶
安面乾坐之兆, 亦其夫家先壟近處也.

尹東洙, 『敬庵遺稿』 권9, 「한국문집총간」 권188, 452~454쪽

조태억(趙泰億)

淑人南原尹氏墓誌銘

故弘文館修撰披平尹公哲[9]之配曰 ‘淑人南原尹氏’, 弘文館校理贈領議政忠貞公諱集之女也. 忠貞公與其祖文烈公暹, 兄忠簡公棨, 俱死于節, 國人稱曰 ‘三節尹氏’. 而忠貞抗疏斥和議, 爲明皇立節, 故天下誦其義. 娶安東金氏, 府尹尙宓女, 丁卯, 生淑人.

淑人生而夙慧, 端敏靜一, 忠貞公極稱之曰:

“使吾女而男也, 吾家豈不昌大?”

十七, 歸修撰公, 公文正公煌孫, 童土先生舜擧長子也. 童土公有至性高行, 家法甚正, 淑人至誠奉承, 無不當其意者. 修撰公少時嘗讀書山寺, 淑人日夜治女紅, 組紃佩玩, 鬻諸市, 以供公衣食, 不令憂其親也.

母夫人嘗寢疾經年, 至便旋須人, 淑人左右扶將, 親奉溺器, 手爲之傷坼而不懈焉. 忠貞公旣死於虜庭, 或言:

“虜不果害, 幽縶如菆中郞.”

淑人嘗泣曰:

“女子也, 不能涉虜庭收遺骸而歸耳.”

又曰:

“古人雖兵戈間, 嘗善探敵情, 今講和久, 使者相望, 無一人明知吾父事者, 國其有人乎?”

修撰公旣登第, 未幾, 奉事歿于東萊, 童土公繼卒, 諸子幼, 家事益旁落. 淑人治家有法, 奉宗祀益虔, 每祭, 必親滌器供具, 至老病不廢. 晨興洒掃室堂, 床簞器用, 必整齊方列, 御奴僕, 莊而有惠, 尤急人窮厄, 必盡心濟恤, 不計家有無也. 弟婦有孀而貧者, 分田僕而與之. 嘗以童土公輕財嗜義, 可爲子孫法, 擧以勉諸子.

---

9 哲 : 원문에는 ‘哲’로 되어 있어 바로잡는다.

己卯夏, 在長子石城任所, 病革, 語諸子曰:

"我當歸死若翁墓側."

遂力疾還尼山, 竟以閏七月二十三日終. 九月十四日, 合葬.

方其疾革, 明齋先生往問, 則以諸子爲言, 申申屬托. 先生卽修撰公從父弟也. 凡擧四男一女. 男長道敎, 中壬戌司馬, 賢而無命, 卒官縣監. 次德敎, 次智敎, 有學行俱不仕, 次仁敎, 用大臣薦, 方爲直長. 女適牧使權相夏.

朴定齋泰輔之母, 明齋姊也, 號稱女士, 嘗曰:

"吾見婦人多矣, 無如淑人賢者."

吾先妣忠簡公孫也. 嘗稱一門賢婦人, 必先數淑人. 泰億自少時, 稔聞而心悅之, 今直長公屬泰億爲銘, 何敢辭也?

銘曰:

幼而父奇之, 歸則舅宜之. 苟人之欲知淑人, 第問其父與舅之爲誰?

趙泰億, 『謙齋集』 권35, 『한국문집총간』 권190, 77～78쪽

贈貞夫人星州李氏墓誌銘

余友吏曹參判李公眞儒, 嘗謂余曰:

"子旣銘吾先子墓矣. 抑吾先妣有至性懿範, 可傳于後, 宜別有誌, 知吾家之詳, 莫子若也. 願子之卒于惠也."

又泣而言曰:

"始吾墮地, 王考孝簡公命先妣取而子之, 恩勤顧復, 一如己出. 自在孩提, 敎之義方, 不以姑息爲愛. 每吾受學于先子, 從傍聽之, 讀或差誤, 輒加提警, 親算讀數, 誦而後止. 其或游惰不如敎, 則撻之流血, 涕泣曉諭, 俾自感悟, 惟吾之得以成就, 繄先妣敎督是賴. 及忝科第通仕籍, 則乃大嘉悅, 有若人世所無有己獨之者. 祿養甫始, 風樹不停, 此吾終身痛也.

若言其婦道. 十五歸先子, 孝簡公制家有法度, 繼姑柳夫人性嚴正, 先妣一意承順, 動遵儀則, 尤習於女紅, 自舅姑衣章, 君子服餙, 至諸小姑衿鞶之具, 悉自裁縫靡不整飭, 夜以繼日, 未嘗言勞. 從祖白軒公嘗寓住同舍, 亟加獎歎. 隨先子赴七邑, 屏干囑, 遠巫祝, 內治軒軒, 不以纖毫累先子. 先子貧族庶舅三四人每隨而之官, 則先妣軫其飢寒, 曲加濟恤, 人人皆感頌. 先子養一甥女, 先妣愛敎兼至, 其嫁也, 資送甚厚. 婦人鮮不妬, 而先妣遇庶母極有恩, 庶弟眞善生, 乃曰: ‘夫子血屬, 只此兒耳.’ 撫愛至篤. 御婢使莊而且惠. 是皆可書, 不敢一言溢也.”

余起而歎曰:

“微子之言, 吾聞之素矣. 敢不惟命?”

夫人姓李氏. 鼻祖將軍恣言, 有功麗祖世, 食采碧珍. 碧珍星州舊號也. 子孫仍籍焉. 七代祖平靖公約東, 以淸白名, 曾祖嘉善, 敎官贈贊成, 祖尙伋, 兵曹參知贈判書, 父墝, 右副承旨, 以直言忤權貴, 官不大. 妣徐氏, 僉知景霈女, 忠肅公渚孫. 以崇禎丁丑生, 適敦寧府都正完山李氏諱晩成.

戊子春, 都正公年踰七十, 子爲侍從, 用恩例, 陞通政階, 夫人從封淑夫人. 是年冬十二月十日, 都正公卒, 粤七日, 夫人以毁而逝. 明年二月六日, 同葬于高陽木稀里酉坐原. 後參判以秩二品, 參從勳, 再贈都正, 至吏曹判書. 夫人視其秩, 爲貞夫人焉.

都正公世系及子孫, 具載公誌中, 茲不詳. 參判, 都正公弟戶曹參判贈判書大成之長子也. 世之取人子爲子者, 人之爲人後者, 今古何限, 而若其母之慈子之孝, 如夫人家者, 盖鮮矣. 尙記庚寅冬.

參判新去喪, 見余涕洟, 哽咽不能言, 不特慨然廓然而已, 余固心悅之. 今又乞銘爲永圖, 遑遑如不及, 可謂孝矣. 信乎人不必自生子也.

銘曰:

婉婉令德, 君子攸宜. 穀則偕老, 死則同歸. 無曰無子, 有嗣克孝. 載述徽則, 式彰慈敎. 我銘于右, 百世不泐, 凡厥後人, 罔或毁斁.

趙泰億, 『謙齋集』 권35, 『한국문집총간』 권190, 82~83쪽

淑人光州金氏墓誌銘

故義禁府都事白賁堂趙公仁壽, 有賢配曰淑人光山金氏. 新羅王子之後, 沙溪先生文元公諱長生玄孫也. 曾祖吏曹參判諱槃, 祖吏曹判書大提學文貞公諱益熙, 考左副承旨諱萬均. 妣延安李氏, 禮曹判書大提學文肅公諱一相女也. 內外甲乙, 他族莫敢望焉.

淑人以仁祖己丑生. 幼而端惠, 服習女訓, 善承長者意. 方十餘歲, 見庶叔婦
受疑於其姑, 不能自白, 爲之劈析事理, 委曲開釋, 姑意乃解, 婦終身德之. 文
貞公常曰:

"使此女而男也, 必能昌吾門."

十五, 歸于白賁公. 趙氏世系, 別有公誌, 玆不書. 姑洪氏早寡窮居, 奉所後累
世祀饗, 常患窘乏, 淑人日夜執刀尺, 裁縫人衣裳, 取直以供助, 不令姑知之.
時大舅忠貞公夫人睦氏, 俱享大耋, 子孫男女甚夥, 淑人左右應接, 各得其歡
心. 睦夫人性嚴有法度, 子孫有微過, 輒切責不饒, 特愛重淑人, 嘖嘖稱其賢.
白賁公淸修謹潔, 內行淳備. 早抛科官業, 不問家人生産, 淑人夙夜敬恭, 日
勤力經紀, 以之仰事俯育, 得不乏. 施及窮族, 濟其衣食, 以順適公意, 公常稱
閨閤間有知己.

壬申, 公病且沒, 囑淑人曰:

"子幸無死十年, 以卒養吾母也."

淑人敬諾之, 節哭泣强飮食, 以慰安姑心. 姑患風痺, 坐臥須人, 則左右扶將,
孝養備至. 至老且病, 猶不敢少懈, 十餘年如一日, 日夕率諸子婦侍側歡笑,
怡怡如也.

奉祭祀尤謹, 凡得祭需, 必別藏以待之, 祭之日, 必親鼎俎滌籩豆, 勿令孫兒
輩近前.

公旣沒而弟舍人公, 猶不異居, 連喪配且有疾, 淑人竭力供奉. 舍人公忌其無
家, 及其晩年分居, 淑人每泣謂諸子曰:

"作長廊處群子姪. 兄弟同居, 汝父志也. 當吾世而見分貳, 吾甚悲之."
視從子女如己出.

常以諸子早孤, 責厲甚至曰:

"吾所以不死者, 以有老親及汝曹耳. 其可敖蕩荒嬉, 使人謂寡婦子乎?"
或自叩脛以示警.

日必晨起, 督婢僕灑掃室堂. 使各治其事, 條理不紊, 隨事誨粉, 不事鞭扑, 人
人感悅焉.

嘗敎女孫曰:

"事舅姑恭而已, 事君子順而正而已. 婦人之性, 類多偏躁, 然躁可變爲緩, 偏可變爲裕者, 直由吾心, 其要在一忍字."

又曰:

"人家骨肉睽乖, 多由婢僕往來饒舌, 所當深戒."

勤於紡績, 宅中遍樹以桑麻, 針絲不釋手. 機杼不輟聲, 乃治田圃, 蔬荣不市而足.

少時偶見貴主, 服御不甚侈, 卽瞿然輒去華餙, 終身不復近. 嘗隨長亂至臨陂縣, 會三郎由翰林, 出宰金溝, 迭奉魚軒, 往來有煒. 未幾, 又隨仲子, 至交河縣, 三子連擢大科, 並列華顯, 一世榮之, 稱其福履, 淑人輒語諸子曰:

"吾老而不死. 過汝父十年之期, 久矣. 何心獨享此也? 常恐汝曹或有一毫差失, 以累名父令聞."

又曰:

"世人以親老故, 或不能自由於進退. 吾恐久於世, 以爲汝曹累也."

其在諸邑, 飲食稍豊則曰:

"不已濫乎?"

服用稍華則曰:

"不已侈乎?"

有聲樂則曰:

"未亡人雖老, 不宜聽樂."

凶年則曰:

"民飢, 吾可對方丈乎?"

亟命貶食. 嚴畫梱內外, 杜絶私逕, 不以絲毫浼其政. 暇時問政得失詳, 可則喜, 否則憂.

壬寅夏, 哭仲子, 悲哀甚至. 是冬十月初九日, 感微疾, 考終於樂善坊本第, 享年七十四.

凡擧四男子, 長景命, 文科壯元承旨, 次永命, 與承旨同日生, 生員, 卒官交河縣監. 次文命, 弘文館校理, 季顯命, 藝文館奉敎. 孫載健有二子, 載順天, 載望, 載源, 女適說書李匡德, 士人李埴, 承旨出也. 載極有一女, 載博有二女, 載億女適士人尹得庚, 一女未行, 交河出也. 載浩有一子, 載混二子一女, 幼,校理出也. 奉教有二子, 幼.

泰億與承旨公兄弟, 童丱結交. 今皆已老, 世稱爲莫逆友. 自睦夫人在堂, 其
家法梱則, 固已稔聞. 若白賁公行誼之純篤暨淑人婦道之咸備, 卽平生欽服
而艶歎者也. 今按淑人行狀, 有愴然而感者, 凡所以教廸諸子者, 一如吾先妣
平日語不肖者. 其中寡婦子三字之戒, 所嘗涕泣而道之者, 二母之訓, 脗然相
符, 懇惻切至, 哀痛刺骨.

兩家子得以成立, 繄賴於此. 而承旨兄弟能各致榮孝, 抵老娛養, 無復餘憾.
泰億不孝無狀, 夙嬰終天之痛, 未效一日之養, 官逾尊, 祿逾厚, 而哀恨愈無
窮矣. 每見承旨公家有吉慶歡樂, 則泰億輒喜吾友之能悅其親, 而又窃悲己
之無此事也. 今於幽誌之托, 義不可辭.

銘曰:

猗嗟淑人! 寔古女士. 白賁之賢, 而許知己. 孝敬于姑, 姑用悅喜. 周睦于族,
族歸如市. 欲知其教, 觀厥四子. 四子飭躬, 允承先美. 奕舃其門, 巍科顯仕.
出則連城, 交致旨瀡. 能孝能養, 世莫與比. 不有懿德, 曷應繁祉? 我識其墓,
無敢轢毁.

趙泰億, 『謙齋集』 권35, 『한국문집총간』 권190, 83〜85쪽

先妣贈貞敬夫人南陽洪氏墓誌

先妣贈貞敬夫人洪氏, 南陽大姓, 高麗金吾衛將軍先幸之後也. 曾大父諱昷,
掌苑署掌苑, 以行誼有名, 用伯子寧原君可臣勳例, 贈領議政. 益寧府院君,
大父諱慶臣, 弘文館副提學贈左贊成, 以文學雅望著名. 宣祖朝世稱鹿門先
生父諱㞳, 早歿, 先妣其遺腹女也, 以崇禎甲戌生. 母平昌李氏, 察訪楠之女,
辛勤養育.

十六, 歸于我先君. 先君庚子生員進士, 仍擢文科, 入翰苑, 又生三男二女. 先
妣以癸卯十月十九日歿, 子女又皆不育. 先君哀先妣有淑德賢行, 卒無祿而
夭, 又無嗣續. 重哀李氏無他子女, 窮獨靡依, 每解官, 輒往省于海州, 時節,
具衣服膳羞而供之. 歲以爲常, 李氏嘗曰:

"吾死君可祭之. 以終君之世, 欲悉以家事付之."

先君力辭曰:

"有外孫者, 祭于外孫, 尙不可, 況無外孫乎?"

遂求諸洪氏之族, 得諸孫一人, 俾主其祀. 及其喪, 自衣衾棺槨, 以至葬祭之需, 莫不盡誠措辦, 送終之事, 無餘憾焉. 人皆服先君之義, 而非先妣平日孝性孚感于君子, 亦何以致此哉?

庚申, 先君陞通政階, 例贈先妣淑夫人, 不肖泰億累推恩, 贈至貞敬夫人. 初葬楊州葦場里先隴之內亥坐, 移葬于抱川獨谷向巳之原, 祔先君墓右, 盖遵先君治命也. 一女適僉正尹世恒, 亦早歿無嗣. 先君姓趙氏, 諱嘉錫, 楊州人, 官至吏曹參議贈領議政, 世系子孫別具誌, 玆不記.

趙泰億, 『謙齋集』 권36, 『한국문집총간』 권190, 89～90쪽

先妣贈貞敬夫人南原尹氏墓誌

吾先考吏曹參議贈領議政府君旣喪, 元配南陽洪氏, 以甲辰歲復娶. 吾先妣先妣尹氏, 系出南原, 高麗按廉使威之後也, 七世祖臨咸吉道觀察使, 以淸白名. 高祖諱暹, 光國功臣, 弘文館校理, 壬辰倭難, 死於尙州之戰, 贈領議政龍陽府院君諡文烈. 曾祖諱衡, 亦登第, 官終瑞興縣監. 祖諱棨, 弘文館應敎, 出爲南陽府使, 丙子胡亂, 罵賊不屈而死, 贈吏曹判書, 龍原君, 諡忠簡. 其弟忠貞公集, 亦斥和議, 死於虜庭, 世稱尹氏三節. 考諱以明, 被朝庭錄用, 官終靈山縣監. 妣淑人漆原尹氏, 通德郎遇泰女也.

十八歲, 歸于先君, 十八年, 而先君下世, 又十八年, 而以戊寅四月二十二日, 棄諸子, 享年五十有二. 同年六月, 權厝于抱川, 獨谷庚向之原, 東距先君墓十許步, 至甲申四月二十五日, 移祔于先君墓左. 與元配洪夫人, 三壙同一墳, 枕亥而面已. 先君姓趙氏, 諱嘉錫, 楊州人, 世系子孫, 並詳大誌, 玆不復記. 先妣姿性端粹, 志行純潔, 貞而有容, 簡而有惠, 應事以敏, 接物以溫, 晰義理明, 事情綽然, 有女士風. 靈山公嘗歎曰:

"使吾女而男也, 吾門豈不興乎?"

從叔父郡守以健, 都事以性, 兄弟俱以行誼名, 每家有大事, 必來咨議焉.

吾趙氏, 號大家, 族黨盛, 姊妹衆. 舅忠靖公旣老, 庶母全攝室, 先妣和敬自

持, 左右奉承, 皆得其歡心. 全時至先妣所, 見禮容閑整, 理家有法, 歸告忠靖
公, 忠靖公甚喜. 事先君克謹無違德, 先君嗜書史喜賓客, 不事家人事. 又與
世抹撥, 家食多年, 而先妣方便拮据, 膳服俱宜. 我前妣洪夫人, 只有一女, 先
妣遇之, 極有恩義, 所欲爲無難易力從之, 不計家有無也. 及其無子而夭, 益
傷憐之, 待其婿加厚, 壻益感之. 前妣忌祀, 必手治祭需, 務極蠲潔, 勑婢僕無
敢或忽, 前妣二婢每涕泣而感歎.

而靈山公十年抱癉疾, 尹淑人亦衰病, 先妣居遠而致養無方, 進甘旨, 月往觀
以慰其志. 及先君疾革, 先妣割指進血, 及喪, 痛不欲生, 惟以親在, 每省觀,
未嘗以戚容進. 不踰朞, 靈山公卽世, 又一年而尹淑人繼歿, 先妣荐罹大戚,
哀毀踰制, 遂成終身之疾. 方先君之喪也, 長男泰一, 纔年十七, 已能力學, 而
仲子泰萬, 方十歲, 不肖泰億, 廑七歲. 先妣不以愛故弛其敎, 諄諄誨勑, 使自
感勵, 或不率敎, 垂涕而撻之曰:
"曰寡之子, 不學無聞, 人孰齒之?"
中年家苦貧, 不以窘色見於外曰:
"恐兒輩知之, 亂其心耳."
諸子欲上山讀書, 雖稱貸之, 必厚齎粮而遣之, 戒母速還. 記泰億十餘歲時,
從外傅家歸, 日暮天正寒, 先妣撫其背而泣曰:
"汝寒矣."
夜出篋中數尺紬, 對燈手裁縫, 作半臂衣, 厚其絮而衣之. 天明, 又令就傅曰:
"無怠爾業, 以慰母心."
遇親戚, 誠意藹然, 宗黨皆悅服焉. 待諸子婦, 慈愛均一, 未嘗有毫髮差, 常曰:
"人家亂兆, 常從父母偏愛處生."
先君側室有子女, 先妣撫愛特甚, 及庶女將嫁, 爲之愴然, 語諸子曰"
"今汝同氣婚嫁畢矣, 獨我見之, 悲夫."
姨妹有失恃者, 撫敎而業, 其嫁丐女無所歸者, 收育而女視之. 御婢使莊而有
恩, 口不言優劣, 有潛罪密諭使自新, 故人人感戴無怨叛者.
至丙子, 長男擢第入翰苑, 丁丑, 不肖魁泮試賜第, 餘慶所及, 家聲復振, 人皆
謂先妣當享晚福. 而不肖罪通神明, 不克一日祿養, 先妣遽捐背, 後雖忝叨卿
相, 累蒙推恩, 封贈至于極品, 顧奚所逮及哉? 嗚呼痛哉! 惟令德懿範, 可式

于今世, 可詔于後承, 不敢一言或溢. 凡玆來億, 尙亦有徵.

趙泰億, 『謙齋集』 권36, 『한국문집총간』 권190, 90～91쪽

祭孫女文

維丁未六月壬子, 孫女下殤之喪, 將葬于原州雲霧谷之原. 前一日辛亥, 大父 爲文抒哀, 因祖奠以告之曰:

吾夫妻育汝十年, 日冀汝成長. 常恐吾兩人多病早衰, 不及見汝歸而有家, 豈 謂汝遽舍我而死耶?

汝大母適會上京不歸, 獨我抱持汝, 不能救其死, 手自速縛而棺斂之, 無辭以 報汝大母父母. 此豈人理之所可忍者也?

汝父母別汝二載, 思戀日積. 而前年孟春, 汝之二歲妹夭死於汝父謫中, 汝母 遭憂於密, 不得見其死, 及春之季, 汝之次妹六歲者, 病死於京, 汝父母俱不 得見其死, 是歲之冬, 汝之男弟新生而又夭. 一歲未終, 荐見三殤, 仇怨聞者, 亦且心惻, 矧汝父母之心何如, 吾夫妻之心, 又何如耶?

汝母憂哀成疾, 幾死而堇生. 汝父病亦轉深, 近有消中之症. 加以骨肉分張, 團圓無期, 喪病稠疊, 心緒益惡, 惟以汝幸無恙, 日夕在傍, 寬慰吾夫妻之多 矣. 汝父母亦以汝年漸長體漸完, 不復以汝爲慮, 且以在吾夫妻之側, 可能善 養而善敎, 爲可恃而可喜, 孰謂吾夫妻卒不能保有汝, 以負汝父母許多冀望 之心, 以貽此無限痛毒耶?

天乎天乎! 痛矣痛矣! 常謂汝骨相豊端, 可享多祉, 識解周通, 可幹母蠱. 每 當汝大母有疾, 已能替筆札之勞, 察米鹽之事, 吾夫妻輒喜而語曰:

"是當爲人家佳婦."

嗚呼! 汝何爲而遽至此耶?

今春汝有口喎病, 連試鍼藥, 未見顯效, 豈亦內有所傷, 危兆外見, 而人不之 覺耶? 數日微痾, 醫人謂之暑感, 投藥二包. 曾不深慮, 頃刻之間, 氣窒者三, 終不能救活, 不知何病一朝殲人乃爾. 從前見殤而夭者何限, 而倉卒暴化, 未 見有如汝之爲者. 驚號錯愕, 五內如封, 坐想汝父母在千里嶺海, 又聞汝訃, 人 非木石, 何能忍塊? 思之及此, 心焉摧剝, 不復不含.

禮不成喪, 十日乃窆, 有棺無槨. 殤不立主, 卽從家法, 一虞而除, 乃遵古禮.
十年鞠育之恩, 乃止於此. 嗚呼哀哉! 萬事已矣. 心腸抑塞, 文不成倫. 汝若
有知, 照此衷曲.

趙泰億, 『謙齋集』 권40, 『한국문집총간』 권190, 180~181쪽

王大妃殿患候平復頒教文

王若曰:

慈候久愆, 憂共切於上下, 天和遄復, 慶實關於宗祊. 載考彝章, 亟行誕告.
言念寡躬之不穀, 繄惟聖母之是依, 一國之養至隆. 雖奉供之無缺, 三年之喪
甫畢, 尙毁瘠之未蘇. 故當晨昏定省之時, 每勉寒暑節宣之道. 屬有無妄之
疾, 久稽乃瘳之休. 悲哀思慮之所由傷, 積成虛瘁, 飮膳寢興之失其適, 遂至
淹綿. 忘沉痾之在身, 不遑寧處, 念毒藥之苦口, 罔懈先嘗, 方數旬抱煎迫之
憂, 乃一日得痊安之喜. 惟誠孝淺薄, 敢云有格于神, 賴祖宗降監, 自致無疆
之福.

坤元博厚, 襲母氣而悠長, 日候淸和, 對天時而康茂. 瞻東朝而展賀, 万品胥
忻, 挹北斗而祈齡, 百靈齊護. 聿薦禋於太廟, 仍布綍於多方.

育物資生, 旣陰功之廣被, 滌瑕蕩垢, 宜解澤之旁流. 於戲, 教愛因親, 庶彰敦
孝之化, 推恩覃遠, 須念同仁之心. 故玆教示, 想宜知悉.

趙泰億, 『謙齋集』 권45, 『한국문집총간』 권190, 220쪽

中宮殿紅疹平復後賀大殿箋

德參天地, 咸仰覆燾之神功, 喜溢宮闈, 夫祛流行之灾沴. 八年再慶, 庶品同
歡. 恭惟 尊號主上殿下凤奮乾剛, 亦資陰教. 元良代理, 猶有摠攬乎万機, 疾
疹彌留, 不忘憂勤於一日. 肆致邦休之滋至, 聿覩壼候之乃瘳.

伏念臣留滯江湖, 逖違軒陛, 南山北斗, 莫造祝聖之班, 紫微紅雲, 徒切望辰
之悃.

趙泰億, 『謙齋集』 권45, 『한국문집총간』 권190, 221쪽

賀中宮殿箋

灾沴流行, 上及深嚴之地. 神明默祐, 式遄康復之休, 歡洽六宮, 慶覃八域.
恭惟 尊號王妃殿下祥膺夢月, 德協承天, 敷內治十七年, 克彰陰敎. 侍 上疾
八九載, 久積焦憂, 屬无妄之纏痾, 幸乃瘳之報喜.
伏念臣身紆符紱, 跡阻軒墀, 飛鳥鳥而趁朝, 縱慙仙令. 贊雞寢之警曉, 窃効
詩人.

趙泰億, 『謙齋集』 권45, 『한국문집총간』 권190, 221~222쪽

이간(李柬)

亡室安人尹氏行狀

安人諱■■[10]字■■[11]氏出坡平. 我 成廟國舅右議政 平靖公 諱壕之嫡長
孫 曰坡平君 諱弩, 卽安人高祖也. 曾大父曰禁府都事諱商衡, 配南陽洪氏,
吏曹參判贈領議政湜女, 大父曰贈左承旨諱源慶, 配林川趙氏, 掌樂院正贈
都承旨希進女. 父曰通德郞諱憶, 配靑松沈氏, 通德郞之瀛女, 此安人三世
考妣也.

安人幼而端重, 其父母諸兄, 皆期以享福安德之器. 稍長, 女紅中饋之事, 靡
不精通. 十六而其母積病而圽, 憂哀咸致, 觀者感歎. 二十而歸于夫家, 其舅
姑盖始無子女, 晚得從子爲嗣, 其爲婦者設無良, 卽其舅姑, 固當慈而懷之,
而安人之深愛至誠, 出於性分, 左右承順, 敬謹無替, 其舅姑故絶愛而深重之.
然其夫本酷貧而性甚迂, 於家事一未嘗以經心. 凡祭先養老, 幹家百職, 安人
實獨自擔當, 竭志殫力, 日夜勞悴, 困苦之極, 或時有戚嗟之言. 而其心則實
不欲以門內瑣細, 世間俗務, 妨奪其夫志, 故每察其夫眉有憂愁之氣, 則輒慰
解之曰:

"有無飢飽, 惟我在矣."

丈夫固無與也, 是以其祭也, 固未克致其豐潔, 而不至於廢闕. 其養也, 固未
克致其甘溫, 而不至於凍餒, 皆安人之力. 然其恒言曰:

"祭而不致豐潔, 何異於廢闕, 養而不致甘溫, 何異於凍餒?"

其夫或體無完衣而不以爲恥, 其幼常病, 不滋味而不以爲憂. 其身雖冬不絮
夏不葛, 食無敦寢無具. 其首無髢, 其足無屨, 甚幾於不能出門戶, 而未嘗以
一毫自病. 顧早夜汲汲, 惟以親有飢色爲至恨, 昕夕之供盤, 有一味則輒稍自
安, 否則屛身房闥, 疾首頓足, 若無所自容. 如是斤斤者二十年如一日, 而安

---

10 ■■ : 원문에 검게 칠해져 있다.

11 ■■ : 원문에 검게 칠해져 있다.

人遽沒矣, 嗚呼戚矣! 何其窮[12]也.

安人至性之外, 又有高識. 其夫粗涉文墨, 希覬名利, 安人固願其榮達, 而其言常曰:

"自古世路多巇, 君子不容. 若老親有養, 孥累喫粟, 則不願丈夫之進士及第也. 自荷長鑱, 深入高山, 朝飯夕飧, 不干於人, 則此當爲至樂云."

噫! 其夫之愚, 固有愧於斯言. 而婦人之識, 其及於是難矣.

安人生長京輦, 又其堂從諸姊, 皆嫁富貴巨室, 自幼耳目, 皆綺繡侈靡. 而一入夫門, 弊衣儉服, 處之甚安, 未嘗有愧羨之色, 亦未有儗儗之志, 斯已難矣. 而至於婦人之有無, 須索在本家兄姊, 人情爲然. 且其兄若姊, 固能友而力可以贍, 則以嗇資豐, 亦必至之勢也. 安人固窮二十年, 未嘗以一言干其兄姊. 且姊妹之聚, 悲歡苦樂, 纖細傾倒, 此婦人之常態也. 安人則以爲雖同氣之間, 彼如無待我言而相悉, 則不必有隱, 而全於異居之後, 或時之會, 仡仡盡言:

"有若乞憐之爲, 則吾甚厭之矣."

故其前後歸覲及兄弟相聚之行, 必先戒女僕曰:

"爾於若輩, 愼勿及家間零瑣也."

及後追聞一二傳說, 則輒不樂曰:

"聞人窘窒, 周則不逮, 否則不安. 此吾不欲人詳知, 而爾何不謹吾戒也?"

是以雖其兄姊乎, 於安人之苦情實境, 容有不盡知者. 噫! 凡此在丈夫或難矣, 豈俗間庸婦之所可幾者? 傍人或及兄弟析財之說則曰:

"吾家素貧, 若而田民, 不足於奉祀, 豈有可析之財也? 吾夫有命, 則雖無外至, 可以無死, 吾夫無命, 則外財豈復足以救死哉?"

其夫自謂有志, 妄談義理, 而每聞安人之言, 未嘗不愧且歎曰:

"資性見識, 愚夫愚婦, 固有得之於天者矣."

安人於待人處物, 其誠藹然, 自尊老卑幼, 以至於微細酬應. 凡可以盡吾心者, 自盡而已, 未嘗爲應文塞責, 以欺己心. 又未嘗爲過情浮辭, 以適人情. 故人之知之也, 深者深知, 淺者未必盡知, 而安人無與焉. 其眞實端的, 有如此者.

安人上老下累, 餘二十口, 而一歲所入, 未調數朔, 百爾假貸, 以充朝夕, 嫁衣

---

12 窮 : 원문에는 '窮'으로 되어 있으나 문맥상 '窮'으로 바로잡는다.

旣盡, 繼以田獲. 居平, 遑遑如在患難, 而於世俗鄙瑣料理經營之事, 一未有
所屑. 嘗曰:

"貴賣賤買與約施厚斂者, 不無間別, 而係是細人, 殖利則均, 吾不敢以此累
吾夫名."

凡人有所贈遺, 不計多少, 輒懷愁歎曰:

"平生未嘗遺人, 而每受人遺, 是豈人心之所安者? 如是寒乞無償還之日, 則
九地之下, 當爲負累之鬼矣."

其心痛楚, 不啻若疾疢. 噫! 其狷介潔濯有如此者, 而安人今亡矣. 半生苦心,
誰其賞哉? 黔氏之斂也, 單被不能掩足, 而其婦不聽其橫斂, 此夫婦間知己
也. 今安人之亡, 生時所服, 無一領完潔者, 不免以一家所贈苟充以斂之. 自
傍人觀之, 潔帛淨絮, 視單被不爲不厚矣. 未知安人已自蟬蛻於血肉軀殼之
中, 不滯其平素若浼之志耶? 不然則汗垢敝襑, 矗綿單裳, 卽其無斁之服, 而
同納於匵中, 其必挈此襤褸, 超然整理其舊時寒儉矣.

其夫平日未必以不相知者自處, 而當事急滾, 何乃遠出黔婦之下哉? 吁可
愧矣!

安人失恃遠嫁, 其父老而不能終養. 故其孺慕次膺, 尋常言發淚隨, 見人髮白
而面渥者, 則雖丐人, 必敬之, 問其年甲, 同於父母, 則待之尤厚. 己雖未食,
輒推以飯之, 又懇其復來. 凡於老人, 必加敬加愛, 而夫黨則特謹事之.

晚而始育, 育而又多夭. 故於子女, 愛之固踰人, 而至有過誤, 則不少假以色
辭, 且言其夫而痛戢之曰:

"兒有過而不使其父知之. 其終馴致難敎之境, 吾見多矣. 此豈愛子之道哉?"

至其事夫, 則入門以來, 畏謹恬穆, 燕私之意, 不形於言笑. 夫意所勿欲, 謹避
如法令, 夫意所欲, 卽不計其身之勞佚, 家之有無而力爲之. 盖其心必欲其夫
之以令德自植也. 故於及人爲義之事, 竭蹶而無少憚怠, 且其夫有過失, 箴諫
亦切至, 嘗曰:

"丈夫性氣過剛, 雖事親之際, 其愉婉之色, 常不勝勁直之氣. 此而有所未謹,
則惡貴於學哉?"

其夫亟服而深惕, 常患其不能受用, 而然未嘗不賞其言而加重焉. 噫! 凡此在
婦人, 類非踈節細行也.

安人多産以來, 固常善病, 而元氣沉實, 性又耐辛, 非至甚篤, 則未嘗一日委臥. 六月之晦, 猝中暑喝, 鍼石並下, 屢窒而甦, 越二日夕, 竟至不起. 嗟乎哀矣! 寒餓迭摯, 心血內耗, 人固不覺, 而病乘其會耶? 死生之變, 何其遽也? 生於崇禎後丙辰三月二十七日, 歿以乙未七月初二日, 得年僅四十. 有一女三子, 女議行而未及焉, 子之最幼者, 甫過晬矣. 將以九月廿二日, 窆于溫陽治南松岳之山庚坐之原, 卽其夫先祖別提府君之同岡也.

安人之歿, 其夫悲而歎之曰:

先民之言, 善必福仁必壽, 今如安人者, 其志行非不仁且善矣. 在幼而失其母, 在遠而哭其父, 有舅姑甚老而不能致養, 有良人甚愚而不能偕老, 晚有子女, 長者未行而幼者在乳. 窮餓廿載, 未衰而遽先朝露, 所謂福者果何物也, 壽者果安在哉? 其神定, 其視端, 貌豐而滿. 耳郭厚而珠重者, 在術家非夭死法, 而今其左矣, 所謂相者妄耶. 然則其父母諸兄之所期望者, 不過蔽情之見, 而其夫之從而疑之者, 同歸於昧理之言矣. 從今以往, 雖其舅姑日享安樂, 其夫砥礪名行, 不墜晚節, 其女若子各成嫁娶, 不失其所, 而安人則亡矣, 不見不知而其謂之福耶?

子女之識其面者, 未必知其事實, 而又固有不識其面目者矣. 玆不得不槩舉而歷記之, 以遺其人, 且念其區區志行, 誠不可以無傳者, 若復不託立言之君子, 遂湮滅而無聞. 則又何以慰長逝者魂, 而洩後死之慟哉? 此仁人之所宜動念者也, 是以輒寫一通, 以俟當世作者. 嗟夫! 爲幽明釋憾地者, 獨有此而已. 其夫禮安李柬, 盜竊虛名, 方以世子侍講院諮議承召未赴命. 柬之父曰生員諱泰亨, 比以壽職, 階堂上. 其生父曰行郡守諱泰貞, 其祖曰節度使諱璞, 其外祖曰副司正慶州李公諱潗. 是年八月日, 李柬謹狀.

李柬, 『巍巖遺稿』 권16, 『한국문집총간』 권190, 520~523쪽

이하곤(李夏坤) ————————————————

孺人金氏哀辭

余友首陽吳明仲有賢婦, 曰金孺人, 今學者所稱農岩先生第三女也. 家世安東人, 高麗太師宣平之後, 高祖淸陰公, 大父文谷公, 皆官議政, 以節義文章聞. 孺人生而有幽閒明淑之質, 先生於諸女中寂甚愛之. 歲己巳先生遭慘禍, 絜家人永平白雲山, 隱居不出, 與諸弟讀書, 爲性理之學, 講討窮日夜. 時孺人年雖幼, 常侍左右不離, 潛聽緖論, 往往與人言, 多所曉解. 先生遂敎之書, 愈益奇之, 每遇良辰美景, 輒命孺人携壺酒操几杖, 往而遨游山水間, 嘯歌不放, 孺人亦欣然樂意, 忘其爲女子也.

十六敀于明仲, 明仲好學樂善, 亦君子人也. 內外莊敬和樂, 事姑黃夫人, 夙夜虔恭無懈. 然性端而好禮, 不效世俗婦女握捉態, 以故吳氏之門, 鮮知其賢者. 明仲有兄三人皆無子, 黃夫人年老多病, 日望孺人生産男女, 以慰眼前. 今年七月, 孺人始擧丈夫子, 乳七日而得疾不起, 年二十二. 先時孺人省親至家, 臨死語家人曰:

"自吾之入吳氏, 秋毫無慰悅吾姑者, 今幸得男, 異日携以敀, 冀以爲吾姑樂, 病卒至此, 今不能矣."

言辭凄惻, 聞者莫不哀之.

嗚呼! 余知孺人之賢者久矣. 余與明仲同里閈, 自結髮相從游, 至今幾二十年, 夫世之知我者無如明仲, 知明仲者亦莫我若也. 後又與孺人弟君山相得懽甚, 因以出入農岩先生門下, 凡孺人之處父母兄弟夫婦者, 耳未嘗絶聞焉. 孺人志潔而行純, 貌和而心莊. 旣少周旋諸父之側, 通文史識道理, 尤喜左氏春秋, 朱子綱目, 於古今理亂興衰, 人物賢愚出處, 靡不通達條貫. 及長專意紝績女紅諸事, 深自退讓逡巡, 以明仲莫知其能文. 平生寂患人沒世而名不稱, 窃自慨然, 已爲婦人, 無卓卓樹立以見於世, 至於富貴勢利人所艶慕者, 視之泊如也. 嘗謂明仲曰:

“築室萬山中, 買田數頃, 蓄書千卷, 吾從夫子耕稼讀書, 優游以終天年, 於分足矣.”

其歿也, 明仲泣而語余曰:

“孺人識明而有雅操多類此. 吾自此失知心友矣.”

嗚呼! 孺人其賢矣夫! 使丈夫之懦而鄙者, 聞孺人之風, 亦可以少愧矣.

明仲哀孺人志在不朽, 請余爲哀辭, 余雖不敢辭, 然余之文, 豈能不朽孺人也哉?

辭曰:

竊觀夫峩冠而博帶者兮, 紛馳騖於榮利. 孰知立德之可貴兮? 樹聲光於千祀. 夫以渺然一女子兮, 獨懷抱此奇志. 襲名父之訓誨兮, 早佩禮而服義. 覽古之惠班與憲英兮, 聊尙友於彤史. 金珠寶玉焜燿以悅眼兮, 非余心之所美. 登顯仕居膴位而名不稱兮, 莫如一善之可記. 苟賢聲之流遠兮, 雖骨朽其不死. 願及時而脩善兮, 用以勖乎夫子. 豊乎德而命則嗇兮, 父母之心悲不能已. 握瓊瑰而三人行兮! 吁昔夢之可異. 記哲行而光幽罗兮, 有先生之銘誌. 歷千載而播芬芳兮, 庶含笑於九地. 卜玄宅而云吉兮, 岩岩之山水又淸駛. 嗟孺人於斯爲安兮, 魂髣髴而永止.

李夏坤,『頭陀草』책12,『한국문집총간』권191, 418~419쪽

金母南陽洪氏墓表

故監察金公銭有小室曰洪氏. 歿而葬于淸安之磻溪, 後四十九年, 其子前縣監應運, 將碣于隧. 一日謁余而請記墓之辭, 泣且言曰:

“吾母南陽人. 淸道郡守贈禮曹判書純慤之孫, 通政大夫頤建之女也. 以萬曆丁未生, 十九歸吾先子, 丁酉歿, 得年五十一. 生三男一女, 長男慶運, 次昌運, 次卽應運. 女適縣監孫愈. 嗚呼! 母死時應運年幼, 面目猶且依俙不能記, 況其平生言行乎? 及從韓嫡母侄相夔兄弟游, 嘗爲應運言:

‘建虜之亂, 同避寇南方. 時家屬僅八十口, 母日出丐米, 故爲食以飼之, 甚周而均. 己雖不飽, 不忍令僕婢或有餒色, 故同避者莫不咨嗟異之.’

韓當時目見云. 後嫡母李淑人亦嘗稱之曰:

‘汝母善事我. 同居室十五年, 未嘗有一毫失色. 且家事之極難處者, 汝母能以誠感人, 卒獲無患, 汝母恭而婉惠多類此.’

嗚呼! 玆數者可以觀吾母矣. 夫賢如吾母而卒堙圽無聞, 則豈不爲應運罪歟? 是以願得子一言, 以爲不朽圖也."

余嘗往來淸州, 其鄕人士稱金氏之蕃昌者, 必曰此賢母之報也, 及聞韓君李淑人所稱者, 其賢愈可信也. 噫! 洪氏以窮鄕一女子, 素無詩禮之敎姆保之訓, 而能恭以事上, 惠以撫下, 誠以處事, 宜于家聞于姻親鄕里, 其德性盖有過人者矣. 雖傳諸後世, 又何愧乎, 余於是不獲辭, 遂次其言以叙之.

李夏坤,『頭陀草』책12,『한국문집총간』권191, 426～427쪽

亡女鳳惠壙誌

亡女鳳惠, 以庚辰二月十七日生, 死于乙酉十月之晦日, 年堇六歲. 父曰鷄林李夏坤, 母曰恩津宋氏, 大父晦窩公諱某, 方官吏曹判書. 女生而甚慧. 始學語時, 見壁上張林良畫鶴, 作招鶴聲, 向畫中呼之, 余爲之一笑, 喜其明悟異凡兒. 稍長容貌端麗, 性孝友婉順. 晦窩公尤奇愛之, 常曰:

"恨此兒不爲男子也."

恒置膝加意撫養, 女亦盡誠事之. 或數月離違, 戀慕殊切, 見果苽魚蛤之新鮮者, 告其母曰:

"此物可口, 可奉餉吾大爺矣."

母欲試其意, 戲問曰:

"大爺不念兒, 兒何獨念大爺耶?"

答曰:

"吾窃憐大爺鬚髮已種種白矣."

聞者莫不嘆異.

與弟鳳錫相愛篤至, 飮食起居, 不忍暫捨. 及其死, 悲念不已, 每風雨晦冥, 輒愀然太息曰:

"嗟乎! 使吾弟獨棄空山, 得無怖乎?"

見其母涕泣則以好言寬之, 又爲雜戲冀娛其志, 或過哀輒復相怖曰:

"母不從吾言, 吾又將死矣."

余固已悲其意而怪其言之不祥. 嗚呼! 其果死也矣.

乙酉冬, 余盡室南敀金溪之舊廬, 女中途撼頓, 冒觸風寒, 患毒痘八日而病愈亟. 夜將二鼓, 燈影下見喘聲嘘嘘益促急. 抱持其面, 呼其名曰:

"爾何爲此狀?"

女已不能言, 但開睫一視, 嗚咽悲泣而已. 嗚呼! 困篤垂絶之際, 猶且睠顧父母, 有戀不忍訣之意, 尤可哀也已.

其始死也, 以俗忌不能葬, 丙戌三月寒食日, 易其棺衾, 將瘞于陽智先夫人墓西, 略抒余慟苦之意, 書之瓷器納諸壙. 噫! 兩歲之間, 旣哭其子, 又喪其女, 天何使余至此也!

李夏坤,『頭陀草』책12,『한국문집총간』권191, 427～428쪽

哭鳳惠文

維歲次丙戌二月上巳日, 卽亡女鳳惠旣葬之一日也. 其父略具餠餌肴果之羞, 以文哭于其墓曰:

嗚呼! 余年過二十而未有兒息, 汝母亦且羸弱善病, 恒惕惕惟嗣續是虞. 庚辰春, 汝始生. 汝母娠汝時, 夢五色鳥長鳴而去, 大人遂以鳳名汝. 汝生而容貌豊麗, 神秀氣完. 余喜甚, 亦不知生女之可恨也. 汝之外曾大父月堂公抵書于余曰:

"君冀男而得女, 何喜若是耶?"

余仍擧陶柴桑'弱女雖非男, 慰情良勝無'之語以復之.

又二年壬午, 汝弟鳳錫生. 其冬汝母携往懷川省親. 癸未春, 始團會于金溪之丙舍, 鳳錫已扶床立, 意氣嶷然, 汝之言語容止, 益復婉戀可愛. 父母朝夕弄玩, 若雙珠之在前. 汝母常曰:

"有女如汝, 有男如鳳錫, 吾無羨人者矣."

已而大人罷官南敀, 汝之季叔自永同携麟錫至, 伯母仲母兩夫人家又自京來, 同居一洞之內, 若金姊宋妹尹妹俱來會. 月明之夜, 花開之朝, 或登山或臨水, 或步平臺, 或掉小舟, 或投壺博奕, 或飮酒歌笑. 汝之姊弟亦牽衣絜帶, 嚄

呼趍走, 未嘗不在其間. 汝之從叔從姑輩, 愛汝奇汝嗟嘆汝. 莫不以吾夫婦爲
有子, 而吾夫婦亦不以汝姊弟晚出爲恨, 而日冀其長成而婚嫁也.

明年甲申, 大人留守江都, 吾與汝輩皆從往, 秋鳳錫猝患風搐死. 父母之慘慟
哀憐, 固不可言, 而汝尤悼念, 每曰:

:嗟乎鳳錫! 尒何捐父母之愛而死乎? 爾何獨無怖而棄擲空山乎?"

其言凄切有不忍聞者. 而汝又悶父母之過哀, 以好言寬慰, 又爲雜戲蘄得父
母之一笑. 父母之心雖不忍於逝者, 猶以汝在前, 盡誠盡孝, 故庶得少慰其悲
慟之思. 孰謂一朝汝又棄父母而長逝也哉? 噫嘻! 向汝之所以怨鳳錫者, 吾
將以怨汝矣. 向汝之所以悲鳳錫者, 吾又以悲汝矣. 汝其知耶? 其不知耶? 嗚
呼慟矣! 嗚呼慟矣!

余閱兒多矣, 吾未見敏慧如汝者, 孝友如汝者. 人家小兒輩孰不以般遊戲嬉
爲務, 而汝則不然. 自三四歲時, 蚕績縫紉是好, 飧飪饋餉是事, 鎖鑰家伙, 是
管是掌. 汝母云

"汝已能分其勞苦, 至於處事接物之際, 宛有成人態. 語言必款, 餽遺必均. 是
以人無貴賤而皆得其懽心. 其生也人莫不愛之, 其死也人莫不憐之."

吾由是知汝之敏慧過人矣. 且吾愛汝甚, 吾所詔教者, 汝必敬信曲從, 未嘗少
拂吾意. 或暫離我懷抱則汝輒憂形於色曰:

"爹豈忘我歟? 何多日外寢歟?"

吾若從汝而居于內, 汝喜躍不已. 汝母常患心疼, 達夜叫苦, 汝在側抱持啼
泣. 旁人欲屏置汝, 汝終不肯去. 時汝尙未晬也.

汝母自鳳錫死, 每願速死. 汝聞其言, 輒愀然曰:

"母無死. 母令我作無母兒!"

汝母悲汝之意, 累擧以語余. 又從老婢聞先夫人育吾時事, 心甚感動. 汝獨入
廟拜謁, 汝事吾大人, 誠愛出天. 大人或往鄕廬, 數月不返, 汝思慕殊切, 見荣
果魚蛤之新鮮者, 告其母曰:

"此物可口, 安得大爺一嘗耶?"

汝母戲問之, 汝又曰:

"吾獨怜大爺鬖髮已皤然矣."

聞者莫不奇.

汝與鳳錫, 友愛篤至, 生而不肯須臾相捨. 歿而有深悲, 過時而不衰. 從兄弟居於一室者, 汝又視之若同胞. 吾由是而知汝之孝友, 尤有人所不及者矣. 嗚呼! 汝敏慧而不得年, 孝友而不蒙福. 吾而今而後知敏慧者, 是夭之根而死之兆者也, 孝友者是天之所嫉而神之所憎者也矣. 然則必行尸走肉, 頑如木石者, 可以享期頤之壽耶? 必狼戾狠惡, 凶如梟獍者, 可以蒙康寧之福耶? 嗚呼慟矣! 嗚呼慟矣!

汝雖女子, 吾所以期待汝者深. 汝亦平日旺建無病, 至於夭亡之患短折之虞, 是豈夢寐之所及者哉?

余性迂僻, 不樂京居. 乙酉冬將盡室故溪上之舊栖, 是歲都下痘疾大行. 意謂'汝未經痘, 遠避鄕曲, 亦甚便宜.' 遂挈汝登途. 至竹山迦葉里, 其日大風以寒. 汝從軒車中出, 面色如凍梨, 瑟縮不能語者良久. 汝母急以酒溫汝, 爐火煖汝, 汝始稍有人色且言.

明日之晨, 汝急患肚疼而嘔, 謂觸風寒, 致此無怪, 又不可久滯中途. 遂行午飯植松村, 汝又吐蚘, 又能飯, 見汝神精已奪, 五色無主. 余惶懼趣駕, 行抵雲亭, 夜已數皷矣. 雜試藥物不效, 二宿而痘點見. 邀柳醫瑞診之, 曰:

"血從溺道中下, 雖兪扁無可爲也."

汝果八日而不起, 乃十月之晦也. 汝自朝至昏, 泄數十下, 腹大如皷, 喘聲作急以促如拽鉅. 余抱汝足而坐, 汝母又坐余側. 時燈火熒然, 風聲獵獵吹窓紙, 夫婦二人, 但以涕淚相視而已. 汝忽開眼視余作數聲, 哽咽而止, 若與父母訣者. 當此之際, 汝父母方寸將如何哉? 嗚呼慟矣! 嗚呼慟矣!

汝病亟時, 神識已昧, 無所省記, 似譫似囈之中, 忽語余曰:

"此爹之過也. 此爹之過也."

意若警余者.

噫嘻! 昔韓文公云:

"人生不免於水火, 父母之罪也."

由是言之, 使汝病而且死者, 是誰之罪也? 汝不從余而南則何至撼頓而生疾乎? 假令汝縱有一時疾恙, 若處乎突突, 殫其調治, 又何遽至死乎? 今乃不然, 旣去其深房燠室平簟煖衾, 而驅曳顚仆於嚴風虐雪之中, 荒山窮溪之間, 而又不能及時而問醫, 對症而投藥, 終使汝不免乎中途而夭死. 此余之罪也.

此余之罪也. 豈不爲余終身之恨也哉? 嗚呼慟矣! 嗚呼慟矣!

以余之容貌觀之, 豊而麗, 以汝之神氣觀之, 秀以完, 以言其稟受則敏慧, 以
言其德性則孝友. 玆數者豈皆可以致夭? 而汝其終夭者何也? 汝病之初, 余
甚以爲憂, 汝之從叔輩皆曰:

"此兒之骨相稟性, 宜享多福者, 君何爲過憂?"

以寬余. 以今觀之, 夫無福者莫過於汝, 而人又稱之宜享多福者, 抑何也? 嗚
呼! 汝豈無福而早夭者哉? 汝死之日, 汝之從叔輩又皆曰:

"凡人之生死夭壽, 不可以容貌測也, 不可以神氣度也, 又不可以性行推也.
此兒死矣, 世間其有可恃之兒乎?"

以慰余. 由此論之, 汝豈無福而早夭者哉? 此由汝父實歉而謬有名稱, 行悖
而獲罪神明, 不能保其懷抱之物, 而將使之摧心刺骨窮毒慘盡而終其身也焉
耳. 汝實代父而死, 寧不冤乎? 寧不冤乎? 嗚呼慟矣! 嗚呼慟矣!

吾自汝之逝, 塊處一室, 終日面壁, 昏昏悶悶, 如癡如醉. 坐不知其所爲, 行不
知其所之, 或臨卷而嘆, 或對飯而吁, 或對影而語. 見山則思汝, 觀水則思汝,
聽平臺之松風則思汝. 看小舟之明月則思汝, 盖無時而不思, 無往而不思. 而
汝之蹤跡已化而爲冷烟爲飛灰, 尋之無見, 求之無得.

嘻噫! 吾與汝, 不過爲六歲之父子, 而又不知何時可相從於地下. 然則自今至
吾之死, 無非思汝而悲汝之日也. 嗚呼! 其曷可忍邪? 佛氏輪回之說, 雖非吾
儒者所道, 然如羊叔子之探環, 房次律之發瓮, 其事甚神, 果如傳者之說, 則
亦不可全誣其無是理矣. 吾從今只願世世生生, 與汝爲父子, 以續今生未了
之債, 亦可以少紆余無窮之悲矣. 嗚呼慟矣! 嗚呼慟矣!

汝之始死, 以俗忌不能葬, 今年寒食日, 易汝棺衾, 深藏于先夫人之墓傍. 而
所謂麟錫者又後汝數日而死. 汝將左鳳而右麟, 從吾先夫人於地下, 知汝之
魂魄, 庶不孤矣.

嗚呼! 春風一被, 百物回生, 唯汝魂魄, 往而無故. 悠悠此慟, 曷其有極? 情之
所激, 言無倫次, 而皆出汝父之肝膈, 汝其有知, 庶有聞於冥冥中矣. 嗚呼慟
矣! 嗚呼慟矣!

李夏坤, 『頭陀草』 책12, 『한국문집총간』 권191, 428~431쪽

祭貞敬夫人黃氏文

嗚呼夫人! 吾母所母. 凡今世人, 孰無甥舅, 豈如夫人, 於吾母厚?

我觀夫人, 盖自稚幼. 維時文忠, 爲世山斗. 文章勳業, 播在萬口, 門闌烜烻,
誰與敢偶? 衆曰夫人, 實爲賢婦. 祥順慈惠, 亦孝而友, 不挾以驕, 忘其貴富,
姻戚如雲, 孰我訕詬?

曰令此德, 受天之祐, 人世滄桑, 在翻覆手. 屠維之禍, 自古罕有, 夜哭之悲,
腸裂心腐. 三世孀婦, 煢然相守, 彼睢盱者, 日欲禍搆. 夫人何知, 遊此羿彀,
二三女奴, 相隨南走, 瘴海茫茫, 隔以嶺峀. 余時將母, 亦落峽右, 每讀來札,
母淚盈袖.

歲行在戌, 群凶騈首, 天日再昭, 豁此昏瞀. 終南舊第, 握手相觀, 萬事悲懽,
只增心疚. 明歲之夏, 我哭我母, 脫衣以斂, 此恩可負? 嗟嗟余弟, 亦蒙覆燾.
夫我外黨, 日就凋朽, 惟幸夫人, 巋然如舊, 懷恩仰德, 衆宗所輳. 鬒髮無變,
韶顔不皺, 我祝夫人, 享有黃耇. 云胡一朝, 則疾不救? 凡我親屬, 若失哺彀.
夫人始終, 無一可咎, 男子所難, 惟夫人有. 禍故之酷, 理實難究, 夫人於此,
夫豈欲久? 所冀嗣孫, 庶遂婚媾, 記文忠功, 俾昭于後. 天若有悔, 宜報以壽,
使二者願, 母或紕繆. 今亦已矣, 天不可扣.

逝者有知, 九原相遘. 與吾母樂, 如此世否? 涓玆吉辰, 將遷靈柩. 旋輀東指,
牛川之阜, 河氷嵯峨, 霰雪紛糅. 洟如長風, 淚如縣溜, 我洩我哀, 心焉如剖.
陳詞告訣, 薦此觸豆, 靈不我棄, 庶飮我酒.

李夏坤,『頭陀草』책13,『한국문집총간』권191, 443～444쪽

貞夫人李氏哀辭

余少時出入農岩先生門下, 與先生子君山, 相得懽甚, 情好如骨肉. 君山少余
五歲, 長身白晳, 眉眼明秀, 好文章, 志氣奇偉. 日夜同起居, 與相談論, 雖家
事細微無所隱. 嘗從容語余曰:

"予家窮約如此, 然使大人樂乎道而安其貧者, 亦吾母有助焉. 當己巳禍作,
余家栖遁于永平風佩洞萬山中. 只有茅屋數間, 烟火或累日不起. 大人日諷
誦詩書不輟, 間與諸子女說古今治亂興亡, 賢人志士嘉言善行. 則吾母在側,

亦聞而悅之, 忘其窮苦, 而未嘗作怨悶色, 以累大人心, 此可以觀吾母矣."

噫! 夫羨慕富貴勢利者, 婦人女子之恒情, 苟不有卓然拔俗之操超世之識, 如孟德曜桓少君者, 其孰能免乎? 然彼德曜,少君者, 不過一窮士之婦, 其甘貧賤而無慕乎富貴勢利者, 固是常分焉耳, 夫人則不然. 先生以宰相子, 早顯於朝, 文學雅望, 爲世名臣, 一朝遭慘禍, 自放於荒山窮溪之間, 而身不厭糟糠, 爲其妻孥者, 其固窮困阨, 當何如哉? 夫人處之怡然, 若素習者焉. 此尤爲難, 夫人之德, 誠有賢於德曜,少君者焉. 而君山亦可謂深知其母矣. 夫人他行事可稱者, 顧不止此, 不幸君山遽已歿矣, 余何從而得聞也? 悲夫!

夫人姓李氏, 延安氏. 其先出於唐中郎將茂. 曾祖左議政諱某, 祖吏曹判書諱某, 連世用文章鳴世. 父諱某, 官至副提學, 早休不仕, 潛究性理之學, 學者稱爲靜觀齋先生. 夫人之賢而有識, 盖有所自云.

嗚呼! 自余哭君山, 每候先生, 則夫人輒哀咽不自勝曰:

"聞李生至, 如見吾亡兒."

必具食食余, 余未嘗不對飯出涕, 以悲夫人之意. 前年夏余又哭先生, 余益悲夫人孑然無所依, 其窮至老而又如此也.

至冬夫人以素患癱瘓症亦不起, 年五十八. 生一男五女, 男卽君山, 女皆適人. 其爲吳氏婦李氏婦者, 與君山相先後死.

始余謁先生於石室院者, 至今十三四年. 親見先生之世絶而已三哭于其家矣. 余又益悲先生之道夫人之嘉順, 皆不蒙福, 卒以窮死也. 於其葬也, 余記其聞於君山者, 作哀辭以抒余悲, 因以慰君山之魂也.

辭曰:

夫在窮阨而不戚戚兮, 又無艷乎貴富. 以丈夫其猶難兮, 矧婦嬬而能有. 惟夫人獨抱此懿德兮, 昔余聞乎亡友. 悅夫子之講道兮, 用以忘其貧窘. 非此子之善觀兮, 孰能知其[13]是母. 窃覵此一事兮, 足以永世而不朽. 既潔行之如斯兮, 宜受天之所祐, 哀夜哭之不忍聞兮, 使我心焉如剖. 先生奄忽其又逝兮, 遘斯文之陽九. 渼水咽而不流兮, 金臺兀其將踣. 山閣巋然而獨存兮, 藹花木如之舊, 以夫人之一身兮, 胡百罹之備具. 余嘗觀乎今之世兮, 彼握促之庸

---

13 其 : '其'자는 '夫'자의 오기인 듯하다.

婦, 居華觀之峩峩兮, 又被服乎絺繡. 衆雛呴呴以相樂兮, 偕厥雄而黃耉, 而
彼蒼禍福之多舛兮, 實窅冥而難究. 今夫人從夫與子兮, 又蟬蛻乎塵垢. 死則
樂而生不足悅兮, 復何羨乎喬松之壽? 述斯文而紀徽範兮, 庶幾詔夫來後.

李夏坤,『頭陀草』책13,『한국문집총간』191, 445〜446쪽

祭伯姑貞敬夫人文

維歲次壬辰十月初十日庚申, 伯姑貞敬夫人月城李氏之靈輀, 自京來次鎭川
之丙舍. 越六日丙寅, 將永歸于淸州大栗里負艮之原. 前一日乙丑, 侄夏坤謹
具菲薄之奠, 操文以哭之曰:

嗚呼! 婉娩貞順, 女子恒德, 彤史所記, 其人可跡. 偉如丈夫, 有量有識, 我求
斯倫, 則不可獲. 唯班與辛, 此其犖犖, 如曇鉢華, 百世 一矚, 惟我姑氏, 庶可
繼躅.

志氣嶷然, 絶去齷齪, 淵思沈慮, 匪資問學. 凡此家國, 治亂失得, 以逮人材,
陰陽淑慝, 衆所疑眩, 論說棼錯, 默觀旁聽, 洞曉脈絡, 徐以一言, 剖判白黑,
如用利刃, 截彼朽栱, 衷乎義理, 俱有倫脊, 彼鬚眉者, 鮮不汗恧. 俾宅廊廟,
于以謀國, 豈無猷爲, 發洗耳目? 局以簪珥, 吁其可惜!

我觀其政, 止乎閨閫, 百度咸宜, 不大聲色. 雖僕婢賤, 過庸覆匿, 孰敢囂嚄?
屹若山嶽, 宗戚如雲, 仰口待粟, 亦有卵翼. 豈惟親族, 懷恩頌惠? 衆舌嘖嘖,
宜其受報, 荷天百祿, 富貴顯隆, 卉莫與敵. 賢夫佳兒, 台鼎館閣. 履滿之戒,
老而采篤.

睠彼東岡, 有新其築. 䂣畮灌圃, 以娛晚服. 疏家故事, 是訓是勖. 蓋此數者,
足覿懿則.

胡耉之壽, 是用爲祝, 云何一疾, 莫之救藥, 親黨胥慕, 失聲嘷哭? 小子之慟,
尤何可極? 血泣窮山, 閱歲違逖, 聞疾而奔, 淚眼相覿. 執手以言, 聲不能續,
哀衷莫宣, 徽音奄閟.

嗟嗟我李, 喪威荐酷, 譬若萌笋, 旋剝其籜. 季姑踵逝, 月纔朓朒. 凡我尊屬,
日就凋落, 煢然餘生, 其將焉託?

旋愛南歸, 亦惟舊宅. 金潭玉溪, 分水一曲. 我昔承敎, 惠好有約. 溪山不改,

話言如昨. 俛仰人間, 萬事緯繣, 追念疇曩, 怛焉心盡. 陳詞告訣, 寫我衷膈.
靈不我棄, 尙庶來格. 嗚呼尙饗.

李夏坤, 『頭陀草』 책13, 『한국문집총간』 권191, 448~449쪽

祭季姑文

嗚呼! 昔我 先君, 稱我姑氏, 惟是可謂古之女士. 先君於人, 不輕譽毁, 苟無
懿德, 抷[14]乎倫萃, 於我 先君, 詎能得是? 以此藉手, 來者可俟, 雖百世下, 何
媿彤史?

我觀世之婦人女子, 孰不慕悅富貴勢利? 孝友祥順, 通曉義理, 如姑氏者, 盖
無一二. 彼之所飫, 芻豢繡綺, 彼之所享, 黃耈鮐齒, 唯姑不然. 具此淑美, 布
裳蔬食, 患其常匱, 五十之年, 吁亦短矣. 何畀之豐而嗇其施? 福慧之全, 古
亦不易, 旣嬴於彼, 必畸于此, 天道則然 而又何異?

追惟先敎, 尙猶在耳, 俯仰人世, 如滄桑事. 今來告訣, 淚落觸斾. 靈其有知,
庶我不棄. 嗚呼尙饗!

李夏坤, 『頭陀草』 책13, 『한국문집총간』 권191, 449쪽

世子嬪敎命文 代作

王若曰:

予惟國家之本, 唯在家嗣, 其克相元良, 以肇基王化, 亦唯在賢配. 用是在昔
三代之際, 惟塗惟莘, 誕敷陰敎, 保右王家, 厥有令聞, 播于今不墜. 予監于
玆, 丕庸致愼于人倫之始, 風化之原. 粤我元嗣, 迺代予迺理庶政庶務, 夙夜
憂勞, 罔敢遑寧, 內治之助, 其曷可一日有闕?

予乃歷選名閥, 求厥淑哲, 配我元嗣, 以共承我先王宗廟. 咨爾魚氏, 自爾先
乃有聞人, 奕世載德, 儲祥毓祉. 爰有碩媛, 以應我寤寐之求, 婉嫕和順, 德容
具備, 予用嘉乃, 特簡在予心. 迺稽龜筮, 迺詢卿士, 咸云其吉, 罔或有違, 玆
遣正使某副使某, 持節備禮, 冊爾爲王世子嬪.

---

14 抷 : 抜의 오기로 보임.

嗚呼! 陰陽和而萬化成, 內外正而百度貞, 惟匹夫匹婦, 尙諟交脩, 以克有家, 矧玆高位? 爾惟敬以事上, 惠以御衆, 勤以持志, 儉以飭身, 毋作逸豫驕侈, 以害于義悖于禮, 惟艱厥位, 乃罔不休.

嗚呼! 皇天眷德, 惟德是福. 爾愼厥德, 聿受多福, 罔俾本支百世, 專美有周. 嗚呼, 欽哉! 毋替予訓辭. 故玆敎示, 想宜知悉.

李夏坤, 『頭陀草』 책15, 『한국문집총간』 권191, 487~489쪽

哭亡妹文

歲次庚子八月十五日己酉, 大兄載大, 略辦時果餠餌之奠, 以文哭訣于亡妹令人崔氏婦之靈曰:

嗚呼! 余嘗謂夫婦猶君臣也. 忠臣殉君而死, 烈婦殉夫而死者, 其義一也. 然而男子讀書識道理, 一死無難, 而至於女子, 非無決烈丈夫之志, 則其孰肯視死如歸, 無少留難者哉? 然則女子而死其夫者, 比諸男子之殉君者, 其義尤不高哉?

嗚呼! 汝之病也, 吾以手足同氣之情, 或冀其萬一不死, 而汝之所以自矢于死者, 吾得之久矣. 汝有二雛, 而大者方十歲, 小者方五歲. 每依依不忍離汝之懷, 汝視之漠然, 了無係戀眷顧之意. 噫嘻人之恒情, 莫不愛其子也, 而婦人尤有甚焉. 汝於二雛者旣如此, 則其生可厭而死可樂者, 可知矣.

今汝之死, 是了汝之願也, 汝將含笑入地. 吾何必徒爲噭噭而汝之悲哉? 然而吾所恨者, 天使汝爲女子而不爲男子, 不能有所樹立於緩急艱危之際, 以爲門戶之榮國家之光也. 雖然世果有劉向張林者流, 或述汝之貞志烈行, 以詔來後, 使千載之議者, 皆曰是婦也, 其有決烈丈夫之志也, 又曰其義有高於人臣之死君者, 此獨不足爲門戶之榮國家之光也哉. 然則汝之死也, 非不幸也, 吾之不悲者, 亦有以也. 嗚呼尙享.

李夏坤, 『頭陀草』 책15, 『한국문집총간』 권191, 503쪽

書貞女偉娘事

貞女偉娘者, 善山上荊里人也, 姓朴氏. 父自申業農. 母死, 後母頗悍虐使之, 偉娘事之益謹, 未嘗有不遜, 村人咸異之.

十七嫁于同里林氏子名七奉, 年幼性獰頑, 待偉娘甚薄, 日歐辱之. 父母亦愛其子不爲禁. 偉娘不堪痛苦, 還至父家, 母罵曰:

"若已嫁矣. 乃更以口腹累父母耶?"

偉娘遜語以謝之, 但自歎命薄而已, 終不怨其夫. 常往來省舅姑, 其夫見之, 輒操杖逐之. 然偉娘愈不失婦道焉. 居歲餘, 其父知後母終不肯容, 遣之叔家. 叔待之厚, 偉娘仍留數月, 叔從容謂偉娘曰:

"林家之薄汝甚矣. 義不可復全. 汝年如花, 何必自苦乃爾? 且吾儕小人, 安知節義? 汝可以改志矣."

偉娘怫然變色曰:

"叔何出此言也? 女子旣以身事人, 豈有二哉? 吾寧死不願聞此言也."

遂走夫家, 其舅又諭以改適之意, 偉娘涕泣良久, 答之如前言. 其舅知偉娘有死志, 曰:

"然則但勿汙吾家也."

一日偉娘晨起, 走砥柱碑下欲投水, 路遇童女採薪, 與之偕往潭上. 偉娘手解其雙鬟, 幷一布裙一草履以授之曰:

"我上荊里朴自申之女, 林七奉之妻也. 今年二十矣. 十七而嫁林郎, 視我如仇, 吾所以隱忍不卽死者, 尙冀林郎一旦翻然有悟也. 今父叔又欲奪我志, 女子死耳, 寧可吃兩家飯乎? 吾將赴淸流之波, 以見吾志, 恐父母舅姑或疑我潛逃而去. 今遇汝, 天也. 我死, 汝持此以遺我父母, 以明我死此潭水, 吾下從吾母于九泉耳."

言訖大哭, 哭已又歌山有花一曲, 遂傳其曲曰:

"我死後, 魂魄亦當游此地也. 汝見風濤洶湧, 歌此曲以慰我魂魄也."

臨水孰視, 乃歎曰:

"一死決耳, 見深水乃復惻耶."

遂脫汗衫蒙其面, 卽奮身赴水. 時壬午九月六日也. 童女犇告自申, 自申號哭

而往, 率里人撈其屍, 十四日始得, 顔色如生, 尙以汗衫蒙面也. 府使趙龜祥
陳其事以上, 朝廷命之旌閭.

嗚呼! 尙娘窮鄕一女子也. 平日豈有詩禮之敎, 保姆之訓哉? 能通知大義, 卓
然自立, 視死如歸, 以明其志, 苟非天性貞烈, 其何能如是哉? 一時文士聞尙
娘事者, 爭爲歌詩以詠之, 余亦略述所聞, 書之如此. 而每想其死時狀, 余未
嘗不涕下也. 其就死明白從容, 雖有識君子, 何以過此? 然則尙娘之賢於人
者遠矣.

李夏坤,『頭陀草』책16,『한국문집총간』권191, 511~512쪽

哭庶妹文

人皆曰汝其死可憐. 汝生于世, 維十七年. 倏來倏去, 如一夢焉. 人之憐汝, 其
言則然. 余所悲者, 爲汝母悲. 汝母至慟, 刻在心脾, 淚以爲飯, 其有輟時.
凡觸于思, 以目承之. 西河之賢, 喪明爲疵, 女子性褊, 理遣者誰? 每見汝母,
我亦涕洟, 欲慰以口, 則難于辭. 盖汝丰容, 婉變之儀, 宛其在目, 不思而思.
鬱鬱楊山, 埋此瓊枝, 草生汝面, 再見榮衰. 欲令汝母, 不慟何爲? 日月環周,
奄屬再朞. 我方南歸, 金溪之陰, 桑綠于園, 棗花于林. 我求汝躅, 轉眄古今,
徘徊愴悢, 有沾我襟.
像想汝母, 長嘷叩心, 神往形留, 臨風哀吟. 緘詞遠寄, 酒不躬斟, 情則貫幽,
汝不我臨.

李夏坤,『頭陀草』책17,『한국문집총간』권191, 529쪽

이삼(李森)

祭亡室晉州柳氏文 癸未

維歲次癸未九月甲辰朔初七日庚辰, 咸平後人李森, 謹以菲薄之奠, 敢告于
亡室晉州柳氏之靈.

嗚呼痛哉! 維年丁丑之春正月, 贅于高門, 琴瑟之樂, 今幾年矣, 乃至于七.

嗚呼哀哉! 戊寅秋, 余往嶺南叔父任所, 明年春三月還家, 兒已生於去臘月初
七日, 已成孩提, 其於欣悅如何? 辛巳又生子, 去冬又生女, 人稱其福.

余於今二月晦日, 直赴於春塘臺, 榻前醉濃香醞, 乘昏歸來, 堂上雙親, 膝下
兩兒, 提携歡樂, 於君之喜, 有不足形言. 人又稱其福.

自此以後, 不能言貧, 期其唱榜榮親之樂矣. 豈料今日反負金石偕老之約也?
本來精明神强, 又少我三年, 而奄忽先逝, 未知緣何毒疾而遽爾至此. 言念及
此, 不覺淚濕胸臆. 嗚呼痛哉!

君雖負我, 我豈無一言哉? 茲將滿腔哀懷, 備陳靈前, 神其恕諒. 一自君逝之
後, 父主晝夜痛悼, 未過旬日, 一髮無黑, 顏色憔悴, 添得奇疾於六月初六日,
漸至危篤. 同月十一日戌時, 喪出於焰焇橋避寓所, 人皆致疑, 無一人入見
者. 故只擧一奴, 初終之具, 余獨當之, 世豈有如我者哉? 子哭於親, 天理當
然, 親哭於子, 天地之逆理, 君今先夭, 使親痛傷, 竟至於斯, 此豈孝子之道
乎? 叩地叫天, 無望生全. 人或云幽明之間, 必有所知, 余則不然也. 平昔孝
友之心, 若有萬一, 則豈可無少輔也哉! 推此思之, 必也無知謂也. 嗚呼哀哉!
嗚呼哀哉!

君則得病於五月十六日, 症情頗重, 問醫煎藥, 小無所欠. 而其月念二日戌
時, 遽至易簀於本家, 天之降禍, 胡至此極, 豈前後之喪, 出於一疾耶! 世或
有喪親喪室者矣, 如我者幾何?

不忍見, 不忍見者三. 六歲之兒, 三歲之兒, 朝暮對飮, 呼勸其母, 不忍見者
一, 十月之幼, 喉渴則戀母呼哭慘, 不忍見者二, 兩兒學得隣兒之呼母, 攀桓

道路, 千喚萬呼, 默無所答, 故反携我袂, 問母之去處, 此何景像. 慟裂心腸,
不忍見者三. 嗚呼哀哉!

比之於木, 則如無枝葉, 比之於人, 則如無手足. 寧欲溘然無知而不可得也,
欲哭則嗚咽不哭, 欲語則靑山無語, 此豈非慟哭之甚者乎? 槩欲哭而不哭者,
無乃哀之至而然耶, 哀之不至而然耶? 古語曰, "至痛則還不哀", 如斯而謂
乎? 嗚呼痛哉!

天降有意, 胡爲速奪? 臨終一言, 在耳不滅, 窀期遄臻, 難堪悲悼. 君今已矣,
我誰與依? 前期何在? 地下他日, 魂若有知, 俾無後艱, 默佑三哀, 期得成就,
則於生於死, 小無餘恨. 無以慰懷, 玆敢書伸, 要之九原, 庶展心曲, 一酹爲
訣, 有淚如泉. 靈若有知, 冀垂格思. 嗚呼哀哉! 嗚呼哀哉! 尙饗.

李森,『白日軒遺集』,『한국문집총간』권192, 64~65쪽

先妣贈貞夫人驪興閔氏墓表 癸卯

先考 贈資憲大夫吏曹判書兼知義禁府事·五衛都揚府都揚管·行四山監役
官府君墓, 在尼山酒谷負卯之原, 實與元妣楊夫人雙塋. 禮當奉遷先夫人塚
次, 附窆合祀, 而伏惟宅兆旣久, 神道求安, 破啓舊封, 恐有震驚之患. 參以見
聞, 決意自止, 哀隕痛觖, 終天曷極. 謹具事由, 附刻于碣面之後.

先妣姓閔氏, 廣興守汝鎭之孫, 通德郎漳之女, 爲世名閥. 若其紀述行蹟, 則
小子何敢焉? 崇禎紀元後再癸卯七月日, 子刑曹參判森, 泣血書.

李森,『白日軒遺集』,『한국문집총간』권192, 64~65쪽

조문명(趙文命) ────────────────────

中宮殿紅疹平復陳賀箋文 代觀察使作

藥餌焦心, 纔聞設廳之擧, 麻疹祛体, 旋覩復膳之休. 喜甚翼日之瘳, 事若辰
年之慶. 恭惟中宮殿下, 倪天作合, 儷極居貞, 以齊后晨起之誠, 久侍未寧之
候. 緣周後時行之氣, 偶罹无妄之灾, 曾無數旬之憂遑, 得有今日之歡抃. 伏
念臣化詠南國, 心懸北宸. 久滯外藩, 縱莫造鷺振之列, 遙瞻中壺, 祗自切鰲
抃之忱.

趙文命, 『鶴巖集』, 『한국문집총간』 권192, 163쪽

이재(李縡)

貞明公主手筆類合跋

二南之詩, 多出於婦人, 而詠歌反復之間, 其情性之正, 可見也. 詩固然矣, 而惟筆亦然. 故曰 '心正則筆正'. 故貞明公主貞靜和敬之德, 余於其墨蹟見之矣. 蓋其字畫敦厚齊整, 不類閨閤氣味. 往往有穆陵遺法, 吁其可敬也已. 况聞是書之作, 在於侍西宮時. 年方藐弱而得天成之妙, 時當危厄而有和平之象. 其極壽富尊榮而子孫千億, 以垂美於無窮也宜哉.

主之孫重福作帖而寶藏于家. 余猥以婚姻之故, 得一寓目而奉玩之. 怳若親覿肅雝之車, 而於此亦可以見先朝螽斯之餘澤, 麟趾之盛化. 於戲, 其不可忘也夫.

辛酉正月晦日, 三州李縡盥手謹跋.

李縡, 『도암집』 권24, 『한국문집총간』 권195, 522쪽

烈婦李氏傳

烈婦李氏者, 高麗直提學楊首生之妻也. 首生死, 李氏年尙少. 父母憐其早寡, 欲奪而嫁之. 李方有娠, 泣告曰:

"幸而生男, 楊氏之祀不絶. 解娩而適人, 亦非晩也."

旣生子, 父母復欲强之. 李氏又泣告曰:

"兒未離乳而遽他適則長成未可知, 天使楊氏有後, 而吾忍絶之乎? 請待其免懷之日."

及至兒能食能言, 則李氏乃毅然曰:

"忠臣不事二君, 烈女不更二夫, 之死矢靡他."

父母猶不見諒. 李氏始欲自決而義不可. 遂與數三婢, 使逃歸夫家南原之別業. 千里顚頓, 足爲流血. 初住府西蛟龍山下, 未幾避漆齒之亂, 登飛鴻山, 望見淳昌之龜岳曰山氣佳哉. 卽往宅焉. 楊氏子孫仍世居其地.

兒旣成童, 好田獵不事學業, 一日李氏廢食蒙被而臥. 兒從外來, 問母氏何病, 李氏曰:

"非病也. 未亡人惟汝相依爲命, 讀書飭行, 不墜父祖緖業, 是所望者, 今汝所爲如此, 無望成立, 吾是以欲死也."

兒感悟, 卽日焚其獵具, 從隣居金注書學, 遂至成材. 咸平縣監思輔是也.

李氏老而享專城之養, 及沒葬于淳之郡東二十里許. 本朝嘉其貞烈, 特表其葬地, 封石至今宛然. 事載玉川誌. 其命旌閭則在世祖朝云.

嗚呼, 東方之俗, 婦人貞信不淫, 蓋由於八條之敎. 至我朝禮義益明, 殆近於比屋可封. 而又重之以改嫁人子孫勿許東西班正職之法, 是則敎與禁, 幷行而相須矣. 麗末則不能如此, 大家世族, 以夫死改嫁, 爲常行之典. 舊時譜書子女錄中至載後夫, 其恬不知羞可知也.

當是時也, 李氏獨自拔於頹波之中, 卒全其節. 使腹子得以成立, 後承至今蕃昌, 眞古所稱烈婦者矣. 如李氏者一之已奇, 而若宋進士克己金翰林間之配, 幷出於同時, 豈亦天啓我邦文明之運而然耶?

楊氏子孫固多顯者, 而未有如沙溪二宋者出焉, 則歐陽子所謂爲善無不報, 而遲速有時者, 豈不然歟, 第聞其葬地有偸葬數塚, 而法官以歲久置而不問. 今世尙節懲惡之人, 將不可復見耶? 良可慨然.

後孫應秀篤志向學, 從余遊. 余舊聞其事頗詳, 遂爲之立傳, 以垂永世. 蓋其好德之心, 出於天賦, 有不容銷鑠者存云爾.

李縡,『陶菴集』권25,『한국문집총간』195, 534~535쪽

先妣大祥前一日告文

明日當行大祥. 而王大妃梓宮在殯, 不敢備儀, 將退行於卒哭後矣. 只用一獻之禮, 恭伸哀慕謹告.

李縡,『陶菴集』권26,『한국문집총간』195, 11쪽

先妣大祥退行前一日告文

王大妃因山已訖, 卒哭甫過. 明日將行大祥. 禮當祔於顯曾祖妣贈貞敬夫人坡平尹氏, 以竢祫時, 而旣非同宮, 地且隔遠, 謹依祔于考龕之文, 祭畢入廟謹告.

李縡, 『陶菴集』 권26, 『한국문집총간』 195, 11쪽

祭季母尹夫人文

維歲次乙巳七月丙申朔十三日戊申, 從子縡, 謹以清酌庶羞之奠, 敢昭告于季母貞夫人漆原尹氏之靈.

嗚呼, 小子生纔三歲而叔母入吾門. 自省事, 便已視之如母, 則其猶子視可知已. 其後年與識稍長, 而得之家庭則舅姑曰孝, 姊姒妯娌曰仁. 及夫富梱而理事也, 薦享斸於蘋蘩, 周恤急於匍匐, 六親四隣, 均誦厥德.

吾季父清濼至行, 闇然自章, 而內助之力爲多. 子女有過失, 未嘗毫毛掩覆, 教之必以正. 小子固寡識而不知古彤史所載賢婦人者何如也. 不惟小子悅服之深[15], 亦蒙不以小子而不肖, 倚之信之, 人不能間. 煦濡覆育之私, 四十年有餘矣.

噫嘻, 人生世間, 有合則有離. 離合之際, 孰非可悲, 而豈有如往年景象者乎? 去故邱如樊屣, 走窮處如樂地, 虎豺縱橫, 人境隔絶, 唯恐山不高水不深, 而獨惓惓結戀於桑梓者, 爲叔母在耳. 每思郭西郊右, 甕桮鱗錯, 一談一笑, 未嘗不歡洽, 一蔬一肉, 未嘗不分飽. 當時視之尋常而不謂其難得如此也. 萬一天心悔禍, 世道回環, 此生團圓, 其或如前日否乎?

耿耿心禱, 隔千里而相照矣. 幸而不死, 獲覲今日, 郊信之至, 日趣其歸. 又念古里邱墟, 世事灰劫, 一草一木, 皆足以法目. 禍釁餘喘, 歸亦何樂, 然而扶挈老幼, 辛苦西還者, 亦惟叔母在耳. 入門扶持, 有涕無語. 驚喜交極, 相對夢寐. 朝之言嘻嘻, 夕之言怡怡, 又宛然往昔. 而豈謂未數日而疾疢乘之, 禍變隨之?

---

15 深: 원문에는 '淡'로 되어 있다.

嗚呼天乎! 是曷故焉? 新歸舊廬, 人事紛闐. 四載睽違, 積懷如山, 而非一夕
之可盡, 謂百年之在前. 幽明頃刻, 呑不復宣. 早知若此, 豈不謝賓客窮晝夜
而少洩胸中之壹鬱乎? 然則小子之乍拜猶不拜也, 而老人一面亦不及焉. 夫
以平昔至情, 積年別思, 而胡不少須臾以俟也? 死生遺恨, 天地何極?

嗚呼, 吾季父位不滿德壽不稱仁. 而中間門戶鼎盛, 班聯烏赫. 自外人觀之,
非不榮也, 以叔母德之盛, 所享固已薄矣. 況數年以來, 窶困日甚 若不能抵
敵, 每謂綏之孝友, 足以業家, 維也神氣雖未凝定, 將來大可望, 晚途未食之
報, 或在於斯矣. 嗚呼, 其止於此而已耶? 後雖有專城之奉列鼎之供, 尚安及
哉? 況諸妹零丁, 而適元者尤靡依, 其季又未笄, 此皆平日所嘗憐念者, 而胡
恝然不顧也? 介婦有身已五月矣. 此又平日所嘗顒企者, 而胡漠然不省也?
大約爲善無不報, 而遲速有時. 吾知吾叔母之後必蕃而昌無疑也? 其信然耶.
龜川之兆, 實季父夢得而躬占者. 不幸兩弟撓於浮議, 且拘年運, 不得已權葬
泉洞餘麓. 前頭驗其休咎, 或仍或遷, 終必爲合封計. 而此是吾祖先所藏, 神
理人情, 似不齟齬. 況吾先子堂封十數武而近, 其下卽小子葬地. 已令先逝者
守之, 今日新卜, 或爲萬年眞宅. 則庶幾離不幾時而不離者無窮期矣.

噫! 小子身不敢自有, 向來藥餌歛殯之節, 俱不得盡情. 啓轄之期, 又値喪餘,
望哺諸奠, 恐闕將事. 懷痛積哀, 何地可洩?

未死之前, 或可撰次平生所知聞者, 以闡德懿之萬一, 而唯不文是懼爾. 一觴
告訣, 涕血橫集. 伏惟尊靈, 少鑑微誠. 嗚呼哀哉!

李縡, 『陶菴集』 권26, 『한국문집총간』 195, 21~22쪽

祭亡女兪氏婦文

故參奉兪君彦欽伯翼之婦牛峰李氏, 不幸早寡, 毀極成疾, 過其夫小祥後一
月甲子十一月二十一日竟不起. 越一月乙丑, 將合祔於東州之先山. 其父泉
上老人, 含哀茹痛, 略具酒果, 十七日庚申, 使子濟遠操文以告之曰:

嗚呼! 天地之間, 氣數推欻, 常理多失. 善者未必福, 淫者未必禍, 人之疑於
天道也固久矣. 至於滿則損盈則戾, 日月尙然, 況於人乎? 此理則古今絶無
差爽矣.

汝生世三十有三歲, 無一言一行違父母志貽父母憂者, 自幼而然. 及其死也,
尊舅相國哭之慟曰:

"淸明雅潔, 廉直子諒, 何處得來?"

其不得罪於夫家, 尤可知也. 有如是之德, 而命之窮乃如是何也?

然如汝者, 未可全謂之窮也. 汝以尙書之女, 爲相門之冢婦. 兩家雖簡素, 而
生不知飢寒, 彼貧家女子疇不於汝歆羨而企仰也哉? 伯翼自佳士, 纔登國
庠, 旋霑一命. 雖或不第, 又將祿之終身矣. 又況中庸所謂妻子好合, 如鼓瑟
琴, 兄弟旣翕, 和樂且湛, 父母其順矣乎者, 伯翼有焉. 使其與汝偕老, 有子
有女, 目下供含飴之歡, 身後有蕃實之慶, 則卽是十分圓滿底事, 此世界焉
有此事耶?

汝之夫家, 久以完福見稱於世, 而尊舅黑頭黃閣, 名位盛矣. 晚年相業, 拔出
流俗, 大爲士流之所宗仰. 余則雖曰辭榮避利, 而公然坐致卿列, 兼享山林之
淸福. 凡百事爲, 大率名浮於實. 夫人之所艶, 雖在於榮利, 而鬼之所忌, 莫甚
於聲名. 余之慄慄不自安者此也, 汝則何辜? 特以淸多祿少之命, 適丁兩家
極盛之會, 許多殃咎, 都集于汝夫婦之身, 汝亦如天何哉?

凡人生死禍福脩短窮通, 莫不有定於賦命之初. 雖亦有栽培傾覆之理, 而終
非容愛憎與奪之私. 天地之於人, 父母之於子, 其心則一也, 余亦於汝何哉?
汝生而脆弱. 一日食素, 輒患泄痢. 三年之內, 食素則必死, 吾則知之. 汝亦豈
不知此, 而余未忍傷汝之志, 汝不肯循余之言, 遂至於此耳. 余雖欲開曉汝,
而實無可以爲辭, 不過曰汝何忍不自惜, 以貽戚於老親云爾. 汝之所顧戀於
斯世者, 惟父母舅姑而已. 其能抑情强飮食, 延至一期者, 亦爲此爾, 當余書
勸薑桂之滋也, 吾子婦在傍, 獨言'其無益'. 問'何以知之', 曰:

"向日書有云'開窓望見江水, 每生自投之意. 而顧念此身不得其死, 大有累
於吾爺孃仁厚之德, 終未敢爲也.' 其志如此, 焉可回乎?"

已而果不從.

嗚呼! 小學之論喪禮曰, '古人居喪, 無敢公然食肉', 卒則又云'若有疾, 暫須
食飮, 疾止亦復初.' 若羸憊恐成疾者, 可以肉汁助其滋味, 此則禮之通而不
失其正者也. 余之始初勸汝, 只是恐成疾之意, 而汝則視以公然食肉. 余固明
知其必死, 不忍不勸, 而以汝所執者正, 故亦不忍强之. 及疾革, 舅姑强之則

聽, 然亦何所及哉?

以汝剛決之志, 能懷忝生之懼. 致命遂志, 而猶能宛轉承順於父母舅姑之間,
又泯其貞烈之迹, 究厥所終, 可謂得正而斃焉者矣. 汝旣以未亡自哀, 以亡爲
慊, 則汝之亡也, 吾不能不哀, 而亦何必過爲之哀也哉? 然而使汝幸而有一
箇遺孤, 則必不至於死. 雖死亦可以留下好種子, 而不能得焉. 此余所以益哀
汝之窮也.

疾痛號父, 常人之情, 死喪孔懷, 兄弟猶然, 而病不能往救, 死不能往哭, 人理
虧矣. 雖生而尙可曰生乎? 汝書之來, 每憫余過用精力, 每勸余倍加調愼. 汝
之臨死, 亦必以余過哀添疾爲憂矣. 從今以理寬遣, 不至任情失中. 人事雖不
得不接應, 而亦稍存裁節, 庶幾不孤汝之孝心焉耳.

記余少時見文谷金相國祭女之文. 至再至三而不能已, 情雖切而文則勝矣,
余則旣不能往哭, 又不能無文. 而言雖多, 亦恐無以盡情. 玆叙其大略如此,
父子長訣之際, 其止於斯而已耶. 嗚呼吾女! 尙或聽之?

李縡, 『陶菴集』 권26, 『한국문집총간』 195, 28~29쪽

淑人昌原黃氏神位壇碑

故金溝縣令趙公見素之墓, 在林川郡西盤山, 而其元配淑人昌原黃氏, 丁丑
江都之難, 赴海而死, 故無葬焉. 後百有餘年, 其宗孫龜世與族弟靖世謀曰:
"吾祖妣潔身全節, 樹立卓卓, 而當時偶闕旌褒. 最後子孫據實陳顧, 而朝家
謂歲久事昧而不之許, 固爲萬萬痛寃. 而以其無墓也, 故四時香火仍缺焉. 此
又子孫之所共糙心泣血而無所及者也. 竊稽故進士宋公克己墓不知其處, 其
後孫尤菴文正先生, 卽其祖妣墓傍設神位壇而祭之. 其記文曰:
'禮經有去祧爲壇, 榜標記之之文, 此不可謂無於禮者. 謹設右享之位, 以爲
并薦之所, 其於禮義, 可幸無罪焉. 先正已行之迹, 可倣而行之.'
吾輩不於此用誠, 惡乎用其誠?" 遂治石以樹于縣令公之墓左, 請文於縡. 縡
旣悲淑人之節行掩翳不章, 又嘉諸趙追遠之誠, 爲叙其大致如此云.

李縡, 『陶菴集』 권30, 『한국문집총간』 195, 126~127쪽

生員朴公孺人兪氏墓碣

嗚呼! 此故成均生員朴公好賢曁其配孺人杞溪兪氏之墓也. 公字季容, 密陽人. 其先出新羅始祖, 本朝集賢殿副提學剛生以下五世連擢第大顯. 考諱忠元吏曹判書, 妣星山李氏, 僉正麟壽女.

公生而穎秀, 未弱冠, 文譽藉甚. 隆慶庚午司馬兩試, 自後發解, 輒居上游. 判書公卒. 公柴毁不勝喪, 年三十二辛巳卒, 後以曾孫新胄貴贈司僕寺正.

孺人考曰泳郡守, 祖曰絳判書. 壬辰之亂, 從其母鄭氏避兵於楊州車踰嶺下, 寇猝至. 鄭氏老病不能行, 孺人相守不忍去, 遂與母幷命. 車踰嶺卽兪氏先山, 公始權葬於此, 孺人歿而仍祔焉, 夫孝者, 人道之大經. 人孰無一死, 而死於孝者爲難. 聖人固不以減性爲孝. 然從古死者少而不死者常多, 則其死者終不害爲孝. 况婦人移天之後, 能爲所生辦一死者尤絶尠, 可以配公而無愧矣. 嗚呼烈哉!

凡三男, 安節早死無後, 安禮通政楊州牧使, 安行進士宗廟令. 安禮生承任・承儒, 安行生承仁, 天文學兼教授早死. 承休・承健, 皆文科執義. 女適監司李東稷. 玄胄・震胄・天胄・新胄・文胄・聖胄・慶胄・相胄・弘胄・東胄・命胄・世胄, 皆公曾孫. 而外孫顯者李監司之子判書秀彦也. 玄胄之孫聖源方爲承文正字, 以諸宗人之請, 來徵碣文. 余夙慕其孝烈, 遂爲之叙次如此云.

李縡, 『陶菴集』 권35, 『한국문집총간』 195, 224쪽

孺人南陽洪氏墓碣

鄭公敷葬于林川頒詔院, 遂菴權公書其碣曰:

"鍾崖處士字某之墓."

婦洪氏泣而謂其子五奎曰:

"乃父生而志不就, 得名儒表揚, 其死猶不死也."

越十有三年戊申洪氏卒, 壽七十三, 五奎遷處士墓而合祔于其傍幾十步. 五奎旣免喪, 謁銘于三州李縡曰:

"五奎母淸溪公之少女. 淸溪公以文學鳴世, 諸舅能業家, 而姨母爲金副學萬吉夫人者, 世所稱碩媛. 母生長其間, 略通古書大義, 又工於女功, 十九歸五

奎先君. 先大父牧使公簡嚴少可人, 常曰'吾賢婦'. 緦功之親咸萃一室, 無大
小無二口.

治梱有法, 至老克勤, 被服儉而潔, 截肉必方正. 先君寡交遊, 或有嘉客至則
籩豆立辦, 人不知其爲貧. 待妾祖姑如姑, 鞠孤姪若己子. 以父家零替, 常存
侯夫人, 百五之感, 歲送乾豆助祭. 薄榮貴安澹泊, 一以承順夫子爲志.

聞子弟讀史, 有奸邪亂逆之事則爲之憤歎, 或論斯文是非時事得失, 語鑿鑿
中理. 性慈仁, 雖昆蟲草木之微, 不忍傷. 於人無忮克, 又未嘗一言其過惡. 下
至僕御之賤, 莫不有恩, 故其歿也, 哭之者咸哀."

又作曰:

"吾母之賢若此, 卒窮困以死, 不得君子一言, 吾無以見吾母於地下矣?"

絳悲其志, 不能辭. 淸溪公諱葳, 南陽人, 官止觀察使. 其配德水李氏, 牧使梣
考也. 夫人三男, 具在處士公碣文. 孫捄掄及爲參議李匡德士人李商重妻者,
五奎出. 擇, 五緯出, 餘皆幼.

五奎嘗遊逐菴門, 以文行稱, 余又知夫人之敎成於家也. 銘曰:

幼爲賢婦, 老爲賢母. 展也女士, 我銘不朽.

李縡, 『陶菴集』 권26, 『한국문집총간』 195, 259쪽

淑人恩津宋氏墓碣

淑人恩津宋氏者, 正郞南公躔之配也. 崇禎甲辰, 生於懷德之宋村, 乙丑歸南
氏. 南氏世居咸昌. 淑人年六十五, 戊申四月六日卒, 葬于聞慶立巖負乾之
原, 淑人嘗命其子道轍曰:

"吾婦人無名德可記, 然我死必請銘於當世立言者."

道轍旣卒喪, 來謁文於絳, 泣而言曰:

"此吾母之志也."

絳辭不能文, 請益力, 遂取其狀而讀之, 蓋正郞公所述. 正郞公爲人敦朴, 其
言不華, 淑人之賢, 益可信也. 淑人幼而聰穎, 略通經史大義, 父母奇愛之曰:

"恨汝不得爲男子, 以大吾門也."

十五母安夫人棄世. 時祖縣監公在堂, 諸弟穉弱. 淑人獨任家事, 老幼衣服飮

食之具, 各適其宜. 宋氏歲祭其遠祖, 淑人嘗一尸其事. 擧族會于雙淸之堂, 觀其粢盛蠲潔, 咸嘖嘖曰:

“某家有女矣.”

父患痘甚危, 家人恐延染, 勸其出避. 淑人泣不肯, 每夜露立禱天. 及喪號擗若絶, 三年如一日. 會失火, 火及殯室, 淑人奮身入火中, 抱主而出, 聞者驚歎. 及嫁以所以事縣監公兩世者, 事舅姑, 舅都事公嘗稱之曰: “吾家賢婦.” 家內眷集甚衆, 皆得其歡心.

其治家有法. 晨起掃灑庭戶, 無一塵, 牧雞豚種瓜菜, 常用之祭祀賓客而不乏. 舍前後果木井井可觀, 皆其手植.

正郞公性嗜書, 疎於生事, 淑人不令知其有無也. 正郞公六十四始擢第, 淑人喜而悲曰:

“吾舅姑不及見也.”

且泣曰:

“父母旣歿, 無歸寧之義. 幸吾不死, 惟有一瞻墳塋耳. 早晚得一縣, 可能遂此願否.”

正郞公旅宦在洛, 淑人每速其歸曰:

“年旣老矣, 不如優游林泉, 以終其世也.”

旣而時象一變, 正郞公棄官而歸, 淑人甚喜之. 每暇日招諸子女環列左右, 申申然敎以義方, 必先之以孝悌忠信, 又曰:

“吾宗丈尤菴先生嘗言, ‘言到口頭, 更加思量’, 此格言, 汝曹宜念之也. 余惟婦人之職, 納酒漿籩豆織絍組紃, 凡爲人子爲人婦, 所事不過此焉爾.”

淑人才分過人, 於此數事, 固皆不勞而能之, 然世之能此者, 亦不爲不少矣. 若淑人則博涉今古, 見識偉然, 能導夫子以正, 敎兒子以義, 又老而孝不衰於父母. 其言往往有讀書男子所不能及者, 嗚呼, 其可銘也已.

宋之先有曰雙淸堂愉, 是其名祖. 其後有梓壽, 郡守號松潭, 希進司諫院獻納, 於縣監公爲祖若考. 縣監公諱國士, 是生諱奎臨, 淑人之考也. 安夫人副護軍謹之女, 都事公諱極杓, 其考通德郞昌夏, 祖郡守嶸, 宜寧大族也. 淑人男道軾·道輯, 道轍其仲. 女適士人朴衡齡·宋齊泰. 道軾男宗泰·宗運·宗顯·宗郁. 道轍一男一女皆幼. 朴婿子春囿.

銘曰:

恩津之門, 生此碩女. 我書厥石, 庶幾永譽.

孺人潘南朴氏墓碣

孺人潘南朴氏者, 宜寧南君道轍聖由之婦也. 其世曰潘南先生尙衷之後, 大司諫嘯皐承任之七世孫, 考諱泰來生員. 妣晉州姜氏.

孺人生于禮安之退溪村. 李文純先生其外王母之先也. 南君之父曰躔, 兵曹佐郎, 祖曰極枸, 義禁府都事.

孺人年二十一歸南君, 三十五而夭, 時庚戌二月十二日也. 葬于聞慶慕洞負艮之原. 有一女幼.

聖由嶺士之秀者, 從余游. 一日具狀一通, 致其家大人之命曰:

“吾子婦死已七年矣. 吾念其孝, 久而愈悲. 不惟吾心如此, 宗黨隣里, 莫不悼其不幸. 而思其賢, 吾不忍其泯沒而無傳也. 方治一石, 以刻厥美. 子其爲之辭.”

余惟婦人少而死, 且無後, 而能得此於其舅者蓋寡, 斯足以知孺人矣.

孺人生四歲而失母. 稍長善事繼母, 繼母亦愛之如己出. 在夫家往往思念其親, 至於涕泣. 嘗臨鏡自悲曰:

“吾外王母嘗言汝貌類汝母也.”

又書鏡臺曰:

“生而爲人, 不識慈顔, 悠悠蒼天, 我罪伊何?”

豈傳所謂旣嫁而孝不衰於父母者耶?

其事舅姑, 舅姑甚安之, 稱其德性則曰:

“吾婦未嘗有疾言遽色.” 又曰:

“無一點忮克之心.” 其異宮而居也, 得一美味, 必先以餉舅姑, 作一鮮衣, 必先以獻舅姑. 姑之疾也, 夜立禱天, 及喪若孺子泣者, 其病且殆也. 猶以不得與饋奠爲恨. 其舅適在都下, 又恨不得告訣, 索其書摩挲出涕. 誠孝之至死彌篤如此. 又工於女事, 晝夜執勤, 不自知其苦. 顧語聖由曰:

"吾爲貧士婦, 職所當然. 而男子抱負甚大, 安可自逸."

每勸以學問, 又湙以暴怒爲戒, 蓋聖由不免有東萊少時病也. 孺人自幼涉獵
小學內則諸書, 故其見識如此.

噫! 孺人雖不克永其年, 而旣得乎舅姑之心, 又得乎宗黨隣里之心. 此無他,
孝之實, 有以感之, 婦人之德, 如斯而已矣. 壽夭在天, 亦且如之何哉? 余之
爲此言者, 蓋慰孺人之心, 且以塞佐郎公之悲云. 銘曰:

生而舅姑安其孝, 死而宗黨懷其賢. 胡得於人而不得於天. 嗚呼孺人!

李縡, 『陶菴集』 권36, 『한국문집총간』 195, 261쪽

從祖母 贈貞夫人商山金氏墓表

敦寧都正李公諱翩之元配金氏, 商山人. 考尙觀察使, 祖德謙參議號靑陸. 妣
羅州朴氏, 佐郎垣之女. 我李系出牛峰. 贈左贊成諱劼, 參議贈領議政諱有
謙, 卽都正公祖若考也.

夫人十七歸李氏, 事舅姑至孝. 丙子之亂, 議政公携家入江都, 翌年城陷. 遇
賊於吉祥山下, 姑尹夫人投身烈火. 賊射之, 都正公以身翼蔽, 中矢絶而復
甦. 夫人亦自焚, 渾體焦爛, 不卽死, 以二月十二日竟不起. 年二十九. 是歲三
月, 議政公負遺骸返葬於高陽香洞, 從先兆也. 事聞旌都正公及夫人曰孝子
烈女之門.

始夫人歸寧于家, 朝夕有虜警, 諸婦女咸惴恐無人色, 夫人獨燕笑自如曰:
"遇難卽明白死耳." 卒如其言.

嗚呼! 此平日讀書談道者所未易. 而夫人能之, 豈不賢哉?

都正公繼娶完山李氏, 亦無子, 取仲弟右議政翩子晩堅爲後. 以晩堅貴贈公
吏曹參判, 夫人從贈如例. 晩堅出莅東臬, 始樹石墓前, 而命縡識其陰.

李縡, 『陶菴集』 권40, 『한국문집총간』 195, 333쪽

皇考妣阡表

維龍仁治東寒泉之洞, 牛峰之李世葬地也. 我皇考成均進士府君年三十一卒

而葬, 葬四十有五年, 夫人驪興閔氏祔. 其左崗則皇曾祖戶曹參議晚悔堂府君皇祖議政府右議政府君, 以次位焉.

小子緯不幸生五歲而孤, 大夫人以鞠以敎, 俾至于成立. 見背之後, 又蒙餘庇, 以至于今, 今則老病且死矣 府君之亡, 甲子亦一周矣. 始敢涕泣而表于阡曰:

府君諱晚昌字士夏. 議政府君之寓居扶安也, 府君生焉. 以甲子七月十七日卒於廣州官舍, 亦議政府君留守時也. 其爲進士則在肅宗元年乙卯.

緯孤而幼, 於府君容貌, 猶未能省記, 況其他乎? 緯之稍長也, 夫人令緯讀歐公瀧崗阡表而聽之, 至吾不能知汝之必有立, 然知汝父之必將有後也? 歎曰: "何其言之似我也."

仍涕泣曰:

"歐翁雖不能博利於物, 而猶試於一命, 汝父則不能也. 然吾於汝父, 亦有以知其一二. 皇舅議政府君居常語及汝父, 必曰吾孝子. 皇舅又嘗詔童幼曰折一方長殺一昆蟲非仁也. 自幼時未嘗有是焉者, 惟我與某兒夫. 汝父見乳者離絶其子而收涕哺汝, 惻然終日曰: '食己子而飢人之子, 是可忍耶?' 嗚呼! 瀧表之辭曰: '其居家無所矜飾而所爲如此, 是眞發於中者耶, 其心厚於仁者耶.' 此正爲汝父說道也."

緯泣而識之不能忘.

緯又因仲父家宰公得聞府君. 爲人重厚謙恭, 言論嚴正, 識度過人, 觀書十行俱下, 博洽羣書, 而於朱子綱目最熟. 爲文長於騈儷. 平生少嗜慾, 性喜酒, 襟懷坦蕩, 與人無畦畛云.

夫人驪陽府院君文貞公諱維重女. 外祖同春宋先生有詩曰: '父母敎訓早, 聰明爾性然.' 仍云辛丑書贈恒孫, 恒夫人諱也.

緯聞諸夫人, 夫人八九歲間, 文貞公盡室出廣之沙村. 議政府君送別于漢津, 文貞公於舟中呼夫人出拜之曰: "此汝舅也." 庚戌文貞公出按箕藩, 議政府君往而假舘, 俾行親迎之禮, 夫人肅哲溫惠, 配君子無違禮. 事舅姑盡其誠敬. 爲人母慈而有法, 婦道蓋備矣. 雖不讀書, 而通曉義理, 出言皆森然法度. 兩弟忠文公鎭厚文忠公鎭遠, 咸服其達識. 至若事行之詳, 見於幽誌.

而其關於小子出處之際, 世道消長之會爲多. 緯再登高科, 賜暇湖堂, 爲弘文館大提學藝文館大提學. 自知不才無能, 其所以致此者, 惟府君不贏其躬而遺諸後爾. 蓋聞府君少與仲氏言懷, 府君之言如此云.

夫人老年, 每以過分爲憂曰:

"當汝穉昧惰學時, 願汝爲知名之士而恐亦不能. 何意及此?"

夫人壽七十三而終, 戊申九月十九日也. 肅宗己亥, 以綷推恩, 贈府君吏曹參判, 夫人亦受貞夫人眞誥. 綷又嘗職守正卿, 例當加贈而以辭免, 不敢請. 後十五年始贈資憲大夫吏曹判書兼知義禁府事五衛都摠府都摠管, 實今上己未也.

綷凡再娶, 海州吳氏忠貞公斗寅女, 南陽洪氏僉正禹賢女. 洪氏擧一男一女, 男濟遠文科弘文校理, 婿參奉兪彦欽. 濟遠男曰木曰禾, 其餘男女皆幼.

李縡, 『陶菴集』 권40, 『한국문집총간』 195, 335~336쪽

外祖母豐昌府夫人趙氏墓表

肅宗七年辛酉, 仁顯王后正位壺極, 我外王考閔文貞公諱維重由兼兵曹判書封驪陽府院君. 文貞公凡三娶, 海豐府夫人李氏, 恩城府夫人宋氏從贈如例. 貞敬夫人趙氏, 亦錫號豐昌府夫人. 越七年丁卯, 文貞公捐舘舍, 己巳之變, 盡收封誥, 甲戌復還授. 趙夫人享有尊榮六十有餘年, 國家有吉凶大事, 往往承命入大內. 文貞公二男忠文公鎭厚·左議政鎭遠, 爲世名臣, 其事夫人, 忠養備至. 夫人常稱忠文公曰:

"不知古所謂孝子, 視此何如爾?"

及忠文公卒, 夫人常從議政公居. 其謫原城及自驪而廣, 自廣而京也, 輒奉以往. 議政公又卒, 夫人自以餘日無幾, 願歸守文貞公墓. 上聞而愍之, 賜手書諸孫, 俾止其行. 數使掖隷訊起居, 疾則醫問不絶. 每歲首優致惠養, 以今歲爲封爵周甲, 筵中屢有恩言. 夫人偶感微疾, 三月二十二日, 終于安國坊賜第, 春秋八十三. 上震悼, 弔祭如儀, 遣中使庀喪, 以景廟常月賜廩, 命限三年勿收隱卒之典. 嗚呼至矣!

豐壤之趙, 肇自高麗侍中孟, 曾祖諱邦亮參奉贈承旨. 祖諱仁亨正郎, 考諱貴中成均生員. 妣淸州韓氏掌令繽之女, 以節行旌閭.

夫人生于孝廟己亥二月, 丙辰十八, 歸于文貞公, 文貞公時已躋崇班矣. 觀察

使贈領議政諱光勳·府尹贈領議政諱機·庫令贈吏曹判書諱汝健, 文貞公
三世.

而外祖曰延原府院君李公諱光庭. 夫人端莊靜一, 自幼有女中君子之稱. 神
安氣定, 雖當倉卒, 聲色不遽. 居常穆然罕言笑, 而及老更和厚婉曲. 疾時亦
必整飭衣衾, 雖小孫在傍, 不令見體. 服用簡素, 無異寒士家. 年力大耋, 猶手
執鍼線曰:

"人不可閒坐度日."

事無專制, 必問而後行. 諸子歷官內外, 未嘗干以毫髮私. 屢出入禁庭, 而宮
人無一親熟者, 絶無以宮內事說與人. 夫人之德, 蓋不可勝書, 而勤儉愼密,
乃其大者. 又素性謙挹, 平生口不道己能, 家人子孫, 亦不能盡知也.

夫人擧一男二女, 男鎭永正郞, 女適進士李長輝·參奉洪禹肇. 正郞男樂洙
直長·覺洙. 李壻子潤·潢, 洪壻子啓承·啓能也. 恩城府夫人實誕毓聖女,
而吾先妣·忠文公·議政公皆其出, 忠文公嗣子曰掌令翼洙.

五月二十一日, 葬于龍仁縣東壽院洞, 用一等禮. 旣葬卽樹石墓前, 爲文以刻
于陰, 亦用恩庇也. 文貞公墓在驪州蟾樂里, 二夫人祔. 肅宗嘗手書大字以表
之云.

李縡,『陶菴集』권40,『한국문집총간』195, 337∼338쪽

孺人南陽洪氏墓誌

崇禎丁丑之難, 虜陷江都, 舟村申公曼妻孺人洪氏與其姑韓端人同時立懂.
時孺人之舅濠梁公諱翊隆以翊衛司官扈嬪宮入江都, 孺人以嬪宮命入行宮
西樓. 呂參判爾徵夫人以端人親屬與焉. 孺人以正月二十五日自決, 俄而賊
焚西樓. 灰燼之中, 形骸不辨孺人與呂公夫人, 僅成襲斂, 各殯于島之山麓.
亂定後二家就質于金文敬諸賢, 遂遷奉于楊根郡北水靑里向巳原, 而同塋異
穴. 子孫幷展兩墓, 俱不敢祔左, 蓋變禮之大者也. 然虛葬, 君子以爲非禮, 而
猶或爲之, 況此則又有別焉. 固不可不謂之葬, 葬而誌, 禮也. 又其兩墓相似
之間, 尤惡得無誌? 此舟村曾孫大來所以屬縡爲文者也.

謹按南陽之洪, 出自高麗太師殷悅. 我成宗朝有佐理功臣左議政應, 於孺人

爲八世祖, 曾祖諱德壽郡守, 祖諱思斅判決事, 考諱履一牧使. 外祖具希參.
孺人以萬曆庚申生, 天姿溫柔, 至行過人. 順於父母, 友於兄弟, 尤愼於禮教.
平居寡言笑, 雖於臧獲, 亦不以拂言戾色加焉.

年十七歸于舟村, 實壯節公崇謙之後. 濠梁公之兄翊亮號象峰, 世世尙氣節,
至于舟村公. 尤菴先生嘗以大明天地崇禎日月八字書贈之. 苟非孺人身不汙
腥羶, 隨烈焰而騰空, 則烏足以配其義哉?

士君子平日讀書談道義, 所期非不遠且大, 而一朝臨死生不能決, 以至苟免
而失身者, 視孺人能不愧乎? 嗚呼烈哉! 銘曰:

曰有奇士, 舟村卽是. 靑邱一隅, 蹈海之地. 尤老手墨, 煌煌八字. 不有烈婦,
舍命取義? 刑家之化, 於何可識? 我銘厥行, 百世仰止.

李縡, 『陶菴集』 권44, 『한국문집총간』 195, 422쪽

淑人驪興閔氏墓誌

淑人姓閔, 系出驪興. 江原道觀察使贈議政府領議政諱光勳之季女. 三兄大
司憲著重, 老峰文忠公鼎重, 屯村文貞公維重, 皆爲名人. 淑人年十六, 歸于
豐山洪萬衡叔平, 實永安尉諱柱元穆陵王女貞明公主之第二子也.

洪公早捷高科, 官至弘文校理. 老峰每歎叔平眞是神仙中人. 雖其生長綺紈,
而淸高絶俗, 被服器用, 一如寒士.

淑人克體其志, 常慕古人荊釵布裙之義, 公恒加敬重焉.

淑人一味洞屬, 罔或弛惰. 公淸羸抱痾, 最苦咳嗽. 淑人當嚴沍, 坐於寢房之
外, 竊識其劇歇, 通宵不交一睫. 及以未亡人自處, 手自績綿, 以供祭祀, 雖至
親之間, 絶不示窘乏之色.

仁顯聖后於諸姪中早失所恃, 淑人鞠養之勤, 逮至正位中壺, 所以承奉之道,
無異本第. 后亦待之如生我, 書札絡續, 賜予便蕃. 肅廟御製聖后行狀中, ‘養
於洪氏姑者,’ 指淑人也.

吾先妣於淑人, 實爲叔姪間知己. 晩而有身, 臨娩依淑人以爲歸. 縡之生也,
淑人親視乳哺, 至于百日, 推燥去濕, 不以委人. 吾先妣常語此事曰:

“汝之始生, 非我姑母, 何以鞠育?”

淑人於親黨, 曲盡恩愛, 多類此. 卒于丙戌十二月二日, 享年七十四. 葬于坡州泉峴巽向之原.

淑人擧二男. 長重模進士郡守, 次重楷進士牧使. 郡守無嗣, 取重楷次男允輔爲子. 重楷男良輔贈吏曹參判. 允輔進士今爲密陽府使. 良輔男昌漢, 文科方任全羅道觀察使, 章漢有文行. 允輔男紀漢, 維漢進士, 紳漢.

淑人蕭哲端貞. 少而事舅姑盡其道, 日必早起理家事, 井井有度. 以校理公宅兆欠吉, 年逾七耋而爲營遷窆. 躬至山下, 事役大小, 罔不親自經紀, 人以爲難.

淑人識見過人, 憂牧使公孤而失學, 使之從學于老峰. 老峰時居忠州, 割慈遠送勉其業, 而不以飮食居處爲念. 老年爲門戶慮, 使曾孫昌漢學於絳, 以至成立. 論其達識, 雖讀書男子莫能及.

絳以先妣命, 每月必一拜. 淑人言笑琅然, 情愛款洽. 于今四十年間, 人事之變, 殆不可勝言. 今昌漢將納幽誌, 屬余爲文, 略爲叙次如右, 系以銘. 銘曰:
昔拜夫人, 氣貌溫恭. 精爽之緊, 類吾外翁. 周南盛際, 有歌蕭離. 鳳凰鳴矣, 于彼梧桐. 何沁園之繁華, 若飄忽於夢中. 維庚申吾以降, 寔夫人之姘嶸. 惟恩斯而勤斯, 與顧復而同功. 昔婉變之曾孫, 今湖臬之觀風. 屬小子以銘幽, 昭厥美于無窮.

李絳, 『陶菴集』 권44, 『한국문집총간』 195, 422~423쪽

岑城府夫人李氏墓誌

達城府院君徐公宗悌卒旣九年, 遷其墓於利川之標橋. 岑城府夫人李氏後公二十年卒, 用陰陽拘忌, 葬于別崗. 越二年庚申五月十七日, 又改卜長湍龍頭里艮坐之原. 夫人始從公而祔, 其孫仁修等, 請絳爲誌以納于壙, 其文曰:
岑城古牛峰之號. 高麗侍中公靖肇見于譜. 我朝參判淳錄淸白, 緝執義. 執義生世銘, 洗馬, 己卯名賢. 歷二世有諱騫, 縣令贈判書, 是生通德郞諱師昌, 夫人之考也. 妣義城金氏, 將仕郞圭女, 思齋正國之後.

夫人資性柔婉. 年十四, 遭金夫人憂, 能幹當家事. 饋奠之節, 澣瀡之養, 靡不盡誠, 宗黨稱其孝. 十七歸徐氏, 事舅姑如事父母. 非有故, 未嘗適私寢, 一念洞屬, 夙夜匪懈. 於娣姒妯娌之間, 情愛款洽, 而育孤姪如己子. 雖婢僕之賤, 未嘗加以聲色.

今上在潛邸, 中宮殿下膺德選將入宮, 夫人送之曰:

"婦人之道, 溫順恭儉而已."

及上卽位, 公贈府院君, 夫人亦錫號岑城府夫人.

徐氏本淸素, 夫人手自紡績以爲生. 往往不免艱窘, 而終無戚戚意. 及是祿位高身亦老, 而益自兢懼, 常戒子孫以驕侈. 以親家陵替, 爲祖先助其祭具, 終身不衰.

夫人每以儲位久曠爲憂, 及聞東宮誕降, 歡欣頌祝, 若忘其沉痾. 私自語曰: "國有磐石之安, 夫復何憂?" 寤寐唸囈, 皆此語也. 卒於戊午十二月八日, 壽七十九. 上下敦傷悼, 恩庇特優, 愍其貧也.

始夫人之孫德修罹誣獄而死, 闔門幾不保. 夫人泣血茹痛, 十數年如一日. 及夫人卒, 上爲之悲憐其意, 特伸德修之寃. 是蓋中宮殿下至誠純孝, 有以感格天心. 而我聖上德意隆厚, 洽於死生, 夫人之目, 於是乎瞑矣.

府院君世系及子孫, 已載于原誌, 玆不復詳云.

李縡, 『陶菴集』 권44, 『한국문집총간』 195, 423～424쪽

仲舅母貞敬夫人坡平尹氏墓誌

貞敬夫人坡平尹氏, 議政府左議政諱趾善之女, 原任左議政閔公鎭遠之配, 驪陽府院君贈領議政文貞公諱維重之婦也. 祖吏曹判書諱絳, 外祖府使贈參判諱恕, 直提學南陽洪宗祿之子.

夫人以崇禎壬寅生, 十七歸議政公, 受封自淑夫人至貞敬. 辛亥四月三十日卒于子亨洙利川縣衙. 凡六男一女, 昌洙生員敎官·亨洙文科正言·通洙生員壯元參奉, 三男夭. 女適正言李周鎭. 百順及女爲李興重妻者昌洙出. 百祥·百興·百增·百甲亨洙出, 百善通洙出, 長房季女二房三女三房四女俱未筓. 李婿三男一女亦幼.

夫人以某月某甲葬于原州蛇浦坐艮之原, 去文貞公墓隔江十里而近. 昌洙請誌於其外兄李縡曰:

"吾母素不喜婦人狀誄文字曰, '閨內事人誰信者?' 此遺志也. 然惟家禮圖式
不敢闕."

絳遂叙次如右, 旣而曰

"絳從幼事夫人久. 夫人之德之美, 蓋不可勝書矣. 自外人觀之, 其安富尊榮,
可謂極矣. 而夫人欿然不自有. 行年七十, 奉尊姑若幼婦, 下至飮食紡績之
事, 靡不自親莅之. 恭而儉敏而勤, 此婦德之大者, 其終不可書耶."

昌洙泣而言曰:

"昌洙不肖, 亦非敢昧此也. 吾母嘗語不肖等曰: '吾先妣洪夫人實有懿德. 吾
外氏不幸絶嗣, 先妣尸其祀, 而凡厥臧獲田土, 一任羣姊妹取用. 外裔往往割
賣, 而亦不問也. 吾季父判書公早失怙恃, 先妣至誠撫育. 及其長而有子, 又
鞠其子如子. 吾家素淸儉, 朝夕稱貸, 而口不道貧字. 婢使雖有過, 不以惡言
罵詈, 其德性如此. 而吾兄弟皆蚤死, 諸姪又稚弱, 將泯泯而無傳, 此吾所大
傷者. 吾誠萬萬不及先妣. 而以汝曹之故, 死後或有過實文字, 則是吾未能乎
母而得之乎子, 吾敢自安乎?' 昌洙用是兢兢焉不敢失墜也."

絳歎曰:

"賢矣哉! 夫人."

絳嘗謂近世福履之盛, 未有若夫人者, 而夫人溫惠之德, 有以致之, 於夫人而
見天道也. 今而後又知夫人之德有自來也, 若夫人亦可謂 '孝不衰於父母者'
矣. 於是幷錄其語, 以納諸幽, 而洪夫人言行則繁而不殺, 欲以慰夫人孝思於
泉下. 於夫人略而不敢盡者, 亦恐傷夫人之謙德, 皆所以體孝子之心云爾.

李絳,『陶菴集』권44,『한국문집총간』195, 424~425쪽

贈貞夫人潘南朴氏墓誌

觀察使李公夫人潘南朴氏, 以肅宗丙寅十一月一日, 卒於其父世樟寧越官次,
然二十二, 無育. 己亥觀察公拜廣州府尹, 夫人從贈貞夫人, 葬於公州豬洞已
向之原. 去觀察公墓十餘里. 觀察公嗣子牧使秀輔, 將納誌於壙中, 請余爲
文, 泣而言曰:

"不肖六歲失母, 七歲以夫人爲母. 夫人拊育篤至, 觀者殆不知爲異顏也. 十

歲夫人又見背, 顧稚昧甚, 不能識夫人德美之萬一. 惟性度端惠, 所聞於先子者如此."

其言甚悲, 而夫人之賢自見矣.

寧越公歷官司憲府掌令, 其父祖曰通德郎㵂·吉州牧使東望. 其配曰慶州金氏, 冲菴先生淨之後, 縣令震賢之女. 觀察公韓山人, 諱萬稷, 平安道觀察使泰淵之子也. 秀輔母曰東萊鄭氏, 其季秀得參奉, 後夫人光州金氏出也. 銘曰: 維端與惠, 婦道之貞. 曰吾有受, 用表厥塋. 有子若此, 何必自生?

李縡, 『陶菴集』 권44, 『한국문집총간』 195, 425～426쪽

貞夫人光山金氏墓誌

貞夫人光山金氏者, 觀察使李公萬稷之配也. 考曰僉怵繕工監奉事, 其曾祖僉知殷輝, 於沙溪先生爲仲父. 舅曰平安道觀察使泰淵, 牧隱先生之後.

觀察公連喪二夫人, 自夫人入門, 始成家計, 供祭祀接賓客, 咸得其宜. 子秀輔元配出, 時甫十餘歲. 夫人拊愛如己出. 觀察公有蓄妾, 憚公嚴, 有欲言而不敢言者, 夫人曲爲之導達. 與諸姪同居數十年, 一無間言, 周恤必先及於窮困, 罵詈未嘗加於婢僕.

觀察公晚年所歷皆雄州大府, 而儉約自持, 不以私累官者, 實夫人內助之力多焉, 夫人常謂子孫曰:

"前人皆當夫子貧約之日, 又不幸早世, 吾忍獨享其榮耶?"

二夫人亡日, 每食素致齊, 其慈仁如此. 夫人素有鑑識, 往往先事而中, 觀察公有疑事, 或問而決之. 見子孫論人長短, 輒不喜曰:

"過譽人者, 未必不過毀人. 爾曹慎之."

壬寅觀察公自南漢罷歸, 時士禍大起. 夫人蹙然曰:

"國事可知, 願速死, 使夫子葬我也."

旣而如其言.

夫人生於乙巳正月十日, 歿於癸卯三月十八日. 後五年觀察公卒, 其葬去夫人墓僅十武. 夫人男秀得參奉, 二女壻府使洪晉猷·士人愼必遇. 秀輔二男思重·思弘, 思重參奉, 思弘爲秀得後. 秀輔方爲尙州牧使. 秀得來乞幽堂之

銘. 銘曰:

嗟嗟觀察! 治績卓殊. 非惟身率, 閫助是須. 方舟泳游, 言念厥初. 履榮若驚, 儉德不孤. 賢達之言, 莫曰非夫. 我秉彤筆, 式賁幽墟.

李縡,『陶菴集』 권44,『한국문집총간』195, 425∼426쪽

貞夫人完山李氏墓誌

貞夫人完山李氏者, 兵馬節度使鄭公德徵之室也. 系出世宗別子臨瀛大君璆. 考厚根以孝蚤死. 妣原州元氏. 夫之考縣監周翰, 圃隱先生九世孫也.

夫人姿性婉媳. 年二十二歸節度公. 公時未顯, 家素貧. 夫人夙夜作女工, 以備衣服, 手鋤蔬菜, 躬調羹湯, 以奉舅姑. 夫之庶母無子, 其疾也, 夫人左右救護, 久而無怠色. 性不妒, 事無專制, 節度公甚敬之. 仁愛惻怛, 急於賙恤, 見人飢寒甚者, 輒爲之泣下. 客至供餉豐潔, 以是宗黨歸之如家. 嘗鄕居歲凶, 賊徒方夜突入, 夫人陽呼曰:

"窓外流矢聲從何來?"

賊卽駭散. 倉卒應變, 人以爲智.

節度公旣貴, 子纘述亦專閫, 夫人猶手執紡績如少時. 又不喜時樣, 被服儉素. 己酉閏七月十二日卒, 年七十四. 時節度公在嶺營, 及解歸, 便歸臥故里, 老年風致可觀, 而夫人不及知矣.

二男二女. 纘述其長, 訓鍊都正, 出后其伯父. 次纘志. 尹燦·李益謙其婿. 纘述無嗣, 取族子鍵子之, 女適李益和·李吉儒.. 纘志男曰鑄, 婿曰宋煓, 尹燦子在慶·在度·在厚, 婿趙挺淳. 李益謙子基鼎, 婿申㻶洪蕖國. 鍵男女皆幼, 冠者翼濟云.

銘曰:

少而親井臼, 老而光榮轼兮. 旣恭且慈, 宜天之餉爾福兮. 我銘厥美, 以著梱則兮.

李縡,『陶菴集』 권44,『한국문집총간』195, 426쪽

孺人水原崔氏墓誌

孺人姓崔氏, 自新羅敬順王子永奎始籍水原. 有諱世雄, 文科參判, 於孺人爲高祖. 曾祖諱渫監察, 祖諱愼卿, 考諱弘耈.

孺人以甲申生, 幼而有孝行. 戊申歸于參奉鄭繼憲, 實圃隱先生之幾世孫也. 孺人善女紅, 一夜裁成一襲衣. 生長富厚, 而舅家貧甚. 或至屢空, 孺人處之晏如. 親家資送之財, 不以私蓄, 奉養大姑及舅姑, 務盡誠敬. 又嚴敕婢使, 切勿以夫家事言人, 以是兩家絶無煩言.

父母年高鍾愛未忍離, 舅家亦任其往來省覲, 居無何, 丁父憂, 哀毀踰節, 疾隨而劇. 癸亥四月八日卒, 年僅四十. 始權葬本家先山後, 壬申移卜龍仁器谷負癸之原.

生一男一女, 男鎭, 女適士人尹光台. 鎭男觀濟·興濟·謙濟·健濟·順濟, 尹婿子㳫·睦·塾·㻂.

孺人卒時鎭甫六歲. 及長, 參奉公詔之曰:

"汝母事我十年, 一未見拂我意者."

孺人之得此於君子, 可知其賢也. 今其嗣續之蕃衍如此, 亦豈非孺人餘慶之所發也? 鎭使觀濟來請幽堂之誌, 撮其狀中語以歸之.

李縡, 『陶菴集』 권44, 『한국문집총간』 195, 427쪽

孺人驪興閔氏墓誌

孺人驪興閔氏者, 節度使墭之女, 訓鍊都正仁估之孫, 監察全州李師曾之外孫. 年十八歸于密陽朴公玄冑. 公吏曹判書大提學忠元之玄孫. 考承任承議郎, 祖安禮牧使.

孺人幼而失怙, 哀戚如成人. 其事母夫人, 能盡飮食忠養之節, 旣嫁而猶不衰. 往往歸寧, 如不欲去. 夫人有六女, 而於孺人意安之, 常曰:

"汝手所供, 雖死其饗之."

孺人奉舅姑甚孝, 居四歲舅歿, 姑李夫人亦老. 家素貧, 歲又荐饑, 而孺人能盡力以供饋奠, 又能善養李夫人. 甘旨或有不給則輒自責曰:

"爲人婦, 乃不能養其母耶."

承議公有女九人, 孺人待之咸得其歡. 妹子之鞠於家者, 衣之先於己子. 孺人
或有疾, 諸婦女相對涕泣. 李夫人年八十餘, 久患泄痢, 孺人取而嘗之, 以驗
其差劇. 及喪, 月歲之制畢具.

孺人性勤苦, 未嘗頃刻少懈, 至老猶然. 家中吉凶百須, 皆出其手功, 得一果,
藏之以備祭用. 追念母氏遺意, 忌日具饌而祭之, 其誠孝如此.

孺人中身而寡, 又數歲長子死, 孺人自慟曰, 吾未亡人宜死久矣, 所以不死者
有以也, 每撫其遺稚泣謂曰:

"汝門零替至此. 所望惟汝曹耳."

晝夜肄業, 不令知其寒餓, 聞有可師者, 不問遠近, 必資送之曰:

"使汝可以爲人, 雖割吾肌何惜也?"

及孫聖源擢高第, 孺人曰:

"寒門得此足矣, 不願爲美官也." 聖源又以直道廢錮幾十年, 孺人無戚戚意.
或恨其榮養之遲則曰:

"毋以我爲念也."

往往語及時事, 輒歔欷曰:

"上下征利, 國焉有不亡者乎?"

嗚呼! 婦人之職, 莫過於善酒漿織維 以養其父母舅姑而已. 婦人而能此, 亦
足爲賢矣. 顧孺人不以是自足, 惟汲汲乎門戶久遠之圖, 固已識得大體矣. 至
於富貴貧賤取舍之際, 雖平日讀書談道義者, 亦或難之, 況如孺人者, 終身食
貧, 宜若有所歆動, 而卒無幾微見色, 又能惓惓以宗國爲憂, 非見識之卓然,
何以及此? 若孺人者, 可謂女中丈夫矣.

孺人嘗曰:

"吾久於世何樂? 惟平生所爲, 庶幾無愧於心爾."

戊午孺人年九十, 視聽不衰, 日必晨興盥櫛, 子孫諫之則曰:

"性所安也."

是年十月二十一日, 無疾而卒, 以十二月十九日, 祔於楊州大谷.

孺人二男四女. 震錫蚤卒, 乃錫. 士人權聖徵 · 李瑜 · 進士黃宗烈 · 典籍洪
河瑞婿也. 震錫男最源, 聖源今爲咸鏡都事, 泰源, 女適令金應祉. 乃錫取泰
源爲後, 女適郡守鄭鑣 · 士人李聖百.

將葬, 聖源來請余文以納諸幽, 遂爲之叙如此云.

李縡, 『陶菴集』 권45, 『한국문집총간』 195, 429～430쪽

淑人恩津宋氏墓誌

宋出恩津, 自二先生以後, 世方之於河南之程. 淑人同春文正公之曾孫也, 考諱炳翼尙州牧使, 祖諱光栻正郎贈承旨. 年十九歸于安東權定性敬仲. 敬仲之祖曰寒水文純公, 府使諱煜其考也.

淑人生長禮法之門, 而所歸又與之配美, 如此者古今豈易多得哉? 然大賢脚下難爲子孫. 非有德行之美不忝祖先, 則其爲羞辱又有倍於凡人, 此可懼也. 淑人爲人, 聰慧精敏, 自幼端重有儀. 長益謹飭, 動遵規繩, 又能觀內訓列女傳諸書, 略涉大義. 其事父母, 洞洞屬屬, 未嘗恃嬌而少懈. 牧使公中年哭其室趙氏, 淑人時在室, 爲之幹蠱, 上以奉祭奠下以撫諸弟, 咸盡其情禮.

其事舅姑, 誠孝篤至, 舅姑甚愛之, 然淑人愈自畏愼. 及析爨而居, 去黃江數里. 時文純公獨在世, 淑人每晨走伻而候之, 未或一日廢. 文純公居常稱之曰:

"此婦善事我."

一家尊屬戒其婦女曰:

"汝輩宜爲則."

與敬仲和敬兩至, 飮食衣服, 儉而潔, 家之有無, 不一令敬仲知也. 其處夫黨, 誠愛藹然, 禮防甚嚴, 人皆敬憚.

文純公之庶母無子女者來依於家, 淑人尊敬之, 得一味未敢先嘗曰:

"舅姑下世之後, 尊屬惟此而已."

及喪又祭之如禮, 庶族之無依者, 敬仲又多取養而婚嫁之, 則淑人輒承其意, 皆善遇之曰:

"祖先骨肉, 不可以貴賤異視也."

御家井井有法, 昧爽盥櫛, 婢僕各授其業, 不敢怠. 晚嬰痼疾, 猶自力治事曰:

"中饋女子之職. 一日未死, 豈可爲便身圖乎?"

其訓子女, 必以義方, 每戒震應曰:

"立揚豈非父母之願, 而今之時義, 正合退藏, 收拾遺緖, 能爲法門佳子弟, 則死亦何恨? 若齪齪常塗, 營營聲利, 則雖日有三牲之養, 吾不喜也."

敬仲蔭仕方爲廣興倉守, 其爲比安縣也. 淑人隨焉, 以丁巳五月十一日卒于官舍, 年六十二. 以其年七月二十日葬于忠州東杏花洞.

一男五女. 震應其男, 婿李東馥大提學·吳瑗縣監·閔百亨·金聖休·金亮行. 內外孫男女皆幼. 震應方篤志向學, 有聲士友間, 果能成就其德, 爲文純公肖孫. 以副淑人之望則豈不賢哉?

銘曰:

女士之稱, 舊聞於詩. 婉娩之聽, 室家其宜. 不有君子, 斯焉取斯? 我銘厥美, 後昆是貽.

李縡, 『陶菴集』 권45, 『한국문집총간』 195, 430쪽

淑人昌寧成氏墓誌

淑人姓成氏, 其先昌寧人. 自高麗中尤·仁輔始見于譜, 入本朝靖平公石因·文安公任, 以藝學位宰相, 爲時名臣. 其後浸衰, 曾祖逮祖昌一不仕, 考鑲, 擢武科蚤卒., 成氏舊家, 古稱多賢人君子.

淑人生有異稟, 年十八歸李氏, 爲刑曹佐郞諱世雲繼配. 旣入門, 舅縣令公一見而賢之, 授以家政, 淑人持家有法. 未幾縣令公卒, 姑尹氏老而寢疾. 淑人奉藥餌不離側者五載, 且以其間爲時月之制, 畢至無憾. 姑將終取視之歎曰: "家貧何以得如此? 吾無以報新婦恩也."

三年之中, 親井臼奉饎羞, 寒時手足至皴瘃見血, 夜則不解衣而寢, 其勤勞如此.

公之羣從子弟孤窮無依者, 歸之如其家, 淑人至誠撫愛, 冠娶以時, 則莫不心誠悅服, 事之如母. 親戚有喪而不能自辦者, 家自爲具以濟之.

春秋暇日, 賓客盈堂, 輒隨而供應之, 不以有無累公也, 公疎宕有氣節, 重信義喜施與, 淑人之助爲多, 以是淑人之賢, 士大夫莫不聞之, 及公疾革, 淑人沐浴露立, 禱于先廟, 願以身代.

公旣歿, 淑人持門戶謹家法. 每日未明而起, 拜家廟坐正堂, 以理庶務, 歲時祭祀, 先期埽濯. 僕隸之與事者, 亦令新衣而齊宿. 躬視酒漿, 要在潔精曰:

"享先在誠不在物也."

遠祖墓有田而宗人不能祀, 淑人諭令割其田, 更置主者, 歲收其入以供祭.

其敎子孫也, 雖甚愛而不曾假以色辭. 有過則使之下庭受責, 常詔諸子曰:

"爾曹努力學問, 家人細瑣不足知也. 汝父嘗公退而歎曰, '今之士大夫多庸鄙近利者, 世其衰矣.' 汝等志之."

又曰:

"吾性不喜名利, 思與汝曹築室山水間, 讀書耕稼, 無求於世. 爲士者但當飭躬砥行, 得稱爲君子人, 亦可爲父母榮, 何必富貴利達而後可也?"

或出至書室, 見有編帙几研散亂不收者則必手自齊整曰:

"爾曹惰性若此, 何能辦事?"

其居家日用之間, 立法示敎, 常在孝悌倫義, 雖於微細亦不苟也. 每喜言'正大'二字曰:

"君子當如是."

又嘗論文公小學而曰:

"此生人之所必自爲耳, 何至筆之於書以曉之耶?"

每遇國家大喪, 必下堂哭泣流涕, 以爲君臣之義, 不以婦人而可廢也, 其明於義理如此.

淑人幼孤, 執喪如成人, 哭泣幾失明. 母夫人衰老甚, 淑人終身致養, 及喪而殯葬饋食, 咸如其禮. 祖先祭祀, 必具蔬果魚肉, 無間於疏昵. 若淑人可謂孝不衰於父母者矣.

淑人素多疾, 及居喪致毀, 食素十餘年, 危蘙者數, 而往往有神佑焉. 佐郎公旣卒, 淑人守制於墓下. 季身藁薦, 晝夜不脫経帶, 涕淚著地, 經年不減. 屋不塗墍, 暑月潦濕, 蟲蚤滿室. 終夜不寢而不一爬搔, 戒侍者:

"毋得妄殺一蚤. 我未亡人, 其敢求逸."

旣而羣蟻日夜相銜, 負出戶外, 蚤遂絶. 其疾甚, 未嘗服藥, 煩悶引水飮且數年, 忽夢公遺以藥漿卽已. 人謂精誠之感, 然竟沉淹積歲, 乃以今上壬子閏五月四日卒于衿川江上. 臨歿從容然無他語, 命取酒與二子訣, 享年五十三.

淑人嘗謂宜夏曰:

"汝先妣之喪, 治喪旣儉, 我死亦如之."

至是遵遺志不敢違云.

淑人擧二男一女, 男宜哲進士敎官, 宜大有志行早死. 女未字而夭. 宜夏元配
延安金氏出, 其男曰普昌·普行·普聖. 宜哲男普翰·普衡, 普衡爲宜大後.
淑人吾宗叔宜務郎晚熙之外孫. 吾宗族五世同居, 淑人嘗養於外氏, 余幼少
時, 得親見焉. 二子又從余游學, 故知淑人德美之詳, 蓋莫如余也.

淑人聰明强記, 動止有度, 識高而慮遠, 志勤而事治. 凡其言行之懿, 雖讀書
談道義者, 鮮或過之. 然最而言之, 其他可及也. 至如高明特達之性, 誠愛惻
怛之心, 自然有以孚諸室家, 親戚之間, 無所往而不得焉. 夫豈聲色號令之所
可能者哉? 斯淑人之所以爲賢也歟.

淑人以卒之年八月晦. 從葬抱川雙谷里李氏先兆, 越三年甲寅, 自衿川遷公
墓與元配來合葬. 淑人祔于左.

銘曰:

嗟淑人之御家兮! 若忠臣之遭艱危. 室漂搖其風雨, 予譙兮鳴聲悲. 匪材誠之
兩備, 孰能興復之若斯? 惟績學而種德, 旣身有而後貽. 苟有彤史者作, 尙或
取乎婦德之碑.

李縡, 『陶菴集』 권45, 『한국문집총간』 195, 431~432쪽

찾아보기

ㄱ

가례 241
가례강록 243
가림부부인 142
가섭리 354
가장 195
가천 83
간성 189
갑술년 200
갑술환국 202, 362
강록 245
강석기 248
강화도 351, 439, 453
개사동 172
검루 94
검소 99
견훤 81
겸재 273
경곡 213
경기도 264
경명 89
경서 174, 184
경안면 271
경암유고 261
경종 378, 407
경주 김씨 142
경중 480

경천군 142
고란마을 208
고려 예의상서 170
고려사 170
고양 163, 413, 440
고죽 106
곡운선생 44
공인 김씨(1691~1727) 147
공인 김씨 142
공인 박씨 72
공인 어씨 33
공인 한씨(1643~1731) 164
공인 한씨 161
공인 37, 142
공조 223
공주 466
과부 218, 230
과부부 125
광릉 52, 65
광산 김씨 207, 468
광주 김씨 289
광주 정씨 170
광주 92, 271, 443
광지 115, 347
광평대군 139
광흥창 482
교지 201
교하현 295

구양관 442
구양수 445
구양자 63
구희참 451
군산 61, 363
군산도 178
군양리 301
권교 226
권구 252
권단 253
권덕여 146
권두건 228
권두경 231
권두인 231
권무 225
권벌 226
권상하 426
권성징 479
권숙인(1634~1710) 138
권숙인 133
권씨 226
권우 133, 138, 226
권욱 480
권이탁 228
권익관 152
권익순 271
권익신 226
권재형 272
권정성 480, 483
권증 253
권행 133, 226
권형 266
권확 133

귀녕 476
귀천 412
극재집 77
금계 348
금구 294, 420
금판향 156
기결 94
기묘사화 216
기사환국 362
기산리 84
기생 179, 186
길상산 439
길재 234
김개신 136, 139, 141
김경여 113
김경운 344
김과 344, 346
김광연 137
김구연 136, 141
김규 459
김기년 236
김남중 134, 142
김당 129, 132
김덕겸 439
김도성 265
김도순 22
김도연 362
김동익 152
김동필 152
김량행 482
김만균 289
김명흠 208, 210
김반 289

김봉상 221

김상 439

김상복 276

김상용 23

김석주 360, 362

김선평 337

김성일 208

김성하 362

김성휴 482

김수증 47

김순행 20, 23, 67

김숭겸 61, 363, 368

김시걸 91

김시보 23

김신독재 249

김연 153

김완 153

김우석 153

김운(1679~1700) 66

김유 149, 154

김유인 337

김은휘 468

김응운 344, 346

김응지 479

김이진 21

김이태 22

김익추 208, 468, 470

김익희 289

김일진 142

김장생 242, 289

김재상 163

김정 467

김정국 459

김주신 135, 138, 141, 142, 147, 398

김주일 263

김중흠 209

김진선 221, 225

김진응 126

김진현 467

김집 249

김창운 344

김창협 60, 66, 343, 368

김태기 129

김필제 208

김필진 134, 138

김학순 22

김한익 207

김호신 221, 225

김후 67, 71

ㄴ

낙동 200

낙동강 237

남극표 433, 435

남도식 433

남도철 435, 438

남발 226

남양 홍씨(홍이건 딸, 김과 첩) 346

남양 홍씨 300, 301, 344, 426, 450

남영 433

남원 윤씨(윤이명 딸, 조가석 처) 309

남원 윤씨 275, 303

남전 430, 435

남창하 433

내교 318
내치 68
내훈 60, 198, 480
노래자 50
노서선생 267
녹거 62
농강천표 441
농암 66
농암선생 60, 337, 363
농와 267
뇌문 463
눌은문집 203

ㄷ

단인 한씨 450
담제 150, 246
대렴 210
대부인 박씨 72
대상 407, 408
덕교 279
덕소 126
덕은동 26
덕휘 126
도곡집 43
도산 376
도운유집 87
도제동 221
독고씨 146
독곡 301
동배 126
동사 374, 409
동춘당 480

동토선생 276
등왕각 189
딸 우봉 이씨(이재 딸, 유언흠 처)
    418
딸 115, 347, 414

ㅁ

마산 271
막내 고모 이씨(이경억 딸, 홍만적 처)
    375
막내 고모 374
막내 숙모 윤부인(윤가적 딸, 이만견
    처) 413
막내 숙모 409
만사 67
만산 364
만회당 441
망곡 167
망부 245
망포 18
맹덕요 364
명 111
명곡 131
명부 53
명성대비 144
명성왕후 144
명중 60
모교 125, 142
목은 197, 229
묘갈 422, 426, 430, 435
묘갈명 212
묘석 264

묘지 89, 123, 173, 253, 254, 266, 266, 282, 300, 303, 450, 454, 459, 463, 466, 468, 471, 474, 476, 480, 484

묘지명 21, 25, 106, 111, 111, 117, 128, 133, 139, 142, 148, 155, 161, 165, 215, 275, 289

묘표 170, 263, 344, 393, 439, 446

무과 222

무망 256

문경 267, 430

문곡공 337

무수점 236

문순공 480

문원공 289

문의현 183

문정공 289, 480

문청공 106

문충공 224, 360

문헌공 106

미수 243

미호 65

민각수 449

민광훈 447, 454, 458

민기 447

민낙수 449

민백형 482

민선 476, 479

민시중 454

민여건 447

민유중 399, 407, 443, 446, 454, 462

민인길 476

민장 393

민정제 126

민정중 454

민진원 377, 443, 462, 465

민진주 174

민진후 378, 443

민창수 465

민형수 462

ㅂ

박강생 422

박경고 208

박공구 82

박광수 113, 114

박광우 216

박대수 221, 225

박동량 124

박동망 467

박몽상 216, 220

박문도 216

박빈 113

박사문 264

박상충 435

박선 76

박성원 479

박성주 79

박성한 113, 114

박세장 466, 467

박세주 82

박세채 92

박수원 79

박승임 476

박안례 476
박영한 221
박용수 113
박원 439
박원영 82
박유 467
박은 208
박자신 232, 238, 381, 384
박장원 113
박조 221
박종상 215, 220
박지수 113
박질부 111
박충구 82
박충원 422, 476
박태래 435, 438
박태보 279
박태여 92
박필은 264
박현주 476, 479
박형령 433
박호현 422
반계 344
반교문 314
반남 박씨 123, 435, 466
반소 369
반안인 125
반우 54
반장 440
반조원 426
발문 103, 401
백곡 42
백비당 289

백운산 61, 338
백응 25
범씨 아내 63
범한동 156
벽진 285
병자년 439
병자호란 195, 346, 453
보은공 21
봉계 235
봉성 210
봉혜(이하곤 딸) 359
봉혜 347, 350
봉화 금씨 214
부덕 48, 170, 267
북한산성 31
분상 241
분신 440
불고 172
비안 482

ㅅ

사계 242, 249
사계선생 289
사마시 181
사포 463
사회맹 63
삭망전 249
삭전 244
산배 182
산병 22
산유화 235, 383
삼강행실 142, 147

삼상 311
삼절 윤씨 276
삼절 304
상랑 381
상례비요 242
상복소 241
상산 김씨(김상 딸, 이핵 처) 440
상산 김씨 439
상형리 381
서경빈 286
서경주 133
서궁 103
서녀 308
서당사재 97
서당집 97
서덕수 461
서매 이씨(이인엽 딸) 386
서매 385
서면 201
서모 306, 471
서부 241
서산 119
서성 286
서울 57
서자 241, 242, 471
서제 284
서족 481
서종제 459, 461
서하 385
석실원 366
선의왕후(어유귀 딸, 경종 비) 378
선의왕후 407
선조 402, 458

섬낙리 449
성균관 176
성동 120
성래 484
성석인 484
성윤보 484
성인보 484
성임 484
성주 이씨(이연 딸, 이만성 처) 288
성주 이씨 282
성주 80, 82, 285
성집 484, 489
성창일 484
세종대왕 471
소경왕 81
소미통감 174
소실 344
소중랑 277
소천 226
소학 142, 147, 157, 160, 162, 174,
   178, 187, 198, 417
손와 131
손유 344
송광식 480
송국사 431, 433
송규림 433
송극기 421
송남수 433
송단 472
송병익 481, 483
송상기 378
송서면 151
송소선생 226

송시열 480

송악 331

송요좌 156

송유 432

송재태 433

송준길 407, 480

송촌 430

송호손 113

송희진 433

수남리 125

수동 42, 52

수원 최씨 474

수원 121

수원동 449

수재 228

수효공 149, 150

숙안공주(1636~1697) 202

숙안공주 195

숙안군주 195

숙인 광주 김씨(김만균 딸, 조인수 처) 299

숙인 권씨 133

숙인 남원 윤씨(윤집 딸, 윤절 처) 280

숙인 남원 윤씨 275

숙인 박씨 221

숙인 여흥 민씨(민광훈 딸, 홍만형 처) 458

숙인 윤씨 67, 71

숙인 은진 송씨(송규림 딸, 남전 처) 434

숙인 은진 송씨(송병익 딸, 권정성 처) 483

숙인 임씨(1657~1715) 160

숙인 임씨 155

숙인 창녕 성씨(성집 딸, 이세운 처) 489

숙인 창원 황씨(조견소 처) 421

숙인 최씨(1647~1714) 132

숙인 최씨 128

숙인 홍씨(1597~1632) 114

숙인 홍씨 111

숙인 128, 275, 289, 420, 430, 454, 480, 484

숙종 398

숙종대왕 455

숙환 69, 140, 200, 206

순천 박씨 77

순흥 안씨 106

시경 383

시마 427

시어머니 윤씨 484

시장 277

식송촌 355

신검 81

신광언 26

신대래 453

신덕린 170, 172

신만 450, 453

신말주 172

신명정 25

신수 473

신숙주 171

신숭겸 25, 451

신위단비 420

신익량 451

신익륭 450, 453
신익황 77, 82, 85
신장 171
신진구 219
신포시 170, 172
신필우 469
신헌영 369
심경 116
심권 117, 122
심명철 116
심상 246, 247
심수량 116
심숙인(1658~1727) 122
심숙인 117
심씨의 아내 115
심약순 180
심약한 97, 192
심양 195
심열 118
심용 115, 116, 116
심유 175
심지영 324
심희세 117
쌍곡리 489
쌍청당 432

ㅇ

아내 박씨 92
아내 조씨 481
아내 진주 유씨(유우 딸, 이삼 처)
  392
아내 89, 106, 207, 251, 389

안근 433
안동 김씨 44
안두장 126
안성 190
안수성 106
안유 106
안인 윤씨(윤헌 딸, 이간 처) 332
애사 60, 66, 67, 72, 337, 363
양경 222
양근 116, 125
양사보 404
양산 385
양수생 403
양응수 406
양주 271, 301
양천 허씨 17, 28
어도웅 47
어머니 민씨(민유중 딸, 이만창 처)
  407, 445
어머니 심씨(1649~1727) 192
어머니 여흥 민씨(민유중 딸, 이민창
  처) 408
어머니 173, 303, 393, 407, 408
어사경 25
어사형 18, 43, 56
어유귀 378
어유봉 52, 56, 57
어유형 25
어제 104, 201, 201
어진익 17, 43, 52, 56
여공 18, 62, 115, 176, 277
여교 213
여동생 37, 251, 257, 266, 379

여막 208

여사 132, 137, 267, 279, 305, 374

여이징 450

여종 178, 186, 218

여주 449

여칙 199

여칙서 26

여훈 290

여흥 민씨(민장 딸, 이사길 처) 393

여흥 민씨 393, 454, 476

연령군 152

연봉리 82

연성군 139

연안 이씨(이단상 딸, 김창협 처) 368

열녀전 480

열병 307

열부 박씨 208

열부 이씨(1679~1705) 214

열부 이씨(양수생 처) 406

열부 이씨 212

열부 232, 379, 403

염초교 390

염치촌 26

영성 46

영양현 213

영연 58

영월 466

영유 222

영인 이씨(이인엽 딸, 최수범 처) 380

영인 379

영조 461

영천 208

영평 338, 364

예기 242, 246, 249, 383, 421

오금희 100

오두인 445

오명중 60, 337

오산 237

오수욱 152

오억령 161

오원 482

오진주 66, 343

오촌 숙모 226

오태강 234

옥과 172

옥산 83

옥찬 49

옥천지 404

온양 331

온양읍 156

옹희 107

완산 이씨 471

완산 최씨 128

왕건 81

왕대비전 314

왕비 146

외삼촌 266

외할머니 정경부인 조씨(조귀중 딸,
   민유중 처) 449

외할머니 446

용담 82

용인 156, 449

우봉 이씨 441

우봉 459

우제 42, 244

우천 361

우치 229
운무곡 310
원극유 17, 28
원배 303, 420, 439
원빈 17, 28
원사립 17, 28
원전 17, 28
원주 원씨 471
원주 26, 57, 310, 463
위패 249
유강 423
유계기 113
유관 123
유몽익 123
유복녀 300
유부 355
유사 173, 191, 221, 226
유산 227
유상운 124, 126
유상재 125
유서 18, 32
유성오 123, 126
유속 123
유씨 422
유언흠 414, 418
유영 423
유우 392
유원지 253, 255
유유인 123
유의 60
유의하 256
유인 기계 유씨(유영 딸, 박호현 처)
  425

유인 기계 유씨 422
유인 김씨(김창협 딸, 오진주 처) 343
유인 김씨 60, 66, 337
유인 남양 홍씨(홍위 딸, 정부 처)
  429
유인 남양 홍씨(홍이일 딸, 신만 처)
  453
유인 반남 박씨(박태래 딸, 남도철 처)
  438
유인 수원 최씨(최홍질 딸, 정찬헌 처)
  475
유인 신씨 25
유인 여흥 민씨(민선 딸, 박현주 처)
  479
유인 유씨(1640~1713) 126
유인 유씨 57, 58
유인 평산 신씨(1637~1669) 27
유인 홍씨 450
유인 황씨(1734~1703) 24
유인 황씨 21
유인 251, 263, 266, 422, 426, 435,
  450, 474, 476
유제문 201
유차달 123
유척기 414, 418
유합 401
유행병 318
유향 380
윤강 462
윤계 275, 304
윤공 323
윤광태 474
윤근 126

윤동수 261, 265
윤동욱 143
윤동절 143
윤득경 297
윤면교 142, 147, 156
윤면지 129
윤봉조 132
윤부 146, 156, 160
윤부인 409
윤상거 263
윤상형 323
윤선거 267
윤섬 275, 303
윤성거 166
윤세항 301
윤순거 276, 280
윤원경 323
윤원지 161
윤위 303
윤이건 305
윤이명 304, 309
윤이성 305
윤임 303
윤자교 266
윤절 275
윤지선 462, 465
윤지익 163
윤집 275, 304
윤찬 472
윤천기 137
윤추 266
윤태동 152
윤평 161

윤필은 484
윤헌 168, 324, 332
윤형 304
윤호 323
윤황 276
율촌 70
은성부부인 송씨 446
은졸 447
은진 송씨 347, 430, 480
은진 480
은파 25
음교 376
응교공 175
의례문해속집 249
의의 241, 246
의정공 111
이가선 285
이간 321, 332, 332
이건 459
이경배 263
이경석 92
이경억 372, 375
이경준 215
이경증 148
이계 152
이계화 99, 102
이공인(1678~1732) 220
이공인 215
이공정 459
이광덕 89, 297, 428
이광정 203, 448
이구 471
이귀 150

이규저 137
이기징 215, 220
이기항 152
이길유 472
이남 300, 401
이대성 287
이덕수 97, 116, 138
이동복 482
이만견 440
이만성 286, 288, 410
이만웅 118
이만직 467, 468, 470
이만창 399, 407
이만희 488
이명한 365
이모 57, 58
이무 365
이백인 212, 214
이봉춘 215
이봉혜(이하곤 딸) 349
이사길 165, 169, 387, 393
이사중 476
이사창 459, 461
이산 278
이산배 192
이삼 165, 169, 387, 389, 392
이상급 285
이상중 428
이선 215
이성백 479
이성지 152
이세면 174
이세명 459

이세백 36
이세운 484, 489
이수 411
이수보 466
이숙 399, 440, 441
이숙인 345
이순 459
이시방 139, 141
이식 297
이신 156
이씨 363, 403, 459
이약동 285
이여 139
이연 286, 288
이우강 213, 214
이우성 87, 91
이우양 215
이유 18, 52, 157, 411, 479
이유겸 439, 441
이윤 449
이윤악 484
이의 252
이의복 152
이의저 152
이의현 19, 36, 43
이이장 215
이익겸 472
이익화 472
이인복 229
이인수 422
이인엽 380
이일상 290
이장 228

이장휘 448
이재 399
이정구 365
이정섭 219, 220
이주 136, 139
이주진 463
이중겸 72
이중무 25
이진망 87
이진유 282
이질 115, 116, 163, 189
이집 459
이징명 97, 138, 192
이징선 126
이창언 163
이천 202, 459
이천현 462
이철영 91
이총언 285
이태연 467, 468
이태형 332
이표 152
이하곤 335, 346, 347, 349
이핵 439, 440
이현영 197
이현익(1678~1717) 76
이현익 72
이현일 252
이형 155
이혼 377
이홍 152
이황 449
이후근 471, 473

이후생 91
이후원 139
이홍중 463
이희일 168
익찬공 256
익평부군 195
인교 279
인동부 84
인배 212
인보 44
인산 408
인원왕후 김씨 315
인원왕후(김주신 딸, 숙종 비) 398
인원왕후 136, 144, 147, 317, 319
인현왕후 민씨 315
인현왕후 455, 458
일선군 235
임간 155
임담 155
임부인 150
임비 155
임상덕 159
임세겸 137
임세온 155, 160
임영대군 471
임원군 99
임인옥사 410, 461
임적 156
임종유 155
임천 426, 432
임칠봉 238, 381
임피현 294
임해 137

ㅈ

자의전 195
잠성 부부인 459
잠성부인인 이씨(이사창 딸, 서종제
　처) 461
장단 151
장렬왕후 195
장령공 129
장림 380
장모 44, 205
장임량 347
저동 466
적모 344, 345, 346
적벽부 189
적병 324
전 403
전가 166
전기 142
전득우 166
전씨 165
전의 이씨 118, 205
전일성 166, 169
전주 유씨 58
전주 이씨 139
전주 166
전해 166
전흥 166
절부 정씨(1682~1708) 80
절부 정씨 79
절부 80
정경부인 남양 홍씨(홍호 딸, 조가석
　처) 301

정경부인 어씨 56
정경부인 원씨(1625~1715) 20, 32
정경부인 이씨(이경억 딸, 최석정 처)
　372
정경부인 전씨(1653~1732) 169
정경부인 조씨 446
정경부인 파평 윤씨(윤지선 딸, 민진
　원 처) 465
정경부인 홍씨(1652~1709) 154
정경부인 황씨(황일호 딸, 김석주 처)
　362
정경부인 28, 48, 165, 196, 300,
　303, 360
정관재 366
정광은 163
정구 246
정녀 상랑(박자신 딸, 임칠봉 처) 384
정녀 381
정대영 79
정덕징 471, 473
정려 208, 236, 440
정려기 79
정려문 210
정명공주(선조 딸, 홍주원 처) 402
정명공주 103, 401, 454, 458
정목공 150
정몽주 471
정부 429
정부인 광산 김씨(김익추 딸, 이만직
　처) 470
정부인 반남 박씨(박세장 딸, 이만직
　처) 467
정부인 서씨 133

정부인 완산 이씨(이후근 딸, 정덕징
　처) 473
정부인 17, 173, 282, 363, 393, 439,
　466, 468, 471
정성왕후 147, 460, 461
정수 479
정수연 161, 164
정순양 161, 164
정신호 172
정오규 429
정이화 87
정전 200
정주한 471
정찬술 472
정찬헌 474, 475
정초 73
정표 80
정환 79
정효 142
제문 33, 37, 44, 48, 57, 64, 251,
　257, 310, 360, 374, 389, 409, 414
제수 26, 31, 45, 54, 144, 199
제주 245
조가석 301, 309
조개 347
조경망 481
조경명 294
조경창 142
조구명 122
조군석 89, 90
조귀명 118
조귀상 237
조귀세 420, 421

조귀중 447, 449
조도 76
조도보 136
조맹 90
조맹부 160
조명경 156
조명종 104
조문명 297, 395
조방량 447
조복규 212
조부인 173
조상경 136
조상관 214
조상우 119, 122
조상정 90
조상태 213
조송설 158
조영명 297
조유인 89
조인수 90, 289, 299
조인형 447
조재건 152
조재복 121
조전 310
조정 210
조정룡 82
조정세 421
조정순 472
조준명 118, 122
조찬한 237
조태수 118, 122
조태억 273, 281
조현명 296

조형 90

조호신 170

조희진 323

졸곡 42, 201, 244

종숙모 123

종애처사 426

종조모 439

좌씨춘추전 61

주계부 103

주역 255, 256

주자강목 61, 442

주촌 57, 450

죽산 210, 354

중궁전 316, 397

중사 144, 201

중풍 151, 154, 368

증산 222

지주비 234

지주중류 234

지평 177, 201

직부 389

진영 448

진주 강씨 435

진주 유씨 389

진주 79

천청리 163

천현 455

청계공 426

청송 심씨 117

청송공 21

청안 344

청음공 337

청주 한씨 267

청주 345

최경창 106

최기남 128

최내길 128

최복 247

최석정 131, 372

최석항 131

최설 474

최세웅 474

최수범 380

최순작 128

최신경 474

최원 479

최이순 108

최자 106

최충 106

최홍질 474, 475

최후윤 128, 132

춘당대 389

춘추 64

춘추좌씨전 107

충주 120

충협 26

치남 331

치복 246

ㅊ

찬 104

창녕 성씨 484

창설공 231

창원 황씨 420

천연두 84, 219, 254, 259, 270

ㅌ

탄탄증 366
퇴계 247
퇴계선생 221
퇴도선생 215

ㅍ

파주 455
파평 윤씨 263, 266
판교촌 92
팔송선생 263
팔탄면 121
폐결핵 89
포암집 132
포천 301, 489
표교 459
풍계 67
풍덕 18
풍덕공 103
풍양 조씨(조경명 딸, 이광덕 처) 93
풍양 조씨 89
풍창부 부인 446
풍창부부인 446
풍패동 364

ㅎ

하당공 231
하정 123
학당 176
학봉선생 208

한강 246
한덕일 137
한란 161
한산 이씨 196
한상기 344
한성익 267
한정기 161, 164
한진 447
한천동 414, 441
할머니 원씨 17, 28
할머니 33, 195
함양 박씨(?~1720) 76
함창 430
해산물 185
해주 최씨 106
해주 79
해평 윤씨 129
해풍부부인 이씨 446
행록 173
행장 28, 264
향동 440
향랑전 232
허목 243
허완 17, 28
허장 450
현감공 255
현령 222
형곡리 235
혜순 대왕대비 144
혜순대왕대비(인원왕후) 147
혜순대왕대비 147
혜순왕대비 136
홍가신 300

홍경신 300
홍계능 449
홍계승 449
홍덕수 451
홍득기 195, 202
홍득우 113, 114
홍만적 375
홍만형 454, 458
홍만회 105
홍명구 112, 196
홍문도 47
홍사제 227
홋사효 451
홍산 67
홍서 462
홍서익 196
홍선행 300
홍성민 112, 196
홍숙인 129
홍순각 344
홍식 323
홍신국 473
홍씨 148, 344
홍영 148
홍온 300
홍우조 448
홍우현 445
홍원도 163
홍위 426, 429
홍은열 451
홍응 226, 451
홍이건 344, 346
홍이상 148

홍이일 451, 453
홍인수 226
홍종록 462
홍주국 148, 154
홍주원 454
홍중보 112, 196
홍중복 401
홍진 316, 319, 397
홍진유 469
홍태유 202
홍하서 479
홍호 300
화곡리 201
환국 200
환소군 364
황각 415
황강 481
황류 49
황석 21
황일호 362
황전 228
황종렬 479
황흠 21
회덕 430
효간 142
효간공 282
효경 198, 354
효열부 215, 220
효종 202
효종대왕 195
효헌공 119, 122

▌역자 강성숙

이화여자대학교 국어국문학과에서 구비문학을 전공하고, 현재 인제대학교 기초대학
에서 글쓰기와 이야기문학, 문화콘텐츠 관련 과목을 강의하고 있다. 그간 작업한
것으로 〈15세기 문헌소화 연구〉, 〈기억을 통해 드러나는 18세기 사대부의 여성상〉,
〈눌은 이광정 작품에 나타난 여성 형상화의 양상과 의미〉 등이 있다.

이화한국문화연구총서 13

18세기 여성생활사 자료집 ❹

2010년 5월 20일 초판 1쇄 펴냄

역 자 강성숙
발행인 김흥국
발행처 도서출판 보고사

등록 1990년 12월 13일 제6-0429호
주소 서울특별시 성북구 보문동7가 11번지 2층
전화 922-5120~1(편집), 922-2246(영업)
팩스 922-6990
메일 kanapub3@chol.com
http://www.bogosabooks.co.kr

ISBN 978-89-8433-670-4 94810
      978-89-8433-811-1 (전8권)
ⓒ 강성숙, 2010

정가 30,000원